DROEMER

Sybille Schrödter

Schwestern fürs Leben

ROMAN

DROEMER

Besuchen Sie uns im Internet:
www.droemer.de

Aus Verantwortung für die Umwelt hat sich die Verlagsgruppe Droemer Knaur zu einer nachhaltigen Buchproduktion verpflichtet. Der bewusste Umgang mit unseren Ressourcen, der Schutz unseres Klimas und der Natur gehören zu unseren obersten Unternehmenszielen. Gemeinsam mit unseren Partnern und Lieferanten setzen wir uns für eine klimaneutrale Buchproduktion ein, die den Erwerb von Klimazertifikaten zur Kompensation des CO_2-Ausstoßes einschließt. Weitere Informationen finden Sie unter: www.klimaneutralerverlag.de

FSC www.fsc.org
MIX
Papier aus verantwortungsvollen Quellen
FSC® C083411

Originalausgabe Oktober 2020
Droemer Taschenbuch

Ein Imprint der Verlagsgruppe
Droemer Knaur GmbH & Co. KG, München

Covergestaltung: ZERO Werbeagentur, München
Coverabbildung: ClassicStock / akg-images / H. Armstrong Roberts
Satz: Adobe InDesign im Verlag
Druck und Bindung: CPI books GmbH, Leck
ISBN 978-3-426-30816-5

2 4 5 3 1

Wichtigste Personen

Die Dannebergs:

Ole F. Danneberg – Patriarch des Rumhauses Danneberg
Ida – seine Frau
Käthe – die älteste Tochter
Helene (Lene) – die zweitälteste
Elisabeth (Lizzie) – die dritte Tochter
Henriette (Jette) – die jüngste
Henning Danneberg – Oles Bruder, »Onkel Henning«
Paul – Hennings Sohn
Ole P. – Lenes Sohn
Dörthe – Lenes Tochter
Klara – Jettes Tochter
Frederike – Lizzies Tochter

Die von Runohrs:

Johann von Runohr – Idas Vater
Carl – Idas Bruder, »Onkel Carl«
Freya – Carls Tochter und beste Freundin von Lene und Lizzie
Charlotte – Freyas Tochter

Ehemänner und Liebhaber:

Klaas Bahnsen – Lenes Geliebter
Herrmann Jensen – Lenes Ehemann
Dr. Gottfried Lüdtke – Lizzies Ehemann
Georg von Renz – Jettes große Liebe
Simon Larsson – Idas erste Liebe
Henrik Larsson – sein Sohn
Rasmus – Gutsverwalter auf Runohr

Die Angestellten:

Frida – dänische Köchin der Dannebergs
Kaja – ihre Tochter, Kindermädchen bei Lene
Lotte – Hausmädchen der Dannebergs
Vilma – Kindermädchen bei Freya
Smilla – Onkel Hennings Haushälterin

Die Jensens:

Christian (Krischan) Jensen – Rumhändler
Broer – sein ältester Sohn und Erbe des Rumhauses
Herrmann s. oben
Anna – Herrmanns Schwester und Käthes Freundin

Flensburg, August 1910

An ihrem achten Geburtstag bot sich Helene unerwartet jene große Chance, auf die sie schon so lange vergeblich gewartet hatte. Sie sah es als Zeichen, als man ihr versicherte, dass man ihr an diesem Tag jeden Wunsch erfüllen würde.

»Au fein, dann darf ich heute endlich Vatis Rumreich erkunden!« Vor lauter Freude klatschte sie in die Hände und ließ ihre neue Schildkröt-Puppe auf den Boden fallen. Zur großen Erleichterung der Mutter überstand *Celtid,* wie die bezopfte Puppe hieß, den freien Fall unbeschadet.

»Lene, das ist ungezogen!«, ermahnte die Mutter sie.

»Gar nicht! Ihr habt doch eben selbst gesagt, heute wird mir jeder Wunsch erfüllt!« Lene verschränkte die Arme vor der Brust und baute sich kämpferisch vor der Mutter auf.

»Lene, jetzt hör mir mal gut zu«, mischte sich daraufhin der Vater in strengem Ton ein. »Die Betriebsstätten sind nichts für kleine Kinder!«

»Vati, du lügst!«

An einem anderen Tag hätte sich Helene für diese Frechheit höchstwahrscheinlich eine Backpfeife eingefangen, aber an ihren Geburtstagen hatten die Danneberg-Kinder eine Art Freibrief, der jedoch, wie Lene nun schmerzlich erfahren musste, nicht ihren sehnlichsten Wunsch einschloss.

»So etwas sagt man nicht! Auch nicht an seinem Geburtstag!«, schalt sie die Mutter.

»Aber, wenn es doch stimmt. Albert darf auf den Speicher und sich die Fässer anschauen, wann immer er will. Er nimmt sogar seine Freunde mit, und dann spielen sie dort oben Verstecken!«

»Das ist doch etwas ganz anderes. Albert ist ein Junge!«

Helene rollte mit den Augen. Ihr lagen noch mehr Widerworte auf der Zunge, aber sie wusste aus leidvoller Erfahrung, dass diese Diskussionen jedes Mal mit einer energischen Bekräftigung des Verbots endeten, das Rumhaus auf der anderen Seite des gepflasterten Hofs zu betreten. Und sie wusste auch, dass sie mutterseelenallein mit ihrem Wunsch dastand, das Reich des Vaters zu erkunden. Ihre drei Schwestern verspürten keinerlei Verlangen, auf dem dunklen Speicher zwischen den Fässern herumzulaufen oder den vierschrötigen Männern in ihren Lederschürzen bei der Arbeit zuzusehen.

»Mein Liebling, ich habe in meinem ganzen Leben noch keinen Fuß dort hineingesetzt. Allein der Geruch. Entsetzlich!«, versuchte die Mutter, sie zu trösten.

Helene schob trotzig die Lippen vor und schwieg. Keiner konnte sie an diesem Morgen mehr aufheitern. Die Puppe hatte sie mit den Worten: »Sie gehört dir, Lizzie. Puppenspielen ist langweilig! Außerdem bin ich dafür jetzt viel zu groß!«, ihrer verdutzten ein Jahr jüngeren Schwester Elisabeth in den Arm gedrückt.

»Aber du hast sie dir doch so sehr gewünscht!«, protestierte ihre Mutter fassungslos.

»Da war ich erst sieben, Mutti«, gab sie trotzig zurück.

Das alles ging Helene noch einmal durch den Kopf, während sie voll ungestillter Neugier aus ihrem Zimmerfenster zu dem dreistöckigen Speicher auf der anderen Seite des kopfsteingepflasterten Hofs hinübersah und den unvergleichlichen Duft einatmete. Das ist der Anteil für die Engel, hatte ihr Vater ihr einmal erklärt, und dass dieser den Fässern entweichende Alkohol den Rum weicher mache. Lene hatte jedes Wort aufgesogen, denn es war die absolute Ausnahme, dass ihr Vater sie in die Geheimnisse seines Geschäfts einweihte.

In dem Moment vernahm sie das Klappern eines Pferdefuhrwerks, und sie zuckte zurück, aber nur so weit, dass sie noch den Überblick behielt. Sie wollte nicht dabei erwischt werden, wie sie von ihrem Ausguck beobachtete, was dort unten geschah. Ihr Vater kam nun mit ausgebreiteten Armen aus dem Kontorhaus, um den Besucher, der neben dem Kutscher gesessen hatte und nun vom Bock gestiegen war, herzlich zu begrüßen. Gemeinsam verließen die beiden Herren daraufhin recht eilig den Hof. Auch das Prozedere kannte Helene bereits von ihren zahlreichen Beobachtungen. Der andere Mann war ein Großabnehmer aus Kappeln, und immer wenn er seine Lieferung abholte, gingen die beiden ein paar Häuser weiter zu Henningsen, um ihren Kontrakt bei einem guten Schluck und einem deftigen Mahl zu feiern.

Diese Ausflüge ihres Vaters in »die Spelunke für Fahrensleute« waren ihrer Mutter stets ein Dorn im Auge. Besonders seit der Papagei, den Piet Henningsen als ausgemusterter Seemann zusammen mit Souvenirs aus aller Welt nach Flensburg mitgebracht hatte, ihre Mutter angeblich einmal schrecklich blamiert hatte. Jedenfalls hatte Onkel Carl diese Anekdote einst lautstark in einer Männerrunde auf Gut Runohr zum Besten gegeben, nicht ahnend, dass seine sechsjährige Nichte vor der angelehnten Tür jedes Wort mit anhören konnte. Er behauptete, eines Tages wäre ihre Mutter wie eine Furie in das Lokal gestürmt gekommen und hätte unverrichteter Dinge wieder abziehen müssen, nachdem der freche Papagei ihr hinterhergerufen hätte: »Hest du ok betolt?« Über diese Geschichte durfte man im Haus Danneberg allerdings kein Wort verlieren. Das konnte Helene sehr gut verstehen, denn wenn das wirklich passiert war, genierte sich ihre Mutter sicherlich furchtbar, dass sich die betrunkenen Gäste auf die Schenkel geschlagen hatten, weil ein Papagei eine feine Dame wie sie bezichtigt hatte, die Zeche zu prellen. Ihre Mutter war eine besonnene und überaus korrekte Person. Deshalb hielt Helene das Ganze auch eher für ein dummes Gerücht.

Ihre Eltern hatten selten Streit, aber diese Kneipenbesuche am helllichten Tag sorgten für einigen Unfrieden. Ihre Mutter verlieh dann in der Regel mit tränenerstickter Stimme ihrem Unmut darüber Ausdruck, während der Vater jedes Mal hoch und heilig schwor, in Zukunft nicht mehr bei Piet Henningsen zu versacken. So streng er auch als Vater sein konnte, der Mutter gegenüber war er stets sanft wie ein Lamm. Das änderte allerdings nichts daran, dass er sich keinerlei Vorschriften machen ließ und lediglich versuchte, noch diskreter vorzugehen.

Deshalb waren die beiden Männer wohl nun auch so überstürzt vom Hof geflüchtet, mutmaßte Helene amüsiert. Sie stockte. So schnell würde ihr Vater nicht zurückkehren. Das war *die* Gelegenheit!

Ohne weiter zu überlegen, verließ sie ihr Zimmer und eilte die Treppe hinunter. Sie atmete auf, als sich die Hintertür ganz leise hinter ihr schloss, denn sie war keiner Menschenseele begegnet.

Mit klopfendem Herzen schlich sie sich an dem Pferdefuhrwerk vorbei, das gerade mit Fässern beladen wurde. Immer in der Angst, einer der Männer in den Lederschürzen könnte sie im Nacken packen und am Betreten des Speichers hindern. Doch da war sie bereits durch die offene Tür in das Innere gelangt. Dort blieb sie erst einmal stehen und versuchte, ihren fliegenden Atem zu beruhigen, bevor sie sich vorsichtig umsah und ihr Blick an der Treppe hängen blieb. Auf Zehenspitzen stieg sie die knarzenden Stufen nach oben und erschrak, als ein Mann im Alter ihres Vaters sie mit großen Augen anstarrte.

»Wen haben wir denn da? Ein Engelchen?«, fragte er verwundert. Helene sah an sich hinunter. Sie trug, wie stets zu ihrem Geburtstag, ein weißes Kleid. Und wie jedes Jahr fiel ihr Geburtstag in die Sommerferien.

»Was machen Sie da?«, erwiderte sie neugierig, ohne seine Frage zu beantworten. Und schon war sie ganz dicht an den Kupferkessel getreten, in dem eine für ihre Nase wohlriechende Brühe brodelte. Daher kam also der teils süßliche Geruch, der auch vor den hinteren Räumen des Wohnhauses der Familie nicht haltmachte und vor dem sich ihre Schwestern ekelten. Nach vorne heraus lag das Gebäude an der Förde, was ihnen stets einen frischen Ostseewind bescherte. Ihre Schwestern Lizzie und Jette hatten sich im Gegensatz zu ihr darum gerissen, ein Zimmer mit Blick zum Wasser zu haben.

»Ich stelle einen Rumverschnitt her. Schau, die klare Flüssigkeit hier, das ist reiner hochprozentiger Rum, den wir mit –« Er deutete auf eine andere Karaffe, »– dieser Sorte mit Getreideschnaps mischen.« Mit offenem Mund sah sie zu, wie er diese Substanzen zusammenrührte.

»Und willst du mir jetzt verraten, wie du heißt?«, fragte er, ohne den Blick vom Kessel zu nehmen.

»Ich bin Lene, aber bitte petzen Sie nicht meinem Vater, dass ich hier gewesen bin!«

Er warf ihr einen prüfenden Blick zu, und sie sah ein gewisses Verständnis aus seinen Augen blitzen.

»Ach, dann bist du die berühmte Helene.«

»Sie kennen mich?«

»Du bist Albert wie aus dem Gesicht geschnitten.« Das hörte Helene gern, denn sie war stolz darauf, dass ihr Bruder und sie einander so ähnlich sahen, aber ihr Stolz war verflogen, als sie ihn lachend sagen hörte: »Das ist also das Mädchen, das am liebsten später eine Lehre zum Destillateur machen würde!«

»Woher wissen Sie das?«

»Dein Vater hat uns von deinen Absichten berichtet.«

»Und er lacht mich deshalb aus! Genauso wie Sie, nicht wahr?«, fauchte Helene erbost.

Sein Lachen verebbte. »Kind, nein, das verstehst du falsch. Dein Vater ist stolz auf dich, aber sieh mal, dein Bruder wird sein Nachfolger. Und du wirst später einmal heiraten und …«

»Ich will nicht heiraten!«, zischte sie. »Und ich möchte auch nur einmal den Speicher ansehen und die Fässer. Ich habe doch heute Geburtstag, und das ist mein größter Wunsch.« Sie hob beschwörend die Hände.

Er stieß einen Seufzer aus. »Na gut, Helene, dann komm mit. Ich werde dir alles zeigen. Aber das muss wirklich unser Geheimnis bleiben. Dein Vater wird mich noch entlassen, wenn er erfährt, dass ich dir das Rumhaus gezeigt habe.«

Erschrocken ließ Helene die Arme sinken. »Aber das will ich auf keinen Fall!«

»Keine Sorge, ich habe maßlos übertrieben. Ich habe als junger Bursche schon für deinen Großvater gearbeitet. Ich kann das verantworten.« Er zwinkerte ihr verschwörerisch zu und nahm sie bei der Hand. Gespannt ließ sich Helene über eine noch engere Stiege in das nächste Stockwerk des Speichers führen. Ihre Augen leuchteten beim Anblick der vielen Fässer, die dort im Schein einer schummrigen Gaslampe lagerten. Hier oben roch es angenehm nach dem alkoholgetränkten Holz. Lene atmete diese Luft gierig ein.

»Darf ich?«, fragte sie und machte sich, ohne eine Antwort abzuwarten, von seiner Hand los. Mit einem Satz war sie im ersten Gang zwischen den Fässern verschwunden. Ohne Angst ging sie bis zum Ende und von dort in eine weitere Reihe, in der die großen Fässer lagerten. Bis sie an die Luke kam, die sie von ihrem Zimmer aus schon so oft gesehen hatte. Dort gab es einen großen Flaschenzug, mit dem die Fässer hoch- und hinuntergezogen wurden.

Sie streckte ihren Kopf aus der Luke, doch dann trat sie erschrocken zurück. Dort unten im Hof stand ihre Mutter und blickte sich suchend um. An der Hand hielt sie Jette, die ihren Blick nach oben gewandt hatte, als wüsste sie, wo sich ihre große Schwester versteckt hatte. Helene liebte ihre kleine Schwester über alles, obwohl sie so anders aussah als ihre Schwestern und sie. Jette, die eigentlich Henriette hieß, aber so nannte sie keiner, hatte große braune Augen und dunkle Locken. Aber gerade diese Unterschiedlichkeit zu den übrigen Danneberg-Schwestern faszinierte Helene. Vor lauter Begeisterung für die Kleine wäre sie beinahe aus der Deckung gekommen, aber da hatte sich bereits eine schwere Hand sanft auf ihre Schulter gelegt und sie in das Innere des Speichers zurückgezogen. Es war der Destillateur, der sie davor bewahrt hatte, sich zu weit aus der Luke zu lehnen.

»Lene!«, rief ihre Mutter nun sichtlich verzweifelt. »Deine Gäste kommen gleich!«

Helenes Herz klopfte bis zum Hals. Ihre Mutter durfte sie auf keinen Fall hier oben entdecken. Wahrscheinlich würde sie das dann zwar nicht dem Vater verraten, aber sie mit diesem waidwunden Blick ansehen, den sie immer bekam, wenn Helene Dinge tat, die ihren Schwestern im Leben nicht einfallen würden: auf Bäume klettern, auf die Ostsee mit Alberts Jolle allein hinaussegeln oder sich auf dem Schulweg mit eingebildeten Burschen vom Jungen-Gymnasium prügeln … Angst kannte sie nicht vor den Kerlen, zumal ihr Bruder Albert sofort zur Stelle war, wenn es kritisch wurde. Ja, auf ihren großen Bruder konnte sich Helene verlassen.

»Ich glaube, es ist höchste Zeit. Du solltest jetzt lieber zurück ins Haus schleichen, bevor dich noch jemand ertappt«, hörte sie den freundlichen Mann hinter sich sagen.

»Wie heißen Sie eigentlich?«, fragte sie, während sie sich zu ihm umdrehte.

»Broder Bahnsen.« Er streckte ihr die Hand entgegen. Sie nahm die Riesenpranke entgegen und schüttelte sie voller Ehrfurcht. »Von Ihnen habe ich schon viel gehört. Mein Großvater redet ständig von Ihnen.«

»Das ist mir eine große Ehre, dass der alte Herr mich nicht vergessen hat. Wie geht es ihm denn?«

Helene zuckte die Schultern. Über die Gesundheit des bettlägerigen alten Mannes, der bei ihrem Onkel Henning lebte, wurde wenig gesprochen. Helene erinnerte nur, dass sie sich als kleines Kind vor dem strengen Mann gefürchtet hatte, der nun ein leidender Kranker war. Sie hatte ihn nie besonders in ihr Herz geschlossen. An ihre Oma dachte sie dafür umso lieber. Sie war so ganz anders als die Frauen, die sie sonst kannte. Die Bedstemor, wie die Kinder sie auf ihren Wunsch genannt hatten und was auf Dänisch Großmutter hieß, hatte Helene schon als kleines Mädchen mächtig imponiert, wenn sie, statt mit den Frauen beim Tee Stickarbeiten zu machen, mit den Männern beim Grog über das Geschäft fachsimpelte. So wie ihre dänische Großmutter wollte sie auch einmal werden. Bei dem Gedanken, wie sie die von ihr bewunderte Bedstemor vor ein paar Monaten zum letzten Mal wachsweiß in dem Sarg hatte liegen sehen, fröstelte es Helene.

»Tja, er hat sich von Birtes Tod nicht erholt …« Der Mann wischte sich eine Träne aus dem Augenwinkel. »Entschuldige, ich meine, deine Großmutter fehlt ihm sehr.«

»Mir auch«, pflichtete Helene ihm traurig bei und meinte in diesem Augenblick, den Hauch von Zigarrenrauch zu riechen, der die Bedstemor stets umgeben hatte. Sie war die einzige Frau, die Helene jemals hatte Zigarre rauchen sehen. Ihre Mutter fand das schrecklich und ermahnte ihre Töchter, sich bitte keine dänischen Angewohnheiten bei der Großmutter Danneberg abzugucken.

»Lene! Wo steckst du denn bloß?«, hallte es da vom Hof vorwurfsvoll hinauf.

»Dann muss ich wohl gehen«, stöhnte Helene und nahm wahr, wie besorgt Broder Bahnsen auf ihr Kleid schielte. Bevor sie nach dem Grund fragen konnte, deutete er auf einen hässlichen Fleck, der ihr ehemals weißes Kleid grau bis schwarz einfärbte.

»Wenn deine Mutter das sieht, dann weiß sie sofort, wo du gewesen bist«, sagte er und überlegte. »Pass auf, ich gehe runter und lenke sie ab. So, dass sie mit mir nach vorn an die Straße geht. Und den Moment nutzt du, um dich durch den Hintereingang zu schleichen und dich umzuziehen«, schlug er eifrig vor.

Helene nickte und folgte ihm nach unten. Dort wartete sie hinter der

Tür ab, bis ihre Mutter tatsächlich zusammen mit Broder Bahnsen den Hof verließ und durch das Tor verschwand.

In dem Moment kam ihr ein Junge entgegen, den sie noch nie gesehen hatte und den sie auf zehn oder gar elf schätzte. Er ging grußlos an ihr vorbei zum Allerheiligsten ihres Vaters. Ohne daran zu denken, dass sie auf dem schnellsten Weg ins Haus schlüpfen sollte, rief sie: »Halt, da darfst du nicht einfach reingehen. Das ist verboten!«

Der große blonde Junge drehte sich um. An seiner abgewetzten Kleidung konnte sie auf einen Blick erkennen, dass er sicher nicht aus einem der Handelshäuser kam, sondern eher aus der Neustadt.

»Ohaueha«, gab er mit spöttischem Ton zurück. »De Juschkatrin hat een anne Marmel!«

»Wie redest du denn? Petuh spricht man nicht, sagt meine Mutter!«, fuhr sie ihn an. »Und was heißt das überhaupt?«

Er verdrehte die Augen. »Dass du ein unordentliches Mädchen mit einem verschmutzten Kleid bist und einen Vogel hast …« Er tippte sich an die Stirn. »Und dass du mir gar nichts zu sagen hast. Mein Vater ist nämlich der Meister von all das da.« Er deutete stolz auf das Rumhaus.

Helene kämpfte kurz mit sich, den Lügner ungestraft ziehen zu lassen, weil sie dringend im Haus verschwinden sollte, doch ihr Kampfgeist siegte über die Vernunft.

»Du bist ein Lügner! Meinem Vater gehört das Rumhaus, und ich verbiete dir, es zu betreten!«, fauchte sie.

»Und wenn dein Vater der liebe Gott wäre, ich bringe jetzt meinem Vater sein Mittag.« Mit diesen Worten setzte er seinen Weg unbeirrt fort. Beim Tor drehte er sich noch einmal um. »In ein paar Jahren werde ich selber hier arbeiten!«, verkündete er voller Stolz.

»Wirst du nicht, weil ich dann Direktor bin. Und du bist mir zu frech!«

»Ich bin vermuten, du tünst 'n büschen. Ein Mädchen als Direktor vom Rumhaus?« Und schon brach er in schallendes Gelächter aus.

Wutentbrannt drehte sich Helene auf dem Absatz um. »Ich werde es euch allen noch zeigen!«, schimpfte sie, während sie durch die angelehnte Hintertür ins Haus schlüpfte.

Sie war schon bei der Treppe im Wohnhaus, als sie hinter sich ihre älteste Schwester Käthe vorwurfsvoll sagen hörte: »Lene, was hast du bloß mit deinem Kleid gemacht? Mutti wird schimpfen.«

Sie machte eine wegwerfende Bewegung. »Ist nicht so schlimm. Ich ziehe mich um, bevor ich ihr unter die Augen trete.«

Ihre ältere Schwester schüttelte den Kopf. »Aber, Kleines, das merkt sie bestimmt. Das ist doch dein Geburtstagskleid.«

Ihre Schwester hatte recht. Sie besaß kein zweites weißes Kleid. Eine andere Farbe würde ihre Mutter auf jeden Fall stutzig machen.

»Und nun?«

»Komm schnell!« Käthe zog sie eilig die Treppen empor zu ihrem Zimmer. Auch sie wohnte noch nach hinten raus, aber nicht, weil sie den Geruch von Alkohol und Holzfässern liebte, sondern weil sie ihren Schwestern jederzeit den Vortritt ließ. Ihr schien immer nur wichtig zu sein, dass es den anderen gut ging. Helene zuckte wie jedes Mal zusammen, wenn sie Käthes Zimmer betrat. Über ihrem Bett hing nämlich ein Gemälde, das den Herrn Jesus mit der Dornenkrone zeigte. Als kleines Kind hatte sie ihre Schwester einmal gefragt, ob das Blut ihr beim Schlafen nicht direkt auf den Kopf tropfen würde. Mit Engelsgeduld hatte Käthe Helene Jesus' Leidensgeschichte erzählt und ihr versichert, dass dies aber nur ein Bildnis sei. Trotzdem erschrak Lene jedes Mal aufs Neue bei diesem Anblick. Und es gruselte sie die Vorstellung, dass sich Käthe dieses Bild, das ihre Mutter wohl von ihrer Mutter geerbt und auf dem Dachboden gelagert hatte, freiwillig als Zimmerschmuck ausgesucht hatte. Aber Käthe liebte ihren Herrn Jesus Christus so sehr, wie sie Lene gegenüber stets betonte, dass sie sein Leiden nicht fürchtete.

Helene aber wandte den Blick hastig von dem Gemälde ab, während Käthe zu ihrem Kleiderschrank eilte und ein schneeweißes Kleid hervorholte, das Lenes verschmutztem wie ein Ei dem anderen glich. »Mutti lässt uns stets dasselbe schneidern, damit sich keine von uns benachteiligt fühlt, aber mir ist es mittlerweile zu klein. Das müsste ich ohnehin an Lizzie oder dich weitergeben.«

Genervt ertönte die Stimme der Mutter unten im Haus. »Lene! Lene! Wo bist du denn nur?«

»Komm, schnell, sonst sucht dich Mutti noch!« Käthe half ihr beim

Auskleiden und Anziehen. Erstaunt drehte sich Helene vor dem Spiegel in der Schranktür. »Als wäre es meins«, stieß sie verwundert hervor.

»Es gehört dir«, sagte Käthe. Helene gab der Schwester einen Kuss auf die Wange. »Wenn ich dich nicht hätte«, seufzte sie und rannte aus dem Zimmer.

Unten an der Treppe lief sie ihrer Mutter in die Arme. »Kind, wo warst du denn bloß?«, fragte sie kopfschüttelnd.

»Ich, ich habe mit Käthe noch in der Bibel gelesen«, erwiderte sie mit fester Stimme. Die angespannten Gesichtszüge ihrer Mutter wurden weicher.

»Ach, mein Schatz, und ich hatte schon befürchtet, du stellst wieder irgendetwas an.«

»Aber Mutti, wie kannst du nur so etwas denken?«, gurrte Helene. »Ich habe mir vorgenommen, mit acht Jahren folgsamer zu werden und euch zu gehorchen«, fügte sie hinzu, denn es tat ihrem Herzen gut, wie sie ihre Mutter mit diesem Bekenntnis erfreuen konnte. Und ja, sie war tatsächlich ernsthaft entschlossen, sich in Zukunft weniger ungestüm zu gebärden, allerdings nur, weil Trotz der Erreichung ihrer Ziele anscheinend nicht besonders förderlich war. Vielleicht schaffte sie es mit Sanftmut, ihren Vater eines Tages davon zu überzeugen, dass ihr Platz genauso wie der von Albert im Rumhaus war … und dann wollte sie das dumme Gesicht des eingebildeten Schnackers mal sehen, der sie eben so gemein ausgelacht hatte.

1. Teil

Das Kleeblatt

Drei nordische Fräuleins jubilieren
Ihr Reifezeugnis in den Händen
Bei einer knapp, ist einzuwenden
nun zu Erwachsenen sie avancieren
Ihr heiratet jetzt, mahnen himmlisch Tante und Mama
Die gute Partie, die wartet schon
Sie ist Berufung und euer Lohn
Für Töchterchen nur den Besten, ruft der Danneberg-Papa
Doch wir pfeifen auf's Gattinnensein
Wollen erst einmal die Welt erkunden
Die Freiheit genießen unumwunden
Und nicht ins Ehejoch hinein
Wir haben uns, sind nicht allein
Eine für alle, alle für eine
Ich die deine, du die meine
Ein Kleeblatt wollen wir auf ewig sein
Mit freiem Geist und forschem Streben
Mit Mut und Kraft zu neuen Wegen
Bei Sonnenschein und auch bei Regen
Morgen beginnt das wahre Leben

Freya von Runohr, 1920

1. Flensburg, Heiligabend 1919

Nieselregen zu Weihnachten. Das war kein gutes Omen, dachte Ida Danneberg. Man konnte kaum die Lichter auf der anderen Seite der Förde sehen. Jedes Jahr dieses Bangen bis zum letzten Augenblick: Würde sich das typische »Flensburger Schietwetter« durchsetzen, oder würde es schneien und sich die Fördestadt in eine märchenhafte Winterlandschaft verwandeln? Ida zog hastig die schweren Gardinen aus Samt vor das große Fenster der klassizistischen Fassade, so als wolle sie das schlechte Wetter aussperren aus der weihnachtlichen Pracht, die den Salon im Lichterglanz erstrahlen ließ. Sie hatte gerade die Kerzen angezündet. Gleich würde sie die Flügeltüren zum Wohnzimmer öffnen und das Glöckchen läuten zum Zeichen, dass die Familie den geschmückten Weihnachtsbaum bewundern durfte. Dabei sah er seit Jahren immer gleich aus. Seit es im Haus Danneberg einen Baum gab, existierten diese bunten Holzspielzeuge, die ihn zierten. Sie wurden höchstens ergänzt von modischem Weihnachtsschmuck wie bunten Vögeln aus Glas, die vor dem Krieg der letzte Schrei gewesen waren. Dieses Jahr waren die neuen Errungenschaften allerdings keine teuren Kugeln, sondern Strohsterne, die ihre älteste Tochter Käthe gebastelt hatte. Kein Mensch würde an diesem ersten Weihnachten nach Kriegsende sein Geld für extravaganten Christbaumschmuck ausgeben. Ach, dieser verdammte Krieg, der alles zerstört hatte, dachte Ida, bevor sie noch einen prüfenden Blick auf ihr Werk warf, und hoffte wie jedes Jahr, dass noch einmal jene Freude aufkommen würde, die sie als Kind beim Anblick eines festlichen Tannenbaums empfunden hatte. Auf Gut Runohr, ihrem Elternhaus, hatte es einen ähnlichen Baumschmuck gegeben. Doch fühlte sie sich ausgerechnet an diesem Tag, an dem das größte Fest des ganzen Jahres zelebriert wurde, leer und ausgebrannt. Sie wusste genau, seit wann der Heilige Abend ihr Herz nicht mehr erwärmte. Es blieb seit jenem Weihnachten 1910 unberührt, an dem ihr jüngstes Kind, der kleine Max, eine Woche nach seiner Geburt an Heiligabend gestorben war. Ida straffte die Schultern und setzte jenes Lächeln auf, das die Familie von ihr erwartete. Sie fuhr sich noch einmal über das hochgesteckte dunkelblonde Haar, das inzwischen von grauen Strähnen durchzogen war, bevor sie die Glocke läutete und die Flügeltür weit öffnete.

Der Anblick ihrer gesammelten Familie löste gemischte Gefühle in ihr aus. Käthe wirkte in sich gekehrt wie meistens, ihre mittleren Töchter Helene und Elisabeth lächelten, ihr Mann Ole F. auch, aber die Augen zeigten, was er wirklich fühlte: tiefe Trauer. Ihre jüngste Tochter Jette vibrierte vor lauter Aufregung, ihr Vater Johann wirkte abwesend, ihr Bruder Carl lachte laut, weil er sich bereits reichlich am Rumpunsch bedient hatte, Carls Tochter Freya, die bei ihnen lebte und für sie wie eine Tochter und für die Mädchen wie eine Schwester war, wirkte peinlich berührt, denn sie hasste es, wenn ihr Vater betrunken war, Oles Bruder Henning hatte diesen leicht spöttischen Blick aufgesetzt, den er immer bekam, wenn er der Familie zuliebe derartig bürgerliche Konventionen über sich ergehen ließ, während sein Sohn Paul Idas Tochter Helene giftige Blicke zuwarf.

»Mutti, der Baum ist wunderschön«, stieß Jette ehrlich begeistert hervor, während Elisabeth sich an den Flügel setzte. Es war früher einmal Idas Aufgabe gewesen, das Weihnachtssingen zu begleiten, doch da Lizzie ein musisches Naturtalent war, hatte sie das schon vor Jahren an ihre Tochter delegiert, die das mit der ihr eignen Ernsthaftigkeit betrieb. Alles, was Elisabeth anpackte, versprach Erfolg. Sie hatte nicht nur eine Klasse übersprungen, sodass sie wie ihre ein Jahr ältere Schwester Lene und ihre Cousine Freya im Frühjahr die Schule abschließen würde. Nur würden Lene und Freya das Oberlyzeum mit der Lehramtsprüfung abschließen, während Lizzie sich nach einem brillanten Abschluss des Lyzeums mithilfe eines Lehrers der Knabenschule und als Gasthörerin auf derselben Latein und Griechisch angeeignet hatte, um ihre Hochschulreife dort mit einer externen Reifeprüfung zu erlangen. Obwohl sie von einigen der jungen Männer – und nicht nur von ihnen, sondern auch von dem ein oder anderen Lehrer – als »Blaustrumpf« bezeichnet wurde, lernte sie auch diese scheinbar schwierigen Sprachen spielend. Außerdem ließ sie solche Beleidigungen derart geschickt an sich abprallen, dass die Kritiker schnell die Lust verloren, sich an ihr abzuarbeiten. Sie war erstaunlich zäh und widerstandsfähig, aber im Gegensatz zu Lene, an der ein Junge verloren gegangen zu sein schien, dabei überaus weiblich und entwaffnend charmant. Eigentlich hätte sie schon mit dreizehn Jahren auf eine Studienanstalt wechseln müssen, die Mädchen seit einer Bildungsreform im Jahre 1908 ihren gymnasialen Abschluss ermöglichte. Nur leider gab es in ganz Schleswig-Holstein keine einzige Studienanstalt. Die befanden sich in den großen Städten wie Berlin und Hamburg. Es gab zwar fortschrittliche politische Stimmen, die unbedingt an den schlechten Bildungsbedingungen für Mädchen etwas ändern wollten, aber noch hatten Mädchen in Schleswig-Holstein nur eine Möglichkeit, ihre gymnasiale Reife zu erlangen: das externe Abitur auf einer Knabenschule. Unter diesen erschwerten Bedingungen machten sich nur ganz wenige Mädchen überhaupt die Mühe, diesen schwierigen Stoff auf eigene Faust und gegen den Widerstand der Männerwelt zu erlernen. Lizzie war zurzeit die einzige Frau, die die gymnasiale Reifeprüfung auf dem Alten Gymnasium ablegte. Sie hatte insofern Glück, weil ihr Privatlehrer in Griechisch und Latein, der große Stücke auf Lizzie hielt, an der dortigen Schule tätig war und sie auch am Unterricht teilnehmen ließ. Ida war sehr stolz auf ihre Tochter und hoffte, dass ihr Mann diesen Fleiß und das Durchhaltevermögen ihrer klugen Lizzie belohnen und ihr das Medizinstudium ermöglichen würde, denn das war ihr größter Antrieb. Sie wollte Ärztin werden, was Ole F. jedoch äußerst missfiel. Er war der Meinung, dass Lizzie diesen ganzen Unsinn wie Griechisch und Latein nicht brauchte, sondern sie damit eher mögliche Heiratskandidaten abschrecken könnte.

Die ganze Familie bis auf Idas Vater, der sich stöhnend auf einen Stuhl am festlich eingedeckten Tisch fallen ließ, versammelte sich nun um den Flügel, der bereits schon seit Generationen im »Hafen-Palais« stand, wie ihr Mann das Wohnhaus an der Schiffbrücke leicht spöttisch nannte. Mit Grausen dachte Ida an den bevorstehenden Umzug in den anderen Teil der Stadt, in dem Ole gerade eine »echte Villa«, wie er voller Stolz behauptete, für seine Familie umbauen ließ, um das Stammhaus der Dannebergs seinem Erben Albert und dessen zukünftiger Familie zu überlassen. Sie kämpfte gegen die Tränen an bei dem Gedanken, dass ihr Sohn jedoch niemals dort einziehen würde ... dafür sollte im Haus Danneberg in absehbarer Zeit ein anderer wohnen: Oles Neffe Paul.

Als Lizzie *Stille Nacht* anstimmte, überkam Ida für einen Augenblick lang jenes erhabene Weihnachtsgefühl, das sie von früher kannte. Jette hatte eine bezaubernde Gesangsstimme, die alle anderen mitriss. Ihr Nesthäkchen sang nicht nur am lautesten, sondern auch am schönsten. Ida war fest davon überzeugt, dass es Jette vorbestimmt war, später einmal auf einer Bühne zu stehen, aber das behielt sie für sich, weil für ihren Mann allein der Gedanke, dass seine Töchter einer Arbeit nachgehen könnten, befremdlich war. Dass er Lene den Besuch der höheren Schule mit dem Abschluss zur Lehrerin ermöglichte, hatte nicht etwa den Grund, dass sie später unbedingt einmal einen Beruf ausüben sollte, sondern dass sie damit als Ehefrau auf dem gesellschaftlichen Parkett glänzen konnte. Und dass sie für den unwahrscheinlichen Fall, dass sie keinen passenden Mann fand, als Lehrerin einer Tätigkeit nachging, die sich für Frauen ziemte. Dabei ahnte Ole F., dass Lene diesen Abschluss nur auf sich genommen hatte, um die Wartezeit auszufüllen, bis sie es endlich schaffte, sein Herz zu erweichen, und er ihr eine wichtige Rolle in seinem Rumreich überließ. Ida befürchtete allerdings, dass er niemals über seinen Schatten springen würde. Dass er in diesem Punkt schrecklich verbohrt war, bewies seine Entscheidung, seinen windigen Neffen Paul zu seinem Nachfolger auszubilden, während er seiner Tochter, die regelrecht für das Geschäft brannte, erst gar keine Chance geben wollte, sich zu behaupten. Er erlaubte ihr weder einen Einblick in das Rumhaus, geschweige denn würde er sie zum Destillateur ausbilden, was ihr größter Wunsch war. Dabei hatte Lene schon früh jede freie Minute heimlich im Speicher bei den Fässern verbracht, während Ida und Lenes Schwestern schon den Geruch nicht ertragen konnten. Ida wusste von Lenes heimlichen Besuchen beim alten Meister Bahnsen, und insgeheim bewunderte sie ihre Tochter für diese Hartnäckigkeit. Um die Frage seiner Nachfolge hatte Ida sogar schon einmal einen Streit mit Ole F. riskiert, aber ohne Erfolg. Dabei wäre Lene die weitaus bessere Wahl gewesen, weil sie ein Händchen für das Geschäft besaß, während Paul wenig Ahnung vom Rumhandel hatte. Aber Ole hoffte darauf, dass er das nun unter seiner Aufsicht lernen würde. Wie Ida ihre Tochter Lene und deren eisernen Willen kannte, würde sie sich allerdings noch lange nicht geschlagen geben. *Mutti, er wird Fehler machen, die Vati ihm nicht verzeiht,* hatte Lene ihr gerade neulich erst wieder prophezeit. Ida wollte zwar nicht auf das Unglück anderer bauen, aber dem jungen überheblichen Burschen gönnte selbst sie einen ordentlichen Dämpfer. Sie fragte sich, wie immer, wenn sie sich über Paul Gedanken machte, wie ein überaus integrer feiner Mann wie Henning einen derart oberflächlichen Sohn haben konnte. Offenbar hatten sich die Gene seiner flatterhaften Mutter durchgesetzt, die kurz nach Pauls Geburt mit einem brotlosen Künstler durchgebrannt war. Das Einzige, was er von seinem Vater geerbt hatte, war die Attraktivität. Paul war genauso hochgewachsen wie sein Vater und besaß ähnlich markante Gesichtszüge und dieses volle blonde Haar, das auch bei Henning noch nicht grau geworden war.

Nach dem Singen bat Ida die Familie zu Tisch. Dass es auch in diesem Nachkriegsjahr, in dem Lebensmittel knapp waren, einen Festtagsbraten gab, hatte sie ihrem Vater zu verdanken, der auf dem Gut seit Kriegsbeginn Gänse hielt und Kartoffeln anbaute. Frida, die Köchin, hatte daraus einen leckeren Schmaus zubereitet, der dem Braten in besseren Zeiten in nichts nachstand.

Als die Haushaltshilfe Lotte das Essen servierte, blickte Ida in zufriedene Gesichter. Nur ihr Vater reagierte nicht, sondern starrte leer vor sich hin. In dem Augenblick wurde Ida bewusst, dass dies wohl sein letztes Weihnachten sein würde. Sein Arzt hatte ihr neulich die Wahrheit über sein schwaches Herz gesagt und ihr keine großen Hoffnungen gemacht, dass es noch lange schlagen werde. Obwohl Idas Verhältnis zu ihrem Vater nicht besonders herzlich war, tat ihr der Gedanke, ihn zu verlieren, weh. Und außerdem machte sie sich Sorgen, ob ihr Bruder Carl seiner Tochter Freya weiterhin erlauben würde, bei ihnen im Haus zu leben. In dieser Angelegenheit hatte ihr Vater sich mit seiner Ansicht durchgesetzt, dass es für Freya besser wäre, mit ihren Cousinen in der Stadt zu leben als mit den zwei Männern allein auf dem Gut. Im Grunde genommen hieß das im Klartext, dass der alte Johann von Runohr seiner Enkelin das Zusammenleben mit seinem stets betrunkenen Sohn nicht zumuten wollte. Ida befürchtete, dass ihrem Bruder Carl das Wohl seiner Tochter nicht in dem Maße am Herzen lag wie ihrem Vater. Und Carl wäre es wohl auch herzlich gleichgültig, ob er damit das Kleeblatt, wie Lene, Lizzie und Freya sich nannten, trennen würde. Ihr tat Freya wirklich leid. Sie war doch wie ein Kind im Haus. Freya wirkte gequält, als ihr Vater nun laut und mit verwaschener Stimme das Glas auf die herrlichen Gänse von Gut Runohr erhob. Zögernd griffen auch Ole und Henning zu ihren Gläsern, um mit Carl anzustoßen.

Der Anblick ihres Mannes machte Ida das Herz noch schwerer. Er lachte, aber aus seinen Augen sprach der Schmerz über den entsetzlichen Verlust. Natürlich trauerte Ida auch um Albert, so wie sie um den kleinen Max geweint hatte, aber bei Ole war es mehr als nur der Schmerz über den Tod seines Sohnes. Mit Albert war auch die Hoffnung gestorben, dass sein eigenes Fleisch und Blut die Tradition des Rumhauses Danneberg fortsetzen würde. Ida vermutete, dass seine Wahl auf Paul gefallen war allein wegen des Namens Danneberg. Seine Töchter, so glaubte Ole F., würden den Namen ihrer Familie bei der Heirat ablegen, und dann wären die Erben der nächsten Generation keine Dannebergs mehr.

Albert wäre in jedem Fall ein würdiger Nachfolger geworden. Ida würde nie vergessen, wie der junge Soldat vor ihrer Tür gestanden hatte. Er hätte gar nichts sagen müssen. Sie hatte ihm auf den ersten Blick angesehen, dass er der Überbringer einer grausamen Nachricht war. Der junge Mann hatte mit Albert in dem Schützengraben bei Verdun gelegen, als die feindliche Granate eingeschlagen war und ihr geliebtes Kind regelrecht zerfetzt hatte. Wie jedes Mal, wenn Ida daran dachte, liefen ihr die Tränen über das Gesicht.

»Mutti, was hast du?«, fragte Jette erschrocken.

Ida warf ihrer Jüngsten einen warmherzigen Blick zu. Und sie fragte sich, wie so oft, wenn sie ihre Tochter betrachtete, warum außer ihr offenbar keiner je bemerkt hatte, dass sie die Einzige in der Familie mit braunen Augen war. Kurz schweifte sie in Gedanken an den Augenblick in ihrem Leben ab, den sie einerseits bitter bereute, wenngleich er sie in einem bislang nicht gekannten Maß beglückt hatte …

»Sie denkt an unseren geliebten Bruder. Wir sollten unbedingt ein Gebet für Albert sprechen«, schlug Käthe eifrig vor.

»Doch nicht bei Tisch«, widersprach Paul. »Das hättet ihr vorhin in der Kirche machen können!«

»Ich habe im Gottesdienst für ihn gebetet, aber ich finde, wir können es gar nicht oft genug tun«, widersprach Käthe ihrem Cousin.

»Ich bin ganz deiner Meinung«, pflichtete Ida ihrer Ältesten bei. »Vor der Bescherung werden wir ein Gebet für Albert sprechen.«

»Das macht ihn auch nicht wieder lebendig«, brummte Ole F., der zu Idas großem Verdruss nicht mehr allzu viel vom lieben Gott hielt. Dass er an diesem Tag überhaupt mit der Familie in die Marienkirche am Nordermarkt gekommen war, hatte sie viel Überredungskünste gekostet. Als Max tot in seiner Wiege gelegen hatte, war aus dem gläubigen Christen ein Zweifler in Sachen Glauben geworden. Den Rest an Frömmigkeit hatte er verloren, als er von Alberts Tod erfahren musste. Letztlich hatte ihn allein Idas Furcht vor dem Gerede der Leute überzeugt. Was sollten die wohl denken, wenn der Patriarch sich am Heiligabend nicht in der Kirche blicken ließ?

Nachher glauben sie noch, du hältst es jetzt wie dein Bruder und gehst lieber in die dänische Kirche, hatte Ida listig zu bedenken gegeben. Und wenn Ole F. etwas nicht wollte, war es, das dänische Erbe der Mutter nach außen zu tragen. So wie sein Bruder es zu tun pflegte.

Henning sah sich viel mehr als Däne denn als Deutscher. Etwas, das Ole F. ganz und gar nicht verstehen konnte. Er war ein Deutscher wie sein Großvater, der dem Rumhaus zu seiner Blüte verholfen hatte, oder auch sein Vater. Und obwohl seine Mutter dänische Wurzeln besaß, hatte sie ihre Söhne vorwiegend in deutscher Tradition erzogen. Bis auf einige Ausnahmen, die sie ihrem Mann immer wieder abgetrotzt hatte. Manches hatte sie ihren Söhnen aber auch ohne seine Erlaubnis beigebracht. Henning hatte wohl schon als Kind eine starke Affinität zu seiner dänischen Verwandtschaft besessen, während es Ole stets mit den Dannebergs gehalten hatte.

Dieses Thema war auf jeden Fall ein ständiger Zankapfel zwischen den beiden Brüdern. Ida wunderte es, dass sie sich an diesem Abend noch gar nicht über die geplante Volksabstimmung in die Haare geraten waren. Ole missfiel es außerordentlich, dass man den einfachen Leuten so viel Macht gab, darüber abzustimmen, ob ganze Städte und Landstriche in Zukunft zu Dänemark oder Deutschland gehören sollten. Insgeheim befürchtete er nämlich, die Stimmen für Dänemark könnten in der Mehrzahl sein. Er wollte auf keinen Fall, dass seine Stadt dänisch wurde, während Henning die nicht ganz unberechtigte Ansicht vertrat, dass Nordschleswig immer schon zu Dänemark gehört habe. Beide aber beanspruchten eine Parole aus dem Vertrag von Ripen, der einst Schleswig und Holstein zusammengeschweißt hatte, für sich: *Up ewig ungedeelt!*

Allerdings vertrat Henning den Standpunkt, die Tatsache, dass damals das dänische Königshaus regiert hatte, unterstreiche den dänischen Anspruch auf dieses Gebiet. Das tat Ole als Unsinn ab, weil, wie er sagte, das dänische Königshaus im Jahr 1460 der deutschen Ritterschaft damals umfassende Privilegien hatte erteilen müssen, die man den Deutschen heute nehmen wolle.

Henning hatte sogar angekündigt, im Fall, dass Sonderburg im Rahmen der Abstimmung an Dänemark fiele, ins Rumgeschäft einzusteigen, um die Dänen dort mit Danneberg-Rum zu versorgen. Für Ole F. ein Frevel schlechthin, zumal er seinem Bruder nicht zutraute, den guten Namen der Dynastie angemessen zu vertreten. Schließlich hatte er sich damals von ihrem Vater mit einem ordentlichen Sümmchen dafür auszahlen lassen, dass er seinem Bruder die Geschäfte überließ.

Für Ole war Henning ein reicher Bohemien, der behauptete, dass das Schreiben von Zeitungsartikeln Arbeit sei. In den Augen eines Kaufmanns wie Ole F. war das keine ehrenwerte Beschäftigung für einen erwachsenen Mann. Besonders übel nahm Ole seinem Bruder, dass dieser für die Dannewerk-Bewegung eintrat.

Die Anhänger dieser Bewegung behaupteten, dass alles, was nördlich des in der Nähe von Schleswig befindlichen mittelalterlichen Befestigungswalls der Dänen liege, dänischer Boden sei. Wenn er das wenigstens nur am Familientisch von sich geben würde, pflegte Ole zu beklagen, aber dass er den Unsinn auch noch in Artikeln für die dänische Zeitung, der Flensborg Avis, verbreiten musste, brachte ihn zur Weißglut. Wenn Ole richtig in Fahrt war, beschimpfte er seinen Bruder auch gern mal als »Speckdänen«, wie Deutsche, die für Dänemark angeblich aus rein materiellen Gründen abstimmen wollten, neuerdings gern in der Hitze der Abstimmungskämpfe verunglimpft wurden.

Doch Ole war wohl viel zu angeschlagen, um mit seinem Bruder einen Streit über dieses Thema anzuzetteln. Und auch Henning, dem der Zustand seines Bruders nicht verborgen blieb, war an diesem Abend längst nicht mehr so diskutierfreudig wie sonst. An anderen Tagen hätte es keine fünf Minuten gedauert, und die ungleichen Brüder hätten sich gezankt.

Die einzige kleine Provokation ihres Schwagers hatte Ida glücklicherweise noch rechtzeitig entdeckt, den kleinen Dannebrog, die dänische Fahne aus Papier, die er unauffällig in den geschmückten Baum geschmuggelt hatte. Wenn Ole den entdeckt hätte, hätte es kein Halten mehr gegeben. Natürlich entging ihr keineswegs der suchende Blick ihres Schwagers nach dem kleinen Ausdruck seiner Gesinnung, denn zu einem dänischen Tannenbaumschmuck gehörten die Fähnchen oder zumindest rote und weiße Bänder in den Landesfarben.

Idas und sein Blick trafen sich, und Henning funkelte sie scheinbar strafend an, aber seine Augen strahlten Wohlwollen aus. Er konnte seiner Schwägerin gewiss nicht übel nehmen, dass sie den Stein des Anstoßes noch rechtzeitig entfernt hatte. Aber aus seinen Augen sprach zugleich eine vorwitzige Ankündigung, dass er es noch nicht aufgegeben hatte, dieses Weihnachtsfest mit dänischen Spuren zu versehen. Er zwinkerte seiner Schwägerin zu. Ida schenkte ihm ein Lächeln. Sie war wirklich sehr froh, dass die beiden Streithähne an diesem Abend friedlich waren.

Dafür stritten sich jetzt ihre Kinder. Ida hörte ihre Tochter Helene gerade wenig damenhaft sagen: »Du bist doch zu blöd, einen Rum vom Verschnitt zu unterscheiden!«

»Das hättest du wohl gern!«, konterte Paul.

»Ja, dann erzähl uns doch mal, wie sich ein Rumverschnitt zusammensetzt?«, fragte Lene lauernd. »Na, wie viel reinen Rum muss er enthalten, und wie viel nehmen wir, um die Danneberg-Qualität zu erreichen?«

»Helene! Hör bitte auf, deinen Cousin wie einen dummen Jungen zu behandeln! Das wird nichts an meiner Entscheidung ändern!«, maßregelte Ole seine Tochter.

»Du wirst dich noch wundern, wenn er den guten Namen Danneberg verspielt hat! Wenn du wüsstest, was drüben geredet wird über deinen unfähigen Nachfol…« Lene unterbrach sich hastig.

»Lene, nicht streiten. Heute ist Weihnachten«, mischte sich Käthe ein.

»Ja, Schwesterherz, das Fest der Liebe. Aber nicht, dass ihr später behauptet, ich hätte Vater nicht gewarnt!«, zischte Lene.

Die Antwort war ein lauter Knall, denn Ole hatte mit der Faust auf den Tisch gehauen. Ida mutmaßte, dass er deshalb so scharf reagierte, weil er im Grunde seines Herzens nicht wirklich davon überzeugt war, mit Paul die richtige Wahl getroffen zu haben.

Der kleine Zwischenfall war in dem Moment vergessen, in dem Lotte den Nachtisch, den Milchreis mit den in Rum eingelegten Früchten, servierte, vor allem, als Carl sich eine große Portion der Früchte auffüllte und den Reis nicht anrührte. Es ist zum Schämen, dachte Ida und warf ihrer Nichte einen tröstenden Blick zu. Freya war nämlich anzusehen, wie sehr sie darunter litt, dass ihr Vater sich derart danebenbenahm. Ida fragte sich, ob sein Absturz erst mit dem Tod seiner Frau begonnen oder ob er nicht schon viel früher mit dem Trinken angefangen hatte. Sie erinnerte sich zumindest an ein Saufgelage, das er zusammen mit seinen Schulfreunden auf Gut Runohr zelebriert hatte mit dem Ergebnis, dass er in die Aue hinter dem Haus gefallen war und beinahe darin ertrunken wäre.

Nach ein paar Bissen der köstlichen Nachspeise spürte sie die Wirkung der Rumfrüchte, denn sie trank so gut wie nie Alkohol. Aus dem Augenwinkel beobachtete sie, wie sehnsuchtsvoll ihre Tochter Jette zu den Geschenken unter dem Tannenbaum blickte. Offenbar versuchte sie herauszubekommen, ob sie wohl das heiß ersehnte Akkordeon bekommen würde. Ihr Schwager Henning hatte bei einem Nachbarn eine unbenutzte Quetschkommode entdeckt und ihrer Tochter den Floh ins Ohr gesetzt, sie müsse das Instrument unbedingt lernen. Musisches Talent war ihr schon in die Wiege gelegt. Kein Wunder, bei dem … Erschrocken unterbrach Ida ihren Gedanken. Nein, nicht einmal denken sollte sie daran!

Bevor sie die Familie aufforderte, in die Sofaecke zu wechseln, bat sie die anderen, die Hände zu falten und ein paar Minuten für Albert zu beten. Und zwar jeder für sich. Merkwürdigerweise konnte sie sich in Gedanken gar nicht auf ihren Sohn konzentrieren, sondern wurde mit einem Mal von einer Art Panik ergriffen. Sie spürte beinahe körperlich, dass der Tod ihr in absehbarer Zeit nicht nur den Vater nehmen würde, sondern dass er auch schon wieder um dieses Haus schlich, um sich noch mehr zu holen als ihre beiden Söhne.

Da hörte sie Käthe wie von ferne sagen: »Nun wird alles wieder gut.« Wie gern würde sie den Optimismus ihrer Tochter teilen, doch die Angst ließ sich auch durch diese Worte nicht vertreiben. Im Gegenteil, sie lähmte sie so sehr, dass ihr das Lächeln, das sie für die Familie aufgesetzt hatte, auf den Lippen gefror.

2. Flensburg, Dezember 1919

Der Bootsschuppen war kein komfortabler Ort für ein Stelldichein, aber im Winter der einzige Platz außer dem Lagerraum für die Fässer, in dem sie ein Dach über dem Kopf hatten. Ein heimliches Treffen oben im Rumhaus schien Helene aber im Moment zu gefährlich. Jetzt, wo Paul dort ein und aus ging, wollte sie nicht riskieren, ausgerechnet von ihm erwischt zu werden. Nicht auszudenken, dass ihr Vater von diesem Verhältnis erfuhr. In dem Fall konnte sie ihre Hoffnung darauf, doch den in ihren Augen angemessenen Platz im väterlichen Unternehmen einzunehmen, endgültig begraben.

Helene strich fast zärtlich über das Unterbodenschiff der *Augusta,* die aufgebockt im Schuppen des Segelvereins lag. Den alten Gaffelkutter hatte ihr Vater einst für den begeisterten Segler Albert auf der Werft von Bootsbauer Isaack zur Jacht umbauen lassen und nun Helene zur Verfügung gestellt. Nicht geschenkt, sondern als eine Dauerleihgabe, betonte er, so als ob er insgeheim doch noch auf Alberts Rückkehr aus dem Krieg hoffte. Noch war sie das Boot nicht allein gesegelt, aber sie konnte kaum das Frühjahr abwarten, wenn die *Au-*

gusta aus dem Winterlager ins Wasser gelassen wurde. Dann würden auch die heimlichen Treffen einfacher werden. Sie musste nur in einem der kleinen dänischen Häfen anlegen und Klaas an Bord nehmen. Dann konnten sie sich irgendwo auf Anker in einer abgelegenen Bucht ohne Angst vor Entdeckung der Leidenschaft hingeben. Wobei es bislang noch nicht zum Äußersten gekommen war, wie Lene das nannte und wonach Klaas sich verzehrte. Sie küssten sich und streichelten einander in wilder Lust, aber Helenes Angst vor einer ungewollten Schwangerschaft war stärker als die ungezügelte Leidenschaft. Wenn es brenzlig wurde, war stets sie diejenige, die Klaas' heißes Gemüt zu kühlen verstand. Und dann erinnerte sie ihn wenig romantisch daran, dass er jetzt nicht mit Inken Broders verheiratet wäre, wenn er besser aufgepasst hätte. Klaas war sehr unglücklich in dieser Beziehung, in die er blutjung hineingeschliddert war, aber seinen kleinen Niels, der bald zwei Jahre alt wurde, liebte er über alles. Deshalb, so versicherte er Lene stets mit ehrlichem Bedauern, könne er Inken nicht verlassen. Er war so verzweifelt darüber, dass Lene sich hütete, ihm zu verraten, dass sie auch ohne diese Hürde nicht im Traum daran dachte, ihn zu heiraten. Im Gegenteil, sie sah überhaupt keinen Grund dazu. Der Gedanke, ständig mit ihm zusammen zu sein, schreckte sie eher ab. Sie mochte ihn wirklich von Herzen, wobei er nicht im Geringsten jene inneren Erdbeben in ihr auslöste, wie sie es einmal in einem Roman von Hedwig Courths-Mahler gelesen hatte. Ihre Schwester Käthe verschlang diese Bücher regelrecht, obwohl sie doch am liebsten ihren geliebten Herrn Jesus heiraten würde und keinen Mann aus Fleisch und Blut. In diesen Geschichten glich das Treffen zwischen Mann und Frau stets einem Naturereignis und war mitnichten so profan wie ihre Wiederbegegnung mit Klaas vor nunmehr einem knappen halben Jahr. Ihre Eltern und die Schwestern waren zu einem Besuch bei Onkel Henning auf seinem Anwesen in Sonderburg gewesen. Ihre Abwesenheit hatte Lene ausgenutzt, um Meister Bahnsen an seinem Kupferkessel über die Schulter zu sehen, denn er hatte gerade mit einer neuen Mischung einen preiswerten Verkaufsschlager für die karge Nachkriegszeit geschaffen, der Danneberg einen anständigen Profit einbrachte.

Zu ihrem großen Schrecken war er nicht allein an seinem Arbeitsplatz, sondern ihm assistierte ein hochgewachsener blonder Lockenkopf. Da erkannte sie in ihm den Jungen mit dem ungehobelten Mundwerk, der sie als kleines Mädchen einmal ausgelacht hatte, weil sie ihm prophezeit hatte, dass sie später einmal bei Danneberg das Sagen haben würde. Nun trug er die Schürze der Destillateure, doch bevor sie dem Ausdruck verleihen konnte, hörte sie ihn bereits grinsend sagen: »Oh, die Frau Direktorin persönlich!«

»Klaas, was fällt dir ein?«, maßregelte der alte Bahnsen den Jungspund. »Das ist Lene, Dannebergs Tochter, an der in der Tat ein Destillateur verloren gegangen ist.« Er wandte sich an Lene. »Und das ist mein Ältester Klaas. Er hat bei Jensen gelernt, und nun hat dein Vater ihn eingestellt.« In seiner Stimme schwang Stolz mit. »Klaas hatte die Idee zu dem Verschnitt für jedermann.«

»Du hast es ja weit gebracht, und richtig Deutsch sprechen kannst du inzwischen auch«, bemerkte Lene. Es sollte spöttisch klingen, aber im Grunde genommen imponierte ihr der junge Mann, der schon als Knabe gewusst hatte, dass er einmal bei Danneberg in die Fußstapfen seines Vaters treten würde. Und der seine Pläne im Unterschied zu ihr auch verwirklicht hatte.

»Wenn ich das gewusst hätte, dass du wirklich eine Danneberg bist, dann wäre ich dir damals ganz sicher nicht so dumm gekommen. Ich hatte dich für die Tochter der Haushälterin gehalten.« Grinsend streifte er die Hände an seiner Schürze ab, bevor er ihr versöhnlich die rechte Hand entgegenstreckte.

»Ihr kennt euch schon?«, fragte sein Vater erstaunt.

»Wir sind uns einmal begegnet, aber das ist schon lange her!«, erwiderte Lene. Sie schnupperte am Inhalt des Kessels und rümpfte die Nase. »Hier riecht man den Kartoffelschnaps durch.«

»Mein Reden«, pflichtete ihr der alte Bahnsen bei. »Lieber eine Mark teurer, aber es darf nicht nach billigem Fusel schmecken.«

»Das finde ich auch. Überhaupt, ich bin dafür, neben dem Verschnitt wieder mehr puren Jamaikarum in den Handel zu bringen«, verkündete Lene.

»Ich bin ganz Ihrer Meinung, Fräulein Danneberg, aber im Moment kriegen wir den kaum verkauft. Da müssen wir auf bessere Zeiten hoffen«, entgegnete Klaas Bahnsen.

Das war der Anfang einer Fachsimpelei geworden, der Meister Bahnsen amüsiert lauschte. Schließlich hatte er dem angeregten Austausch jedoch ein Ende bereitet und seinen Sohn zur Arbeit angetrieben. Zufälligerweise fand an diesem Sommertag ein Jahrmarkt statt, und Klaas hatte ihr noch zugeraunt, ob sie nicht später gemeinsam einen Bummel über die Exe unternehmen wollten. Lene hatte sich nichts dabei gedacht, als sein Vater bei diesen Worten, die offenbar auch an sein Ohr gelangt waren, missbilligend den Mund verzog. Sie hatte spontan zugesagt. Der Destillateur gefiel ihr. Aus dem frechen Burschen war ein wirklich hübscher junger Mann geworden. Er sah jedenfalls wesentlich besser aus als die Kavaliere der Jungenschule, die sich früher darum gerissen hatten, Lizzie auf dem Schulweg den Ranzen zu tragen. Seit Lizzie mit diesen Burschen gemeinsam die Reifeprüfung machte, wagte das keiner mehr. Diejenigen, die sie für ihre guten Leistungen beneideten, mieden sie, und die anderen, die sie bewunderten, wollten sich nicht dabei erwischen lassen, wie sie der Streberin die Tasche trugen. Und Lizzie bestätigte Lenes Vorurteil, dass diese Kerle zu unreif waren, um sie als Männer ernst zu nehmen. Das kam dem entgegen, was Lene gern zu verkünden pflegte. Dass es in dieser Stadt keinen Burschen gab, der es wert war, einen einzigen weiteren Gedanken an ihn zu verschwenden. Jedenfalls stimmte es bis zu dem Tag, an dem sie Klaas Bahnsen wiedergetroffen hatte. Das war zweifelsohne ein echter Kerl … Wie gut, dass Lizzie und Freya ihn nicht kannten, weil sich ihre Kreise nicht berührten.

Sie hatten viel Spaß auf dem Fest gehabt, im Kettenkarussell herumgealbert, die Schiffschaukel zum Überschlag gebracht und den Lukas bis zum Anschlag getrieben. Klaas hatte ihr reichlich Komplimente gemacht und verwundert festgestellt, dass man mit so einer hübschen jungen Dame viel Spaß haben konnte. In der Schiffschaukel hatte sie den Ring an seiner rechten Hand entdeckt, aber nicht nachgefragt, was das zu bedeuten hatte. Auch nicht, als er sie zu später Stunde bis zur Haustür an der Schiffbrücke gebracht und sich mit einem innigen Kuss von ihr verabschiedet hatte. Lene hatte für den Bruchteil einer Sekunde mit dem Gedanken gespielt, dem frechen Burschen eine Ohrfeige zu verpassen, aber dann hatte sie den Kuss erwidert und ihn zu ihrer eigenen Überraschung genossen. Genauso wie seine Hände, die derweil sanft ihren Nacken massierten. Sie war danach ziemlich verwirrt in ihr Bett gefallen, weil ihr Körper in hellem Aufruhr war, aber sie nichts von dem spürte, was Freya über die Liebe zu wissen glaubte. Ihre Cousine verschlang ebenfalls alle Liebesromane, die sie in die Hände bekam. Käthe und ihre Cousine pflegten einen regelrechten Tauschhandel mit derartigen Büchern. Freya behauptete, es wäre so, als würde man schweben, wenn man sich verliebte. Und das Herz würde einem bis zum Hals schlagen. Davon merkte Lene nichts. Bei ihr hatte der Kuss ganz woanders ein heftiges Pochen ausgelöst.

Nein, verliebt war sie ganz offensichtlich nicht in Klaas. Deshalb kam sie sich auch nicht wie eine Verräterin vor, dass sie ihrer Schwester Lizzie und ihrer Cousine Freya immer noch nichts von seiner Existenz verraten hatte. Schließlich hatte sie als Anführerin ihres unzertrennlichen Kleeblatts die Parole ausgegeben, einen gewissen Abstand zu jungen Männern zu halten. Die anderen beiden waren sich darin mit ihr einig, nicht von der Schulbank direkt vor den Traualtar zu treten. Für die meisten von Lenes und Freyas Mitschülerinnen war das Oberlyzeum nur ein Ort, um eine gewisse Bildung zu erlangen, damit sie später als Gattinnen auf dem gesellschaftlichen Parkett glänzten, auch wenn der Abschluss sie durchaus dafür qualifizierte, einen Beruf auszuüben. Die Vorbilder des Kleeblatts aber waren jene modernen Frauen, die in ihrer Lieblingszeitschrift *Die Dame* porträtiert wurden. Diese einmal in der Woche erscheinende Frauenzeitschrift hatte ihnen Onkel Henning eines Tages aus Berlin mitgebracht. Lene und Lizzie waren sofort Feuer und Flamme gewesen. So extravagante Kleidung und derart spannende Geschichten konnte es ihrer Meinung nach nur in der Großstadt geben.

Freya war anfangs etwas skeptischer gewesen, aber auch nur, weil sie das missbilligende Urteil ihrer Tante Ida fürchtete, die angesichts dieser »Amazonen«, wie sie die abgebildeten Frauen bezeichnete, ihre Nase rümpfte. Doch dann hatte sich auch Freya dem aufregenden Lebensstil der Hauptstadt nicht länger verschließen können. Alle drei waren sie regelrecht wild nach dem Blatt geworden und hatten Onkel Henning bekniet, ihnen von jedem seiner Berlinbesuche – und er hatte dort häufig beruflich zu tun – eine neue Zeitschrift mitzubringen. Er erfüllte ihnen den Wunsch, bis es ihm zu bunt wurde und er einen Freund bei dem Verlag, in dem sie erschien, bat, ihm jede Woche ein Exemplar zu schicken. So waren sie nun stets auf dem Laufenden, was die moderne Frau trug, kaufte, las, im Kino sah, wie sie sich einrichtete und was sie dachte.

Da die Titelbilder von bekannten Künstlern gestaltet wurden, rissen sie sich darum, diese als Deko für ihre Zimmer zu verwenden. Lene blickte auf jene Klassenkameradinnen herab, die nach dem kaiserlichen Frauenbild, das ihnen ihre Eltern eingetrichtert hatten, nur ein Ziel verfolgten: eine gute Partie zu machen. Und die nicht einmal den heimlichen Wunsch hatten, anders zu leben als ihre Mütter. Um nicht so zu enden, war es zu ihrem Schwur gekommen, sich von den Herren der Schöpfung vorerst fernzuhalten. Trotzdem dachte sie nicht im Traum daran, nach dem Schulabschluss kleine Quälgeister zu unterrichten, sondern lauerte nur auf eins: dass Paul ein unverzeihlicher Fehler unterlief! Dann käme ihr Vater nicht länger an seiner Tochter vorbei! Dessen war sie sich sicher.

Um ihr schlechtes Gewissen Freya und Lizzie gegenüber zu beruhigen, redete sich Lene ein, dass der Austausch heimlicher Zärtlichkeiten doch nichts an ihrem Vorsatz änderte, einen eigenen Weg im Leben einzuschlagen. Aber würden die anderen beiden diesen feinen Unterschied auch wirklich verstehen? Lene befürchtete, dass sie dafür wenig Verständnis hätten. Und schon gar nicht dafür, dass sie diese Zärtlichkeiten mit dem Ehemann von Inken Broders austauschte. Die war nämlich einmal in ihrer Klasse auf dem Lyzeum gewesen und hatte die Schule dann wegen einer angeblichen mysteriösen Krankheit verlassen müssen. Wenig später hatten die Danneberg-Schwestern und ihre Cousine erfahren, dass sie sich mit einem jungen Mann danieder gelegt hatte, wie in der Schule hinter vorgehaltener Hand gemunkelt wurde. Dass Klaas der Übeltäter war und wie ein Mann zu seiner Verantwortung gestanden hatte, obwohl er sein Herz nicht an Inken Broders verloren hatte, das hatte Lene erst neulich aus seinem Mund gehört. Da wollte sie ihr Techtelmechtel natürlich sofort beenden, aber Klaas hatte sie angefleht, ihn nicht zu verlassen, und ihr eine Liebeserklärung gemacht. Daraufhin sah sie über den »kleinen Makel« hinweg, denn Klaas verstand es, in ihr eine bis dahin unbekannte Lust zu entfachen. Es musste ja keiner erfahren!

Doch wie sie es drehte und wendete und sich einredete, dass das kein Verrat gegenüber ihren Vertrauten war, ein Rest an Unwohlsein blieb bestehen. Sie hatten sich nun einmal geschworen, ein unzertrennliches Kleeblatt zu bleiben und keine Geheimnisse voreinander zu haben. Und dieses Versprechen brach sie mit ihrer Heimlichtuerei ganz sicher. Aber was sollte sie tun? Ihnen verkünden, dass sich die Regeln geändert hatten? Dass sie sich zwar mit einem Mann vergnügen, aber dabei nicht ihr Herz verlieren durften? Das wäre zumindest bei Freya verlorene Liebesmüh. Lene befürchtete nämlich, dass ihre Cousine sich in den ersten Mann, der sie anschmachtete, rettungslos verlieben und ihn vom Fleck weg heiraten würde.

Jedenfalls beneidete sie Inken Broders nicht darum, dass sie Frau Bahnsen war. Das nämlich wäre das Letzte, was Lene anstrebte. Aber das würde sie einer Freya kaum vermitteln können, die »von butterweichen Knien und aus der Brust springenden Herzen« träumte.

Wenn es nach Lene ginge, würde es genügen, Klaas einmal in der Woche privat zu treffen. Dass sie ansonsten jede Gelegenheit nutzte, ihn an seinem Arbeitsplatz zu besuchen, stand auf einem anderen Blatt. Aber auch das war in den letzten Wochen zu ihrem großen Bedauern seltener geworden, seit nun auch Paul unter Meister Bahnsens Fittichen stand und ständig am Kessel herumlungerte. So nutzte Lene neuerdings auch ihre geheimen Treffen, um Klaas über die neuesten Mischungen auszufragen. Er hatte das gar nicht so gern, wenn sie nach einem innigen Kuss plötzlich nach der Möglichkeit fragte, wann man endlich wieder edlere Mischungen kreieren konnte als gleich nach dem Krieg.

Klaas wollte Lene viel öfter sehen. Am liebsten jeden Tag. Selbst zwischen den Jahren, wo er eigentlich bei seiner Familie sein sollte, weil ihr Vater den Angestellten verordnet hatte, vier ihrer zwölf gesetzlich vorgeschriebenen Urlaubstage zu nehmen. Klaas hatte vehement darauf bestanden, sich von Frau und Kind fortzuschleichen.

Jetzt war sie allerdings froh, dass sie sich mit ihm verabredet hatte, denn zu Hause war es recht öde. Freya, Lizzie und ihre Mutter waren zum Gut Runohr gefahren, weil es dem Großvater schlechter ging. Eigentlich hatten sie die Silvesterfeier auf dem Gut absagen wollen, aber der Großvater bestand darauf, dass alles wie geplant stattfinden sollte. Es stirbt sich besser, wenn ich euch unten feiern höre, hatte er sehr zum Kummer ihrer Mutter verkündet.

Deshalb war es sehr ruhig im Haus Danneberg, denn Jette war bis Silvester zu Onkel Henning gefahren, weil er zwischen den Jahren diverse Gesellschaften für seine Berliner Künstlerfreunde gab und seine Nichte gebeten hatte, die Gäste mit einem ihrer Lieder zu unterhalten. Jette war sehr erleichtert gewesen, der gedrückten Stimmung im Haus auf die Weise entfliehen zu können. Lene beneidete sie ein wenig und wäre gern mitgefahren, aber einer musste sich ja um den Vater kümmern. Der Vater war in diesen Tagen kein guter Gesellschafter. Er hielt sich meist in seinem Arbeitszimmer auf und gab sich seiner Trauer um Albert hin.

Käthe und ihre Freundin Anna waren allerdings auch nicht besonders unterhaltsam, weil sich ihre Gespräche nur um den Einzug in das Mutterhaus der Diakonissen drehten.

Lene war gespannt, ob der Vater den Zukunftsplänen ihrer Schwester zustimmen oder versuchen würde, sie doch noch zu einer Ehe zu überreden. Die Frage war nur, mit wem. Käthe legte keinen Wert auf äußere Schönheit, und es fehlte ihr an Anmut, die bei den Danneberg-Schwestern, wie Lene mitleidslos feststellte, allein auf Lizzie und Jette verteilt worden war. Dass sie selbst auch ganz hübsch war, das wusste Lene, ohne im Geringsten kokett zu sein, aber es war in ihren Augen mehr eine burschikose Naturschönheit, mit der sie gesegnet war. Käthe besaß aber weder etwas davon noch die filigrane Attraktivität Lizzies oder die verführerische divenhafte Ausstrahlung, die Jette einmal haben würde, wenn sie ganz zur Frau herangereift war. Schon als Fünfzehnjährige vibrierte sie vor Lebenslust. Nein, Käthe hatte weder diese Lebensfreude Jettes noch die Schönheit Lizzies. Sie war etwas übergewichtig, hatte ihre kindlichen Pausbacken noch nicht gänzlich verloren und wirkte manchmal wie ein zu groß gewordenes dickes

Kind. Lene liebte sie über alles, aber für ihre Schwester interessierte sich kein Mann weit und breit. Vielleicht war das ihr Glück, und ihr Vater wäre froh, dass sie im Mutterhaus eine Zukunft hatte.

In dem Moment hielt ihr jemand die Augen zu. Klaas hatte die Gabe, sich von hinten leise anzuschleichen. Er liebte dieses Kinderspiel, was Lene etwas einfältig vorkam. Dass sie mit Klaas nicht viel mehr verband als sein Beruf und ihre erotischen Spielereien, das war Lene durchaus klar. Mehr noch, ihr genügte das.

»Wer bin ich?«, fragte er mit seiner angenehm rauen Stimme.

»Der Weihnachtsmann«, lachte Lene.

Klaas ließ die Hände sinken, und Lene drehte sich zu ihm um.

»Richtig«, erwiderte er und drückte ihr einen Kuss auf den Mund und dann ein kleines Kästchen in die Hand. Lene durchfuhr ein eiskalter Schreck. Er hatte doch nicht etwa ein Geschenk für sie. Darauf, ihm etwas zu schenken, wäre sie im Traum nicht gekommen.

»Was ist das?«

»Mach es auf«, sagte er.

Zögernd öffnete sie das Kästchen und sah im Licht der simplen Deckenlaterne einen Stein funkeln.

»Um Gottes willen, du hast doch nicht dein bisschen Geld für Schmuck ausgegeben, oder?«, entfuhr es ihr ernsthaft besorgt.

»Ich kann dich beruhigen. Dieser Ring gehörte meiner Mutter. Sie hat ihn Inken zur Hochzeit geschenkt, weil er ihr nicht mehr passte.«

Lene schnappte vor Empörung nach Luft. »Aber den kannst du ihr doch nicht einfach wegnehmen!« Sie hatte wirklich keine besonders hohe Meinung von Inken Broders, aber dass ihr Mann sie bestahl, hatte sie nicht verdient. Außerdem würde Lene niemals ihren Ring tragen.

»Lene, du glaubst doch nicht, dass ich ihn ihr gemopst habe! Nein, er passt ihr nicht, und sie hat mich gebeten, ihn für schlechte Zeiten wegzulegen. Damit ich ihn versilbern kann.«

»Ja, aber, das, das ist doch vernünftig. Du kannst ihn mir doch nicht einfach schenken.« Einmal abgesehen von der Tatsache, dass sie sich genauso wenig aus Schmuck machte wie ihre Schwester Lizzie, wollte sie auf keinen Fall einen Ring von ihm annehmen.

»Bitte, ich möchte wissen, wie er an deiner Hand aussieht.«

Widerwillig steckte sich Lene den Ring an. Leider passte er perfekt und sah auch wirklich hübsch aus. Er war nicht protzig, sondern von schlichter Eleganz.

»Ich wusste es. Er ist für dich gemacht«, rief Klaas begeistert aus, aber da hatte Lene ihn sich schon hektisch vom Finger gezogen und in das Kästchen zurückgelegt.

»Klaas, das kann ich nicht annehmen. Und außerdem mache ich mir nichts aus Schmuck. Und selbst wenn, wie soll ich das erklären, wie ich zu diesem schönen Stück gekommen bin? Ich kann ihn nicht tragen!« Das klang strenger als beabsichtigt, und Klaas' betroffener Miene konnte sie entnehmen, dass er nicht weiter versuchen würde, ihr den Ring aufzudrängen.

Stattdessen legte er vorsichtig den Arm um sie. »Das weiß ich doch. Ich nehme ihn wieder mit. Und du sollst ihn ja auch nicht jetzt gleich tragen, sondern später, wenn wir offen zu unserer Liebe stehen können. Wenn du mit der Schule fertig bist und wir beide hier …«

Lene klopfte das Herz bis zum Hals, aber nicht, weil seine Worte sie in einen Liebesrausch versetzten, sondern weil sie panische Angst bekam. Was redete er denn da? Es würde kein Später geben! Und kein hier …

»Klaas, bitte hör auf! Wir wissen beide, dass wir damit irgendwann aufhören müssen. Denk doch bitte an deinen kleinen Niels.«

Klaas sah sie mit waidwundem Blick an. »Du weißt, dass ich für meinen kleinen Sohn alles geben würde, aber ich kann nicht mit dem Gedanken leben, dass ich dich eines Tages aufgeben muss.«

Sie fuhr ihm mit gemischten Gefühlen durch das Haar. Natürlich rührte sie sein Bekenntnis auch irgendwie. Sie besaß kein Herz aus Stein, aber einen glasklaren Verstand, der über solche Gefühlswirren erhaben war. Und der sagte ihr in aller Deutlichkeit, dass diese Affäre endlich war. Dass sie weder seine Frau werden konnte noch wollte.

Als seine Lippen zärtlich ihren Mund berührten, da wusste sie, dass sie es beenden musste, aber nicht an diesem Tag.

3. Gut Runohr, Silvester 1919/1920

Der Jahreswechsel wurde traditionsgemäß auf Gut Runohr gefeiert. Das war das zweite große Familienfest, bei dem die ganze Familie zusammentraf. Insgesamt waren es drei, denn auch Ostern wurde gemeinsam gefeiert. Sogar Onkel Henning und sein Sohn Paul waren mit von der Partie, wenngleich Onkel Henning für den »Krautjunker«, wie er den Bruder seiner Schwägerin Ida herablassend nannte – eine Verunglimpfung, die eigentlich dem ostelbischen Landadel vorbehalten war –, nur Verachtung übrighatte. Das konnte er schwerlich verbergen. Es war weniger Carls Trinkverhalten, das ihn abstieß, als vielmehr seine grobschlächtige Art, hatte er seiner Nichte einmal anvertraut. In Hennings Augen besaß er einfach keine Kinderstube und krude politische Ansichten.

Elisabeth konnte ihn sehr gut verstehen. Auch sie fand ihren Onkel mütterlicherseits nur peinlich. Er hatte gerade beim Mittagessen lautstark und betrunken Reden geschwungen, dass er Gut Runohr wieder zu alter Blüte verhelfen würde, wenn man die roten Verbrecher, die jetzt an der Regierung waren, wieder in ihre Rattenlöcher gejagt hatte. Ihr Großvater Johann war bei jedem dieser groben Sprüche tiefer in seinen Stuhl gesunken. Lizzie wusste, dass sich der alte Mann den Kaiser zurückwünschte und keinerlei Sympathien für die junge Republik hegte, aber er verabscheute es, wenn man seine politischen Ansichten unflätig in die Welt hinausposaunte. Das entbehrte seiner Meinung jeglicher guter Erziehung. Lizzie hatte nie ein wirklich herzliches Verhältnis zu ihrem Großvater mütterlicherseits entwickelt, aber er tat ihr von Herzen leid. Wie er, dem Tod geweiht, diese Abstürze seines Sohnes miterleben musste. Darüber, dass er bald sterben würde, wurde in der Familie nicht geredet, aber Lizzie sah es ihm an. Sie hatte seit jeher ein ausgeprägtes Interesse an Medizin und gerade neulich in einem Fachbuch über die Symptome einer Herzschwäche gelesen. Und alles traf auf ihren Großvater zu: die Kurzatmigkeit, die auffallende Blässe und die Schwellung seiner Handgelenke.

Als er seine Enkelin nach dem für Silvester typisch kargen Mittagessen bat, ihn in sein Schlafzimmer zu bringen, zögerte sie nicht, obwohl sofort ihre Mutter aufsprang und das für sie erledigen wollte, aber der alte Mann schüttelte unwirsch den Kopf und bellte: »Lizzie begleitet mich!«

Oben angekommen, schickte er sie gleich wieder nach unten mit den Worten: »Ich muss jetzt schlafen, und wenn der Herrgott es gut mit mir meint, lässt er mich nicht mehr erwachen.« Wie recht er doch mit diesem Wunsch hat, dachte Lizzie und verzichtete darauf, ihn mit den üblichen Floskeln wie: »Ach, Großvater, das darfst du doch gar nicht denken«, zu verärgern.

Als sie in die Diele zurückkehrte, begegnete ihr Onkel Henning, der verkündete, dass er sich die Füße vertreten wolle.

»Warte, ich hole nur meinen Mantel und komme mit.«

So flüchteten sie gemeinsam vor Carls alkoholgeschwängerten Spinnereien an die Ostsee. Ihr Onkel hatte seinen Vorkriegs-Adler unbeschadet über den Krieg retten können und sogar verhindert, dass man ihn für den Kriegseinsatz beschlagnahmt hatte. Damit fuhren sie zum Strand. Durch ein paar undichte Stellen im Faltverdeck pfiff ihnen der Wind um die Ohren, aber das machte Lizzie wenig aus. Hauptsache, sie wurden nicht nass. Die weihnachtliche Regenfront hatte sich nämlich aufgelöst und ihnen einen strahlend blauen Himmel und klirrende Kälte beschert. Die Luft roch nach Salzwasser und baldigem Schnee.

Lizzie hakte sich bei ihrem Onkel so vertraulich unter, wie es ihrem engen Verhältnis entsprach. Sie waren einander inniglich zugetan. Lizzie bewunderte ihn für seine feingeistige Art und sein vornehmes Auftreten. Außerdem liebte sie es, stundenlang in der Bibliothek seines Hauses in Sonderburg in den literarischen Schätzen zu stöbern und mit ihrem Onkel über diese Bücher zu sprechen. Er war ein wandelndes Lexikon und kannte Klassiker wie auch moderne Autoren, die sich in den Bücherschrank der Dannebergs niemals verirren würden. Zuletzt hatte Elisabeth bei ihm den Roman »Demian« gelesen, den ein gewisser Emil Sinclair verfasst hatte. Hinter diesem Pseudonym verbarg sich kein Geringerer als Hermann Hesse, hatte ihr der Onkel verraten. Dessen frühe Werke waren von Lizzies Vater noch im Krieg aus dem heimischen Bücherbord verbannt worden, nachdem Hesse zum erklärten Kriegsgegner geworden war. Aber für Onkel Henning war dieser Roman eine Offenbarung. Lizzie hatte ihn verschlungen, denn sie war genauso gegen den Krieg wie ihr Onkel. Überhaupt schätzte sie seine politische Meinung hoch und konnte sein Faible für die dänische Lebensart sehr gut verstehen. Er war eben nicht, wie ihr Vater ihm stets unterstellte, ein stumpfer Deutschengegner, sondern vertrat differenzierte Ansichten und schätzte deutsche Dichter, Denker und Musiker. In geistiger Hinsicht war Lizzies Ansicht nach eher ihr Vater derjenige, der etwas zu verbohrt war, was sie allerdings niemals aussprechen würde. Onkel Henning hingegen zog sie mit seinem politischen Wissen regelrecht in den Bann. Ohne seinen Einfluss wäre sie niemals zu einer derart positiven Einstellung zur neuen Republik gelangt, denn ihr Vater trauerte immer noch dem alten Kaiserreich nach. Mit ihren Schwestern würde Onkel Henning niemals solche Gespräche führen, pflegte er ihr zu versichern. Lene interessierte sich seiner Meinung nach für die Frage, ob Flensburg in Zukunft zu Dänemark oder Deutschland gehören sollte, nur unter einem Aspekt: Was das für Danneberg-Rum bedeuten würde? Lizzie sah die geplante Abstimmung in der Tat differenzierter. Sie hatte im Herzen nichts dagegen, wenn Flensburg deutsch bliebe, aber für sie wäre es auch kein Untergang, wenn es anders käme. So wie es ihr Vater gern beschrie, ganz zu schweigen von Onkel Carl, der jeden, der für Dänemark stimmen wollte, zum vaterlandslosen Gesellen abstempelte. Nur Onkel Henning gegenüber, von dem alle wussten, dass er seine Stimme für Dänemark abgeben würde, war der Trunkenbold erstaunlich vorsichtig, denn wenn jemand Onkel Henning persönlich angriff, war es vorbei mit dessen vornehmer Zurückhaltung. Dann war er in der Lage, solche Vorfälle aus dem Familienkreis mit spitzer Feder in der dänischen Zeitung, der Berlingske Politiske og Avertissementstidende, für die er gelegentlich bissige Artikel schrieb, zu verarbeiten. Oder er veröffentlichte sie gleich in der Flensborg Avis, die in der Stadt selbst gelesen wurde. Noch hatte er die Namen der Personen, über die er berichtete, stets bis zur Unkenntlichkeit verfremdet, aber zumindest ihr Onkel Carl schien zu befürchten, das könne auch mal anders sein.

»Ich weiß nicht, wie ich den Abend mit Onkel Carl überstehen soll«, seufzte sie. »Und er hat noch gar nicht angefangen.«

»Ich frage mich auch jedes Jahr erneut, warum ich mir das antue.

Dein Onkel Carl säuft sich völlig um das bisschen Verstand. Mir tut nur die arme Freya leid.«

»Mir auch! Hoffentlich holt er sie nicht nach Runohr, wenn der Großvater tot ist!«

»Ich traue es ihm zu. Auch, dass er sie noch vor der Prüfung von der Schule nimmt.«

»Das wäre so schade, jetzt, wo sie kurz vor dem Ziel ist. Sie hat gerade solche Fortschritte gemacht.«

Onkel Henning blieb stehen und sah seine Nichte prüfend an.

»Weil du ihr unermüdlich Nachhilfe gibst, Lizzie, meine Gute. Warten wir ab, ob er wirklich so dumm ist, seiner Tochter diese Chance zu verbauen. Ich denke, sie wird eine wirklich gute Lehrerin im Gegensatz zu Lene. Wenn ich mir vorstelle, sie soll einem begriffsstutzigen Erstklässler etwas beibringen. Mon Dieu! Ich befürchte, ihr fehlt die Geduld.« Er lachte laut.

»Vielleicht überlässt Vater ihr doch noch wenigstens einen bescheidenen Platz bei Danneberg-Rum.«

»Das wäre sicherlich klug. Vielleicht hört dann endlich der Streit zwischen Paul und ihr auf, wenn er sie nicht länger aus allem ausschließt. Das ist nicht besonders klug von meinem Bruder«, seufzte er.

Lizzie nickte. »Wahrscheinlich würden sich die beiden sogar gut ergänzen.«

»Willst du meine ehrliche Meinung hören?«, fragte Onkel Henning, und ohne ihre Antwort abzuwarten, fügte er hinzu: »Sie wäre, was das Geschäft betrifft, die bessere Wahl, zumindest sollte er sie unbedingt mitarbeiten lassen. Sie könnte meinem Sohn die Leviten lesen, wenn er seine Ausbildung zum Destillateur nicht ernst genug nimmt.«

Eine Weile schlenderten sie schweigend durch den knirschenden feuchten Sand. Lizzie ließ in Gedanken das vergangene Jahr noch einmal an sich vorüberziehen und spürte, wie ihr eine leichte Röte in die Wangen schoss, als sie an ihre erste Begegnung mit einer gewissen Person denken musste. Sie zog noch einmal an ihrem inneren Auge vorbei. So, als wäre es gestern gewesen. Seine grünen Augen und das rotblonde Haar faszinierten sie, bevor sie ein Wort mit ihm gewechselt hatte. Ihre Blicke hatten sich das erste Mal im letzten Jahr beim Weihnachtsgottesdienst in der Kirche getroffen. Immer wieder hatte sie sich verstohlen nach dem Rotschopf umgedreht, bis er ihr frech zugezwinkert hatte. Vor der Kirche sahen sie sich dann wieder. Dieses Mal ganz aus der Nähe, denn ihre Väter begrüßten sich freundlich und stellten einander ihre Familien vor. Seine Schwester Anna kannte Lizzie schon, denn sie war Käthes beste Freundin, ihre Brüder sah sie an diesem Tag zum ersten Mal. Von dem älteren Bruder Broer hatte sie aber schon viel gehört. Bruder Leichtfuß, der jeder Schürze hinterherrennt, nannte Käthe ihn verächtlich.

»Und das ist mein jüngerer Sohn Herrmann«, stellte der alte Jensen den Rotschopf der Familie Danneberg vor, nachdem er ihnen zuvor mit großer Geste seinen Ältesten Broer präsentiert hatte.

»Sehr erfreut«, sagte Herrmann wohlerzogen und reichte erst ihren Eltern und dann Lizzie die Hand. Sein Händedruck war kräftig und warm, und er schenkte ihr ein gewinnendes Lächeln.

»Danneberg, wollen Sie nicht mit Ihrer Familie an Silvester zu uns kommen?«, schlug der alte Jensen daraufhin vor.

»Bedaure, wir werden dieses Jahr wie immer auf Gut Runohr feiern. Aber kommen Sie doch raus zu uns!«

»Nächstes Jahr«, versprach der Jensen. Die Verabredung wurde per Handschlag besiegelt.

Und tatsächlich hatte zu diesem Jahreswechsel der alte Jensen mit seiner Familie zugesagt, nach Runohr zum Feiern zu kommen. Lizzie wusste nicht so recht, ob sie sich über ein Wiedersehen mit Jensens freuen sollte oder nicht. Der Grund ihrer Zweifel war, einmal abgesehen von ihren Bedenken, die Silvesterfeier wie geplant stattfinden zu lassen, die Sorge, dass Lene ihr womöglich auf die Schliche kommen würde, wenn Herrmann mit ihnen an der Festtafel saß. Sollte ihre Schwester Wind davon bekommen, dass Herrmann Jensens Anwesenheit sie nicht kaltließ, war sie ihres Spotts gewiss.

Lizzie hatte gar nicht gemerkt, dass ihr Onkel erneut stehen geblieben war und sie eindringlich musterte.

»Wo bist du bloß mit den Gedanken, Lizzie?«, erkundigte er sich interessiert.

Sie spürte, wie ihr die Hitze in die Wangen stieg. »Ich, ich dachte nur daran, wie das alles werden soll, nachdem wir unsere Reifeprüfung gemacht haben. Ich, also, ich …«

»Du musst mir nicht ehrlich antworten. Ich sehe dir an, dass es dir unangenehm ist. Verzeih mir!«

»Nein, Onkel Henning, es ist nur so … die Jensens kommen heute Abend …«

»Die Rum-Jensens?«

Lizzie nickte.

»Auch das noch«, seufzte er.

»Magst du sie nicht?«

»Ich bin mit Krischan Jensen zur Schule gegangen. Wir hatten nie viel Berührungspunkte«, entgegnete er. »Und was bringt dich daran zum Grübeln?« Er grinste verlegen. »Jetzt bin ich schon wieder allzu neugierig.«

»Er kommt mit seiner Familie. Und ich befürchte, dass Onkel Carl uns bis auf die Knochen blamiert.«

Onkel Henning lachte. »Keine Sorge. Krischan Jensen steht deinem Onkel in nichts nach. Er ist sein bester Kunde. Deshalb will er sein Imperium ja auch demnächst an seinen ältesten Sohn übergeben.«

»Oje, weiß Vati das? Nicht, dass es bei ihm die alten Wunden aufreißt. Er wollte doch eigentlich auch zum 1. Januar Albert zu seinem Nachfolger machen. Und jetzt muss er warten, bis dieser hohle Angeber …« Lizzie stockte und schlug sich erschrocken die Hand auf den Mund.

Onkel Henning lächelte gequält. Offenbar hatte er ihre vernichtenden Worte über seinen Sohn nicht überhört.

»Verzeih mir, Onkel Henning, ich wollte nichts gegen Paul sagen. Ich meine, wenn Vati ihn ausgewählt hat, wird er sich schon etwas dabei gedacht haben«, versuchte sie, ihren Fehler wiedergutzumachen, aber ihr Onkel machte eine abwehrende Handbewegung.

»Du kennst meine Meinung. Wir werden mal schauen, ob ich mit meinem Pessimismus richtigliege oder ob mehr in meinem Sohn steckt.« Das klang skeptisch.

»Ja, sicher, das wird schon«, beeilte sich Lizzie zu sagen. »Es ist nur ein bisschen unfair gegenüber Lene. Sie brennt wirklich für Vatis Unternehmen und darf nicht mitspielen, nur weil sie ein Mädchen ist.«

»In dem Punkt ist euer Vater aus dem vergangenen Jahrhundert. Wenn ich denke, wie er sich schon als Knirps darüber aufregen konnte, wenn Mor mit unserem Vater über das Geschäft reden wollte …«

»Und der Großvater? Mochte der es, wenn die Bedstemor Interesse an seinem Geschäft gezeigt hat?«

»Unser Vater hat nach außen immer so getan, als gehöre sich das nicht. Und das hat mein lieber Bruder für bare Münze genommen. Sobald meine Eltern allein waren, hat deine Bedstemor ihn sogar manches Mal beraten. Aber Ole war es immer peinlich, wie selbstbewusst unsere Mutter war. Sie war eben anders als die Mütter unserer Freunde. Hat manchmal geredet wie ein Mann …«

»Das hat sie Lene vererbt«, lachte Lizzie.

»Ich kann deine Schwester verstehen, dass sie sich zurückgesetzt fühlt, aber ich bin froh, dass Paul nun etwas Sinnvolles macht.«

»Sinnvolles? Ich denke, du magst das Rumgeschäft nicht«, fragte Lizzie eifrig nach.

»Komm, lass uns umkehren. Es ist nicht fair, wenn wir deine Mutter, deine Schwestern und Freya allein mit dem alten Mann und dem Säufer lassen. Dein Vater wollte sich nämlich nach dem Essen hinlegen.« Onkel Henning hakte Lizzie unter. Als sie umdrehten, spürten sie eine kalte Brise, die ihnen ins Gesicht wehte.

»Und? Was ist mit dem Rumgeschäft?«

»Also, für mich persönlich ist das nichts. Das habe ich schon als Junge gewusst. Allein dieser Geruch …«

»Genau! Das stinkt bestialisch, aber Lene sagt immer, besser als *Alter Lavendel*, was Mutti so gern benutzt.«

»Nichts gegen eure Mutter, aber das ist ein Duft für ältere Damen. Ich bin gespannt, ob sie sich traut, *Arabian Nights* aufzulegen, was ihr der Weihnachtsmann gebracht hat …«

Sie stupste ihn freundschaftlich in die Seite. »Ach, du warst das also, der ihr so etwas Exotisches geschenkt hat. Ich dachte schon, Vati hätte sich getraut. Aber ich weiß schon, wer sich das stibitzt, wenn Mutti beim Lavendel bleibt.«

»Ich auch, obwohl sie noch ein Kind ist«, erwiderte Onkel Henning grinsend.

»Auch wenn Jette noch ein Mädchen ist, ich wette, sie wird mal eine Bohemienne. Da kommt sie ganz nach ihrem Onkel.«

»So frühreif war ich aber nicht, und ich konnte auch lange nicht so gut singen. Das mit dem Schreiben kam später. Aber du hast schon recht, die Kleine hat eine Künstlerseele. Wie sie meine verwöhnten Berliner Künstlerfreunde auf meinem Fest zu Beifallsstürmen hingerissen hat, unglaublich! Ein Freund, der in Berlin ein Musiktheater aus der Vorkriegszeit wiedereröffnet, hätte sie am liebsten vom Fleck weg engagiert.«

»Meine Güte, lass das bloß nicht Vater wissen.«

Onkel Henning schüttelte energisch den Kopf. »Ich werde nichts tun, womit ich meinem armen Bruder das Herz noch schwerer mache!«

»Tja, aber ich befürchte, in ein paar Jahren nimmt sich die Kleine, was sie will. Sie lässt sich nicht bremsen«, seufzte Lizzie.

»Sie verfügt schon jetzt über einen wirklich erlesenen Stil …«

»… und sie kennt sich bei Düften besser aus als ich, wobei ich das *Arabian Nights* auch nehmen würde«, pflichtete Lizzie ihrem Onkel bei.

»In dir wohnt auch eine Künstlerseele, mein Kind, du könntest Pianistin werden, wie es deine Mutter einst wollte«, sinnierte Onkel Henning.

Lizzie horchte auf. »Mutter wollte Pianistin werden?«

»Sie war jedenfalls äußerst begabt und hatte intensiven Unterricht bei einem jungen Mann. Sie hat öfter einmal etwas zum Besten gegeben, wenn mein Vater mit uns bei den von Runohrs zu Besuch war. Für meinen Bruder war es Liebe auf den ersten Blick. Ida, also, ich meine deine Mutter, hat ihn allerdings gar nicht wahrgenommen. Sie hatte nur Augen für ihren Klavierlehrer, mit dem sie manchmal vierhändig vor uns gespielt hat.«

Lizzie musterte ihn etwas ungläubig. »Das kann ich mir überhaupt nicht vorstellen. Vielleicht sollte ich ihr im nächsten Jahr die musikalische Begleitung des Weihnachtssingens wieder überlassen.«

»Ich glaube, sie ist sehr stolz darauf, dass du musisch in ihre Fußstapfen trittst. Hast du noch nie mit dem Gedanken gespielt, dein Talent beruflich zu nutzen?«

Lizzie tippte sich mit dem Finger an die Stirn. »Ich käme im Traum nicht auf die Idee, auf eine Bühne zu gehen und vor fremden Leuten zu spielen. Ich würde gern Menschen helfen, wieder gesund zu werden. Weißt du, ich wollte nicht akzeptieren, dass die Bedstemor einfach tot umgefallen ist. Da hätte man doch vielleicht vorher etwas tun können.«

»Du wärest in der Tat eine wunderbare Ärztin«, pflichtete Onkel Henning ihr bei. »Aber …« Er stockte.

»Ich weiß, was du sagen willst. Mein Vater wird mir nicht erlauben, dass ich eine Universität besuche. Und dann waren die ganzen Mühen umsonst, obwohl mir das Lernen ja nicht besonders schwerfällt.«

»Du hast recht. Das befürchte ich auch. Er wird sagen, du heiratest sowieso bald.«

Lizzie rollte mit den Augen. »Wen denn? Die Jungs in meinem Alter sind unreife Burschen, die noch grün hinter den Ohren sind.«

»Hältst du es mit Lene, die behauptet, es gäbe in dieser Stadt keinen einzigen jungen Mann, der es wert wäre, ihr Herz zu erobern?«

»Das ist vielleicht ein bisschen übertrieben, aber ich denke noch gar nicht an junge Männer außer zwangsläufig an die Burschen, die sich heimlich auf dem Friedhof mit mir verabreden, um sich den Ablativus absolutus erklären zu lassen, damit es die anderen nicht merken. Weil es wäre ja peinlich, wenn ihnen ein Mädchen etwas Latein beibringt«, gab sie zurück und senkte den Kopf, weil sie plötzlich wieder an Herrmann denken musste. Der könnte ihr sehr wohl gefallen …

4. Gut Runohr, Silvester 1919/1920

Helene langweilte sich ganz schrecklich an diesem letzten Abend des Jahres im Kreis ihrer Familie und besonders in Gesellschaft der Jensens. Der alte Jensen, dessen ältester Sohn Broer, Paul, ihr Vater und natürlich Onkel Carl hatten sich nach dem Essen dem Genuss der Feuerzangenbowle verschrieben. Die Herren saßen in der Kaminecke und pafften dazu Zigarren. Sie schienen gar nicht zu bemerken, dass Lizzie den Großvater Runohr schon vor dem Essen nach einem fürchterlichen Hustenanfall wieder in sein Zimmer gebracht hatte.

Nun waren ihre Mutter und Lizzie bei ihm, und Lene war mit Käthe, Anna und diesem Langweiler Herrmann allein, denn Jette bereitete sich auf ihren Neujahrsauftritt vor. Das machte sie jedes Jahr kurz nach Mitternacht, dass sie im exotischen Kostüm ein Lied zum Besten gab. Lene hätte ihr gern beim Umkleiden geholfen, aber Jette machte ein großes Geheimnis aus ihrer geplanten Darbietung. So blieb ihr nichts anderes übrig, als mit Käthe, Freundin Anna und Herrmann »Mensch ärgere dich nicht« zu spielen. Sie hatte das Spiel zu Weihnachten geschenkt bekommen, und da hatte es auch noch Spaß gemacht, aber mit den zwei Betschwestern, wie sie Anna und Käthe heimlich nannte, fehlte der Biss. Die beiden verpassten es ständig, jemanden rauszuschmeißen, und außerdem war Herrmann ihr dermaßen voraus, dass sie ihn kaum mehr besiegen konnte. Und ausgerechnet jetzt übersah Käthe, dass sie ihn rauswerfen durfte. Das war zu viel!

»Du musst ihn rausschmeißen, verdammt!«, brüllte sie wütend.

»Zu spät!«, entgegnete er grinsend. »Du hast schon gewürfelt!«

»Dann spiele ich nicht mehr!«, schimpfte sie.

»Spielverderberin!«, zischte Herrmann, würfelte drei Sechsen hintereinander und dann die Eins, die seine letzte Figur ins Ziel brachte.

»Noch einmal?«, fragte Käthe.

Anna nickte. Auch Herrmann war bereit, aber Lene sprang vom Tisch auf. »Keine Lust mehr!«

Ziellos wanderte sie durch den Salon, um nach Freya zu suchen. Ob sie auch beim kranken Großvater am Bett saß? Ihr stand jedenfalls nicht der Sinn danach, sich dazuzugesellen. Da hörte sie aus der Küche das Klappern von Geschirr. Sie vermutete die kokette junge Haushaltshilfe der von Runohrs bei der Arbeit, aber zu ihrer großen Überraschung war es Freya, die mit einer Schürze über ihrem Festkleid das Geschirr spülte.

»Was machst du denn hier?«, fragte Helene.

»Mein Vater hat Gerda heute Abend freigegeben, nachdem sie das Essen serviert hatte«, entgegnete sie, ohne ihre Arbeit zu unterbrechen.

»Und wer sollte seiner Meinung nach den Abwasch machen?«, gab

Lene irritiert zurück und schnappte sich zwei Handtücher, eines, um ihr Kleid zu schützen, das andere, um ihrer Cousine zu helfen.

»Vati hat wieder mal nicht nachgedacht«, stöhnte Freya. »Und Gerda ist gut darin, Vati um den Finger zu wickeln, wenn er genug getrunken hat. Sie ist zwar kaum älter als wir, aber hinter ihm her wie der Teufel hinter der armen Seele.«

»Du meinst, sie will ihn einfangen?«

»Leider! Ich habe sie gerade neulich dabei erwischt, wie sie sich aus dem Kleiderschrank meiner Mutter, den mein Vater nach den vielen Jahren immer noch nicht ausgeräumt hat, ein Kleid genommen hat und es anprobieren wollte. Sie hat es vor Schreck fallen gelassen, als ich mich geräuspert habe.«

»Das ist ja gruselig. Sie ist ja nicht gerade eine feine Dame.«

»Aber ich glaube, das wäre sie gern. Ich verstehe nicht, wie mein Vater ihr gerade heute freigeben konnte. Er wusste doch, dass wir eine große Gesellschaft haben. Wahrscheinlich war er viel zu betrunken, sich vorzustellen, wer sich dann dieses Geschirrbergs annehmen würde …«

»Ach, komm, ich helfe dir. Und dann blitzt die Küche gleich. Und das nächste Mal lässt du das Geschirr einfach stehen.«

»Nein, das kann ich nicht. Schon wegen Großvater nicht!«

Lene stöhnte auf und machte sich daran, abzutrocknen.

»Das ist so nett, dass du mir hilfst«, bemerkte Freya gerührt.

»Mit dir zu plaudern und das Geschirr dabei abzutrocknen, ist tausend Mal unterhaltsamer, als mit den Betschwestern und diesem Lackaffen Herrmann Jensen ›Mensch ärgere dich nicht‹ zu spielen.«

»Ich weiß gar nicht, was du hast. Ich finde den Herrmann eigentlich ganz nett. Er hat vorhin, als Vati ein Glas umgekippt hat, ganz schnell seine Serviette darüber gedeckt.«

»Was für eine Heldentat«, gab Lene spöttisch zurück. »Ich finde ihn genauso dumm wie Paul. Albert war mit ihm in einer Klasse und konnte ihn gar nicht leiden. Langweiliger Bücherwurm, hat er ihn genannt. Wäre doch besser gewesen, der Kerl hätte sich freiwillig gemeldet und wäre statt Albert im Krieg geblieben!«

»Du hast eine böse Zunge, Cousinchen«, sagte Freya kopfschüttelnd. »Außerdem sieht er gut aus!«

»Der Karottenkopf? Nee, also wirklich nicht. Da macht ja selbst unser Cousin Paul noch mehr her«, bemerkte Helene abfällig. »Hast du etwa ein Auge auf den Kerl geworfen?« Das klang drohend.

»Natürlich nicht! Paul sieht in der Tat wesentlich besser aus. Er hat so schöne Augen …«

»Pauls Augen? Was du alles weißt. Ich könnte dir nicht einmal sagen, welche Farbe sie haben. Gold? Rot? Schwarz?«, lachte Lene.

»Nein, Blau, und zwar Blaugrau wie die Ostsee an einem schönen Sommertag …«

»Um Himmels willen, Freya, das hast du doch bestimmt aus einem dieser Romane, oder?«

In dem Augenblick hörten sie Männerstimmen von der Diele und verstummten. Wenn Lene richtig hörte, dann musste der eine ihr Vater sein, auch wenn er schon sehr verwaschen klang. Der andere war ganz offensichtlich der alte Jensen.

Freya wollte gerade die Küchentür schließen, aber Lene hielt sie zurück. »Du willst doch nicht lauschen«, raunte Freya ihrer Cousine zu, aber die nickte nur, denn das, was ihr Vater da gerade von sich gab, ließ ihr förmlich das Blut in den Adern gefrieren. Zum Glück wiederholte er das noch einmal, was auch Freya davon überzeugte, dem Gespräch zu lauschen.

»Jensen, das ist die Idee! Du hast ja völlig recht. Paul ist eine Flasche, aber wenn Herrmann den Laden übernimmt, das wäre die Lösung, aber nur unter dem Namen Danneberg!«

»Aber wo denkst du hin, alter Freund! Erst kommt unser Name!«

»Ich sehe schon die Konkurrenz jaulen, wenn sie davon erfährt! An Danneberg-Jensen kommt keiner mehr vorbei!«

»Jensen-Danneberg«, lallte Jensen.

»Nein, dann kriegt er meine Käthe nicht! Erst Danneberg …«

»Oh Gott«, entfuhr es Lene erschrocken, und sie presste ihre Hand auf den Mund, um sicherzustellen, dass ihr kein Laut über die Lippen kam. Wie konnte ihr Vater nur! Die arme Käthe an Jensen junior zu verschachern! Aber sie war sicher, dass er die Rechnung ohne ihre Schwester machte. Käthe war eine folgsame Tochter, aber niemals würde sie sich freiwillig mit einem Mann verkuppeln lassen. So schrecklich

Lene den Plan der Betschwestern, Diakonissen zu werden, auch fand, aber eine Ehe mit Herrmann Jensen wäre für ihre fromme Schwester ungleich schlimmer.

Freya hatte vor Schreck Lenes Hand ergriffen und drückte sie fest.

»Sagst du es ihnen oder ich?«, lallte ihr Vater.

»Du sagst es deiner Tochter und ich meinem Sohn, und dann wird nicht lange gefackelt und im Sommer geheiratet!«

»Genau, da gibt es keine zwei Meinungen. Käthe ist ein folgsames Mädchen. Ihr kann doch gar nichts Besseres passieren, denn sie hat zwar die Sanftmut meiner Frau geerbt, aber nicht ihre Schönheit. Darauf einen Champagner!« Und schon kamen die beiden Herren in die Küche getorkelt.

Lene aber stellte sich mit ausgebreiteten Armen vor die Speisekammer, in der bereits der Champagner auf das mitternächtliche Anstoßen wartete. Im Keller der von Runohrs lagerten noch Vorkriegsbestände, aus denen diese Flaschen stammten.

»Nein, den gibt es erst um Mitternacht!«, verkündete sie in strengem Ton.

»Meine Tochter Helene, an der ein Junge verloren gegangen ist. Sie wäre die richtige Danneberg!« Ihr Vater klopfte ihr anerkennend auf die Schulter. Zu einem anderen Zeitpunkt hätte sie sich vielleicht gefreut, dass ihr Vater wenigstens im Suff zugab, wer sein geeigneter Nachfolger war, aber nicht vor dem Hintergrund, dass er lieber sein eigenes Fleisch und Blut verscherbelte, um einen Mann an der Spitze des Unternehmens zu wissen, statt ihr das Ruder zu überlassen. Lene war in diesem Augenblick arg im Zweifel, wer von den beiden Kandidaten die schlechtere Wahl für Danneberg-Rum war: dieser öde Rum-Jensen als Ehemann der armen Käthe oder Paul, der Lebemann, für den Arbeit ein Fremdwort war.

Ihr Vater legte vertraulich den Arm um Jensens Schulter. »Komm, alter Junge, meine Tochter rückt nichts raus, dann begießen wir unsere neuen Familienbande mit Rum!«

»Familienbande! Das wollen wir ja noch mal sehen!«, zischte Lene Freya zu.

Kaum waren die beiden Männer aus der Küche, als ihre Cousine entsetzt hervorstieß: »Das kann er doch nicht machen! Käthe einfach verheiraten!«

»Nein, das kann er wirklich nicht tun! Wir leben ja nicht im Mittelalter! Das macht Käthe auf keinen Fall mit!«

»Wollen wir es ihr verraten, bevor dein Vater ihr das vorschlägt?«, fragte Freya zaghaft.

Lene schüttelte energisch den Kopf. »Auf keinen Fall! Ich hoffe, Vati weiß morgen früh nichts mehr von diesen Plänen. Er ist zwar ein Sturkopf, wenn es um Danneberg geht, aber dass er ernsthaft versucht, meine Schwester zu verkaufen, das traue ich ihm einfach nicht zu. Wir sollten sie also nicht unnötig aufregen.«

»Du hast recht. Wir wissen von gar nichts!«, stimmte Freya ihrer Cousine zu, bevor sie entschlossen zur Vorratskammer schritt und eine Flasche hervorholte. »Auf den Schreck feiern wir schon mal vor«, sagte sie und reichte ihrer Cousine die Flasche mit den Worten: »Ich habe noch nie eine geöffnet. Du vielleicht?«

Lene nickte eifrig. »Damit kenne ich mich aus!« Sie hatte zu den Treffen mit Klaas manchmal so eine Flasche Prickelwasser aus den väterlichen Vorräten stibitzt. Nicht dass sie sich mit ihrem Wissen über das Öffnen von Champagnerflaschen verriet. Also korrigierte sie sich hastig: »Ich meine, ja, ja, ich habe Vati einmal dabei zugesehen.« Freya schien nicht den geringsten Verdacht zu schöpfen. Lene atmete erleichtert auf, bevor sich wieder ihr latent schlechtes Gewissen Lizzie und Freya gegenüber meldete. Auch wenn Lene sich gern einredete, dass sie sich im Grunde genommen an die Abmachung hielt, weil sie weder unsterblich verliebt war noch allzu viel Zeit mit ihrem Geliebten verbrachte, ihre Schwester und Cousine würden diese Ansicht mit Sicherheit nicht teilen. Im Übrigen wären sie wahrscheinlich gekränkt, dass sie ihnen nicht zutraute, den Umgang mit den Herren der Schöpfung so kopfgesteuert wie sie selbst anzugehen. Wenn die beiden nur annähernd ahnten, wo und mit wem sie tatsächlich öfter einmal Champagner getrunken hatte, sie würden in Ohnmacht fallen! Spätestens, wenn sie erfuhren, dass Lene bereits mit ihm im Bett gewesen war und diesen Teil ihres Arrangements sogar sehr genoss.

Aber warum sollte sie ein schlechtes Gewissen haben, jetzt, wo die

Affäre nach seinem verunglückten Versuch, ihr einen Ring zu schenken, doch so gut wie beendet war? Ihr Vorsatz für das neue Jahr lautete, Klaas Bahnsen in Zukunft aus dem Weg zu gehen.

5. Gut Runohr, Silvester 1919/1920

Obwohl Lizzie ahnte, dass es mit ihrem Großvater zu Ende ging, hatte sie ihre Mutter und Freya auf Wunsch des alten Herrn nach unten zu den anderen geschickt. Ihre Mutter und ihre Cousine waren am Sterbebett des Großvaters keine große Hilfe. Im Gegenteil, Freya weinte die ganze Zeit still vor sich hin, und ihre Mutter redete auf den Großvater ein, endlich den Hausarzt zu holen, und das mit bebender Stimme. Beides belastete den alten Mann noch zusätzlich, zumal er seiner Tochter gegenüber bereits mehrfach darauf hingewiesen hatte, dass Dr. Feddersen über die Festtage bei seiner Tochter in Kappeln war. Schließlich hatte der Großvater Lizzie zugeraunt, dass er nur sie allein an seinem Bett ertragen könne.

Er war inzwischen erschöpft eingeschlafen, und Lizzie wünschte ihm, dass er friedlich hinüberdämmerte, aber da öffnete er plötzlich die Augen und suchte ihren Blick. Sein Gesicht hatte sich in den letzten Stunden noch einmal dramatisch verändert. Seine Hautfarbe war wachsweiß, und es hatte dieses für Sterbende typische spitze Dreieck bekommen. Lizzie wunderte sich, dass er noch nicht das Bewusstsein verloren hatte, denn auch das Rasseln in seinem Atem wurde immer stärker. Sie strich ihm zaghaft über den kahlen Schädel. Als er noch bei Kräften gewesen war, hätte sie niemals gewagt, ihn anzufassen. Er war ein knorriger, wortkarger Patriarch gewesen, den Lizzie und ihre Schwestern genauso gefürchtet hatten wie den vor Jahren verstorbenen Großvater Danneberg. Diese Berührung schien er zu genießen. Er versuchte sogar zu lächeln.

»Haben wir schon 1920?«, fragte er mit krächzender Stimme. Er war wegen des Todesröchelns nur noch schwer zu verstehen.

Lizzie warf einen Blick auf die Standuhr.

»Noch zehn Minuten, Großvater.«

»Gut, die werde ich auch noch schaffen«, erwiderte er mit erstaunlich klarer Stimme und ohne diese Nebengeräusche. »Ich will nämlich nicht 1919 sterben. Bleibst du bei mir?«

»Natürlich, Großvater, ich lasse dich doch jetzt nicht allein.«

»Versprich mir, dass du auf Freya aufpasst. Sie darf auf keinen Fall hier auf Runohr leben!«

Lizzie nickte. »Natürlich, Großvater, wir werden nicht zulassen, dass sie die Schule abbricht und Onkel Carls Dienstmädchen wird.«

»Apropos Dienstmädchen. Diese unverschämte Person muss dringend vom Hof. Mir fehlte die Kraft, sie zu entlassen, aber sag deiner Mutter bitte, sie soll dafür sorgen, dass diese Gerda Gut Runohr nach meinem Tod verlässt!«

Lizzie nickte, obwohl sie sich fragte, was ihre Mutter damit zu tun hatte. Wie sie Onkel Carl kannte, würde er sich von keinem Menschen reinreden lassen, schon gar nicht von seiner Schwester.

»Greif bitte einmal in die Schublade, Elisabeth«, stöhnte der Großvater. »Und gib mir die blaue Samtschatulle.«

Lizzie reichte ihm das edle Etui, das er mit zittrigen Fingern öffnete und ein mit Saphiren verziertes Weißgoldarmband hervorholte.

»Das ist für dich. Es hat deiner Großmutter gehört. Sie hat es zur Hochzeit getragen …«

Lizzie zuckte zurück. Das Schmuckstück war atemberaubend schön, aber was sollte sie mit so einem wertvollen Teil? Sie bewunderte Schmuck am liebsten an anderen. Sie selbst besaß lediglich eine schlichte silberne Halskette mit einem Bernsteinanhänger, die sie nur an Festtagen trug. So wie an diesem Abend.

»Und sie trug es, als ich sie auf dem Dachboden gefunden habe …«, fügte er mit bebender Stimme hinzu.

Lizzie wurde abwechselnd heiß und kalt. Sie wusste nicht viel über den frühen Tod ihrer Großmutter mütterlicherseits, nur dass ihre Mutter damals noch ein Kind gewesen war. Und dass die Großmutter bei einem Unfall umgekommen war.

Sie schüttelte heftig den Kopf, denn sie ahnte, dass ihr der Großvater ein Geheimnis anvertrauen wollte, gegen dessen Enthüllung sie eine tiefe Abwehr spürte.

»Großvater, das kann ich nicht annehmen!«, sagte sie mit Nachdruck.

»Bitte! Du bist die Einzige, der ich das anvertrauen möchte. Weißt du, dass deine Großmutter am liebsten auch Medizin studiert hätte, aber dass das damals in Deutschland noch nicht möglich war? Außerdem hätte ihr Vater das auch niemals erlaubt.«

Auch? Lizzie fragte sich, woher er, mit dem sie niemals mehr als artige Konversationen geführt hatte, wusste, dass sie genau mit diesem Gedanken spielte.

»Du willst doch am liebsten Ärztin werden, oder?«

»Woher weißt du, ich meine, wie kommst du darauf?«, stammelte sie.

»Kind, das kannst du nicht verbergen …«

»Aber Vater wird es nicht erlauben!«

»Deshalb wirst du das Schmuckstück deiner Großmutter jetzt an dich nehmen und es zu deiner Hochzeit tragen oder versilbern, wenn du einmal Geld brauchst. Wenn nicht du, wer soll denn sonst ihren Traum verwirklichen? Ich habe es erst begriffen, als es schon zu spät war. Elisabeths Schwermut rührte daher, dass sie in einem falschen Leben gefangen war …«

Lizzie lief es eiskalt den Rücken hinunter. Nicht nur, weil er ihr Geheimnisse über Großmutter Elisabeth, deren Namen sie geerbt hatte, verriet, sondern weil er, dessen Entscheidungen stets Gesetz gewesen waren, zu solchen Einsichten fähig war. Offenbar hatte sie diesen Mann zeitlebens verkannt, oder er war erst im Angesicht des Todes zu einer gewissen Weisheit gelangt.

»Bitte nimm es!«, insistierte er und hielt ihr das Schmuckstück erneut entgegen. Lizzie wusste selbst nicht genau, warum, aber sie spürte eine noch heftigere Abwehr gegen das Armband als zuvor. Sie zögerte, es in die Hand zu nehmen, obwohl sie doch sehen konnte, wie wichtig es dem Großvater war. Es war sein Letzter Wille. Dem durfte sie sich keinesfalls widersetzen, hämmerte es in ihrem Kopf, aber ihre Hand war wie gelähmt.

»Ich habe sie auf dem Dachboden gefunden, sie baumelte an einem Balken, aber den Kindern habe ich gesagt, sie wäre die Treppen hinuntergestürzt … Du bist der einzige Mensch, dem ich die Wahrheit anvertrauen kann. Über den Frauen unserer Familie liegt ein Fluch, der da heißt Schwermut …«

Lizzie hätte sich am liebsten die Ohren zugehalten, aber sie wusste, dass sie der Beichte ihres sterbenden Großvaters schutzlos ausgeliefert war.

»Reg dich nicht auf, Großvater«, raunte sie mit belegter Stimme. »Ich nehme das Armband.«

Bevor sie danach greifen konnte, hörte sie unten aus dem Park lautes Gejohle bis in das Totenreich dringen. Das neue Jahr war angebrochen. Und zwar ohne Raketen. Ihr Vater hatte sich strikt verbeten, dass in der Silvesternacht Knallkörper gezündet wurden. Obwohl er den Krieg selbst bis zum letzten Tag verteidigt hatte, konnte er nach Alberts Tod das Geräusch explodierender Raketen nicht mehr ertragen.

Nachdem Lizzie kurz in Gedanken abgeschweift war, wollte sie ihrem Großvater ein »gutes neues Jahr« wünschen und ihm dazu gratulieren, dass er es geschafft hatte, doch er lag leblos da, die Augen geschlossen und seine Züge seltsam entspannt. Lizzie wusste, was das bedeutete. So friedlich hatte er nur einschlafen können, nachdem er ihr sein Geheimnis preisgegeben hatte. Daran, dass er sie damit belastete, hatte er wohl keinen Gedanken verschwendet.

Lizzie stieß einen tiefen Seufzer aus. Nun würde sie der Familie die traurige Nachricht überbringen müssen, dass Johann von Runohr in den ersten Minuten des Jahres 1920 verstorben war. Aber das, was sie soeben über das Schicksal ihrer Großmutter erfahren hatte, würde sie tief in ihrem Herzen verschließen und am liebsten so schnell wie möglich wieder vergessen …

Ihr Blick fiel auf das Samtetui, das auf der schneeweißen Bettdecke lag. Sie zögerte. Was sollte sie tun? Das Armband zurücklegen, damit ihr Onkel Carl es in die Hände bekam? Nein, das war keine Lösung, und vor allem entsprach es nicht dem letzten Wunsch ihres Großvaters. Also nahm sie das Etui an sich, legte das Armband hinein und steckte die Schatulle auf dem Weg in den Salon in ihre Manteltasche.

Als sie die Tür zum Salon öffnete, hörte sie schon, wie Jette eine ihr bekannte Melodie trällerte. Es war das Flensburglied, dessen Text Jettes

Deutschlehrerin, Frau Marquardsen, verfasst hatte. »Im Tal umkränzt von Hügeln, Wald umrauscht, vom Meer bespült … spät ergrünen deine Buchen, langsam schmückt sich Flur und Hag, aber lieblich ist des Nordens lichter, langer Sommertag …«

Merkwürdig, dachte sie, ihre Schwester hatte eigentlich einen Hang, zu Silvester lustige Vorführungen zu bieten, doch als sie nun ihre Schwester mit ihrem neuen Akkordeon, das Onkel Henning einem dänischen Bauern »abgeschnackt« hatte, in der Kostümierung eines betrunkenen Seemanns entdeckte, wusste sie, dass sie das Lied durch den Kakao zog. Dass Lizzie das richtig erkannte, bewies ihr nicht zuletzt die Miene von Onkel Carl, der den Eindruck machte, als wolle er sich jeden Moment auf seine Nichte stürzen und ihr den Mund stopfen. Es war bekannt, dass er dieses Lied liebte. Besonders die zweite Strophe, in der es hieß: *Treu das Deutschtum hochzuhalten.* Als Jette diese Stelle mit lallender Stimme wiedergab, konnte er sich wohl nicht mehr beherrschen. »Darüber macht man keine Witze«, brüllte er volltrunken. Doch Jette ließ sich nicht aus dem Konzept bringen. Wenn sie ihre Vorführungen zum Besten gab, war sie ganz bei der Sache. Onkel Henning schien es zu gefallen, denn er schlug sich vor Begeisterung auf die Schenkel.

Lizzie tat es leid, dass sie dieser fröhlichen Feier ein Ende bereiten musste, nachdem Jette sich zum Abschluss mehrmals verbeugt hatte, nachdem ihr alle außer Onkel Carl Applaus spendeten. Sie zog sich die Matrosenmütze vom Kopf und schüttelte ihr dunkles langes Haar, was sie zu ihrem großen Ärger an normalen Tagen zu Zöpfen geflochten tragen musste. Sie hätte es, wie sie oft Lizzie gegenüber beklagte, viel lieber aufgesteckt, was aber ihre Mutter nicht erlaubte, weil die Fünfzehnjährige damit für ihren Geschmack viel zu erwachsen wirkte.

Als der Beifall verebbt war, teilte Lizzie der Familie mit, dass der Großvater kurz nach Mitternacht verstorben war. Sie wollte ihm damit den letzten Wunsch erfüllen, dass sein Todesjahr 1920 war. Freya schluchzte laut auf. Alle anderen machten einen betretenen Eindruck, bis auf die Gäste, die den Großvater ja gar nicht gekannt hatten, da er auf dem Fest gar nicht in Erscheinung getreten war. Broer rief zum Aufbruch, nachdem er der Familie von Runohr/Danneberg steif kondoliert hatte, doch Lizzies Vater rief mit verwaschener Stimme: »Nein, ihr bleibt! Mein Schwiegervater hat es so gewollt, dass wir heute hier feiern.« Er schien gar nicht zu bemerken, dass seine Frau so blass geworden war, dass Lizzie Sorge hatte, sie könne in Ohnmacht fallen. Stattdessen hob er sein Glas. »Auf den alten Runohr!« Nur Carl, bei dem die Nachricht ganz offensichtlich nicht angekommen war, denn er lachte dröhnend, und Christian Jensen stießen mit ihm an.

Lizzie wusste vor Scham gar nicht, wohin sie schauen sollte, doch da traf sich ihr Blick mit dem von Herrmann Jensen. Und was sie in seinen Augen lesen konnte, tröstete sie ein wenig, denn es war aufrichtiges Mitgefühl. In diesem Moment kam er auch schon auf sie zu. »Mein Beileid«, raunte er ihr zu, während er ihre Hand nahm und sie zärtlich drückte.

»Danke«, hauchte sie, doch als sie nun Lenes prüfenden Blick bemerkte, machte sie einen Schritt zurück, damit er ihre Hand losließ. Aus dem Augenwinkel konnte sie sehen, wie Käthe und Anna sich stumm in die Arme fielen. Lene aber schien diese Annäherung zwischen Herrmann und ihr gar nicht bemerkt zu haben, denn sie wandte sich nun an Jette und schlug ihr vor, sich gemeinsam vom Großvater zu verabschieden. Und schon hatten sie Hand in Hand das Zimmer verlassen, was Lizzies Mutter dazu veranlasste, von ihrem Stuhl aufzuspringen und ihnen zu folgen. »Die Mädchen können doch nicht allein zu einem Toten gehen«, jammerte sie.

In diesem Moment spürte Lizzie ein leichtes Unwohlsein im Magen. Das kannte sie eigentlich nicht von sich. Sie hatte schon als Kind die blutenden Knie ihrer wilden kleinen Schwester Jette, ohne mit der Wimper zu zucken, verarztet. Sie konnte Blut sehen und schreckte auch vor größeren Wunden nicht zurück. Gut, sie hatte zuvor noch nie einen Toten gesehen, aber der Anblick hatte sie eigentlich auch nicht besonders geschockt. Im Gegenteil, sie hatte sich den Tod viel grausamer vorgestellt, aber im Gesicht des Großvaters hatte sie Erlösung statt Leiden erkennen können. Sie schob ihr Unwohlsein darauf, dass sie wenig gegessen hatte, weil sie schon vor dem Essen nach oben gegangen war, um in der Stunde des Todes beim Großvater zu sein. Typisch, dachte sie, dass sich keiner Gedanken um ihr seelisches Wohl machte, nachdem man sie getrost allein mit dem sterbenden Großvater gelassen hatte. Lizzie war schon früh von ihren Eltern wie eine Erwachsene behandelt worden. Du bist die Vernünftigste von allen, pflegte ihr Vater sie zu loben. Lizzie fand das ein wenig ungerecht, denn es war wohl eher Käthe, die mit Abstand die Folgsamste der Schwestern war.

Lizzie hielt frische Luft für das geeignete Mittel, die Übelkeit zu vertreiben, und verließ das Haus, um draußen im Park tief durchzuatmen.

Sie zuckte zusammen, als hinter ihr eine angenehme männliche Stimme erklang. »Bitte nicht erschrecken. Ich bin es nur!« Lizzie fuhr herum. Herrmann Jensen hatte ein Förtchen in der Hand, das er ihr mit den Worten: »Sie müssen endlich etwas essen«, reichte. Lizzie war so hungrig, dass sie das runde Hefegebäck nahm und kräftig hineinbiss. Das Silvester-Gebäck mit dem merkwürdigen Namen, den auswärtige Gäste stets in »Törtchen« korrigieren wollten, hatte Frida gebacken. Sie konnte mit Abstand die leckersten Förtchen backen, die mit Apfelmus gefüllt waren. Im Nu hatte Lizzie das kleine Gebäckteil verspeist. Zu ihrer Überraschung holte Herrmann aus seiner Jackentasche noch zwei dieser Hefebällchen hervor.

»Wusste ich doch, dass Sie am Verhungern sind.« Er lächelte. Lizzie freute sich, dass er ihr gefolgt war. Im nächsten Moment fragte sie sich allerdings, ob in der Aufregung dort drinnen wohl jemand mitbekommen hatte, dass Herrmann ebenfalls in den Park gegangen war. Wenn Lene sie so vertraut mit dem jungen Mann unter der alten Eiche stehen sah, dann würde sie garantiert eine spitze Bemerkung machen. Im Grunde genommen stimmte Lizzie ihr auch zu. Männer brachten eine Frau nur von ihrem Weg ab, wenn diese etwas mehr vom Leben wollte, als Hausfrau und Mutter zu werden.

»Sie zittern ja«, bemerkte Herrmann, während er seinen Schal abnahm und ihn ihr sanft umlegte. Dabei berührte seine Hand ihre Wangen. Diese zarte Berührung trieb ihr die Tränen in die Augen.

»Kommen Sie, Lizzie«, raunte Herrmann und zog sie sanft zu sich heran. Das kam so plötzlich, dass Lizzie sich von seiner Fürsorge eingehüllt fühlte.

Aber ihre Tränen verebbten, bevor sie richtig geflossen waren. Der

Tod ihres Großvaters ging ihr nahe, aber es fühlte sich nicht annähernd so an wie an jenem Tag, als sie von Alberts Tod erfahren hatte. Das war ein unmenschlicher Schmerz gewesen, der ihr tagelang die Luft zum Atmen genommen und sie zum Schluchzen gebracht hatte. Ein paar Tage hatte sie mit Lene ein Bett geteilt, und sie hatten nur eng aneinandergekuschelt geschlafen, während Jette zu Käthe ins Bett gekrabbelt war.

Lizzie löste sich aus der Umarmung. Herrmanns und ihr Blick trafen sich.

»Sie sind nicht nur wunderschön, Lizzie, sondern auch außergewöhnlich tapfer«, flüsterte er.

»Wie meinen Sie das?«, fragte Lizzie mit belegter Stimme.

»Wie ich das meine? Lizzie. Sie haben Ihrem Großvater dermaßen tapfer zur Seite gestanden, dass ich in ein Mäuseloch kriechen möchte vor Scham.«

»Was soll das heißen?«, fragte sie.

Herrmann Jensen hatte jetzt Tränen in den Augen. Ihr erster Impuls war, ihn einfach zu umarmen, aber das schickte sich nicht.

»Als ich wusste, dass meine Mutter sterben wird, habe ich fluchtartig das Haus verlassen und bin erst zurückgekommen, als der Leichenwagen fort war. Ich glaube, ich habe über zehn Stunden draußen im Kalten gestanden und das Haus beobachtet, bis sie abgeholt wurde. Nur damit ich mich nicht mit der Endlichkeit des Lebens konfrontieren musste. Das hat sich dann später bitter gerächt …«

Lene traute sich nicht, nachzufragen, was er mit seinem letzten Satz sagen wollte. Herrmann Jensen wirkte bei diesen Worten derart niedergeschlagen, dass sie erneut den Impuls verspürte, ihn zu umarmen, aber sie konnte sich noch beherrschen.

»Wissen Sie, dass Sie nicht nur die schönste Frau weit und breit, sondern auch die liebenswerteste sind? Schon bei unserer ersten Begegnung konnte ich mich nur mit Mühe auf der Kirchenbank halten. Am liebsten wäre ich aufgesprungen und hätte Ihnen im Angesicht des Hochaltars einfach nur gesagt, dass Sie entzückend sind.«

»Sie übertreiben, Herrmann«, entgegnete Lizzie in der ihr eigenen Bescheidenheit.

»Aber nein, ich hätte doch nie unter dem größten Altar der Spätrenaissance in ganz Schleswig-Holstein die Unwahrheit gesagt.«

Lizzie konnte ihr Erstaunen darüber, dass er etwas über den Altar der Marienkirche wusste, nicht verbergen. »Woher wissen Sie das?«

Er grinste verschmitzt. »Wir haben mit unserem Kunstlehrer einen Ausflug hierher gemacht und mussten uns drei Stunden lang anhören, dass der Altar drei Geschosse hat und gehalten wird durch Säulen und Kary… Sie wissen schon, diese Säulen in Frauengestalt …«

»Karyatiden …«

»Genau mit denen, und das Gebälk ist reich verziert, und entschuldigen Sie, ich habe kein ausgeprägtes Interesse an Altarkunst. Ich interessiere mich eher für moderne Architektur … aber ich wollte Ihnen einfach imponieren. Also die Karyatiden …«

»Sie können aufhören. Wir waren früher auch einmal mit der Klasse dort«, lachte sie.

Herrmann Jensen starrte sie an wie ein Weltwunder. »Wenn Sie lachen, dann strahlt alles um Sie herum«, stieß er fast andächtig hervor.

Lizzie atmete ein paar Mal tief durch. Käthe mochte von Herrmann Jensen halten, was sie wollte. Und auch Lene sollte ruhig weiter ihre Thesen von den unattraktiven Flensburger Herren verbreiten … der junge Jensen war ein wirklich netter Kerl, wobei das ein wenig untertrieben war. Er war mehr als nett, und das Feuer, das nun aus seinen grünen Augen funkelte, erwärmte ihr Herz. Aber das würde sie Lene mit Sicherheit nicht verraten. Weder das eine noch das andere! Und auch nicht, dass sie seinen wachen Geist schätzte und sein kulturelles Interesse und dass er gebildet und außergewöhnlich sensibel war …

Lizzie stieß einen tiefen Seufzer aus. Sie hatte sich bislang noch nie mit dem Gedanken beschäftigt, was der Mann wohl an sich haben musste, der einmal ihr Herz berühren würde. Jetzt hatte sie zumindest eine Ahnung davon.

6. Flensburg, Januar 1920

Der Himmel war grau und hing tief über der Förde. So als würde er gleich die Wellenkämme der aufgepeitschten Ostsee berühren. Der Regen machte zwischendurch nur winzige Pausen, bis er wieder wie aus Eimern vom Himmel pladderte. Das einzig Bunte in der Stadt waren zurzeit die Plakate zur Volksabstimmung, die überall in der Stadt aufgestellt worden waren und versuchen sollten, die Einwohner für die eine oder andere Seite zu gewinnen. Und Flensburg glich einem Flaggenmeer. Da über die Flagge der neuen Republik noch keine endgültige Entscheidung gefallen war, waren für die deutsche Seite schwarz-rot-weiße, schwarz-rot-goldene und vereinzelt auch die Preußenflaggen mit dem Adler gehisst, während in den Arbeiterbezirken der Stadt überall die dänische Fahne wehte. Dabei gab es kaum Bürger in der Stadt, die nicht schon längst wussten, wo sie ihr Kreuzchen machen sollten.

Es ging ein Riss durch Nachbarschaften, Familien, und selbst in Lenes kleiner Klasse von nur acht Mädchen, die die Reifeprüfung ablegen wollten, wurde über dieses Thema sehr emotional diskutiert, wobei die Mitschülerinnen allesamt aus Familien stammten, die ihre Stimme für Deutschland abgeben würden. Eigentlich kannte Lene außer Onkel Henning nur eine einzige Person, die für Dänemark stimmen würde: Ihre Schwester! Lizzie bedauerte zutiefst, dass sie mit ihren siebzehn Jahren noch nicht wählen durfte. Abstimmen durfte bei dieser Volksabstimmung jeder, ob Frau oder Mann, der in dem Gebiet geboren und am 1. Januar 1920 das 20. Lebensjahr vollendet hatte. Dabei war es in Lenes Augen schon ein Riesenfortschritt, dass Frauen überhaupt ihre Stimmen abgeben konnten, denn dieses Wahlrecht war erst vor knapp zwei Jahren durchgesetzt worden.

Lene fand das Buhlen um die Stimmen allerdings sehr aufdringlich. Sogar auf dem Flensburger Notgeld war das Zerren der beiden Gruppen um das Nordertor abgebildet und mit dem Spruch versehen: *Jungs, holt fast …*

Im Grunde wäre ihr persönlich zwar lieber, dass Flensburg deutsch bliebe, allein wegen des Rumhauses Danneberg, aber das, was auch ihr Vater veranstaltete, ging ihr zu weit. So hatte er Hunderte von Postkarten gekauft. Auf den einen stand zu lesen: *Gott möge uns behüten, dass wir nicht werden Jüten,* auf der anderen war die Symbolfigur der schleswig-holsteinischen Bewegung Jens-Uwe Lornsen in Heldenpose abgebildet, dem man die Worte in den Mund gelegt hatte: *Meine Sache ist klar wie die Sonne. Stimmt für das deutsche Vaterland.* Diese Karten verschickte Lenes Vater an alle Freunde und Geschäftspartner in den beiden Abstimmungsgebieten, und die gingen auf der Nordseeseite bis Eiderstedt und Sylt und im Osten bis Kappeln. Besonders viele Geschäftsfreunde besaß er in Tondern. Und auch nach Sonderburg wollte er einige der Karten verschicken, um, wie er Lene feixend anvertraute, seinen Bruder zu ärgern. Onkel Henning kannte in seiner Wahlheimat Sonderburg nämlich jeden, der dort Rang und Namen hatte, und so würde ihm unwillkürlich zu Ohren kommen, dass sein Bruder Propaganda für die deutsche Seite verbreitete. Dass Lene ihm trotz ihres Widerwillens gegen diese Maßnahmen auf seine Bitte hin half, die Karten zu adressieren, hatte bei ihr keine politischen Motive, sondern allein den Grund, dass sie auf diese Weise erfuhr, wer alles zu Dannebergs Geschäftskunden gehörte. Dementsprechend machte sie sich still und heimlich eine Liste mit allen Namen. Sie konnte ja nicht wissen, ob das noch einmal von Nutzen sein würde.

Lene war gerade dabei, einen Aufsatz über Uhlands Ballade *Des Sängers Fluch* für die Schule zu schreiben, wozu ihr partout nichts einfallen wollte. Deshalb blickte sie aus dem Zimmerfenster in den verregneten Hof und dachte wehmütig an die wenigen Schneetage im November zurück, an denen sie ihre Schlitten herausgeholt hatten und im Stadtpark gerodelt waren. Dann schweiften ihre Gedanken zu Klaas ab. Seit ihrer Begegnung zwischen den Jahren hatten sie sich nicht mehr privat getroffen. Lene hatte das mit fadenscheinigen Ausreden verhindert, und Klaas war schwer beleidigt.

Die Sache mit dem Ring hatte sie aber dermaßen irritiert, dass sie das in Kauf nahm. Schweigen war allerdings keine langfristige Lösung, vor allem, weil sie nun keinerlei Informationen mehr über Danneberg-Rum bekam. Da sie Klaas wegen Paul nicht mehr am Kessel treffen konnte, fühlte sie sich nun abgehängt vom Geschehen dort drüben im Rumhaus. Aber sollte sie sich deshalb aus reinem Kalkül wieder mit ihm verabreden und riskieren, dass er erneut auf ihre Zukunft spekulierte?

So gern sie ihn auch hatte, aber die Vorstellung, er würde seine Familie verlassen, um mit ihr eine neue zu gründen, war abschreckend. Allein der Gedanke an eigene Kinder lag Lene dermaßen fern, dass sie sich das gar nicht weiter ausmalen mochte. Nein, wenn sie ihre Zukunft betrachtete, dann sah sie sich dort drüben im Rumhaus auf dem Ledersessel ihres Vaters und hinter seinem imposanten Direktorenschreibtisch sitzen. Aber es nützte alles nichts. Sie würde um eine klärende Aussprache mit Klaas nicht herumkommen. Höchstwahrscheinlich würde er sich nicht darauf einlassen, mit ihr ein unverbindliches Verhältnis fortzusetzen. Und dann war es vorbei mit den prickelnden Zärtlichkeiten … Sie hatte den Gedanken noch gar nicht zu Ende geführt, als sie unten im Flur laute erregte Stimmen hörte. Offenbar stritten sich eine Frau und ein Mann. Letzterer war auf jeden Fall nicht ihr Vater, aber die Stimme der Frau gehörte der Mutter.

Sie wurden so laut, dass Lene nun jedes Wort verstehen konnte.

»Du wirst mich nicht daran hindern, mir meine Tochter zu holen«, schrie der Mann. Lene stutzte. Keine Frage, es war ihr Onkel Carl, der da unten in der Diele herumbrüllte. Er klang erstaunlich nüchtern.

»Was ist denn hier los? Carl, hör auf, meine Frau anzubrüllen!« Das war die Stimme ihres Vaters, der, wohl durch den Lärm angelockt, aus seinem Arbeitszimmer in die Diele gestürmt war.

»Deine Frau will verhindern, dass ich meine Tochter mit nach Hause nehme! Ich entscheide, wo sie wohnt.«

Die Antwort war ein Schluchzen ihrer Mutter.

»Carl, sei vernünftig. Freya sollte bis zur Abschlussprüfung bei uns bleiben. Allein der Schulweg jeden Tag. Und sie hat sich so tapfer durch die lange Schulzeit gekämpft. Das kannst du ihr nicht zerstören …«

»Wozu braucht das Mädchen eine Prüfung zur Lehrerin? Sie wird auf Gut Runohr dringender benötigt«, unterbrach der Onkel ihren Vater.

»Als deine Haushaltshilfe?«, gab der Vater in scharfem Ton zurück.

»Das geht dich gar nichts an, lieber Schwager, und jetzt lass mich durch. Ich werde mir holen, was mir zusteht.«

»Bitte nicht so laut!«, flehte nun Lenes Mutter. »Sie soll es doch nicht hören, wie du um sie schacherst!«

»Wer hier wohl um wen schachert«, brüllte der Onkel zurück.

Lenes Herz klopfte bis zum Hals. Sie hatte genug gehört und musste dringend Freya warnen, die gerade in Lizzies Zimmer ihre tägliche Nachhilfestunde nahm.

Sie schlich sich auf Zehenspitzen den Flur entlang, und ohne an die Tür zu pochen, trat sie ein. Sie hörte Freya gerade sagen: »Ich begreife das alles nicht. Ich gebe auf …«, bevor sie erschrocken herumfuhr.

Lizzie schien nicht erfreut über die Störung und machte eine Handbewegung, als wollte sie eine lästige Fliege verscheuchen, doch Lene ließ sich nicht abwimmeln.

»Mutter und Käthe sind zurück von Gut Runohr. Zusammen mit deinem Vater, der dich mitnehmen will!«, verkündete sie mit Nachdruck.

Freya wurde noch blasser, als sie es ohnehin schon war. Sie entsprach vom Äußeren ganz und gar nicht einem apfelbäckigen Landmädchen. Im Gegenteil, sie war mehr eine elfenartige Erscheinung. Klein, zart und mit dieser unvergleichlichen Haut gesegnet, die keinen Makel zeigte. Zusammen mit ihren großen blauen Kulleraugen erinnerte sie Lene eher an ein Fabelwesen. Es erstaunte Lena immer wieder, wenn irgendwelche Fremden auf den Danneberg'schen Gesellschaften in Entzückensschreie ausbrachen beim Anblick der »drei Schwestern«, die sich angeblich zum Verwechseln ähnlich sahen. Damit waren dann Freya, Lizzie und sie gemeint. Dass Jette ein anderer Frauentyp war, das schienen selbst Bekannte ihrer Eltern zu bemerken. Lene fragte sich, ob die Menschen, die das behaupteten, dass zwischen Freya und ihr eine Ähnlichkeit bestehe, wohl blind waren.

»Ich möchte nicht mit ihm gehen«, stieß Freya verzweifelt hervor.

»Du musst darauf bestehen, dass du den Abschluss machen möchtest«, insistierte Lizzie.

»Ich glaube nicht, dass ihn das interessiert«, murmelte Lene. »Er braucht jemanden, der ihn versorgt …«

»Aber dazu hat er doch diese dumme Gerda!«, konterte Lizzie.

Sie hatte ihren Satz kaum zu Ende gesprochen, als es laut an die Tür klopfte. Obwohl keine der drei Frauen den Besucher hereingebeten hatte, flog sie auf, und Onkel Carl stand im Türrahmen.

»Freya, pack deine Siebensachen. Wir fahren nach Hause. Der Chauffeur wartet unten im Wagen.«

Lene verdrehte die Augen. Da Onkel Carl kürzlich seinen heiß geliebten Opel Tornado im Vollrausch in einen Graben gefahren hatte, setzte er sich nicht mehr selbst hinter das Steuer, sondern ließ das seinen Gutsverwalter Justus machen, der dazu eine Chauffeursuniform tragen musste. Der Arme war zwar erst vor ein paar Tagen aus der Kriegsgefangenschaft zurückgekehrt und hatte eine entsetzliche Aversion vor Uniformen, aber das interessierte Onkel Carl nicht.

Lizzie sprang auf und stellte sich schützend vor ihre Cousine, die am ganzen Körper bebte. »Onkel Carl, bitte, lass sie bis zur Abschlussprüfung des Oberlyzeums bei uns wohnen!«

»Oberlyzeum?«, schnaubte er verächtlich. »Sie gehört auf die Scholle und wird jemanden heiraten, der Runohr eines Tages übernimmt!«

»Aber ich möchte die Schule zu Ende machen. Bitte, Vater«, flehte nun Freya mit dünnem Stimmchen.

»Das entscheidest aber nicht du, Mädchen. Ich habe dich nur in der Stadt gelassen, weil es der Wunsch meines Vaters gewesen ist. Jetzt kommst du dahin mit, wo du hingehörst.«

»Sie gehört hierher!«, schnaubte Lene. »Sie ist wie unsere Schwester hier aufgewachsen, und wir haben uns geschworen, die Prüfung gemeinsam abzulegen!«

Carl von Runohr verzog sein Gesicht zu einem Grinsen. »Weißt du, wie wenig mich das interessiert?«

Lene wusste in diesem Moment nicht, was besser war. Wenn er trunkenen Unsinn redete oder nüchtern derart herablassend war.

Er näherte sich Freya bedrohlich und stieß Lizzie grob beiseite. Er wollte seine Tochter gerade am Arm packen, als eine donnernde Stimme erklang. »Wage es ja nicht, den Mädchen unter meinem Dach Gewalt anzutun!«

Freyas Vater fuhr herum und trat sofort einen Schritt zurück. Wie ein Krieger stand Lenes Vater im Türrahmen. Da er von mächtiger Statur war, füllte er ihn beinahe gänzlich aus.

»Ich bin zwar nicht der Erziehungsberechtigte deiner Tochter, aber ich war all die Jahre wie ein Vater zu ihr. Du wirst sie unter unserem Dach wohnen und die Schule zu Ende machen lassen! Hast du gehört?«

Carl von Runohr plusterte sich noch einmal auf und schimpfte darauflos, dass er sich von seinem Schwager gar nichts sagen lasse und dass er sich diese Einmischung verbiete. Lene aber spürte genau, dass er innerlich einen Heidenrespekt vor ihrem Vater hatte.

»Und wenn ich sie doch mitnehme?«, fragte der Onkel in einem Ton, als würde ihn das Eingreifen seines Schwagers gar nicht beeindrucken.

»Das kann ich dir sagen. Ich erlaube nicht, dass meine Nichte unter einem Dach mit einem Trinker lebt. Sieh du zu, dass du abstinent wirst, dann kannst du in der Angelegenheit wieder vorsprechen! Und zwar nicht nur für ein paar Stunden, sondern für immer!«

Lene beobachtete nicht ohne Schadenfreude, wie ihrem Onkel Carl förmlich die Gesichtszüge entglitten und er nur noch ein Bild des Jammers abgab. Dass er verloren hatte, schien er zu begreifen, aber er versuchte, noch sein Gesicht zu wahren, indem er beim Hinausstürmen fluchte: »Das wirst du noch bereuen, Ole!«

Kaum war er verschwunden, schluchzte Freya. »Danke, Onkel Ole.«

Er machte eine abwehrende Handbewegung. Lene sah ihm an, dass ihm dieses Lob peinlich war.

»Gut, arbeitet fleißig weiter, denn wenn ihr schon so schlaue Mädchen werden wollt, dann erwarte ich auch gute Ergebnisse.«

»Freya, jetzt ist doch alles wieder gut!«, sagte Lene energisch. Sie liebte ihre Cousine wirklich und würde sie jederzeit beschützen, aber das Geheule, das konnte sie schwer aushalten. Sie selbst war jedenfalls nicht besonders nahe am Wasser gebaut. Wann sie das letzte Mal eine Träne vergossen hatte, das konnte sie nicht einmal erinnern.

Freya blickte mit verheulten Augen von Lizzie zu Lene. »Ich verspreche euch, ich werde alles tun, um euch nicht zu enttäuschen, und die Prüfung schaffen.«

»Dann sollten wir dort weitermachen, wo wir eben aufgehört haben«, erwiderte Lizzie. »Also, noch einmal, nenne mir die Namen der römischen Kaiser der Severer-Dynastie.«

Freya trocknete sich die Tränen mit dem Ärmel ihres Kleides und ratterte die fünf Severer runter, als hätte sie noch nie zuvor Probleme damit gehabt, sich die vielen schwierigen Namen zu merken. Dabei machte ihr das sture Auswendiglernen so gar keine Freude. Das Einzige, was ihrer Cousine in der Schule außer Hauswirtschaft leichtfiel, war, kleine Verse zu verfassen. Auch wenn ihre Deutschlehrerin, die ja nun selbst Dichterin war, ihre Cousine dafür jedes Mal lobte, ersetzte ihr dieses Talent nicht das Lernen. Und es wäre doch gelacht, wenn sie jetzt, so kurz vor dem Ziel, aufgeben würde, dachte Lene.

»Ich will dann auch nicht weiter stören«, murmelte sie zögernd, denn ganz plötzlich verspürte sie das unbändige Verlangen, die beiden um Rat zu fragen, wie sie ungeschoren aus der Affäre mit Klaas herauskommen könnte.

»Habt ihr noch einen kleinen Moment Zeit?«, hörte sie sich da bereits fragen. Freya und Lizzie blickten von ihrem Heft hoch.

Als Lizzie nickte, durchfuhr Lene ein eisiger Schreck. Sie konnte doch nicht erwarten, dass ihr die beiden Ratschläge zur unkomplizierten Beendigung einer Beziehung zu einem Mann gaben, von deren Existenz sie keinen Schimmer hatten. Natürlich würde ein Gewitter über Lene einbrechen, wenn Schwester und Cousine ganz nebenbei erfuhren, dass ihre Wortführerin in Sachen »Abstandhalten von den Herren der Schöpfung« einem gewissen Kerl schon sehr nahe gekommen war. Näher, als Lizzie und Freya sich das überhaupt ausmalen konnten, befürchtete Lene und ruderte zurück.

»Schon gut, lernt ruhig weiter. Ich muss ohnehin noch einen Aufsatz schreiben.« Das klang verzagt, aber nicht, weil sie sich ausgeschlossen fühlte, sondern weil sie in diesem Augenblick zutiefst bedauerte, dass sie nicht den Mut besessen hatte, ihre Vertrauten rechtzeitig in ihr Geheimnis einzuweihen.

»Soll ich dir später helfen?«, fragte Lizzie mitfühlend, denn jeder in der Familie wusste, wie Lene solche Arbeiten in Deutsch hasste. Mit Rechenaufgaben konnte man Lene nicht schrecken, aber mit Aufsätzen umso mehr. Und im Gegensatz zu Freya war sie in Sachen Wäsche zusammenlegen, bügeln, nähen und flicken das Schlusslicht in der Klasse. Ihre Hauswirtschaftslehrerin hatte ihr bereits nach der neunten Klasse angedroht, sie wegen ihrer grausamen Handarbeiten durch die Prüfung fallen zu lassen, weil sie das Schulziel, eine gute Ehefrau und Hausfrau zu werden, verfehlt habe, aber in der Oberstufe hatten bei der Prüfung für das Lehramt glücklicherweise die anderen Fächer mehr Gewicht als die Hauswirtschaften.

»Nein, das schaffe ich schon«, erklärte Lene hastig. Lizzies Hilfe konnte nämlich beizeiten äußerst anstrengend sein, weil sie sich in das jeweilige Thema weitaus mehr vertiefte, als Lene es je tun würde. Ihr Ziel war es, in den Fächern außer Mathematik solche Noten zu erreichen, dass sie den Abschluss spielend schaffte. Sie nannte das »Mut zur Lücke«, wofür Freya, die alles überaus ernst nahm, sie glühend beneidete. Lene hatte ein ziemlich gutes Gedächtnis, aber das setzte sie vorrangig für die Fächer ein, die ihr am Herzen lagen, und auch nur bei bestimmten Themen. So kannte sie sich in der Geschichte des Flensburger Rumhandels perfekt aus. Sie konnte im Schlaf herunterbeten, wie der Handel mit den westdänischen Inseln einst begonnen hatte. Sogar ein Referat hatte sie jüngst zu diesem Thema gehalten, das sie im Vorwege voller Stolz zu Hause Lizzie vorgetragen hatte.

Zu ihrer großen Enttäuschung hatte ihre Schwester erst geschwiegen und dann gesagt. »Doch, du wirst eine erstklassige Note dafür bekommen. Ich, ich bin nur darüber gestolpert, dass anfänglich auch mit Sklaven gehandelt wurde und dass sie es waren, die das Zuckerrohr ernten mussten.«

»Aber Lizzie, das ist schon so lange her. Das ist Geschichte!«

»Das bedeutet aber, dass unsere Vorfahren ihren Reichtum auf Kosten von Sklaven gemacht haben.«

»Lizzie, du hast keine Ahnung, schon 1848 wurde die Sklaverei seitens Dänemark abgeschafft, und da Flensburg damals noch zu Dänemark gehörte, haben die Dannebergs ihr Vermögen nicht auf dem Rücken von Sklaven gemacht!«

Lene konnte sich an diese Diskussion noch so gut erinnern, weil es sie gewurmt hatte, dass ihre Schwester auch noch glaubte, sich in ihrem geschichtlichen Lieblingsthema besser auszukennen als sie. Das war typisch für Lizzie. Sie lernte nichts nur stur auswendig, sondern machte sich über alles ernsthafte Gedanken, durchdrang jedes Problem, klopfte es nach allen Seiten ab und besaß dabei ein sagenhaftes Gedächtnis. Deswegen hatte sie auch die Klasse übersprungen, weil sie in jedem Fach Einserschülerin war. Das fehlte noch, dass sie sich jetzt mit dem tieferen Sinn des Sängers Fluch befasste, dachte Lene und verließ das Zimmer, um sich wieder in ihrer Art mit Uhland zu beschäftigen.

Lene schaffte es unter Aufwendung großer Mühe, den Inhalt der Ballade überhaupt zu begreifen und einige, wie sie fand, kluge Sätze zu Papier zu bringen. Als sie fertig war, schien es, als wäre es bereits mitten in der Nacht, aber das konnte gar nicht sein. Pünktlich um achtzehn Uhr gab es Abendessen im Haus Danneberg. Sie warf einen Blick auf ihre Armbanduhr, die sie von den Eltern zu ihrem achtzehnten Geburtstag bekommen hatte. Tatsächlich, es war bereits zwanzig nach sechs, und die Abendbrotglocke hatte noch nicht geläutet. Das war untypisch für Lotte, die sonst pünktlich auf die Sekunde war. Irritiert verließ Lene ihr Zimmer und wollte in der Küche nach dem Rechten sehen.

Auf dem Flur kam ihr die Mutter entgegen. Sie ging aber nicht aufrecht, sondern zu ihrem großen Entsetzen taumelte sie und musste sich an der Wand festhalten. Lene stürzte hinzu und hakte ihre Mutter unter.

»Was ist dir, Mutti?«, fragte sie besorgt.

»Ach, nichts. Ich habe nur ein wenig Kopfweh, aber das ist nichts Ernstes. Nur eine kleine Erkältung. Kümmere dich lieber um Käthe. Es hat sie schlimmer erwischt. Sie liegt schon im Bett. Ich schaffe es allein.« Mit diesen Worten befreite sich ihre Mutter von ihrem stützenden Arm und versuchte, ihren Weg möglichst aufrecht fortzusetzen, doch nach ein paar Schritten griff sie erneut nach der Wand. Nun ließ sich Lene nicht mehr abwimmeln, sondern brachte die Mutter ins Schlafzimmer, zog ihr das Kleid und das Reformkorsett aus, ohne das sie nicht aus dem Haus gehen würde. Die Mutter wurde in ihrem Arm immer schlaffer, sodass ihr nichts anderes übrig blieb, als sie mit der restlichen Kleidung ins Bett zu legen.

»Danke«, hauchte die Mutter, doch da sah Lene mit Schrecken, dass die Gesichtshaut ihrer Mutter blau angelaufen war. Sie musste sofort Hilfe holen, denn sie war mit dieser Lage komplett überfordert.

»Mutti, bitte versuche zu schlafen. Ich hole Vati und den Arzt.« Wie der Blitz war Lene aus dem Zimmer gestürmt und rief laut nach ihrem Vater. Sie fand ihn unten in seinem privaten Arbeitszimmer über die restlichen Karten zur Abstimmung gebeugt.

»Vati, du musst sofort kommen. Mutti ist krank. Ich sage Lotte Bescheid. Sie soll den Doktor holen. Und du schau bitte nach ihr!«

Und schon war sie in die Küche gerannt und rief Lotte zu, dass sie sofort nach dem Arzt rufen solle, doch dann stutzte sie. Lotte hatte rot verheulte Augen und wirkte so verstört, als habe sie ein Gespenst gesehen.

»Um Gottes willen, was ist geschehen?«

»Justus ist tot«, schluchzte sie. »Er ist tot!« Justus und sie hatten sich erst kurz vor Justus' Einberufung an die Front verlobt, und dann war er in Gefangenschaft geraten und erst kürzlich entlassen worden. »Aber er hat doch heute am frühen Nachmittag erst meine Mutter, Käthe und Onkel Carl mit dem Wagen hergebracht.«

»Aber wenn ich es doch sage! Gerda hat mich gerade angerufen. Dein Onkel liegt mit Kopfweh im Bett, aber sie kümmert sich um ihn. Oh Gott, oh Gott, oh Gott.«

»Er fühlte sich doch gut bei seiner Rückkehr. Im Lager waren viele krank, als sie entlassen wurden, hat er mir am Telefon gesagt. Einige sind auch gestorben …«

»Ruf bitte sofort den Doktor! Hast du gehört! Hurtig!«

Lotte schluchzte verzweifelt auf. Lene bedauerte ihren schroffen Ton. »Mein Beileid, Lotte, aber was, wenn Mutti und Käthe sich bei ihm angesteckt haben?«, stöhnte sie.

Sie tätschelte Lotte im Vorbeigehen den Arm und eilte in die erste Etage. Als sie in Lizzies Zimmer platzte, rappelte Freya gerade die Namen der justinianischen Kaiser herunter.

»Lizzie, du musst sofort zu Käthe laufen. Mutti und unsere Schwester sind sehr krank. Der Doktor ist unterwegs, aber ich muss derweil nach Mutti schauen. Vati mag doch keine Krankheiten.«

Und schon eilte sie zum Schlafzimmer ihrer Mutter. Sie war kein ängstlicher Mensch, aber als sie keuchend vor der halb geöffneten Schlafzimmertür stand, überfiel sie eine nie gekannte Panik. Von drinnen die beschwörende Stimme ihres Vaters. Und das, was er sagte, ließ ihr eiskalte Schauer über den Rücken rieseln.

7. Flensburg, Januar 1920

Es war stockdunkel, als Lizzie in Käthes Zimmer stürzte – und gespenstisch still. So still, dass Lizzie das Schlimmste befürchtete.

»Käthe?«, raunte sie in die Finsternis hinein, während sie nach dem Lichtschalter neben der Tür tastete. Die Antwort war ein entsetzliches Husten.

Nachdem Lizzie das Licht eingeschaltet hatte, erschrak sie beim Anblick, der sich ihr bot. Das stets schneeweiße Kissen und die ebenso blütenreine Decke waren mit roten Sprenkeln überzogen. Sie wusste, was das bedeutete, und näherte sich ganz vorsichtig dem Bett.

Und wieder fuhr ihr ein Schreck durch alle Glieder, denn die Haut ihrer Schwester hatte sich bläulich violett verfärbt.

»Ich habe Durst«, stieß Käthe mit heiserer Stimme hervor. In Lizzies Kopf arbeitete es fieberhaft. Ihre Schwester sah aus wie eine Pestkranke, wie man sie in alten Medizinbüchern gezeichnet hatte, aber das konnte nicht sein! Und überhaupt, war sie nicht vor ein paar Stunden gesund aus Runohr zurückgekehrt?

Plötzlich schnappte Käthe nach Luft wie ein Fisch auf dem Trocknen. Sie kriegt keine Luft mehr, dachte Lizzie schockiert, und ihr erster Impuls war es, das Fenster aufzureißen, aber das, was Käthe jetzt brauchte, war Wärme. Also holte sie hastig noch eine Decke aus dem Schrank, die sie ihrer Schwester über das Federbett legte, während Käthe weiter dramatisch nach Luft schnappte. Fieberhaft überlegte Lizzie, was sie tun könnte, um Käthe die Qualen zu erleichtern, aber außer ihr den Schweiß von der Stirn zu tupfen, fiel ihr nichts ein. Sie betete, dass der Arzt bald eintreffen würde, aber insgeheim ahnte sie, dass Dr. Boysen auch nichts mehr für die arme Käthe würde tun können.

»Ich habe Durst«, wiederholte Käthe gequält.

Lizzie wusste nicht so recht, was besser wäre: Käthe für einen Moment allein oder sie dursten zu lassen. Ihre Schwester sah sie mit flehendem Blick an und streckte die Hand nach ihr aus.

»Ich hole dir Wasser, aber halte durch, bis der Doktor kommt«, raunte sie ihr zu und eilte nach unten in die Küche. Dort saß Lotte zusammengekrümmt auf einem Stuhl.

»Um Gottes willen, Lotte, was ist dir?«

»Ich verstehe es nicht. Justus war doch wieder gesund und hat die Krankheit im Gegensatz zu einigen seiner Kameraden überlebt, aber sie ist wiedergekommen und hat ihn dahingerafft«, stieß sie mit tränenerstickter Stimme aus.

»Justus ist tot, und im Gefangenenlager grassierte eine Krankheit?«

Lizzie spürte, wie ihr schlagartig das Blut aus dem Kopf schoss. Sie konnte sich gerade noch auf einen Stuhl setzen. Der Kreislauf, ging es ihr durch den Kopf, aber sie durfte jetzt um keinen Preis ausfallen. »Lotte, reiß bitte das Fenster weit auf!« Die Haushaltshilfe sprang rasch auf und tat, was Lizzie verlangte. Die feuchte Luft von draußen war zwar nicht besonders angenehm, aber ein paar tiefe Atemzüge konnten verhindern, dass sie kollabierte.

»Bitte gib mir ein Glas Wasser und sage mir nur schnell, was das für eine Krankheit gewesen ist. Und kann er dich angesteckt haben?«

Lotte wurde kreidebleich. »Nein, ich habe ihn doch noch nicht gesehen seit seiner Rückkehr. Aber am Telefon hat er mir gesagt, dass es die, also die …« Ein Weinkrampf unterbrach ihre Worte. Sie holte Lizzie schluchzend ein Glas Wasser und reichte es ihr.

»Du sagst es mir später, ja? Ich muss zurück zu Käthe.«

Sie war schon fast aus der Tür, als sie Lotte raunen hörte: »… dass es die Spanische Grippe gewesen sein könnte.«

Lizzie hatte das Gefühl, dass man ihr von hinten die Beine wegtrat, denn ihre Knie wurden weich, aber sie schaffte es, sicher in Käthes Zimmer zu gelangen. Als Lizzie an ihr Bett trat, lag ihre Schwester so ruhig da, dass sie schon befürchtete, sie sei zu spät gekommen, aber dann öffnete Käthe die Augen und rang sich zu einem gequälten Lächeln durch. Es sah gespenstisch aus, dieses verzerrte dunkelviolette

Gesicht, in dem nur noch ein Rest von Leben zu sein schien. Es wird nicht mehr lange dauern, befürchtete Lizzie. Käthe war nicht einmal mehr in der Lage, das Glas in die Hand zu nehmen. Lizzie half ihr, sich aufzurichten, und flößte ihr vorsichtig ein paar Schlucke ein.

Lizzie hatte derweilen die Hoffnung aufgegeben, dass der Doktor noch rechtzeitig eintraf. Seit das entsetzliche Wort an ihr Ohr gedrungen war, fühlte sie sich wie betäubt. Diese scheußliche Krankheit machte keine Gefangenen. Lizzie hatte jeden Artikel über diese Pandemie, die bereits Millionen Todesopfer in aller Welt gefordert hatte, verschlungen, ohne zu ahnen, dass sie einmal so nahe mit diesem grausamen Albtraum, der Menschen wie die Fliegen dahingerafft hatte, in Berührung kommen würde. Das Einzige, was sie wunderte, war die Tatsache, dass man offiziell das Ende dieser Geißel der Menschheit verkündet hatte. Doch das, was sie nun mit eigenen Augen sah, konnte nichts anderes bedeuten, als dass Käthe sich an der Spanischen Grippe infiziert hatte. Und die Quelle der Ansteckung war der Gutsverwalter Justus, der die Höllenkrankheit aus dem Lager eingeschleppt hatte. Er gehörte wahrscheinlich zu den Patienten, die nach der vermeintlichen Genesung dann doch noch eine Lungenentzündung bekamen und daran starben. Die meisten aber starben an einem blutigen Lungenversagen, das bereits binnen Stunden nach der Ansteckung zu einem qualvollen Erstickungstod führte. Lizzie erschauderte. *Morgens krank, abends tot,* hieß es in der medizinischen Fachzeitschrift, aus der Lizzie dieses Wissen über die Spanische Grippe bezog. Dr. Boysen brachte ihr regelmäßig seine ausgelesene medizinische Zeitung, das *Kongreßblatt,* mit, in dem mehrfach versucht worden war, dem Rätsel der Krankheit auf die Spur zu kommen, aber vergeblich. Die Spanische Grippe war verdammt tückisch.

Bitte, lieber Gott, lass Mutti nicht auch noch sterben, betete Lizzie stumm.

Als Käthe genug getrunken hatte, ließ sie ihren Kopf erschöpft zurück in die Kissen fallen.

Lizzie griff nach ihrer Hand und streichelte sie, wohl wissend, dass jede Berührung mit einem Infizierten ein großes Risiko darstellte. Man wusste noch nicht, wie diese Krankheit übertragen wurde, aber deshalb konnte sie ihre Schwester unmöglich ihrem Schicksal überlassen, doch die zog jetzt ihre Hand von sich aus fort. »Du darfst dich nicht anstecken!«, raunte sie. »Du musst nämlich ein Versprechen für mich einlösen.«

Lizzie wurde heiß und kalt, vor allem, als Käthe jetzt die Hände faltete und betete. Lizzies Blick fiel auf den Jesus mit der Dornenkrone über dem Bett ihrer Schwester. Sie fand ihn nicht ganz so abschreckend wie Lene, aber sie hätte nicht freiwillig unter diesem Bild schlafen mögen. Ihre Schwester jedoch schien sich von dem Bildnis geradezu beschützt zu fühlen, denn während des Betens wurde sie immer ruhiger. Vor allem erstaunte es Lizzie, dass Käthe jetzt leichter zu atmen schien. Eben noch war sie dem Erstickungstod so nahe gewesen, und nun japste sie gar nicht mehr nach Luft. Das war ein Phänomen, so als wirke das Beten auf ihre Schwester tatsächlich heilend.

Plötzlich hielt Käthe inne und blickte Lizzie wie in Trance an. »Lizzie, der Herr wird dich statt meiner nehmen«, flüsterte sie.

Lizzie fröstelte bei diesen Worten, obwohl sie keine Ahnung hatte, was ihre Schwester damit meinen könnte. Dennoch nickte sie leise, um Käthe nicht unnötig aufzuregen.

»Willst du mir das schwören? Im Angesicht des Herrn?«, hakte Käthe nach.

»Ich schwöre dir alles, liebste Schwester, alles, was ich tun kann, damit es dir besser geht«, entgegnete Lizzie ausweichend.

»Dann schwöre mir, dass du statt meiner nach der Reifeprüfung ins Mutterhaus gehst.«

Lizzie zuckte bei den Worten ihrer Schwester zusammen. Das konnte Käthe doch nicht allen Ernstes von ihr verlangen.

»Du interessierst dich doch für Krankenpflege, oder?«

»Ja, schon, aber ich dachte eher daran, Ärztin …« Sie stockte, weil Käthe jetzt erneut um Luft rang, begleitet von einem röchelnden Husten. Lizzie wusste, was das zu bedeuten hatte. Die Lungenflügel ihrer Schwester badeten bereits in ihrem eigenen Blut. Wahrscheinlich würde sie gleich … Lizzie hatte den Gedanken noch nicht zu Ende gedacht, als eine Fontäne aus dem Mund ihrer Schwester schoss. Es war wie bei einem Brunnen. Nur dass kein Wasser, sondern Blut herausspritzte.

Lizzie sprang auf und riss sich mit aller Kraft ein Stück vom Bettlinnen heraus. Ein gellender Schrei ließ sie zusammenfahren, aber er kam nicht von Käthe, die abwechselnd gurgelte und nach Luft schnappte. Lizzie wandte sich kurz zur Tür. Dort stand ihre leichenblasse Schwester Jette wie zur Salzsäule erstarrt, doch dann schrie sie: »Käthe, was ist mit dir?«, und wollte zum Bett stürzen. Lizzie aber brüllte sie an: »Bleib, wo du bist! Oder geh am besten raus und schließe die Tür hinter dir!«

Jette aber blieb wie angewurzelt stehen, während Lizzie Käthe das Blut aus dem Gesicht wischte. Käthe konnte nicht mehr sprechen, aber sie schaffte es noch, mit ihren Fingern das Handzeichen für einen Schwur zu bilden. Dabei heftete sie ihren Blick auf Lizzie, die sofort verstand, was ihre Schwester von ihr wollte. Lizzie sollte es ihr gleichtun, um den Schwur zu besiegeln, dass sie an ihrer Stelle zu den Diakonissen gehen würde. Lizzie blieb jetzt keine Zeit, sich weitere Gedanken darüber zu machen, ob und was das für Folgen haben würde, denn kaum hatte sie ihre Hand zum Schwur erhoben, schluchzte Jette verzweifelt auf.

In diesem Augenblick wandte Käthe sich ihrer kleinen Schwester zu und versuchte, ihr zuzuwinken, aber das gelang ihr nicht mehr. In ihren Augen spiegelte sich die Liebe wider, die sie für Jette empfand. Das Verhältnis der beiden war stets sehr eng gewesen. Käthe hatte die Kleine so oft unter ihre Fittiche genommen. Bei Gewitter war Jette statt zu ihren Eltern stets zu ihrer älteren Schwester ins Bett gekrabbelt, und Käthe hatte sie vor der Mutter beschützt, wenn der temperamentvolle Wirbelwind wieder einmal etwas angestellt hatte.

Lizzie ging auf Jette zu und strich ihr sanft über das Haar. »Käthe ist sehr krank, Liebes«, flüsterte sie. »Aber es ist besser, wenn du nicht zu ihr ans Bett gehst, damit sie dich nicht ansteckt.«

»Aber du bist doch auch am Bett gewesen«, widersprach Jette ihr weinend.

»Ja, aber es reicht doch, wenn sich einer von uns in Gefahr begibt. Gib ihr ein Zeichen, dass du sie lieb hast …«

»Sie wird doch nicht etwa …« Jette sah ihre große Schwester aus schreckensweiten Augen an. Lizzie deutete ein Nicken an, nahm ihre kleine Schwester in den Arm und drückte sie fest.

Doch Jette befreite sich heftig aus der Umarmung und sagte mit bebender Stimme: »Käthe, ich habe dich lieb. Bitte werde wieder gesund«, bevor sie mit einem Satz am Bett ihrer Schwester war, sich über sie warf und ihr einen Kuss gab.

Lizzie sah vor Schreck erstarrt dabei zu, wie Jette sich in Todesgefahr brachte. Wegzerren von Käthe würde sie die Schwester allerdings nicht. Sie kannte Jette, ihren eisernen Willen und ihren Jähzorn nur zu gut. Auf keinen Fall würde sie sich vor den Augen der Todkranken einen Kampf mit Jette liefern, den sie nur verlieren konnte. Doch nun erhob sich Jette aus eigenem Antrieb und kehrte in Lizzies Arme zurück.

Käthe hatte die Augen geschlossen und lag ganz friedlich da. Lizzie wusste nicht, ob sie überhaupt noch atmete.

»Ich gehe jetzt noch einmal an ihr Bett. Einverstanden? Und du bleibst hier?«

Jette nickte und machte keinerlei Anstalten, ihr zu folgen.

Lizzie setzte sich vorsichtig auf die Bettkante und wischte der Schwester noch einmal Schweiß und Blut aus dem Gesicht, bevor sie ihren Puls fühlte. Nur noch ein winziger Hauch war fühlbar. Der Ausdruck im Gesicht ihrer Schwester aber war nicht mehr gezeichnet vom grausamen Überlebenskampf, sondern Käthe wirkte nahezu friedlich. Sie hat das Schlimmste hinter sich, dachte Lizzie, während ihr stumme Tränen die Wangen hinunterliefen und sie Käthes Hand nahm. Sie erwiderte diese Berührung nicht mehr. Als der Doktor schließlich eintraf, machte Lizzie ihm ein Zeichen, dass er zu spät gekommen war. Er verstand und zog sich leise zurück.

»Kann ich jetzt wieder näher kommen?«, hörte sie Jette mit tränenerstickter Stimme fragen.

»Es ist noch nicht vorbei. Vielleicht spürt sie, dass wir bei ihr sind. Nimm dir den Stuhl dort und setz sich nah ans Bett, aber bitte nicht berühren«, flüsterte sie.

Jette rückte mit ihrem Stuhl ganz nah an das Bett heran und betrachtete ihre Schwester liebevoll. »Käthe, erinnerst du dich? Du hast mir früher oft ein schönes Märchen vorgelesen. Weißt du noch? Ich werde es dir erzählen. Hör gut zu!«

Lizzie warf Jette einen bewundernden Blick zu, bevor diese mit ihrer wohlklingenden Stimme das Märchen zu erzählen begann, das auch ihre Mutter ihnen oft zum Einschlafen vorgelesen hatte, aber Jette brauchte kein Buch dazu. Sie schien die Geschichte im Kopf zu haben.

»Es war einmal ein kleiner Junge, der hieß Häwelmann. Des Nachts schlief er in einem Rollenbett und auch des Nachmittags, wenn er müde war; wenn er aber nicht müde war, so musste seine Mutter ihn darin in der Stube umherfahren, und davon konnte er nie genug bekommen. Nun lag der kleine Häwelmann eines Nachts in seinem Rollenbett und konnte nicht einschlafen; die Mutter aber schlief schon lange neben ihm in ihrem großen Himmelbett. ›Mutter‹, rief der kleine Häwelmann, ›ich will fahren!‹ Und die Mutter langte im Schlaf mit dem Arm aus dem Bett und rollte die kleine Bettstelle hin und her, und wenn ihr der Arm müde werden wollte, so rief der kleine Häwelmann: ›Mehr, mehr!‹, und dann ging das Rollen wieder von vorne an. Endlich aber schlief sie gänzlich ein; und so viel Häwelmann auch schreien mochte, sie hörte es nicht; es war rein vorbei …«

Jettes facettenreiche Stimme im Hintergrund zu hören, ließ auch Lizzies aufgewühlte Seele zur Ruhe kommen. Ihre Gedanken schweiften ab zu dem Schwur, den sie Käthe gegeben hatte. Dass sie an ihrer Stelle Diakonisse würde. Es war nicht so sehr der Gedanke an die Ausbildung, die sie in der Diakonissen-Anstalt erwartete, der sie schreckte. Sie sah sich den Rest ihres Lebens nur beim besten Willen nicht in einer Schwesterntracht mit einer Haube in einer Gemeinschaft von Frauen verbringen. Und es fehlte ihr der starke Glauben an Jesus, der Käthe die Kraft gegeben hatte, sich für eine Zukunft im Mutterhaus zu entscheiden. Es war nicht so, dass Lizzie ungläubig war. Im Gegenteil, sie meinte sogar zu spüren, dass Käthes Gebet etwas bewirkt hatte, aber ihr Leben wie eine Nonne in den Dienst des Herrn zu stellen, das passte einfach nicht zu ihr. Sie würde sich eingeengt fühlen, wie in ein Korsett gepresst. Und ihr würde die Welt dort draußen fehlen. Es gab noch so viel tun: Krankheiten erforschen, Menschen helfen, die Rechte der Frauen stärken, mit ihren Schwestern die Welt entdecken und … Plötzlich musste sie an Herrmann denken, und sie erkannte, was ihr noch am Alltag der Diakonissen missfiel. Sie würde niemals heiraten dürfen. Das war etwas völlig anderes als das, was Lene verkündete, wenn sie davon sprach, dass sie bloß Abstand zu den Herren der Schöpfung halten sollten. Das hieß doch nur, dass sie sich Zeit ließen, ihre eigenen Wünsche zu entfalten, und sich nicht von der Schule direkt in eine Ehe begaben. Aber bei den Diakonissen hieß es weitaus mehr! Das war eine Entscheidung fürs ganze Leben. Nein, dazu war sie noch zu jung. Sie wusste zwar noch nicht, wie sie das mit ihrem Gewissen vereinbaren sollte, diesen Schwur zu brechen, aber …

»Ich glaube, sie ist eingeschlafen«, hörte sie Jette von ferne flüstern. Lizzie schreckte aus ihren Gedanken und schämte sich dafür, dass sie an Käthes Sterbebett überhaupt an einen Mann hatte denken können. Dann erst kam es in ihrem Herzen an, was Jettes Worte bedeuteten, und sie ließ den Tränen, die sie mit Rücksicht auf Käthe die ganze Zeit zurückgehalten hatte, freien Lauf.

8. Flensburg, Januar 1920

Lene hatte eine halbe Ewigkeit wie gebannt an der Schlafzimmertür ihrer Eltern gelauscht und jedes einzelne verdammte Wort verstanden. Erst beim Eintreffen des Doktors war sie von der Tür zurückgeschreckt. Und als der sie gebeten hatte, das Krankenzimmer der Mutter wegen der Ansteckungsgefahr nicht zu betreten, war sie seiner Anordnung gefolgt und auf ihr Zimmer geflüchtet. Sie hätte auch gar nicht gewusst, wie sie ihren Eltern hätte begegnen sollen, ohne sich etwas anmerken zu lassen. In ihrem Schock hatte sie nicht einmal einen Gedanken darauf verschwendet, nach Käthe zu sehen, sondern war kopflos in ihr Zimmer gestürmt und froh gewesen, dass sie allein war.

Nun lag sie regungslos auf ihrem Bett und starrte zur Decke. Warum?, fragte sie sich, warum nur war ausgerechnet sie Zeugin dieses Gesprächs ihrer Eltern geworden? Dass sie das leicht hätte vermeiden können, indem sie ihren Lauschposten verlassen oder sich die Ohren zugehalten hätte, war ihr natürlich klar, aber das hatte sie nicht über sich gebracht. Nachdem sich der Anfang des Gesprächs in ihre Seele eingebrannt hatte, blieb ihr keine Wahl, als am Geheimnis ihrer Mutter bis zum bitteren Ende teilzuhaben.

Gegen das, was Lene nun in ihrem Herzen verwahren musste, ohne es Lizzie und Freya je verraten zu können, verblasste die Sache mit Klaas. Sie traute sich nicht einmal, zu Ende zu denken, was sie niemals hätte erfahren dürfen, doch nun war es zu spät. Sie konnte es nicht mehr aus ihrem Gedächtnis streichen.

Um die ganze Tragweite zu begreifen, ließ sie es innerlich noch einmal von Anfang an an sich vorüberziehen.

»Aber, mein Lieb, glaubst du denn, ich hätte nicht von Anfang an gewusst, dass dein Herz Simon gehörte?«

Jener Satz ihres Vaters war es gewesen, den Lene als ersten gehört hatte, und sie hatte sofort gespürt, dass das, worüber die Eltern sich unterhielten, etwas Ungeheuerliches war. Das hatte sich dann im weiteren Verlauf des Gesprächs bestätigt.

Lene erinnerte jedes Wort. Ja, wenn sie sich für etwas interessierte, dann besaß sie fast so ein phänomenales Gedächtnis wie Lizzie.

»Ole, ich habe dich nie verletzen wollen.« Die Stimme ihrer Mutter hatte gezittert.

»Pst, du sollst dich nicht aufregen. Das ist vorbei. Ich habe meine Prinzessin zur Frau bekommen. Was will ich mehr?«

»Ole, ich will nicht sterben, ohne dir die ganze Wahrheit zu sagen«, hatte die Mutter ihn angefleht. Das war einer der Momente gewesen, in denen Lene am liebsten ins Zimmer gestürmt wäre … Stattdessen hatte sie sich den Daumennagel abgekaut, bis Blut floss. Das machte sie nur unter äußerster Anspannung. Bei Klassenarbeiten oder wenn sie Angst hatte, vom Vater im Rumhaus erwischt zu werden.

»Bitte, mein Lieb, lass es gut sein. Was auch immer gewesen ist, ich habe mich in dich verliebt, als ich mit meinen Eltern und Henning das erste Mal bei euch auf Runohr zu Besuch war. Du hast Klavier gespielt. Vierhändig mit deinem Klavierlehrer … weißt du, dass auch Henning damals sehr angetan von deiner Anmut war?«

»Ole, bitte, mach es mir doch nicht so schwer. Ich habe schon zu Weihnachten gespürt, dass der Tod immer noch ums Haus schleicht. Aber ich wusste nicht, dass er mich holen wird. Bitte lass zu, dass ich mein Herz erleichtere.«

Seine Antwort war ein verzweifeltes Stöhnen. »Nein, du wirst nicht sterben. Gleich kommt der Doktor. Das lasse ich nicht zu. Ich kann doch ohne dich nicht leben. Nach Alberts Tod ist doch alles so schrecklich sinnlos …«

»Ole, versündige dich nicht. Und denk an deine Töchter. Die brauchen dich jetzt dringender denn je. Und bitte sieh gleich nach Käthe. Ich habe Angst, dass sie sich ebenfalls angesteckt hat. Sie hat noch das ganze Leben vor sich, aber ich, ich hatte ein schönes Leben mit dir und den Kindern …«

»Bitte, sprich nicht so. Du wirst leben. Der Doktor wird dir ein paar Pillen geben, und dann wird alles wieder gut.«

»Weißt du noch, wie Käthe das am Heiligabend bei Tisch gesagt hat? Nun wird alles wieder gut?«

Lene konnte sich noch bestens daran erinnern, weil ihr diese Kalenderweisheiten ihrer Schwester stets bitter aufstießen genauso wie ihre frommen Sprüche. Sie liebte Käthe wirklich, aber diese Weltfremdheit … nicht auszudenken, sie würde sich nie mehr über sie aufregen können. Nein, Käthe würde nicht sterben. Genauso wenig wie ihre Mutter. Sie hatten nur eine Grippe, redete sich Lene gut zu, nur eine harmlose Grippe! Doch sofort schweiften ihre Gedanken zu dem weiteren Verlauf des Gesprächs ab. Allein die Erinnerung an diese Worte schmerzte Lene.

»Ich muss dir die Wahrheit sagen, ich habe ihn geliebt!« Hätte ihre Mutter das wirklich aussprechen müssen, war Lene in diesem Augenblick durch den Kopf gegangen. Wäre es nicht gnädiger gewesen, das zu verschweigen? Lene hatte nicht nur ihr Vater leidgetan, sondern auch ihre Schwestern und sie. Lüge, alles Lüge, hatte es in ihrem Kopf gehämmert.

Ihre Mutter hatte jedenfalls unbarmherzig mit ihrer Beichte weitergemacht. Eine Zeit lang hatte Lene keinen Laut vom Vater vernommen. Kein Stöhnen, kein Schnaufen, kein Räuspern, nichts! Nur die Stimme ihrer Mutter, die bei jedem Satz dünner wurde. Aber es musste ihren Vater getroffen haben, diesen starken stolzen Mann …

Dass ihre Mutter ihn nur geheiratet hatte, weil das Gut finanziell vor die Hunde gehen würde, wenn sie so dumm wäre, den Antrag eines Dannebergs abzulehnen.

»Ich bin tausend Tode gestorben, als du meinem Vater zur Mitgift diesen Wechsel ausgestellt hast, mit dem er alle seine Schulden bezahlen, neue Pferde kaufen und den Stall bauen lassen konnte. Ich fühlte mich wie eine Hochstaplerin.«

»Bitte quäl dich nicht so, mein Lieb. Glaubst du, ich habe deine Tränen am Hochzeitstag nicht gesehen? Und ich habe mir weiß Gott nicht eingebildet, dass es Freudentränen waren.«

»Ole, du musst es mir glauben. Ich hatte dich wirklich gern, aber der Schmerz darüber, dass ich Simon niemals wiedersehen würde, war so übermächtig. Er war noch an demselben Tag, an dem ich ihm von meiner bevorstehenden Eheschließung erzählt habe, nach Schweden abgereist. Er war ein guter Pianist und hat dort bald wieder Arbeit bekommen …« Ein schrecklicher Hustenanfall hatte sie unterbrochen.

»Mein Lieb, ich flehe dich an. Lass es gut sein. Du bist mir nichts schuldig«, hatte ihr Vater sie angebettelt. Lene wäre am liebsten dazwischengegangen und hätte ihrer Mutter befohlen, sie solle jetzt aufhören, den Vater zu quälen …

Als der Hustenanfall vorüber war, war die Mutter mit krächzender Stimme fortgefahren. »Ole, ich habe dich lieben gelernt. Du bist der Vater meiner Kinder, und deshalb musst du es erfahren …«

»Nein!«, hatte der Vater verzweifelt erwidert. »Bitte nicht!«

»Doch, bitte. Ich kann nicht in Frieden zu Albert und Max gehen, bevor ich mein Herz erleichtert habe.«

»Bitte nicht! Und du wirst nicht sterben. Hör endlich auf damit!«, hatte der Vater geschluchzt. Lenes Herz hatte wie wild geklopft. Noch niemals hatte sie ihren Vater weinen hören, nicht einmal an jenem Tag, an dem er die Nachricht erhalten hatte, dass Albert tot war.

In dem Moment hatte die Panik vollkommen Besitz von Lene ergriffen. Ihr war übel geworden, und in ihrem Brustkorb hatte eine beklemmende Enge geherrscht, denn sie hatte geahnt, dass das, was nun kommen würde, noch viel schlimmer sein würde als die Tatsache, dass ihre Mutter ihren Vater nur des Geldes wegen geheiratet hatte.

Das war der Augenblick gewesen, in dem sie für den Bruchteil einer Sekunde erwogen hatte, auf leisen Sohlen zu verschwinden, um sich das dramatische Finale zu ersparen, aber selbst wenn sie es gewollt hätte, ihre Glieder waren schwer wie Blei gewesen, und ihre Füße hätten ihr nicht gehorcht.

»Ole, ich liebe dich von Herzen. Und ich kann dich nicht im Ungewissen lassen …«

»Doch, doch, doch, bitte, sprich es nicht aus! Bitte!«

Ihre Mutter erhörte ihn nicht, sondern machte schonungslos weiter.

»Ich habe Simon vor vielen Jahren wiedergesehen. Ganz plötzlich auf der Straße. Ein einziger Blick. Er hat mich in sein Konzert eingeladen. Ich musste dorthin gehen. Und danach … ein einziges Mal nur, er und ich. Du weißt doch, dass du mein erster Mann warst. Aber wir haben uns noch einmal gefühlt wie damals, als wir dem Begehren nicht nachgegeben …«

»Ida, bitte lass es gut sein! Ich weiß es doch schon längst, aber ich möchte es nicht hören. Bitte nicht …«

Danach hatte eine längere Pause geherrscht. Lena meinte, leises Schluchzen zu hören. So als würden ihre Eltern sich weinend in den Armen liegen.

»Du hast gewusst, dass sie nicht deine Tochter ist. Seit wann?«, fragte ihre Mutter nach einer gefühlten Ewigkeit.

»Ich brauchte sie doch nur anzusehen. Wir haben beide keine braunen Augen. Und am Tag, nachdem du abends angeblich mit einer Freundin im Theater gewesen bist, habe ich in den Flensburger Nachrichten gelesen, dass das Königliche Orchester Stockholm ein Gastspiel in Flensburg gegeben hat. Die Kritik erwähnte besonders lobend einen Pianisten namens Simon Larsson. Und da wusste ich, warum du an jenem Morgen nach dem Konzert von innen geleuchtet hast wie nie zuvor und niemals danach. Ja, und ich kann rechnen, mein Lieb!«

»Oh mein Gott, das tut mir entsetzlich leid«, schluchzte ihre Mutter.

»Aber mein Lieb, du hast mir eine wunderbare Tochter geschenkt, die vor Lebensfreude nur so sprüht und die ich über alles liebe …«

Auch noch jetzt in diesem Augenblick, in dem Lene auf ihrem Bett lag und die Decke anstarrte, fühlte sie den Stich, den ihr jene Worte versetzt hatten. Sie hatte die Nachsicht ihres Vaters gegenüber Jette stets für das Faible von Vätern für die Jüngsten gehalten, doch seine Liebe zu

Jette hatte eine ganz andere Ursache, wie sie nun hatte schmerzlich erfahren müssen …

Mitten in ihre Gedanken platzte Freya tränenüberströmt in ihr Zimmer. »Lene, es ist etwas Schreckliches passiert. Käthe ist tot!«

Lene fuhr auf.

»Und ich muss sofort zum Gut Runohr, weil es meinem Vater schlecht geht«, fügte sie hinzu.

Lene konnte und wollte diese Information nicht aufnehmen. Jedenfalls nicht, was Käthe betraf.

»Nein, du bleibst erst einmal hier. Wir werden uns mit Lizzie beraten, was sie dazu meint«, widersprach Lene energisch. Sie hatten Freya doch gerade eben erst ihrem Vater abgetrotzt, da konnte sie doch nicht zurück nach Hause gehen, zumal morgen Schule war.

In diesem Augenblick kam Jette in Lenes Zimmer getaumelt und ließ sich neben sie auf das Bett fallen.

Lene musterte sie vor dem Hintergrund dessen, was sie vorhin so schmerzhaft hatte erfahren müssen, wie einen Fremdkörper, doch dann überflutete sie förmlich eine Woge von Mitgefühl für Jette. Sie nahm ihre Schwester in den Arm und drückte sie fest und gab auch Freya ein Signal, zu ihnen zu kommen.

Schließlich hatte Lene zwei weinende Trauernde im Arm. Während Jette und Freya sich schier die Augen aus dem Kopf heulten, fragte sie sich, wie sie jemals wieder jene Familie werden sollten, die sie noch gestern gewesen waren.

Aber eines war gewiss: Jette würde in Zukunft zu ihnen dreien gehören und nicht länger als Kleine behandelt werden, die man noch nicht richtig ernst nahm. Und ein vierblättriges Kleeblatt sollte doch angeblich Glück bringen! Lene schwor sich, dass sie das Geheimnis ihrer Mutter auf immer und ewig tief in ihrem Inneren bewahren würde. Obwohl sie ihre Mutter über alles liebte, verspürte sie plötzlich einen unbändigen Zorn in sich aufsteigen. Besser wäre, sie würde auch sterben, dachte sie, doch kaum hatte sie diesen Gedanken zu Ende geführt, bereute sie ihn bitterlich.

Ein unmenschlicher Schrei, der in diesem Moment durch das Haus gellte, ließ sie alles andere vergessen. »NEIN!«, und noch einmal:

»NEIN!« Keine Frage, diese Stimme gehörte ihrem Vater! Nein, ihre Familie, wie sie gestern noch existiert hatte, gab es nicht mehr. Freya und Jette schluchzten erneut verzweifelt auf, während Lene gar nichts mehr empfand. In ihr war jegliches Gefühl abgestorben.

9. Flensburg, Januar 1920

Die Kapelle des Mühlenfriedhofs war an diesem trüben Wintertag bis auf den letzten Platz besetzt, und auch draußen standen noch Trauernde. Ida Danneberg war eine in der ganzen Stadt beliebte Dame der Gesellschaft gewesen. Die Frauen, mit denen sie eine Suppenküche für Bedürftige auf die Beine gestellt hatte, waren genauso gekommen, um von ihr Abschied zu nehmen, wie der Damenkreis, mit dem sie einmal im Monat Whist spielte. Und Käthe zu Ehren waren etliche Diakonissen erschienen, allen voran Anna. Auch deren Vater und ihre Brüder gehörten zur Trauergemeinde. Lizzie hatte Herrmann draußen vor der Kapelle aus dem Augenwinkel gesehen. Für den Bruchteil einer Sekunde hatten sich ihre Blicke getroffen. In seinen Augen war aufrichtiges Mitgefühl zu lesen, und es gab ihr ein klein wenig Trost. Ansonsten hatte sie Freya untergehakt, die sich kaum auf den Beinen halten konnte. Onkel Carl war zwar auf dem Weg der Besserung, aber er hatte sich mit dem Hinweis, dass er gerade dem Tod von der Schippe gesprungen war, vor der Beerdigung gedrückt. Wie Lizzie von Freya erfahren hatte, sprach er bereits wieder in hohem Maß dem Alkohol zu.

Lizzie machte sich allerdings viel mehr große Sorgen um ihren eigenen Vater. Der wurde gestützt von Onkel Henning zur einen und Paul auf der anderen Seite. Ihr Vater hatte die vergangenen Tage nur geweint, und zwar auch in ihrer Gegenwart und der ihrer Schwestern. Es war ein Trauerspiel, mitzuerleben, wie ihn der Lebensmut verließ und der ansonsten stets so disziplinierte Mann sein Äußeres vernachlässigte. Er hatte die letzten Tage in seiner Kleidung geschlafen, und es war nur Onkel Hennings Hartnäckigkeit zu verdanken, dass er heute Morgen ein Bad genommen und seinen Traueranzug angezogen hatte. Sorgen machte sie sich aber auch um Lene, die noch nicht eine einzige Träne um Mutter und Schwester verloren hatte. Als ob sie unter Schock stände, aber sie kümmerte sich geradezu rührend um Jette. Ihre kleine Schwester sah in dem schwarzen Trauerkleid sehr erwachsen aus, und Lizzie hatte das Gefühl, dass sie über Nacht vom Kind zur Frau geworden war. Von ihr hatte sie eigentlich in der Kapelle bühnenreife Trauerbekundungen erwartet, aber Jette weinte nur stumm in sich hinein.

Die Idee, gemeinsam das Ave-Maria zu Ehren ihrer Schwester und Mutter zu singen, war von ihr gewesen. Sie hatten nur ein einziges Mal geprobt. Jette hatte so inbrünstig gesungen, dass Lizzie am Klavier die Tränen gekommen waren. Auch der Pastor war sehr angetan von Jettes Vortrag. Lizzie hatte nur Sorge, dass ihr Vater bei diesem Lied völlig zusammenbrechen würde, aber Onkel Henning kümmerte sich unermüdlich um seinen Bruder. Das hatte Lizzie bei den alten Streithähnen so noch nicht erlebt.

Natürlich waren auch jede Menge Honoratioren der Stadt und Geschäftspartner ihres Vaters anwesend. Dass die Mutter und Schwester an der Spanischen Grippe gestorben waren, war nicht nach außen gedrungen. Im Gegenteil, es wurde von Medizinerseite sogar geleugnet. Der Arzt der von Runohrs hatte überall verbreitet, es habe sich um eine besonders tückische Form einer tödlichen Lungenentzündung gehandelt. Auf keinen Fall aber um die Spanische Grippe, wie der Kollege Dr. Boysen es allen weiszumachen versuchte. Als Beweis für seine Diagnose führte er an, dass sich die Schwestern, hätte es sich tatsächlich um die Spanische Grippe gehandelt, auf jeden Fall angesteckt hätten. Lizzie aber glaubte ihrem Hausarzt und hielt an ihrer These fest, dass sowohl Justus als auch Mutter und Schwester der Spanischen Grippe zum Opfer gefallen waren, die zwar keine pandemische Ausbreitung mehr erfuhr, sondern nur noch vereinzelt auftrat.

Lizzie setzte sich in die erste Reihe neben Onkel Henning. Beim Anblick der zwei Eichensärge dort vorn kamen ihr sofort die Tränen. Ihr Onkel nahm ihre Hand und drückte sie. Von der Rede des Pastors bekam sie so gut wie gar nichts mit. Nur der ein oder andere Satz ließ sie aufhorchen, nämlich als er davon sprach, dass Albert den Heldentod für das Vaterland gestorben war. Sie missbilligte diese Formulierung, weil sie nicht einsehen wollte, was daran heldenhaft sein sollte, mit knapp achtzehn Jahren von einer Granate zerfetzt zu werden. Auch Onkel Henning verzog bei diesen Preisungen des Heldentods verächtlich das Gesicht. Dann kam ihr Stichwort. Der Pastor kündigte an, dass die Hinterbliebenen das Ave-Maria vortragen wollten. Jette und Lizzie standen auf und gingen Hand in Hand nach vorn zum Klavier.

Lizzie bewunderte ihre kleine Schwester dafür, wie sie mit vornehmer Würde ihren Platz neben dem Instrument einnahm. Sie war für die Bühne gemacht. Lizzie spielte ein paar Takte vor, bis Jettes Einsatz kam. Die ersten Töne gingen ihr durch Mark und Bein. Jette besaß eine tiefe und volle Stimme, die dem ohnehin berührenden Lied eine fast überirdische Note verlieh.

Als der letzte Ton verklungen war, ging ein kollektives Schluchzen durch die Kapelle. Mit gesenktem Kopf gingen die Schwestern zurück zu ihrem Platz. Onkel Henning drückte Lizzie voller Rührung die Hand. Auch er weinte leise in sich hinein. Der Rest der Trauerfeier lief an Lizzie im Schnelldurchlauf vorbei wie bei diesem Film, den sie neulich in den Eden-Lichtspielen gesehen hatte, als dem Vorführer die Kurbel aus der Hand gerutscht war.

Schließlich läuteten die Kirchenglocken, und die Sargträger trugen die beiden Särge hintereinander aus der Kapelle. Die Familie folgte ihnen. Da traf sich Lizzies Blick noch einmal mit dem von Herrmann. Er nickte ihr aufmunternd zu. Lizzie hatte in den letzten Tagen so viel geweint, dass sie das Gefühl hatte, sie hätte die Tränen für ein ganzes Leben vergossen, aber als sie am Familiengrab der Dannebergs ankamen und sie die ausgehobenen Gruben vor dem bronzenen Engel sah, waren immer noch Tränen übrig.

Da Onkel Henning den Vater stützen musste und Lene Jette unter ihre Fittiche genommen hatte, stand sie einen Augenblick allein vor dem offenen Familiengrab, bis Freya zu ihr kam und ihre Hand nahm. Gemeinsam stellten sie sich in die Reihe der Familie. Obwohl Lizzie doch wusste, wie verzweifelt ihr Vater war, erschrak sie bei seinem Anblick am Grab. Der Mann, der sonst wie ein Fels in der Brandung war, hing mehr im Arm seines Bruders, als dass er stand. Derselbe Mann, der ihr und ihren Schwestern noch vor der Beerdigung von Alberts leerem

Sarg eingeimpft hatte, Contenance zu wahren, war nur noch ein Schatten seiner selbst. Dass er ihre Mutter über alles geliebt hatte, daran hatte Lizzie nie einen Zweifel gehabt, aber es war hart zu erleben, dass er sich durch niemanden trösten ließ. Selbst Lizzie und ihre Schwestern hatte er in den vergangenen Tagen nicht an sich herangelassen. Der Einzige, der in seiner Trauer einen Zugang zu ihm hatte, war sein Bruder.

Nun begann eine schier endlos dauernde Prozedur des Kondolenzrituals, indem sich Mengen von Fremden, von Bekannten und Freunden an der Familienreihe vorbeischoben und jedem von ihnen die Hand drückten und das Beileid bekundeten. Lizzie streckte nach Dutzenden Beileidsbekundungen nur noch rein mechanisch ihre Hand hin. Bis Herrmann an der Reihe war. Seine Worte nahm sie ganz bewusst wahr und besonders den Händedruck, der wesentlich intensiver war als beim Kondolieren üblich. »Verzagen Sie nicht, Fräulein Elisabeth, wenn das Tal am tiefsten ist, kann es nur bergauf gehen«, flüsterte er, und sie spürte, dass er ihr dabei etwas in die Hand drückte. Es fühlte sich an wie ein hundertfach gefalteter Brief, den sie mit hochrotem Kopf in der Manteltasche verschwinden ließ. Vorsichtshalber suchte sie Lenes Blick, um sich zu vergewissern, dass dem Adlerauge ihrer Schwester diese unpassende Vertrautheit entgangen war, doch da stutzte sie. Lene wurde gerade von der Familie Bahnsen kondoliert, und in diesem Moment sprach ihr der Sohn des alten Meisters, der neue Destillateur ihres Vaters, sein Beileid aus. Das wirkte ganz harmlos, wenn da nicht der eisige Blick gewesen wäre, den die Frau an seiner Seite ihrer Schwester zuwarf. Erst in dem Moment erkannte sie diese Person. Es war eine ehemalige Klassenkameradin, Inken Broders, die vor Jahren schwanger die Schule hatte verlassen müssen. Und der keine von ihnen auch nur eine Träne nachgeweint hatte. Nur konnte ein derart vernichtender Blick wohl kaum etwas mit der gemeinsamen Schulzeit zu tun haben, ging es Lizzie durch den Kopf. Als Inken Lene sogar das Beileid verweigerte, indem sie sie einfach überging und bei Freya weitermachte, hatte Lizzie die Gewissheit, dass die beiden Frauen eine Feindschaft verband, die ganz andere Ursachen haben musste. Sie wollte den Kopf gerade abwenden, als sich der junge Bahnsen noch einmal zu Lene umdrehte und ihr einen entschuldigenden Blick zuwarf. Was da aus seinen Augen sprach, ließ keinen Zweifel offen. Der Mann liebte ihre Schwester. Lizzie war sich nicht sicher, ob sie darüber wegsehen oder Lene später einmal darauf ansprechen sollte, doch in dem Moment war Anna an der Reihe, ihr zu kondolieren. Sie war nicht mit ihrer Familie gekommen, sondern mit einer Schar von jungen Diakonissen. Annas verquollene rote Augen waren ein Zeichen, wie sehr sie seit Tagen um die Freundin geweint hatte, doch sie rang sich zu einem Lächeln durch. »Schön, dass du ihr Erbe antrittst«, raunte sie Lizzie vertraulich zu. Lizzie blickte sie irritiert an. Woher wusste sie von dem Pakt mit ihrer Schwester? Das hatte sie Käthe doch erst unmittelbar vor Käthes Tod geschworen. »Sie wusste, dass sie jung sterben wird. Sie hat mir bei unserem letzten Treffen gesagt, dass du dann für sie ins Mutterhaus gehen wirst. Ein kleiner Trost!«

»Sie hat es gewusst?« Lizzie hatte in ihrer Aufregung die Stimme erhoben, sodass sich die ganze Reihe nach ihr umdrehte.

»Wir reden später drüber«, fügte sie leise hinzu und beschloss, Anna beim Leichenschmaus möglichst aus dem Weg zu gehen, denn es war an diesem Tag nicht gerade der richtige Zeitpunkt, um Käthes Freundin darüber aufzuklären, dass sie ganz sicher nicht Diakonisse würde.

10. Flensburg, Januar 1920

Onkel Henning hatte den Saal des Hotels Flensburger Hof gemietet, um die Trauergesellschaft traditionell zu bewirten, weil Ole sich geweigert hatte, überhaupt etwas dergleichen zu veranstalten, geschweige denn, die Leute bei sich zu Hause zu empfangen. Es gab Kaffee und Kuchen und dazu reichlich Rum.

Als Lizzie spürte, dass ihr ein wenig unwohl wurde, obwohl sie nichts von alledem angerührt hatte, ging sie auf den Hof, um frische Luft zu schnappen. Sie war kaum ins Freie getreten, als sie erbostes Flüstern vernahm. Da entdeckte sie in einer Ecke Lene und den jungen Bahnsen, die sich wie Kampfhähne gegenüberstanden. Das war der Beweis, dachte Lizzie, die beiden mussten sich näher kennen, doch sie wollte auf keinen Fall lauschen und eilte zurück. Ihr war nun noch übler geworden, dass sie zum Haupteingang hinausflüchtete und die paar Schritte zur Hafenspitze auf der anderen Straßenseite eilte. Dort atmete sie ein paarmal tief durch und blickte über das Wasser. Es war ein erstaunlich milder Wintertag. Und trotzdem fröstelte Lizzie und verschränkte die Arme vor der Brust, um warm zu werden. Dann fiel ihr Herrmanns Botschaft ein. Sie holte den Zettel aus der Manteltasche und faltete ihn aufgeregt auseinander. *Fräulein Elisabeth, ich möchte Sie unbedingt sprechen,* stand dort in akkurater Schrift geschrieben. Und bevor sie darüber nachdenken konnte, was sie mit dieser Botschaft anfangen sollte, sagte eine männliche Stimme hinter ihr: »Bitte nicht erschrecken, Fräulein Elisabeth.«

Lizzie fuhr herum. Ganz offensichtlich war ihr Herrmann Jensen gefolgt. Das machte sie verlegen. Sie wusste nicht so recht, was sie sagen sollte.

»Bitte verzeihen Sie mir, aber ich habe zufällig gesehen, wie Sie das Hotel verlassen haben, und da habe ich gedacht, das wäre ein Zeichen für mich, aber ich weiß ja gar nicht, ob Sie meine Botschaft schon gelesen haben.«

Lizzie zeigte ihm den Zettel. »Gerade eben erst. Mir ist nur ein bisschen unwohl im Magen, und ich brauchte frische Luft. Ich kann seit Tagen keinen Bissen hinunterkriegen.«

»Das ist doch kein Wunder bei dem, was gerade alles über Sie hereinbricht. Ich habe Sie neulich wegen Ihrer Tapferkeit beim Ableben Ihres Großvaters bewundert, aber Ihre Schwester und Ihre Frau Mutter zu verlieren, das ist wirklich ein schwerer Schicksalsschlag.«

»Vergessen Sie nicht Albert. Unsere Familie hat sich binnen vier Jahren um die Hälfte reduziert. Wenn Sie Freya nicht mitrechnen, sind nur noch Vater, Lene, Jette und ich übrig geblieben. Ich mache mir am meisten Sorgen um meinen Vater. Ich kann ihn doch nicht mit meinen Schwestern allein zurücklassen, wenn ich wirklich …« Sie stockte, bevor sie ihren Satz hastig beendete. »… wenn ich nach der Reifeprüfung Medizin studieren sollte …«

»Sie wollen fort?«

Lizzie zuckte die Schultern. »Ich möchte Ärztin werden, aber vielleicht trete ich doch Käthes Erbe an und werde Diakonisse.«

Herrmann Jensen sah sie entgeistert an. »Nur das nicht! Ich sehe Sie nicht mit Haube und … nein, bitte tun Sie das nicht. Ich, ich meine, Sie wissen schon, dass Sie dann nicht heiraten dürfen, oder?«

Lizzie nickte und senkte den Kopf, weil in seinem Blick etwas geschrieben stand, das sie völlig durcheinanderbrachte. Es war wie ein Versprechen, dass er jener Mann war, den sie dann nicht heiraten durfte. Das war Lizzie einfach zu viel an diesem Tag.

»Herrmann, lassen Sie uns schnell zurückkehren. Sonst vermisst man uns.«

»Unter einer Bedingung. Sie schauen mich noch einmal an.«

Lizzie hob zögernd den Kopf. Jetzt lag etwas Flehendes in seinem Blick.

»Versprechen Sie mir, dass wir eine Ausfahrt mit der Albatros oder der Alexandria nach Sandwig unternehmen, in Glücksburg ein wenig promenieren und in einen Kaffeegarten einkehren.«

»Aber Herr Jensen, ich habe doch jetzt keine Muße, mit Ihnen im Strandbad zu flanieren.«

»Das weiß ich doch, Fräulein Elisabeth, ich dachte an Ostern, wenn die Saison beginnt. Nach Ihrer Reifeprüfung. Und sagen Sie bitte nicht Nein. Ich möchte nicht pietätlos sein, aber das Trauerjahr warte ich ungern ab.«

Seine verständnisvollen Worte erwärmten sie, und ihr innerer Widerstand schmolz dahin. Warum sollte sie nicht mit einem jungen Mann einen Ausflug machen, wenn ihre die Abstinenz von den Herren der Schöpfung predigende Schwester Lene sich mit dem gut aussehenden Destillateur herumstritt, wobei es ganz sicher nicht um Rum ging? Das Angenehme war, dass er sie nicht drängte. Ostern war noch lange hin, und ihr gefiel der Gedanke, bis dahin eine gewisse Vorfreude zu empfinden. Sie liebte es, sich auf Ereignisse zu freuen, die in der Zukunft lagen. Jette und Lene waren in dem Punkt das genaue Gegenteil von ihr. Sie platzten vor Ungeduld und konnten selten etwas Schönes in Ruhe abwarten. Und dass ein Spaziergang mit ihm etwas Aufregendes und Schönes werden könnte, spürte sie intensiv, denn unmerklich hatte sich ihr Herzschlag beschleunigt.

»Gut, ich verspreche Ihnen das. Und bis dahin werde ich ohnehin nichts entscheiden. Ich mache erst meine Reifeprüfung, und dann muss ich sehen, wie es bei uns zu Hause weitergeht. Vielleicht braucht mich mein Vater auch hier, und ich kümmere mich nur um den einen Patienten«, seufzte sie.

»Sie sind eine bezaubernde Frau«, flüsterte er, und ehe sie sichs versah, hatte er ihr einen Kuss auf die Wange gegeben. Bevor sie sich von dem Schreck erholen konnte, war Herrmann Jensen schon auf dem Rückweg ins Hotel. Sie sah ihm verwirrt hinterher. Für den Bruchteil einer Sekunde registrierte sie, dass er die ganze Zeit eine Hand in der Jackentasche hatte. Das war ihr bereits Silvester aufgefallen, aber sie dachte sich nichts dabei.

Obwohl Lizzie ein schlechtes Gewissen verspürte, dass sie sich ausgerechnet an dem Tag, an dem ihre Schwester und ihre Mutter zu Grabe getragen worden waren, von einem Mann hatte küssen lassen, fühlte sie sich besser als zuvor.

Als sie die Straße überquerte, stand Lene mit verschränkten Armen vor dem Hoteleingang und musterte sie prüfend.

»Bist du unterwegs zufällig Herrmann Jensen begegnet?«

Lizzie verdrehte die Augen. »Das weißt du doch ganz genau. Ja, wir haben gemeinsam frische Luft am Wasser geschnappt.«

»Ach so. Deshalb hat er über das ganze Gesicht gestrahlt«, hakte Lene spöttisch nach.

»Ach, Schwesterherz, vor nicht allzu langer Zeit hätte ich es nicht gewagt, auch nur ein Wort mit einem jungen Mann zu wechseln, aber seit ich dich in einem lebhaften Disput mit unserem Destillateur gesehen habe, bin ich nicht mehr so ängstlich«, erwiderte Lizzie forsch.

Lene wurde kreidebleich. »Du hast uns gesehen? Hast du auch was gehört? Lizzie, das ist nicht so, wie du denkst. Ich, ich …«

Lizzie legte ihrer Schwester liebevoll den Finger auf den Mund.

»Es ist heute nicht der Zeitpunkt, uns über dieses Thema zu streiten. Es wird nichts mehr so sein wie zuvor. Und wir müssen nun noch mehr zusammenhalten.«

»Meine kleine Schwester. Findet immer die richtigen Worte«, seufzte Lene. Lizzie konnte förmlich den Stein vom Herzen ihrer Schwester plumpsen hören, dass sie keine Beichte ablegen musste.

»Apropos kleine Schwester«, entgegnete Lene. »Wir sollten in Zukunft Jette miteinbeziehen in unser Kleeblatt. Sie ist nicht mehr so klein, wie wir denken. Sie wird demnächst sechzehn. Und sie hat so sehr an Käthe gehangen.«

»Wir werden sie niemals ersetzen, aber du hast völlig recht. Jette, Freya, du und ich, wir halten zusammen!«

Lene nahm Lizzie in den Arm, und die Schwestern drückten sich einmal ganz fest.

11. Flensburg, 13. März, 1920

Seit dem 10. Februar herrschte im Hause Danneberg eine zum Zerreißen angespannte Atmosphäre. Der Vater hatte sich äußerlich wieder aufgerappelt und sich angesichts dieser »Schmach«, wie er das Ergebnis für Dänemark nannte, das in der Abstimmungszone 1 erzielt worden war, ganz dem weiteren Abstimmungskampf für die Zone 2 hingegeben. Damit war zu Lenes großem Bedauern auch die brüderliche Eintracht zwischen ihrem Vater und Onkel Henning wieder vollends dahin, denn die beiden Seiten schenkten sich nichts. Um die potenzielle Grenzlinie zwischen Dänemark und Deutschland festzulegen, hatte es im Vorwege hitzige Auseinandersetzungen gegeben, aber nun befand sich die sogenannte Zone 1 knapp nördlich von Flensburg, wozu auch Tondern gehörte, wo viele Deutsche lebten, und das gesamte nördliche Hinterland der Stadt. Und da in dieser Zone 1 en bloc gewählt worden war und die Mehrheit für Dänemark abgestimmt hatte, waren die Würfel für dieses Gebiet gefallen. Es gehörte nun zu Dänemark.

Onkel Henning jubilierte, weil damit seine Wahlheimat Sonderburg ebenfalls dänisch geworden war, und er wünschte sich, dass das Ergebnis in Zone 2, zu der seine Geburtsstadt gehörte, ebenso ausfallen würde. Seine Artikel in der Flensborg Avis für die Dannewerk-Bewegung wurden immer kämpferischer. Besonders betonte er, dass Flensburg immer schon eine dänische Stadt gewesen sei.

Für Lenes Vater war das alles eine ungeheure Provokation, und er wurde von Tag zu Tag verbissener. Aus den Brüdern, die gerade noch im Angesicht des unendlichen Leids zusammengestanden hatten, waren erbitterte Gegner geworden. Obwohl Lene sich nicht sonderlich für Politik interessierte, an diesem Thema kam in diesen Tagen keiner vorbei, der lesen konnte und Augen im Kopf hatte. Und sie bedauerte zutiefst, dass aus dem manchmal lächerlichen Streit ihres Vaters und ihres Onkels, ob sie nun deutsch wie ihr Vater oder dänisch wie ihre Mutter sein wollten, eine derart unversöhnliche Frage geworden war. Sie fand, dass beide maßlos übertrieben. In ihren Augen machte sich Onkel Henning in der dänischen Zeitung viel zu sehr zum Sprachrohr von Ernst Christiansen und der Dannewerk-Bewegung, deren Anspruch auf den dänischen Boden bis Schleswig selbst bei Dänen nicht unumstritten war. Aber auch ihr Vater war mächtig über das Ziel hinausgeschossen. Zu Lenes Entsetzen hatte er sich in seinem Zorn ein paar Tage vor der Abstimmung in Zone 2 öffentlich einer Erklärung der Direktoren der Werft Krusau und der Kupfermühle angeschlossen, die androhten, mit ihren Produktionsstätten im Fall, dass Flensburg an Dänemark fallen würde, abzuwandern. Als Lene das vorsichtig hinterfragt hatte, bellte ihr Vater, sie hätte keine Ahnung. Lene sah das anders. Allein die Frage, wohin, zeigte doch schon, dass es absurd wäre, das Rumhaus gen Süden zu verlagern. Es gehörte zu Flensburg wie die Förde. Trotz ihrer Bedenken, dass ihr Vater sich derart weit zum Fenster hinausgelehnt hatte, kümmerte sie sich in diesen Tagen ganz besonders rührend um ihn. Vor allem, weil Lizzie kaum verbergen konnte, dass ihre Sympathien eher bei Onkel Henning und seinen Ansichten lagen. Der Vater tobte. Und als Lizzie ihm zu erklären versuchte, dass sie in der Frage eher gespalten sei, weil auch die SPD dazu aufrufe, für Deutschland zu stimmen im Glauben an eine rosige Zukunft der neuen Republik, hatte der Vater Lizzie gegenüber völlig die Fassung verloren. Das habe man jetzt davon, wenn man Weiber mitbestimmen lasse, hatte er ihr an den Kopf geworfen. Und dass eine Danneberg, die Sympathien für die Roten habe, ein Skandal sei. Das käme wohl davon, dass sie zu viel Griechisch und Latein pauke.

Normalerweise hätte Lizzie darauf wohl in aller Schärfe reagiert, doch mit Rücksicht auf die Trauer ihres Vaters versuchte ihre Schwester, sich in dieser Sache gänzlich zurückzuhalten, was ihr nicht immer so gelingen wollte. Dazu war die Stimmung viel zu aufgeheizt. Es gab Gegendemonstrationen in der Stadt, und anderenorts, wie in Niebüll, gipfelten diese Zusammentreffen der beiden Gruppen sogar in Handgreiflichkeiten.

An diesem dreizehnten März, dem Vorabend zur Abstimmung in der Zone 2, hing der Haussegen besonders schief. Lizzie hatte nämlich nicht verheimlichen können, dass sie mit Onkel Henning im Restaurant Borgerforeningen an einem Essen mit entfernten dänischen Verwandten ihrer dänischen Großmutter, der Bedstemor, teilnehmen würde. Diese waren mit Hunderten anderer Dänen, die in der Zone 2 geboren und damit stimmberechtigt waren, mit einem Schiff am Tag zuvor aus Kopenhagen im Hafen von Flensburg angekommen. Natürlich weigerte sich ihr Vater strikt, diese Verwandten überhaupt zu treffen, woraufhin Lene schweren Herzens ihm zuliebe auf die Einladung verzichtet hatte, während Jette und Lizzie gegen den erklärten Willen des Vaters an dem Essen teilnahmen.

Ihr Vater hatte Lizzie angedroht, sie würde sich noch wundern, wenn die Dänen sie erst mit ihrem Speck eingefangen hatten. Lene fand, dass ein Körnchen Wahrheit daran war, weil die Dänen, die nach dem Krieg wirtschaftlich besser dastanden als die Deutschen, diesen Vorteil tatsächlich in ihrer Propaganda einsetzten. Allerdings war das sicherlich nicht der Grund, warum Lizzie die Ansicht Onkel Hennings teilte. Er war eben auf politischem und kulturellem Gebiet für ihre Schwester viel mehr Vorbild als der eigene Vater. Lene selbst war kulturell nur mäßig interessiert. Ungefähr so wenig wie Lizzie am Segeln, das nun einmal Lenes absolute Leidenschaft war. Jedenfalls machte Lene sich aus Konzerten, Büchern und Theater wesentlich weniger als Lizzie … und auch als Jette. Die schien das Boheme-Leben ihres Onkels wesentlich spannender zu finden als den Alltag ihres Vaters, zumal mit dem Verlust der Mutter der schöngeistige Einfluss verloren ging. Oder war das etwa das Erbe ihres leiblichen Künstler-Vaters? Dieser Gedanke beschlich Lene immer häufiger. Wie gekonnt sie sich vor Publikum bewegte und den Applaus in sich einsog …

Um ihren Vater zu unterstützen, hatte Lene gemeinsam mit ihm am

Nachmittag entfernte Dannebergs, die nun in Elmshorn lebten, vom *Englischen Bahnhof* abgeholt. Lene war ganz schwindlig gewesen beim Anblick der vielen Menschen, die extra zum vierzehnten März nach Flensburg anreisten, um ihr Kreuzchen für Dänemark oder Deutschland zu machen. Sie waren zu Fuß von der Schiffbrücke gegangen und kaum durchgekommen, weil sich Menschenmassen durch die Straßen schoben.

Als der Zug einfuhr, spielte die Kapelle »Schleswig-Holstein meerumschlungen«, und die Wartenden stimmten fast alle ein. Es klang entsetzlich, denn es war kein hübscher Gesang, sondern ein kämpferisches Gegröle. Das hörte selbst Lene, die kein besonderes musikalisches Talent besaß, aber zumindest die Schleswig-Holstein-Hymne fehlerfrei singen konnte. Ihr Vater röhrte auch noch besonders laut und falsch mit. Lene hätte sich am liebsten die Ohren zugehalten, aber sie kniff stattdessen die Lippen fest zusammen.

Trotzdem war sie den Gästen aus Elmshorn eine gute Gastgeberin, was sie von Lizzie und Jette, die mitten in das Essen im Hause Danneberg platzten, nicht behaupten konnte. Lizzie gab sich wortkarg. Ihre Schwester schaffte es auf diese Weise zwar, ihre Meinung für sich zu behalten, aber Lene befürchtete, dass der Vetter ihres Vaters und dessen Frau ahnten, dass Lizzie in diesem Konflikt auf der anderen Seite stand. Ihre eisigen Mienen drückten mehr aus als Worte. Zu allem Überfluss plauderte Jette auch noch ganz unbeschwert aus, dass sie eben einen netten Onkel und eine hübsche Tante aus Kopenhagen kennengelernt habe, was die Gäste noch schmallippiger werden ließ. Lene war froh, als sie sich in das Gästezimmer zurückzogen. Auch der Vater entschuldigte sich nach dem Essen, sodass die Schwestern allein zurückblieben.

Um eine Diskussion über die leidige Abstimmung zu vermeiden, brachte Lene das Thema Freya auf. Carl von Runohr hatte nämlich den geschwächten Zustand seines Schwagers ausgenutzt, um seine Tochter auf das Gut zurückzuholen. Lenes Vater war nach der Beerdigung nicht in der Lage gewesen, Freyas Vater die Stirn zu bieten, nachdem dieser seine Tochter einfach von der Schule abgeholt und mitgenommen hatte.

Freya wirkte nun kurz vor der letzten Arbeit in der Schule oft sehr abwesend und unaufmerksam. Lene und Lizzie gegenüber war sie zudem sehr verschlossen, so als mache sie die beiden mitverantwortlich dafür, dass ihr Vater sie gezwungen hatte, wieder auf Runohr zu leben. Wenn sie so weitermachte, so befürchteten die Schwestern, würde sie die letzte mündliche Prüfung in deutscher Geschichte wohl kaum schaffen. Und wenn sie da durchfiel, war alles umsonst gewesen.

»Lizzie, ich würde gern mit dir über Freya sprechen.«

»Gut, dass du es ansprichst. Du hast mir ja berichtet, dass sie im Unterricht nicht bei der Sache ist. Dann müssen wir dringend etwas unternehmen!«

»Ist das wieder ein Gespräch unter den Großen, zu dem ich aus dem Zimmer geschickt werde?«, wollte Jette in kokettem Ton wissen.

»Nein, Kleines, oh Verzeihung, Jette …«, erwiderte Lizzie mit einem Anflug von Lächeln. »Du kannst nicht nur bei uns bleiben, sondern auch deine Meinung dazu sagen. Es geht um Freya und die Tatsache, dass es ihr nicht guttut, wieder bei Onkel Carl zu leben.«

Jette lachte. »Meine Meinung ist sonnenklar.« Sie sprang auf, baute sich vor dem Tisch auf und verzog die Miene, bevor sie eine Parodie auf Onkel Carl darbot, die Lene und Lizzie mit Lachsalven quittierten. Lene spürte, wie befreiend es war, endlich wieder einmal von Herzen zu lachen.

»Hört sofort auf damit!«, ertönte, kaum dass ihr Lachen verklungen war, die strenge Stimme ihres Vaters. Sie hatten ihn nicht kommen hören, und nun stand er vor den beiden Älteren und funkelte sie wütend an.

Lene überlegte noch, was sie zu ihrer Entschuldigung vorbringen könnte, als Jette sich an ihn schmiegte. »Vati, die beiden können nichts dafür. Ich bin schuld. Schau nur!« Und schon fuhr sie mit ihrer Vorstellung fort.

Der Vater verzog zwar keine Miene, aber ihm war dennoch an dem weichen Blick, den er plötzlich bekam, anzusehen, dass er Jette nicht wirklich böse war. Im Gegenteil. Mit sanfter Stimme sagte er: »Nun ist genug mit dem Schabernack, Jette.«

Sie hörte sofort auf und kuschelte sich erneut an den Vater, der sie in den Arm nahm und murmelte: »Ach, meine Kleine.«

Lene musste angesichts dieser milden Reaktion ihres Vaters unwillkürlich an das Geheimnis denken, das sie mit ihrem Vater ohne sein Wissen nun nach dem Tod der Mutter teilte. Er wandte sich mit ungleich strengerer Miene an die beiden anderen.

»Bitte Ruhe jetzt! Was sollen Tante Martha und Onkel Ernst denken, wenn hier im Trauerhaus die Stimmung außer Rand und Band gerät?«

»Keine Sorge, wir reden jetzt nur noch ein bisschen über die arme Freya, die auf Runohr mit ihrem betrunkenen Vater unter einem Dach lebt«, erklärte Lizzie. »Wir verstehen natürlich, dass du dich nicht auch noch um Muttis Nichte kümmern kannst, aber wenn sie durch die Geschichtsprüfung fällt, wird sie ihren Abschluss nicht schaffen. Es steht und fällt alles mit dieser Prüfung, in der sie glänzen muss.«

Ihr Vater stöhnte laut auf. »In der Tat sind meine Gedanken woanders. Zum Beispiel bei der zweifelhaften Gesinnung meiner sonst so klugen und vernünftigen Tochter, die sich neuerdings als Dänin fühlt oder die Meinung der Roten zum Besten gibt.«

»Vati, nein, das tue ich doch gar nicht. Und schau, ich kann doch gar nichts anrichten. Ich darf doch noch gar nicht wählen«, stieß sie beschwörend hervor. »Aber es wäre so wichtig, dass du ein Machtwort sprichst. Du bist der Einzige, auf den Onkel Carl hört.«

»Gut, sobald ich Zeit habe, fahre ich raus nach Gut Runohr und spreche mit ihm.«

»Vati, bitte, es ist dringend. Wir müssen unbedingt Geschichte mit ihr lernen. Freya wird neuerdings jeden Tag von dem neuen Gutsverwalter von der Schule abgeholt. Und montags kommt der Onkel mit, weil er in der Stadt Besorgungen macht«, sagte Lene listig.

»Ich weiß, da treffen sich ein paar seiner Gesinnungsfreunde, die die Republik notfalls mit Gewalt abschaffen wollen, in einer Spelunke. Er wollte mich mal mitnehmen, aber das geht zu weit …« Er stockte.

»Was für Freunde?«, hakte Lizzie neugierig nach.

»Das geht euch Mädchen gar nichts an«, brummte der Vater. »Ich werde jedenfalls Montag vor eurer Schule stehen und Freya mit nach Hause nehmen. Darauf könnt ihr euch verlassen.«

»Danke, Vati«, hauchte Jette und gab ihm ein Küsschen auf die Wange. »Und wenn du magst, dann begleite ich dich morgen zur Abstimmung«, fügte sie säuselnd hinzu.

»Das erwarte ich von allen meinen Töchtern, dass wir gemeinsam in Dittmers Gasthof erscheinen.«

»Gut, Vati, ich komme auch mit dir mit«, stöhnte Lizzie.

Lene war in diesem Moment sehr stolz auf ihre Schwestern. Auf Jette, weil sie den Vater nicht nur einwickelte, um etwas für sich herauszuschlagen wie gewöhnlich, sondern um ihrer Cousine zu helfen, und auf Lizzie, weil sie mit Sicherheit sehr viel lieber Onkel Henning zum Wahllokal begleitet hätte.

»Meine Mädchen«, murmelte der Vater nicht ohne Stolz, als er den Salon verließ. Lene nahm voller Rührung die Hände ihrer Schwestern.

»Das war großartig von dir, Jette, wie du uns eben aus der Patsche geholfen hast, und danke, Lizzie, dass du mit uns kommst. Das wäre bestimmt in Muttis Sinn. Denk doch nur, wie sie Weihnachten auf Vater eingeredet hat, er müsse mit in die Kirche gehen.«

»Ja, und dann ist er mitgegangen aus lauter Sorge, die Flensburger Gesellschaft könne ihn für einen Dänen halten, wie Onkel Henning einer ist«, bekräftigte Lizzie.

»Ich finde das alles ziemlich dumm«, bemerkte Jette.

Lene und Lizzie musterten sie fragend.

»Ja, weil es doch egal ist, ob jemand Däne ist oder Deutscher. Die Dänen haben nämlich auch schöne Theater. Denkt doch nur an das Kongelige Teater in Kopenhagen oder das schwedische Theater in Stockholm. Ich würde auch dort spielen und finde es einfach dumm, dass es Grenzen gibt. Es wäre doch viel besser, es gebe keine Grenzen und nur eine Sprache. Dann könnten Schauspieler in der ganzen Welt auftreten. So muss ich nun Dänisch und Schwedisch lernen, weil ich nicht weiß, wohin ich lieber möchte.«

Lene wurde heiß und kalt. Wieso erwähnte Jette das schwedische Theater? Sie konnte doch gar nicht ahnen, dass ihr Vater im Königlichen schwedischen Orchester spielte oder dass sie überhaupt schwedische Wurzeln besaß.

»Aber du könntest doch auch nach Berlin oder Hamburg an eine deutsche Bühne gehen«, bemerkte Lizzie ganz unbefangen.

»Das wird sich zeigen, wenn ich erst Schauspielerin bin. Ich möchte so ein Star werden wie Asta Nielsen.«

Lene wusste gar nicht so recht, wo sie vor lauter Sorge, die beiden könnten ihr ansehen, dass sie etwas vor ihnen verbarg, hinschauen sollte.

»Ach, Kleine, warte bis nach dem Abschluss auf dem Oberlyzeum. Und dann entscheide, ob das Hirngespinste sind oder ob du das wirklich möchtest«, hörte sie jetzt Lizzie sagen.

»Behandelt mich nicht immer wie ein Kind!«, fauchte daraufhin Jette. »Ich brauche kein Oberlyzeum, um Schauspielerin zu werden. Wenn ich mit der Schule fertig bin, dann bin ich viel zu alt. Mit zwanzig kann man nicht mehr Schauspielerin werden! Nein, ich fange gleich nach der zehnten Klasse an, Unterricht zu nehmen. Und Onkel Henning übernimmt die Kos…« Sie unterbrach sich hastig und wandte sich zornig ab. »Ach, ihr versteht mich doch nicht!« Mit diesen Worten war sie verschwunden.

»Oh mein Gott, wenn das Vater zu Ohren kommt«, stöhnte Lizzie. »Ich glaube, ich gehe ihr mal nach und versuche, sie davon zu überzeugen, es Vati schonend beizubringen.«

»Auf jeden Fall nicht vor morgen und dann nur, wenn Flensburg für Deutschland stimmt«, erwiderte Lene nicht minder gequält und blickte ihrer Schwester, die Jette nun gefolgt war, nachdenklich hinterher.

Der arme Vati, dachte sie, der wird nicht begeistert sein von Jettes Plänen. Sofort schweiften ihre Gedanken zur Mutter ab. Immer, wenn sie an sie dachte, verspürte sie dabei einen latenten Zorn. Wie hatte sie das ihrem Vater bloß antun können? Ihn mit einer alten Liebe zu betrügen und ihm ein Kind unterzuschieben? Und sich dann davonzustehlen und ihn allein mit dem schwedischen Erbe zu lassen, das Jette in sich trug.

Doch dann musste sie plötzlich an ihr eigenes Problem denken. Dass sie nämlich seit Dezember keinerlei Neuigkeiten mehr aus dem Rumhaus erfahren hatte. Sie wusste weder, ob sich Paul wieder einmal besonders dumm angestellt hatte, noch, was am Kupferkessel geschah. Zum wiederholten Male fragte sie sich, ob es richtig gewesen war, Klaas anlässlich der Trauerfeier zu verkünden, dass sie ihn in Zukunft nicht mehr privat treffen würde. Seitdem reagierte er auf keine ihrer Nachrichten. Sie hatte ihm schon diverse Botschaften zukommen lassen, ob sie nicht einfach als Freunde einen Spaziergang machen könnten, doch er ignorierte sie. Sogar neulich, als sie ihn zufällig auf der Straße gesehen hatte und um ein Treffen bitten wollte, hatte er durch sie hindurchgesehen und sie einfach stehen gelassen.

Seitdem spielte sie mit dem Gedanken, ihm vorzugaukeln, sie bereue ihre Entscheidung, die Affäre zu beenden. Es war ja auch nicht so, dass sie die schönen Stunden mit ihm so gar nicht vermisste, aber die Sache mit dem Ring und Inkens hasserfüllter Blick auf dem Friedhof waren ihr eine ernsthafte Warnung, der ganzen Geschichte ein unmissverständliches Ende zu bereiten. Aber vielleicht sollte sie ihm zumindest die Illusion lassen, dass sie es sich doch noch anders überlegen könnte.

12. Flensburg, 14. März 1920

Lizzie wachte an diesem Morgen sehr früh auf, und noch während sie sich verschlafen die Augen rieb, fiel ihr ein, wovon sie geträumt hatte. Von Herrmann Jensen. Er war als Kapitän der Albatros über die Förde geschippert und hatte an der Schiffbrücke gegenüber ihrem Haus festgemacht. »Fräulein Elisabeth!«, hatte er von Bord über die Straße gerufen. Sie hatte oben an ihrem Fenster gestanden und ihm zugewunken, doch dann erst hatte sie bemerkt, dass sie die Tracht der Diakonissen trug. Sie würde nie erfahren, was sie geantwortet hatte, denn in dem Moment war sie aufgewacht.

So ein Unsinn, dachte sie entschieden, ich werde nicht ins Mutterhaus gehen. Auch wenn Anna mir jedes Mal, wenn ich ihr begegne, zuflüstert, dass sie sich auf den Tag freue, an dem sie gemeinsam ins Mutterhaus zögen. Bislang hatte es Lizzie nicht über sich gebracht, sie zu enttäuschen, aber sobald sie ihr Zeugnis in der Tasche hatte, dann würde sie ihr die Wahrheit sagen.

Lizzies gute Laune änderte sich schlagartig, als sie an den Frühstückstisch kam und ihre Verwandten sie wie eine Verräterin musterten. Immerhin konnte sie sicher sein, dass Jette an diesem Sonntagmorgen nichts ausplauderte, das zur Empörung bei Tisch führen würde. Sie hatten abgesprochen, dem Vater zu einer günstigen Gelegenheit gemeinsam von Jettes Zukunftsplänen zu berichten. Und dass die Stimmung an diesem Morgen nicht dazu angetan war, solche Neuigkeiten herauszuposaunen, war anscheinend auch Jette klar, denn sie schwieg beharrlich.

Ihr Vater vibrierte förmlich vor Anspannung, und das Gespräch drehte sich um nichts anderes als das Inferno, das über die Stadt Flensburg hereinbrechen würde, wenn sie wider Erwarten dänisch würde. Selbst Lene, die ihrem Vater bei diesem Thema selten Widerworte gab, rollte genervt die Augen. Und als die Verwandten aus Elmshorn »Schleswig-Holstein meerumschlungen« anstimmten und der Vater mitgrölte, sprang Lene auf und flüchtete in ihr Zimmer. Lizzie und Jette folgten ihr. Kichernd ließen sie sich auf Lenes Bett fallen.

»Egal, was heute abgestimmt wird, Hauptsache, dieser Rummel hat ein Ende«, lachte Lene.

»Das kannst du laut sagen«, stimmte Lizzie ihr zu. »Aber meinst du nicht, ich könnte mich so vor dem Gang der Familie in Dittmers Gasthof drücken, nur damit Vati damit demonstrieren kann, dass wir hinter seinem Votum stehen?« Lizzie hustete übertrieben.

»Nein, Schwesterherz, diesen Gang zum Wahllokal sind wir Vater schuldig.«

»Gut, dann sollten wir bald aufbrechen. Sonst kommen wir nicht bis zum Gasthof wegen der vielen Menschen.«

»Ich sage Vati und den lieben Verwandten Bescheid, dass wir gehen sollten.«

»Wisst ihr, wer die beiden sind? Ich habe noch nie von Tante Martha und Onkel Ernst gehört«, fragte Jette.

Lizzie zuckte die Schultern. »Ich glaube, es ist ein entfernter Vetter von Vati und Onkel Henning.«

»Ich fand den dänischen Onkel und die dänische Tante wesentlich netter«, bemerkte Jette ungerührt.

In dem Moment stieg Lizzie ein exotischer Duft in die Nase. Sie schnupperte und stellte fest, dass Jette offenbar Parfum benutzt hatte.

»Was ist das denn, Jette? Bist du nicht ein bisschen zu jung, um dir Parfum aufzulegen?« Nun schien es auch Lene zu bemerken. »Das gibt's doch nicht. *Arabian Night.* Woher …« Sie musterte ihre Schwester durchdringend. »Du hast doch nicht etwa das genommen, was Onkel Henning Mutti zu Weihnachten geschenkt hat?«

Jette setzte eine Unschuldsmiene auf. »Wieso, sie braucht es doch nicht mehr.«

Lene schnappte vor Empörung nach Luft. »Du gehst jetzt sofort nach oben und wäschst es dir ab! Nicht auszudenken. Vati riecht es an dir!«

»Wird er nicht. Er kennt den Duft doch gar nicht. Das Parfum stand noch unbenutzt in der Packung auf Muttis Toilettentisch. »Aber gut, ich wasche es ja schon ab.«

Jette zog einen Schmollmund, sprang vom Bett auf und verließ beleidigt Lenes Zimmer.

Lizzie rollte mit den Augen. »Mit unserer Diva werden wir noch viel Spaß haben«, stöhnte sie.

»Das befürchte ich allerdings auch«, pflichtete Lene ihr seufzend bei.

Wenig später schob sich die kleine Gesellschaft durch Menschenmassen, die die große Straße und den Holm bevölkerten, um zum Abstimmungslokal zu gelangen. Lizzie wäre am liebsten umgekehrt. Natürlich wäre sie lieber mit Onkel Henning und seinen Verwandten gegangen. Vor allem, weil Paul, den das alles gar nicht interessierte, in Sonderburg geblieben war. Onkel Henning hatte sich für diese Tage bei dänischen Freunden in der Stadt einquartiert, um Disputen im Hause Danneberg aus dem Weg zu gehen. Ihr Vater hatte ihm überdies auch gar nicht erst seine Gastfreundschaft angeboten.

Das Gedränge wurde schließlich so groß, dass Lizzie ihre Familie aus den Augen verlor. Sie ließ sich noch eine Zeit lang mit dem Strom treiben, doch als sie bei der Kreuzung am Südermarkt angekommen war und beim besten Willen keinen bekannten Schopf vor sich sah, bog sie in die Angelburgerstraße ein. Sie wollte einfach zurück nach Hause, und unten am Hafen waren mit Sicherheit nicht so viele Menschen unterwegs. Allerdings hatte sie nicht daran gedacht, dass sie auf dem Weg am Bahnhof vorbeimusste, wo immer noch Züge mit Abstimmungswilligen ankamen. Erst als sie das Norderhofenden erreichte, lichtete es sich langsam.

Sie blieb erleichtert einen Augenblick stehen und atmete ein paarmal tief durch, als sie jemanden ihren Namen rufen hörte. »Fräulein Elisabeth. Warten Sie!« Sie fuhr herum und blickte in das gerötete Gesicht von Herrmann Jensen. Offenbar war er gerannt.

»Ich habe Sie schon am Holm gesehen, und dann sah ich, wie Sie abgebogen sind …«, keuchte er. »Aber jetzt habe ich Sie endlich eingeholt.«

»Ich habe meine Familie auf dem Weg zum Wahllokal verloren, und da wollte ich nach Hause zurück. Dieser Trubel ist ja kaum auszuhalten.«

»Nun ja, aber es ist ja nun einmal unsere Pflicht, die Stimme abzugeben«, erwiderte er.

»Sie haben selbst gewählt?«, gab sie überrascht zurück, doch an seinem erstaunten Blick merkte sie, dass die Frage ziemlich dumm war. Natürlich war Herrmann Jensen ein wenig älter als sie. Bestimmt schon über zwanzig. »Oh, verzeihen Sie. Ich weiß gar nicht, wo ich mit meinen Gedanken war. Ich bin nun doch ganz froh, dass ich nicht wählen durfte.«

»Warum, wenn ich fragen darf?«

»Ich weiß nicht so recht, für wen ich hätte stimmen sollen.«

»Fräulein Elisabeth, das ist doch wohl keine Frage. Darf ich Sie begleiten? Obwohl diese Ecke anscheinend unser Schicksal ist.« Er deutete auf den Eingang des Flensburger Hofs schräg hinter ihnen.

»Ja, dann kommen Sie doch ein Stück mit«, erwiderte Lizzie hastig, um ihre Verlegenheit zu überspielen, und nahm den Arm, der er ihr reichte, damit sie sich bei ihm unterhaken konnte. So setzten sie den Weg gemeinsam fort.

»Und nun verraten Sie mir, warum das keine Frage ist, für wen ich hätte stimmen sollen?«, fragte Lizzie.

»Fräulein Elisabeth, Sie sind aber geradeaus.«

»Was meinen Sie damit?«

»Dass die Damen, die ich kenne, einen Mann nie so direkt nach seiner politischen Meinung fragen würden.«

Lizzie lachte. »Dann haben Sie uns Danneberg-Damen noch nicht kennengelernt. Wir sind alle ziemlich direkt.«

»Oh ja, das kann man sagen, Ihre Schwester Helene ist fordernd wie ein Mann, um nicht zu sagen, eine herrschsüchtige Person, und Ihre jüngere Schwester Henriette ist eine Diva, die erwartet, dass ihr die Welt zu Füßen liegt, aber Sie machen eher einen zurückhaltenden Eindruck«, erwiderte er.

»Und deshalb soll ich Sie nicht fragen, warum es keine Frage ist, für wen heute abgestimmt wird?« Ihr Ton war forscher als beabsichtigt, aber sie kannte dieses Phänomen schon, dass die jungen Männer sie auf den ersten Blick für eine Frau hielten, die keine eigene Meinung besaß, und die einen Schreck bekamen, wenn Lizzie Argumente vorbrachte, die ihnen niemals eingefallen wären.

»Aber nein, nicht dass Sie mich falsch verstehen, ich finde, ich meine, also …«, stammelte er.

»Und nun erklären Sie mir schon, warum es keine Frage ist, wer heute obsiegt.«

»Weil Ihre und meine Familie natürlich für Deutschland stimmen.«

»Wie kommen Sie denn darauf?«

»Die Meinung Ihres Vaters war überall in der Zeitung zu lesen. Er würde eher abwandern, als unter dänischer Flagge zu leben.«

»Da ist mein Onkel Henning ganz anderer Auffassung. Er schreibt für die Flensborg Avis und lebt in Sonderburg.«

Herrmann Jensen zog seinen Arm weg und blieb stehen. »Das ist stadtbekannt, aber Sie sind die Tochter Ihres Vaters.«

Lizzie blickte ihn fordernd an. »Und Sie wählen das, was Ihr Vater wählt, weil Sie sein Sohn sind?«

Kaum hatte sie das ausgesprochen, tat es ihr leid, den jungen Mann dermaßen in die Enge zu treiben, denn er rang nun offensichtlich nach Worten. Sie mochte ihn doch wirklich gern und wollte ihn nicht verärgern, aber ihr fiel auf die Schnelle auch nicht ein, wie sie zurückrudern sollte, ohne dass es peinlich wurde.

»Ja, Fräulein Elisabeth, ich wähle das, was in meiner Familie der Tradition entspricht. Wir waren immer deutsch, und mein Vater wäre noch enttäuschter von mir, wenn ich mich diesbezüglich gegen ihn stellen würde.«

Ohne nachzudenken, hakte Lizzie nach. »Sie sagen *noch enttäusch-*

ter? Womit haben Sie Ihren Vater denn …« Sie unterbrach sich hastig. »Entschuldigen Sie, ich wollte Sie nicht schon wieder ausfragen.«

»Fräulein Elisabeth, mir gefällt es, dass Sie fragen, wenn das ein Zeichen ist, dass Sie sich für mich interessieren. Kommen Sie, wir machen einen Abstecher in die Konditorei Preusser in die Toosbüyestraße. Das ist der richtige Ort, um mit Ihnen zu plaudern.« Ohne ihre Antwort abzuwarten, nahm er ihre Hand und bog in die Schiffbrückstraße ab.

Lizzie gefiel seine zupackende Art. Als sie sich dem Nordermarkt näherten, war der Platz schwarz vor Menschen. Erst beim Näherkommen konnte sie Parolen gegen die Dänen heraushören. Die Menge war aufgeheizt, und Herrmann schlug vor, umzukehren und auf einem anderen Weg zur Konditorei zu gelangen, aber da sah Lizzie von Weitem, dass sich eine Gruppe von Menschen vor dem Eingang der Avis-Redaktion zusammengerottet hatte. Nichts würde sie davon abhalten, nach Onkel Henning zu sehen, der den Abstimmungstag dort verbringen wollte, um die Ergebnisse abzuwarten.

Auch auf die Gefahr hin, dass Herrmann Jensen sie jetzt für eine Suffragette hielt, würde sie ihm einen kurzen Besuch abstatten. Sie entzog ihm ihre Hand.

»Herrmann, wenn Sie mögen, dann können Sie schon zu Preusser vorgehen. Ich komme nach, sobald ich nach meinem Onkel gesehen habe.«

»Immerhin haben Sie mich endlich beim Vornamen genannt«, knurrte er. »Für wen halten Sie mich eigentlich? Sie glauben doch nicht, dass ich Sie mit dieser Meute allein lasse? Kommen Sie!« Er griff erneut ihre Hand und bahnte sich einen Weg bis zum Redaktionsgebäude der Zeitung.

»Speckdänen!«, hörte Lizzie in ihrem Rücken jemanden schimpfen.

»Wollen Sie wirklich mit reinkommen?«, fragte sie ihn. »Nachher sieht Sie noch jemand, der Sie kennt, und denkt, dass Sie zum Feind überlaufen.«

»Sei's drum«, entgegnete Herrmann und hielt ihre Hand nur noch fester.

Als sie in die Räume der Redaktion platzten, war eine erregte Diskussion zwischen den Anwesenden im Gange, nur Onkel Henning war wie immer die Ruhe selbst. Er paffte genüsslich seine Zigarre und winkte Lizzie zu sich. Sie befreite sich von Herrmanns Hand und stürmte auf ihren Onkel zu.

»Was ist dort draußen nur los?«, fragte sie besorgt.

»Ach, das ist doch harmlos. Lass erst gen Abend die ersten Ergebnisse durchsickern, dann ist dort draußen der Teufel los. Aber sag mal, willst du deinen Begleiter einfach allein zurücklassen?«

Herrmann war in einigem Abstand stehen geblieben. Lizzie konnte ihm ansehen, wie unwohl er sich fühlte. Sie winkte ihn heran, woraufhin er sich ihnen zögernd näherte.

»Das ist Herrmann Jensen. Das ist mein Onkel Henning.«

»Aber wir kennen uns doch«, sagte ihr Onkel freundlich und reichte ihm die Hand. »Sie waren doch Silvester auf Gut Runohr zu Besuch und auch auf dem Begräbnis meiner Schwägerin. Der Sohn meines Schulkameraden Krischan.« Er schüttelte ihm kräftig die Hand, wobei Herrmann nicht mehr als ein höfliches »Guten Tag, Herr Danneberg« herausbrachte.

»Und was führt euch her?«, erkundigte sich Onkel Henning interessiert.

»Wir haben uns zufällig in der Stadt getroffen und wollen uns ein Stück Torte bei Preusser gönnen.«

»Das ist vernünftig, dass ihr euch von der Straße bewegt. Noch hat es keine Handgreiflichkeiten gegeben, aber die Stimmung ist erhitzt. Und haben Sie schon Ihre Stimme abgegeben, Herr Jensen?«

Lizzie entging keineswegs der süffisante Unterton ihres Onkels.

Herrmann nickte. Offenbar war er ganz und gar nicht erfreut, an diesem Tag in der Redaktion der Flensborg Avis mit dem Dänen Henning Danneberg zu plaudern.

»Gut, dann gehen wir. Und besuche uns endlich mal wieder, Onkel Henning!«

Er lachte. »Aber klar, meine Lizzie, ich traue mich wieder in die Höhle des Löwen, aber nur, wenn die Abstimmung für uns schlecht ausgeht. Im Fall, dass wir obsiegen, wandert mein Bruder ja sowieso ab.«

Sie stupste ihn liebevoll in die Seite. »Ach, Onkel Henning, das glaubst du doch selber nicht. Hunde, die bellen, die beißen nicht.«

»Dein Wort in Gottes Ohr …« Er wurde nun von seinen Kollegen gerufen, sodass er sich nur mit einem flüchtigen Wangenkuss von seiner Nichte verabschiedete und Herrmann Jensen höflich zunickte.

Als sie aus der Tür auf den Nordermarkt traten, glaubte sie wieder, Beleidigungen zu hören, aber mehr als »Däne« verstand sie zum Glück nicht. Herrmann schien sehr aufgebracht zu sein, denn er machte keine Anstalten mehr, ihre Hand zu nehmen, sondern schob sie förmlich vor sich her durch die Menge. Erst als sie am Fuß der Toosbüystraße angekommen waren, blieb er stehen und musterte sie mit einem prüfenden Blick, den sie nicht deuten konnte.

»Sie scheinen Ihrem Onkel sehr nahezustehen«, sagte er schließlich.

»Ja, er ist ein großes Vorbild für mich. Er ist so klug und belesen. Dazu weltgewandt …«

Er hob beschwörend die Arme. »Genug geschwärmt von einem anderen Herrn, auch wenn er Ihr Onkel ist. Was ich über ihn gehört habe, ist weniger schmeichelhaft. Er soll ein reicher Müßiggänger sein …«

»Entschuldigen Sie, aber da verwechseln Sie ihn mit seinem Sohn Paul. Auf den trifft das leider zu.«

»Von dem will ich gar nicht erst reden«, brummte er.

Lizzie spürte genau, dass Herrmann ihre Nähe zu Onkel Henning ganz und gar nicht behagte, aber in dem Punkt hielt sie es mit Lene. Sie würde nie gegen ihre Überzeugung die Meinung eines Mannes vertreten und sich nicht vorschreiben lassen, wen sie mögen durfte und wen nicht. Statt ihn zu besänftigen, fragte sie ihn ganz direkt, ob sie nicht lieber auf ihren Kaffeehausbesuch verzichten sollten.

Herrmann Jensen wurde bei ihren Worten blass. »Fräulein Lizzie, nein, so habe ich das doch nicht gemeint. Und es steht mir überhaupt nicht zu, über Ihren Onkel zu urteilen. Es ist nur so, mein Vater ist mit ihm zur Schule gegangen, und die beiden sind sich nicht sonderlich zugetan …« Er stockte und musterte sie verunsichert. »Mir ist so eine junge Frau wie Sie noch nicht begegnet. So klug. Die einzige junge Frau, die ich kenne, die auf der Knabenschule ihre Reifeprüfung ablegt und ihre Mitschüler übertrumpft.« Das klang bewundernd.

»Nun sagen Sie schon, wie waren denn die anderen, die Sie in die Konditorei entführt haben?«, fragte Lizzie keck.

»So viele waren es auch nicht«, versuchte er, sich aus der Affäre zu ziehen.

»Warten Sie, meine kleine Schwester hat das neulich einmal vorgeführt, wie Damen sich zu benehmen haben, wenn sie mit einem Herrn ausgehen.« Sie versuchte nun, den devoten Blick von unten nach oben zu imitieren, den Jette ihnen so gekonnt vorgeführt hatte, aber sie brach ihren Auftritt lachend ab. »Verzeihen Sie, ich habe kein Schauspieltalent. Ich bin eher mit Worten bewandert. Also, Damen schauen den Herrn von unten nach oben an und lassen ihn reden. Und geben nur Laute von sich wie: Oh! und Ah!, um ihm ihre Bewunderung zu versichern.«

Sie standen immer noch an der Ecke, wo es den Berg hinauf zu ihrem Ziel ging. Lizzie fragte sich gerade, ob sie ihn nun endgültig vertrieben hatte, aber da trat er einen Schritt auf sie zu und küsste sie auf den Mund. Nun hatte sie ihre Antwort: Verschreckt hatte sie ihn ganz offensichtlich nicht.

»Lizzie, ich möchte keine andere mehr in die Konditorei entführen als dich«, stieß er mit ernster Miene hervor.

»Dann wiederholen Sie doch einfach, was Sie eben getan haben«, forderte sie ihn neckisch auf, während ihr Herz verdächtig zu pochen begann. Das ließ sich Herrmann Jensen nicht zweimal sagen. Dieses Mal nahm er zärtlich ihr Gesicht in eine Hand, und sein Gesicht näherte sich ihrem Mund. Lizzie wusste zwar in der Theorie, was beim Küssen geschah, aber sie hätte niemals gedacht, dass es dabei tatsächlich überall im Körper kribbeln könnte. Nachdem er seine Lippen von ihrem Mund gelöst hatte, blickte er sie so verzückt an, dass ihr heiß wurde. Ihr zweiter Gedanke galt Lene. Ob sie den schmucken Destillateur wohl auch schon geküsst hatte?

Herrmann nahm jetzt ihre Hand, aber anders als zuvor. Fast so, als ob er sie liebkoste. So gingen sie schweigend zur Konditorei. Dort fanden sie einen schönen Tisch in einer Ecke. Herrmann übernahm die Bestellung für beide. Lizzie war so beseelt, dass sie nicht widersprach, als er ihr dieselbe Torte bestellte wie sich selbst.

Dann sahen sie sich eine Weile stumm an, aber ihre Augen sprachen unentwegt miteinander. Keine Frage, dachte Lizzie aufgeregt, jetzt ist es passiert. Ich habe mich verliebt, und nicht nur ich …

»Und dass du Diakonisse werden willst, war doch wohl ein Scherz, oder?«, fragte er leise.

»Nein, das nicht. Ich habe wirklich darüber nachgedacht, aber dann wäre mein ganzes Pauken umsonst gewesen. Nein, ich werde studieren. Das muss ich nur noch schonend deiner Schwester beibringen, die mich bereits als ihresgleichen betrachtet«, seufzte Lizzie.

»Ach, Anna, ja, die ist aus einem anderen Holz geschnitzt als du. Wie deine Schwester Käthe. Völlig weltfremd. Soll ich es ihr sagen?«

Lizzie erschrak. »Um Gottes willen, auf keinen Fall. Ich brauche keinen Mann, der für mich spricht!« Das hatte sie schroffer hervorgestoßen als beabsichtigt.

»Ich wollte dir nicht zu nahe treten. Natürlich musst du ihr das selber sagen. Aber ich denke, sie wird es verstehen, wenn sie erfährt, dass du meine Frau wirst.«

Lizzie wurde bei seinen Worten schwindlig. »Herrmann, ich stehe kurz vor der Reifeprüfung, und da kann ich bestimmt nicht ans Heiraten denken. Und auch danach werde ich nicht gleich heiraten. Hast du vergessen, dass ich Medizin studieren möchte?«

»Wie könnte ich das vergessen? Natürlich nicht. Aber wie soll das gehen? Selbst wenn du in Kiel studieren würdest, wärest du weit weg, und es dauert doch so lange …« Das klang verzweifelt.

»Lass mir Zeit, Herrmann. Wir haben doch eine schöne Verabredung. Die erste Fahrt in diesem Frühjahr mit der Albatros. Und dann sehen wir weiter. Schau, das sind doch nur noch ein paar Wochen hin.«

»Ich habe schon nachgeguckt. Das erste Ausflugsschiff geht am Ostersonnabend. Um drei Uhr an der Fördebrücke?«

»Du bist ein Mann der Tat, oder?«, bemerkte Lizzie bewundernd und nickte.

»Wir sollten die Route über Kollund nehmen, denn ich befürchte, diese Linie wird es nicht mehr lange geben.«

»Wie kommst du denn darauf?«

Er zuckte mit den Achseln. »Das sagen jedenfalls mein Vater und mein Bruder, denn wenn die neue Grenze gezogen wird, ist die nördliche Förde Ausland für uns.«

»Glaubst du alles, was dein Vater und dein Bruder sagen?«, gab Lizzie zurück und bedauerte diese Frage sogleich, weil Herrmann plötzlich sehr gequält aussah.

»Herrmann, habe ich etwas Falsches gesagt?«

»Nein, Lizzie, du hast nur die Wahrheit gesagt. Ja, ich bin nur ein Anhängsel der beiden, ein Befehlsempfänger, ein …«

Erschrocken legte sie ihm die Hand auf seine. »Um Gottes willen!«

»Verzeih mir, Lizzie, aber ich halte es bald nicht mehr aus. Broer spielt sich als Direktor auf und stellt mich meinem Vater gegenüber so dar, als sei ich der komplette Versager. Dabei habe ich ein wesentlich besseres Gespür für die richtigen Mischungen. Schließlich bin ich der Destillateur in der Familie. Broer aber hat Vater schon davon überzeugen können, dass ich nicht an den Kessel darf, sondern lieber seine rechte Hand werde. Weißt du, was das heißt? Kaffee kochen für den Herrn Direktor, ihn chauffieren …« Er hielt abrupt inne. »Es tut mir so leid, dass ich dich damit belästige. Ich weiß auch nicht, was in mich gefahren ist, oder doch … ich habe noch nie einer Frau so vertraut.«

Lizzie war erschüttert über diesen Ausbruch. Auf sie hatte Herrmann wie ein junger Mann gewirkt, der wusste, was er im Leben wollte.

»Aber kannst du das deinem Vater nicht offen sagen, dass du nicht der Lakai deines Bruders sein willst?«

Er lachte bitter auf. »Mit meinem Vater kann man nicht reden. Es war immer schon der Ältere, der Jensen-Rum übernommen hat. Seit Generationen ist das so!«

»Das ist ja wie bei Lene. Die möchte nach Alberts Tod auch unbedingt Vatis Nachfolgerin werden, aber weil sie kein Mann ist, hat er jetzt Paul diese Stellung versprochen.«

»Ausgerechnet, der hat doch wirklich keine Ahnung von Rum. Außerdem ist er gerade neulich schon wieder betrunken in eine Schlägerei am Hafen verwickelt gewesen«, spie er verächtlich aus.

»Das behauptet Lene auch, aber Vati gibt ihr keine Chance. Sie darf ja die Betriebsstätten nicht einmal betreten.«

»Nun gut, sie ist eine Frau. Da kann ich deinen Vater schon verstehen«, bemerkte Herrmann.

Lizzie tippte sich an die Stirn. »Aber sie wäre die beste Nachfolgerin für ihn!«

»Vielleicht hast du recht, aber ich beneide diesen Paul glühend, dass der sich einfach ins gemachte Nest setzen kann.«

»Vielleicht könntest du ja für Danneberg arbeiten. Vati braucht immer mehr als nur einen Destillateur. Das habe ich jedenfalls erst neulich bei Tisch aufgeschnappt.«

»Verdammt, ich möchte etwas Eigenes und nicht der Lakai eines anderen sein!«, entgegnete er sichtlich verärgert.

Lizzie zuckte zusammen, aber statt Zorn zu empfinden, tat er ihr leid.

Herrmann blickte sie verzweifelt an. »Oh mein Gott, Lizzie, ich hätte nicht davon anfangen dürfen. Das ist eine tiefe Wunde in mir. Ich habe alles getan, um meinem Vater zu beweisen, dass ich ein echter Kerl bin. Ich habe mich wie dein Bruder freiwillig gemeldet, weil Broer Soldat war. Und dann wurde ich verwundet und habe Monate im Lazarett gelegen. Statt als Held kam ich als Krüppel zurück …«

»Was ist passiert?«

»Mein linker Arm wurde so verletzt, dass …« Er schluckte. In diesem Augenblick fügte sich das für Lizzie zu einem Bild zusammen. Herrmann trug die Hand in der Tasche, weil er … weil er …

»Mein Vater hat mir eine Operation bei Prof. Sauerbruch ermöglicht, und ich trage eine seiner berühmten Prothesen. Lizzie, wenn du mich nun nicht mehr treffen magst, dann kann ich das …«

Sie beugte sich über den Tisch und legte ihm ihren Finger auf den Mund. »Denk nicht einmal daran. Ich werde am Ostersonnabend um drei Uhr an der Fördebrücke sein.«

Lizzie spürte, wie sich ihr Herz für ihn in grenzenloser Liebe öffnete. Vielleicht mehr, als wenn er nicht an dieser Verletzung leiden würde, ging es ihr durch den Kopf, doch dann dachte sie flüchtig an ihren Schwur. Sie verscheuchte den Gedanken an Lene und wie sie ihr das beibringen sollte, dass sie sich rettungslos in einen einarmigen Kriegsversehrten verliebt hatte, allerdings genauso schnell wieder, wie er gekommen war.

13. Flensburg, April 1920

Seit in Zone 2 für einen Verbleib bei Deutschland gestimmt worden war, hatte sich die Anspannung im Hause Danneberg merklich gelockert. Lene war eher erleichtert, dass in ihrer Stadt jetzt keine großen Umwälzungen anstanden. Es war verwirrend genug, dass demnächst eine Grenze mit Passpflicht direkt nördlich der Stadt verlaufen würde. Natürlich war sie auch sehr froh darüber, dass keine Rede mehr davon war, Danneberg-Rum in den südlichen Landesteil zu verpflanzen. Ihr Vater hatte jedenfalls bessere Laune, und nur wenn er sich unbeobachtet fühlte, fiel er manchmal regelrecht in sich zusammen und gab sich seiner Trauer hin.

Auch Onkel Henning kam wieder zu Besuch, ohne dass es zu lautstarken Auseinandersetzungen zwischen den Brüdern kam. Offenbar hatten sie einen Waffenstillstand geschlossen, weil nun beide das bekommen hatten, was sie sich am meisten wünschten. Dass sie jeweils in dem Land lebten, in dem sie sich wohlfühlten. Ihr Onkel ging erstaunlich gelassen mit dem Ergebnis um. Zur großen Erleichterung ihres Vaters hatten sich Onkel Hennings Drohungen, ins Rumgeschäft einzusteigen, als Scherz entpuppt. Außerdem hielt er sich von allen Bestrebungen fern, die prodeutsche Abstimmung in Zone 2 noch einmal nachträglich zu verändern, indem in der Stadt Flensburg noch einmal neu abgestimmt werden sollte, mit dem Ziel, sie Dänemark zuzuschlagen. Darüber hatte sich Henning mit seinen alten Mitstreitern ein wenig überworfen. Er war der Meinung, man solle das Ergebnis so respektieren, auch wenn er sich für die Stadt etwas in seinen Augen Besseres gewünscht hätte. Das versöhnte ihren Vater ein wenig mit Henning, einmal abgesehen davon, dass er bei seiner Trauer um die Mutter immer noch eine große Unterstützung war.

Und nicht nur das. Er hatte ihren Vater am Montag nach der Abstimmung zur Schule begleitet, um Freya aus den Klauen ihres Vaters zu retten. Lene, Freya und Jette waren Zeugen des bühnenreifen Auftritts ihres Vaters und Onkel Hennings vor der Auguste-Viktoria-Schule geworden. Sie hatten ihre Cousine kurz zuvor eingeweiht. Lene fand, dass sich Freyas Freude über die geplante Rückholaktion nach Flensburg in Grenzen hielt, und hatte da auch einen gewissen Verdacht: der neue Gutsverwalter von Gut Runohr. Dass dieser Mann eine virile Ausstrahlung hatte, konnte auch Lene nicht leugnen.

Onkel Henning hatte seinen Wagen direkt vor den von Onkel Carl gesetzt. Die beiden waren dann ausgestiegen und hatten den Onkel, der aus seinem Auto gestiegen war, zur Rede gestellt. Der war ein Bild des Jammers gewesen und hatte sich kaum auf den Beinen halten können. Sein Gutsverwalter war ihm zu Hilfe geeilt und hatte ihn festhalten wollen, aber er hatte sich befreit und war zu Boden gestürzt. Daraufhin war Freya in Tränen ausgebrochen, aber der Gutsverwalter hatte ihr mit sanfter Stimme dazu geraten, in den Wagen ihres Onkels Henning zu steigen, was sie dann auch getan hatte.

Lene überlegte, ob sie Lizzie davon berichten sollte, wie persönlich zugewandt der Mann auf Freya eingeredet hatte, aber sie beschloss, es für sich zu behalten. Nicht dass Lizzie nun doch noch von ihr erwartete, ihr den Streit mit Klaas im Flensburger Hof zu erklären. Und außerdem durfte sie Lizzie zurzeit keine zusätzlichen Probleme aufbürden, denn sie war unermüdlich damit beschäftigt, Freya für die mündliche Prüfung in Geschichte vorzubereiten.

Vor allem durfte sie ihre Gedanken nicht allzu sehr schweifen lassen, denn sie hatte auch noch einiges zu lernen. Also nahm sie sich ihr Geschichtsbuch vor und überflog noch einmal die Zahlen des Dreißigjährigen Kriegs und musste mit Genugtuung feststellen, dass ihr bei diesem Thema wohl kaum noch etwas passieren konnte.

Sie wurde von einem zaghaften Klopfen an ihrer Tür unterbrochen. Sie vermutete, es wäre Lotte, aber nachdem sie laut und deutlich »Herein!« gerufen hatte, trat zögernd ihr Vater ins Zimmer. Er machte ein sorgenvolles Gesicht, das bei Lene große Ängste hervorrief. Bitte nicht schon wieder eine schlechte Nachricht, betete sie stumm.

»Vater, was ist geschehen?«

Er ließ sich stöhnend auf einen Korbstuhl fallen. »Du hattest recht«, murmelte er schließlich.

»Wovon sprichst du?«

»Von Paul. Er kann mein Unternehmen nicht führen.«

Ein heißer Schauer durchfuhr Lenes Körper bei diesen Worten, aber sie versuchte, ihre Erregung vor ihrem Vater zu verbergen und so zu tun, als wäre das eine Nachricht wie jede andere.

»Warum denn nicht, Vater? Du hast doch so viel Vertrauen in ihn gesetzt.«

Der Vater musterte sie streng. »Helene Danneberg, hör auf zu heucheln. Ich weiß doch, dass du dir jetzt Hoffnungen machst, aber du kennst meinen Standpunkt! Eine Frau allein an der Spitze von Danneberg wäre eine Katastrophe.«

»Aber nein, Vater, damit habe ich mich längst abgefunden, dass ich nicht deine Nachfolgerin sein kann«, schwindelte sie, während sie fest entschlossen war, sich nicht noch einmal verdrängen zu lassen von dem Platz, der ihr in ihren Augen zustand. »Gut, dass ich Paul nicht traue, will ich nicht verhehlen. Aber was ist denn vorgefallen?«

»Der Dummkopf hat sich ein Kontingent an Flaschen genommen und sie in Sonderburg an Lokale verkauft.«

Lene schnappte nach Luft vor lauter Empörung. »Und er hat das Geld in die eigene Tasche gesteckt?«

Ihr Vater nickte müde.

»Aber wieso? Er ist ein reiches Söhnchen. Der braucht doch kein Geld.«

Ihr Vater runzelte die Stirn. »Offenbar hält Henning ihn neuerdings kurz, nachdem der Junge wieder in eine Schlägerei verwickelt war.«

»Und woher weißt du das alles?«

»Ich habe den Lümmel sofort an die Luft gesetzt. Da hat er mich angebettelt, ihn zu behalten, und sich über seinen Vater ausgeklagt. Dass der ihm das Geld gekürzt hat. Aber ich kenne Henning, und wenn er eines ist, dann großzügig. Wenn er seinem Sohn den Geldhahn zudreht, dann hat er seine Gründe. Aber auf Pauls Gejammer hin habe ich ihm versprochen, es Henning nicht zu erzählen, was er verbrochen hat. Paul wird ihm sagen, dass er von sich aus weggegangen ist, weil das Rumgeschäft nicht das Richtige für ihn ist.«

»Du hast ihn also wirklich rausgeschmissen?«, fragte sie in einer Mischung aus Genugtuung und Erstaunen.

»Einmal abgesehen davon, dass er mich betrogen hat, ist das dem

Ruf von Danneberg abträglich, wenn der Rum unterm Ladentisch verkauft wird.«

»Und wie hast du ihn erwischt?«

»Klaas Bahnsen hat mir gemeldet, dass Flaschen fehlen, und dann hat es ein Däne Broer Jensen berichtet, dass unser Rum in Dänemark weit unter Preis an Lokale verkauft wird.«

Lene hätte ihrem Cousin alles Schlechte zugetraut, aber eine solch vor Dummheit nur so strotzende Untat nicht. Und jetzt musste sie das von ihrem Vater erfahren, weil Klaas nicht mehr mit ihr redete. Doch dann ergriff ein anderer Gedanke von ihr Besitz: Ihr Vater hatte gar keine andere Wahl mehr, als trotz seiner altmodischen Bedenken auf sie als Retterin zu setzen. Warum sollte sie sich länger in falscher und geheuchelter Bescheidenheit üben? Noch ehe sie den Gedanken zu Ende geführt hatte, hörte sie sich aufgeregt fragen: »Und nun? Wie soll es weitergehen? Gibst du mir jetzt endlich die Chance, die ich verdient habe?«

Ihr Vater stöhnte laut auf. »Das ist ja der Grund, warum ich mit dir sprechen möchte.«

Lenes Herz klopfte bis zum Hals. Sie sah sich schon im Sessel ihres Vaters sitzen.

»Lene, ich muss in absehbarer Zeit die Geschicke der Firma abgeben, sagt mein guter Doktor. Er glaubt, ich leide an einem gebrochenen Herzen und brauche viel Ruhe, wenn ich noch ein paar Jahre …«

»Vati, bitte, sag nicht so etwas. Du darfst nicht auch noch sterben!«, stieß Lene beschwörend hervor. Ihr Hoffnungsschimmer, doch noch ans Ziel ihrer Wünsche zu kommen, war nun überschattet von der Sorge um den Vater.

»Es gäbe da vielleicht eine Lösung, dass ich mich in die zweite Reihe zurückziehen könnte und Danneberg in Familienhand bliebe«, bemerkte er zögernd.

Wieder klopfte Lene das Herz bis zum Hals. Er würde sie in seiner Not entgegen seinen Bedenken gegen eine Frau an der Spitze des Unternehmens doch noch fragen, ob sie seine Nachfolgerin werden wollte. Sie war am Ziel ihrer Wünsche! Es fiel ihr schwer, nicht lauthals loszujubeln.

»Ich werde dich nicht enttäuschen«, versicherte sie ihm gerührt, doch ihr Vater ging gar nicht drauf ein, was sie stutzig machte.

»Krischan Jensen hat mich auf die Idee gebracht«, fuhr der Vater fort. »Du weißt doch, dass sein älterer Sohn Jensen-Rum leitet und Herrmann, der jüngere, Destillateur ist, oder?«

Natürlich wusste Lene das. Herrmann hatte zusammen mit Klaas die Lehre bei Jensen-Rum absolviert. Und sie wusste auch, dass Klaas ihn für einen guten Destillateur hielt, der aber ständig vom älteren Bruder gepiesackt worden war und ihn dafür offenbar hasste. Allerdings hatte Lene keine Ahnung, was Herrmann Jensen mit einer potenziellen Lösung für die Führung von Danneberg-Rum zu tun haben könne. Plötzlich durchfuhr sie ein eisiger Schreck. Ihr Vater würde Paul doch wohl nicht durch den Sohn seines ärgsten Konkurrenten ersetzen?

Erst als ihr Vater weiter herumdruckste und darauf hinwies, dass Herrmann noch Junggeselle war, fiel es Lene wie Schuppen von den Augen.

»Du willst mich doch nicht etwa mit dem Langweiler verkuppeln, so wie du es eigentlich mit Käthe vorhattest, oder?«, platzte es entsetzt aus ihr heraus.

»Woher, ich meine, wie, wie kommst du darauf?«, stammelte er.

»Ich habe Silvester Jensens und dein Gespräch belauscht, in dem ihr Pläne zur Fusion geschmiedet habt. Ich konnte euch nur zugutehalten, dass ihr betrunken wart. Du glaubst doch nicht allen Ernstes, dass ich den Mann heirate?« Lene schnappte nach Luft vor lauter Empörung.

»Ich dachte, es sei dir so unendlich wichtig, bei Danneberg einzusteigen?«, hakte er listig nach.

»Aber doch nicht als Ehefrau von Jensen, den du dann höchstwahrscheinlich zum Direktor befördern wirst!«

»Lenchen, natürlich nicht. Dass du das nicht bedingungslos mitmachst, ist mir sonnenklar. Krischan und ich haben schon mal vertraglich vorgearbeitet.« Ihr Vater zog einen vollgekritzelten Zettel aus seiner Jackentasche und reichte ihn ihr. Fassungslos konnte Lene dort schwarz auf weiß lesen, dass die Firma nach Übernahme durch den Schwiegersohn den Namen Danneberg behalten werde. Dass Herrmann nach außen als Direktor fungiere, er aber nur die Produktion unter sich habe, während Lene im Innenverhältnis für den kaufmännischen Bereich zuständig wäre. Und dass wichtige Entscheidungen stets von beiden Eheleuten abgesegnet werden müssten …

Sie sah ihn entgeistert an. »Vater, das kann doch nicht dein Ernst sein! Wozu brauche ich Herrmann Jensen? Wir haben mit Klaas einen erstklassigen Destillateur.«

»Klaas Bahnsen hat mich um seine Kündigung ersucht. Er hat ein lukratives Angebot von Schwansen-Rum.«

In Lenes Kopf drehte sich alles. Das war zu viel. Endlich war sie ihrem Ziel, im Rumhaus zu arbeiten, so nahe, aber den Preis konnte und wollte sie nicht zahlen.

»Bitte, Vati, du kannst doch deine eigene Tochter nicht verkaufen!«

Ihr Vater sah nun um Jahre gealtert aus. »Es gibt eine Alternative. Jensen kauft Danneberg! Er würde verdammt viel Geld bieten und die Garantie, dass das Ganze unter Jensen-Danneberg weiterläuft.«

»Nein!« Lene hatte dieses *Nein* laut herausgeschrien.

»Ich habe keine andere Wahl, Lene. Dr. Boysen hat recht. Der Tod eurer Mutter, eurer Schwester und meiner Söhne, das hat mein Herz nicht verkraftet …«

»Und warum können wir beide das nicht zusammen machen? Du und ich? Wir wären zusammen unschlagbar, und wenn Herrmann Jensen so ein guter Destillateur ist, dann kann er ja bei uns arbeiten, oder besser ist, ich spreche noch einmal mit Klaas.«

»Weil ich mich darauf verlassen muss, dass nach meinem Tod Danneberg in den richtigen Händen ist!«

»Aber das wäre das Rumhaus doch, wenn du mir nur vertrauen könntest!«

»Ob ich dir vertraue, steht auf einem Blatt, aber ob die Kunden einer Frau vertrauen, auf einem anderen. Mädchen, das Rumgeschäft ist eine Männersache. Eine Frau allein an der Spitze so eines Unternehmens wird in der Geschäftswelt nicht geduldet!«

»Aber deshalb werde ich doch keinen Mann heiraten, den ich nicht einmal leiden kann!«

Ihr Vater winkte müde ab. »Du musst es nicht heute entscheiden. Klaas bleibt noch bis zum Sommer, und Jensen muss ja auch erst einmal mit seinem Sohn reden. Aber er ist zuversichtlich. Herrmann würde alles tun, um seinem Bruder zu beweisen, dass er besser ist als er. Und Krischan meint, das wird Danneberg und Jensen weiter an die Spitze treiben. Er träumt dann sogar von einem Zusammenschluss der beiden Marken.«

Lene tippte sich an die Stirn. »Das ist doch komplett verrückt«, murmelte sie immer noch entsetzt.

»Lenchen, überleg es dir. Es genügt, wenn du mir nach der Prüfung Bescheid gibst, wie du dich entscheidest.«

»Vati, es kann doch nicht dein Ernst sein, dass du lieber verkaufst, als mir die Leitung des Unternehmens anzuvertrauen.«

Er zuckte mit den Achseln. »Es ist deine Entscheidung und lass dir Zeit. Wenn du einwilligst und Herrmann seinen Segen gibt, könntet ihr noch im Sommer heiraten und auch gleich hier einziehen, weil die Villa in der Wrangelstraße dann für deine Schwestern und mich fertig ist.«

»Vati, das ist Wahnsinn!«

»Ich finde diesen Jensen gar nicht so übel. Gut. ich bin keine Frau, aber ich würde behaupten, er ist ein schmucker junger Mann. Und ich halte dich für so vernünftig, dass du dir einen Ehemann auch mit dem Verstand aussuchst. Liebe ist nicht immer der beste Ratgeber …« Die Miene ihres Vaters verdüsterte sich, und Lene ahnte, woran er in diesem Moment dachte. Am liebsten hätte sie es laut rausgebrüllt: Du hast es doch zugelassen, dass Mutti dich betrügt!

»Wenn der junge Jensen mitspielt, dann ist das für alle Beteiligten eine Riesenchance. Für Danneberg und für Jensen!«, bemerkte er entschieden.

Mit diesen Worten ließ der Vater Lene in einer Mischung aus Verzweiflung und dem unwiderstehlichen Drang, diese einmalige Chance zu ergreifen, in ihrem Zimmer zurück. Damit Letzteres nicht geschah, konnte sie nur beten, dass Herrmann Jensen dieses Ansinnen von sich aus ablehnen würde. Dann käme sie nicht in Versuchung, ihre Seele zu verkaufen, und dann wäre es wenigstens nicht ihre Schuld, wenn der Plan der Väter scheiterte, dass ihre Kinder miteinander fusionierten. Plötzlich fiel ihr ein, wie der junge Jensen am Tag der Beerdigung ihrer Schwester hinterhergerannt war. Dass er etwas von Lizzie wollte, schien ihr ziemlich offensichtlich. Lene spielte mit dem Gedanken, ihre Schwester einzuweihen in diesen unmoralischen Vorschlag, aber was, wenn sie gern an ihrer Stelle wäre? Was, wenn Lizzie den jungen Jensen freiwillig heiraten würde? Dann würde der Vater womöglich ihm die Leitung der Firma ganz übertragen, und sie, Lene, würde definitiv keinen Fuß mehr in das Rumimperium setzen. In ihrem Kopf wirbelten die Gedanken wild durcheinander. Zu diesem Zeitpunkt konnte und wollte sie sich auf keinen Fall vorstellen, diesen Herrmann Jensen zu heiraten, der ganz offensichtlich in ihre Schwester verliebt war. Und schon gar nicht, wenn Lizzie seine Gefühle womöglich auch erwiderte, was sie sich allerdings beim besten Willen nicht vorstellen konnte. Ihre kluge Schwester und so ein Einfaltspinsel, nein, das wäre absurd.

Und trotzdem spürte sie ein unbändiges Verlangen, ihre große Chance zu ergreifen, ganz gleich, was sie dafür in Kauf nehmen musste und was Lizzie fühlte. Sie konnte sich selber nicht leiden für diese Gier, aber sich selbst zu betrügen und diesen Drang zu leugnen, brachte sie auch nicht weiter. Vielleicht sollte sie zum Schein darauf eingehen und sich nach ein paar Monaten einfach wieder scheiden lassen. Dazu müsste sie allerdings dafür sorgen, dass der Fall der Trennung auch vertraglich geregelt war, und zwar zu ihren Gunsten. Doch wenn sie darauf drang, wussten die anderen Beteiligten sofort, woher der Wind wehte. Wie sie es drehte und wendete, sie saß in der Falle und hatte nur zwei Möglichkeiten: zu verzichten oder einzuwilligen!

Um sich abzulenken, fragte Lene sich noch einmal die Zahlen für den Dreißigjährigen Krieg ab, der neben den römischen Kaisern, so munkelte man, höchstwahrscheinlich Prüfungsthema war. Es fiel ihr schwer, sich überhaupt auf die Fragen zu konzentrieren: Wann war der zweite Prager Fenstersturz, Lene? 1419, antwortete sie wie aus der Pistole geschossen und wollte befriedigt fortfahren, als ihr der Fehler bewusst wurde. Das war das Datum des ersten Prager Fenstersturzes. 1618, dachte sie genervt. Nicht dass ihr dieser perfide Plan der Väter auch noch die Geschichtsprüfung verhageln würde …

14. Ochseninseln, April 1920

Die *Augusta* rauschte an diesem Ostersonnabend majestätisch durch die Wellen der Flensburger Förde. Ein strammer Westwind ließ sie in Richtung der Ochseninseln fliegen. Da der Gaffelkutter dort zum Freizeitsegler umgebaut worden war, durfte Lene jederzeit am Steg der Werft anlegen, um auf der kleinen dänischen Insel, die im Besitz der Bootsbauerfamilie war, ein Picknick zu veranstalten. Lizzie und besonders Freya waren von Lenes Idee, mit ihnen am Ostersamstag einen Segeltörn zu unternehmen, nicht begeistert. Zu früh im Jahr, zu kalt, das Wetter noch zu unbeständig. All das hatten sie als Gründe vorgebracht, ihren Ausflug auf Mai zu verschieben, aber Lene hatte richtiggehend darum gebettelt, weil das Boot am Tag zuvor endlich ins Wasser gesetzt worden war. Und wenn sie sich etwas in den Kopf gesetzt hatte, dann war es sehr schwierig, ihr zu widerstehen. Auch der Vater hatte diesem Plan energisch widersprochen, weil die Segelsaison noch gar nicht begonnen hatte, aber Lene hatte darauf bestanden. Zu Lizzies Verwunderung hatte er schließlich nachgegeben. Überhaupt, im Moment schien er Lene kaum einen Wunsch abschlagen zu können, was ansonsten eher Jettes Privileg war.

Lizzie hatte aber schließlich nicht nur zugesagt, weil sie Lenes Überredungskünsten nichts entgegensetzen konnte, sondern auch, um sich von der Enttäuschung abzulenken, dass Herrmann ihr ausgerechnet am Tag ihrer mit Bravour bestandenen Reifeprüfung eine Absage ihres Ausflugs hatte zukommen lassen. Lizzie hatte den rätselhaften Brief so oft gelesen, dass sie ihn auswendig kannte.

Liebe Lizzie, ich muss unseren Ausflug für den Ostersonnabend leider absagen. Es ist etwas Wichtiges dazwischengekommen. Ich muss eine Entscheidung treffen und weiß nicht mehr, was ich tun soll. Sie kann große Auswirkungen auf unsere Zukunft haben. Ich müsste dann eine andere heiraten. Sobald ich weiß, welchen Weg ich gehe, lasse ich von mir hören. Versprochen! H.

Lizzie ärgerte sich maßlos, dass diese Zeilen sie mitten ins Herz trafen. Er musste vielleicht eine andere heiraten? Was sollte das denn heißen? Ihr Gefühl signalisierte ihr auf jeden Fall mehr als deutlich, sich den guten Herrmann schnellstens aus dem Kopf zu schlagen. Doch das war gar nicht so einfach. Sie musste ja nur die Augen schließen und sah sofort sein Bild, hörte seine Stimme und roch den Tabak der Zigarre, die er vor ihrem Treffen geraucht haben musste. Und sie spürte tief in ihrem Herzen, dass er sie brauchte, wenn sie an seine verletzte Seele und seinen versehrten Körper dachte. Auf jeden Fall hielt sie es für das Beste, sich diese sentimentalen Gedanken vom frischen Wind der Ostsee fortwehen zu lassen. Wenn es eine andere Frau gab, der gegenüber er verpflichtet war, sollte er sie doch bloß heiraten!

Ein bisschen verrückt fand sie es allerdings schon, im April über die kalte Ostsee zu fegen, aber Lene hatte für alle drei zünftiges Ölzeug besorgt. Und um ihr glückliches Gesicht am Ruder zu sehen, lohnte sich diese Tortur beinahe, nur für die arme Freya war das die Hölle. Sie saß blass und stumm auf ihrem Platz und klammerte sich krampfhaft an die Reling. Dabei hatte Lene ihnen versichert, dass das ein Schönwettersegeln mit strahlendem Sonnenschein und ruhiger See würde. Doch was für Lene eine ruhige See war, stellte sich in Freyas Augen wahrscheinlich als aufgepeitschtes Meer dar, vermutete Lizzie, die auch froh war, als sie sich jetzt in rasantem Tempo der größeren der beiden Ochseninseln, der Store Okseø, näherten.

Es gab ein großes Hallo an Land, als ihre Schwester den jungen Burschen, die ihre Ankunft bereits mit Spannung erwarteten, ein nahezu perfektes Anlegemanöver lieferte. Die Werftarbeiter rissen sich darum, wer Lene die Vorleine abnehmen durfte, um das Boot festzumachen.

Lene wirkte in ihrer Segelbekleidung und mit ihren Bewegungen wie ein junger Mann. Auch ihre Stimme war der von Albert zum Verwechseln ähnlich, dachte Lizzie. Lene bat ihre Cousine, das Boot als Erste zu verlassen. Die jungen Männer hielten ihr gleichzeitig die Hände entgegen, als eine sichtlich bleiche Freya von Bord stieg und ängstlich auf den Steg kletterte. Ihr schlug das Segeln stets auf den Magen, sodass sie sich jedes Mal nach einem Törn beeilte, die schwankenden Planken als Erste zu verlassen, um sicheren Boden unter den Füßen zu gewinnen.

Den verzückten Blicken der jungen Dänen nach zu urteilen, waren sie nur allzu gern bereit, ihrer Cousine zu helfen, die auch in ihrer Wetterjacke noch Beschützerinstinkte der Männerwelt hervorrief.

Als Lizzie von Bord ging, wurde ihr leicht übel. Die ganze Sache mit Herrmann war ihr ganz offensichtlich auf den Magen geschlagen. Auch ihr halfen die jungen Burschen dabei, an Land zu gelangen, während sie Lene allenfalls die Hände entgegenstreckten, um ihr den schweren Picknickkorb abzunehmen, den ihnen Frida gepackt hatte. Bis auf die Flasche Champagner, die aus dem Korb ragte. Diese hatte sich Lene aus dem Weinkeller ihres Vaters stibitzt. Lene kletterte leichtfüßig und elegant von Bord der *Augusta* und rief den Kavalieren grinsend zu, dass sie, wenn sie Langeweile hätten, gern das Deck schrubben dürften. Dem weiblichen Skipper die Hand zum Aussteigen zu reichen, käme einer Beleidigung ihrer Segelkünste gleich, und das wussten die Männer sehr wohl.

Es war in der Tat ein besonderer Tag, der das Kleeblatt auf die winzige dänische Insel geführt hatte. Man hatte Freya und Lene zwei Tage zuvor in der altehrwürdigen Aula der Auguste-Viktoria-Schule feierlich ihre Abschlusszeugnisse überreicht. Und Lizzie hatte man ihr Zeugnis ein paar Tage zuvor ohne großes Aufhebens zugesteckt und sie diskret gebeten, nicht in die Aula zu kommen, in der die jungen Männer ihre Zeugnisse erhielten. Der Direktor, der eher zu den Zweiflern der Rolle seiner einzigen externen Prüfungskandidatin gehörte, hatte es sich aber nicht nehmen lassen, ihr bewundernd die Hand zu schütteln und sie als großes weibliches Ausnahmetalent zu bezeichnen. So als ob sie die einzige Frau auf der Welt wäre, die in der Lage sei, gute Noten nicht nur in Latein und Griechisch zu erzielen, sondern auch in den naturwissenschaftlichen Fächern. Auf jeden Fall war es für alle drei ein Grund zum Feiern. Für Lene, die mit wenig Aufwand einen zufriedenstellenden Abschluss geschafft hatte, obwohl sie in den hauswirtschaftlichen Fächern nur knapp bestanden hatte, und für Freya, weil sie bis zum Schluss gebangt hatte.

In einem Punkt hatte Lene recht gehabt. An Land herrschte eine angenehme Temperatur. Die Ostersonne schien in diesem Jahr für Anfang April sehr kräftig vom Himmel, und im Windschatten fühlte es sich angenehm warm an. Auch noch, nachdem sich die drei jungen Frauen unter den neugierigen Blicken der Werftarbeiter aus ihren schweren Segeljacken geschält hatten. Erst als Lene ihnen zurief, ob sie wohl nichts Besseres zu tun hätten, verschwanden die jungen Burschen grußlos. Da Freyas Lebensgeister an Land inzwischen auch wieder zurückgekehrt waren, machten sie sich gut gelaunt zu ihrem Lieblingsplatz auf.

Frida, die dänische Köchin der Familie Danneberg, hatte sich wieder einmal selbst übertroffen, stellte Lizzie fest, als sie die Köstlichkeiten aus dem Korb holte: den dänischen Salat mit Roter Bete, Ei und Gurke, ein großes Stück Roastbeef und ein paar lecker belegte Brote. Natürlich hatte sie auch eine kleine Decke, Servietten und Besteck eingepackt. Doch kaum war alles vor ihnen ausgebreitet, ließ Lene erst einmal den Korken der Champagnerflasche knallen und reichte sie an Freya weiter.

»Du zuerst. Auf deinen Abschluss!«

»Aber den habe ich doch nur euch zu verdanken. Wenn ihr mich nicht nach Flensburg entführt hättet, wäre ich an der deutschen Geschichte gescheitert. Danke, Lizzie, das wäre ohne dich nie in meinen Schädel gegangen.«

»Nun zier dich nicht, trink!«, befahl Lizzie ungeduldig und reichte die Flasche an Lene weiter, nachdem Freya einen zaghaften Schluck genommen hatte.

»Auf unser freies Leben!«, rief Lene übermütig aus, bevor sie die Flasche ansetzte.

»Ich, ich habe etwas für euch«, bemerkte Freya schüchtern und holte ein Blatt Papier aus ihrer Jackentasche. Sie wandte sich an Lene. »Liest du vor? Ich kann das nicht so gut«, fügte sie bescheiden hinzu.

Lene überflog die Zeilen, die Freya ihr gereicht hatte. Ein Lächeln huschte über ihr Gesicht. »Du solltest lieber Dichterin werden und nicht Lehrerin!«

Freya machte eine abwehrende Bewegung. »Du übertreibst. Ich wollte euch doch auch etwas geben, und da fielen mir diese Zeilen ein.«

»Also, wenn du mich fragst. Du machst dem alten Heine alle Ehre.«

»Lene, nun spann mich nicht auf die Folter. Lies endlich vor!«, stieß Lizzie ungeduldig hervor.

Lene erhob sich und schüttelte den Sand ab, bevor sie sich in Position stellte. »Meine Damen, darf ich Ihnen das einzigartige Werk der bekannten Westerholzer Dichterin Freya von Runohr vorstellen. Ich bitte um Ruhe …« Sie schickte einen theatralischen Blick zum Himmel hinauf. »Auch bei den Damen und Herren Möwen, bitte!« Und nun rezitierte Lene das Gedicht ihrer Cousine.

»Drei nordische Fräuleins jubilieren
Ihr Reifezeugnis in den Händen
Bei einer knapp, ist einzuwenden
nun zu Erwachsenen sie avancieren
Ihr heiratet jetzt, mahnen himmlisch Tante und Mama
Die gute Partie, die wartet schon
Sie ist Berufung und euer Lohn
Für Töchterchen nur den Besten, ruft der Danneberg-Papa
Doch wir pfeifen aufs Gattinnensein
Wollen erst einmal die Welt erkunden
Die Freiheit genießen unumwunden
Und nicht ins Ehejoch hinein
Wir haben uns, sind nicht allein
Eine für alle, alle für eine
Ich die deine, du die meine
Ein Kleeblatt wollen wir auf ewig sein
Mit freiem Geist und forschem Streben
Mit Mut und Kraft zu neuen Wegen
Bei Sonnenschein und auch bei Regen
Morgen beginnt das wahre Leben!«

Einen Augenblick herrschte Schweigen, doch dann konnte Lene ihre Begeisterung nicht länger zurückhalten, und sie applaudierte der Cousine. »Wie Theobald Tiger in der Weltbühne!«

Freya zuckte die Schultern. ›Kenne ich nicht‹, gab sie bedauernd zu.

»Das glaube ich dir gern. In den »Losen Blättern«, die der *Dame* beiliegen, schreibt er unter seinem richtigen Namen. Als Kurt Tucholsky. Hört her! Eins von ihm kenne ich auswendig: *Ein Amor klopfte an ein*

Hosentürchen, doch niemand rief: ›Herein!‹ Und nun entflattert leise das Figürchen und ließ den Mann allein.«

»Lene!«, empörte sich Freya. »Predigst du nicht immer, wir sollen noch nicht ans Heiraten denken?«

»Das ist ja ganz neu. Du liest Gedichte, Schwesterherz?«, bemerkte Lizzie spöttisch.

»Nur die in der *Dame* hin und wieder. Und das mit dem Theobald Tiger hat mir unser guter Onkel Henning erzählt. Und dass er den Dichter aus Berlin kennt. Aber mit dem Heiraten haben seine Verse jedenfalls nichts zu tun. Ich habe ja nie gesagt, dass wir ins Kloster gehen sollen, so wie unsere Schwester Käthe – Gott hab sie selig –, die dort ihr Leben fristen wollte.«

»Sie wollte Diakonisse werden, keine Nonne!«, protestierte Lizzie.

»Ist das nicht dasselbe?«, fragte Lene genervt. »Verratet mir lieber, ob ihr nicht auch schon mal heimlich einen jungen Mann geküsst habt?«

»Lene, was ist denn das für eine Frage?«, protestierte Freya und lief rot an.

»Du kannst ruhig zugeben, dass der neue Gutsverwalter dich schon einmal geküsst hat. So, wie er dich angeschmachtet hat, als wir dich neulich deinem Vater abgejagt haben.«

»Herr von Hohenstein würde mir niemals zu nahe treten!«

»Aber nur, weil er Angst hat vor deinem Vater!«, insistierte Lene.

Lizzie tat es leid, wie Lene ihre Cousine in die Enge trieb. Sie konnte manchmal recht taktlos sein, ihre Schwester!

»Lene, hör auf, Freya zu ärgern. Gib lieber zu, dass die Wortführerin in Sachen *Abstand vom Manne halten* längst selbst einen Herrn geküsst hat!«

»Das glaube ich nicht«, bemerkte Freya mit Nachdruck.

Lenes Augen verengten sich zu gefährlichen Schlitzen. »Ich wusste es doch. Irgendwann würdest du von mir verlangen, dass ich dir verrate, was das neulich vor dem Flensburger Hof zu bedeuten hatte. Das will ich gern tun, wenn du uns verrätst, ob du dich in Herrmann Jensen verguckt hast?«

Lizzie hob abwehrend die Hände. »Nein, das habe ich nicht!«, log sie. Warum sollte sie etwas verraten, was für sie schon wieder zu Ende war?

Sie würde bestimmt nicht schmachtend darauf warten, dass Herrmann ihr verkündete, er habe der anderen Frau gegenüber nun doch keine Verpflichtungen mehr.

»Er bedeutet dir also nichts?«

Lizzie schüttelte stumm den Kopf. »Gar nichts!«, stieß sie entschieden hervor und befürchtete, im nächsten Moment in Tränen auszubrechen, weil sie so enttäuscht war, ihr Herz an den falschen Mann verloren zu haben. Und ganz plötzlich durchfuhr sie ein eisiger Schreck. Was, wenn ihr diese Versuchung in Gestalt von Herrmann Jensen nur geschickt worden war, um sie an ihren Schwur Käthe gegenüber zu erinnern? Vielleicht war das Mutterhaus tatsächlich ihr Schicksal. Auf der einen Seite sträubte sich alles in ihr gegen diese Deutung, zumal sie lange nicht so gläubig wie Käthe und eher den Naturwissenschaften zugeneigt war, auf der anderen Seite schien es gar nicht so abwegig.

»Da bin ich aber erleichtert, dass dir der langweilige Rotschopf nichts bedeutet. Das hätte ich auch ganz und gar nicht verstehen können, meine kluge hübsche Schwester und dieser Einfaltspinsel«, bemerkte Lene mit Nachdruck.

Die Worte ihrer Schwester rauschten an Lizzie allerdings beinahe ungehört vorüber, weil der Gedanke, ihre Berufung würde sie doch ins Mutterhaus führen, und nicht nur, weil es Käthes letztem Willen entsprach, in diesem Augenblick mächtiger war als Lenes Geplapper.

»Gut, dann mache ich den Anfang«, hörte Lizzie Lene nun wie von ferne sagen. »Ja, Klaas Bahnsen hat mich geküsst, und er wollte meinetwegen sogar diese unmögliche Inken verlassen, aber ich habe die Sache beendet.«

Diese Beichte riss Lizzie aus ihren Gedanken, aber vor allem, weil sie Freyas entsetzten Blick sah. Ihre Cousine musterte Lene mit offenem Mund, bevor sie wütend hervorstieß: »Und uns lässt du im Glauben, dass wir gegen unseren Schwur verstoßen, wenn wir einem jungen Mann nur den kleinen Finger reichen?« So erbost hatte Lizzie die sanftmütige Freya selten erlebt, und sie mutmaßte, ihre Cousine müsse mächtige innere Kämpfe ausgestanden haben, die Avancen des neuen Gutsverwalters ihres Vaters abzuwehren, um den Schwur des Kleeblatts nicht zu brechen.

»Aber Freya, ich kenne dich doch«, versuchte Lene einzulenken. »Wenn dir einer schöne Augen macht, dann lässt du dir doch gleich einen Ring anstecken. Ich wollte dich nur vor deiner eigenen Leichtgläubigkeit und deinem allzu romantischen Wesen schützen. Ich hatte keine derartigen Gefühle, als ich ihn geküsst habe. Mir konnte er nicht gefährlich werden und auch nicht unserem Schwur.«

»Das heißt, du hattest mit Klaas Bahnsen ein Techtelmechtel, ohne ihn zu lieben?«, fragte Freya fassungslos nach.

Lene nickte eifrig. »Ich mochte, was er mir für Gefühle bereitet hat, aber weder haben meine Knie gezittert, noch hat mein Herz gebebt.«

»Ist dir klar, dass du ganz schön überheblich bist, meine liebe Schwester?«, bemerkte Lizzie mit schneidend scharfer Stimme. »Hältst du uns wirklich für so dämlich, dass wir, nur weil ein Kerl uns schöne Augen macht, sofort alle Vorsätze, unseren eigenen Weg zu finden, über Bord werfen?«

»Genau. Du kannst doch nicht einfach Wasser predigen und Wein trinken!«, ergänzte Freya ihre Worte. »Ich habe unseren Schwur nämlich sehr ernst genommen!«

Lene blickte betreten in die Runde. »Das wollte ich wirklich nicht. Natürlich habe mit mir gekämpft, ob ich es euch sage, und vielleicht habe ich mir Freyas vermeintliche Leichtgläubigkeit ja auch nur als Ausrede zurechtgelegt, damit ich es vor euch verheimlichen konnte. Ich habe mich nicht besonders wohl in meiner Haut gefühlt und wie eine …« Sie stockte und sah zu Boden. »… wie eine Verräterin.«

Lizzie spürte, dass sie Lene in diesem Moment nicht mehr wirklich böse sein konnte, und auch Freyas Blick war wieder weicher und zugewandt geworden.

»Lasst uns diesen Zwist begraben«, schlug Lizzie vor.

»Ich bin dabei«, pflichtete ihr Freya bei. »Aber jetzt ist es wirklich vorbei mit euch beiden?«, fügte sie zaghaft hinzu.

»Leider. Er spricht nicht mehr mit mir, und wenn er mir auf der Straße begegnet, sieht er durch mich durch«, gestand Lene betrübt. Bei Lizzie wollte gerade Mitgefühl für die Schwester aufkommen, als Lene hinzufügte: »Das ist richtig schlimm, weil ich ohne ihn überhaupt keine Informationen mehr aus dem Rumhaus bekommen habe.«

»Lene, Lene, um dein Ziel zu erreichen, doch noch in Vaters Fußstapfen zu steigen, würdest du wohl selbst über Leichen gehen.«

»Leichen vielleicht nicht gerade«, murmelte Lene, aber dieser Satz sollte Lizzie später noch einmal in den Sinn kommen und bitter aufstoßen. In diesem Moment wünschte sie sich nur, dass wieder Harmonie zwischen ihnen herrschte.

»Lasst uns wieder gut sein. Gib mal die Verse unserer Dichterin.« Lene reichte ihr das Gedicht, und Lizzie las es noch einmal mit Verve vor, bevor sie erneut die Champagnerflasche kreisen ließ.

»Aber nun lasst uns über die Zukunft sprechen«, schlug Lene vor, nachdem sie alle einen kräftigen Schluck getrunken und sich über Fridas Köstlichkeiten hergemacht hatten. Sie wandte sich Freya zu. »Meinst du, dein Vater lässt dich als Lehrerin arbeiten?«

Freya zuckte die Achseln. Lizzie merkte ihr an, dass sie sich trotz der Entschuldigung Lenes noch nicht wieder ganz von dem Geständnis ihrer Cousine erholt hatte.

»Oder hast du es dir anders überlegt?«, hakte Lene nach.

»Natürlich werde ich Lehrerin, aber ich habe mir überlegt, dass ich auf jeden Fall in Flensburg bleibe.«

»Dann könntest du weiter bei mir in unserem Haus wohnen, und an den Wochenenden und in den Ferien, wenn Lizzie uns besucht, machen wir uns an der Schiffbrücke ein schönes Leben.«

»Lene, was redest du denn da? Du weißt schon, dass Vater spätestens im Sommer in die neue Villa ziehen wird und Paul sein Haus überlässt, oder?«

Lene strahlte triumphierend.

»Ich verrate euch ein Geheimnis, das ihr nicht weitersagen dürft: Vater hat Paul hinausgeworfen. Er hat Rum veruntreut und ihn zu Billigpreisen auf eigene Rechnung in Sonderburg und Umgebung angeboten. Aber Vater und er haben eine Vereinbarung geschlossen. Onkel Henning werden sie sagen, dass das Rumgeschäft nichts für ihn war und er freiwillig gegangen ist. So ein Dummkopf!«

»Vielleicht ist er nur in die falschen Kreise geraten. Er ist doch kein schlechter Kerl«, versuchte Freya, ein gutes Wort für ihn einzulegen.

»Du verteidigst den Tunichtgut auch noch?«, fauchte Lene.

»Er kann sehr charmant sein und sieht wirklich gut aus«, seufzte Freya.

Lene warf ihrer Cousine einen durchdringenden Blick zu. »Es ist gar nicht der neue Gutsverwalter deines Vaters, von dem du geküsst werden möchtest. Du bist in unseren angeberischen Cousin verliebt!«, stieß sie empört hervor.

»Nein, natürlich nicht!«, versicherte Freya mit hochrotem Kopf.

Lizzie tat die Cousine wirklich leid. Lene konnte manchmal ein echtes Biest sein.

»Jetzt lass es gut sein, Lene!«, befahl sie streng. »Erzähle lieber von dir. Gibt Vati dir endlich die Chance, die du verdient hast? Das wäre ja wunderbar!«, fügte Lizzie hinzu und blickte die Schwester fragend an.

»Ja, er gibt mir tatsächlich eine Chance, in seine Fußstapfen zu treten«, erwiderte Lene, aber nicht so euphorisch, wie Lizzie es von der Schwester erwartet hätte, wenn sich ihre Träume nun doch noch zu erfüllen schienen.

»Das ist doch wunderbar«, fuhr Lizzie fort. »Dann würde ich jedes Wochenende zu dir in unser altes Haus kommen, wenn ich nicht doch …« Ihre Miene verfinsterte sich. »Wenn ich nicht doch ins Mutterhaus zu den Diakonissen gehe.«

»Du willst doch nicht etwa wie ein Pinguin mit weißer Haube herumlaufen?«, bemerkte Lene entgeistert.

»Ich weiß es nicht, denn ich habe …« Lizzie stöhnte laut, bevor sie fortfuhr. »… ich habe es Käthe auf dem Sterbebett versprochen, dass ich an ihrer Stelle ins Mutterhaus gehe, und nun komme ich mir wie eine Verräterin vor, weil ich viel lieber Medizin studieren würde …«

Freya legte fürsorglich den Arm um die Schulter ihrer Cousine. »Daran bist du nicht gebunden. Ich hätte ihr auch alles versprochen, wenn sie bloß am Leben geblieben wäre!«

»Genau! Das kann doch kein Mensch von dir erwarten. Mit deinen Noten wirst du eine großartige Ärztin!«, pflichtete Lene ihr bei.

Lizzie rang sich zu einem Lächeln durch. »Ach, ich weiß nicht. Vielleicht ist es tatsächlich mein Schicksal. Ich könnte auch als Diakonisse den Kranken helfen …«

»Ja, aber du müsstest in diesem grässlichen Mutterhaus leben, nur mit Frauen zusammen. Dein ganzes Leben lang …«, bemerkte Lene kopfschüttelnd.

»Willst du denn niemals eine eigene Familie haben?« Freyas Gesichtsausdruck spiegelte dabei wider, was sie von so einer Vorstellung hielt.

»Ach, ich weiß es doch auch nicht. Bis vor ein paar Tagen war ich mir so sicher, dass ich Käthe diesen letzten Willen auf keinen Fall erfüllen kann, aber nun …« Lizzies Augen füllten sich mit Tränen.

»Was ist denn passiert?« Freya legte ihr tröstend den Arm um die Schulter.

Lizzie aber wischte sich entschieden eine Träne von der Wange. »Nichts Besonderes …« Sie kämpfte mit sich, ob sie den beiden nicht einfach anvertrauen sollte, was ihr widerfahren war, aber sie fürchtete Lenes Reaktion, die Herrmann eh für einen Langweiler hielt. Und wenn sie zu allem Überfluss erfahren würde, dass sie drauf und dran gewesen war, sein Schicksal mit ihrem zu verbinden, und dass es nur daran gescheitert war, weil er höchstwahrscheinlich schon mit einer anderen verlobt war, unvorstellbar! Lene würde sie mit Spott nur so überschütten. Nein, die Kraft, das auszuhalten, hatte sie gerade nicht.

In diesem Augenblick verdüsterte eine Wolke ihren schönen Platz am Strand, und es wurde sofort kühler, sodass Lizzie fröstelte. Freya bat mit angsterfüllter Stimme darum, sofort zurückzusegeln, weil sie auf keinen Fall in ein Unwetter geraten wollte.

Lene versuchte, die kleine Verdunkelung des Himmels herunterzuspielen, aber auch Lizzie hatte das Gefühl, dass sie lieber aufbrechen sollten. Lene fügte sich schließlich murrend dem Willen der beiden anderen.

Schon als sie den Steg erreichten, war die Sonne hinter einer dichten Wolkendecke verschwunden, und der Wind hatte aufgefrischt. Freya stand die Panik ins Gesicht geschrieben, als sie zurück auf die *Augusta* kletterten.

Lizzie war auch nicht besonders wohl, aber sie zeigte es nicht offen, weil sie Lene nicht verunsichern wollte, denn so stark sich ihre Schwester auch gab, Lizzie spürte, dass auch sie sich gerade wünschte, wieder sicher im Heimathafen angekommen zu sein. Schließlich trug sie die ganze Verantwortung und hatte diesen Törn als Schönwettersegeln angepriesen. Lizzie verstand nicht allzu viel vom Segeln, aber sie konnte gut mit anpacken und konzentrierte sich bei dem Ritt zurück über die Förde darauf, die Befehle ihrer Schwester richtig auszuführen. Da der Wind noch mehr aufgefrischt hatte und die Wellenkämme inzwischen Schaumkronen hatten, lag die *Augusta* die gesamte Überfahrt in extremer Schräglage. Freya schaffte es nur mit letzter Kraft, sich festzuhalten, während sie sich unentwegt erbrach. Zum Glück spuckte sie mit dem Wind, sodass nichts davon ins Boot geweht wurde.

Lene aber wuchs über sich selbst hinaus und blieb erstaunlich gelassen. Lizzie bewunderte ihre große Schwester über die Maßen dafür, wie perfekt sie ihr Schiff beherrschte. In diesem Punkt machte ihr kein Mann etwas vor. Auch Albert war kein besserer Segler gewesen. Lizzie war sicher, dass ihre Schwester die Stürme, die möglicherweise über das Rumhaus hereinbrechen könnten, genauso gut meistern würde wie Wind und Wellen. Sie freute sich für Lene, dass ihr der Vater offensichtlich doch noch sein Vertrauen schenkte, nachdem sich seine letzte männliche Familienhoffnung Paul als Fehlgriff entpuppt hatte.

Als das Kleeblatt schließlich erschöpft zu Hause ankam, wurde es von einem sichtlich erleichterten Vater begrüßt. »Ich hatte solche Sorgen um euch. Das hätte ich wirklich nicht erlauben dürfen«, stieß er hervor und drückte Lizzie und Lene an seine Brust, denn Freya war grußlos nach oben in ihr Zimmer geeilt. Offenbar hatte sie immer noch etwas im Magen.

»Meine Mädchen, ihr habt doch hoffentlich nichts dagegen, wenn morgen zum großen Osteressen auch Krischan Jensen mit seinen Söhnen kommt, oder?«, fragte er nun und suchte dabei Lenes Blick, die nur genervt die Augen verdrehte.

Lizzie hingegen schlug diese Neuigkeit sofort auf den Magen. In ihrem Kopf arbeitete es fieberhaft. Sie würde auf keinen Fall brav am Tisch sitzen und womöglich noch mit Herrmann Jensen Konversation treiben. Nein, sie würde sich ein Unwohlsein leisten, das ihre Teilnahme am Familienessen leider verhinderte.

Als sie in der Diele Lotte begegnete, steckte die Haushaltshilfe ihr verschwörerisch einen Brief zu. »Hat ein Bote abgegeben. Für Sie persönlich, Fräulein Elisabeth.«

Lizzie bedankte sich und nahm das Schreiben an sich. Sie ärgerte sich maßlos, dass sich ihr Herzschlag beschleunigte, als sie die Schrift erkannte. Es war dieselbe wie auf der Absage. Plötzlich aber kam ein vager Hoffnungsschimmer auf, dass Herrmann bereuen könnte, ihr diese rätselhaften Zeilen geschrieben zu haben. Vielleicht wollte er sich nun entschuldigen und ihr versichern, dass es ihm leidtat. Mit zittrigen Fingern öffnete sie das Kuvert und atmete einmal tief durch, bevor sie seine Zeilen las.

Meine geliebte Lizzie,
die Würfel sind gefallen. Ich habe meinem Vater nachgegeben und werde einer anderen Frau einen Antrag machen, aber nicht aus Liebe. Mein Herz gehört dir und wird auf ewig dir gehören. Da ich nicht weiß, ob die Nachricht schon zu dir durchgedrungen ist, würde ich dich gern morgen vor dem Osteressen im Hause Danneberg unter vier Augen sprechen. Sei doch bitte um 12 Uhr an der Fördebrücke. Um 13 Uhr beginnt das Essen. Wir haben also noch viel Zeit, um nach Lösungen aus der Misere zu suchen. Seit ich die Entscheidung getroffen habe, kann ich nicht mehr schlafen und essen. Ich möchte nicht auf dich verzichten, mein Lieb, und sei gewiss, wir werden einen Weg finden, wie wir unsere Liebe trotz der Verpflichtung, die ich nur rein auf dem Papier eingehe, leben können. Dein dir treu ergebener Herrmann

Lizzie war wirklich nicht schwer von Begriff, aber bis sie den Sinn seiner Worte vollständig erfasst hatte, musste sie diese Zeilen gleich mehrfach lesen. Schließlich gaben sie beim Allerbesten keine andere Deutung als die her, dass er ihr eine Affäre andiente, weil er seinem Vater zu Gefallen die Frau heiraten würde, die dieser für ihn ausgesucht hatte. In rasendem Zorn zerriss sie das Schreiben, bis nur noch winzige Schnipsel von ihm übrig waren, die sie schließlich in den Papierkorb stopfte. Dann zog sie sich aus, schlüpfte in ihr Nachthemd und legte sich ins Bett, das sie nicht eher verlassen würde, bis die Haustür am morgigen Ostersonntag hinter Herrmann Jensen und seiner Sippe ins Schloss gefallen war. Sie war sich ziemlich sicher, dass sie ausreichend bleich und verstört wirkte, sodass ihr jeder ein schreckliches Unwohlsein abnahm, das sie daran hinderte, am Osteressen teilzunehmen. Selbst wenn ihr Vater darauf bestand, Dr. Boysen zu holen, würde sie auch den spielend davon überzeugen können, dass der wilde Ritt über die Ostsee nur das zum Ausbruch gebracht hatte, was bereits in ihr gesteckt hatte: eine fieberhafte Diarrhö!

15. Flensburg, Ostern 1920

Freya wusste nicht mehr, wohin sie blicken sollte. Sie spürte, dass ihre Wangen vor Scham brannten. Am liebsten hätte sie sich zu Lizzie ins Krankenbett geflüchtet, selbst auf die Gefahr hin, sich anzustecken. Lizzie hatte Lene, Jette und ihr jedenfalls ausrichten lassen, dass sie keinen Besuch wünschte, weil sie ihre Krankheit keinem der anderen zumuten wollte. Jette war daraufhin gleich zu einer Freundin geflüchtet, deren Familie sie mit auf einen Osterausflug nach Kappeln genommen hatte, weil sie jedwede Krankheiten hasste. Doch Freya würde lieber Durchfall in Kauf nehmen, als noch länger neben ihrem Vater an dieser Tafel zu sitzen. Wie immer hatte er reichlich dem Alkohol zugesprochen, aber was er jetzt von sich gab, war beschämender als alles andere, was er sich je betrunken geleistet hatte. Er pries sie lauthals und in blumigen Worten als gute Partie an, seine eigene Tochter, als würde er sie meistbietend an die beiden unverheirateten Söhne von Jensen verschachern wollen. Seine Worte bohrten sich wie Messerstiche in ihr Herz. »Mein kleiner Schatz hat von seiner lieben Mama ein beträchtliches Vermögen geerbt. Der Mann, der meine Tochter einmal bekommt, der hat das Glück gepachtet«, hörte sie ihn gerade lallen, doch da mischte sich Lene mit zorniger Stimme ein.

»Onkel Carl, halt deinen Mund. Wir sind hier nicht auf dem Viehmarkt!«

»Genau, hör sofort auf damit!«, pflichtete ihr Onkel Henning bei. »Der Mann, dem deine Tochter einmal ihr Herz schenken wird, der hat wahrlich Glück, aber nur, weil sie eine wunderbare junge Frau ist!«

»Du hast mir gar nichts zu sagen!« Ihr Vater erhob sich, kam ins Wanken und fiel zurück auf seinen Stuhl, allerdings nicht, ohne ein Glas Rotwein umzukippen. Freya fixierte wie betäubt die blutrote Flüssigkeit, wie sie sich über das weiße Tischtuch verteilte, und wünschte sich, es möge sich ein Loch im Boden auftun und sie verschlucken.

Jetzt meldete sich auch Onkel Ole zu Wort: »Mein lieber Schwager. Überleg es dir gut. Ein Wort noch, und ich werfe dich eigenhändig aus dem Haus, und du bekommst ab jetzt keinen Tropfen mehr!«

Lotte eilte herbei und versuchte zu retten, was noch zu retten war, aber der Fleck am Platz von Freyas Vaters ließ sich nicht entfernen.

Wie so oft, wenn Freya sich für ihren Vater in Grund und Boden schämte, fragte sie sich, warum der liebe Gott ihre Mutter so früh zu sich geholt hatte und statt ihrer nicht lieber den Vater. Sie wusste, dass sie so etwas nicht einmal denken sollte, aber der Gedanke ließ sich nun einmal nicht vertreiben. In solchen Situationen sah sie ihre Mutter vor sich mit ihrem hellen Haar und dem liebevollen Lächeln. Und meistens kamen ihr auf der Stelle die Tränen. So wie in diesem Moment. Freya sprang auf und rannte mit gesenktem Kopf aus dem Salon. Sie wollte fort, weit fort. So rannte sie durch die Hintertür in den Innenhof und setzte sich auf ein Fass, das dort einsam und allein vor dem Eingang zum Rumhaus stand. Hier ließ sie ihren Tränen freien Lauf. Ihr Vater hatte sich ja schon häufig bis auf die Knochen blamiert und damit auch sie, seine Tochter, aber dass er ihr Geheimnis ausgeplaudert hatte, war unverzeihlich. Freya hatte noch nie jemandem von ihrem Erbe erzählt, auch nicht Lene oder Lizzie. Sie wollte auf keinen Fall als reiche Erbin oder gute Partie gelten. Im Gegenteil, sie wünschte sich so sehr, als Lehrerin Kindern das Lesen und Schreiben beizubringen, und natürlich wollte sie später auch eine eigene Familie, aber mit einem Mann, der sie ihrer selbst wegen liebte und nicht, weil sie ein Vermögen besaß. Sie selbst dachte überaus selten daran, dass ihre Mutter ihr etwas hinterlassen hatte, das ihr gemäß Testament zu ihrem dreiundzwanzigsten Geburtstag ausgezahlt werden sollte. Und auch nicht daran, dass die Mutter kurz vor ihrem Tod verfügt hatte, das Vermögen nicht von Freyas Vater verwalten zu lassen, sondern von einem Notar. Nein, das alles verdrängte sie, denn wenn sie sich daran erinnerte, dann tauchte jedes

Mal ein grausames Bild vor ihrem inneren Auge auf: wie sie eines Nachts, vom jämmerlichen Weinen ihrer Mutter wach geworden, aus dem Bett gesprungen war und hinter der Brüstung versteckt hatte mit ansehen müssen, wie ihr Vater der Mutter unten in der Diele mitten ins Gesicht geschlagen hatte. Auf dem weißen Nachthemd ihrer Mutter hatte sich ein Fleck ausgebreitet, so wie der eben gerade auf dem Tischtuch. Und am nächsten Morgen war sie spurlos verschwunden und wurde Wochen später tot aus der Ostsee geborgen. Es hieß, sie wäre zu weit hinausgeschwommen. Dabei war ihre Mutter eine exzellente Schwimmerin gewesen.

»Bitte nicht erschrecken«, hörte sie plötzlich eine männliche Stimme raunen. Sie hob das Gesicht und blickte in zwei graublaue Augen. Die waren Freya schon bei ihrer allerersten Begegnung mit Paul aufgefallen. Damals, als sie noch Kinder gewesen und zu Silvester gemeinsam mit Albert und ihm über das Gut getobt waren. Später hatte sie zu den Festlichkeiten kaum noch mit den beiden Jungen geredet, die mit den kleinen Mädchen nichts mehr zu tun haben wollten. Dabei lagen zwischen ihnen kaum mehr als drei Jahre Altersunterschied.

Paul setzte sich neben sie auf das Fass und reichte ihr wortlos ein Taschentuch. Freya war es zutiefst unangenehm, dass ausgerechnet er sie in diesem Zustand sah. Sie konnte sich in etwa ausmalen, was für ein Bild des Jammers sie mit ihren verheulten Augen abgab, doch sein Blick, der oftmals sehr überheblich sein konnte, drückte ein gewisses Mitgefühl aus.

»Es tut mir leid für dich«, sagte er. »Aber wenn es dich tröstet, dein Vater ist fort. Mein Onkel hat seinem Chauffeur, den dein Vater die ganze Zeit draußen hat warten lassen, Bescheid gesagt, dass er ihn aufs Gut Runohr bringen möge.«

»Danke«, hauchte sie und fragte sich, was in aller Welt Lene nur gegen ihren Cousin hatte. Im nächsten Augenblick musste sie allerdings an den ungeheuerlichen Vorfall mit dem gestohlenen Rum denken und war nur noch fester davon überzeugt, dass ihn falsche Freunde dazu angestiftet hatten.

»Ich stimme übrigens ausnahmsweise einmal meinem Vater zu«, bemerkte Paul nun mit einem schiefen Grinsen. »Der Mann, der einmal dein Herz erobern wird, ist nur zu beneiden, selbst wenn du arm wie eine Kirchenmaus wärest.«

Sie blickte ihn aus ihren verquollenen Augen irritiert an. »Und das sagst du nicht nur, um mich zu trösten, oder?«, fragte sie misstrauisch.

»Ganz sicher nicht. Du verkörperst das, was sich unsereins nur von einer Frau wünschen kann. Du bist anmutig und kein halber Kerl wie Lene oder ein Bücherwurm wie Lizzie.«

»Das ist nicht fair«, widersprach sie ihm. »Sie sind nicht nur meine Cousinen, sondern auch meine besten Freundinnen. Ich kann es gar nicht leiden, wenn du so abfällig über sie sprichst.«

Er hob abwehrend die Hände. »Ich weiß, das Kleeblatt steht fest zusammen, aber ich will damit doch nur sagen, dass du eine Frau bist, von der Männer nur träumen können.«

Freya war hin- und hergerissen. Es schmeichelte ihr schon ein wenig, dass ihr der sonst eher kühle Paul, der ihre Anwesenheit in der Regel kaum wahrnahm, derartige Komplimente machte, aber es verunsicherte sie zugleich und machte sie verlegen.

»Was wirst du jetzt eigentlich anfangen?«, fragte sie ihn, um von sich abzulenken, ohne daran zu denken, dass ja keiner von seinem Rauswurf wissen durfte.

Seine Augen verengten sich zu Schlitzen. »Wie meinst du das?«

»Ich, ich, ich habe gehört, dass du bei Onkel Ole gekündigt hast, und da wirst du doch sicher andere Ideen haben, was du lieber tätest, als mit Rum zu handeln.«

Pauls Miene erhellte sich. »Hat sich wohl schon rumgesprochen, dass ich dem Rumgeschäft den Rücken gekehrt habe.«

Freya nickte eifrig.

»Ich habe natürlich Träume, was ich wirklich gern täte, aber das wird sich nicht verwirklichen lassen. Ich denke, ich werde nach Hamburg gehen und eine kaufmännische Lehre in einem ganz anderen Bereich absolvieren.« Das klang resigniert und sehr aufrichtig, wie Freya fand.

»Und verrätst du mir, was du eigentlich am liebsten tun würdest?«

»Ach, das ist nur so ein Hirngespinst«, druckste er herum.

»Bitte, nun sag schon.«

»Ich würde gern Schleswiger Kaltblüter züchten.«

»Das ist ja verrückt«, rief sie begeistert aus. »Mein Vater hat es mal auf Gut Runohr versucht, aber dann wurde das mit seinem Trinken so schlimm, dass er es aufgegeben hat. Wir haben nur noch ein paar wenige Schleswiger in unseren Ställen, die auf Gut Runohr in der Landwirtschaft und als Kutschpferde eingesetzt werden. Ein paar davon haben wir auch an Brauereien verkauft. Bis auf Felix, mein Pferd. Das ist nur für mich zum Reiten da. Ich habe ihn selbst eingeritten. Eigentlich ist das ja nicht seine Bestimmung, aber er liebt es.«

»Reitest du denn?«, hakte er nach.

»Es ist schon komisch. Wir kennen uns seit Kindheit, und du stellst mir Fragen, als wären wir uns gerade zum ersten Mal begegnet«, bemerkte Freya irritiert.

»Ein wenig ist es auch so, als würde ich dich zum ersten Mal sehen. Jedenfalls betrachte ich dich mit ganz anderen Augen, seit du zu einer hübschen jungen Frau herangewachsen bist.«

»Und du kannst dich wirklich nicht daran erinnern, dass ich früher ein Pony hatte, auf dem Albert und du unbedingt reiten wollten?«

»Jetzt, wo du es sagst«, erwiderte er und blickte ihr so intensiv in die Augen, dass ihr ganz heiß wurde. »Hat eigentlich schon mal jemand versucht, dich zu küssen?«, fügte er unvermittelt hinzu.

Freya spürte, wie ihr das Blut in die Wangen schoss, doch bevor sie überhaupt einen weiteren klaren Gedanken fassen konnte, hatte Paul ihr einen Schmatz auf den Mund gedrückt. Als wäre nichts geschehen, zog er sich gleich wieder zurück und musterte sie prüfend.

»Sag jetzt nicht, ich war wirklich der erste Mann, der das gewagt hat? So verschreckt, wie du aus der Wäsche guckst«, bemerkte er und brach in wieherndes Gelächter aus.

Ohne zu überlegen, holte Freya aus und gab ihm eine kräftige Ohrfeige. Und zwar weniger, weil er gewagt hatte, sie zu küssen, sondern weil er ihr roh und unromantisch zu nahe getreten war. Auch wenn er nicht ahnen konnte, dass sie Herbert von Hohenstein, der ihr kürzlich seine Liebe gestanden hatte, nur deshalb zurückgewiesen hatte, weil ihr Herz für einen anderen schlug. Und das nicht erst seit gestern … aber das, so schwor sie sich in diesem Augenblick, sollte Paul, von dem sie sich gemein verspottet fühlte, niemals erfahren.

16. Flensburg, Ostern 1920

Dieses Festessen zog sich in Lenes Augen endlos hin und war eine einzige Tortur. Der Vorfall mit Onkel Carl hatte zwar ein wenig Abwechslung gebracht, aber eine von der Sorte, auf die sie gut und gern hätte verzichten können. Ihr tat Freya leid, und sie hatte allein aufgrund eines mahnenden Blicks ihres Vaters davon abgesehen, ihr hinterherzulaufen, nachdem sie bereits von ihrem Stuhl aufgesprungen war. Allerdings war ihr nicht entgangen, dass Paul ihrer Cousine stattdessen hinterhergerannt war, der dann allerdings wenig später allein wieder zurückgekehrt war. Und seinem grimmigen Gesichtsausdruck nach zu urteilen, war ihr Gespräch nicht besonders erfreulich gewesen. Lene konnte ihre Schadenfreude kaum leugnen, weil sie es äußerst suspekt fand, dass er ihrer Cousine Freya unmittelbar nach Onkel Carls Anspielung auf deren Erbe gefolgt war. Ein Schelm, wer Böses dabei denkt, ging ihr durch den Kopf, bevor sie erneut Herrmann, der ihr gegenübersaß, einen verstohlenen Blick zuwarf. Er schien völlig abwesend und mit den Gedanken ganz woanders zu sein. Lene hatte schon ein paarmal beobachtet, wie sein Vater ihm unter dem Tisch offenbar auf den Fuß getreten war, um ihn zu ermahnen, sich von der besten Seite zu zeigen und sich nicht als Träumer zu präsentieren. Bei ganz viel gutem Willen sah er auf jeden Fall gar nicht so schlecht aus. Vor allem besaß er eine attraktive Kinnpartie und geschwungene, aber für einen Mann nicht zu große Lippen, die Lene allerdings nicht im Geringsten ans Küssen denken ließen, sondern eher vermuten ließen, dass er ein gewisses Einfühlungsvermögen besaß. Ganz anders als sein älterer Bruder, der von einer groben Männlichkeit war und nicht verbarg, dass Lene ihn interessierte. Nicht nur, dass er sie ständig unverwandt anstarrte, sondern er löcherte sie auch mit Fragen über die Schule und das Segeln, während Herrmann stumm danebensaß und nicht einmal registrierte, wie sein Bruder Lenes Gunst zu gewinnen versuchte. Wenn sie die Wahl gehabt hätte, für ein kleines Abenteuer wäre Broer mit Sicherheit geeigneter gewesen, aber freiwillig geheiratet hätte sie keinen der beiden.

Lene war heilfroh, als das Essen vorüber war und ihr Vater die Herren in die Kaminecke bat. Jetzt konnte sie endlich nach Freya sehen, aber da raunte ihr der Vater zu, ob sie bitte so nett wäre, Herrmann Jensen durch das Rumhaus zu führen. Das war keine Frage, das war eine Anordnung. Lene erschauderte. Nun wurde es ernst.

»Aber Vater, ich? Wie sollte ich? Ich weiß doch gar nicht, wie es drüben aussieht«, erwiderte sie scheinheilig.

»So wie immer, wenn du dich hinter meinem Rücken dorthin schleichst.« Er lächelte wohlwollend. Und schon hatte er Herrmann aus der Kaminecke geholt, der nun eher verlegen vor ihr stand und ihren Blick mied.

»Ich würde gern einmal das Rumhaus ansehen«, sagte er in einem gestelzten Ton, als würde er einen auswendig gelernten Text vortragen.

»Gut, dann werde ich es Ihnen einmal zeigen«, imitierte sie seine leiernde Stimme, doch er merkte es nicht einmal. Obwohl Lene bereits ihr Urteil über ihn gefällt hatte, dass er nämlich ein grässlicher Langweiler war, ärgerte es sie, dass er sie völlig ignorierte. Nicht dass sie große Avancen erwartete, denn dass er so wenig Feuer von ihr gefangen hatte wie sie von ihm, stand außer Frage, aber ein kleines bisschen Bemühen um sie wäre doch wohl nicht zu viel verlangt gewesen. Wenn sie sich schon nicht sonderlich mochten, sollten sie doch wenigstens ein bisschen Spaß miteinander haben. Aber so unbeholfen, wie er sich benahm, befürchtete Lene, dass er wohl noch nie sexuell mit einer Frau verkehrt hatte. Ganz im Gegensatz zu seinem Bruder, dem man schon auf den ersten Blick ansah, dass er es faustdick hinter den Ohren hatte.

»Dann folgen Sie mir mal«, forderte Lene Herrmann wenig einladend auf, mitzukommen. Er trottete ihr mit gesenktem Kopf hinterher wie ein Schaf, das zur Schlachtbank geführt wurde.

Es war das erste Mal, seit Lene durch das Rumhaus stromerte, dass sie keinen Spaß daran hatte. Herrmann gab höchstens hin und wieder ein uninspiriertes »Schön« von sich. Mittlerweile waren sie beim Kessel angekommen. Bei diesem Anblick schien etwas Leben in den Destillateur zu kommen.

»Der Kessel ist wirklich einzigartig. Wissen Sie, woher Ihr Vater den hat?«

Und ob Lene das wusste. Dieser Kessel stammte noch von ihrem Urgroßvater und war einst per Schiff der damaligen Familienflotte direkt aus Dänisch-Westindien nach Flensburg gebracht worden. Während Lene ihm schwärmerisch von der Herkunft des Danneberg-Kessels berichtete, bekam er mit einem Mal wache Augen.

»Mein größter Wunsch wäre, eine neue Kreation zu mischen, die nicht nur einen guten Geschmack hat, sondern sich auch noch verkauft«, seufzte er.

»Ich denke, dem steht nichts im Wege, wenn wir tatsächlich …« Lene stockte.

Herrmann sah sie mit traurigen Augen an. »Fräulein Helene, wollen Sie meine Frau werden?«

Das klang derart leidend, dass Lene nicht anders konnte, als lauthals loszuprusten. »Wollen Sie es vielleicht noch einmal versuchen? Nicht ganz so wie eine Trauerrede, bitte!«

Herrmann schüttelte entschieden den Kopf und blieb todernst. »Das ist zu viel verlangt, Fräulein Helene. Wir beide müssen uns gegenseitig doch kein Theater vorspielen. Sie mögen mich nicht sonderlich, und ich würde lügen, wenn ich behaupten würde, dass Sie mein Herz berühren.«

Lene stöhnte laut auf. »Sie haben ja recht, aber warum machen Sie bei diesem Plan unserer Väter mit, wenn Sie einen derartigen Widerwillen gegen mich hegen?«

»Dasselbe könnte ich Sie auch fragen, aber ich glaube, ich kenne die Antwort. Wir haben ein und dasselbe Ziel: die Herrschaft über Danneberg-Rum! Deshalb machen Sie es mir bitte nicht noch schwerer. Nehmen Sie meinen Antrag nun an oder nicht?«

»Mir bleibt wohl nichts anderes übrig«, seufzte Lene. »Aber nur, wenn Sie mir verraten, an wen Sie Ihr Herz verloren haben, denn dass Sie lieber eine andere Frau heiraten möchten, ist nicht schwer zu erraten.«

»Was spielt das für eine Rolle? Ich habe meine große Liebe in dem Moment verraten, in dem ich mich auf diesen teuflischen Pakt eingelassen habe.«

»Aber haben Sie nie daran gedacht, dass wir nur zum Schein mitspielen und uns nach einer angemessenen Frist wieder scheiden lassen können?«, fragte sie ihn ohne Umschweife.

»Helene, haben Sie einmal in den Vertrag geschaut?«

»Nur auf so einem Zettel. Wissen Sie schon mehr?«

Herrmann zog aus seiner Jackentasche ein getipptes Dokument hervor und reichte es ihr. Unter dem Punkt Ehescheidung stand ein Satz, der ihr das Blut in den Adern gefrieren ließ.

»Scheitert die Ehe, wird Danneberg-Rum an Jensen-Rum verkauft. Direktor dieses Unternehmens, das dann Danneberg-Jensen heißt, wird Broer Jensen sein«, las sie laut vor und ließ das Dokument sinken. »Das heißt, dann gehen wir beide leer aus. Was für ein Albtraum!«

Herrmann nickte eifrig. »Ja, sie lassen uns kein Hintertürchen offen, sondern trauen offenbar nur uns beiden gemeinsam. Und uns beide eint der Ehrgeiz, es ihnen allen zu zeigen. Sie Ihrem Vater, ich dem Vater und dem Bruder!«

»Aber ist es richtig, dass wir uns aneinander binden aus reiner Gier?«, bemerkte Lene zweifelnd. »Ist die Frau, die Sie lieben, meine Schwester?«, fügte sie unvermittelt hinzu.

»Und wenn es so wäre?«, gab er zurück.

»Dann kann ich Ihren Schmerz ein wenig lindern.«

»Haben Sie mit ihr gesprochen? Hat sie Ihnen etwas gesagt? Gibt es noch Hoffnung?«, fragte er aufgeregt.

»Nein, sie ahnt nichts von meinem Pakt mit Vater. Die Vorstellung, meiner Cousine und ihr zu gestehen, dass ich gleich von der Schulbank freiwillig vor den Traualtar trete, etwas, das ich stets als das Letzte gepredigt habe, ist fast so schlimm wie die Vorstellung, mit Ihnen verheiratet zu sein!«, bemerkte sie ungerührt.

»Aber hat sie mit Ihnen einmal über mich gesprochen und dass wir beide … ich meine, dass ich sie liebe…« Herrmanns Stimme war vor Erregung ganz heiser geworden.

»Wenn Sie es genau wissen wollen. Ich habe sie direkt nach Ihnen gefragt, nachdem mein Vater mir diese Ehe mit Ihnen angetragen hat …«

»Und was hat sie gesagt? Wie geht es ihr? Sie ist doch hoffentlich nicht ernsthaft erkrankt?«

»Herrmann, es tut mir leid, dass ich die Botin der schlechten Nachricht bin. Ihre Antwort war eindeutig: Sie bedeuten ihr nichts!«

»Das denken Sie sich nur aus, um meinen Entschluss, Sie zu heiraten, nicht ins Wanken zu bringen!«, fauchte er erbost.

Lene war erschrocken über die Schärfe in seiner Stimme. Offenbar hatte sie seinen wunden Punkt getroffen, aber wieso konnte dieser Mensch glauben, dass Lizzie seine Gefühle erwiderte? Das war doch absurd.

»Sie bilden sich doch nicht allen Ernstes ein, Sie hätten meine Schwester heiraten können?«

»Das ist keine Einbildung. Ich weiß es. Fräulein Elisabeth erwidert meine Liebe!«

»Aber Herrmann, Sie verrennen sich da in etwas. Meine schöne, kluge Schwester wird niemals solche Gefühle für einen Mann wie Sie aufbringen. Und vor allem wird sie einmal eine wunderbare Ärztin. Sie wird Flensburg bald verlassen, und wer weiß, wem sie noch begegnet. Nein, sie wird, wenn überhaupt, einen Mediziner heiraten und …«

»Hören Sie sofort auf, mich zu quälen!«, flehte Herrmann. »Sie hätte für unsere Liebe sogar auf das Studium verzichtet!«

»Sie jagen Hirngespinsten nach«, entgegnete Lene ungerührt. »Aber wenn Sie lieber meiner Schwester einen Antrag machen wollen, nur zu. Gehen Sie zu ihr ans Krankenbett und werfen sich vor ihr auf die Knie. Holen Sie sich Ihren Korb.«

»Sie wissen genau, dass ich das nicht tun kann, Helene. Und nun sollten wir es endlich hinter uns bringen und unseren Vätern die glückliche Verlobung verkünden«, sagte er mit Leichenbittermiene, doch dann musterte er sie durchdringend. »Allerdings gibt es da noch eines, was ich Ihnen fairerweise nicht vorenthalten sollte.«

Mit diesen Worten holte er seine linke Hand aus der Jackentasche und hielt sie ihr hin. Vor Schreck machte Lene einen Schritt zurück.

»Das ist ja, ich meine, Sie haben ja, meine Güte, das ist ja …«, stammelte sie und starrte seine künstliche Hand an.

»Genau, das ist ein sogenannter Sauerbrucharm, weil ich meinen Arm bei Verdun verloren habe. Können Sie damit leben, oder müssen wir unseren Plan an dieser Stelle aufgeben?«

Lene war sprachlos. Es war gar nicht die Tatsache, dass ihm ein Arm fehlte, die sie schockierte, sondern dass sie es zuvor nicht bemerkt hatte. Offenbar verstand es Herrmann meisterhaft, seine Versehrtheit zu verbergen.

Um ihm zu zeigen, dass es nichts an ihrem Entschluss ändern würde, nahm sie beherzt die künstliche Hand und schüttelte sie wie eine echte Hand zur Begrüßung. »Guten Tag, Herrmann. Jetzt sollten wir uns aber wirklich duzen.«

Herrmann schien für den Bruchteil einer Sekunde geschockt, aber dann hellte sich seine Miene auf, und er brach in ein ansteckendes Lachen aus. Es dauerte eine ganze Weile, bis ihr beider Lachen wieder verebbte.

»Helene, ich gebe es zu. Sie waren mir eben zum ersten Mal, seit ich Sie kenne, ein wenig sympathisch.«

»Und Sie scheinen mir nicht so ein ganz schlimmer Langweiler zu sein, wie ich befürchtet habe.«

Sie brachen wieder in lautes Gelächter aus. Es mindert den Schmerz, sich zu verkaufen, ging es Lene durch den Kopf, doch dann wurde sie ganz ernst. »Herrmann, wenn wir nun ein sittliches Ehepaar werden, heißt das aber nicht, dass wir uns wirklich Treue schwören, oder?«

Herrmann sah sie entgeistert an. »Sie würden mir gestatten, andere Frauen zu treffen?«

»Aber sicher. Wir müssen unsere außerehelichen Affären nur so diskret wie möglich handhaben«, entgegnete sie, als wäre dieser Freibrief zum Fremdgehen das Selbstverständlichste von der Welt. Und plötzlich kam ihr ein, wie sie fand, faszinierender Gedanke. Wenn sie jetzt ebenfalls verheiratet war, dann konnte Klaas doch nicht mehr auf so absurde Ideen kommen, seine Frau ihretwegen zu verlassen, und der Argwohn der dummen Inken Broders würde sich auch legen. Und das bedeutete, sie konnte die Affäre mit Klaas unbeschwerter als je zuvor fortsetzen. Sie würde ihm das gleich nach Ostern vorschlagen, sich weiter heimlich zu treffen, gerade jetzt, wo die *Augusta* im Wasser war. Und dann wären ihren reizvollen Spielereien auch keine Grenzen mehr gesetzt, denn selbst wenn ein Kind käme, wäre das keine Katastrophe mehr, weil es ja offiziell als das ihres Ehemannes galt.

An Herrmanns irritierter Miene konnte sie unschwer erkennen, dass er Probleme hatte mit ihrer freien Auslegung dieser Ehe, zumindest mit ihrer unbeschwerten Art, das Ganze offen auszusprechen.

»Herrmann, Sie können treffen, wen immer Sie wollen. Ich werde Sie nie fragen, wo Sie nachts gewesen sind. Langsam kann ich diesem teuflischen Plan etwas abgewinnen.« Lene betrachtete das Ganze tatsächlich nicht mehr nur als Opfer, das sie für ihre Ziele zu bringen bereit war, sondern auch als Chance, das freie Liebesleben zu führen, das ihrem Wesen entsprach.

»Aber sie werden erwarten, dass wir einen Erben zeugen«, sagte er immer noch reichlich verwirrt.

»Den können sie haben …« Sie stockte, weil sie den Eindruck hatte, er war geschockt angesichts ihrer lockeren Moral. »Oder können Sie sich so gar nicht vorstellen, hin und wieder Ihre ehelichen Pflichten zu erfüllen?«

»Helene, ich glaube, Sie verkennen den Ernst der Lage.«

»Ach, Herrmann, Trübsal zu blasen und sich eine freudlose Zukunft vorzustellen, kann doch auch nicht richtig sein.« Sie reichte ihm die Hand. »Schlagen Sie ein, mit welcher Hand es Ihnen auch immer beliebt. Auf ein freies Leben! Machen wir das Beste aus unserem Schicksal.« Lene redete sich regelrecht in eine Euphorie hinein bei der Vorstellung, was Klaas alles mit ihr treiben würde, wenn sie das erste Mal weit draußen ankerten …

Zögernd ergriff Herrmann mit seiner gesunden Hand die von Lene. »Gut, versuchen wir es. Ich weiß nur nicht so recht, was Ihre Schwester davon halten wird, wenn ich ihr vorschlage, dass wir uns, ich meine, ich habe ihr das bereits angedeutet, und daraufhin hat sie mich nicht mehr treffen wollen«, murmelte er nachdenklich.

»Lizzie? Eine Ehe zu dritt mit Lizzie?«, unterbrach sie ihn harsch. »Herrmann, Sie haben ja wohl einen Vogel. Haben Sie das immer noch nicht begriffen? Sie bedeuten ihr nichts. Und selbst wenn, das schlagen Sie sich aus dem Kopf. Das würden weder Lizzie noch ich mitmachen. Da wird es doch sicher andere Damen geben, die gern mit Ihnen ins Bett steigen würden.«

»Helene, Sie sind frivol!«

»Besser als verklemmt«, konterte sie. »Sie haben ein altmodisches Frauenbild, Herrmann. Sie sollten mal *Die Dame* lesen. Dann wüssten Sie, dass die moderne Frau andere Bedürfnisse hat als noch unsere Mütter. Meine arme Mutter wäre angesichts solcher Reden von mir tot umgefallen …« Sie hielt inne. Der Gedanke an ihre Mutter tat ihr immer noch weh, aber das überspielte sie, indem sie ihm vorschlug, nun endlich ins Haus zurückzugehen.

Als sie den Salon betraten, waren die Augen der fünf Männer auf sie gerichtet. Ihren Vätern stand die Spannung ins Gesicht geschrieben, Onkel Henning musterte sie mit spöttischem Blick, Broer hingegen war die Eifersucht anzumerken, dass sein Bruder so lange mit Helene fort gewesen war, und Paul guckte mürrisch wie immer.

»Herr Danneberg, ich möchte Sie hiermit um die Hand Ihrer Tochter Helene bitten«, sagte Herrmann förmlich und ohne Einleitung. Lene merkte ihm an, dass er es schnell hinter sich bringen wollte.

Lenes Vater erhob sich und umarmte Herrmann Jensen. »Wenn meine Lene einverstanden ist, dann bist du ab jetzt für mich wie ein Sohn.«

»Helene ist einverstanden«, sagte sie mit einem leicht spöttischen Unterton.

Broer, der einen Augenblick um seine Fassung ringen musste, setzte ein falsches Lächeln auf und klopfte seinem Bruder mit den Worten: »Mensch, Kleiner, ein blindes Huhn findet auch mal ein Korn!«, anerkennend auf die Schulter.

»Auf das Brautpaar!« Krischan Jensen hob das Glas. Er war nicht mehr ganz nüchtern.

Herrmann reagierte nicht auf den Trinkspruch, sondern starrte wie paralysiert zur Tür. Lene drehte sich um, und da sah sie Lizzie im Türrahmen stehen oder besser gesagt, einen Geist ihrer selbst im weißen Nachthemd. Sie war kreidebleich und hatte ihre Augen schreckensweit aufgerissen. In diesem Moment begriff Lene, dass sie sich von Lizzies Worten über Herrmann Jensen hatte täuschen lassen. Verdammt, sie liebte ihn doch!

Binnen Sekunden ratterten die widersprüchlichsten Gedanken durch Lenes Kopf. Noch konnte sie die Sache hier abblasen, aber warum hatte Lizzie sie belogen? Damit waren sie doch quitt. Niemals hätte sie sich mit Herrmann verlobt, wenn sie das geahnt hätte, oder doch? Jetzt war es zu spät, und es war auch besser so für Lizzie, unvorstellbar, sie bliebe seinetwegen in Flensburg und aus ihr würde nie eine Ärztin, sie würde in einer öden Ehe enden wie die anderen aus ihrer Klasse. Nein, sie würde ihrer Schwester keinen Gefallen tun, wenn sie nun zurückruderte. Denn was würde dann aus ihr? Das Rumhaus Danneberg würde an Broer gehen. Gut, den könnte man zur Not auch heiraten, aber er würde niemals zulassen, dass sie im Rumhaus dasselbe Mitspracherecht hatte wie er … nein, ich muss es tun. Verzeih mir, Lizzie!

Abrupt drehte sich Lene zu Herrmann um, der gerade im Begriff stand, auf Lizzie zuzugehen. Hektisch wandte sich Lene noch einmal um, doch das Gespenst war verschwunden. Beherzt hakte sie Herrmann an seiner gesunden Seite unter und rief: »Lotte, ob Sie uns bitte Champagner holen. Auf unsere Verlobung!«

»Auf eure Verlobung«, erwiderten die beiden Väter.

Lene setzte ihr schönstes Lächeln auf, während sich Lizzies verletzter Blick in ihre Seele einbrannte.

17. Sonderburg, Ostern 1920

Auf der Fahrt nach Dänemark saß Lizzie wie betäubt auf dem Beifahrersitz von Onkel Hennings Adler. Weil an diesem späten Nachmittag noch die Sonne schien, fuhr er mit offenem Verdeck und hatte ihr eine Lederkappe und einen Schal um den Hals aufgenötigt. Aber selbst wenn es geregnet oder geschneit hätte, sie hätte es wohl kaum bemerkt. Auch als sie sich dem Anwesen näherten, spürte sie nichts als Leere. Dabei liebte sie es, durch die schnurgerade Lindenallee auf das Haus zuzufahren und sich auf den Augenblick zu freuen, wenn vor ihnen das traumhafte Herrenhaus in seinem Skagengelb mit den vielen großen Sprossenfenstern auftauchte. Dieses intensive Gelb brachte normalerweise jedes Mal aufs Neue ihre Augen zum Leuchten, und dann dachte sie immer an den Ursprung dieser für Jütland so typisch dänischen Farbe. Im nördlichsten Zipfel Dänemarks, in Skagen, hatten die Menschen ihre Häuser als Kontrast zum Meer mit dieser ganz besonderen gelben Farbe gestrichen, die im Schein der untergehenden Abendsonne oft mit Himmel und Meer einen Komplementärkontrast ergab und wie gemalt wirkte. Wie bei Onkel Hennings Haus, das direkt auf einem Hügel am Meer stand.

Nur durch die Hand, die sich ihr von hinten auf die Schulter legte, wurde sie daran erinnert, sich diesen einzigartigen Anblick nicht entgehen zu lassen, doch nur für den Bruchteil einer Sekunde. Sie fiel sofort wieder in ihren tranceartigen Zustand zurück, in dem nichts, was ihre Augen wahrnahmen, auch nur annähernd schön und erhaben sein konnte. Alles war nur grau in grau. So gern sie ihre Cousine auch hatte, selbst ihre Anwesenheit dort auf dem Rücksitz ließ sie kalt. Freya war in letzter Sekunde vor Onkel Hennings Abfahrt mit einer kleinen Reisetasche in der Hand angerannt gekommen und hatte gebeten, ob sie nicht auch mitkommen dürfe.

Auch Lizzie hatte den Entschluss, vor der Verlobungsfarce zu flüchten, spontan gefasst. Nachdem sich Lenes und ihr Blick im Salon getroffen hatten, war sie nur noch von einem Gedanken getrieben: weg von hier! Weg von ihrer Schwester, die tatsächlich über Leichen ging, um Vaters Chefsessel einzunehmen! Denn eines war ihr sonnenklar: Lene hätte das nicht getan, wenn es nicht einen Vorteil für sie mit sich brächte. Dass sie plötzlich über Nacht ihre Liebe zu Herrmann entdeckt hatte, das wagte Lizzie zu bezweifeln. Weg auch von einem Vater, der so eine verlogene Ehe guthieß, wenn nicht sogar selbst eingefädelt hatte. Und weg von einem rückgratlosen Feigling wie Herrmann Jensen, der sich von seinem übermächtigen Vater diktieren ließ, wen er heiratete … In Windeseile hatte sie ein paar Sachen in eine Tasche geworfen und dann vor dem Auto von Onkel Henning gewartet. Sie war derart konfus gewesen, dass sie oben in ihrem Zimmer nicht einmal die auf ihrem Bett liegende Freya wahrgenommen hatte. Erst als sie ihre dünne Stimme fragen hörte: »Was tust du da?«

»Ich muss fort. Lene verlobt sich da unten gerade mit Herrmann Jensen.«

»Nein!«

»Doch, du kannst ja zum Gratulieren gehen. Ich lauere Onkel Henning unten am Wagen auf. Wenn mein Vater nach mir fragt, dann sage ihm, ich bin ein paar Tage in Sonderburg.«

»Aber du kannst mich doch nicht allein lassen. Und bitte schau mir in die Augen. Es ist doch nicht nur, weil Lene uns erneut verschaukelt hat, oder?«

»Was willst du hören?«, fauchte Lizzie.

»Du liebst diesen Mann, oder?«

»Und wennschon. Es ist vorbei!« Mit diesen Worten war sie aus ihrem Zimmer geeilt und die Treppen hinuntergeschlichen. Das Schlimmste wäre für sie gewesen, wenn sie Lene oder Herrmann begegnet wäre, aber sie hatte unbemerkt das Haus verlassen können.

Zum Glück hatte sie nicht lange warten müssen. Onkel Henning war nur wenig später zu seinem Wagen gekommen.

»Bringst du mich weg von hier? Bitte!«, hatte sie ohne Umschweife gefleht.

»Ach, Kleines, das ist dieser Herrmann Jensen nicht wert. Er ist ein Kriecher, der sein Fähnchen nach dem Wind hängt. Viel zu schade für dich. Und dass Lene ihn keinen Deut liebt, ist auch klar. Dein Vater wird ihr eine Mitsprache bei Danneberg-Rum eingeräumt haben. Das ist wohl das Einzige, womit er sie hat ködern können, diesen Langweiler zu heiraten. So hat sie ihn mir gegenüber selber genannt, und das ist mit Sicherheit ihre ehrliche Meinung gewesen. Du hast jedenfalls was Besseres verdient!«

»Tust du mir einen Gefallen, Onkelchen? Erwähnst du seinen Namen bitte nie wieder?«

»Nun gut. Dafür musst du aber morgen Abend mit uns feiern.«

»Bitte nicht, ich dachte, ich könnte in Sonderburg eine Woche im Bett liegen und schmollen.«

»Nein, morgen Abend gebe ich eine große Gesellschaft für ein paar Journalisten- und Berliner Künstlerfreunde. Es gibt etwas zu feiern, denn ich bin nun ganz offiziell dänischer Staatsbürger«, erklärte er voller Stolz.

Lizzie konnte bei seiner Gesinnung natürlich gut verstehen, dass er nach der Abstimmung von dem Recht Gebrauch gemacht hatte, die dänische Staatsbürgerschaft anzunehmen. Sie hielt das auch für eine gute

Regelung, dass die Bewohner der beiden Abstimmungszonen selbst entscheiden konnten, ob sie Dänen oder Deutsche sein wollten, aber sie wusste auch, für wen das ein herber Schlag sein würde.

»Weiß Vater es schon?«

Onkel Henning hob abwehrend die Hände. »Um Himmels willen, nein! Ich werde es ihm auch nicht freiwillig auf die Nase binden.«

»Aber vielleicht solltest du mit deinen Freunden allein feiern und mich leiden lassen.«

»Auf keinen Fall. Es kommt mir sehr entgegen, meine hübsche Nichte vorzuzeigen, und du lernst endlich mal ein paar junge Männer kennen, die deinem geistigen Niveau entsprechen.«

»Na gut, dann gib mir bis Sonderburg Zeit, den Schock wenigstens einigermaßen zu verdauen. Und du hast recht. Jedenfalls da …« Sie hatte auf ihren Kopf gezeigt. »Aber dort tut es verdammt weh.« Lizzie hatte auf ihr Herz gedeutet.

Ihr Onkel war ihr eine Reaktion schuldig geblieben, weil in diesem Augenblick ein Schnaufen und Keuchen ertönt war. Freya musste sich mächtig beeilt haben, um noch rechtzeitig zur Abfahrt am Wagen zu sein.

»Oh, mein Gott, Onkel Henning, in diesem milden Licht sieht dein Haus aus wie ein verzaubertes Märchenschloss«, rief Freya in diesem Augenblick verzückt aus und riss Lizzie damit aus ihren Gedanken.

»Ach ja, es ist schon ein Privileg, so sorgenfrei in derartigem Luxus zu leben«, seufzte er und hielt vor dem Eingangsportal. Erst wenn man direkt vor dem Haus stand, konnte man erkennen, dass es vollständig aus Holz errichtet worden war.

Kaum war er vorgefahren, als bereits ein Hausangestellter herbeieilte, um ihnen das Gepäck abzunehmen.

»Richten Sie bitte noch zwei der Gästezimmer her, Valdemar. Die jungen Damen übernachten hier.«

Die Cousinen nahmen als Erstes ihre Lederkappen und die Schals ab, die sie sich halb über das Gesicht gebunden hatten.

»Ach, jetzt erkenne ich Sie, Fräulein Elisabeth und Fräulein Freya, und ich dachte schon …« Das klang erleichtert, aber Valdemar unterbrach sich hastig.

»Sie haben wohl gedacht, ich hätte mir unterwegs zwei junge Begleiterinnen angelacht, was?«, lachte Onkel Henning. »Bedenken Sie, Fräulein Gröhn ist heute Abend auch mein Gast.« Er zwinkerte seinem Hausangestellten verschwörerisch zu.

Lizzie atmete einmal tief durch. Sie nahm sich vor, nicht mehr an Lene und Herrmann zu denken, sobald sie den ersten Schritt in Onkel Hennings Haus gesetzt hatte. Sie wunderte sich jedes Mal beim Betreten des Hauses aufs Neue, wie leicht dort drinnen alles wirkte. Das Haus war einst Sommerhaus einer reichen Familie aus Kopenhagen gewesen und schon über hundert Jahre alt. Aber die Inneneinrichtung stammte von Onkel Henning. Er hatte jedes Stück einzeln und mit äußerster Sorgfalt ausgesucht. Die Möbel und auch die Dekoration besaßen eine moderne Anmutung. Bei Onkel Henning gab es keine schweren Erbstücke aus der Biedermeierzeit wie bei Lizzies Vater, und auch die floralen Elemente, die ihre Mutter so sehr geliebt und mit denen sie die Villa Danneberg ausgestattet hatte, waren in der Villa Skagen Gul, wie Onkel Henning sein Haus nannte, eher die Ausnahme.

Lizzie spürte, wie ihr in dieser klaren nordischen Atmosphäre, die von geometrischen Mustern geprägt war, leichter ums Herz wurde.

Als Valdemar sie dann noch in ihr Lieblingsgästezimmer ganz oben unterm Dach führte, ging es ihr für einen Augenblick richtig gut. Das Zimmer war zwar nur eine kleine Kammer, die der Onkel seinen illustren Gästen wohl nicht hatte zumuten wollen, aber der Blick aus dem Dachfenster über Meer und Strand war atemberaubend schön. Lizzie riss das Fenster auf und lehnte sich weit hinaus.

»Herzlichen Glückwunsch zur Verlobung, ihr Verräter«, brüllte sie gegen den Wind. Das tat so gut, dass sie es sofort noch einmal wiederholte, bis sie Freyas mahnende Stimme hinter sich vernahm. »Lizzie, hör auf, bei der Kälte so laut zu schreien. Das ist nicht gut für deine Stimme!«

Murrend schloss Lizzie das Fenster. »Spielverderberin!«, zischte sie.

»Darf ich?« Freya setzte sich auf einen der beiden Stühle, die in dem Zimmer Platz fanden. Außer einem eingebauten Kleiderschrank, einem Bett und einem Tisch.

»Ich weiß nicht, ob es richtig war, dass wir einfach abgehauen sind«, sinnierte Freya. »Aber ich habe es wenigstens Lotte gesagt, damit Onkel Ole sich keine Sorgen zu machen braucht.«

»Tja, nun sitzen wir hier mit kummervollem Herzen wegen zweier Herren, und unsere liebe Lene marschiert von der Schulbank schnurstracks in die Ehe. Das ist übrig geblieben von unserem großartigen Schwur«, bemerkte Lizzie betrübt.

»Ich hätte euch gegenüber viel früher zugeben sollen, dass ich Paul mag«, seufzte Freya.

»Wem sagst du das? Ich hätte spätestens gestern auf unserem Törn zu den Ochseninseln Farbe bekennen müssen wegen …« Sie stockte. »Wobei das auch nichts mehr genützt hätte. Ich denke, Lene hätte sich trotzdem nicht von ihrem Plan abbringen lassen. Und was Paul betrifft, nun ja, dass du ihn schon früher jedes Mal verteidigt hast, wenn er Mist gebaut hat, das haben wir wohl gemerkt, aber ich dachte immer, du willst eben einfach das Gute im Menschen sehen und hattest für diesen hinterhältigen Burschen deshalb immer eine Ausrede parat.«

»Er ist nicht schlecht. Glaube es mir«, erwiderte Freya beschwörend.

»Weißt du noch, was du behauptet hast, als er dich einmal Silvester an den Zöpfen von deinem Pony gezogen hat und du dir die Stirn aufgeschlagen hast?«

Freya runzelte die Stirn. »Nein, aber du wirst es mir bestimmt sagen.«

»Lizzie, hast du gesagt, du musst das verstehen, er hätte doch auch so gern ein Pony …«

»Gut, gut, ich werde nie wieder ein gutes Wort für ihn einlegen. Und immerhin war ich die Erste, die ihm eine Ohrfeige versetzt hat!«

»Ich muss dich enttäuschen. Das hat Lene lange vor dir getan. Als er einmal versucht hat, sie in Glücksburg von der Seebrücke ins Wasser zu schubsen. Da hat sie ihm eine solche Backpfeife verpasst, dass er fast geheult hat!«

»Lizzie? Darf ich dich was fragen?«

Lizzie musterte ihre Cousine irritiert. »Aber selbstverständlich.«

»Wirst du es Lene verraten, wie sehr dich diese Verlobung getroffen hat?«

»Sie weiß es!«, stieß Lizzie unversöhnlich hervor. Und schon hatte sie wieder dieses Bild vor Augen, wie Lene zur Tür gesehen hatte. Im Blick eine Mischung aus Erkennen, Entsetzen und Entschlossenheit.

»Und warum tut sie das dann trotzdem?«

»Wahrscheinlich, um mich leichtgläubiges Frauenzimmer vor einem Herzensbrecher zu bewahren«, gab Lizzie spöttisch zurück.

»Tja, ihre Ausreden waren schon bei der Angelegenheit mit dem Destillateur äußerst fragwürdig«, stöhnte Freya. »Aber ich finde das gemein von ihr!«

»Das sehe ich genauso, aber ich sollte mich eher fragen: Warum tut *er* mir das an? Und mir dann noch so dumme Liebesbriefe zu schreiben und mir durch die Blume eine Affäre anzudienen.«

»Wie bitte?«, fragte Freya empört.

Lizzie berichtete ihr nun in aller Kürze von seinem letzten Brief mit der Bitte um ein Treffen unter vier Augen vor dem Osteressen.

Freya legte tröstend den Arm um ihre Cousine. »Vielleicht hätte er sich das noch einmal überlegt, wenn du vor dem Osteressen zur Fördebrücke gegangen wärest«, sinnierte sie.

Lizzie schüttelte heftig den Kopf. »Nein, gewiss nicht. Ihm ist wichtiger, dass Vater ihm bei Danneberg eine Chance gibt, sich zu beweisen. Und dass er später sagen kann, dass es sein Rumhaus ist.«

Ein Klopfen an der Tür unterbrach ihr Gespräch. Es war die Haushaltshilfe Smilla, die ihnen von Henning ausrichten sollte, dass er morgen am späten Nachmittag zu einem festlichen Essen geladen hatte und fragen ließ, ob sie Abendgarderobe im Gepäck hätten.

Lizzie wusste von ihren früheren Besuchen, wie wichtig ihrem Onkel war, dass man gut gekleidet auf seinen Gesellschaften erschien, aber daran hatte sie beim besten Willen beim Packen nicht gedacht. Auch Freya verneinte die Frage.

»Gut, dann dürfte ich die jungen Damen bitten, mir zu folgen«, sagte Smilla und führte sie zu einem Zimmer in einem anderen Flügel des Hauses, wo sich auch Onkel Hennings Schlaf- und Arbeitszimmer befand. Sie staunten nicht schlecht, als sie in ein geräumiges Zimmer traten, in dem außer einem Kleiderschrank und einem Schminktisch voller Parfumflakons und Puderquasten auch ein Himmelbett stand. Lizzie ahnte zwar, dass ihr Onkel nicht wie ein Mönch lebte, aber dass seine derzeitige Geliebte ein eigenes Zimmer besaß, das überraschte sie doch.

»Herr Danneberg lässt ausrichten, dass Sie sich am Kleiderschrank nach Bedarf bedienen dürfen.« Smilla öffnete ihnen die Tür des weißen Kleiderschranks mit den Spiegeltüren und zog sich diskret zurück.

»Fräulein Gröhn«, raunte Lizzie ihrer Cousine verschwörerisch zu.

»Kenne ich nicht«, entgegnete Freya, während sie sich staunend der Sammlung von Abendkleidern näherte und ehrfürchtig die Hand über die Stoffe gleiten ließ.

»Onkel Hennings Muse, wie er seine Damen stets nennt«, lachte Lizzie.

»Du meinst, er hat mehrere Damenbekanntschaften?«

»Ich weiß nicht, ob zur gleichen Zeit, aber Fräulein Gröhn war jedenfalls schon beim letzten Fest dabei. Sie hatte aber nur Augen für den Onkel. Ich habe kein Wort mit ihr gewechselt, aber sie sieht aus wie aus der *Dame* entsprungen und trägt so einen Bubikopf. Pechschwarz und glänzend.«

Freya schien vor lauter Begeisterung für die schönen Kleider gar nicht mehr zuzuhören. »Und du meinst, wir können uns einfach eins nehmen?«

Lizzie nickte. »Wahrscheinlich hat Onkel Henning sie ihr gekauft.« Mit diesen Worten näherte sie sich zielsicher einem schwarzen schlichten Kleid aus Georgette-Seide, während Freya von einer Kreation aus grünem Tüll und Chiffon angetan war.

Offenbar hatte Fräulein Gröhn eine ähnliche Kleidergröße, wie sie beim Anprobieren feststellten.

»Du siehst traumhaft aus«, rief Lizzie begeistert aus, als sich die Cousine in ihrem Kleid recht verunsichert vor dem Spiegel drehte.

»Aber die Arme sind nicht bedeckt«, erwiderte sie skeptisch.

»Aber schau, dazu gibt es ein passendes Tuch, das du dir um die Schultern legen kannst.«

Nachdem Freya ihre Arme bedeckt hatte, gefiel sie sich besser und begutachtete nun Lizzie begeistert. »Du wirkst so elegant«, schwärmte sie.

Ihr Spaß an der Verkleidung wurde durch eine scharfe Frauenstimme unterbrochen. »Was tun Sie da mit meinen Kleidern?«

Lizzie und Freya fuhren herum. In der Tür stand Fräulein Gröhn. Das Haar noch schwärzer und kürzer als beim letzten Mal und mit knallrot geschminkten Lippen. Sie strahlte einen Glamour aus, wie sie ihn kaum je bei den Frauen in Flensburg gesehen hatte, jedenfalls nicht mehr nach dem Krieg. Früher hatte es auf den Gesellschaften vereinzelt Frauen mit einer ähnlich selbstbewussten Ausstrahlung gegeben, die Lizzie seit jeher bewundert hatte. Frauen wie die Bedstemor. Sie musterte Fräulein Gröhn interessiert und prägte sich jedes Detail ihrer außergewöhnlichen Erscheinung ein. Die ausdrucksvoll geschminkten Augen, das elegante graue Reisekostüm mit dem engen Rock, der unten zwei Falten besaß, und der Weste, darunter eine weiße Bluse. Freya hingegen nestelte vor Schreck an ihrem Kleid herum und wollte es sofort ausziehen, aber Lizzie hinderte sie daran.

»Unser Onkel hat uns hergeschickt, damit wir ihm morgen Abend in unserer Alltagskleidung keine Schande machen«, erklärte sie selbstbewusst. Fräulein Gröhns erboste Miene erhellte sich.

»Ach, Sie sind Hennings Nichten. Und ich dachte schon, das Personal bedient sich an meiner Garderobe oder schlimmer noch, eine andere Muse. Steht Ihnen ausgezeichnet. Und Sie haben Glück. Die beiden Kleider wollte ich morgen Abend ohnehin nicht tragen.« Lizzie hörte den Berliner Zungenschlag heraus.

»Gut, dann gehen wir mal«, sagte sie und zog die immer noch verdutzte Freya mit sich aus dem Zimmer und schob sie in ihre Kammer. Dort fing sie an zu kichern.

»… und schlimmer noch, eine andere Muse.« Sie versuchte, die Stimme der Dame zu imitieren, und wünschte, Jette wäre hier, die das mit Sicherheit perfekt geschafft hätte.

Freya fiel in Lizzies Lachen ein. Wir kichern so unbeschwert, wie wir drei es früher stets getan haben, dachte Lizzie wehmütig. Für einen winzigen Augenblick hatte sie die Verlobung und den damit verbundenen Verrat ihrer Schwester und Herrmann vergessen, aber plötzlich waren ihre Gefühle alle wieder präsent: Zorn, Enttäuschung und Traurigkeit … Ihr wurde schmerzhaft bewusst, dass der Zusammenhalt des

Kleeblatts damit der Vergangenheit angehörte. Nie wieder würden sie einander unbeschwert vertrauen können. Sie spürte, wie ihr die Tränen kamen, aber sie wollte jetzt nicht vor ihrer Cousine heulen, denn dann musste sie ihr sagen, warum. Dass nicht Herrmann der eigentliche Grund war, sondern der Abschied vom Kleeblatt.

Auch Freyas Lachen war verebbt. »Denkst du an Herrmann?«, fragte sie zaghaft.

»Ich möchte jetzt gern schlafen gehen«, bat Lizzie mit belegter Stimme, statt ihrer Cousine zu antworten.

Freya zögerte, aber dann verließ sie Lizzies Gästekammer. Kaum war die Tür hinter ihr zugeklappt, da ließ Lizzie ihren Tränen freien Lauf bei dem Gedanken, dass mit Lenes Verlobung ein Kapitel endgültig abgeschlossen war. Die unverbrüchliche Freundschaft zwischen Lene, Freya und ihr hatte einen Riss bekommen, der nicht mehr zu kitten war. Das war Vergangenheit. Sie aber durfte nur noch an die Zukunft denken, und die stand ihr mit einem Mal in aller Deutlichkeit vor Augen. Bei diesem Gedanken wurde sie ganz ruhig. Die Würfel waren gefallen!

18. Flensburg, Ostern 1920

Lene hatte die ganze Nacht auf dem Sofa im Salon verbracht, weil sie sich nicht traute, in die obere Etage zu gehen und dort womöglich Lizzie über den Weg zu laufen. Statt noch etwas zu essen, hatte sie sich einen kleinen Rausch angetrunken. Nun saß sie bei einer Tasse Kaffee, den die entsetzte Lotte, die im Salon das Frühstück herrichten wollte und erst vermutet hatte, Lene wäre nun auch erkrankt, gebracht hatte, nachdem Lene ihr versichert hatte, es wäre alles in Ordnung.

Sie war immer noch ein wenig benommen von dem Champagner, von dem sie weitaus mehr genossen hatte, als sie vertragen konnte. Der Kater machte ihr schlechtes Gewissen nur noch schlimmer. Immer wieder schlich sich Lizzies fassungsloser Blick in ihre Gedanken. Ihr kamen heftige Zweifel, ob sie wirklich so einen charakterlosen Lumpen heiraten wollte, der für das Ziel, Herr eines eigenen Rumhauses zu werden, seine große Liebe verriet. Wie sollte sie sich auf so jemanden je verlassen können? Während sie noch über seinen miesen Charakter nachgrübelte, drängte sich ihr der Gedanke auf, dass sie doch nicht viel besser war als er.

»Mach dir keine Gedanken, Lenchen, ihr beiden werdet schon miteinander auskommen«, hörte sie ihren Vater tröstend sagen. Sie hatte ihn gar nicht kommen hören.

»Ach, wenn es das nur wäre«, seufzte sie.

Ihr Vater betrachtete sie daraufhin skeptisch. »Hast du die Nacht im Salon verbracht? Du siehst aus wie ein zerrupftes Huhn.«

»Ach, ich bin so schrecklich unglücklich«, stieß sie verzweifelt hervor.

Ihr Vater setzte sich neben sie und legte den Arm um ihre Schulter.

»Was beschwert dich denn sonst, wenn nicht diese Ehe?«

»Er liebt Lizzie.«

Ihr Vater zog den Arm weg und sah sie irritiert an. »Herrmann Jensen liebt Lizzie?«

Lene nickte.

»Und was sagt deine Schwester dazu?«

»Sie liebt ihn auch. Leider!«

»Seit wann weißt du das?«

»Seit gestern.« Sie blickte ihm in die Augen. »Vati, würdest du ihm das Rumhaus auch geben, wenn er Lizzie heiraten würde?«

Ihrem Vater schien diese Frage zu missfallen. Er machte eine abwehrende Handbewegung. »Du spielst doch nicht etwa mit dem Gedanken, die Verlobung wieder zu lösen, oder?«

»Bitte, sag es mir. Was würdest du tun?«

»Lenchen, ich traue ihm diese Verantwortung nur mit dir an seiner Seite zu. Lizzie interessiert sich nicht für das Geschäft. Sie würde ihm nicht helfen können. Nein, dann würde ich lieber an Jensen verkaufen.«

»Ach, ich bin so unglücklich«, wiederholte sie und warf sich an seine Brust.

Er strich ihr liebevoll übers Haar. »Lenchen, so kenne ich dich ja gar nicht. Du bist doch sonst nicht so sentimental.«

»Der Champagner ist schuld«, sagte sie, während sie den Entschluss fasste, die ganze Angelegenheit lieber wieder pragmatisch zu betrachten.

»Keine Sorge, ich werde Frau Helene Jensen und der heimliche Kopf von Danneberg-Rum. Aber ich hätte noch eine Bitte an dich, weil ich möchte, dass Lizzie den Kerl schnell vergisst.«

»Und was kann ich dazu tun?«

»Du kannst ihr die Erlaubnis geben, Medizin zu studieren!«

»Das ist doch nichts für Mädchen!«

»Lizzie wäre eine großartige Ärztin!«

»Aber sie wird heiraten.«

»Vielleicht später, aber einen Mann, der ihr das Wasser reichen kann, den muss sie doch erst einmal kennenlernen. Und stell dir vor, die schöne Lizzie mit den vielen Studenten im Hörsaal. Vielleicht als einzige Frau. Sie wird sich vor Verehrern nicht retten können. Und ein Mediziner in der Familie ist doch nicht schlecht, oder?«

»Nun gut, wenn es dein Wunsch ist, werde ich mit ihr sprechen, sobald sie wieder aus Sonderburg zurück ist. Dann verstehe ich allerdings auch, warum sie gestern so spontan mit meinem Bruder mitgefahren ist«, bemerkte er nachdenklich.

»Sie ist weg?«, fragte Lene erschrocken, denn sie hatte zumindest gehofft, dass sie sich wenigstens heute endlich mit ihr würde aussprechen können. Bislang hatte sie sich nicht in die obere Etage getraut, weil sie noch nicht so genau wusste, wie sie ihrer Schwester das mit der Verlobung plausibel machen sollte. Die Erlaubnis des Vaters, Lizzie Medizin studieren zu lassen, wäre nun allerdings ein idealer Anknüpfungspunkt für ein schwesterliches Gespräch gewesen.

»Ja, zusammen mit Freya. Sie haben sich nicht mal von mir verabschiedet, sondern es mir über Lotte ausrichten lassen. Und ich habe mich schon gewundert, weil sie doch so krank ist …«

»Ich befürchte, sie hat ihre Magenbeschwerden nur vorgetäuscht, um Herrmann nicht zu begegnen«, mutmaßte Lene.

»Ach, Lenchen, jetzt mach nicht so ein Gesicht. Und vor allem mache dich erst einmal frisch und dann komm zum Frühstück. Ich habe nämlich nicht viel Zeit. Ich würde dir gern noch ein wenig Gesellschaft leisten, aber ich muss nachher gleich Klaas die Tür aufschließen. Er will mir morgen unbedingt eine neue Mischung präsentieren. Ihr solltet versuchen, ihn von der Kündigung abzubringen. Ich glaube, Herrmann und er wären ein unschlagbares Gespann.«

Klaas? Ihr Herzschlag beschleunigte sich. Lene verspürte plötzlich große Lust, sich in seine Arme zu flüchten. Sie fühlte sich von Freya und Lizzie im Stich gelassen. Natürlich verstand sie, was ihre Schwester aus dem Haus getrieben hatte, aber dass sie Freya mitgenommen hatte, drängte Lene unweigerlich in die Rolle der Außenseiterin. Und darin fühlte sie sich ganz und gar nicht wohl.

Ohne weiter zu überlegen, sprang Lene von ihrem Stuhl auf. »Lass mich das später erledigen mit Klaas. Dann kann ich ihm bei der Gelegenheit gleich mal auf den Zahn fühlen, ob er sich das mit Schwansen-Rum nicht doch noch mal überlegen will.« Lene wartete keine Antwort ab, sondern war schon fast aus der Tür, als ihr Vater in scharfem Ton bemerkte: »Die Ehe mit Herrmann hat noch einen eklatanten Vorteil. Die Gerüchte um dich und Bahnsen junior werden endlich verstummen!«

Lene traf diese Äußerung ihres Vaters wie ein Messerstich. Sie fuhr erschrocken herum. »Was soll das heißen, ich meine, wer redet über mich und … und …«, stammelte sie.

»Klaas' Ehefrau stand neulich in meinem Kontor und hat mir weismachen wollen, dass du ihrem Mann hinterhersteigst …«

»Unsinn!«, unterbrach Lene ihren Vater harsch.

»Das habe ich der Dame auch gesagt und ihr mit rechtlichen Schritten gedroht, sollte sie diese Verleumdung nicht unterlassen«, entgegnete er. »Aber du weißt ja, wie Gerüchte sind. *Der Schneeball und das böse Wort, sie wachsen, wie sie rollen, fort. Einen Schneeball wirf zum Tor hinaus, ein Berg wird's vor des Nachbarn Haus.*«

»Von wem ist das denn?«

»Von einem Volksliederdichter. Wurde neulich in den Flensburger Nachrichten zitiert, und es ist etwas dran. Ich möchte nicht, dass es über meine Tochter heißt, dass sie meinem Destillateur nachrennt. Und eine Ehe mit Jensen wird die Gerüchte sicherlich zum Schweigen bringen.«

»Aber du erlaubst schon, dass ich ihm aufschließe, oder ist mein Ruf dann sofort endgültig ruiniert?«, hakte sie spöttisch nach, während ihr

Herz bis zum Hals pochte, denn ihrer Sehnsucht nach Klaas taten die Warnungen ihres Vaters keinen Abbruch.

»Gut, dann vergiss aber nur nicht, ihn davon zu überzeugen, dass er bei Danneberg die weitaus bessere Position innehat als beim kleinen Schwansen.«

»Ich werde mein Bestes geben«, versprach Lene und kam so ins Wanken, dass sie sich an der Stuhllehne festhalten musste.

Der Vater musterte sie skeptisch. »Und du willst nicht lieber ins Bett gehen?«

»Nein, ich mache mich jetzt frisch und gehe rüber. Du musst allein frühstücken. Ich bekomme doch keinen Bissen hinunter.«

Sie machte sich gerade und verließ hocherhobenen Hauptes den Salon. In der Diele blieb sie kurz noch einmal stehen. Sie hatte nämlich nicht die leiseste Ahnung, womit sie Klaas überzeugen sollte, wieder eine Affäre mit ihr zu beginnen. Wahrscheinlich würde ihn die Nachricht, dass sie Herrmann Jensen heiraten wollte, so sehr schockieren, dass er sie in Zukunft nur noch hartnäckiger ignorierte.

Als sie auf ihrem Zimmer in den Spiegel sah, bekam sie einen gehörigen Schreck. Sie sah völlig übernächtigt aus, aber sie rubbelte ihr Gesicht so lange mit eiskaltem Wasser ab, bis es rosig strahlte. Dann suchte sie sich das schönste Kleid aus dem Schrank, steckte ihr Haar ordentlich auf und benutzte ein wenig Schminke, um die letzten Spuren ihrer durchzechten Nacht zu verdecken.

Während sie wenig später über den Hof zum Tor des Rumhauses ging, rang sie innerlich um mögliche Formulierungen, mit denen sie ihm schonend beibringen könnte, wie sehr sie ihn gerade brauchte.

»Lene?«, hörte sie ihn verblüfft fragen, als sie gerade die Tür aufgeschlossen und das Licht eingeschaltet hatte. Sie fuhr herum. Klaas schien über alle Maßen irritiert zu sein, sie hier anzutreffen.

»Ich denke, ich meine, hast du gar keine Sorge, dass dein Vater dich hier sieht?«, fragte er.

Sie lächelte. »Ganz im Gegenteil, er hat mich geschickt, dir das Tor zu öffnen. Aber was treibt dich am Ostermontag zur Arbeit?«

Seine Miene verfinsterte sich. »Frag doch nicht so dumm. Als wenn du das nicht wüsstest …«

Lene ahnte natürlich, worauf er anspielte, dass er nämlich seinem tristen Eheleben in der Etagenwohnung zu entfliehen versuchte. Darüber hatten sie öfter einmal geredet, als sie noch ein Liebespaar gewesen waren.

»Und wieso schickt dich dein Vater? Ich denke, er mag es nicht, wenn du im Rumhaus herumstromerst.«

»Das hat sich grundlegend geändert«, stieß sie geheimnisvoll hervor.

Sie erwartete seine neugierige Nachfrage, aber Klaas drückte sich an ihr vorbei und machte Anstalten, grußlos in die obere Etage zu seinem Kessel zu eilen.

»Willst du denn gar nicht wissen, was geschehen ist?«, rief sie ihm hinterher.

»Kein Interesse!«, gab er schroff zurück und verschwand auf der Treppe.

Lene atmete einmal tief durch. Sie hatte ihn mit ihrer Abfuhr offenbar so tief verletzt, dass er rein gar nichts mehr von ihr wissen wollte. Statt zu resignieren, spornte Lene sein abweisendes Verhalten aber eher an. Sie gab sich ungern geschlagen, wenn sie sich etwas in den Kopf gesetzt hatte. Und ihr Plan war nun einmal der, dass sie diese falsche Verlobung nur ertragen konnte, wenn sie einen Ausgleich hatte, und ja, sie wünschte sich gerade, dass er sie wieder so wild begehrte wie zuvor.

Also folgte sie ihm in die erste Etage und beobachtete mit einigem Abstand, wie er versuchte, sich auf die Ingredienzien seiner neuen Mischung zu konzentrieren. Je mehr er sie auf Abstand hielt, desto attraktiver wurde er in ihren Augen. Es wäre doch gelacht, wenn ich ihn nicht rumkriegen würde, dachte Lene und näherte sich ihm so weit, dass sich ihre Arme leicht berührten.

»Ist das eine neue Mischung?«, säuselte sie.

»Nein, ich verändere nur ganz leicht das Mischverhältnis unseres meistverkauften Verschnitts, weil wir jetzt wieder mehr von dem teuren German Flavoured Rum nehmen können als im vergangenen Jahr. Und damit dann auch mehr Geld für die Flasche.« Er hielt inne und musterte sie unwirsch. »Aber das geht Sie eigentlich gar nichts an, Fräulein Danneberg. Und jetzt lassen Sie mich in Ruhe arbeiten.«

Das stachelte Lenes Ehrgeiz, ihn zurückzuerobern, nur noch mehr an.

»Erinnerst du dich, was ich dir als Kind bei unserer ersten Begegnung einmal gesagt habe?«

Er schüttelte unwirsch den Kopf. »Kannst du mich nicht einfach in Ruhe arbeiten lassen?«, brummte er.

»Ich habe dir prophezeit, dass ich einmal Direktorin von Danneberg werde«, verkündete sie ungerührt.

»Ja, und? Daran, dass das Tünkram ist, hat sich wohl nichts geändert.«

»Doch, Klaas, ich werde demnächst hier das Sagen haben«, erklärte sie nicht ohne Stolz.

Der Destillateur schenkte ihr allerdings nicht einmal einen Blick, sondern sah stur in seinen Kessel.

»Interessiert dich das wirklich nicht?«, fragte sie entgeistert nach.

Klaas schüttelte den Kopf. »Ich werde ab Juli eine neue Stelle bei Schwansen-Rum antreten. Was geht's mich an, ob du deinen Vater doch noch weichgeklopft hast.«

Lene musste schlucken. So viel Gleichgültigkeit hätte sie nicht erwartet. Zumindest angesichts der Neuigkeit, dass sie in Zukunft im Rumhaus das Sagen hatte, hätte sie schon erwartet, dass er darauf reagierte. Sie konnte ihre Enttäuschung kaum verbergen.

»Ich muss einen hohen Preis dafür zahlen«, verriet sie ihm. »Ich musste mich mit Herrmann Jensen verloben, der nach außen als Direktor auftritt, während er aber in Wirklichkeit alles mit mir abstimmen muss.«

Doch selbst für dieses Geständnis zeigte er nicht die Spur von Interesse, sondern er murmelte nur: »Herzlichen Glückwunsch.«

»Klaas, hör auf damit, so gleichgültig zu tun. Merkst du gar nicht, was ich dir damit sagen will?«

Er funkelte sie wütend an. »Nein, Fräulein Danneberg, ich weiß beim besten Willen nicht, was Sie von mir verlangen.«

»Verdammt, Klaas, ich vermisse dich. Ich sehne mich nach unseren Küssen und nach allem, was uns Spaß gemacht hat.«

»Du willst also deine Affäre mit mir wiederbeleben? Ohne dass ich dir zu nahe trete? Ist es das, was du willst?« Und ehe sie sichs versah, hatte er sie an sich gezogen und seinen Mund auf ihren gepresst. Sie erschrak, weil er stets sehr einfühlsam und zärtlich gewesen war, und nun wurde er fast brutal, aber es erregte sie auch ein wenig. Sie presste sich an ihn und spürte, dass ihm das Lust bereitete, doch da ließ er sie schon wieder los und trat einen Schritt zurück.

»Nein, Fräulein Danneberg, mein Bedarf ist gedeckt. Ich kenne da mehrere Damen im Oluf-Samson-Gang, die mir jederzeit zu Diensten sind. Eine weitere Hure brauche ich nicht.«

Lene war so geschockt, dass sie sich auf dem Absatz umdrehte und die Treppe hinunterrannte. Sie stolperte, aber sie konnte sich gerade noch fangen. Unten angekommen, blieb sie mit pochendem Herzen stehen und fühlte sich mit einem Mal entsetzlich einsam. Sie hatte nicht nur Lizzies Zuneigung verloren, sondern auch die Liebe von Klaas Bahnsen, derer sie sich doch so sicher gewesen war. Die Vorstellung, ganz allein auf der Welt zu sein und den Rest des Lebens mit einem ungeliebten Mann zu verbringen, trieb ihr die Tränen in die Augen. In diesem Moment hörte sie, wie Klaas die Treppen hinuntergeeilt kam.

Er trat auf sie zu und wischte ihr wortlos eine Träne von der Wange. »Verzeih mir, das war gemein«, raunte er.

Lene nickte stumm.

»Ich liebe dich doch immer noch, Lene«, gestand er ihr und fügte hastig hinzu: »Aber ich werde mich von dir fernhalten müssen, so gut ich kann. Sonst passiert noch ein Unglück.«

Sie strich ihm liebevoll über die Wangen. Noch nie zuvor war sie ihm gefühlsmäßig so nahe gewesen wie in diesem Moment. Es war, als wenn ihr das Schicksal beweisen wollte, dass es doch so etwas gab wie Liebe. Auch in ihrem Herzen.

»Lass uns weitermachen, wo wir aufgehört haben«, bat sie ihn, doch er schüttelte energisch den Kopf. »Nein, Lene, ich werde nichts mehr mit dir anfangen. Hast du das kapiert? Ich spiele nicht noch einmal mit dem Feuer, nachdem ich mich beim letzten Mal schrecklich verbrannt habe!«

»Dann bleib doch bitte bei Danneberg-Rum. Ich brauche dich doch. Wenigstens als Destillateur und guten Freund«, stöhnte Lene.

Klaas wand sich. »Ich weiß nicht, ob das gut ist.«

»Ich flehe dich an. Du bist doch jetzt mein einziger Vertrauter, und bitte, lass mich hier nicht allein mit Herrmann Jensen.«

Er legte seine Stirn in grüblerische Falten.

»Gut, ich werde es versuchen. Schwansen nimmt mich auch noch später. Und überhaupt, ich bekomme immer eine neue Arbeit. Bis Jahresende schaue ich mir an, ob es beruflich mit uns beiden zusammengeht. Ist das ein Angebot?«

Lene nickte eifrig. Mehr konnte sie wohl nicht von ihm erwarten. Sie stellte sich auf Zehenspitzen und gab ihm ein Küsschen auf die Wange.

»Danke«, hauchte sie. »Das werde ich dir nie vergessen, Liebster.«

In Gedanken versunken, kehrte Lene schließlich zum Wohnhaus zurück. Sie mochte kaum glauben, was ihr da soeben widerfahren war. Ein Mann hatte es tatsächlich geschafft, ihr Herz zu berühren, aber er wies sie ab. Sie würde nicht ihm gehören, sondern einem einarmigen Kriegsversehrten, der ihre Schwester liebte. Vielleicht war es besser so, sagte sie sich, auf diese Weise würde sie sich nicht verlieren, sondern konnte die Aufgaben, die nun auf sie zukamen, mit klarem Kopf angehen.

19. Sonderburg, Ostern 1920

Es war eine überschaubare Gesellschaft, die an diesem Abend im Salon von Onkel Henning am stilvoll gedeckten Esstisch speiste. Außer seinen Nichten hatte er sechs Gäste aus Berlin eingeladen. Fünf Herren und das Fräulein Gröhn, das ihn die ganze Zeit umgarnte und ständig ihre Hände auf seinem Oberschenkel hatte. Lizzie konnte zu ihrem Bedauern nicht daran vorbeisehen, weil ihr Onkel ihr Tischnachbar zur Rechten war. Ihr gegenüber saß Freya umrahmt von zwei jungen Burschen, die ihr von beiden Seiten den Hof zu machen schienen. Glücklich wirkte die umschwärmte Cousine nicht. Lizzie hatte einen Platz mit Blick über die Förde ergattert. Der Vollmond spiegelte sich im Wasser wider. Sie konzentrierte sich auf diesen faszinierenden Ausblick, um nicht länger auf Fräulein Gröhns Hand zu starren, die an Onkel Hennings Bein immer höher rutschte.

Erst als ihr Nachbar zur Linken sie direkt fragte, ob sie die Nichte von Henning Danneberg sei, wandte Lizzie sich ihrem Tischherrn zu. Er war ein hochgewachsener dunkler Lockenkopf mit einem äußerst unmodernen Vollbart. Zurzeit trugen die Herren Schnurrbart oder sogar ein glatt rasiertes Gesicht. Sie schätzte ihn auf dreißig oder älter. Er besaß eine ausgesprochen angenehme volle und raue Stimme. Wenn er sprach, klang ein bisschen das Berlinerische durch.

Sie stellte sich ihm vor, und er musterte sie eingehend. »Henning hat wirklich hübsche Nichten«, bemerkte er schließlich.

»Und wer sind Sie?«, fragte Lizzie.

Er strich sich um den Rauschebart. »Ich bin Gottfried, Arzt und Dichter«, sagte er grinsend.

»Oh, aber nicht der Gottfried …?«

Gottfried verzog angewidert sein Gesicht. »Um Himmels willen, nicht der Benn, sondern der Lüdtke.«

Lizzie sah ihn fragend an. Sie kannte ein paar Gedichte von Benn, aber der andere Gottfried, der ihr gar nichts sagte, schien kein Verehrer des bekannten Dichters zu sein. »Was haben Sie gegen Ihren Namensvetter?«

»Allerhand. Wissen Sie, dass er im Krieg bei der Exekution der angeblichen britischen Spionin, der Krankenschwester Edith Cavell, anwesend war und ihren Tod bescheinigt hat? Er hat diese umstrittene Hinrichtung als notwendig und rechtmäßig angesehen. Ein übler Bursche.«

Lizzie erinnerte sich dunkel daran, dass Onkel Henning und ihr Vater einmal über diesen Fall ganz heftig bei Tisch gestritten hatten. Natürlich hatte ihr Vater Gottfried Benns Haltung als patriotisch verteidigt, während Onkel Henning das Ganze als barbarisch bezeichnet hatte.

»Und sind Sie schon vergeben?«, erkundigte sich Gottfried jetzt ganz direkt.

»Wenn Sie so wollen, ja«, erwiderte Lizzie mit fester Stimme. Sie wunderte sich selber, wie glatt ihr das über die Lippen kam.

»Und wer ist der Glückliche?«, hakte er neugierig nach.

»Jesus«, erwiderte Lizzie.

Gottfried entgleisten förmlich die Gesichtszüge.

»Ich werde Diakonisse«, fügte sie sachlich hinzu.

»Aber dafür sind Sie viel zu schön und klug. Sie können sich der Männerwelt doch nicht auf diese Weise entziehen«, stieß er empört hervor.

»Was haben Sie gegen Diakonissen? Sie sind Arzt und dürften doch wissen, wie gut ausgebildet sie in der Krankenpflege sind!«

Er runzelte die Stirn. »Fräulein Danneberg, und wie ich das weiß. Ich schätze die Arbeit der Diakonissen überaus, denn ich arbeite täglich mit ihnen. Ich bin nämlich als Chirurg am Bethanien-Krankenhaus in Kreuzberg tätig. Und genau deshalb kenne ich eine Menge junger Frauen, die für das Leben im Mutterhaus prädestiniert sind, aber ich kenne keine, die so wenig in dieses Leben passt wie Sie.«

»Aber Sie kennen mich doch gar nicht«, widersprach sie ihm.

»Ich muss Sie doch nur ansehen. Sie sind eine mondäne Person, die sich auf keinen Fall hinter einem Schwesternkleid und der weißen Haube verstecken sollte. Nein, es tut mir leid, das passt nicht zu Ihnen. Ihr Onkel erzählte, Sie haben die externe Reifeprüfung auf einem Knabengymnasium bestanden. So ein Genie muss studieren!«

Lizzie spürte, dass er ihre innere Sicherheit, in der sie sich wiegte, seit sie die Entscheidung getroffen hatte, das Versprechen an Käthes Sterbebett einzulösen, ins Wanken brachte.

»Lieber Gottfried, das habe ich mir alles wohl überlegt. Aber wo führt mich ein Medizinstudium hin? Einmal abgesehen davon, dass mein Vater mir das gar nicht finanzieren würde, bin ich dann vielleicht die einzige Frau im Hörsaal. Und wie lange dauert es, bis ich wirklich helfen kann? Als Diakonisse arbeite ich bereits als Schülerin im Krankenhaus.«

»Aber Kindchen, Sie wissen schon, dass Sie dann nicht heiraten können, oder?«

»Sicher, aber daran habe ich auch gar kein Interesse«, entgegnete sie eine Spur zu schnippisch, wie sie selbst bemerkte. »Ich habe es meiner sterbenden Schwester versprochen!«, fügte sie deshalb hastig hinzu.

»Aber unter uns, sie merkt es doch gar nicht mehr, wenn Sie das Versprechen brechen!«

»Das ist eine zweifelhafte Moral, Gottfried«, erwiderte sie.

»Soll ich Ihnen etwas verraten?« Er senkte die Stimme. »Ich würde Sie vom Fleck weg heiraten, wenn ich könnte.«

Lizzie schluckte trocken. Was bildete sich dieser Rübezahl überhaupt ein? Dass sie wie alle anderen jungen Frauen danach gierte, einen Ehemann zu bekommen? Und trotzdem: Dieser Gottfried hatte eine faszinierende Ausstrahlung. Er wirkte überzeugend, aber sie hatte ihn wegen des geschätzten Altersunterschieds gar nicht als Mann wahrgenommen, der ihr gefallen könnte. Und dann dieses etwas wüste Aussehen. Aber er hatte trotzdem etwas. Allein, wie er sie in diesem Augenblick aus kohlrabenschwarzen Augen anfunkelte.

»Und dann würden Sie Medizin studieren, und wir beide könnten später eine Praxis eröffnen«, schwärmte er.

Für den Bruchteil eines Augenblicks ließ sie sich von seinen Fantastereien anstecken. »Eine Praxis unter den Linden in Berlin. Das wäre traumhaft«, seufzte sie, doch Gottfried brachte sie mit wenigen Worten auf den Boden der Tatsachen zurück. »Aber ich bin leider verheiratet, und das auch noch glücklich«, stöhnte er.

Lizzie erstarrte. Weniger, weil ein verheirateter Mann ihr Komplimente machte, sondern vielmehr, weil sie sich von seiner Schwärmerei hatte einwickeln lassen. Das machte ihr schmerzhaft bewusst, dass sie insgeheim mit ihrer einsam getroffenen Entscheidung, Diakonisse zu werden, immer noch haderte.

Sie stand abrupt auf und verließ den Salon, um draußen nach Luft zu schnappen. Am liebsten würde sie sich unter die Bettdecke in ihrer Kammer verziehen, aber das würde ihrem Onkel mit Sicherheit missfallen. Er war wirklich ein überaus toleranter Zeitgenosse, aber wenn er zum großen Anretning einlud, mussten die Gäste auch alle Gänge probieren, und das konnte bei diesem speziellen dänischen Festessen, bei dem sich kalte mit warmen Gängen abwechselten, bis Mitternacht dauern. Und gerade eben war erst der kalte Fischgang mit Aal in Aspik, Makrelenfilets und Heringshappen serviert worden. Und zwischen den Gängen gab es auch noch reichlich Aquavit. Nein, es wäre unhöflich, sich zurückzuziehen. Lizzie musste wohl oder übel durchhalten.

Sie wollte gerade an die Tafel zurückkehren, als Freya sich zu ihr auf die Veranda gesellte, die fast um das gesamte Haus reichte. Ohne lange Vorrede kam sie auf Lizzies feurigen Verehrer zu sprechen.

»Ach, Freya, das hast du in den falschen Hals bekommen. Wir haben uns nur unterhalten.«

»Dafür hat der dich aber mit seinen glühenden Augen regelrecht aufgefressen«, lachte Freya, doch dann entgleisten ihre Gesichtszüge. Lizzie drehte sich in die Richtung um, in die die Cousine jetzt blickte, als hätte sie einen Geist gesehen. Aus einem Pferdetaxi stieg Paul, dessen Miene sich erhellte, als er in ihre Richtung sah. Und das galt mit Sicherheit nicht ihr, dachte Lizzie. Und schon kam ihr Cousin auf Freya zugeeilt. »Hier hast du dich also versteckt, meine Schöne. Können wir unter vier Augen reden?«

Freya suchte Lizzies Blick, die nur genervt mit den Augen rollte über die abgeschmackten Komplimente ihres Cousins.

»Gut, wir müssen jetzt wieder zu Tisch. Ich denke, wir gehen lieber zusammen rein, oder?«, sagte sie eindringlich, als sie merkte, dass Freya zögerte.

»Ich, ich bleibe noch einen kleinen Augenblick«, erwiderte Freya verunsichert.

Missmutig kehrte Lizzie zu ihrem Platz zurück. Gottfried musterte sie besorgt. »Ich hoffe, ich bin Ihnen eben nicht zu nahe getreten mit meiner Liebeserklärung, aber ich habe nur die Wahrheit gesagt«, murmelte er.

»Lassen Sie uns das schnellstens vergessen«, gab sie zurück.

Gottfried schüttelte den Kopf. »Ich kann Sie nicht einfach vergessen, Fräulein Danneberg. Sie haben mein Herz im Sturm erobert, und ich würde zu jedem Mittel greifen, um Sie vor den prüden Sitten eines Mutterhauses zu bewahren.«

»Das können Sie aber nicht«, entgegnete Lizzie kühl. »Und was schreiben Sie so für Gedichte?«

Gottfried grinste. »Keine Verse, die für junge wohlerzogene Damen geeignet sind.«

»Nun machen Sie es doch nicht so spannend.«

»Es sind mehr erotische Gedichte, die ich verfasse. Wenn Sie wollen, machen wir nach dem Essen einen Strandspaziergang, und ich trage Ihnen etwas aus meinem Werk vor.«

Lizzie hob abwehrend die Hand. »Nein, schon gut, ich pflege nicht mit verheirateten Männern Nachtwanderungen zu unternehmen.«

»Sie sind sehr nachtragend, oder?«

»Eigentlich nicht, aber ich lasse mir ungern von Ehemännern schmeicheln. Vor allem jetzt, wo ich bald Diakonisse werde.«

Gottfried raufte sich die wilde Mähne. »Was kann ich bloß tun, um Sie von den Diakonissen abzubringen?«

»Gar nichts!«

»Was sagt denn Ihr Onkel dazu?«

»Er weiß es noch nicht.«

»Dann wird es aber höchste Zeit.« Im nächsten Moment hatte Gottfried schon derart laut über den Tisch gerufen: »Henning, wie findest du das eigentlich, dass deine Nichte Diakonisse wird?«, dass alle Lizzie gleichermaßen verwundert anstarrten. Besonders Onkel Henning, der heftig mit dem Kopf schüttelte.

»Lieber Gottfried, das verwechselst du mit meiner verstorbenen Nichte Käthe. Lizzie wird Medizin studieren.«

Lizzie hätte Gottfried am liebsten eine Ohrfeige versetzt, weil er sie derart in Verlegenheit gebracht hatte, aber stattdessen zischte sie ihm zu: »Reingefallen! Ich wollte Sie nur ein wenig hochnehmen, wie Sie mich, als Sie mir sagten, Sie würden mich heiraten.« Er schien ihr das nicht ganz abzunehmen, aber machte eine gute Miene zum bösen Spiel. »Sie sind mir aber auch eine durchtriebene Person«, bemerkte er bemüht scherzhaft. Seine Augen lachten allerdings nicht. Er begriff, dass sie seinen Versuch, ihren Onkel gegen ihre Pläne aufzubringen, vereitelt hatte.

Um ihrem Tischnachbarn zu entkommen, wechselte Lizzie nun demonstrativ auf die andere Tischseite und nahm Freyas immer noch unbesetzten Stuhl ein. Deren Unterredung mit Paul dauerte offensichtlich ein wenig länger, was sie sehr beunruhigte. Die beiden jungen Journalisten, die sich vorher um Freyas Gunst gegenseitig übertroffen hatten, buhlten jetzt um Lizzies Aufmerksamkeit, aber sie war mit den Gedanken ganz woanders. Wo war Freya abgeblieben? Sie wusste doch auch, wie sehr es Onkel Henning missbilligte, wenn man sein Anretning versäumte. Immer wieder trafen sich Lizzies Blicke mit denen ihres Ge-

genübers. Gottfried faltete theatralisch die Hände zum Zeichen der Entschuldigung, aber sie funkelte ihn nur wütend an. Er versuchte noch einiges mehr, um ihre Aufmerksamkeit zu erregen, aber sie beachtete ihn einfach nicht. Als er ihr schließlich unverschämterweise einen Luftkuss zuwarf, streckte sie ihm einfach die Zunge heraus und wandte sich demonstrativ dem Schreiberling zu ihrer Rechten zu, der lustige Anekdoten aus der Redaktion ihrer Lieblingszeitschrift *Die Dame* zu berichten hatte. Dass sie, wenn sie über seine Scherze lachte, dies besonders laut und gekünstelt tat, war ihr sehr wohl bewusst, aber es erfüllte seinen Zweck. Aus dem Augenwinkel sah sie, wie Gottfried jede Regung von Lizzie und ihrem neuen Verehrer mit grimmiger Miene beobachtete.

20. Sonderburg, Ostern 1920

Freya hatte Paul mehrfach gebeten, dass sie umkehren mögen, nachdem er sie zu einem Strandspaziergang überredet hatte, aber er schien sie nicht einmal zu hören. Er machte einen völlig überdrehten Eindruck. So hatte sie ihn noch nie erlebt. Er redete die ganze Zeit auf sie ein, wie romantisch es hier draußen wäre. Einmal abgesehen davon, dass es in der Dunkelheit sehr kalt wurde und ihr Mantel zu dünn für einen Abendspaziergang an der Ostsee war, war ihr nicht wohl bei dem Gedanken, unentschuldigt das Anretning bei Onkel Henning zu versäumen. Sie wollte dringend zum Essen zurückkehren, aber Paul war der festen Meinung, dass sein Vater wohl Verständnis hätte, wenn sie beide stattdessen bei Mondschein spazieren gingen. Er entschuldigte sich mehrfach für seinen gestrigen »dummen Scherz auf ihre Kosten« und versicherte ihr, dass er sie mit dem Kuss auf keinen Fall hatte verspotten wollen. Ihr war das alles etwas unheimlich, und trotzdem klopfte ihr das Herz in der Brust die ganze Zeit heftig vor lauter Aufregung. Besonders als er in diesem Moment wie selbstverständlich den Arm um ihre Schulter legte und raunte: »Du zitterst ja vor Kälte: Möchtest du meinen Schal?«

Freya schüttelte den Kopf. »Nein, ich möchte auf dem schnellsten Weg zurück zum Haus.«

»Gefällt dir der Strand nicht? Das ist doch romantisch. So ein Spaziergang bei Vollmond«, flüsterte er verschwörerisch.

»Paul, ich bin bei deinem Vater zum Essen eingeladen und kann nicht einfach verschwinden.«

»Aber Lizzie weiß doch, dass du mit mir zusammen bist.«

»Bitte, lass uns umkehren!«

Er stieß einen tiefen Seufzer aus. »Wie du meinst. Dann werde ich mal über meinen Schatten springen und dir Gesellschaft leisten. Ich mag Vaters Berliner Boheme-Freunde nämlich gar nicht. Und besonders dieses raffinierte Fräulein Gröhn geht mir auf die Nerven. Ich befürchte, die will sich bei meinem Vater ins gemachte Nest setzen. Aber dir zuliebe nehme ich das auf mich, mich an einen Tisch mit dieser Person zu setzen.«

Er nahm nun ihre Hand und begann unangekündigt, in Richtung Haus zu rennen. Freya war so überrascht, dass sie stolperte und in den kühlen Sand fiel. Paul ließ sich gleich mit fallen und lachte aus voller Kehle. Das war ein anderes Lachen als gestern im Hof. Freya stimmte in sein Lachen ein. Plötzlich beugte er sich über sie und küsste sie, aber dieses Mal äußerst einfühlsam. Zögernd erwiderte sie seinen Kuss und spürte, wie ihr trotz der Kälte der Nacht heiße Schauer durch den ganzen Körper liefen.

»Freya, ich mag dich sehr«, raunte Paul, nachdem sich seine Lippen von ihren gelöst hatten. Dann sprang er hoch und half ihr beim Aufstehen. Sie konnte kaum stehen, weil ihre Knie stark zitterten.

Arm in Arm eilten sie zur Villa Skagen Gul zurück. Das hell erleuchtete Haus auf dem Hügel wirkte wie ein Magnet. Freya wusste allerdings kaum, wie ihr geschah. Der Kuss hatte sie in einen tranceartigen Zustand versetzt. Wie oft hatte sie sich in ihren geheimen Träumen gewünscht, von Paul geküsst zu werden. Und es war in Wirklichkeit noch viel magischer als in ihrer Vorstellung. Paul roch gut, er fühlte sich fantastisch an, sein Kuss war männlich fordernd und weich zugleich. Sie hatte das Gefühl, über dem Sand zu schweben, und meinte aus dem leisen Klang der ans Ufer plätschernden Wellen »Ich liebe dich« herauszuhören.

Sie befürchtete nur, dass sie beim Betreten des Hauses jäh aus dem Zauber erwachen würde, aber Pauls Zuwendung wurde nicht weniger. Er nahm ihr formvollendet den Mantel ab, griff nach ihrer Hand und ließ sie nicht los, auch nicht, als sie den großen Salon betraten. Aller Augen waren auf sie gerichtet. Sie mussten ja alle denken, dass Paul und sie ein Paar waren, schoss es Freya durch den Kopf. Besonders Lizzies Blick drückte mehr als Unverständnis aus, doch Paul bot ihr den leeren Platz neben Gottfried an und bat ihn, noch ein wenig zur Seite zu rücken, damit er für sich noch einen Stuhl zwischen Freya und seinen Vater platzieren konnte.

Freya beobachtete, wie Onkel Henning Fräulein Gröhns Hand von seinem Oberschenkel schob und sich seinem Sohn zuwandte, der jetzt neben ihm am Tisch saß.

»Noch ein Gedeck für meinen Sohn, bitte«, rief er Smilla zu, die Paul einen merkwürdigen Blick zuwarf, der Freya sofort auffiel. Sie konnte ihn allerdings nicht richtig deuten. War es Eifersucht?

Freya konnte nicht umhin, dem Geflüster zwischen Paul und seinem Vater zu lauschen.

»Bist du von allen guten Geistern verlassen, eines deiner Techtelmechtel mit Freya anzufangen!«, zischte Onkel Henning.

»Sie ist nicht eines meiner Techtelmechtel, ich werde sie heiraten!«

Freya hatte für einen Augenblick die Sorge, sie müsse ohnmächtig werden. Sie fragte sich, wann sie jemand weckte, um ihr zu sagen, dass dies nur ein Traum war. Paul Danneberg wollte sie heiraten, das kleine Mädchen mit den langen Zöpfen, das er niemals beachtet hatte, es sei denn, um sie an den Haaren von ihrem Pony zu zerren …

Erschrocken stellte sie mit einem Blick zu Lizzie hinüber fest, dass auch sie die erregten Worte von Vater und Sohn offensichtlich mit angehört hatte, denn sie schüttelte hektisch den Kopf, als wolle sie Freya warnen.

Doch in diesem Augenblick erhob sich Paul und stieß zwei Gläser aneinander zum Zeichen, dass er etwas sagen wollte. Freya ahnte auch schon, was. Wie oft hatte sie davon geträumt, dass Paul ihr einen Antrag machen würde, aber doch nicht in aller Öffentlichkeit. Das war seltsam, wie überhaupt sein ganzes Verhalten. So als stände er unter

Alkoholeinfluss, aber er hatte keine Fahne. Sie spürte, wie ihr vor lauter Verlegenheit das Blut in die Wangen schoss.

Paul wandte sich ihr mit feierlicher Miene zu. »Liebste Freya, ich möchte dich vor Zeugen fragen, ob du meine Frau werden möchtest.«

»Nein, will sie nicht!«, entfuhr es Lizzie.

»Paul, bitte. Du kannst doch nicht einfach mit so einem Antrag in mein Fest platzen«, bemerkte Onkel Henning genervt.

Freya wusste überhaupt nicht, wohin sie ihren Blick lenken sollte. Sie fühlte sich absolut unwohl in ihrer Haut. Wie in einem falschen Film. Aber sie musste ihm doch irgendetwas antworten, aber was? Sie konnte unmöglich diesen unpassenden Antrag vor allen Leuten annehmen.

»Paul, das kommt ein bisschen plötzlich.« Das war alles, was ihr in diesem peinlichen Moment über die Lippen kam.

»Meine liebe Freya, nach unserem Strandspaziergang im Mondschein habe ich keinen Zweifel mehr daran, dass du die Frau meines Lebens bist. Ich will nicht mehr warten. Und so einen Antrag mache ich einer Frau nur ein einziges Mal. Hörst du? Wenn du jetzt ablehnst, hast du deine Chance vertan.«

In diesem Augenblick beschlich Freya erneut der leise Verdacht, dass Paul nicht ganz bei sich war. Sie hatte einmal gelesen, wie Drogen die Menschen aufputschten und zu unangemessenen Dingen trieben, aber das vermochte sie sich nicht annähernd vorzustellen, und sie verwarf den Gedanken sofort wieder. Aber dieser Antrag war nicht nur im höchsten Maße unpassend, sondern auch beleidigend, obwohl sie trotz alledem nichts lieber tun würde, als Pauls Frau zu werden.

»Paul, ich würde lieber erst einmal unter vier Augen mit dir reden«, schlug sie zaghaft vor.

Er breitete theatralisch die Arme aus. »Nein, auf keinen Fall, wir müssen uns nicht verkriechen. Ich will dich heiraten. Oder machst du es nur, wenn ich vor dir auf die Knie falle und dir Blumen überreiche?«

Freya wurde immer unsicherer, was seinen Zustand anging. Selbst seine Stimme wurde ihr fremd. Sie war unnatürlich hoch und überschlug sich förmlich, doch ehe sie etwas erwidern konnte, hatte sich Paul bereits eine Hyazinthe aus der Tischdekoration gegriffen und sich vor Freya auf die Knie geworfen.

»Paul, bitte lass uns nach draußen gehen«, flehte sie.

»Ich denke gar nicht daran«, bellte er.

»Paul, hör sofort auf damit«, befahl Onkel Henning.

In diesem Augenblick sprang Lizzie von ihrem Stuhl auf, umkreiste den Tisch, packte Freyas Hand und zog sie mit sich fort. Freya leistete keinerlei Widerstand, sondern verließ mit ihrer Cousine den Salon.

Kaum waren sie in der Diele angelangt, redete Lizzie beschwörend auf sie ein. »Nimm das nicht ernst, Freya. Du darfst seinen Antrag auf keinen Fall annehmen. Der Kerl steht unter Drogen.«

Freya sah sie fassungslos an. »Wie kannst du so etwas sagen?« Dabei hatte sie doch selbst schon Zweifel gehegt, ob Paul wirklich ganz bei sich war, aber tatsächlich Drogen? Das war in ihren Augen ein Teufelszeug, das allenfalls ein paar verrückte Berliner konsumierten, aber doch nicht Paul Danneberg.

»Ach, Freya, ich erkenne das an seinen großen Pupillen und den blutunterlaufenen Augen. Ich befürchte, er nimmt Kokain. Auch seine Art, so geschwätzig daherzureden, das ist alles ein Indiz dafür, dass er einen Rausch hat.«

»Willst du behaupten, er hat mir nur deshalb einen Antrag gemacht?«, fragte sie beinahe trotzig.

»Er hätte dich im normalen Zustand sicher nicht vor den Gästen seines Vaters gefragt, und das auf einer Gesellschaft, zu der er weder eingeladen noch erwünscht war!«

»Woher weißt du das?«

»Von Onkel Henning. Er hat mir vorhin gestanden, dass er sich Sorgen um Paul macht, weil er auf die schiefe Bahn geraten könnte. Und dass sich Vater und Sohn zurzeit aus dem Weg gehen, weil Onkel Henning den Müßiggang Pauls nicht erträgt! Und er hat ihm ausdrücklich gesagt, dass er ihn heute Abend nicht beim Anretning sehen möchte!«

»Du glaubst also nicht, dass ich ihm etwas bedeute?« Freya fiel regelrecht in sich zusammen. Verdammt, sie liebte Paul doch und durfte nicht so schlecht von ihm denken. Vielleicht hatte er doch mit seinen Freunden einfach nur zu viel Alkohol getrunken.

Lizzie zuckte die Schultern. »Das weiß ich nicht. Ich weiß nur, dass wir beide uns jetzt von Onkel Henning verabschieden und gemeinsam in mein Bettchen gehen sollten. Ich lasse dich jedenfalls nicht allein in deinem Zimmer. Sonst fällt er in seinem Rausch noch über dich her. Warte hier!«

Ohne ihre Antwort abzuwarten, stürzte Lizzie mit finsterer Miene in den Salon zurück. In Freyas Kopf ging alles durcheinander. Wie lange schon hatte sie sich gewünscht, Paul würde sie wahrnehmen, und jetzt, nachdem er ihr einen Antrag gemacht hatte, stieß sie ihn vor den Kopf, und nur, weil er sich vielleicht gerade etwas danebenbenahm. Wie oft passierte das ihrem Vater? Dem konnte sie nicht mehr helfen, aber Paul, der brauchte sie. Nein, dachte sie entschieden, ich kann ihn nicht im Stich lassen, nur weil er vielleicht ein kleines Problem hat. Sie spürte, wie das Bedürfnis, ihm zu helfen, plötzlich alle Bedenken beiseiteschob. Und wenn jemand aus ihm einen besseren Menschen machen konnte, dann sie! Von dieser »typisch weiblichen Allmachtsfantasie«, wie Lene es einmal genannt hatte, wenn Frauen sich einbildeten, sie seien vom Herrgott dazu auserwählt, aus charakterlosen Kerlen gute Ehemänner zu machen, war Freya in diesem Augenblick wie besessen. Ja, ihre grenzenlose Liebe würde ihn heilen!

Ohne weiter zu überlegen, ging sie zurück an den Tisch. Paul, der immer noch auf dem Boden saß, starrte ins Leere. Freya verkündete mit lauter, fester Stimme: »Paul, ich nehme deinen Antrag an.«

Im Salon herrschte für einen Augenblick eisiges Schweigen, bis Paul vom Boden aufsprang und sich wie der Darsteller in dem Film *Tarzan bei den Affen,* den Freya mit Lene neulich im Filmtheater am Holm gesehen hatte, auf die Brust klopfte und einen Jubelschrei ausstieß.

Freya beobachtete, wie Lizzie die Hände vor das Gesicht schlug und Onkel Henning nach Worten zu ringen schien. Paul stürzte auf sie zu, riss sie in seinen Arm und drückte sie fest. So fest, dass es wehtat. Doch dann ließ er sie abrupt los, sackte lautlos in sich zusammen und fiel auf den Boden. Seine Beine fingen an zu zucken, während die Augen nach oben rollten und er Schaum vor dem Mund bekam.

Freya schrie laut auf, doch da hatte sich der glutäugige Mann mit dem Vollbart, der Lizzie vorhin angeschmachtet hatte, bereits zu Paul auf die Erde gehockt und ihn auf die Seite gelegt. Auch Lizzie war ihm zu Hilfe geeilt und öffnete die oberen Knöpfe seines Hemds. Paul atmete nun wieder ruhig und gleichmäßig. Auch das Zucken hatte sich beruhigt.

»Ich hole einen Krankenwagen«, sagte Onkel Henning, aber der Bärtige, der Arzt zu sein schien, winkte ab.

»Lass nur, Henning. Ich denke, der Krampfanfall ist vorbei. Wir bringen ihn ins Bett. Ich beobachte ihn eine Weile«, schlug er vor.

Gemeinsam mit drei anderen Gästen hob er Paul vorsichtig hoch, und sie folgten Onkel Henning nach draußen.

Freya wollte sofort hinterherstürzen, aber Lizzie hielt sie sanft am Arm fest.

»Aber ich muss doch zu ihm«, stieß Freya verzweifelt aus.

»Nein, du kommst jetzt mit in mein Zimmer. Morgen sehen wir weiter«, sagte ihre Cousine in strengem Ton.

»Aber was, wenn er eine schlimme Krankheit hat und mich braucht?«

»Er braucht jetzt vor allem einen Arzt, und Gottfried weiß mit Sicherheit, wie er mit Krampfanfällen umgehen muss«, raunte Lizzie ihr zu.

Freya fröstelte. »Und was, wenn er morgen gar nicht mehr weiß, dass er mir einen Antrag gemacht hat«, flüsterte Freya besorgt.

»Dann wäre das dein Glück, und du machst in Zukunft einen Bogen um ihn!«, erwiderte Lizzie ungerührt.

Obwohl Freya immer noch das Bedürfnis hatte, bei Paul zu sein, gab sie schließlich Lizzies Drängen nach und begleitete sie nach oben. Auf dem Flur begegnete ihnen ein sichtlich angeschlagener Onkel Henning.

»Was sagt Gottfried?«, erkundigte sich Lizzie.

»Er hat nur das bestätigt, was ich bereits befürchtet habe. Der Krampfanfall ist offensichtlich durch die Einnahme einer hohen Dosis an Kokain ausgelöst worden. Aber gut, dass ich dich sehe, Gottfried hat mich gebeten, dir Bescheid zu geben, dass er dich braucht. Ich soll dich bitten, in Pauls Zimmer zu kommen.« Onkel Henning war um einen sachlichen Ton bemüht, aber Freya spürte, wie sehr er um Contenance rang.

»Und hat Paul nach mir gefragt?«, erkundigte sich Freya beinahe verschämt.

»Nein, aber das hat nichts zu bedeuten. Er kann noch gar nicht wieder sprechen.«

»Gut, dann unterstütze ich Gottfried«, murmelte Lizzie und versprach Freya, gleich ins Bett nachzukommen, bevor sie davoneilte.

Onkel Henning musterte Freya prüfend. »Hast du das eben wirklich ernst gemeint, dass du Paul heiraten willst?«

Freya nickte stumm.

»So gern ich dich auch zur Schwiegertochter hätte, ich kann dir nicht mit gutem Gewissen dazu raten, meinen Sohn zu heiraten«, seufzte Onkel Henning.

»Aber ich liebe ihn doch. Ich habe ihn immer schon geliebt«, widersprach Freya verzweifelt.

»Kindchen, du bist noch so jung. Die Männerwelt liegt dir zu Füßen. Du darfst dich nicht an ihn binden. Er, er ist ein haltloser Bursche …«

»Ich weiß, aber meine Liebe wird aus ihm einen besseren Menschen machen. Glaube es mir! Denk doch nur, dass er ohne Mutter aufgewachsen ist.«

»Es vergeht kein Tag, an dem ich nicht daran erinnert werde, wie Leonore das Kind und mich wegen dieses Verbrechers verlassen hat. Ich weiß nicht einmal, wo und ob sie überhaupt noch lebt. Sie war drogensüchtig, und dieser angebliche Kunstmaler war ihr Händler. Es ist eine schwere Hypothek für ein Kind, aber ich kann ihn nicht länger beschützen. Er ist erwachsen!«

Es schien ihr, als wäre Onkel Henning während dieser knappen Lebensbeichte um Jahre gealtert. Freya ahnte, dass er sie damit zu warnen versuchte, aber dieses tragische Schicksal Pauls stachelte ihr Bedürfnis, ihn zu retten, nur noch weiter an.

»Ich kann ihm helfen. Versteh das doch bitte«, sagte sie mit sanfter Stimme.

»Kindchen, du bist ein herzensguter Mensch, aber ich möchte nicht, dass dich dieser zweifelhafte Charakter meines Sohnes mit in den Abgrund reißt. Er wird dich nicht gut behandeln!«

»Aber Onkel Henning, ich will es doch wenigstens versuchen«, erwiderte Freya mit Nachdruck.

»Und wovon wollt ihr leben?«

»Paul wird eine kaufmännische Lehre machen, und später dann bekomme ich auch das Vermögen ausgezahlt. Das ist ja kein Geheimnis mehr, seit Vater damit beim Osteressen geprahlt hat.«

»Nein, weiß Gott nicht! Mädchen, ich sage es dir ungern, denn er ist mein Sohn, aber ich kann dich nicht sehenden Auges in dein Unglück rennen lassen. Seit wann interessiert er sich denn für dich?«

Freya erbleichte. Er war ihr nach dem peinlichen Eklat bei Tisch nachgelaufen, und eigentlich hatte er da erst begonnen, ihr Komplimente zu machen. Glaubte Onkel Henning, dass das der Grund war, warum er sie heiraten wollte?

»Onkel Henning, glaube mir, es gibt keinen Zusammenhang zwischen seinem Interesse an mir und dem Geld! Nein, so schlecht ist Paul nicht! Er ist nur in die falschen Kreise geraten.«

Onkel Henning stieß einen tiefen Seufzer aus. »Ach ja? Und du meinst, die haben ihn dazu gezwungen, die große Chance seines Lebens, Nachfolger meines Bruders bei Danneberg zu werden, wegzuwerfen? Glaubst du das wirklich, dass seine Freunde ihn dazu angestiftet haben, meinen Bruder zu bestehlen?«

»Aber woher weißt du das? Onkel Ole wollte das doch geheim halten.«

Onkel Henning musterte sie irritiert. »Das weiß ich eben. Mir ist es von anderer Seite zu Ohren gekommen. Aber wer hat dir davon erzählt?«

»Lene«, gab sie zögernd zu. »Ihr Vater hat es ihr unter dem Siegel der Verschwiegenheit anvertraut.«

»Und obwohl du weißt, dass mein Sohn auch vor kriminellen Handlungen keinen Halt macht, willst du wirklich seine Frau werden?«

Freya blickte Onkel Henning direkt in die Augen. Wie ähnlich die beiden Männer sich sehen, ging ihr durch den Kopf. Dieselben schönen graublauen Augen.

»Ich weiß, dass meine Liebe ihm helfen kann, auf den rechten Weg zurückzukehren«, verkündete sie mit heiligem Ernst.

Onkel Henning legte die Hände auf ihre Schulter und musterte sie in einer Mischung aus Bestürzung und Bewunderung.

»Bitte schlaf eine Nacht darüber, und wenn mein Sohn sich morgen noch daran erinnert, seinen Antrag von sich aus in angemessener Form wiederholt und du ihn immer noch annehmen willst, dann kann ich dich wohl nicht davon abbringen. Und selbstverständlich werde ich euch ein Anfangskapital zur Verfügung stellen, immer gesetzt den Fall, Paul ist wirklich entschlossen, einer anständigen Arbeit nachzugehen und für eine Familie zu sorgen. Hier in Sonderburg wird er schwerlich eine Ausbildung machen können, aber ich kenne da jemanden in *De Danske Spritfabrikker* in Aalborg, der mir noch einen Gefallen schuldet.«

»Danke«, hauchte Freya und gab ihm einen Kuss auf die Wange, bevor sie fast beschwingt in Lizzies Gästekammer schlüpfte. Zu ihrer großen Enttäuschung war das Bett leer und Lizzie nicht in ihrem Zimmer. Freya beschloss, genau das zu tun, was Onkel Henning ihr geraten hatte: eine Nacht darüber zu schlafen. Vor dem Zubettgehen betete sie, dass Paul seinen Antrag noch erinnerte und in angemessener Form wiederholte, damit sie ihn endlich annehmen konnte.

21. Flensburg, Juli 1920

Der schönste Tag im Leben einer Frau. Als solchen hatten Lenes Klassenkameradinnen auf dem Lyzeum ihn einst verklärt. Einmal abgesehen davon, dass Lene bis vor Kurzem nicht im Traum daran gedacht hatte, bereits knappe drei Monate nach der Prüfung vor dem Traualtar zu stehen, hatte sie diesen Tag schon beim Aufwachen gehasst. Spätestens in dem Augenblick, als sie die schweren Samtvorhänge beiseitegeschoben und kaum bis zum Rumhaus hatte sehen können, weil es wie aus Eimern goss und sich auf dem Kopfsteinpflaster im Hof schon kleine Seen gebildet hatten. Da half auch der Blick zu dem zauberhaften Hochzeitskleid nichts, einem wahren Traum aus weißer Seide, das auf einem Bügel am Kleiderschrank hing. Freya und sie hatten sich ihre Kleider bei Schneidermeister Monin am Holm anfertigen lassen. Sie hatten die Modelle in einem Heft entdeckt, das Schnittmuster für Brautmoden enthielt. Diese Kleider waren edler als all jene, die ihnen im ersten Damenkonfektionshaus am Platz angeboten worden waren. Sogar die Brautschuhe hatten sie sich handfertigen lassen. Beim Schuhmachermeister Wempner in der Toosbüystraße, der ihnen ebenfalls aus einem Modeheft die passenden Schuhe zu ihren Kleidern gezaubert hatte.

Bei Lene waren Kleid und Schuhe eher schlicht geraten, bei Freya etwas üppiger. Doch selbst der Gedanke an die hübschen Kleider und Schuhe und daran, dass sie Freya – zwar nur mit Mühe, aber immerhin – zu einer Doppelhochzeit hatte überreden können, war nicht geeignet, ihre Laune zu verbessern. Vor allem der hohe Preis – einmal abgesehen vom ungeliebten Bräutigam –, den sie dafür hatte zahlen müssen, stieß ihr immer noch bitter auf. Freya hatte ihr das Versprechen abverlangt, nicht über Paul zu lästern. Keinen scharfzüngigen Kommentar mehr zu seinem miesen Charakter, keine Anspielung darauf, dass er es nur auf ihr Geld abgesehen hatte, und keine Ermahnung, dass sie sich sehenden Auges ins Unglück stürzte. Dafür hatte Freya ihr das Wort geben müssen, Lene keine weiteren Vorwürfe mehr zu machen, weil sie Lizzies große Liebe heiratete. Lene litt allerdings schrecklich darunter, keine Vertraute mehr zu haben, mit der man über das Leben reden konnte. Zwar war ihr Freya in gewisser Weise sogar geblieben, die hatte aber zurzeit an nichts anderem Interesse als an den Hochzeitsvorbereitungen. Überdies lief sie mit diesem Dauerstrahlen der Verliebten herum. Lene durfte nicht einmal ihre Meinung sagen, dass Freya ihr Herz an einen Kerl hängte, der Blut geleckt hatte, seit Freyas Vater bei Tisch mit ihrem Vermögen geprahlt hatte. Sie nahm ihrem verdorbenen Cousin, der nicht einmal davor zurückgeschreckt war, seinen Onkel und Gönner zu bestehlen, nicht ab, dass er sich unsterblich in Freya verliebt hatte. Paul war ein Blender und gnadenloser Egoist. Es war für Lene eine echte Strafe, das nicht lautstark kundzutun. Wie schrecklich sie doch Lizzie vermisste, mit der sie an dieser Stelle herrlich über den miesen Charakter ihres Cousins hätte lästern können!

Lizzie aber war Lene gegenüber so kalt wie ein Eiszapfen. Sie war höflich und nett, aber ließ keinen Zweifel daran, dass ihre besondere Vertrautheit der Vergangenheit angehörte. Lene hatte mehrere Versuche unternommen, sich bei ihrer Schwester zu entschuldigen, aber es hatte alles nichts gefruchtet. Seit Freya sich mit Paul verlobt hatte, hielt Lizzie auch zu ihrer Cousine Abstand und freundete sich stattdessen immer enger mit Anna, Lenes zukünftiger Schwägerin, an. In derselben Intensität, wie Lenes und ihr Verhältnis abkühlte, hatte sich Lizzies Beziehung zu Jette intensiviert. Sie waren jetzt ähnlich vertraut wie einst Käthe und Jette. Das Schlimme daran war, dass Lene eifersüchtig auf deren inniges Verhältnis war. Natürlich kämpfte sie gegen diese Gefühle an, aber jedes Mal, wenn sie die beiden miteinander herzlich lachen sah, spürte sie eine unangenehme Enge in ihrer Brust.

Lizzie war der eigentliche Grund, warum dies ein schwarzer Tag für Lene war. Zu allem Überfluss würde ihre Schwester ausgerechnet an diesem Tag ins Mutterhaus gehen und nicht an dem Fest teilnehmen. Auch Anna boykottierte die Hochzeit ihres Bruders. Weder die Oberin noch der Hausvater hätten doch von den beiden angehenden Probeschwestern erwartet, dass sie die Hochzeit ihrer Schwester und ihres Bruders versäumten, um ausgerechnet an diesem Tag im Mutterhaus einzutreffen. Lene fand das gemein von ihnen.

Betrübt drehte sich Lene noch einmal auf die andere Seite und gab sich einem anderen düsteren Gedanken hin, nämlich dem, dass ihr Vater mit Jette noch in diesem Monat aus der Villa Danneberg an der Schiffbrücke ausziehen und dem jungen Paar das Haus überlassen würde. Die Vorstellung, mit dem ihr völlig fremden Herrmann in dem dann leeren riesigen Haus zu bleiben, erschütterte sie regelrecht. Auch ihr Vater war über den Umzug in die Wrangelstraße nicht besonders glücklich, weil er bei der Planung des Umbaus davon ausgegangen war, mit Ehefrau und vier Töchtern dort einzuziehen. Nun ging er allein mit Jette in das für zwei Personen viel zu große Haus.

Immerhin würde Lotte mitgehen und auch ein Zimmer dort beziehen. Bislang war sie abends immer zu ihren Eltern in die enge Wohnung in der Neustadt zurückgekehrt, denn Lottes Vater arbeitete auf der Werft. Bei ihnen zu Hause herrschten beengte Verhältnisse. Lotte hatte sich eine kleine Kammer mit zwei Schwestern teilen müssen. Sie war wohl die Einzige, die sich aus vollem Herzen über den Umzug freute.

Erst ein Klopfen an ihrer Tür riss Lene aus ihren Gedanken. Es war Lotte, die den Auftrag von ihr bekommen hatte, sie zu wecken, damit sie pünktlich in der Kirche war. Die Trauung fand um vierzehn Uhr in der Marienkirche statt. Sie hatte Anna und Lizzie regelrecht angefleht, doch wenigstens mit zur Kirche zu kommen, aber die beiden hatten das rigoros abgelehnt. Natürlich gaben die beiden nicht offen zu, dass sie an diesem Ereignis schlichtweg nicht teilnehmen wollten, sondern es wurde der Termin im Mutterhaus vorgeschoben. Der Gedanke, dass Lizzie sich für ein Leben als Diakonisse entschieden hatte, war Lene immer noch entsetzlich fremd. Ihre Schwester war doch nun wirklich geradezu prädestiniert, Ärztin zu werden, zumal der Vater ihr ja ebenfalls zugeredet hatte und bereit war, das Studium seiner Tochter zu finanzieren. Es hatte alles nichts geholfen. Sogar Onkel Henning hatte seine ganze Überzeugungskraft aufgewandt, Lizzie von diesem Schritt abzuhalten. Er hatte mehrfach einen befreundeten Berliner Arzt namens Gottfried erwähnt, der Lizzie schöne Grüße ausrichten ließ, verbunden mit der Bitte, nicht Diakonisse zu werden, sondern zum Medizinstudium nach Berlin zu kommen. Natürlich brannte Lene darauf, zu erfahren, wer dieser Gottfried war, aber Lizzie hatte ihr auf ihre neugierige Frage lapidar geantwortet: »Ein Freund von Onkel Henning.« Wie sich Lene doch nach der alten Vertrautheit verzehrte! Was hätte sie an diesem Tag darum gegeben, gemeinsam mit Lizzie über ihren zukünftigen Ehemann herziehen zu können, dachte Lene wehmütig, während sie sich betrübt im Bett aufrichtete.

Wenn sie wenigstens wütend auf Herrmann sein könnte, aber der hatte sich in den vergangenen Wochen wirklich nichts zuschulden kommen lassen. Einmal abgesehen davon, dass sie einander nur ein paar Male sporadisch gesehen hatten, war er jedes Mal von ausgesuchter Höflichkeit gewesen. Sogar Blumen hatte er ihr jedes Mal mitgebracht. Diese Geste nahm Lene allerdings nicht besonders für ihn ein, sondern bestätigte ihr Vorurteil, das sie schon lange gegen Herrmann hegte. Er war schlichtweg ein Langweiler. Die Vorstellung, mit ihm ins Bett gehen zu müssen, ließ ihre schlechte Laune ins Bodenlose fallen und brachte ihre Gedanken schnell zu Klaas, der seinerseits nicht die geringsten Anstalten machte, sich ihr körperlich zu nähern. Das steigerte ihre unerfüllte Sehnsucht nach seinen Berührungen nur noch mehr. Was hätte sie darum gegeben, nur ein einziges Mal vor der Hochzeit seine forschenden Hände auf ihrem Körper zu spüren. Klaas war ihr so nahe, weil sie mittlerweile die Erlaubnis hatte, sich im Rumhaus frei zu bewegen, und dabei so schrecklich fern.

Entschieden stand Lene auf und griff sich ihren Morgenmantel. Sie wollte erst einmal frühstücken, bevor sie sich herrichtete. Sie hatte extra einen Friseur bestellt, der ihr das Haar fachmännisch aufstecken sollte. Am liebsten hätte sie es abgeschnitten, so wie sie es in *Die Dame* auf einem Foto aus Amerika gesehen hatte, aber ihr Friseur hatte sich geweigert, sie zu verschandeln, wie er sagte. In Anbetracht der bevorstehenden Hochzeit hatte Lene dann davon Abstand genommen, aber sie war fest entschlossen, sich demnächst vom langen dunkelblonden Schopf zu befreien, und wenn sie sich das Haar selbst abschneiden müsste.

Als Lene fast unten angekommen war, blieb sie abrupt auf dem letzten Treppenabsatz stehen, denn das Bild, das sich ihr unten in der Diele bot, schnürte ihr förmlich die Kehle zu: In schwarze Mäntel gehüllt, das Haar in der Mitte gescheitelt und hinten zu einem Knoten geflochten, darauf altmodische schwarze Hütchen drapiert, standen dort Anna und Lizzie, neben sich je ein kleines Köfferchen. Sie sahen aus wie ihre eigenen Großmütter, wobei die Bedstemor selbst im fortgeschrittenen Alter noch wesentlich eleganter gewirkt hatte. Und diese plumpen Schuhe, ging es Lene entsetzt durch den Kopf. Sie hatte ihre Schwester, die ganz sicher alles andere als ein Modepüppchen war, noch niemals derart unvorteilhaft gekleidet erlebt. Jette hing ihrer Schwester förmlich am Arm und fragte schluchzend: »Kommst du uns wenigstens ab und zu besuchen?« Als die kleine Schwester ihren Blick hob und Lene wie erstarrt auf dem Treppenabsatz entdeckte, warf sie ihr einen strafenden Blick zu, als wäre sie die Schuldige, dass Lizzie ins Mutterhaus ging.

»Aber sicher, jede freie Minute werde ich zu euch in die Wrangelstraße kommen«, versprach ihr Lizzie und folgte dem Blick der kleinen Schwester. In ihren Augen war eher die Trauer über den Abschied zu lesen als Wut oder Rachegedanken. Das ermutigte Lene, ihren Beobachtungsposten zu verlassen, auf Lizzie zuzugehen und sie in den Arm zu nehmen. Obwohl sich ihre Schwester stocksteif machte, flüsterte Lene ihr zu, dass sie sie schrecklich vermissen würde.

Lizzie befreite sich sanft aus der Umarmung und wünschte ihr höflich einen schönen Tag. Dann holte sie aus ihrer Manteltasche ein blaues Samtetui hervor und reichte es Lene mit den Worten: »Es hat unserer Großmutter Elisabeth gehört. Du weißt doch, was nach viktorianischem Brauch zur Hochzeit Glück bringt. Something old, something new, something borrowed, something blue and a lucky six-pence in your shoe. Ich leihe es dir. Vielleicht für immer, denn ich brauche es wohl nicht mehr.«

Ohne zu wissen, was in der Schatulle war, füllten sich Lenes Augen mit Tränen. Das war der Beweis, dass Lizzie sie nicht hasste! Mit zitternden Fingern öffnete sie das Etui und holte ein mit Saphiren besetztes Weißgoldarmband hervor.

»Oh, mein Gott, es ist wunderschön«, stieß Lene ergriffen hervor. »Danke, Lizzie, das rettet mir den Tag, dass ich etwas von dir trage.«

Lene konnte aus den Augenwinkeln sehen, dass auch Anna gegen die Tränen ankämpfte. Und sogar ihr Vater schien zutiefst berührt zu sein. Nur Lizzie nicht. Sie zeigte keinerlei Regung. Lene wollte die Schwester noch einmal umarmen, aber da waren Anna und sie schon unter einem riesigen Schirm zur Tür hinaus in den Regen getreten.

Jette, Lotte und Lenes Vater winkten den beiden Frauen nach, nachdem der Vater ihnen verzweifelt angeboten hatte, sie mit dem Pferdewagen zum Mutterhaus bringen zu lassen, was sie freundlich, aber bestimmt abgelehnt hatten. Lene warf den beiden, die sie von hinten an zwei Raben erinnerten, noch einen flüchtigen Blick hinterher, bevor sie sich abwandte. Keiner sollte sehen, dass ihr die Tränen wie Sturzbäche aus den Augen flossen.

22. Flensburg, Juli 1920

»Ich bin erfüllt von Vorfreude auf mein zukünftiges Leben«, hörte Lizzie Anna schwärmerisch an ihrem Ohr raunen. Das riss Lizzie aus ihren eigenen Gedanken an die Zukunft. Ein flüchtiger Blick in das verklärte Gesicht ihrer Freundin zeigte ihr in aller Deutlichkeit, dass Anna im Gegensatz zu ihr nahezu beseelt von der Aussicht auf ein bescheidenes Leben war, das gänzlich im Dienste der Schwachen und Kranken stand. Ob Lizzie es wahrhaben wollte oder nicht, Anna ging im Unterschied zu ihr völlig im Glauben an Gott auf. Wie gern würde Lizzie ihren scharfen Verstand ausschalten und sich der Zukunft in Demut hingeben, aber sie schaffte es beim allerbesten Willen nicht. Dabei hatte sie in den letzten Wochen am Morgen und am Abend gebetet. Als das nichts genützt hatte, da war sie sogar in Käthes Zimmer gezogen und hatte sich überwunden, unter dem Bild von Jesus am Kreuz zu schlafen in der Hoffnung, dass dieser bedingungslose Geist der christlichen Nächstenliebe damit über Nacht auf sie überspringen würde. Doch was auch immer sie versuchte, es blieb ein Rest Skepsis übrig, dass sie genauso aufrichtig und von Herzen wie Anna und Käthe ihre Berufung als Diakonisse finden würde. Die Versuche von allen Seiten, sie davon abzubringen, hatten allerdings das Gegenteil bewirkt. Das hatte eher Trotz in ihr hervorgerufen. Besonders als ihr Vater ihr angedroht hatte, ihr die Erlaubnis zu verweigern, war sie richtig böse geworden. Mit Erfolg, denn schließlich hatte er seine Unterschrift unter den Aufnahmeantrag gesetzt. Woher wollten sie denn bloß alle wissen, was gut für sie war? Sie hatte alle vor den Kopf gestoßen, indem sie deren Ratschläge rigoros abgelehnt hatte. Ihrem Onkel gegenüber tat ihr die Härte, mit der sie ihr Ziel verfolgt hatte, allerdings im Nachhinein ein wenig leid. Sie wusste doch, er meinte es gut. Und er war überdies einer der wenigen Menschen, die sie wirklich kannten.

Sie waren mittlerweile oben an der Toosbüystraße angelangt. Zum Mutterhaus am Marienhölzungsweg waren es nur noch wenige Meter. Anna beschleunigte vor lauter Vorfreude ihren Schritt, während Lizzie immer langsamer wurde. Dieses unterschiedliche Tempo führte dazu, dass Anna, die den Schirm hielt, diesen mit sich zog und Lizzie im strömenden Regen stehen ließ.

Als Anna das bemerkte, kam sie erschrocken mit dem Regenschirm zurück. »Lizzie, du bist so schrecklich blass. Was ist mit dir? Aber keine Sorge, wir sind gleich im Krankenhaus. Dort kümmern sie sich um dich.«

Mittlerweile waren sie auf dem parkähnlichen Krankenhausgelände angekommen. Aufgeregt deutete Anna auf das weiße Haus direkt hinter der Anstaltskirche. »Schau, da werden wir nun wohnen. Ist das nicht schön?«

Lizzie nickte müde und versuchte, mit der übereifrigen Anna Schritt zu halten, die es gar nicht erwarten konnte, von der Gräfin, wie die Oberin insgeheim genannt wurde, wie ihnen bei ihrem Vorgespräch eine freundliche ältere Diakonisse verraten hatte, begrüßt zu werden. Die geschwätzige Diakonisse hatte ihnen ebenfalls berichtet, wie die blaublütige Oberin Albertine mit bürgerlichem Namen hieß, denn die Diakonissen untereinander riefen sich nur beim Vornamen.

Kaum waren sie in der Diele des Hauses angekommen, wurden sie von einer Diakonisse in strengem Ton begrüßt. Lizzie zuckte zusammen. Sie hatte erwartet, dass man im Mutterhaus liebevoll und sanft miteinander umging, doch die hagere Schwester hatte gar nichts von dem Habitus, den Lizzie in diesem christlichen Haus erwartet hatte. Auch Anna war das Dauerlächeln für einen Augenblick vergangen, nachdem sich Schwester Bertha ihnen im Kasernenhofton vorgestellt hatte.

»Darf ich die Koffer sehen?«, erkundigte sie sich und öffnete, ohne die Antwort abzuwarten, Lizzies Koffer und ließ ihren Blick prüfend über ihre mitgebrachte Kleidung schweifen. Als Probeschwestern waren sie angehalten worden, Leibwäsche, Strümpfe und dunkle Kleidung mitzubringen. Nur die weißen Schürzen und Hauben wurden ihnen gestellt, bis sie nach einem Jahr zu Novizinnen wurden.

Mit spitzen Fingern zog die Schwester das schwarze Kleid hervor, das Lizzie sich zum Fest von Onkel Henning aus dem Schrank von Fräulein Gröhn mitgenommen und das diese ihr am nächsten Tag geschenkt hatte.

»Was ist das?«, fragte sie angewidert.

»Mein Lieblingskleid«, entgegnete Lizzie und blickte die grimmige Schwester an, statt beschämt den Blick zu senken, wie es Anna gerade tat, ohne dass sie überhaupt gemeint war.

»Und was hat das hier zu suchen?«

»Ich wollte es einfach bei mir haben«, erwiderte Lizzie unerschrocken. »Man hat uns beim Eingangsgespräch versichert, dass wir hier nicht im Kloster sind«, fügte sie hinzu. Sie ignorierte den sanften Stoß in die Seite, den ihr Anna zum Zeichen gab, sich nicht mit der Schwester anzulegen.

Schwester Berthas Gesicht war puterrot angelaufen, aber sie schwieg und stopfte das Abendkleid zurück in den Koffer, bevor sie Annas persönlichen Gegenstände inspizierte, und zwar ohne jegliche Beanstandung.

So unbeeindruckt, wie sich Lizzie nach außen hin gab, war sie allerdings ganz und gar nicht. Im Gegenteil, in ihrem Inneren brodelte ein kleiner Vulkan. Am liebsten hätte sie ihren Koffer gegriffen und wäre gegangen, aber so schnell aufgeben wollte sie nicht. Sie war nur froh, dass sie das Armband von Großmutter Elisabeth nicht mehr bei sich trug. Was hätte Schwester Bertha erst zu einem mit Saphiren besetzten Armband gesagt? Es war im Übrigen überhaupt nicht ihr Plan gewesen, es Lene auszuleihen, aber als sie ihre Schwester so unglücklich erleben musste, war es ihr ein Bedürfnis gewesen, ihr etwas Gutes zu tun. Vielleicht war dies der lang ersehnte Beweis christlicher Nächstenliebe, schoss es Lizzie durch den Kopf, dass sie ihrer Schwester ohne Bedauern dieses Erbstück überlassen hatte, wenn auch nur als Leihgabe.

»Folgt mir!«, befahl die Schwester nun und führte die beiden Neuankömmlinge in die obere Etage zu einem Schlafsaal mit acht Betten. Lizzie gruselte es bei dem Gedanken, ihr Schlafzimmer mit anderen zu teilen. Sie hatte schon früh ein Zimmer für sich allein besessen.

Die Schwester zeigte ihnen ihre Betten, die nicht einmal nebeneinanderstanden, und erläuterte ihnen den Tagesablauf. Lizzie hörte gar nicht richtig zu, nur als die Worte »Treppenhaus scheuern« und »Kartoffeln schälen« fielen, horchte sie erschrocken auf. Was sie bei alledem etwas tröstete, war die Tatsache, dass Annas Miene sich bei den Worten der Diakonisse ebenfalls nachhaltig verändert hatte. Das Dauerstrahlen, als würde sie im Mutterhaus der Himmel auf Erden erwarten, hatte sich jedenfalls endgültig verflüchtigt. Stattdessen sah sie plötzlich dermaßen ernst aus, dass sie um Jahre gealtert wirkte. Aber Lizzie konnte nicht länger den Glauben in ihren Augen lesen, sondern eher nackte Panik.

Als die Schwester nun das erste Gebot der Eintrittsbedingungen der Probeschwestern mit einer Stimme deklamierte, als wolle sie ihnen drohen, wurde Lizzie klar, dass sie das Beiblatt mit den Eintrittsbedingungen, das man ihr nach dem Vorgespräch mitgegeben hatte, offenbar nicht gut genug studiert hatte. Vor allem, als Lizzie einen Hustenanfall bekam, weil die Luft in diesem Dachzimmer so schlecht war, und die Schwester noch einmal von vorne begann:

»*Was ihr mir getan habt einem unter diesen meiner geringsten Brüder, das habt ihr mir getan: Diakonissen sind Helferinnen im Dienst der Gemeinde Jesu, welche in ihrem Beruf nichts für sich begehren, weder Ehre vor Menschen noch ein Verdienst vor Gott, sondern allein, dass es ihnen vergönnt sei, gedrungen von der Liebe Christi ihre Gaben und Kräfte dem Herrn hinzugeben.*«

In diesem Augenblick wurde Lizzie klar, dass sie unbedingt etwas hatte erzwingen wollen, nur um ihren Kummer zu verdrängen. Dabei hatte sie sich die ganze Zeit über etwas vorgemacht, denn dieses Leben war für Frauen bestimmt, für die der Glaube an erster Stelle stand und die bereit waren, allein im Namen des Glaubens zu helfen. Helfen wollte Lizzie auch, aber mit anderen Mitteln. Sie war keine Helferin im Dienst der Gemeinde Jesu, sondern im Dienst der Naturwissenschaften, der Politik und der Literatur. Es galt zu verhindern, dass Menschen wie Käthe und ihre Mutter von dieser schrecklichen Grippe dahingerafft wurden, dass junge Männer sinnlos in Kriegen starben, und sie wollte Schriften studieren, die sich mit diesem Elend auseinandersetzten und nach Lösungen suchten, dass es nicht noch einmal zu so einem Morden käme wie im vergangenen Krieg.

Und sie wollte sich darüber mit klugen Männern wie einem Gottfried Lüdtke austauschen. Mit einem warmen Gefühl dachte sie an die halbe Nacht in der Villa Skagen Gul, die sie erst gemeinsam an Pauls Bett und dann auf dem Flur davor auf dem Dielenboden sitzend verbracht hatten. Damit sie ihn nicht störten, aber mit angelehnter Tür, falls er wieder krampfte. Sie hatten sich angeregt über wichtige Fragen ausgetauscht, wie über die Schrecken eines solch grausamen Krieges, der ihren Bruder und so vielen anderen jungen Männern das Leben gekostet hatte, halben Kindern, die noch gar nicht gelebt hatten. Gottfried hatte ihr anvertraut, dass er nur einen Weg zum Frieden sah, den Kommunismus. Er berichtete von Straßenschlachten in Berlin zwischen Roten und Freikorps und von den Morden an Rosa Luxemburg und Karl Liebknecht. Und er warnte eindringlich vor einer gefährlichen neuen nationalen Partei, die sich jüngst im Münchner Hofbräuhaus von DAP in NSDAP umbenannt hatte, aber deshalb nicht minder gefährlich sei. Und sie hatten über die Erzählung *Demian* von Hermann Hesse gesprochen. Und dann hatte er versucht, sie zu küssen, aber sie hatte den Kopf zur Seite gedreht und war geflüchtet.

Einmal abgesehen davon, dass sie den Männern abgeschworen hatte, liebte sie doch immer noch den anderen und sehnte sich nach dessen Kuss.

Kuss. Kuss. Kuss, hämmerte es in ihrem Kopf. Ein heißer Schauer, der in diesem Augenblick durch ihren Körper rieselte, brachte noch ganz andere in ihr tief verborgene Bedürfnisse ans Licht. Sie wünschte sich, heute Nacht an Lenes Stelle zu sein, obwohl sie jeden Anflug von körperlichem Begehren seit ihrer Enttäuschung mit Herrmann im Keim erstickt hatte. Oder sehnte sie sich etwa nach dem Rübezahl aus Berlin und bedauerte, ihn abgewiesen zu haben?

Als die Tür hinter der Schwester zuklappte und sie sich in diesem düsteren Schlafsaal umblickte, wurde sie starr vor Angst, weil sie diese Fragen niemals mehr würde beantworten können, denn sie sah in diesem Augenblick keinen Ausweg, ihrem selbst auferlegten Schicksal jemals wieder zu entkommen. Sie versuchte zu beten, aber sie spürte nur Leere. Das Einzige, was auf Hochtouren arbeitete, war ihr Hirn, und dort hämmerte in erschütternder Klarheit die zentrale Erkenntnis: Ihre Stärke war nicht der Glaube, sondern das Denken und Fühlen!

2. Teil

Jette

Der Sturm pfeift über ein junges Haupt
Und zerschlägt die Götter, an die er geglaubt,
Und die gold'nen Märchen vom Glücke. –

Aus dem Gedicht Kismet
von Else Lasker-Schüler 1900

23. Zugfahrt nach Berlin, 1923

Jette war seit ihrer Abfahrt vom *Englischen Bahnhof* in Flensburg bereits über acht Stunden unterwegs. Erst bis nach Neumünster, dort musste sie umsteigen in den Zug nach Altona, dann zum Hauptbahnhof in Hamburg und schließlich in die Bahn nach Berlin. Onkel Henning hatte sie zum Zug gebracht und auch das Ticket bezahlt, und zwar in Dollar. Er hatte ihr auch ein paar Dollar mitgegeben, weil die Inflation in diesen Tagen binnen Stunden die Preise ins schier Endlose erhöhen konnte. So viele Tausendmarkscheine, wie sie für ihren Ausflug nach Berlin benötigte, würde sie kaum transportieren können. Sie hatte für kleine Ausgaben wie ein Getränk im Zug zwar auch deutsches Geld dabei, aber Onkel Henning hatte wie immer an alles gedacht. Was, wenn sie zum Vorsprechen ein neues Kleid brauchte oder Ähnliches? Offiziell und auch Jettes Vater gegenüber galt diese Reise als privater Besuch bei Fräulein Gröhn. Selbst davon war ihr Vater alles andere als begeistert gewesen, obwohl er die Dame gar nicht kannte, aber am Frauengeschmack seines Bruders zweifelte er per se.

Onkel Henning war das Schwindeln in dieser Angelegenheit gar nicht recht. Er hätte seinem Bruder liebend gern von den unsittlichen Übergriffen von Jettes Schauspiellehrer Egon Schmitz berichtet, obwohl er seinen Bruder vor zwei Jahren mit Engelszungen überredet hatte, seine Tochter nach dem Abschluss der zehnten Klasse die Schule beenden zu lassen und ihr privaten Schauspielunterricht zu erlauben. In dem Zusammenhang hatte er Schmitz vorgeschlagen, den er flüchtig kannte. Onkel Henning hätte seine Hand für diesen Mann ins Feuer gelegt. Nachdem er von dessen Übergriffen erfahren hatte, war er unangemeldet in Schmitz' Wohnung aufgetaucht und hatte ihn vor die Wahl gestellt, die Stadt auf Nimmerwiedersehen zu verlassen oder es dem Theaterintendanten Ernst Bornholdt zu berichten. Schmitz war jedenfalls am nächsten Tag, ohne sein Engagement am Theater zu kündigen, auf Nimmerwiedersehen verschwunden.

Jette hatte große Sorge, dass, wenn ihr Vater davon erfuhr, er das Verhalten des Schauspiellehrers verallgemeinern und seiner Tochter unter keinen Umständen dieses Vorsprechen im Moloch Berlin gestatten würde. Und dann, so hatte Jette ihrem Onkel theatralisch angedroht, würde sie sich in die Förde stürzen. Schließlich hatte er ihr zugesagt, diese Reise zu erlauben, aber nur, wenn sie sich in Berlin unter die Obhut von Fräulein Gröhn begab. Das war für Jette keine Strafe, denn sie bewunderte die Muse ihres Onkels grenzenlos. Fräulein Gröhn hatte ein kleines Vermögen und eine gut gehende Pension in Charlottenburg von einem Mäzen, wie es Onkel Henning vornehm auszudrücken pflegte, geerbt. Auf diese Weise konnte sie sich den anspruchsvollen Lebensstandard leisten, ohne dass sie sich um etwas anderes kümmern musste als schöne Kleider, rauschende Gesellschaften und junge Künstler. Für die profanen Arbeiten, die im Pensionsbetrieb anfielen, hatte Fräulein Gröhn ihr Personal. Und so war es ihr ein besonderes Vergnügen, wie sie Onkel Henning geschrieben hatte, »den zukünftigen Star am Theaterhimmel bei sich zu beherbergen«.

Irgendwann auf der Strecke kurz vor Ludwigslust war Jette, nachdem sie die ersten Stunden immer und immer wieder den Monolog repetiert hatte, den sie vorzusprechen gedachte, vor lauter Erschöpfung eingeschlafen und wachte erst wieder auf, als der Zug in Spandau hielt. Ihr gegenüber saß nun ein junger Mann, der vorhin noch nicht dort gewesen war und der sie gewinnend anlächelte. Das war gut so, denn dann musste sie nicht länger an ihren wirren Traum denken, in dem Herr Schmitz eine ähnlich unrühmliche Rolle gespielt hatte wie im wirklichen Leben. Er hatte sie verfolgt, ihr seine dicklichen Finger auf das Knie gelegt und verlangt, sie solle die Leidenschaft spüren, sonst könne sie das nicht auf der Bühne spielen. Sie sei viel zu kühl Männern gegenüber, um eine Liebende darzustellen, hatte er geflüstert und die Hand höher geschoben, bis sie ihm in die Hand gekniffen hatte. Ja, so ähnlich hatte sich der Vorfall auch im wahren Leben abgespielt, wobei sie da nicht einmal mehr daran gedacht hatte, ihn zu kneifen oder ihm eine Ohrfeige zu versetzen, sondern lediglich daran, seine Wohnung fluchtartig zu verlassen und Onkel Henning einzuweihen. Den Gedanken an ihren ehemaligen Schauspiellehrer und seinen plumpen Versuch, sie in seiner Wohnung zu verführen, fegte sie allerdings hastig beiseite und lächelte zurück.

»Ich wollte Sie gerade wecken«, sagte er, und sie meinte, einen leichten Akzent aus seiner Stimme herauszuhören.

»Danke, das ist nett von Ihnen. Ich bin schon um fünf Uhr aufgestanden, weil ich es ansonsten nicht an einem Tag bis Berlin geschafft hätte«, erwiderte sie und musterte ihn wohlwollend. Er war eine interessante Erscheinung. Die wachen braunen Augen standen in einem Kontrast zu seinem weizenblonden Haar.

»Woher kommen Sie denn?«, fragte er.

»Aus Flensburg.«

»Ein nettes Städtchen. Mein Vater hat in jungen Jahren dort als Klavierlehrer sein Brot verdient. Seine Eltern waren von Berlin aus dorthin gezogen, weil mein schwedischstämmiger Großvater unbedingt weiter in den Norden wollte. Und für meine Großmutter war das der nördlichste Punkt, an dem sie leben konnte. Jedenfalls wohnte mein Vater damals noch zu Hause bei den Eltern, bevor er dann nach Stockholm ans dortige Orchester gegangen ist und meine Mutter kennengelernt hat. Später hatte er allerdings noch ein paar Konzerte in Flensburg gegeben, aber ich blieb immer bei meiner Mutter in Schweden. Zur Beerdigung seiner Mutter durfte ich mit nach Flensburg, aber ich will Sie nicht langweilen mit meiner Lebensgeschichte. Und heute komme ich nur aus Ludwigslust. Ich hatte dort ein Gastspiel.« Er deutete auf einen Geigenkasten, der auf dem leeren Platz neben ihm stand.

Sofort war Jette hellwach. Künstler erweckten ihre Neugier, gleich, ob Musiker oder Schauspieler, Tänzerinnen oder Maler.

»Sie spielen also Geige?«

»Genau, im Orchester der Deutschen Oper, aber an freien Tagen verdiene ich mir etwas mit Gastspielen dazu. Aber ansonsten kann man mich auch als Pianist einsetzen. Und was treibt Sie nach Berlin … Moment, lassen Sie mich raten. Sie sind Tänzerin?«

Jette lächelte geschmeichelt. »Nein, ich liebe es zu tanzen, aber ich finde, dazu reicht mein Talent nicht. Ich habe ein Vorsprechen an der Schule des Deutschen Theaters.«

Ihr Mitreisender pfiff anerkennend durch die Zähne. »Sehen Sie, die Künstlerseele in Ihnen habe ich sofort erkannt. Sie planieren also eine Schauspielerkarriere?«

»Und Sie sind Schwede?«, fragte sie grinsend, ohne seinen entzückenden kleinen Fehler zu korrigieren. Auch verriet sie ihm nicht, woher sie das wusste. Der einzige Schwede, den sie bislang kennengelernt hatte, hatte nämlich auch planieren statt planen gesagt, worüber sie sich einst köstlich amüsiert hatte.

Er nickte. »Mütterlicherseits ein ganzer und väterlicherseits nur ein halber. Die Mutter meines Vaters kam ursprünglich aus Berlin …« Er streckte ihr die Hand entgegen. »Henrik Larsson.«

»Jette Danneberg«, entgegnete sie.

In diesem Moment trat der Schaffner in ihr Abteil und kündigte ihnen an, dass die nächste Station der »Lehrter Bahnhof« und damit die Endstation wäre. Einerseits war Jette erleichtert, dass die lange Reise damit dem Ende zuging, auf der anderen Seite bedauerte sie es außerordentlich, den jungen Musiker nicht ein wenig näher kennenlernen zu können. Sie war attraktiven Männern gegenüber durchaus aufgeschlossen und kokettierte gern, aber noch keiner hatte je ihre Neugier so geweckt wie dieser Schwede mit den dunkelbraunen Augen.

Jette hatte diesen Gedanken noch gar nicht zu Ende geführt, als sie ihn fragen hörte: »Haben Sie Lust, heute Abend mit uns in eine Bar zu gehen?«

Wer ist uns?, dachte sie, aber sie fragte nicht nach, sondern schüttelte den Kopf. »Nein, lieber nicht. Heute Abend möchte ich früh ins Bett und noch einmal meine Rolle vorbereiten.«

»Wann werden Sie denn vorsprechen?«

»Morgen am frühen Nachmittag.«

»Und welche Rolle, wenn ich fragen darf?«

»Sie dürfen. Die Recha aus Nathan der Weise.«

»Da müssen Sie mir auf die Sprünge helfen. Von wem ist das? Ich kenne zwar deutsche Dichter. Ist das von Schiller?«

»Nein, von Lessing. Recha ist die Tochter von Nathan, also eigentlich seine Adoptivtochter, aber das weiß sie lange nicht. In Wahrheit ist ihr leiblicher Vater ein Tempelherr, und sie ist eigentlich Christin.«

»Und wahrscheinlich weiß sie nicht, wer sie wirklich ist: Jüdin oder Christin?«, fragte er nach.

Jette nickte eifrig. Ihr gefiel es außerordentlich, wie er sich für ihre Arbeit interessierte. Ganz im Gegensatz zu den jungen Männern, denen sie in Flensburg begegnete. Die schienen in erster Linie Interesse an ihrer Herkunft zu haben. Als einzige noch heiratsfähige Tochter von Ole Danneberg vermutete man bei ihr eine nicht unerhebliche Mitgift.

»Genau, das ist ihr Konflikt. Recha weiß nicht mehr, zu wem sie gehört, vor allem nicht, zu welcher Religion.«

»Das kenne ich. Ich wusste lange nicht, dass die Eltern meines Vaters Juden waren, weil meine Mutter uns christlich erzogen hat und meinem Vater der Glaube egal war«, pflichtete er ihr eifrig bei.

»Ich würde so gern noch weiter mit Ihnen plaudern, aber ich glaube, wir müssen uns zum Aussteigen bereit machen!«, erklärte Jette bedauernd.

»Und, gehen Sie dann vielleicht morgen Abend nach bestandener Prüfung mit uns in eine Bar, Fräulein Danneberg?«

»Das kann ich Ihnen noch nicht versprechen. Ich muss erst einmal meine Tante fragen, bei der ich in Berlin wohne. Wie kann ich Sie erreichen? Haben Sie ein Telefon?«

Er schüttelte den Kopf. »Leider nicht, wir wohnen zur Untermiete in einer Dachwohnung. Aber ich mache Ihnen einen Vorschlag. Sie finden uns morgen Abend in der Kakadu-Bar Ecke Kurfürstendamm/Joachimsthaler Straße.«

»Meine Tante beziehungsweise die Muse meines Onkels, wie er seine Liebschaften nennt, hat eine Pension ganz in der Nähe vom Kurfürstendamm. Mal sehen, was sie davon hält. Sie hat nämlich die Aufgabe, auf mich zu achten, damit ich in Berlin nicht unter die Räder komme.« Sie lachte. Henrik holte ihren Koffer aus dem Netz und trug ihn bis zum Bahnsteig. Dort herrschte ein Höllenlärm, dass man kaum noch sein eigenes Wort verstand. Der Abschied war entsprechend hektisch, aber Jette blickte ihm trotzdem noch hinterher. Als er auf eine hochgewachsene Dame zueilte, die sich sogleich an seinen Hals warf und ihn abküsste, wandte sie sich allerdings unwirsch ab. Damit hatte sie die Antwort, wer »wir« waren, und die Klarheit, dass sie ihre Aufpasserin gar nicht erst fragen würde, ob sie morgen Abend in die Kakadu-Bar gehen könne. Diese Lust war ihr gründlich vergangen. Sie war ein bisschen traurig, dass Henrik vergeben war, denn der junge Schwede hätte ihr ernsthaft gefallen können.

»Henriette! Huhu!«, hörte sie da Fräulein Gröhn über den halben Bahnsteig rufen. Und schon kam sie angestürzt. Wieder von Kopf bis Fuß in großstädtische Eleganz gekleidet, zog sie selbst auf diesem Bahnhof, auf dem sie nicht der einzige Hingucker war, die Blicke der Mitreisenden auf sich. Als Jette nun Henrik Arm in Arm mit der Blondine auf sich zukommen sah, wollte sie Fräulein Gröhn hastig zur Seite ziehen, aber die blieb eisern stehen und musterte Jette prüfend von Kopf bis Fuß. »Wir müssen zum Friseur, und du brauchst ein neues Kleid«, stellte sie mitleidlos fest. Nun gab es kein Entrinnen, denn Henrik hatte sie erblickt und kam erfreut auf sie zu.

»Sie sind also die Tante, von der mir Fräulein Danneberg im Zug erzählt hat? Vielleicht haben Sie Lust, uns morgen im *Kakadu* zu …?«

»Nein, wir haben schon etwas vor«, fiel Jette ihm ins Wort.

»Ach schade, es wäre bestimmt amüsant geworden. Ich werde nämlich ein wenig Klavier spielen, und Emily singt.«

»Ach, Sie sind Henrik Larsson, oder? Ich habe Sie mal in der *Rakete* auftreten sehen. Sie sind ein richtiger Tastenakrobat.« Fräulein Gröhn schien fasziniert von Jettes Reisebegleitung.

»Ich denke, Sie sind Geiger«, bemerkte Jette unwirsch.

Ungefragt mischte sich Henriks attraktive Sängerkollegin ein, nachdem sie Jette prüfend von Kopf bis Fuß gemustert hatte. »Er kann jedes Instrument spielen. Er ist ein wahres Genie.« Zur Bekräftigung ihrer Worte küsste sie ihn überschwänglich auf die Wange.

»Können wir bitte weitergehen? Es war doch eine lange Reise«, sagte Jette und zupfte Fräulein Gröhn unsanft am Arm.

»Wir werden über einen Besuch im *Kakadu* sinnieren«, raunte Onkel Hennings Muse dem Musiker zu. Kaum waren sie ein paar Schritte gegangen, wollte Fräulein Gröhn wissen, warum Jette so schrecklich abweisend gewesen war.

Sie zuckte mit den Schultern. »Der Mann war mir zu aufdringlich. Ich kenne den noch gar nicht weiter«, stieß sie trotzig hervor.

»Nachtigall, ick hör dir trapsen. Er hat es Ihnen mächtig angetan, und Ihnen missfällt die Dame, aber vielleicht begleitet er sie nur auf dem Piano.«

»Dafür braucht sie ihn nicht abzuküssen. Die war ja ganz schön rappelig«, bemerkte Jette verächtlich.

Fräulein Gröhn hakte sich nun vertraulich bei Jette unter. Das war ihr ganz recht, denn auf diesem Bahnhof waren dermaßen viele Menschen unterwegs, dass man Sorge haben musste, sich im Gedränge zu verlieren. Jette erinnerte das Gewusel an einen aufgeschreckten Ameisenhaufen.

Sie war froh, als sie in der Stadtbahn saßen. Mit großen Augen blickte Jette aus dem Fenster. Die vorbeiziehenden Häuser kamen ihr riesig vor. Es war ihr erster Berlinbesuch, und sie malte sich aus, wie es wohl sein würde, wenn sie das Vorsprechen bestand und in dieser Stadt lebte. Eigentlich liebte sie Trubel. Wahrscheinlich würde sie sich schnell an das rasante Tempo der Großstadt gewöhnen.

Sie wurde von einem Griff an ihr Haar aus den Gedanken gerissen. »Du musst unbedingt gleich morgen früh zum Friseur. Du siehst ja aus wie deine eigene Großmutter.«

»Sie meinen, ich kann sie mir endlich kurz schneiden lassen?«, jubilierte Jette. »Nichts lieber als das!«

»Und anschließend gehen wir ins KaDeWe, das edelste Kaufhaus Berlins, und kaufen dir ein hübsches Kleid. Allerdings sollten wir einen Wäschekorb für das Geld mitnehmen. Was gestern noch eine Million war, kostet morgen eine Milliarde.«

»Onkel Henning hat mir genügend Dollar mitgegeben. Er hat schon vermutet, dass wir mich neu einkleiden.« Und wieder drückte sich Jette die Nase an der Scheibe der Straßenbahn platt. Sie konnte sich gar nicht sattsehen an den vielen imposanten und hohen Gebäuden dort draußen. Gerade kürzlich hatte sie in der Zeitung gelesen, dass die Berliner Traufhöhe von zweiundzwanzig Metern nicht überschritten werden durfte, und das schien von ihrem Sitzplatz in der Bahn unendlich hoch. Jettes erster Eindruck von Berlin war mehr als aufregend, und sie verspürte eine wilde Lust, in dieser Stadt zu leben.

24. Berlin, Mai 1923

Jette kam aus dem Staunen nicht hinaus, besonders nicht, als sie den belebten Kurfürstendamm entlangschlenderten, wo ein Gebäude prächtiger war als das andere und Fräulein Gröhn zielstrebig auf eines dieser Häuser zusteuerte. Auf einem kleinen Schild rechts neben dem prächtigen Torbogen stand *Pension Gröhn.* Der Eingang war hochherrschaftlich mit seinem Marmor und den großen Spiegeln. Doch was Jette darin sah, gefiel ihr gar nicht. Sie fühlte sich wie ein Landei und stellte sich vor, wie sie wohl morgen aussehen würde, wenn sie einen Bubikopf und ein schickes Kleid trug. Natürlich wollte sie ihre äußerlichen Vorzüge zur Geltung bringen. Allerdings wusste sie aus leidvoller Erfahrung, dass sich bei ihr Geister schieden. Es gab Menschen, die sie exotisch und apart fanden, aber dann gab es auf der anderen Seite den dummen Paul, der sie jedes Mal, wenn er sie allein traf, abfällig »Zigeunerkind« nannte. Er war nur zu klug, das jemals in Freyas Gegenwart zu tun. Auch wenn Jette ihren Cousin genauso wenig leiden konnte wie Lizzie und Lene, sie musste zugeben, dass ihre Cousine keinen unglücklichen Eindruck machte. Im Gegenteil, sie schien sich auf Gut Runohr ausgesprochen wohlzufühlen, seit Onkel Carl seinen Verwalter entlassen und Paul diesen Posten gegeben hatte. Besonders jetzt, wo Freya bald ihr zweites Kind erwartete, nachdem das erste im Kindbett gestorben war, benahm er sich wirklich vorbildlich seiner schwangeren Frau gegenüber. Doch ihre Schwestern, sosehr sie sich sonst auch aus dem Weg gingen, waren sich bei dem Thema Paul einig. Wolf im Schafspelz, der nur dem Tag entgegenfieberte, an dem Freya die Verfügungsgewalt über das Erbe ihrer Mutter erhalten würde, lautete deren einhelliges Urteil. Nicht dass Jette Paul besonders mochte, aber solange er zu Freya gut war, musste sie ihn nicht hassen. Vor allem, weil sie sich gern bei Freya im Gutshaus aufhielt, um dem neuen Zuhause zu entfliehen, wo sie sich manchmal schrecklich einsam fühlte ohne ihre Schwestern. Die Villa in der Wrangelstraße war überdies viel zu groß für ihren Vater, Lotte und sie. Die einzigen Lichtblicke waren die Familienfeste oder die Besuche von Lizzie, die stets bemüht fröhlich und gut gelaunt zu sein schien. Doch Jette besaß ein feines Gespür für die wahre Stimmung, die sich hinter scheinbar fröhlichen Gesichtern versteckte. Lizzies Augen unter der Haube strahlten tiefe Traurigkeit aus. Ganz anders als Anna, die schier aufzugehen schien in ihrer Berufung.

Aber auch ihre Schwester Lene schien nicht wirklich glücklich zu sein. Sie war dynamisch und engagiert, wenn es um das Rumhaus ging. Wie oft schwärmte ihr Vater von Lenes umsichtigen Entscheidungen. Doch kaum betrat Herrmann den Raum, verfinsterte sich Lenes Miene. Jette wollte keine falschen Schlüsse ziehen, aber die beiden machten nicht den Eindruck, als würden sie als liebendes Ehepaar zusammenleben. Dafür sprach auch die Tatsache, dass die Schlafzimmer der beiden an der Schiffbrücke nicht weiter auseinanderliegen konnten. Lene war in ihrem alten Zimmer geblieben, während Herrmann sich den einstigen Arbeitsraum ihres Vaters hergerichtet hatte. Und noch ein anderes Indiz gab es: Lene war nach fast drei Ehejahren immer noch nicht schwanger!

Fräulein Gröhn öffnete nun eine schneeweiß lackierte Wohnungstür, die schon für sich gesehen in Jettes Augen ein wahres Kunstwerk darstellte mit Kassettenfenstern, Jugendstilschnitzereien und hochwertigen Türbeschlägen. Auf der gegenüberliegenden Seite gab es eine genauso eine Eingangstür, die zu den Pensionszimmern führte.

»Das ist alles wahnsinnig schön«, schwärmte Jette und blickte sich begeistert in der Diele um. Fräulein Gröhn hatte wirklich Geschmack. So wie Onkel Henning, allerdings war bei ihr eher alles üppig und verschwenderisch eingerichtet und hatte nichts vom der nordischen Schlichtheit, die ihr Onkel bevorzugte. Jette konnte sich gar nicht sattsehen. Jedes Möbelstück war etwas Besonderes. Ob die Art-déco-Garderobe oder der orientalische Flurtisch.

Fräulein Gröhn fragte sie, ob sie etwas gegessen habe, was Jette verneinte. Das Letzte hatte sie heute Morgen zu Hause zu sich genommen, bevor Onkel Henning sie abgeholt hatte. Jette war ohnehin keine große Esserin, aber nun meldete sich ihr Magen mit einem lauten Knurren, als wolle er die Frage beantworten.

»Ich würde gern noch etwas essen«, gab sie zu.

»Dann bringe nur rasch deine Tasche ins Zimmer.« Sie öffnete die Tür zu einem Gästezimmer, das ebenfalls einfallsreich und besonders eingerichtet war. Sie stellte ihre Sachen vor dem Bett ab und fragte Fräulein Gröhn nach einer Waschgelegenheit. Die Gastgeberin deutete auf eine Tür, die vom Flur abging. »Wir gehören zu den Privilegierten, die ein eigenes Badezimmer haben. Mach dich nur frisch. Es ist für alles gesorgt.«

Jette staunte nicht schlecht, als sie das in Grüntönen gekachelte Bad, die Wanne und das Porzellan-WC sah. Zwar besaßen sie zu Hause auch ein eigenes Bad. Darauf hatte der Vater beim Umbau großen Wert gelegt, aber so edel wie bei Frau Gröhn war ihr Badezimmer nicht. Jette zog sich rasch aus und wusch sich am Becken am ganzen Körper, weil sie sich so verschwitzt fühlte, und band sich anschließend das Handtuch um, was ihr Fräulein Gröhn hingelegt hatte. Allerdings kam sie sich vor wie ein Aschenputtel, als ihr auf dem Rückweg in ihr Zimmer Fräulein Gröhn auf dem Flur begegnete. Sie hatte sich umgezogen in einen betörenden knöchellangen Seidentraum aus Altrosa mit raffinierten Spitzen an den Seiten. Dazu das passende Hütchen und Schuhe.

»Wie hübsch Sie aussehen!«, stieß Jette begeistert hervor.

»Das ist aus dem KaDeWe und ganz en vogue. Der neuste Schrei ist was Ägyptisches, und dieses Jahr ist diese Länge angesagt.« Sie drehte sich einmal um die eigene Achse.

Jette nickte angestrengt, denn das Kleid, das sie anziehen wollte, war das kürzeste, das sie je besessen hatte, weil die Rocklänge im vergangenen Jahr für junge Mode rasant nach oben gerutscht war. In der letzten *Dame* hatte sie zwar schon einen Eindruck bekommen, dass kniekurz schon wieder vorbei war, aber ihr schönstes Kleid war noch im Stil des vergangenen Jahres geschnitten. Kurz, weit mit Fledermausärmeln.

Als sie sich wenig später mit dem Kleid aus der vergangenen Saison im Spiegel betrachtete, fand sie sich gar nicht mehr so altbacken. Nur das Haar, das störte sie mächtig. Wenn sie das abschnitt, dann bräuchte sie gar kein neues Kleid, denn sie würde frech und modern aussehen. Gut, für die Rolle der Recha wären Zöpfe ideal, aber die konnte sie über das intensive Spiel herstellen. Dessen war sie sich sicher. Als sie aus dem Zimmer kam, reagierte Fräulein Gröhn begeistert. »Für dich ist die Länge wunderschön. Das unterstreicht deine Jugend.«

»Na ja, ich bin jetzt auch schon neunzehn, aber ich würde gern meine Mähne loswerden. Ich hasse diese Locken«, stieß sie genervt hervor.

»Deswegen wollen wir ja auch morgen gleich zum Friseur. Der ist nur ein paar Häuser weiter und hat mittlerweile mehr Frauen als Kunden, obwohl er doch Herrenfriseur ist. Es wird höchste Zeit, dass es endlich auch Damenfriseure gibt.«

»Können Sie mir das nicht abschneiden, Fräulein Gröhn?«, bat sie. »Das würde so schön zu dem Kleid passen.«

Fräulein Gröhn musterte den dicken Lockenkopf Jettes skeptisch, aber dann sagte sie: »Wir versuchen es. Und wenn es misslingt, dann lassen wir es morgen beim Friseur ausbessern. Und bitte duze mich. Ich fühle mich sonst viel zu alt. Und nun komm ins Bad.«

Aufgeregt folgte Jette ihr, setzte sich auf den Wannenrand und schloss die Augen. Sie atmete ein paarmal tief durch und hoffte, dass Fräulein Gröhn ein ruhiges Händchen hatte. Nach einer Weile stieß Onkel Hennings Muse spitze Begeisterungsschreie aus. »Du musst in den Spiegel sehen. Formidable!«

Jette näherte sich zögernd dem Spiegel und staunte nicht schlecht. Frau Gröhn hatte ihr einen Bubikopf gezaubert, der zwar nicht so schön glänzte wie der von der Muse, weil ihr Haar lockig war, aber er gefiel ihr auf Anhieb. Vorsichtig fuhr sie sich durchs Haar. »Einmal davon abgesehen, dass es gut aussieht, endlich muss ich mir nicht mehr stundenlang das lange Haar bürsten. Allein dieses Ziepen. Jetzt fehlt nur noch etwas Farbe auf den Lippen …« Fräulein Gröhn reichte ihr daraufhin eine kleine Metallhülse, die Jette skeptisch zur Hand nahm.

»Du musst die Hülse öffnen und herausziehen. Das ist die neuste Kreation, die es nur im KaDeWe gibt.«

»Darf ich?«, fragte Jette sichtlich beeindruckt.

»Bedien dich!«

Das ließ sich Jette nicht zweimal sagen. Sie tupfte sich vorsichtig die rote Farbe auf die Lippen.

»Und nun musst du die Lippen aufeinanderpressen. Schau!« Fräulein Gröhn nahm ihr den Lippenstift aus der Hand und machte es ihr vor. Vor allem zeigte sie ihr, was für eine Form sie sich malen sollte. Klein und rund. Wie bei einer Puppe. Jette versuchte ihr Glück, und tatsächlich gelang es ihr.

Ein Blick in den Spiegel zeigte ihr, dass ihr neuer Schnitt zusammen mit dem Schminken alle ihre Hoffnungen übertraf. Sie fühlte sich wie eine Diva, und ihr Lampenfieber wegen morgen, das unter der Oberfläche die ganze Zeit darauf gelauert hatte, spätestens beim Vorsprechen in Form von Beklemmungen und verschwitzten Händen auszubrechen, verflüchtigte sich. Sie spürte ein Gefühl von innerer Sicherheit. Was sollte ihr denn passieren? Diesen Monolog hatte sie schon mit Schmitz eingeübt, und wenn er sich auch als Ferkel entpuppt hatte, ein guter Schauspiellehrer war er allemal gewesen. Er hatte sie auch in ihrem Plan bekräftigt, sich an der Schauspielschule ihrer Wahl zu bewerben, auch wenn er immerzu betont hatte, es bräche ihm das Herz, sie zu verlieren. Dass es weniger sein Herz gewesen war, das er vermisst hätte, hatte er ihr dann ja auf recht ungehobelte Weise nahegebracht.

»Nun komm, du musst unbedingt die Großstadtluft schnuppern. Sie wird dir gefallen. Wir essen um die Ecke eine Kleinigkeit, und dann gehen wir in die *Rakete.*«

Jette zuckte zusammen. »Ich weiß nicht, ob das so eine gute Idee ist, denn ich brauche meinen Schlaf …«

»Kindchen, dann schläfst du eben morgen Vormittag. Es wäre doch zu schade, wenn du schon einmal in der Hauptstadt bist und das pralle Leben verschläfst.« Das sagte sie in einem Ton, der keinen Widerspruch duldete. Sie reichte Jette, die gerade ihren eignen Mantel anziehen wollte, einen weiten grauen Staubmantel von der Garderobe und zog sich selbst einen beigen an.

Untergehakt kehrten sie wenig später in ein kleines Lokal ein und aßen auf Fräulein Gröhns Rat Leber mit Äpfeln und Kartoffelbrei und tranken ein großes Bier dazu, das Jette gleich mächtig zu Kopf stieg, aber es entspannte sie merklich. Jetzt konnte sie sich schon leichter auf den Trubel einlassen, der sogar in dieser Gaststätte herrschte. Es gab großes Gejohle, als Fräulein Gröhn die großen Scheine hervorholte und rief: »Sie haben Ihre Preise aber wirklich erhöht. Neulich habe ich eine Bulette noch für hunderttausend Reichsmark gegessen. Aber wir ziehen jetzt weiter.« Sie deutete auf ihre große Handtasche. »Mal sehen, was wir uns heute noch leisten können. Ich denke, für ein Ticket in der *Rakete* wird es reichen.«

Jette fand es bewundernswert, wie locker Fräulein Gröhn mit der irrsinnigen Inflation umging. In Flensburg ging man damit weniger entspannt um. Jeden Tag gab es in den Flensburger Nachrichten eine traurige Geschichte zu lesen, dass sich jemand umgebracht hatte, weil er sein gesamtes Erspartes verloren hatte, oder wie sich schon nachts Schlangen vor dem Bäcker bildeten, damit die Menschen noch ein Brot für ihren Lohn bekamen, der am Abend nichts mehr wert war. Aber man munkelte, das wäre erst der Anfang, und wenn es so weitergehe, würde man bald in Billionen zahlen müssen. Und auch die Zeitung selbst war in große Schwierigkeiten geraten, wie sie von ihrem Vater wusste, der zu den Geschäftsleuten in der Stadt gehörte, die zusammen mit anderen Flensburger Kaufleuten dafür gesorgt hatten, dass die Zeitung bestehen blieb.

Auf einen Besuch in der *Rakete* hatte Jette allerdings keine Lust, aber auch nur, weil Henrik dieses Etablissement erwähnt hatte. Nicht, dass er heute womöglich dort mit seiner Muse auftrat. Insgeheim ärgerte sie sich darüber, dass diese Frau sie dermaßen aus der Ruhe bringen konnte. Sie konnte nicht umhin, zumindest vor sich selbst zuzugeben, dass es ihr der Schwede sichtlich angetan hatte. Wie gern hätte sie ihn näher kennengelernt, aber ohne Anhang, ohne Emily!

Fräulein Gröhn schien von dem Bier schon ein wenig angeheitert zu sein. Jedenfalls kicherte sie die ganze Zeit und versprach Jette einen verrückten Abend.

Als die beiden Frauen wenig später das Kabarett-Theater an der Ecke Kantstraße/ Joachimsthalerstraße betraten, gab es nur noch zwei Karten. Auf der Bühne stand eine Künstlerin, die Jette auf über vierzig schätzte und die kämpferisch sang: »General, General, mach es nur nicht noch einmal. Es schreien die Toten. Denk an die Roten. Sieh dich vor. Sieh dich vor, hör den brausend dumpfen Chor. Wir rücken näher ran, Kanonenmann vom Grab. Schieb ab!«

»Das ist Rosa Valetti«, flüsterte Fräulein Gröhn Jette bewundernd zu, während sie an den einzig freien Tisch geführt wurden. Jette war fasziniert von diesem Lied. Weniger wegen des Textes als vielmehr wegen der Präsenz der Vortragenden.

Solche Art von Bühnenauftritt sah sie zum ersten Mal. Das war etwas völlig anderes als die Vorstellungen, die sie aus Flensburg kannte. Sie war schwer beeindruckt von der Nähe, die das Publikum zur Künstlerin hatte, und sah sich in ihrer Fantasie auch schon allein auf so einer Kabarettbühne stehen mit den Zuschauern quasi auf Tuchfühlung.

Man spürte selbst auf den hinteren Plätzen, auf denen sie saßen, jede Regung der Künstlerin. Jette verfolgte das Programm gebannt, auch als jetzt ein spitzbübisch wirkender Herr in einem Matrosenanzug auf die Bühne kam und ein Gedicht rezitierte. »Guten Abend, schöne Unbekannte! Es ist nachts halb zehn. Würden Sie liebenswürdigerweise mit mir schlafen gehn? Wer ich bin? – Sie meinen, wie ich heiße? Liebes Kind, ich werde Sie belügen, denn ich schenke dir drei Pfund. Denn ich küsse niemals auf den Mund. Von uns beiden bin ich der Gescheitere. Doch du darfst mich um drei weitre Pfund betrügen …«

Jette hatte das Gefühl, er sprach sie direkt an, aber das dachten Fräulein Gröhn sowie sämtliche Damen an den benachbarten Tischen wohl auch, so verzückt, wie sie ihm an den Lippen hingen. »Das ist der Ringelnatz als Kuddel Daddeldu«, raunte Onkel Hennings Muse ihr zu.

Jette war fasziniert von den abwechslungsreichen Darbietungen und enttäuscht, als nach diversen Zugaben das Licht im Zuschauerraum anging. Verstohlen blickte sie sich um, aber Henrik war nicht da. Dafür winkte ihnen jetzt von einem Nachbartisch ein großer Mann mit dunklem Haar zu.

Fräulein Gröhn machte ihm ein Zeichen, an ihren Tisch zu kommen. Das ließ er sich nicht zweimal sagen. Er war eine imposante Erscheinung, wie Jette feststellte, aber bestimmt schon weit über dreißig. Fräulein Gröhn schien ihn näher zu kennen, denn er begrüßte sie mit Küsschen auf beide Wangen, bevor er Jette interessiert musterte und sich formvollendet vorstellte. »Dr. Gottfried Lüdtke«, sagte er.

»Henriette Danneberg«, erwiderte sie. Jette entging nicht, dass er leicht zusammenzuckte, als sie ihm ihren Namen nannte.

»Darf ich mich einen Moment zu den Damen setzen?«, fragte er, ohne den Blick von ihr zu nehmen.

Kaum hatte er sich auf den Stuhl gesetzt, da fragte er Jette äußerst interessiert, ob sie mit Henning Danneberg verwandt wäre.

Jette nickte. »Ja, er ist mein Onkel.«

»Du kennst Jettes Schwester übrigens. Elisabeth. Das ist die junge Dame, die es dir bei Hennings Einbürgerungsfest Ostern zwanzig mächtig angetan hatte«, verriet Fräulein Gröhn breit grinsend. Während der Vorstellung hatte sie noch weitere Biere getrunken, sodass sie inzwischen ein wenig angeheitert war und nicht merkte, wie unangenehm ihm ihre Distanzlosigkeit war.

»Wie geht es denn Ihrer Schwester?«, fragte er förmlich.

»Ich denke, ganz gut. Sie macht sich im Krankenhaus unentbehrlich und assistiert einem der Ärzte bei Operationen.«

»Ach, sie hat also doch Medizin studiert? Das freut mich. Bestellen Sie ihr einen schönen Gruß vom falschen Gottfried. Und richten Sie ihr aus, ich würde sie gern einmal wiedersehen …«

Er stutzte, als er Jettes Verblüffung wahrnahm. »Oder ist sie verheiratet?«

Jette schüttelte den Kopf. »Nein, Herr Dr. Lüdtke, sie wird auch nicht heiraten …«

Sie unterbrach sich, weil er voller Entsetzen hervorstieß: »Sie ist doch nicht etwa tatsächlich Diakonisse geworden, oder?«

»Doch, Lizzie ist seit drei Jahren bei den Diakonissen und bereits Novizin.« Jette tat der Mann wirklich leid. Er schien regelrecht unter Schock zu stehen, und dass er Lizzie verehrte, war mehr als deutlich. Merkwürdig, sie hatte den Namen Gottfried noch nie aus Lizzies Mund gehört. Es verwunderte Jette allerdings nicht, dass sie selbst in Berlin auf einen von Lizzies Verehrern traf. In Flensburg hatte sie von einigen trauernden jungen Männern gehört, die darauf gehofft hatten, das Herz ihrer Schwester doch noch zu erobern. Und in vorderer Front stand ihr Schwager Herrmann, der Lizzie bei jedem Familienfest still leidend anschmachtete. Kein Wunder, denn wie Freya ihr unter dem Siegel der

Verschwiegenheit anvertraut hatte, hätte er viel lieber Lizzie geheiratet und Lene nur genommen, weil sie das Rumhaus zu bieten hatte. Allein bei der Vorstellung, jemanden aus reinen Vernunftsgründen zu heiraten, grauste es Jette. Sie würde sich keinem Mann hingeben, den sie nicht wirklich liebte. Und weil sie noch nicht einmal annähernd einen solchen Mann getroffen hatte, war sie immer noch Jungfrau … Jette unterbrach ihren Gedanken, weil vor ihrem inneren Auge nun das Bild von Henrik auftauchte. Sie konnte es nicht leugnen, der junge Schwede hatte das gewisse Etwas, das die Saiten ihres Herzens zum Klingen brachte.

25. Flensburg, Juni 1923

Die galoppierende Inflation war auch im Rumhaus Danneberg spürbar. Ein paar der wichtigsten Abnehmer waren durch die dramatische Geldentwertung in den Konkurs getrieben worden. Wobei Lene zu sagen pflegte, das Geld, das ihnen nun fehle, sei ohnehin nicht einmal das Papier wert, auf dem es gedruckt sei. Lene hatte ziemlich früh begriffen, in welche Katastrophe die deutsche Wirtschaft steuerte. Nach der Besetzung des Ruhrgebiets durch Frankreich und Belgien hatte sie gleich prophezeit, dass es zu einer Inflation gigantischen Ausmaßes kommen könnte, und für das Rumhaus einen größeren Kredit mit festem Zinssatz aufgenommen, was sich nun durch eine geringere Belastung für die Raten durchaus positiv auswirkte. Und auch ihr Vater hatte, wie er wörtlich sagte, »den Braten gerochen« und mehrere Häuser erworben, die er zum Teil gut vermietete, wobei auch das keine absolute Sicherheit darstellte, sein Vermögen zu retten, denn nicht alle Mieter konnten in diesen Zeiten ihren Mietzahlungen weiterhin nachkommen. Aber dieser Verlust war nichts gegen den jener Menschen, die brav ihr Geld auf die Bank getragen hatten und nun vor dem Nichts standen.

Doch die dramatischen Folgen der Inflation, die viele Geschäftsleute nicht mehr in den Schlaf kommen ließ, waren nicht Lenes vorrangiges

Problem. Sie litt vielmehr unter ihrem Privatleben, das sie in den vergangenen Jahren als unfassbar öde empfunden hatte. Grund war Herrmann, mit dem sie im Rumhaus hervorragend zusammenarbeitete, der aber, kaum dass sie zu Hause waren, die Kommunikation völlig einstellte und sie ignorierte. Und nicht nur als potenzielle Gesprächspartnerin. Erst nach über einem Ehejahr hatte sie ihn genötigt, seinen ehelichen Pflichten nachzukommen. Nicht, weil sie sich sehnlichst ein Kind wünschte, sondern weil der Druck seitens ihres Vaters und des Schwiegervaters wuchs. Die beiden Herren hätten nun gern einen Erben. Da sich Herrmann nicht mit ihr austauschte, wusste sie nicht, ob man ihm dieses Anliegen so unverblümt vortrug wie ihr. »Du solltest dich ein wenig weiblicher kleiden, Lene«, hatte ihr Vater ihr neulich erst wortwörtlich geraten und hinzugefügt, dass diese kurzhaarigen Amazonen mit ihren unförmigen Kleidern doch eher abstoßend auf Männer wirken würden. Da hatte Lene ihren Vater allerdings dermaßen wütend angefaucht, dass er nun etwas zurückhaltender mit seinen Urteilen über ihre Attraktivität war.

Lene wusste überdies, dass sie trotz ihrer eher praktischen Garderobe eine anziehende Wirkung auf Männer besaß. Herrmanns Bruder ließ jedenfalls keine Gelegenheit aus, ihr Komplimente zu machen. Sie hatte schon manchmal mit dem Gedanken gespielt, sich mit ihm zu vergnügen und den Erben lieber mit ihm zu zeugen, aber sie traute Broer rein menschlich nicht über den Weg und befürchtete, er würde so ein intimes Verhältnis zu seiner Schwägerin nicht diskret behandeln. Außerdem galten ihre Gefühle nach wie vor Klaas, und sie hoffte immer noch, dass er sich ihr eines Tages auch wieder als Mann zuwenden würde. Als Mitarbeiter war er jedenfalls unbezahlbar, und zu ihrer großen Verwunderung arbeiteten Herrmann und er sehr eng und gut zusammen. Sie hatten eine, wie sie es intern nannten, Inflationsmischung hergestellt, die ungewöhnlich preiswert war und trotzdem einen angenehmen Geschmack besaß.

Lene hatte manchmal den Eindruck, sie wären beinahe so etwas wie Freunde geworden, was ihr jedes Mal einen Stich gab. Sie wollte Klaas' Zuneigung nicht teilen. Schon gar nicht mit Herrmann, der ihr bei jeder Gelegenheit schmerzhaft zeigte, dass er sie im Grunde nicht ausstehen konnte. Gut, sie war auch nicht gerade in brennender Liebe zu ihm entflammt, aber ein bisschen mehr Freundlichkeit wünschte sie sich dennoch. Und vor allem ein bisschen mehr Bemühen im Bett. Die ersten Male, nachdem er sich abends widerwillig zu ihr gelegt hatte, war er rein körperlich nicht in der Lage gewesen, in sie einzudringen, weil er keine Erektion bekommen hatte. Erst vor Kurzem hatte sie es mit allen Tricks, die sie ja von den Liebesspielen mit Klaas hinlänglich kannte, geschafft, dass er zwar körperlich in der Lage war, seine eheliche Pflicht zu erfüllen, aber es war ein entsetzliches Erlebnis für Lene gewesen. Uninspiriert und schmerzhaft. Ohne die geringste Spur dieser Lust, die sie unter Klaas' kundigen Händen erfahren hatte. Sie hatte sich benutzt gefühlt und geschworen, das nie wieder zu tun, und war nur froh gewesen, dass er nicht der Mann war, der sie entjungfert hatte. Das war bei einem ihrer wilden Liebesspiele mit Klaas geschehen, ohne dass es jemals zum Äußersten gekommen wäre. Dieses schreckliche Erlebnis mit Herrmann im Bett hatte nur dazu geführt, dass ihre Sehnsucht nach Klaas noch stärker geworden war und sie sich vorgenommen hatte, noch einmal alles auf eine Karte zu setzen und ihn zu verführen. Sie wollte das, was ihr bei Herrmann schier Übelkeitsgefühle erzeugte, endlich mit einem richtigen Mann erleben. Sie war doch eine Frau mit Bedürfnissen, und die Vorstellung, bis ans Lebensende auf jegliche Zärtlichkeit zu verzichten, missfiel ihr außerordentlich.

Lene hoffte, dass sie Klaas an diesem Tag einmal unter vier Augen würde sprechen können, denn sie hatte läuten hören, dass er sich von Inken getrennt hatte und nun in der Großen Straße wohnte, was sie als gutes Zeichen wertete, ihm auch als Frau wieder näherzukommen. Außerdem machte sie sich große Sorgen, denn Klaas, der noch niemals auch nur einen einzigen Arbeitstag versäumt hatte, war nun zwei Tage lang nicht zur Arbeit erschienen. Wenn er an diesem Tag wieder nicht kam, würde sie persönlich nach ihm sehen. Seine neue Adresse hatte sie sich bereits aus den Unterlagen der Lohnbuchhaltung herausgesucht.

Sie stand nun schon seit längerer Zeit am Fenster des Kontors, um ihn abzufangen. Er musste über den Hof kommen, um in die Betriebsstätten zu gelangen. Ihr Blick fiel ungeduldig auf ihre Armbanduhr. Es war schon nach neun Uhr, und eigentlich müsste Klaas bereits am Kessel stehen. Hatte sie ihn verpasst?

Lene spielte nervös mit ihrem Haar. Sie hatte sich erst kürzlich ihre lange Mähne, die sie ohnehin nur noch zu einem lockeren Knoten geflochten getragen hatte, abschneiden lassen. Sie war froh und glücklich über ihr recht glattes Haar, weil sie auf diese Weise eine ähnliche Frisur trug wie Asta Nielsen in dem Film, in dem sie Prinz Hamlet spielte. Und das war für Flensburger Verhältnisse der letzte Schrei.

Schließlich hielt sie das Warten nicht mehr aus und stieg die Stufen zu der Etage, in der die Destillateure arbeiteten, empor, doch am Kessel war niemand zu sehen. Also fragte sie einen der Arbeiter, der Rum aus Fässern in kleinere Korbflaschen umfüllte, ob er wisse, wo die Herren Danneberg und Bahnsen wären. Der vierschrötige Mann schüttelte den Kopf und erklärte ihr auf breitem Platt, dass er die beiden noch nicht gesehen habe.

Lene wurde zunehmend nervöser. Vielleicht hatten sie einen auswärtigen Termin, eine große Lieferung zu tätigen … Lene unterbrach ihre Gedanken. Das war alles Unsinn, denn davon hätte sie gewusst. Bei ihr im Kontor liefen alle Termine zusammen. Es gab nichts im Rumhaus, was »der grauen Eminenz«, wie ihr Vater sie scherzhaft getauft hatte, verborgen blieb. Er sparte in letzter Zeit ohnehin nicht mit Lob über ihren Sinn für das Geschäft, und es schien ihn jedes Mal aufs Neue zu überraschen, wenn er von alten Geschäftspartnern zu hören bekam, wie großartig seine Tochter im Unternehmen ihren Mann stand. Er hatte es zwar nicht ausgesprochen, aber Lene kannte ihren Vater so gut, dass sie manchen seiner Gedanken lesen konnte. Sie war sich sicher, dass er insgeheim bedauerte, sie nicht allein zu seiner Nachfolgerin gemacht zu haben, sondern sie genötigt hatte, Herrmann Jensen zu heiraten. Sosehr sich Vater und Schwiegersohn auch bemühten, einen Draht zueinander zu finden, es funktionierte nicht. Was ihren Vater an ihm störte, konnte sie seinen spitzen Bemerkungen entnehmen, wenn Herrmann sich hinter einem Buch verkroch. Dann nannte er ihn schon einmal »unseren Gelehrten«, was bei ihrem Vater keineswegs als Kompliment gemeint war. So bezeichnete er nämlich auch Onkel Henning gern. In seinem Weltbild waren das Menschen, denen der Sinn für die Realität abging und die sich deshalb hinter Büchern verkrochen, die mit dem Rumgeschäft rein gar nichts zu tun hatten. Herrmann interessierte sich für moderne Architektur und verschlang alle Werke über das Bauhaus und die Schriften von Walter Gropius.

Manchmal hatte Lene das Gefühl, dass Herrmann lieber Architekt hätte werden sollen, und dass ihn lediglich sein krankhafter Ehrgeiz, dem Vater zu imponieren, an den Kessel getrieben hatte. Dabei war er als Destillateur wirklich ein Könner, aber es machte ihn nicht glücklich. Sie hatte Herrmann in den fast drei Ehejahren selten lachen sehen. Er war in sich gekehrt und stets ernsthaft. Lene bezeichnete seinen Gesichtsausdruck als »Trauermiene«, mit der man ihn doch hervorragend als Dauergast auf Beerdigungen engagieren könne. Das aber hatte sie weder gegenüber ihrem Vater noch den Schwestern je geäußert.

Bei dem Gedanken an ihre Schwestern wurde ihr nur noch schwerer ums Herz. Jette lebte intensiv in ihrer eigenen Welt und machte keinen Hehl daraus, dass sie an Lenes Tätigkeit im Rumhaus so gar kein Interesse hatte. Sie kam auch nur noch selten zu Besuch außer zu den obligatorischen Festen wie Weihnachten und Ostern, die immer noch traditionell an der Schiffbrücke gefeiert wurden. Das waren dann auch die einzigen Gelegenheiten, bei denen sie Lizzie begegnete, die, wenn sie freihatte, lediglich den Vater und Jette in der Wrangelstraße besuchte.

Lene konnte es kaum ertragen, ihre Schwester in der Pinguintracht, wie sie die Kleidung nannte, am Tisch sitzen zu sehen. Neben ihr ihre beste Freundin Anna, die ebenfalls mit der weißen Haube erschien. Die beiden waren sich in einer stummen Art verbunden, die Lene jedes Mal einen Stachel ins Herz trieb. Sie liebte Lizzie doch von ganzem Herzen und wünschte sich immer noch die alte Vertrautheit zurück, doch ihr Verhältnis war mehr von Höflichkeit geprägt als von Herzenswärme. Hinzu kam, dass Herrmann in Lizzies Gegenwart jedes Mal die Contenance verlor und sie leidend anschmachtete. Lene musste sich dann die anzüglichen Bemerkungen von Broer, Herrmanns ungehobeltem Bruder, anhören, wobei sie inzwischen ernsthaft mit dem Gedanken spielte, endlich mit ihm ins Bett zu gehen.

Ach, wie schön hätte das Leben sein können, wenn ihr Vater ihr das

Rumhaus Danneberg ohne diesen Pferdefuß überlassen hätte, dachte Lene bedauernd und malte sich aus, wie sie sich dann nach der Arbeit mit Klaas hätte vergnügen können. Wenn sie, abgesehen von ihrer Heirat mit Herrmann, etwas zutiefst bedauerte, war es, Klaas abgewiesen zu haben.

Lene atmete noch einmal tief durch, um ihre sentimentalen Gedanken zu vertreiben, und eilte nervös hinüber zum Haus. Vielleicht wusste Kaja, wo zumindest Herrmann steckte. Kaja war ihre neue Haushaltshilfe und die jüngste Tochter ihrer dänischen Köchin Frida, die bei ihr im Haushalt geblieben war. Sie war etwas jünger als Lene und von einer erfrischenden Lebenslust. Allein ihr deutsch-dänisches Kauderwelsch brachte Lene zum Lachen. Kaja strotzte nur so vor Unternehmungsgeist und hatte Lene schon ein paarmal ins Kino entführt. Danach hatten sie bei Piet Henningsen stets ein paar Grogs getrunken. Der Wirt war inzwischen auch ein guter Kunde von Lene, und wenn er in Stimmung war, erzählte er gern die Anekdote, wie sein Papagei hinter Lenes Mutter hergerufen hatte: »Hest du ok betolt?«, während ihr Vater zusammengekauert unter dem Tresen gehockt hatte. Die Geschichte war also doch kein bloßes Gerücht gewesen, wie sie es damals als Kind vermutet hatte.

Kaja war inzwischen fast so etwas wie eine Freundin für sie geworden, und am liebsten hätte sie es gesehen, dass Kaja in eines der leer stehenden Zimmer ihres verwaisten Elternhauses an die Schiffbrücke zog, aber die junge Frau wollte ihre Mutter auf Duborg nicht allein lassen. Auch für Frida hätte Lene zwar ein Zimmer gehabt, aber die Köchin legte großen Wert auf ihre Eigenständigkeit und engagierte sich in ihrer Freizeit in einem dänischen Bürgerverein.

Als Lene Kaja in der Diele begegnete, merkte die Haushaltshilfe sofort, dass mit ihr etwas nicht stimmte.

»Lene, um Gottes willen, was ist passiert?« Anlässlich einer ihrer feuchtfröhlichen Abende beim dritten Grog hatte Lene einmal Kaja gefragt, ob sie sich nicht duzen wollten.

»Weißt du, wo mein Mann steckt?«

»Nein, Lene, ich habe nur gesehen, dass er heute Morgen sehr früh mit deinem Wagen weggefahren ist.«

Lene schluckte. Er hatte sich, ohne sie vorher zu fragen, ihren ganzen Stolz, den Vorkriegsadler, geschnappt. Nicht dass sie ihm das Fahren damit verwehrte, aber normalerweise war er so höflich, vorher zu fragen, ob sie den Wagen benötigte. Sie hatten vor einem Jahr gemeinsam die Fahrprüfung abgelegt. Herrmann musste ihr das ausdrücklich gestatten wie einiges, was sie als Ehefrau nicht allein entscheiden durfte. Zu ihrem Glück hatte der Vater bestimmt, dass sie monatlich ein ansehnliches Gehalt für ihre Arbeit erhielt, denn das eigenständig erwirtschaftete Vermögen einer Frau stand nicht unter der Verwaltungshoheit des Mannes. Davon hatte sie sich den Wagen gekauft. Allerdings musste sie Herrmann zugutehalten, dass er niemals auf den Gedanken käme, ihr Geld anzurühren. Ganz anders als Paul, der Freyas Vermögen mit vollen Händen zum Fenster hinauswarf. Man munkelte, er habe in Dänemark eine Geliebte und feiere dort ausschweifende Feste. Natürlich würde Lene Freya niemals mit diesen Gerüchten konfrontieren, denn ihre Cousine liebte ihren Mann abgöttisch. Wie schon als kleines Mädchen fand sie für jede Dummheit ihres Gatten eine hanebüchene Entschuldigung. Und da er sich Freya gegenüber sonst nichts zuschulden kommen ließ, wollte Lene nicht die Botin der schlechten Nachricht sein, zumal Freya und sie immer noch viel gemeinsam unternahmen. Auch zu viert, wobei die Männer lediglich höflich miteinander umgingen. Lene ahnte, dass Herrmann den aufgeblasenen Paul nicht leiden konnte, aber ihr Mann sprach grundsätzlich nicht über seine Gefühle. Zorn stieg in ihr auf. Was fiel ihm ein, mit dem Wagen ohne ihr Einverständnis wegzufahren und nicht einmal Bescheid zu geben, wohin er unterwegs war?

Lene warf einen Blick auf ihre Armbanduhr. Es war inzwischen schon später Vormittag. Wenn Klaas immer noch nicht an seinem Arbeitsplatz war, würde sie Herrmanns Abwesenheit dazu nutzen, nach ihm zu sehen.

»Wenn mein Mann zurückkommt, dann sag ihm, ich mache ein paar Besorgungen«, sagte Lene zu Kaja.

»Und es ist wirklich nichts?«, hakte diese besorgt nach.

Lene schüttelte den Kopf und drehte sich hastig auf dem Absatz um, damit sie nicht in Versuchung geriet, Kaja die Wahrheit über ihr Verhältnis zu Klaas und ihre desolate Ehe zu sagen. Kaja hatte nämlich eine sehr vertrauenerweckende, warmherzige Art, die Lene schon manchmal dazu animiert hatte, der Haushaltshilfe ihr Herz auszuschütten, aber das würde zu weit gehen. Sie war zwar sicher, dass ihr Geheimnis bei Kaja gut aufgehoben wäre, aber diese Blöße, dermaßen abgelehnt zu werden, wollte sie sich vor keinem Menschen geben. Sie war doch immer noch eine stolze, schöne und erfolgreiche Frau, die es nicht nötig hatte, sich so zu erniedrigen. Wenn der verdammte Vertrag nicht wäre, sie hätte sich längst scheiden lassen. Allein der Gedanke an dieses entsetzliche Erlebnis mit ihm im Bett verursachte ihr erneut Übelkeit. Zum Glück war es bei diesem einen Mal geblieben.

Lene fasste einen Entschluss. Sie zog sich ihren Mantel an und eilte zu seiner Adresse in der Großen Straße. Als sie an einem Bäcker vorbeikam, stand die Schlange bis zur nächsten Ecke. Ihr taten die ausgemergelten Frauen leid, die offenbar hofften, für den Preis, den das Brot heute Morgen gekostet hatte, noch etwas zu ergattern. Dank Frida waren sie auf die Waren des täglichen Lebens aus diesen Geschäften nicht angewiesen. Frida konnte nicht nur hervorragendes Brot backen, sondern sie bekam auf Freyas Anordnung wöchentlich eine Lebensmittellieferung aus Gut Runohr. Die gute Freya sorgte dafür, dass es Lene und auch ihrem Vater und Jette an nichts fehlte. In diesen schlechten Zeiten kümmerte sich ihre Cousine darum, dass dort alles angebaut wurde, was die Familie zum Leben brauchte. Keiner sollte hungern. Dass Paul diese Großzügigkeit missfiel, konnte er zwar vor Lene nicht verbergen, aber da sie im Gegenzug das Gut mit Rum versorgte, machte er nach außen gute Miene zum bösen Spiel.

Lene versorgte überdies auf Freyas ausdrückliche Bitte auch Onkel Carl mit Rum. Freya fand es besser, wenn Lene ihm den Stoff lieferte, als dass er ihn sich von Fremden besorgen würde. Ihn vom Trinken abzuhalten, hatte sie aufgegeben. Er lebte inzwischen in einem Nebengebäude des Guts, in dem früher der Gutsverwalter gewohnt hatte, in wilder Ehe mit seiner ehemaligen Haushälterin Gerda, die mindestens so viel trank wie er. Aus dem Nebengebäude drangen häufig die Folgen ihrer gemeinsamen Saufgelage bis zum Haupthaus hinüber. Offenbar kam es zwischen den beiden auch gelegentlich zu Handgreiflichkeiten, denn sie hatten abwechselnd Blessuren im Gesicht. Lene hatte partout nicht verstanden, warum Freya und Paul den Schwiegervater überhaupt noch auf dem Anwesen wohnen ließen und nicht vom Hof jagten, bis Freya sie darüber aufklärte, dass er ein lebenslanges Wohnrecht besaß.

Lenes Herz klopfte wie wild, als sie jetzt vor der Nummer 79 stand, einem Haus gleich neben der Nummer 77, dem stadtbekannten dreigeschossigen, roten Backsteinbau in neugotischer Formensprache, dem Kaufmannshaus Hansen. Gerade kam eine ältere Dame aus dem Haus, die Lene fragte, ob sie wisse, in welchem Stockwerk Herr Bahnsen wohne.

»Bei der Petersen. Zweiter Stock, aber ich glaube, der ist schon fort«, sagte die Frau und ließ Lene in den Hausflur. Dort atmete sie noch einmal tief durch und ging mit klopfendem Herzen die Treppen hoch, aber an keiner der beiden Türen stand sein Name.

Sie überlegte, ob sie ihre Mission abbrechen sollte. Schließlich fasste sie sich ein Herz und bediente die Türglocke der linken Tür. Es dauerte einen Augenblick, bis ihr eine verschlafene Frau im Morgenmantel öffnete.

»Sie wünschen?«

»Ich, ich, entschuldigen Sie, ich glaube, ich habe mich in der Tür geirrt. Ich suche einen meiner Angestellten.«

Die Miene der Dame verfinsterte sich. »Ach, Sie sind die feine Frau Danneberg oder besser Jensen, der ein Destillateur nicht gut genug war.«

Lene spürte erneut, wie diese drängende Übelkeit in ihr hochkam. Wer war diese Frau? Was wusste sie, und vor allem, in welcher Beziehung stand sie zu Klaas? Sie schielte zu dem Klingelschild. »Wwe Johann Petersen.« Lene war verwirrt. Wie eine Witwe sah die junge Frau gerade nicht aus. Sie wirkte zwar etwas unausgeschlafen, aber war nach Lenes Schätzung noch keine fünfundzwanzig Jahre alt.

»Ich weiß nicht, wer Sie sind, aber ich muss dringend Klaas Bahnsen sprechen«, erklärte Lene mit fester Stimme.

Ein Grinsen umspielte den Mund der Frau, als die Tür gegenüber aufging und eine ältere Dame neugierig zu ihnen herübersah. »Wollen

Sie vielleicht hereinkommen, bevor es halb Flensburg weiß?«, fragte sie und machte eine einladende Handbewegung.

Lene zögerte, doch dann betrat sie den Flur. Auf den ersten Blick wirkte alles gepflegt, wenn auch sehr einfach.

Kaum hatte die Witwe die Tür hinter sich zugezogen, verlangte Lene eine Erklärung.

»Entschuldigen Sie, ich möchte nur kurz mit meinem Destillateur sprechen.«

»Tja, da kommen Sie zu spät. Er ist schon fort.«

Lene stutzte. Das hatte doch die Dame unten an der Tür auch gesagt.

»Was heißt das?«, hakte sie unwirsch nach.

»Klaas ist vor einer Stunde nach Bremerhaven aufgebrochen.«

»Was, was will er denn in Bremerhaven, und wer sind Sie überhaupt?«

»Wir stehen uns sehr nahe. Das muss genügen«, erwiderte sie. »Sein Schiff geht in der Nacht nach New York.«

Lene spürte, wie ihr leicht schwindlig wurde, und da war auch wieder diese Übelkeit.

»Was für ein Schiff?«

»Ein Auswandererschiff«, entgegnete sie ungerührt.

Lene musste sich an der Garderobe festhalten, weil der Boden unter ihr heftig schwankte.

»Klaas will sein Glück in Amerika versuchen. Ich hätte ihn gern begleitet, ein neues Leben mit ihm begonnen, aber ich habe einen sechsjährigen Sohn, und Klaas hätte es nicht übers Herz gebracht, seinen geliebten Niels zu verlassen und mein Kind und mich mitzunehmen.«

Lene versuchte zu begreifen, was diese Frau ihr damit sagen wollte. Klaas hatte mit dieser Witwe ein Verhältnis, nachdem er Inken verlassen hatte. Deshalb hatte er sie so erfolgreich abgewehrt, war nie schwach geworden … Lene raste innerlich vor Eifersucht, aber bevor sie sich dieser Gefühle weiter hingeben konnte, wurde ihr bewusst, dass noch etwas viel Schlimmeres geschehen war: Klaas hatte sich ihr endgültig entzogen, und sie würde ihn niemals wiedersehen!

Tränen traten ihr in die Augen, die sie hastig wegzuwischen versuchte.

»Verdammt, er hat Sie so sehr geliebt. Er hat es nicht mehr ertragen, Sie jeden Tag im Rumhaus zu sehen. Und nun haben wir ihn beide verloren.«

Lene hätte schreien mögen, allein deshalb, dass diese Frau es wagte, sie beide in einem Atemzug zu nennen.

»Sie haben ihn weggestoßen. Dabei hätte er für Sie alles gegeben«, fügte die Witwe in scharfem Ton hinzu.

Lene hielt sich die Ohren zu. »Hören Sie sofort auf damit!«, brüllte sie.

Die Züge der Witwe wurden mit einem Mal weicher. »Wenigstens ist er Ihnen nicht ganz gleichgültig«, sagte sie leise. »Ich bin seine Cousine und habe ihn nach der Scheidung von Inken aufgenommen, falls Sie mit dem Gedanken spielen, mir die Augen auszukratzen. Schon mein Lieblingsonkel war Destillateur bei Danneberg. Mein Mann ist im verdammten Krieg geblieben!« Das klang bitter.

Lene ließ die Hände sinken und brach in Tränen aus. Sie spürte, dass die Witwe ihre Schulter tätschelte, aber sie wollte deren Trost nicht, obwohl sie diese Frau nun nicht mehr so abgrundtief hasste wie zuvor. Sie wollte nur noch eines: aufwachen aus diesem Albtraum! Dass er ohne ein Wort gegangen war, das konnte sie nicht fassen.

»Vielleicht hat er seinem Freund eine Nachricht für Sie gegeben«, hörte sie die Stimme der Witwe ganz nah an ihrem Ohr raunen. Lenes Tränen versiegten, weil ihr ein unfassbarer Gedanke kam.

»Was für ein Freund?«, fragte sie mit belegter Stimme.

»Der junge Mann, der ihn mit dem Wagen zum Bahnhof gebracht hat und mit dem ihn eine innige Freundschaft verband.«

Lene wusste, dass sie nicht mehr weiterfragen musste, aber sie tat es dennoch.

»Wie sah er aus?«, stieß sie heiser hervor. »Und was wollen Sie damit sagen, dass ihn eine innige Freundschaft mit dem Freund verband?«

In Lenes Kopf wirbelten die Gedanken wie wild durcheinander. Innige Freundschaft? Hatten die beiden etwa …? Dank der freiheitlichen Auffassungen ihres Onkels Henning wusste sie, dass auch Männer einander in tiefer Liebe zugetan sein konnten. Aber es wäre doch absurd, wenn ihr Mann und ihr Geliebter …

»Er ist groß und rotblond. Ein feiner Herr mit einer Kriegsverletz…« Weiter kam sie nicht. Die Übelkeit überkam Lene mit einer solchen Heftigkeit, dass sie nun, ohne sich zu verabschieden, aus der Wohnung stürmte und die Treppen hinunterstürzte. Vor dem Haus erbrach sie sich mehrfach, bis sie nichts mehr im Magen hatte. Zitternd lehnte sie sich gegen die Häuserwand, und bevor sie sich die Frage beantworten konnte, warum Klaas ihr das antat und warum er ausgerechnet Herrmann zu seinem Verbündeten gemacht hatte, schoss ihr ein ganz anderer Gedanke wie ein Blitz durch den Kopf: Die neue Bluse, die heute Morgen über ihren Brüsten gespannt hatte, hatte sie gar nicht zu eng gekauft. Jedenfalls nicht, wenn sie ihre Normalmaße zugrunde legte. Lene wusste in diesem Moment nicht, ob sie lachen oder weinen sollte bei der Vorstellung, dass ihre flüchtige und einzige Intimität offenbar nicht folgenlos geblieben war.

26. Flensburg, Juni 1923

Lizzie zog sich wie jeden Morgen ihre Schwesterntracht an, während sie fieberhaft überlegte, ob und wie sie Prof. Dr. Keller ihre Vermutung vor der heutigen Operation mitteilen sollte. Sie war hin- und hergerissen. Einerseits konnte sie sich glücklich schätzen, dass sie sich im Krankenhaus unentbehrlich gemacht hatte. Keiner kam auf den Gedanken, sie für Arbeiten einzusetzen, die der Medizin fern waren. Nicht so wie Anna, die in einem Kinderheim arbeitete und darin aufging.

Lizzie war, ohne dass es dafür eine offizielle Bestätigung gab, die Operationsschwester von Professor Keller, dem Leiter der chirurgischen Abteilung, geworden. Im Gegenzug machte sie bei ihm viele praktische Erfahrungen, die sie sich niemals aus medizinischen Fachzeitschriften hätte erlesen können. Er war ein angesehener Operateur. Und deshalb sollte sie ihm unbedingt mitteilen, dass sie das Röntgenbild anders deutete, als er es gestern getan hatte.

Anna behauptete, der Professor wäre ein wenig verliebt in Lizzie, aber das hatte sie als Spinnerei abgetan. Vor allem, weil sie diese kleine untersetzte Koryphäe zwar gnadenlos bewunderte, aber für ihn als Mann niemals etwas empfinden könnte. Dass sie Herrmann immer noch liebte und eine gewisse Anziehung zu dem Rübezahl empfand, wie sie ihn konsequent nannte, damit keine unkontrollierten Gefühle in ihr aufkamen, versuchte sie weitgehend zu verdrängen.

Dagegen, den Professor von ihrer Deutung des Röntgenbilds zu unterrichten, sprachen die ungeschriebenen Gesetze in der Klinik, dass er in seiner Position unfehlbar war, seine unangefochtene Sachkompetenz und letztlich Kellers Eitelkeit. Sein Ehrgeiz war im Krankenhaus bekannt und seine Ausbrüche, wenn jemand es wagte, ihm selbst im Kleinen zu widersprechen, gefürchtet. Und das, was sie vorzubringen hatte, war alles andere als eine Kleinigkeit. Aber durfte sie ihm ihre Meinung über das Röntgenbild vom Herzen der Bauersfrau Sörensen aus Sörup vorenthalten, nur um eines seiner sprichwörtlichen Donnerwetter zu vermeiden? Oder weil es ein eklatanter Verstoß gegen die hierarchische Krankenhausordnung wäre? In ihr kämpften diese zwei Stimmen sehr heftig miteinander, ohne dass sie eine klare Entscheidung treffen konnte.

Lizzie zog sich energisch ihre Haube über den Kopf und machte sich auf den Weg zum Operationssaal, der in einem anderen Gebäude nur wenige Schritte entfernt lag. Der Professor war bereits dort, als sie dort eintraf. Er war allein, was Lizzie ansonsten eher unangenehm gewesen wäre, denn natürlich war ihr auch schon aufgefallen, wie intensiv er sie jedes Mal musterte, wenn sie in seine Nähe kam. Aber wenn sie es ihm tatsächlich sagen wollte, war das ideal, weil es nur unter vier Augen möglich wäre, ohne seine Eitelkeit allzu sehr zu kränken. Sie versuchte, ihre Unsicherheit zu überspielen, besonders, als er sie bei der Begrüßung wie zufällig am Arm berührte.

»Sie sind die einzige Diakonisse, die nicht einmal diese Haube entstellen kann«, hörte sie ihn nun dicht an ihrem Ohr raunen. Lizzie zuckte zusammen. Das ging entschieden zu weit. Ihr Blick fiel auf das verräterische Röntgenbild, und ohne weiter abzuwägen, deutete sie auf die Stelle neben dem Herzen der Patientin, die der Professor für einen Tumor hielt, den er nun operativ entfernen wollte.

»Herr Professor, könnte … ich meine, wäre es möglich, oder könnte das da vielleicht auch was, was anderes sein als ein Tumor …?«, stammelte sie.

»Was soll die dumme Frage, Schwester Elisabeth? Sie waren doch anwesend, als ich diese Diagnose gestern gestellt habe. Da gibt es doch gar keine zwei Meinungen.« Er hatte einen scharfen Ton angeschlagen. Sie vermutete, dass er aus zweierlei Gründen verärgert war: Sie hatte sein Kompliment ignoriert und gegen das Gesetz verstoßen, dass allein der Professor die Diagnosen stellte. Sie ahnte, dass dieser Moment, mit ihm über das Röntgenbild zu sprechen, der ungeschickteste überhaupt gewesen war. Seine finstere Miene unterstrich ihre Einschätzung der Lage.

Lizzie fehlte in diesem Augenblick der Mut, ihm ihre Diagnose, dass dieser vermeintliche Tumor eine vergrößerte Aorta darstellte, zu präsentieren. Das käme einer Majestätsbeleidigung gleich, und deshalb sollte sie sich dringend für ihren Vorstoß entschuldigen, ging ihr durch den Kopf.

»Natürlich war ich dabei, Herr Professor, ich wollte Ihnen auch auf keinen Fall, also ich wollte nicht, aber …«, stammelte sie, aber weiter kam sie nicht, da er sie unwirsch unterbrach.

»Ist noch etwas Wichtiges? Sonst würde ich Sie bitten, die Instrumente bereitzulegen!«

Ihr wurde abwechselnd heiß und kalt. Was sollte sie tun? Wenn überhaupt, war das ihre einzige Chance, den Professor zu veranlassen, noch einen prüfenden Blick auf das Bild zu werfen. Vielleicht sollte sie entschuldigend hinzufügen, dass sie in einer der ausgelesenen medizinischen Zeitschriften, die sie immer noch regelmäßig von Dr. Boysen erhielt, gerade neulich über die Probleme der großen Körperschlagader gelesen hatte. Sie nahm also all ihren Mut zusammen.

»Vielleicht könnten Sie einfach noch einmal einen zweiten Blick auf das Röntgenbild werfen, und vielleicht dürfte ich Ihnen meine …«

»Was fällt Ihnen ein, mir vorzuschreiben, was ich zu tun und zu lassen habe? Sie sind ja wohl übergeschnappt!«

In diesem Augenblick trafen der Assistenzarzt und eine andere Diakonisse ein. Letztere meldete dem Professor, dass die Patientin bereits im Warteraum liege und zur Operation bereit sei.

»Kommen Sie mal her, Müller, und schauen Sie sich das Röntgenbild an. Was sehen Sie da?« Er deutete auf den vermeintlichen Tumor.

Der Assistenzarzt sah zunächst auf das Bild und dann etwas verunsichert den Professor an.

»Das ist ein Tumor, wie Sie, Herr Professor, uns gestern erläutert haben«, erwiderte der junge Arzt in einem unterwürfigen Ton.

»Und Sie, Schwester Erika, was sehen Sie dort?«

Die Diakonisse zuckte die Schultern. »Einen Tumor!«

Lizzie hätte in den Boden versinken können vor Scham. Hätte sie bloß ihren Mund gehalten! Diese Vorführung empfand sie als zutiefst erniedrigend.

»Und jetzt verraten Sie einmal den beiden, was Sie sich da eben mir gegenüber herausgenommen haben.«

Lizzie senkte den Kopf und schwieg.

»Unsere junge Möchtegernärztin verlangt von mir, dass ich einen zweiten Blick auf das Röntgenbild werfe, weil sie den Tumor dort nämlich nicht sieht. Was sehen Sie denn da? Weiße Mäuse?« Er lachte laut. Schwester Erika und Müller fielen in sein Lachen ein. Lizzie wünschte sich, es würde sich ein Loch im Boden auftun und sie verschlingen, damit sie dieser Demütigung entkommen konnte, aber der Professor hörte immer noch nicht auf. Sie musste sich wehren! Und schon hörte sie sich heiser sagen: »Herr Professor, schauen Sie, könnte das Gewebe nicht zum Herzen gehören und beispielsweise …«

»Schwester Elisabeth, Sie wissen, dass ich Ihre Arbeit sehr schätze und Ihnen deshalb bislang so viel Verantwortung übertragen habe, aber Ihr Auftritt eben, der disqualifiziert Sie. Ich möchte Sie bitten, mir in Zukunft Ihre laienhaften Diagnosen zu ersparen.«

Lizzie ballte so heftig die Fäuste, dass die Knöchel weiß wurden. Ihre Stimmung war bei seinen Worten in blanken Zorn umgeschlagen. Wie konnte er, statt sich nur eine Minute mit der Frage zu beschäftigen, ob er vielleicht tatsächlich irrte, sich nur so überheblich aufführen? Wie ein eitler Gockel! Dabei ging es hier um ein Menschenleben, und er zog nicht einmal in Erwägung, dass er womöglich einen Fehler gemacht hatte und gleich noch einen viel schlimmeren begehen würde, wenn er versuchte, diesen angeblichen Tumor zu entfernen.

»Herr Professor, bitte, bitte, nur einen einzigen Blick!«

»Jetzt reicht es aber!«, brüllte er. »Das ist heute Ihre letzte Operation, bei der ich Sie im Saal dulde. Aber nur, weil wir jetzt nicht so schnell Ersatz bekommen, also bitte, holen Sie die Patientin rein, Schwester Erika. Und Sie, Schwester Elisabeth, geben keinen Mucks mehr von sich, sondern kümmern sich um die Instrumente, und zwar zackig.«

Am ganzen Körper bebend, nahm Lizzie die nötigen Instrumente aus dem Schrank und legte sie dem Professor fein säuberlich bereit.

Entsetzt beobachtete sie, wie die Patientin in den Operationssaal gefahren und sediert wurde. Wenn die arme Frau wüsste, dass sie wahrscheinlich nie wieder aufwachen wird, durchfuhr es Lizzie eiskalt, als der Befehl: »Skalpell!« an ihr Ohr drang. Ganz mechanisch folgte sie den Anweisungen des Professors und versuchte, ihre Fantasien über das, was ihrer Meinung gleich geschehen musste, abzuschalten. Sie hatte es gerade geschafft, sich nicht mehr auszumalen, wie das Blut aus der Aorta schießen würde, sobald der Professor sie verletzt hatte, als sie eine Fontäne aus der Wunde spritzen sah. Schwester Erika schrie auf, und der Professor brüllte: »Tücher, Tücher!«, die Müller eifrig herbeischleppte und die in die offene Wunde gestopft wurden. Nun begann das Inferno. Blutig durchtränkte Tücher wurden hektisch ausgewechselt, der Professor versuchte, Blut abzusaugen, aber das Blut, das nicht aus ihrem Körper quoll, verteilte sich im Inneren der Patientin.

Lizzie stand regungslos da, denn sie wusste, dass das alles nichts an der Tatsache ändern konnte, dass diese Frau verbluten würde, wenn es nicht bereits passiert war. Mitten im Chaos und Geschrei fing Lizzie still zu beten an. Mit viel Mühe hatte sie es in den vergangenen Jahren geschafft, zumindest manchmal eine Verbindung zu Gott herzustellen. Das waren Augenblicke, in denen sie ganz ruhig und gelassen wurde. Doch trotz solcher Momente, in denen der Glaube ihr Ruhe und Frieden gab, hatten sich ihre Zweifel, ob sie in dieser Tracht wirklich zu Hause war, niemals ganz verflüchtigt. Sie betete für die Seele der armen Bauersfrau, die in einem Meer aus Blut lag, als wäre sie abgeschlachtet worden. Auch die Kittel des Professors und Müllers sowie

Erikas und ihre Tracht waren getränkt mit Blut. Es roch metallisch und unangenehm.

»Verdammt, fassen Sie doch endlich mit an, Sie dummes Mädchen. Waschen Sie die Frau, und zwar gründlich!«, befahl ihr der sichtlich blasse Professor.

Lizzie machte sich wie betäubt daran, die tote Patientin von dem Blut zu säubern. Das war gar nicht so einfach, denn es klebte überall. Im Haar, am ganzen Körper. Lizzie hatte keine Berührungsängste mit Blut, aber das hier ging mächtig an ihre Grenzen, doch sie tat es für diese arme Frau, die einen sinnlosen Tod gestorben war, um deren Würde zu bewahren.

Es dauerte eine halbe Ewigkeit, bis die Patientin wieder menschlich aussah. Als die Ärzte sie dann auf eine Liege mit weißen, frischen Laken hievten, konnte man fast meinen, sie wäre eines natürlichen Todes gestorben.

Schwester Erika hatte inzwischen den Bestatter geholt, der erstaunlich schnell eintraf, die Frau auf Geheiß des Professors gleich in einen Sarg legte und diesen verschloss. Offenbar wollte er sämtliche Spuren seines sinnlosen Gemetzels verwischen. Dabei würde ihn ohnehin keiner zur Verantwortung ziehen. Das hatte Lizzie inzwischen auch lernen müssen. Wenn jemand dem Arzt auf dem Tisch blieb, wurde das fraglos akzeptiert. Den Professor eines Fehlers anzuklagen, wäre schier ausgeschlossen. Er war der Herr über Leben und Tod, und keiner würde je seine Kompetenz hinterfragen.

Lizzie war gerade dabei, das Blut von den Fußbodenkacheln und den Wänden zu schrubben, als der Professor leise eintrat und die Tür hinter sich schloss.

»Schwester Elisabeth, entschuldigen Sie bitte, dass ich so grob geworden bin. Sie wollen doch sicher weiter für mich arbeiten, oder?«

Lizzie musterte ihn verunsichert.

»Ich würde Sie gern weiter als meine Assistentin behalten, aber …« Er legte eine Kunstpause ein. »… aber ich dulde es nicht, dass Sie sich noch einmal herausnehmen, mich korrigieren zu wollen!«

Lizzie wollte sein Friedensangebot wirklich annehmen, aber da hörte sie sich bereits zischen: »Aber Sie haben mich ja nicht einmal zu

Wort kommen lassen! Die Frau hätte noch am Leben sein können!« Auch seine gefährlich zusammengekniffenen Augen konnten sie nicht länger davon abhalten, die Wahrheit auszusprechen. »Sie müssen keine Sorge haben. Ich rede mit keinem darüber, aber wenigstens wir beide unter uns können die Sache doch beim Namen nennen. Der angebliche Tumor war eine vergrößerte Aorta …«

»Es reicht, Schwester. Ich habe Ihnen eine faire Chance geben wollen, aber nun werde ich dafür sorgen, dass Sie das Krankenhaus nicht mehr betreten. Ich werde bei der Mutter Oberin veranlassen, dass Sie zur Gemeindeschwester ausgebildet werden. In einem Hospital haben Sie nichts zu suchen!«

Mit diesen Worten drehte er sich auf dem Absatz um und polterte aus dem Operationssaal.

Lizzie blieb wie betäubt zurück. Sie konnte nur hoffen, dass dies eine leere Drohung war und er seine Worte bereute, sobald er sich abgeregt hatte. Doch selbst wenn, wollte sie überhaupt weiter für diesen Choleriker arbeiten? Einen Mediziner, dem Rechthaberei über das Leben seiner Patienten ging? Nein, sie würde dem Professor zuvorkommen und die Oberin bitten, in Zukunft in der Kinderabteilung arbeiten zu dürfen. Sie warf sich nur eines vor. Dass sie sich nicht vor der Operation Gehör verschafft hatte.

Nachdem der Operationssaal wieder blitzsauber war, verließ sie erschöpft das Krankenhaus und suchte den Speisesaal auf. Sie kam gerade noch rechtzeitig zum Abendessen und überlegte, wie sie es anstellen sollte, mit der Oberin unter vier Augen zu sprechen, denn sie saß am ganz anderen Ende der langen Tafel. Lizzie vermisste Anna, die zurzeit im Kinderheim übernachtete. Sie hätte an diesem Tag unbedingt ihre Freundin zum Reden gebraucht. Anna war die Einzige der Mitschwestern, mit der sie wirklich befreundet war. Mit den anderen unterhielt sie einen freundlichen und unverbindlichen Umgang. Mit jedem Monat, den sie in der Gemeinschaft lebte, wurde ihr klarer, wie fremd ihr das alles bleiben würde. Nur für die Arbeit im Krankenhaus brannte sie, und nun sollte ihr diese in Zukunft verwehrt sein. Nein, das vermochte sie sich nicht vorzustellen.

Bevor sie einen Plan austüfteln konnte, wie sie es am besten anstellte, die Oberin nach dem Essen abzufangen, kam sie ihr zuvor. Die Schwester mit dem Adelstitel winkte sie zu sich heran und teilte ihr mit, dass sie nach dem Essen in ihr Büro kommen möge.

Auch wenn sie damit ihr Ziel erreicht hatte, war ihr trotzdem mulmig zumute, als sie wenig später das Zimmer der Oberin aufsuchte. Ihre Hände zitterten, als sie anklopfte.

Die Oberin saß hinter ihrem altmodischen Schreibtisch in einem einfachen schmucklosen Raum mit dem großen schlichten Holzkreuz an der Wand. Lizzie blieb vor dem Schreibtisch stehen, die Hände fromm gefaltet. Einen Besucherstuhl gab es nicht. Sie mochte die Oberin, was auf Gegenseitigkeit beruhte, aber der prüfende Blick, mit dem sie Lizzie musterte, verhieß nichts Gutes. Lizzies Herzschlag beschleunigte sich merklich.

»Ach, Schwester Elisabeth«, seufzte die Oberin. »Was haben Sie bloß angestellt, dass der Professor derart verärgert ist?«

»Ich habe gar nichts angestellt«, erklärte Lizzie mit belegter Stimme.

»Und warum legt er mir nahe, Sie nicht länger im Krankenhaus auszubilden?«

Lizzie kämpfte mit sich. Sollte sie die Wahrheit sagen oder versuchen, ohne weitere Klärung des heutigen Vorfalls auf ihren Wunsch zu kommen, in Zukunft auf der Kinderstation arbeiten zu dürfen? Wahrscheinlich wollte keiner wirklich wissen, was hinter dem Urteil des Professors wirklich steckte.

»Ich wollte Sie bitten, ob Sie mich nicht auf der Kinderstation ausbilden lassen können. Der Professor und ich, wir, äh, wir hatten einen kleinen Disput und …«

»Was stammeln Sie denn da zusammen? Sie sind doch sonst so eloquent. Was ist zwischen Ihnen vorgefallen?«

»Was wirft denn der Herr Professor mir vor?«, fragte sie, statt der Oberin eine Antwort zu geben.

Die Oberin stieß einen tiefen Seufzer aus. »Er behauptet, dass Sie von Ehrgeiz zerfressen sind und sich wie eine Medizinerin aufführen.«

Lizzie senkte den Kopf und schwieg.

»Was haben Sie dazu zu sagen, Schwester Elisabeth?«, hakte die Oberin streng nach.

»Er hat mir nicht erlaubt, ihm meine Diagnose vorzutragen. Ja, er hat sich nicht einmal das Röntgenbild noch einmal angesehen«, ereiferte sie sich.

»Diagnose von Ihnen? Ich höre wohl nicht richtig!«, schimpfte die Oberin.

»Es war kein Tumor, sondern eine vergrößerte Aorta«, gab Lizzie trotzig zurück.

»Schwester Elisabeth, das ist äußerst respektlos und ungezogen, was Sie da behaupten. Unser Professor ist eine Koryphäe, und Sie müssten dankbar sein, für ihn arbeiten zu dürfen. Aber nun lehnt er eine weitere Zusammenarbeit mit Ihnen ab, weil Sie sich über jegliche Hierarchie hinweggesetzt haben!«

Lizzie spürte, wie die Wut darüber, so ungerecht behandelt zu werden, erneut in ihr hochkochte.

»Ich habe ihn doch nur gebeten, sich das Röntgenbild noch einmal genau anzusehen. Ich habe nicht einmal gewagt, auszusprechen, dass ich es für eine vergrößerte Aorta gehalten habe. Dazu war ich zu feige. Vielleicht hätte er seine Diagnose dann noch einmal auf den Prüfstand gestellt«, stieß Lizzie verzweifelt hervor.

Lizzie merkte, wie es hinter der Stirn der Oberin fieberhaft arbeitete. Einen einzigen Augenblick lang hegte sie die Hoffnung, dass Oberin Albertine sie verstehen und ihre Partei ergreifen würde, doch dann verfinsterte sich die Miene der Oberin.

»Schwester Elisabeth, es fehlt Ihnen an Demut. Das bemängelt Schwester Bertha stets …«

»Schwester Bertha ist einfältig und kann mich nicht leiden …«

»Elisabeth, muss ich Sie an unser Versprechen erinnern? *Diakonissen sind Helferinnen im Dienst der Gemeinde Jesu, welche in ihrem Beruf nichts für sich begehren, weder Ehre vor Menschen noch ein Verdienst vor Gott, sondern allein, dass es ihnen vergönnt sei, gedrungen von der Liebe Christi ihre Gaben und Kräfte dem Herrn hinzugeben.*«

Lizzie rollte genervt mit den Augen. »Ist es etwa nicht im Sinn des Herrn, dass ich versucht habe, ein Menschenleben zu retten? Und dass ich aus lauter Feigheit nicht ausgesprochen habe, was der Professor hätte wissen müssen?«

»Schwester Elisabeth, der Professor hat mir nichts dergleichen berichtet, nur, dass Sie sich nicht anpassen und nicht nur über Ihre Mitschwestern erheben, sondern auch über ihn! Sie sind ungehorsam.«

»Das lässt die arme Bäuerin auch nicht wieder lebendig werden. Erzählen Sie das mal ihrem Mann und ihren Kindern. Eure Mutter musste wie ein Schwein verbluten, weil die Diakonisse sich lieber in Gehorsam üben soll, als Leben zu retten!«, ereiferte sie sich.

»Sie versündigen sich!« Die Oberin war von ihrem Stuhl aufgesprungen. »Ich folge dem Vorschlag des Professors und werde Sie vorerst nicht mehr im Krankenhaus arbeiten lassen. Schwester Erika und der Assistenzarzt haben bestätigt, dass Sie sich im Operationssaal unmöglich aufgeführt haben.«

Ohne weiter nachzudenken, drehte sich Lizzie auf dem Absatz um und stob aus dem Zimmer. Sie wandte sich auch nicht um, als sie die Oberin drohen hörte: »Wenn Sie jetzt nicht vernünftig sind, werden Sie das Krankenhaus nie wieder von innen sehen.«

Lizzie aber blieb erst stehen, als sie ihre Lieblingsbank unter einer Eibe erreicht hatte. Erschöpft ließ sie sich fallen und malte sich ihre Zukunft in düsteren Farben aus. Sosehr sie auch die Schwestern bewunderte, die im Armenhaus, im Waisenhaus oder einer Gemeinde Dienst taten, für sie war das nichts. Sie brauchte die Herausforderung der Medizin.

Erneut versuchte sie zu beten, aber sie konnte sich nicht konzentrieren. Gedankenfetzen schwirrten durch ihren Kopf, Gottfried, eine Praxis, Hörsaal, eine moderne Frisur, wie die Frauen es jetzt trugen. Ja, sogar Freya hatte sich von ihrem langen Haar getrennt … Das Haar, das im Wind flatterte. Ohne Haube. Freiheit, Luft zum Atmen, ein eigenes Zimmer, Bücher, medizinische Zeitschriften, Theater, Kino, das Leben dort draußen …

Um diese Flut von Gelüsten, die über sie hereinbrach, einzudämmen, versuchte sie, ein Gebet zu sprechen. Und tatsächlich, in ihrem Kopf wurde es ruhiger und immer ruhiger. Sie bat um Klarheit und die richtige Entscheidung. Natürlich wusste sie, dass keiner zu ihr sprechen würde. Ratschläge aus dem Himmel wurden ihr nicht zuteil, wie es einige Mitschwestern von ihr angeblich ständig erlebten. Diese Zwiesprache mit Gott blieb ihr wohl verschlossen.

Doch sie wurde immer entspannter, und plötzlich konnte sie eine innere Stimme hören. Erst ganz leise und verhalten. Und dann immer klarer und ganz deutlich. *Lizzie, nun tu doch endlich das, was du im Grunde deines Herzens die ganze Zeit wolltest.* Merkwürdig, die Stimme klang wie die von Käthe.

»Lieber Gott, gib mir ein deutliches Zeichen. Bitte!«, flehte sie nun laut. Und wieder ertönte diese Stimme. *Verlasse dieses Leben, das nicht deins ist. Du bist frei. Du kannst gehen, wohin du willst.*

Lizzie wischte sich eine Träne aus dem Augenwinkel, als sie begriff, dass niemand länger von ihr verlangte, sich selbst zu verleugnen. Sie sah das Röntgenbild vor sich, die Bäuerin, wie sie nichts ahnend und friedlich ihrem sicheren Tod entgegengedämmert war. Und dann sah sie die Fontäne spritzen und roch das Blut …

Lizzie hob den Kopf und blickte in den Abendhimmel. Die Dämmerung hatte sich bereits über die Baumkronen gelegt. Der Mond war fast rund.

»Danke, Käthe«, stieß Lizzie ergriffen hervor und erhob sich langsam und bedacht.

Bevor sie wenig später erneut an der Zimmertür der Oberin klopfte, hielt sie noch einmal inne und horchte in sich hinein. In ihrem Herzen waren eine Leichtigkeit und Unbeschwertheit, wie Lizzie sie seit Jahren nicht mehr gespürt hatte.

Die Oberin war alles andere als erfreut, als Lizzie erneut vor ihrem Schreibtisch stand.

»Schwester Elisabeth, das war in höchstem Maße ungezogen. Sie haben den Geist unserer Arbeit nicht verstanden …«, begann die Oberin mit ihrer Predigt, aber Lizzie berührten die mahnenden Worte nicht mehr. Im Gegenteil, sie ruhte in sich und war sich so sicher wie selten zuvor, das Richtige zu tun.

»Ich werde ihn auch nicht mehr verstehen, Oberin Albertine«, erwiderte Lizzie mit sanfter Stimme.

»Was soll das heißen?«

»Dass ich Sie noch heute verlasse und in meine Welt zurückkehre.«

»Sie wollen unsere Gemeinschaft verlassen?«

Lizzie nickte. »Ich habe begriffen, dass ich den Platz meiner gläubigen Schwester nicht gebührend einnehmen konnte und auch niemals einnehmen werde. Mein Platz im Leben ist dort draußen.«

»Aber, aber, Sie sind doch unsere beste Kraft. Ich hätte niemals zugelassen, dass man Sie aus dem Krankenhaus verbannt.«

»Danke, das tut mir wirklich gut. Ich dachte schon, Sie würden mich genauso verurteilen wie der Professor.«

»Nein, ich glaube Ihnen sogar, dass Ihre Diagnose richtig gewesen ist, aber das zu beurteilen, entspricht nicht Ihrer Aufgabe. Sie sind eine Dienerin Jesu.«

»Ich möchte in Zukunft den Kranken dienen und verhindern, dass sie sterben müssen, weil wir Ärzte zu wenig wissen und hochmütig über andere Meinungen hinweggehen.«

Die Oberin musterte sie entgeistert.

»Elisabeth, wovon reden Sie? Sie sind keine Medizinerin und werden auch nie eine sein.«

»Sie irren sich, Frau Oberin, ich werde Ärztin, komme, was wolle!«

»Aber Sie sind eine Frau«, stöhnte die Oberin.

»Ja, das ist wahr, aber ich glaube fest daran, dass Frauen keine schlechteren Ärzte sind als Männer. Jedenfalls würde die arme Bäuerin noch leben, wenn die Diagnose einer Frau Beachtung gefunden hätte!«, entgegnete Lizzie kämpferisch.

Es herrschte einen Moment lang Schweigen. Die Oberin musterte Lizzie eindringlich, bevor sie leise sagte: »Ich bewundere Sie für Ihren Mut. Leben Sie wohl!«

Dann stand sie seufzend von ihrem Stuhl auf, umrundete gemessenen Schrittes ihren Schreibtisch und nahm Lizzie kurz stumm in den Arm. So schnell, wie sie Lizzie umarmt hatte, kehrte sie auch wieder an ihren Platz zurück und vertiefte sich in ein Dokument auf ihrem Schreibtisch. Die Audienz war damit beendet.

27. Flensburg, Juni 1923

Jette saß auf der Terrasse in der Wrangelstraße im Schatten und kaute nervös an ihren Fingernägeln. Eine unangenehme Eigenschaft, die ihr schon die Mutter vergeblich hatte abgewöhnen wollen. Sie würde viel lieber in der Sonne sitzen, weil sie wusste, dass das ihre angeschlagenen Nerven beruhigen konnte, aber dann wäre ihr Teint, den sie so mühsam hell hielt, ziemlich schnell von einer kräftigen Bräune überzogen.

Jetzt hing alles davon ab, wie ihr Vater auf die Tatsache reagierte, dass seine jüngste Tochter das Vorsprechen auf der Schauspielschule, das sie hinter seinem Rücken wahrgenommen hatte, erfolgreich absolviert und lieber heute als morgen nach Berlin gehen würde. Einmal abgesehen davon, dass er bei der Gelegenheit auch die peinliche Sache mit Schmitz erfuhr, würde sie ihn, wenn er mit allem einverstanden war, in dem großen Haus allein zurücklassen. Und das, obwohl sie sein einziger Lichtblick im neuen Zuhause war, das sehr viel komfortabler war als die Schiffbrücke. Die Räume waren heller und größer, die Küche und die Bäder moderner, und es gab diesen wunderschönen Garten. Wenn Jette die Wahl hätte, würde sie das neue Haus stets bevorzugen, aber ihr Vater sprach ständig wehmütig vom alten Zuhause. Um zu vermeiden, dass er nun einsam im ungeliebten Haus zurückblieb, hatte Jette einen Plan geschmiedet: Ihr Vater sollte wieder bei Lene einziehen, und die Wrangelstraße würde man so lange vermieten. Lene war damit einverstanden, den Vater bei sich wohnen zu lassen, zumindest, solange Jette in Berlin die Schule besuchte. Wenn sie später als Schauspielerin in Flensburg ein Engagement bekäme, konnte man immer noch in die Villa zurückkehren, hatten sich die Schwestern überlegt. Jette zweifelte allerdings stark daran, ob ihr Vater bei diesem Plan einfach so mitmachen würde. Nicht nur bei den Umzugsplänen, sondern überhaupt. Würde er es ihr erlauben, nach Berlin zu gehen? Noch war sie nicht volljährig und brauchte seine Erlaubnis. Ohne die Unterschrift würde man sie an der Schule nicht annehmen.

Jette war froh, dass Onkel Henning sich bereit erklärt hatte, diese Schlacht mit ihr gemeinsam zu schlagen. Weil er seinen Besuch angekündigt hatte, hatte Lotte auch schon den Kaffeetisch gedeckt und ihre Spezialität Kransekage, einen dänischen Marzipankuchen, der wie ein Turm nach oben hin immer spitzer wurde, gebacken. Seit Lotte bei ihnen wohnte, war sie nicht nur Haushaltshilfe, sondern machte sich auch in der Küche unentbehrlich.

Vor lauter Nervosität hatte sich Jette das obere Stück von dem Kuchen abgebrochen und in den Mund gestopft, sodass der Turm nicht mehr ganz so spitz war. Sie wusste nämlich nicht, was sie tun sollte, würde sie ihren Vater nicht davon überzeugen können, sie nach Berlin gehen zu lassen. Onkel Henning hatte sie angedroht, dann würde sie von zu Hause fortlaufen, aber da war der ansonsten lockere Onkel richtig böse geworden und hatte ihr zu verstehen gegeben, er werde ihr nicht mehr helfen, wenn sie sich weiter wie ein Kleinkind benähme, das mit dem Fuß aufstampfte, wenn es seinen Willen nicht bekäme. Das hatte gesessen, denn mit Onkel Henning wollte sie es sich auf keinen Fall verscherzen. Ihm allein hatte sie es doch zu verdanken, dass sie an der berühmten Schauspielschule vorgesprochen hatte. Seine Berliner Beziehungen reichten auch bis ins Deutsche Theater. Wie hatte ihr ein älterer Schauspieler aus der Prüfungskommission zum Abschied zugeraunt: »Und schönen Gruß an Ihren Onkel. Meine Frau schwärmt bis heute von dem Wochenende bei ihm in Skagen Gul.«

Immer wieder lief auch die Prüfung vor ihrem inneren Auge ab: dieser unverwechselbare Geruch von Bühnenböden, das wahnsinnige Lampenfieber, verbunden mit Magenschmerzen und Übelkeit, das in dem Moment wie von Zauberhand verschwunden war, als sie ihren ersten Satz gesprochen hatte, die Recha wie in Trance, Jette mit der Figur zu einem verschmolzen, das Schweigen im Zuschauerraum, doch dann das »Danke!« von Held. Natürlich hatte sie gehofft, dass Max Reinhardt in der Prüfungskommission sitzen würde, aber den Zahn hatten ihr die Mitprüflinge im Warteraum hinter der Bühne schon gezogen. Und schließlich das endlose Warten draußen im Foyer des Theaters, bis Held persönlich auf sie zugetreten war und ihnen viel Glück für die Ausbildung an seiner Schule gewünscht hatte. Der Jubel unter den vier angehenden Mimen war groß gewesen, denn auch die anderen aus dem bunt zusammengewürfelten Haufen waren an der

Schule aufgenommen worden: die Ungarin Fanni, Ruth aus Wien, Lilly aus Köln und Georg von Renz, das schwarze Schaf einer ostpreußischen Gutsdynastie, wie er sich selbst vorgestellt hatte. Daran, dass er einen Platz an der Schule bekam, hatte Jette von der ersten Sekunde keinen Zweifel gehegt. Er war so gut gebaut, hatte schwarze Locken und wirkte dermaßen anziehend, dass er wohl rein äußerlich in vielen Theaterstücken die Idealbesetzung sein könnte. Überdies ließen seine Stimme und die Art, wie er sich bewegte, Rückschlüsse darauf zu, dass er offenbar ein gewisses Talent für die Bühne mitbrachte. Allerdings hatte Jette von Anfang an einen Riesenbogen um den Hahn im Korb gemacht, allein weil die anderen drei Mitbewerberinnen ihn gleichermaßen angeschmachtet hatten. Auf keinen Fall wollte Jette sich in den Chor seiner Bewunderinnen einreihen und hatte ihn entsprechend ignoriert. Einen ganz besonderen Zugang hatte Jette hingegen auf Anhieb zu Ruth gefunden, die ihr davon berichtet hatte, dass ihre gläubigen Eltern lieber wollten, dass sie einen Rabbi heiratete, als Schauspielerin zu werden, und dass sie, wenn sie ihr die Ausbildung verwehrten, deren Unterschrift fälschen und ohne Erlaubnis nach Berlin gehen würde. Daran würde sich Jette ein Beispiel nehmen, sollte sie ihren Vater nicht im Guten überzeugen können … Sie war von Ruths Offenheit und Anmut äußerst angetan. Gern würde sie sich zu Studienbeginn mit Ruth gemeinsam eine Bleibe in Berlin suchen, denn sosehr sie das Fräulein Gröhn bewunderte, die Dame konnte auch sehr besitzergreifend und anstrengend sein, wie sie in der Nacht vor dem Vorsprechen am eigenen Leib hatte erfahren müssen. Bis morgens um vier Uhr waren sie durch diverse Lokale gezogen, weil Fräulein Gröhn der Meinung war, sie als Landei müsse die Nacht in Berlin zum Tag machen. Ihre Proteste, sie sollte lieber ausgeschlafen zum Vorsprechen erscheinen, hatte sie vom Tisch gefegt und schließlich ein giftgrünes Getränk zu sich genommen, das man ihr in der letzten Kaschemme quasi unter der Theke ausgeschenkt hatte. Absinth, so hatte ihr Fräulein Gröhn erklärt, sei kürzlich verboten worden, aber man bekäme es überall, wenn man es wollte. Jette hatte das Zeug trotzdem nicht angerührt, weil sie sich schon von dem Bier und dem Wein berauscht fühlte. Ihre Bedenken, die Nacht durchzumachen, hatte Fräulein Gröhn jedenfalls komplett ignoriert und Jette versichert, sie würde ihr vor dem Vorsprechen die Feierspuren genial wegschminken. Nur leider war die Dame des Hauses am Mittag des folgenden Tages immer noch nicht aus den Federn gekommen, sodass Jette selbst Hand anlegte, um die Augenringe mit Schminke, die sie im Bad fand, zu kaschieren. Sie hatte Fräulein Gröhn dann eine Nachricht mit einem höflichen Dankeschön hinterlassen, bevor sie mit ihrem Gepäck zur Schule gefahren war, um später den letzten Zug zurück nach Hamburg zu bekommen. Dort hatte Onkel Henning sie in der Nacht abgeholt und noch für ein paar Tage mit nach Sonderburg genommen, damit sein Bruder keinen Verdacht schöpfte, wenn nun eine völlig aufgedrehte Tochter aus Berlin zurückkehrte. Am liebsten hätte Jette es dem Onkel überlassen, dem Vater die Wahrheit beizubringen. Der hatte zwar seine Unterstützung bei der Aussprache angeboten, aber von ihr verlangt, die Erlaubnis, nach Berlin gehen zu dürfen, selbst zu erbitten. Jette hatte diesen Termin nun seit Wochen hinausgezögert, dass dem Onkel der Geduldsfaden gerissen war und er sich für diesen Sonntag bei seinem Bruder zum Kaffeetrinken eingeladen hatte, verbunden mit der Ankündigung, wenn Jette die Sache nicht endlich angehe, ihr nicht weiter zur Seite zu stehen.

Nun saß sie also in der Falle, denn es gab keinen Aufschub mehr.

Die Stimmen der ersten Gäste rissen sie aus ihren Gedanken. Sie hatte zu dieser Kaffeetafel zur Unterstützung auch noch Lene eingeladen, die mit ihrem Ehemann gekommen war, mit dem Jette so gut wie gar nichts anfangen konnte. Sie fand ihn farblos und langweilig und verstand bis heute nicht, dass Lene ihn Lizzie wohl ausgespannt hatte. Sie nahm es Lene insgeheim immer noch ein wenig übel, dass sie die Schwester in die Arme des Mutterhauses getrieben hatte, denn sie war der festen Überzeugung, dass Lizzie es nur aus Liebeskummer getan hatte. Aber nun war sie Lene wirklich dankbar, dass sie ihre Pläne, an die Schauspielschule des Deutschen Theaters zu gehen, tatkräftig unterstützte und sogar den Vater bei sich aufnehmen würde.

Wenn das mal alles gut geht, dachte sie, während sie aufstand, um ihre Schwester zu umarmen. Jette fand, dass Lene außerordentlich gut aussah. Sie war im Gesicht ein kleines bisschen runder geworden, was ihre manchmal zu energisch anmutende Kinnpartie weicher wirken ließ. Und auch in ihren Augen lag ein gewisser Schimmer, den Jette nur von Verliebten kannte. Ob da ein anderer Mann im Spiel war, fragte sie sich, denn Herrmann wirkte in sich gekehrt und ernst wie eh und je. Dass dieser Mann der Grund dieser geheimnisvollen Ausstrahlung ihrer Schwester war, hielt Jette für mehr als unwahrscheinlich.

Sie begrüßte ihren Schwager mit höflichem Handschlag, bevor sie Onkel Henning, der inzwischen ebenfalls eingetroffen war, stürmisch um den Hals fiel. Zu stürmisch vielleicht, ging ihr durch den Kopf, als sie den skeptischen Blick ihres Vaters auffing. Nicht, dass sie mit ihrer überschwänglichen Begrüßung die Verschwörung verriet. Also umarmte sie ihren Vater genauso herzlich, was ihn nur noch mehr irritierte.

»Jette-Kind, hast du etwas ausgefressen?«, fragte er lauernd.

»Aber nein, Vati, ich freue mich, dass endlich mal Leben im Haus ist«, schwindelte sie und wandte sich ihrer Schwester zu, die das Gesicht zum Zeichen, dass Jette sich wieder einmal um Kopf und Kragen redete, zur Grimasse verzog.

Jette war so aufgeregt, dass sie nun weder noch ein Gebäckstück zu sich nehmen noch einen Kaffee trinken konnte. Sie wollte es einfach nur hinter sich bringen, doch so einfach war das nicht, weil Lene und ihr Vater sich gleich beim Thema Geschäft festgeredet hatten. Ihr Vater war sichtlich empört darüber, dass Klaas Bahnsen Flensburg bei Nacht und Nebel Richtung Amerika verlassen hatte.

»Was verspricht er sich denn bloß davon? Die brauchen doch keine Destillateure. Ich denke, die haben die Prohibition«, bemerkte er kopfschüttelnd.

»Offiziell ist Alkohol verboten, aber er wird ja trotzdem weiterhin hergestellt …«, entgegnete Herrmann.

»Ja, von Gangstern«, warf Lene bissig ein.

»Er wollte einfach fort und wird sein Glück schon machen«, erwiderte Herrmann entschieden. Jette entging nicht, wie angespannt die Stimmung zwischen Lene und ihrem Mann war, als sie über Klaas Bahnsen sprachen.

»Tja, du hast ihm offenbar noch zugeredet und ihn damit in sein Unglück gestürzt. Dort drüben wird er im Leben nicht glücklich«, zischte Lene.

»Du musst es ja wissen«, gab Herrmann spitz zurück.

»Kinder, bitte nicht streiten«, bat ihr Vater. »In der Sache bin ich zwar Lenes Meinung. Klaas hatte es bei Danneberg nun wirklich gut. Ich kann ja verstehen, dass Menschen ohne Perspektive ihr Glück dort drüben suchen, aber Klaas hatte hier seine Existenz und seine Familie. Wie gut, dass sein Vater das nicht mehr erleben muss. Es ist schlimm, wenn die Kinder meinen, ihre Wurzeln kappen und in die Ferne gehen zu müssen.«

Jette erschrak bei diesen Worten. Meinte er wirklich Klaas Bahnsen, oder wusste er längst über ihre Pläne Bescheid? Lange hielt sie die Ungewissheit nicht mehr aus, und da hörte sie sich bereits, ohne weiter zu überlegen, mit klarer Stimme sagen: »Vati, ich glaube nicht, dass Kinder, die in die Ferne gehen, ihre Wurzeln kappen, sondern ihre Chancen im Leben ergreifen wollen, die ihnen hier in Flensburg nicht geboten werden.«

Ihr Vater musterte sie erstaunt.

»Ich glaube, darüber brauchst du dich nicht zu beklagen. Du hast auch hier die Möglichkeit, Schauspielerin zu werden, obwohl das nicht gerade das ist, was ich mir für meine Jüngste wünsche.«

»Vati, ich kann keinen Unterricht mehr bei Schmitz nehmen. Ich möchte nach Berlin, um an der Schule des Deutschen Theaters zu studieren.«

»Berlin?«, wiederholte ihr Vater fassungslos. »Nein, das schlage dir schnellstens aus dem Kopf, mein Kind! Sei froh, dass ich mich von meinem Bruder habe breitschlagen lassen, dich überhaupt vor Ort Unterricht nehmen zu lassen.«

Jette warf Onkel Henning, der sich bislang vornehm zurückgehalten hatte, einen flehenden Blick zu.

»Ole, deine Tochter nimmt bei Schmitz keinen Unterricht mehr. Der Mann wollte sich ihr unsittlich nähern.«

Ihr Vater lief tiefrot an. »Woher weißt du schon wieder besser, was meine Töchter tun und lassen?«, brüllte er, aber Onkel Henning blieb ganz ruhig. Jette hielt den Atem an. Ihr Vater glühte vor Zorn, und sie konnte sich in diesem Augenblick schwerlich vorstellen, dass er sie freiwillig nach Berlin gehen lassen würde. Sie sah sich in Gedanken schon seine Unterschrift fälschen.

»Da Schmitz meine Empfehlung war, habe ich die Sache in die Hand genommen«, erklärte Onkel Henning in sachlichem Ton. »Der Kerl hat die Stadt verlassen.«

»Danke, Henning, aber mir wäre es lieber gewesen, meine Tochter hätte sich mir anvertraut. Aber nun gut. Damit ist das Kapitel Schauspielerei ja hoffentlich beendet!«

Onkel Henning wollte gerade etwas sagen, aber nun kam Lene ihm zuvor: »Nein, Vati, Jettes sehnlichster Wunsch ist es, Schauspielerin zu werden, und sie hat nun die Chance, in Berlin eine ordentliche Schauspielschule zu besuchen. Und ich denke, das solltest du ihr erlauben. So, wie du mir schließlich erlaubt hast, in deinem Unternehmen zu arbeiten, wenn auch nur unter bestimmten Bedingungen.« Lene warf Herrmann einen abschätzigen Blick zu.

Jette befürchtete, die Angelegenheit würde endgültig aus dem Ruder laufen, wenn sich nun Lene oder Onkel Henning weiterhin so vehement für sie einsetzten und sie dazu schwieg. Sie hatte das Gefühl, jetzt musste sie ihre Trumpfkarte spielen, nämlich die, dass der Vater ihr in der Regel kaum einen Wunsch abschlagen konnte.

Jette, die neben ihrem Vater am Tisch saß, nahm seine Hand und blickte ihn mit großen Augen an. »Vati, ich wusste nicht mehr, was ich tun soll, und da bin ich heimlich nach Berlin gefahren und habe dort an der Schauspielschule des Deutschen Theaters vorgesprochen, und ich kann dort anfangen zu studieren …«

»Berlin? Schauspielschule?«, stieß ihr Vater empört hervor. »Du glaubst doch nicht, dass ich dich allein dort hingehen lasse?«

»Ich bin doch nicht allein. Ich könnte bei Fräulein Gröhn wohnen.«

Ihr Vater raufte sich das schüttere Haar. »Und das soll mich beruhigen?« Er wandte sich an seinen Bruder. »Henning, nimm es mir bitte nicht übel, aber deine Damenbekanntschaften sind nicht der richtige Umgang für meine Töchter!«

»Ole, du kennst Maria doch gar nicht!«, protestierte Henning.

Zum Glück, durchfuhr es Jette eiskalt, denn wenn, würde ihn das mit Sicherheit nicht beruhigen. So wie sie ihren Vater kannte, würde er sie für ein liederliches Frauenzimmer halten, wie er Frauen, die nicht seinem Bild entsprachen, gern nannte.

»Seid ihr denn allesamt verrückt geworden? Ich sage Nein! Und damit basta!« Zur Bekräftigung haute er so kräftig mit der Faust auf den Tisch, wie er es immer tat, wenn er sich in die Enge getrieben fühlte.

Jette war den Tränen nah. Sie versuchte, ihn zu erweichen, wollte sich an seine Schulter kuscheln, aber ihr Vater wehrte ihre Annäherung ab. Er sagte nur ein Wort. »Nein!«

Jette wich erschrocken zurück. So kannte sie ihren Vater gar nicht. Eine entsetzliche Panik überfiel sie bei dem Gedanken, dass sie es dieses Mal nicht schaffen würde, ihren Willen durchzusetzen. Deshalb griff sie zum allerletzten Mittel, das bei ihrem Vater bislang immer geholfen hatte.

»Vati, wenn du mir das nicht erlaubst, dann, dann, tue ich mir etwas an«, verkündete sie unter Tränen. Doch als ihr Vater auf ihre Drohung überhaupt nicht reagierte, sprang Jette wutentbrannt auf und rannte ins Haus. Dort stieß sie mit einem überraschenden Besuch zusammen, dessen Auftauchen alles ändern sollte.

28. Flensburg, Juni 1923

Lene betrachtete Jettes Benehmen dem Vater gegenüber mit gemischten Gefühlen. Der Hang ihrer kleinen Schwester zu melodramatischen Auftritten ging ihr ziemlich auf die Nerven, und sie musste verstärkt an das Geheimnis um Jettes Herkunft denken. Von ihrer gemeinsamen Mutter hatte sie diese kapriziöse Art jedenfalls nicht geerbt. Und trotzdem fand sie es nicht klug von ihrem Vater, Jette die Verwirklichung ihres Berufswunsches so kompromisslos zu verwehren. Sie wusste doch aus eigener Erfahrung, wohin es führen konnte, wenn es einem verboten wurde, sich frei zu entfalten.

Aus den Augenwinkeln nahm Lene wahr, dass Herrmann sie prüfend musterte. Ob er etwas ahnte? Denn bislang hatte sie ihre zwei Geheimnisse noch nicht gelüftet.

So hatte sie Herrmann verschwiegen, dass sie bei Klaas' Cousine aufgekreuzt war. Ihren ersten Gedanken, dass sich hinter der »innigen Freundschaft« eine sexuelle Beziehung der beiden Männer verborgen haben könnte, hatte sie allerdings sofort wieder aufgegeben. Allein die Tatsache, dass diese beiden Männer sich mochten und Klaas sich wegen seiner Auswanderungspläne Herrmann und nicht ihr anvertraut hatte, ärgerte sie maßlos.

»Ole, willst du Jette diese Chance wirklich vermasseln?«, hörte sie ihren Onkel fragen. »Die Schauspielschule ist eine der besten, die wir haben.«

»Ach, wirklich? Ich wusste gar nicht, dass Berlin neuerdings zu Dänemark gehört«, erwiderte Lenes Vater spöttisch.

»Nein, lieber Bruder, und es gibt auch keinerlei Bestrebungen, Berlin dänisch werden zu lassen. Aber ich gebe zu, ich kenne mich leider in der Kulturlandschaft Kopenhagens ungleich weniger aus als in der Berliner. Aber wenn du sie lieber in Dänemark studieren lassen willst, dann kümmere ich mich darum.«

»Eine Schauspielerin in unserer Familie? Das hat es noch nie gegeben!«

»Eine Frau an der Spitze von Danneberg auch noch nicht«, mischte sich Lene eifrig ein. »Vati, die Zeiten haben sich geändert. Wir Frauen haben das Wahlrecht, wir dürfen sogar seit Neustem hier im Norden am Oberlyzeum eine den Jungen ebenbürtige Reifeprüfung ablegen, wir dürfen Universitäten besuchen. Und Jette hat ein wirkliches Talent für die Bühne.«

»Möchte mal wissen, von wem sie das hat!«, brummte ihr Vater. Das weißt du doch ganz genau, dachte Lene, bevor sie fortfuhr: »Vati, nenn mir einen vernünftigen Grund, warum du ihr verbieten willst, die Schule in Berlin zu besuchen?«

»Einen nur? Ich habe tausend Gründe«, schimpfte der Vater. »Welcher anständige Bursche will schon eine Schauspielerin heiraten? Und was für Gestalten sich in der sogenannten Kulturlandschaft herumtreiben, sieht man ja an den gesellschaftlichen Kreisen, in denen sich mein Bruder bewegt, und überhaupt Berlin. Man liest doch in der Zeitung, dass dort alles drunter und drüber geht. Zwischen Männlein und Weiblein, und auch mit Rauschmitteln ist man dort nicht zimperlich.«

»Ole, das sind doch alles nur Vorurteile. Ich kenne genügend Schauspielerinnen, die verheiratet sind …«, sagte Onkel Henning.

»Fragt sich nur, zum wievielten Mal!«, unterbrach ihr Vater seinen Bruder.

»Und was die gesellschaftlichen Kreise angeht«, fuhr Onkel Henning ungerührt fort. »Ich fühle mich nun einmal wohler in Gesellschaft von verrückten Künstlern als der von langweiligen Kaufleuten, die kein anderes Thema haben als ihre Geschäfte. Und Berlin ist doch kein Sündenpfuhl. Zugegeben, dort gibt es Vergnügungen, die man sich hier in Flensburg nicht einmal im Entferntesten ausmalen kann, aber die Mehrheit der Bevölkerung lebt ganz sicher kein gefährliches Leben, wenn man davon absieht, dass in den Hinterhöfen die Armen manchmal zu zehnt und mehr in einer ungeheizten Kammer hocken und hungern.«

Ihr Vater klatschte übertrieben in die Hände. »Agitieren konntest du immer schon, aber eines würde mich in dem Zusammenhang doch noch interessieren. Wusstest du von diesem Vorsprechen?«

Onkel Henning nickte. »Ja, ich habe ihr dazu angeraten, ihr Geld für die Fahrt und ihr das Zimmer bei Maria besorgt«, gab er mit fester Stimme zu.

»Du bist mir ja ein Held. Du stiftest hinter meinem Rücken meine Töchter an, sich ihrem Vater zu widersetzen! Ich glaube, du solltest jetzt lieber gehen.«

»Vati, bitte! Onkel Henning ist unser Freund. Er versteht uns und hilft uns, wenn wir Kummer haben«, ereiferte sich Lene.

»Wahrscheinlich, weil er wiedergutmachen möchte, was in der Erziehung seines missratenen Sohns alles falsch gelaufen ist«, giftete ihr Vater.

Onkel Henning erhob sich daraufhin eilig.

»Gut, dann fahre ich zurück. Natürlich habe ich es gut gemeint, aber du hast recht, Ole. Ich hätte Jette nicht hinter deinem Rücken bei ihren

Plänen, von denen ich natürlich wusste, dass du nicht damit einverstanden bist, unterstützen sollen. Tut mir leid.« Er klopfte seinem Bruder auf die Schulter und wollte gehen, aber Lene sprang auf und stellte sich vor ihn.

»Onkel Henning, bitte geh nicht. Vater hat das gewiss nicht so gemeint«, sagte sie in flehendem Ton.

»Danke, Lenchen, aber ich finde, dein Vater hat recht. Ich habe mich ungebührlich in eure Familienangelegenheiten gemischt.«

»Aber du gehörst doch zur Familie!«, insistierte sie.

»Lene hat recht, ihr solltet nicht so auseinandergehen«, pflichtete ihr überraschend Herrmann bei. »Vater, sag doch bitte, dass dein Bruder bleiben soll.«

Ihr Vater schien sichtlich überrascht, dass Herrmann sich einmischte. Und auch Onkel Henning irritierte es so, dass er zögerte.

In Lenes Kopf arbeitete es fieberhaft, wie sie verhindern konnte, dass die Aussprache so endete. Da kam ihr die zündende Idee. Sie hatte zwar noch etwas abwarten wollen, bis sie ihrer Familie die Neuigkeit präsentierte, aber nun war das unter Umständen geeignet, die allgemeine Stimmung zu heben.

»Onkel Henning, bitte setz dich wieder. Ich habe euch etwas zu sagen. Euch allen.« Sie brachte das so entschieden vor, dass Onkel Henning sich tatsächlich wieder auf seinen Stuhl setzte. Aller Augen waren jetzt auf sie gerichtet.

»Wir werden bald zu dritt sein«, verkündete sie, woraufhin ihr Vater und Herrmann aufgeregt durcheinanderredeten.

»Wieso erfahre ich das erst jetzt?«

»Ich werde Großvater!«

»Das kann doch nicht, das ist ja, das ist ja …«

»Endlich der ersehnte Erbe.«

»Ich habe mich schon gewundert über deine Pausbäckchen.«

Lene wollte auf Herrmanns letzte Bemerkung gerade etwas Deftiges erwidern, als Onkel Henning sie nun als Erster herzlich beglückwünschte.

Als Herrmann ihre Hand nahm, zuckte Lene zusammen. Das hatte ihr Mann in all den Jahren noch kein einziges Mal getan. Und wenn, dann nur aus gesellschaftlichem Zwang heraus wie bei der Hochzeit, aber da hatte sich seine Hand kalt und abweisend angefühlt, dass seine künstlichen Gelenke dagegen wahrscheinlich warm und weich gewesen wären. Auch hatte er sie noch niemals zuvor derart angestrahlt wie in diesem Augenblick. Aus seinen Augen funkelte das pure Glück.

»Habe ich nun einen Wunsch frei, Vati?«, fragte Lene ihren Vater mit einschmeichelnder Stimme.

»Jetzt sag bloß nicht, du wünschst dir zur Feier des Tages, dass ich meinen kleinen Augenstern in die fremde Welt ziehen lasse, Lenchen?«, seufzte ihr Vater.

»Genau das ist meine Bitte!«, lachte Lene. »Jetzt kannst du die Große gehen lassen, um dich um die Kleinen zu kümmern. Denn wir haben uns etwas überlegt. Natürlich wollen wir dich nicht allein in dem großen leeren Haus wohnen lassen, sondern dich zu uns holen. Wir haben so viel Platz, dass du eine ganze Etage bewohnen kannst.«

Lene bemerkte, wie sich Herrmanns Miene bei ihren Worten verfinstert hatte. Sie vermutete, weniger, weil er etwas dagegen hatte, mit seinem Schwiegervater unter einem Dach zu wohnen, als vielmehr deshalb, weil Lene es vorher nicht mit ihm abgesprochen hatte.

Ihr Vater hob abwehrend die Hände. »Kinder, nein, so geehrt ich mich auch fühle, aber ich halte nichts davon, mit mehreren Generationen unter einem Dach zu leben, auch wenn das in vielen Familien so üblich ist. Meine Mutter und ich in einem Haus, das wäre eine Katastrophe gewesen …« Er unterbrach sich hastig, als er Hennings skeptischen Blick bemerkte. »Ich weiß, du hast mit unseren Eltern in deinem Haus friedlich zusammengelebt«, fügte er hastig hinzu.

»Friedlich mit unserem Vater, das kann ich nicht behaupten. Ich musste mir jeden Tag anhören, wo mein Desinteresse am Rumgeschäft bloß herkomme. Gut, mit Mutter war es etwas anderes, aber ich finde es bei euch dreien eigentlich eine sehr gute Idee. Ole, was willst du denn allein in dem großen Haus?«

»Ihr tut ja alle so, als hätte ich meinen Segen bereits erteilt«, knurrte er.

»Vati, gib deinem Herzen einen Stoß. Du wirst später stolz auf sie sein, wenn du in der Zeitung liest, wie der Stern am Stadttheater, Henriette Danneberg, die Zuschauerherzen im Sturm erobert«, ereiferte sich Lene.

»Wer sagt denn, dass sie je zurückkommt?«

»Das gehört zu unserem Plan. Sobald sie die Schule abgeschlossen hat, versucht sie, ein Engagement im Norden zu bekommen.«

»Jaja, mit Speck fängt man Mäuse«, brummte der Vater.

»Ach, Ole, die jungen Frauen sind heute eben anders als früher. Sie gehen eigene Wege …«, bemerkte Onkel Henning.

»Leider sind nicht alle jungen Damen so bescheiden und anmutig wie deine Schwiegertochter«, wandte der Vater mürrisch ein.

»Sie hatte auch ihre eigenen Träume, Ole. Sie wäre so gern Lehrerin geworden, hat sie mir einmal anvertraut, aber dann kam Paul des Weges und hat ihre Pläne zunichtegemacht«, murmelte der Onkel.

Lene entging sein bedauernder Unterton keineswegs. Keine Frage, Freya war auf einen charakterlosen Idioten hereingefallen, wofür ihre Cousine, wie Lene befürchtete, noch einmal die Rechnung bekommen würde. Gut, sie selbst hatte die Rechnung für ihre selbstsüchtige Entscheidung auch bereits erhalten. Aber in diesem Moment durfte sie wenigstens hoffen, dass Herrmann ein guter Vater würde, so wie er gerade gestrahlt hatte.

»Gut, holt den Trotzkopf rein. Ich werde ihr die Chance nicht verderben, und wenn sie später, wie ihr großes Vorbild Asta Nielsen, zum fünften Mal heiratet, dann dürft ihr mich daran erinnern, was für ein Narr ich gewesen bin, als ich ihr das erlaubt habe.«

Lene umarmte ihren Vater überschwänglich. »Danke, Vati, und wir freuen uns wirklich sehr, wenn du bei uns einziehst.«

»Mich würde es auch freuen, wenn du zu uns ziehen würdest«, pflichtete Herrmann ihr bei. Lene hatte ihren Mann noch nie so gelöst erlebt wie in diesem Augenblick. Offenbar bedeutete ihm ein eigenes Kind mehr, als sie vermutet hatte.

Ihr Vater legte die Stirn in Falten. »Lenchen, Herrmann, ich werde nicht bei euch leben, aber ich habe eine ganz andere Idee. Wenn ihr die Wahl hättet zwischen dieser Villa und der Schiffbrücke, wo würdet ihr lieber wohnen?«

Da brauchte Lene nicht eine Sekunde zum Überlegen. »Hier natürlich. Es ist alles so hell und freundlich, und dann der Garten. Außerdem könnte man nach der Arbeit das Rumhaus auch einmal kurzfristig hinter sich lassen.« Lene sah ihren Vater beglückt an. »Aber wenn wir bei dir einziehen, wer soll in der Schiffbrücke wohnen? Wir können es ja schlecht an Fremde vermieten. Es gehört doch alles zusammen.«

»Und du, Herrmann?«

»Darüber habe ich mir noch keine Gedanken gemacht, aber ich finde es natürlich durchaus reizvoll, wenn unsere Kinder nicht im Innenhof zwischen Rumfässern aufwachsen würden, sondern einen Garten zum Spielen hätten.«

»Na ja, das mit den Rumfässern als Spielzeuge hat mir ja nichts geschadet«, lachte Lene übermütig.

Herrmann drohte ihr spielerisch mit dem Finger. »Noch ist nicht gesagt, dass unser Kind Destillateur wird. Da kann selbst bei solchen Eltern wie uns beiden noch einiges dazwischenkommen. Schau dir Onkel Henning oder Jette an. In deiner Familie gibt es genügend Künstlerseelen.«

»Du würdest uns also wirklich dein schönes Haus überlassen?«, hakte Lene fassungslos nach und wandte sich an Herrmann. »Und du könntest auch hier leben?«

Herrmann antwortete mit einem Lächeln. »Wer das nicht könnte, müsste wohl erst geboren werden. Das ist eines der schönsten Häuser, die ich kenne. Natürlich würde ich hier sofort einziehen.«

Lene klatschte vor lauter Begeisterung in die Hände. »Dann ziehen wir am besten noch vor der Geburt um. Und du willst wirklich nicht hierbleiben, Vati?«

Er schüttelte den Kopf. »Nein, ich brauche ein eigenes Dach über dem Kopf, ich werde in meine Schiffbrücke zurückkehren, aber ich plädiere dafür, dass ihr das Kind dann morgens zu mir bringt, bevor die Arbeit beginnt«, schlug er vor.

»Genau, wir engagieren ein Kindermädchen, das dann mit zu dir kommt, und mittags gebe ich ihm das Fläschchen …«

»Lene, ich denke, du wirst das erste halbe Jahr zu Hause bleiben und unser Kind stillen«, mischte sich Herrmann eifrig ein.

Lene warf ihm einen vernichtenden Blick zu. Mit einem Schlag hatte

Herrmann den kleinen Moment von Harmonie zwischen ihnen wieder zerstört. »Darüber reden wir zu Hause weiter!«, zischte sie.

Herrmann wollte gerade etwas erwidern, das, seiner eisigen Miene nach zu urteilen, nicht besonders freundlich gewesen wäre, aber da ertönte ein auffälliges Räuspern.

Alle wandten sich zur Terrassentür um. Es war Lizzie, die in einem Sommerkleid, das Lene noch von früher kannte, auf die Kaffeetafel zutrat, gefolgt von einer strahlenden Jette. Einmal davon abgesehen, dass Lene die Schwester selten außerhalb der Familienfeste traf, spürte sie sofort, dass etwas geschehen war. Und wo war die Pinguin-Tracht geblieben? So wenig Kontakt die beiden auch miteinander hatten, eine tiefe Verbundenheit, die noch aus den Tagen ihrer unverbrüchlichen Freundschaft herrührte, hatte das große Zerwürfnis zwischen ihnen unbeschadet überstanden. Lenes untrüglicher Instinkt verriet ihr, dass mit Lizzie etwas nicht stimmte. Lene fühlte es so intensiv, dass sich ihr Herzschlag beschleunigte.

»Lizzie-Kind, was machst du denn am heiligen Sonntag hier bei uns?«, fragte der Vater erstaunt. »Und ohne deine Tracht? Das ist ungewöhnlich.«

»Ich war ein paar Tage im Kinderheim bei Anna in Norgaardholz zu Besuch«, entgegnete Lizzie ausweichend und setzte sich auf den freien Stuhl neben Onkel Henning.

Auch Jette nahm wieder ihren Platz ein. »Entschuldige, Vati, dass ich mich so dumm aufgeführt habe«, murmelte sie zerknirscht.

»Schon vergessen, mein Kind«, erwiderte der Vater in mildem Ton.

»Ich möchte mich auch nicht gleich ungefragt einmischen«, verkündete Lizzie und blickte in die Runde. Bei Herrmann verharrte sie länger als bei den anderen, stellte Lene fest und warf einen Seitenblick auf ihren Ehemann, der wie immer, wenn ihre Schwester anwesend war, denselben verzückten Gesichtsausdruck bekam. »Aber wie ich hörte, hat Jette heimlich ihre Aufnahmeprüfung zur Schauspielschule in Berlin bestanden und möchte dort auch studieren. Und ich weiß auch, dass du, Vatilein, Sorge hast, unsere Kleine könne in der großen Stadt unter die Räder kommen. Und deshalb habe ich einen Vorschlag …«

»Ich wurde inzwischen überstimmt«, unterbrach der Vater sie. »Ich erlaube es, aber nur unter einer Bedingung: dass sie sich nach ihrem Abschluss an einem Theater im Norden bewirbt. Am besten in Flensburg!«

Jette sprang von ihrem Stuhl auf und umarmte ihren Vater stürmisch, bevor sie seine Wangen mit Küsschen bedeckte. »Danke, danke, du bist der beste Vater, und ich tue alles, was du willst, wenn ich nur an die Schule darf«, jubelte sie.

»Ja, da wäre noch etwas«, sagte der Vater in strengem Ton, nachdem Jette von ihm abgelassen hatte. »Ich werde mit dir nach Berlin reisen, und wir werden gemeinsam ein Zimmer bei einer soliden Vermieterin für dich suchen. Nichts gegen Fräulein Gröhn, aber ich möchte sicher sein, dass jemand wirklich auf dich achtet.«

»Genau, Vati, das wollte ich gerade vorschlagen«, mischte sich Lizzie ein. »Ich werde mich in Berlin um meine kleine Schwester kümmern.«

»Das ist ja eine Neuigkeit. Du gehst ins Bethanien? Weiß Gottfried es schon?«, fragte Onkel Henning erstaunt.

In diesem Augenblick schien Jette etwas einzufallen. »Lizzie, in der ganzen Aufregung habe ich vergessen, dir zu sagen, dass ich in Berlin einen Gottfried getroffen habe, der sich lebhaft für dich interessiert.«

Lene war ganz Ohr. Da war er wieder. Dieser Gottfried. Sie hoffte, an dieser Stelle mehr über ihn zu erfahren, aber Lizzie machte das mit einem Satz zunichte.

»Nein, Onkel Henning, dein Freund Gottfried weiß nichts von meinen Plänen. Und er wird es auch nicht erfahren, weil ich nicht ans Bethanien gehe …« Sie stockte und holte tief Luft, bevor sie fortfuhr: »Ich bin aus der Ordensgemeinschaft ausgetreten und werde möglichst schon in ein paar Wochen mit dem Studium der Medizin in Berlin beginnen.«

»Ich glaube, ich brauche einen Schnaps«, stieß ihr Vater fassungslos hervor.

»Ich auch«, stöhnte Onkel Henning.

»Ja, den könnte ich auch vertragen«, bemerkte Herrmann, ohne den Blick von Lizzie zu lassen.

Lene eilte zum Büfett. Dort standen die Flasche mit dem Aquavit und die Gläser. Sie goss den Männern davon ein, während es in ihrem Kopf fieberhaft arbeitete. Sie war stolz auf ihre Schwester, dass sie doch noch ihrer Berufung folgte, und auch ein wenig neidisch. Lizzie war die Einzige des Kleeblatts, die ihrem Schwur treu geblieben war. Sie war nicht den bequemen Weg gegangen, so wie sie mit dieser Ehe. Lizzie war bereit gewesen, für ihre Berufung zu kämpfen.

»Herzlichen Glückwunsch, Schwesterherz«, sagte sie bewundernd. Lizzie schenkte ihr ein Lächeln.

»Aber, aber, wieso denn jetzt doch? Ich meine, ich hatte mich gerade damit abgefunden, eine meiner Töchter an Jesus verloren zu haben«, warf der Vater irritiert ein.

»Ach, Vati, ich habe mich auch bemüht, so fromm wie Käthe zu werden, aber ich muss wissen, ob ich eine gute Ärztin bin.«

»Natürlich bezahle ich dir alles, das Studium und eine Unterkunft«, versicherte ihr der Vater.

»Ihr habt mich ja vorhin nicht ausreden lassen, aber genau das wollte ich die ganze Zeit sagen. Ich werde mir zusammen mit Jette eine Bleibe suchen und auf unseren Wirbelwind achtgeben, damit er nicht unter die Räder der Großstadt kommt.«

»Das würde mich in der Tat beruhigen«, seufzte der Vater. »Aber ihr kommt mich doch, sooft ihr könnt, in meinem neuen alten Domizil besuchen, oder?«, fügte er aufgeregt hinzu.

»Natürlich besuchen wir, sooft es die Zeit erlaubt, unseren armen verlassenen Vati«, erwiderte Jette überschwänglich. »Aber du bist ja gar nicht allein, sondern Lene und Herrmann kümmern sich um dich, wenn du dann zu ihnen an die Schiffbrücke ziehst, sobald ich in Berlin bin«, fügte sie mit glühenden Wangen hinzu.

»Nein, meine Kleine, so ganz habe ich mich dann doch nicht entmündigen lassen. Ich werde zwar in die Schiffbrücke ziehen, aber die junge Familie bekommt mein Haus. Mit dem Kind sind sie dort besser aufgehoben als …« Er stockte. Lene ahnte auch, warum, denn Lizzie waren bei seinen Worten die Gesichtszüge entgleist. Lene hätte sich gewünscht, ihrer Schwester die Neuigkeit schonender beizubringen, aber nun ließ sich das Rad nicht mehr zurückdrehen.

»Wir haben es auch eben gerade erst erfahren«, bemerkte Herrmann in einem Ton, als müsse er sich Lizzie gegenüber entschuldigen, dass seine ungeliebte Frau schwanger war. So jedenfalls empfand es Lene und spürte, wie ihre Emotionen Achterbahn fuhren. Das war ein völlig ungewohntes Chaos, das in ihrem Kopf wütete, seit sie in anderen Umständen war.

»Ich denke, wir sollten dann auch aufbrechen. Ich sollte mich unbedingt hinlegen. Diese Schwangerschaftsbeschwerden sind lästig.« Lene stand abrupt auf und hätte sich ohrfeigen können, weil sie sich in diesem Moment selbst nicht leiden mochte, aber sie konnte nichts dagegen tun, dass sie sich wie eine Xanthippe aufführte. Vor allem stimmte es gar nicht, was sie da verkündete. Sie fühlte sich rundherum gesund und kräftig und hätte gern noch ein Stück von dem Marzipankuchen gegessen, aber Herrmann sollte einfach damit aufhören, Lizzie anzuschmachten. Er aber rührte sich nicht vom Fleck.

»Herrmann, kommst du bitte!« Lene konnte aus den entsetzten Blicken ihres Vaters, Jettes, Lizzies und auch Onkel Hennings lesen, wie befremdlich ihr Verhalten auf alle Beteiligten wirken musste, aber statt Contenance zu wahren, machte sie alles nur noch schlimmer.

»Herrmann, ich habe gesagt, ich möchte gehen!«

»Ich glaube, die frische Luft wird dir guttun. Das Wetter ist ja prächtig, um dir ein wenig die Füße zu vertreten. Und wenn ich denke, wie munter du eben die Toosbüyestraße hochgeeilt bist, sodass ich dir kaum folgen konnte«, entgegnete ihr Mann ungerührt.

Lene lief knallrot an. Wie konnte er das bloß wagen? Sie vor ihrer gesamten Familie so bloßzustellen?

Sie rang noch nach Worten, als Lizzie ihr zuvorkam. »Du solltest deine Frau lieber begleiten, Herrmann.«

Lene wusste, dass ihre Schwester ihr nur helfen wollte, aber sie konnte nicht umhin, als weiterzusticheln.

»Du musst meinem Mann nicht vorschreiben, was er zu tun und zu lassen hat«, giftete sie.

Sie sah aus den Augenwinkeln, wie ihr Vater den Kopf schüttelte. »Lenchen, jetzt beruhige dich, bitte. Das hast du leider von deiner lieben Mutter geerbt. Sie war der sanftmütigste Mensch auf Erden, aber wenn sie in anderen Umständen war, dann war Vorsicht geboten. Einmal wollte sie mich bei Piet Henningsen rausholen, weil ich dort mit einem Kunden jedes Mal den Abschluss bei reichlich Grog gefeiert habe. Ich war noch rechtzeitig unter den Tresen geflüchtet, da hättet ihr eure Mutter sehen sollen. Sie hat geschimpft wie ein Rohrspatz, was sie ansonsten im Leben nicht getan hätte.«

Alle lachten. Auch Lene, denn sie war erleichtert, dass ihr Vater die richtigen Worte gefunden hatte, sie zum Innehalten zu bewegen. Alle – bis auf Herrmann. Wenn Blicke töten könnten, ging es Lene durch den Kopf, und sie verfluchte den Tag, an dem sie diesen Mann geheiratet hatte. Plötzlich musste sie an das Leben denken, das da in ihr heranwuchs, und zum ersten Mal, seit sie die Gewissheit hatte, schwanger zu sein, verspürte sie so etwas wie Liebe für das unschuldige Wesen und schwor sich, es bedingungslos zu beschützen, was auch immer passierte.

29. Gut Runohr, Oktober 1924

An diesem Sonnabend regnete es Bindfäden. Dabei hatte das Wochenende so herrlich begonnen. Gestern noch hatten Lene und Freya am Nachmittag bei Sonnenschein und unter dem weiten blauen spätherbstlichen Himmel Angelns auf der Terrasse hinter dem Gutshaus gesessen und es sich gut gehen lassen. Freya hatte sich reichlich am Weinkeller ihres Vaters bedient, denn Carl von Runohr war genau wie Paul über das Wochenende verreist. Wenn sie ehrlich war, wusste sie weder genau, wo sich ihr Vater, noch, wo sich ihr Mann befand. Nur so viel: Ihr Vater war bei seiner neuen Flamme, die er Freya noch nicht vorgestellt hatte, und Paul in politischer Mission unterwegs. Er war ein glühender Anhänger eines gewissen Adolf Hitler, und da dieser nach der Verbüßung seiner Haft in Preußen ein Redeverbot hatte, fuhr Paul jetzt zusammen mit seinen Gesinnungsgenossen aus der Ortsgruppe Schleswig, der er sich inzwischen angeschlossen hatte, an die entlegensten Orte, wo der Mensch Reden schwang.

Freya missfiel es außerordentlich, dass ihr Mann diesen Putschisten so verehrte, denn was sie in dessen jüngst erschienenem Machwerk, das ihr Mann stets wie eine Bibel bei sich trug, gelesen hatte, stieß sie derart ab, dass sie es neulich auf den Misthaufen hatte werfen wollen. Und was dann geschehen war, versuchte sie in diesem Augenblick zu verdrängen, aber vergebens. Freya, die gerade für Lene, deren Sohn Ole P., ihre Tochter Charlotte und sich eine Suppe kochte, hielt mit dem Rühren inne und hörte seine schneidende Stimme, als würde er in diesem Augenblick leibhaftig hinter ihr stehen. »Was tust du da?«, und ehe sie sichs versah, spürte sie auch den Schmerz auf ihrer Wange, als würde er es in diesem Augenblick wiederholen. Paul hatte ihr mit voller Wucht eine Ohrfeige versetzt! Ihr war so schwindlig geworden, dass sie sich ins Gras hatte setzen müssen. Er hatte sich wortreich entschuldigt, aber sie hatte nur stumm geradeaus gestiert. Da war dann wieder diese entsetzliche Leere gewesen, die sie seit geraumer Zeit immer wieder lähmte. Der brennende Schmerz auf ihrer Wange war nicht das Schlimmste gewesen, sondern die entsetzliche Leere, verbunden mit dem Gedanken, dass es nicht weiter schlimm wäre, wenn sie jetzt sterben würde. Erst die aufgeregte Stimme ihrer Tochter Charlotte hatte sie wieder ins Leben zurückgeholt. Bei dem Anblick ihres kleinen Rauschgoldengels hatte sie beschlossen, dass es ein Ausrutscher gewesen war, an den sie nicht mehr denken durfte. Am Abend hatte sich Paul dann wortreich bei ihr entschuldigt und ihr eine goldene Kette vom Juwelier aus der Stadt mitgebracht. Freya hatte sich dafür geschämt, dass sie sich so gar nicht darüber hatte freuen können, weil sie Sorge hatte, ihr Vermögen würde dank solcher Luxusausgaben bald schmelzen wie Schnee unter einer brennenden Fackel. Bislang hatte Paul jedenfalls noch nicht mit der Zucht der Schleswiger Kaltblüter begonnen, obwohl er ihr das großmäulig versprochen und überall herumerzählt hatte.

Was, wenn eines Tages alles Geld verbraucht war, nachdem er so gut wie noch nichts erwirtschaftet hatte? Diese Frage hatte ihr kürzlich auch der Schwiegervater gestellt, der Gut Runohr zu ihrem großen Bedauern mied, wenn es irgend ging. Stattdessen holte er seine Enkelin Charlotte und sie regelmäßig einmal die Woche mit seinem Wagen ab und machte mit ihnen nette Ausflüge.

Freya erschrak, als ein seltsamer Geruch nach Verbranntem ihre Nase erreichte. Hastig wollte sie weiterrühren, aber als sie den Löffel vom Grund des Topfes herauszog, wusste sie, dass die Suppe nicht mehr essbar war. Hektisch eilte sie in die Speisekammer und suchte nach einem Ersatz für die frische Suppe. Dort fand sie Schinken, Kartoffeln, Eier und eingelegte Gurken. Aus diesen Zutaten zauberte sie ein deftiges Bauernfrühstück.

Lene und sie waren einander nach der Geburt von Ole P. wieder nähergekommen. Für einen zweiten Namen hatte sich ihre Cousine nur deshalb entschieden, um ihn im Alltag besser von seinem Großvater zu unterscheiden. Auch der hatte zwar einen zweiten Namen, Friedrich, wurde aber in der Regel nicht Ole F. genannt. Und nun gab es Ole P. Ihr Onkel platzte schier vor Stolz, dass Lene seinen ersten Enkel nach ihm benannt hatte. Wie Lene ihr im Vertrauen berichtet hatte, war Herrmanns Vater weniger erfreut darüber, dass der kleine Danneberg-Erbe nicht einmal mit zweitem Namen nach ihm benannt worden war, sondern nach dem jungen Soldaten Peter, der damals im Lazarett auf der Pritsche neben Herrmann nach einer Amputation gestorben war.

Das Omelett fand jedenfalls große Zustimmung bei Lene und den Kindern. Freya hatte für die Mütter eine Flasche Moselwein dazu auf den Tisch gestellt. Niemals hätte sie für möglich gehalten, das Teufelszeug Alkohol jemals selbst anzurühren, aber es hatte an jenem Tag angefangen, an dem ihre kleine Tochter beinahe gestorben wäre. Gerda und ihr Vater hatten Charlotte im vergangenen Sommer auf eine Segeltour mitgenommen und waren unterwegs in der Geltinger Bucht gekentert. Halb tot hatte man die beiden an das Boot geklammert schließlich retten können. Ihr Vater hatte es offenbar mit letzter Kraft noch geschafft, Charlotte über die Bordwand zurück in die Jacht, die sich im Wasser wieder aufgerichtet hatte, zu hieven, sodass man die Kleine munter und gesund auf dem Schiffsboden gefunden hatte. Das würde sie ihrem Vater nie vergessen. Seitdem ging sie milder mit ihm um, zumal er nach dem Schrecken nicht nur ganz aufgehört hatte zu trinken, sondern auch Gerda, die im Verwalterhaus gern weiterhin wilde Feste gefeiert hätte, an die Luft gesetzt hatte.

Seit dem Bootsunglück war Freya allerdings eine richtige Glucke geworden und ließ Charlotte keine drei Schritte mehr allein gehen. Dass Freya seit diesem Schock immer wieder diese Leere verspürte oder gar einen schwarzen Nebel, der sie einhüllte, aber nicht wärmte, das ahnte kein Mensch. Nicht einmal Lene, die ihr inzwischen von allen die Nächste war. Lizzie und auch Jette waren Freya mit der Zeit etwas fremder geworden. Auch wenn sie zu Weihnachten zu Besuch kamen und man in alter Runde feierte, blieben sie für sie Wesen von einem anderen Stern. Allein, wie sie sich kleideten und benahmen. Sie waren Frauen der Großstadt geworden, auch wenn beide versicherten, sie würden nach dem Studium in die Heimat zurückkehren. Dabei hatten die beiden nichts an Herzlichkeit ihr gegenüber verloren, und doch verursachten sie ihr das ungute Gefühl, ein unbedarftes Landei zu sein. Die beiden nährten durch ihr selbstbewusstes Auftreten Freyas eigene Zweifel, ob sie den richtigen Weg eingeschlagen hatte. Manchmal träumte sie noch heute davon, als Lehrerin kleine Kinder zu unterrichten, aber immer, wenn ihr Blick auf Charlotte fiel, dann ging ihr das Herz auf, und sie hatte die Gewissheit, dass sie mit keinem Menschen auf dieser Welt tauschen wollte.

Lene hingegen war irgendwie die Alte geblieben. Sie besaß immer noch ihr freches Mundwerk und hielt sich der Cousine gegenüber auch nicht mit gemeinen Spitzen gegen ihren langweiligen Ehemann zurück, der ihrer Ansicht nach eher mit seinen Büchern verheiratet war als mit ihr.

Darüber, dass über dieser Ehe immer noch Lizzies Schatten schwebte, verlor Lene allerdings auch Freya gegenüber kein Wort. Dass dem so war, konnte man, wenn Lizzie und Herrmann aufeinandertrafen, partout nicht übersehen, allein wegen der schmachtenden Blicke, mit denen er seine Schwägerin verfolgte. So als ob er zutiefst bedauerte, damals das Rumhaus geheiratet zu haben statt die Frau, die er liebte. Hinzu kam, dass Lizzie, seit sie in Berlin studierte, nicht nur noch schöner geworden war, sondern auch an Eleganz und Weltläufigkeit gewonnen hatte. Diese gnadenlose Bewunderung für Lizzie konnte Herrmann, der sonst so zurückgenommene und ernste Mann, kaum verbergen. Freya hatte letzte Weihnachten mehrfach den Blick abwenden müssen, weil seine Augen bei jedem Wort und jedem Satz seiner Schwägerin geleuchtet hatten. Lene tat ihr wirklich leid, obgleich sie sich dann jedes Mal nur noch intensiver von ihrem Schwager Broer anschmachten ließ. Der Mann hatte zwar inzwischen eine Ehefrau, die er ganz offensichtlich nicht liebte, aber sie war immerhin die Tochter eines wohlhabenden Reeders, sodass die Motive für diese Ehe auf der Hand lagen. Freya behagte es gar nicht, was für Andeutungen Lene hin und wieder über Broer als Mann machte, die nahelegten, dass die beiden sehr vertraut miteinander waren. Wie vertraut, das wollte Freya lieber gar nicht genau wissen. Verheiratete Männer waren für sie ein Tabu, und sie ahnte auch, warum sie in diesem Punkt so streng war. Natürlich roch sie das fremde Parfum, wenn Paul nach seinen diversen – auch nächtlichen – Ausflügen nach Hause zurückkehrte.

Nach dem Abwasch setzten sich Lene und Freya in die Sofaecke, während die Kinder auf dem Boden einen Turm aus Holzklötzen bauten. Eigentlich sah der kleine Ole P. seiner großen Cousine lediglich staunend dabei zu und machte das Türmchen, wenn es eine gewisse Höhe erreicht hatte, mit einem lauten Triumphgeheul wieder kaputt.

»Wo ist eigentlich Herrmann dieses Wochenende?«, fragte Freya, nachdem sie die Gläser gefüllt hatte.

»Er hat ein Treffen mit einem Spirituosengroßhändler in Berlin. Ein großes Ding, denn es geht um die Belieferung zahlreicher Varieté-Theater wie beispielsweise des berühmten *Scala*«, erwiderte sie in einem geschäftigen Ton.

»Und du wolltest gar nicht mitfahren?«, hakte Freya nach.

»Das hat mir mein Vater auch angeboten. Er hat sich für eine Woche die *Augusta* ausgeliehen und wollte den Kleinen mit zu einem Segeltörn nehmen, aber ich lasse Ole P. ungern mit anderen auf mein Boot, seit …« Lene unterbrach sich hastig.

»Sprich es nur aus. Seit ich mein Kind mit meinem Vater und dieser Frau allein aufs Wasser gelassen habe.« Allein bei dem Gedanken an den größten Fehler ihres Lebens schossen ihr die Tränen in die Augen. »Ach, Lene, es vergeht kein Tag, an dem ich …«, schluchzte sie, doch sie sprach nicht weiter, weil in diesem Moment Charlotte angerannt kam. »Mama, nich' weinen!« Freya wischte sich eilig die Tränen aus dem Gesicht. »Ich habe etwas ins Auge bekommen«, schwindelte sie und versuchte zu lächeln. Ihre Tochter zögerte, aber dann rannte sie zu ihrem kleinen Cousin zurück.

»Entschuldige, Freya, ich wollte dich nicht daran erinnern«, seufzte Lene. »Und es ist doch auch alles gut gegangen!«

»Ich weiß, aber der Schock, der hat sich hier …« Sie deutete auf ihr Herz, »… ganz tief eingegraben. Ich verstehe doch nur allzu gut, dass du deinen Ole nicht übers ganze Wochenende fortgibst.«

»Dabei geht Vater wunderbar mit ihm um. Er hat ihn schon jeden Tag in der Woche. Wir gehen morgens immer zusammen mit Kaja in die Schiffbrücke, und ich arbeite dann den ganzen Tag im Kontor. Die Geschäfte laufen blendend, nachdem diese leidige Inflation vorüber ist.«

»Deine Kaja ist wirklich Gold wert. Aber wenn ich ehrlich bin, ich würde Charlotte nicht einmal mit einem Kindermädchen allein lassen. Ich habe jetzt schon Sorge, dass sie irgendwann reiten möchte.«

»Aber du kannst sie doch nicht ständig wie ein rohes Ei behandeln. Vielleicht sollten wir gemeinsam ein Kindermädchen für dich suchen, das genauso zuverlässig ist wie unsere Kaja.«

»Lass mir Zeit. Spätestens, wenn sie in die Schule kommt, muss ich mir Hilfe holen und einen Führerschein machen, damit ich unseren Laubfrosch selber steuern kann, um sie zur Schule zu fahren.«

Lene machte eine abschätzige Handbewegung.

Freya wusste, was das zu bedeuten hatte. Für Lene war dieser giftgrüne kleine Wagen vom Fließband mehr ein Scherz als ein fahrbarer Untersatz. Paul, für den es ansonsten stets das Beste und Teuerste sein musste, hatte einen Narren an diesem Opel gefressen.

»Ich weiß, was du von unserem Frosch hältst. Glaubst du, ich sollte mich tatsächlich hinter ein Steuer setzen?«

»Was sagt denn der gute Paul dazu?«

Freya zuckte mit den Schultern. »Ich habe noch gar nicht mit ihm darüber gesprochen. Er hat doch nur noch Interesse für diesen Hitler. Und ist ständig mit diesen schrecklichen Kerlen von der NSDAP zusammen.«

»Aber diese Partei hat man doch verboten!«, warf Lene ein.

»Ja, das hat man nach dem Putsch getan, aber das Verbot wurde aufgehoben. Und nun ist er Feuer und Flamme für die neue Partei und verbringt jede Minute mit diesem Lohse aus Neumünster und ein paar zweifelhaften Gesellen aus Schleswig. Selbst mein Vater, der nach dem Krieg gegen die neue Republik war, hat neulich zu Paul gesagt, dass ihm die völkischen Reden, die dieser Hitler schwingt, gar nicht recht behagen. Und dass er nicht versteht, wie ein Mann wie Ludendorf sich mit so einem Kerl gemein machen kann. Ich verstehe wirklich nicht viel von Politik, aber um Paul besser zu verstehen, habe ich neulich einmal in dem Machwerk dieses Hitlers geblättert und wollte es dann gleich auf den Mist werfen …« Freya stockte. Sie kämpfte mit sich. Sollte sie sich nicht wenigstens Lene anvertrauen?

»Lene? Schwörst du mir, niemandem je zu verraten, was ich dir jetzt anvertraue? Ich muss es endlich jemandem sagen. Sonst ersticke ich daran.«

Lene sah ihre Cousine ernst an. »Ich schwöre es!«

»Paul hat mich geschlagen, als er mich dabei erwischt hat, wie ich das Buch wegwerfen wollte«, stöhnte sie.

Lene sah sie mit schreckensweit geöffneten Augen an. »Das verdammte Schwein hat dich geschlagen? Den knöpfe ich mir vor, und wenn er das noch einmal wagt, dann hole ich Onkel Henning …«

»Lene, denk daran, was du mir geschworen hast!«, ermahnte Freya sie.

»Verzeih, aber das … das macht mich rasend. Wohin hat er dich geschlagen?«

»Ins Gesicht.«

»Dieser dreckige, widerliche …«

»Es war doch nur eine Ohrfeige. Vielleicht hat er es bloß getan, weil ich ihm damals bei unserem ersten persönlichen Gespräch auch eine runtergehauen habe, nachdem er mich ausgelacht hat …«

Lene ballte die Fäuste. »Wenn er das noch einmal wagt, dann musst du es mir sagen. Ja?«

»Lene, bitte! Nun glaub es mir doch. Er wird es nie wieder tun.« Freya deutete verschämt auf seine Versöhnungskette, die sie allerdings nur trug, weil Paul darauf bestanden hatte. Sie mochte das Schmuckstück nicht wirklich.

»Hat er dir die geschenkt? Als Wiedergutmachung?«, fragte Lene angewidert.

Freya nickte.

Lene aber schüttelte den Kopf. »Von deinem Geld! Großartiges Geschenk! Das darfst du dir nicht gefallen lassen! Hörst du? Noch einmal, und ich dreh ihm den Hals um!«

Freya musste grinsen, weil Lenes Gesichtsausdruck keinen Zweifel daran ließ, dass sie Paul in ihrer Fantasie bereits erwürgt hatte, aber dann wurde sie gleich wieder ernst.

»Bitte, kein Wort zu niemandem. Paul ist doch kein schlechter Mensch. Er ist nur manchmal ein wenig impulsiv …«

Lene hielt sich theatralisch die Ohren zu. »Bitte verschon mich. Das konnte ich schon als Kind nicht leiden. Und dass du ihm damals, als er dich wegen des ersten Kusses verspottet hat, eine runtergehauen hast, war das Mindeste. Ich habe ihm früher auch mal eine verpasst. Damals, als er mich von der Glücksburger Seebrücke ins Wasser werfen wollte. Ach, Freya, ich werde schweigen wie ein Grab, aber deshalb kann ich meine Meinung nicht verleugnen. Du hast weiß Gott einen Kerl verdient, der dich besser behandelt als Paul Danneberg!«

»Ach ja?«, gab Freya trotzig zurück. »Das musst du gerade sagen. Ich wünsche dir auch einen Ehemann, der dich anschmachtet und nicht deine Schwe…« Erschrocken unterbrach sich Freya und schlug sich die Hände vor den Mund. Das hatte sie gar nicht sagen wollen, jedenfalls nicht mit dieser verletzenden Direktheit. »Tut mir leid. Das wollte ich ganz bestimmt nicht. Vergiss, was ich da gesagt habe.«

Freya erschrak. Lene wirkte plötzlich gar nicht mehr so selbstbewusst wie sonst.

»Nein, du musst dich nicht entschuldigen«, sagte sie schließlich mit belegter Stimme. »Du hast doch nur die Wahrheit gesagt. Dass Herrmann zutiefst bedauert, dass er sich auf den Vertrag unserer Väter eingelassen hat …«

»Vertrag?«, fragte Freya ungläubig.

»Ja, Herrmann und ich haben unsere Seelen verkauft«, erwiderte Lene und erzählte Freya die ganze Geschichte. Sie ließ nichts aus, auch nicht ihr vergebliches Buhlen um Klaas Bahnsen.

Obwohl Freya geahnt hatte, dass die Väter diese Ehe angebahnt hatten, schockierte sie es doch, die ganze Wahrheit derart ungeschminkt aus Lenes Mund zu hören.

»Und du liebst ihn kein bisschen? Immerhin habt ihr jetzt ein Kind zusammen.«

»Er ist der beste Vater der Welt, und es gibt Augenblicke, wenn wir gemeinsam vor seinem Bettchen stehen, da möchte ich ihm die Hand reichen und ihm vorschlagen, dass wir es ernsthaft miteinander versuchen, aber er hat nie aufgehört, Lizzie zu lieben. Er hasst mich, weil ich auch mitgemacht habe bei diesem teuflischen Pakt«, stöhnte Lene.

»Aber Lene, ihr seid jung, ihr habt noch ein ganzes Leben vor euch. Ihr könnt euch doch nicht bis an euer Lebensende hassen.«

»Tja, Scheidung wäre weitaus besser, aber dann fällt Danneberg-Rum an Broer.«

»Wäre das wirklich das Ende, Lene? Dann wärest du frei und könntest das Leben führen, auf das du uns damals eingeschworen hast.«

»Ohne Danneberg-Rum? Niemals! Was soll ich mit dem ganzen Geld, das Broer mir dann zahlen müsste, wenn ich dafür mein Rumhaus aufgeben müsste?«

»Es ist dir also immer noch wichtiger als dein persönliches Glück?«

Lene sah ihre Cousine zweifelnd an. »Ich glaube, ich habe mir das, was ich euch damals gepredigt habe, auf eine – sehr merkwürdige Weise zwar – aber immer erfüllt. Ich wollte vermeiden, dass die Liebe mich von dem wegführt, was ich mit meinem Leben anfangen möchte, und da stand bei mir von Kindesbeinen an das Ziel, einmal Danneberg zu übernehmen, an oberster Stelle.«

»Aber zu welchem Preis? Dass der Mann, den du liebst, nun in Amerika ist und du mit einem Mann verheiratet bist, der sich nach deiner Schwester verzehrt?«

Zu Freyas Erstaunen verzog Lene ihr Gesicht nun zu einem schiefen Grinsen. »Er ist ein lausiger Liebhaber, aber das kann ich Lizzie nicht verraten. Aber vielleicht wäre es gar nicht so schlecht, wenn sie wüsste, dass er …«

Freya hob abwehrend die Hände. »Untersteh dich, Lizzie auch nur jemals in solche Details einzuweihen. Ich denke, es gibt nur einen Weg: Lerne, Herrmann zu lieben!«

Lene musterte ihre Cousine mit einem Blick, als würde sie an ihrem Verstand zweifeln.

»Versuch, ihn mit Lizzies Augen zu sehen«, fügte Freya nun hinzu.

Lene rollte mit den Augen. »Oh Gott, das kann ich nicht. Wenn ich überhaupt jemals einen Mann geliebt habe, dann Klaas, denn mit Broer ist es nur der bloße Spaß, wenn wir zu zweit mit der *Augusta* raussegeln und in einer geschützten Bucht …«

»Ich will es gar nicht so genau wissen!«, protestierte Freya energisch. »Aber, wenn du das schon unbedingt ausplaudern musst, Hand aufs Herz: Ist Ole P. von ihm?«

»Um Gottes willen, nein! Wo denkst du hin? Erstens fing das erst nach Oles Geburt an, und zweitens verhüte ich.«

»Lene, du bist doch sonst nicht so naiv. Trotz Unterbrechung sind schon etliche Kinder gezeugt worden.« Freya war fassungslos.

»So doch nicht, ich benutze ein Pessar.«

»Was ist das denn?«

»Das ist ein handtellergroßes Gerät mit Gummirand, das den Samen nicht durchlässt.«

»Wo hast du das denn aufgetrieben?«

»Mich hat eine Bekannte darauf gebracht. Ein entfernter Verwandter von ihr hat das im letzten Jahrhundert erfunden. Übrigens ein Arzt aus Flensburg. Man bekommt diese Mensinga-Pessare in Dänemark. Dort verhüten viele damit. Wenn du Interesse hast, besorge ich dir eines.«

Freya hob abwehrend die Hände. »Nein, ich möchte gern noch mehr Kinder, aber zurzeit bräuchte ich ohnehin keinerlei Verhütungsmittel, weil …«

Der laute Klang der Haustürglocke unterbrach ihr Geständnis, und darüber war sie auch recht erleichtert. Eigentlich war es ihr zuwider, über solche intimen Dinge zu plaudern, aber Lenes offenherzige Beichte hatte ihre Zunge gelöst. Nun hatte unerwarteter Besuch verhindert, dass sie Lene in intime Dinge einweihte, die keinen außer Paul und sie etwas angingen.

Freya war erstaunt, als sie Onkel Henning vor der Tür stehen sah.

Er war in Begleitung eines gut aussehenden, mittelgroßen Mannes, den sie nicht viel älter als sich selbst schätzte, und einer jungen molligen Frau mit Apfelbäckchen, die ihrer Schätzung nach noch keine zwanzig war.

»Dich habe ich nun gar nicht erwartet«, sagte sie zur Begrüßung und fügte hastig hinzu: »Aber ich freue mich jederzeit, dich zu sehen.«

»Ich habe läuten hören, dass mein Sohn an diesem Wochenende mal wieder ausgeflogen ist, und seine Abwesenheit wollte ich nutzen, mit dir zu sprechen. Dürfen wir reinkommen? Das ist Rasmus, und das ist Vilma.«

»Gern, ich bin nur nicht allein. Lene ist über das Wochenende mit Ole P. bei uns, und gegessen haben wir auch schon, Onkel Henning«, erklärte sie entschuldigend. Sie nannte ihn immer noch so, wie sie es seit Kindesbeinen an getan hatte, obwohl er nun ihr Schwiegervater geworden war. Einen besseren hätte sie sich allerdings gar nicht wünschen können.

»Ich bleibe nur ganz kurz. Mach dir keine Gedanken.«

Nachdem Freya die Gäste hereingebeten und sie ins Wohnzimmer geführt hatte, fragte sie sich, wer diese Leute wohl waren, mit denen er an einem Sonnabend unangemeldet bei ihr aufkreuzte. Überraschungsbesuche waren überdies völlig untypisch für ihn.

Lene und er begrüßten sich herzlich. Auch Charlotte war anzumerken, wie sie sich über den Besuch vom Bedstefar freute. Freyas Schwiegervater hatte vorgeschlagen, ihn so zu nennen, damit allein Carl der Großvater sein konnte. Als er für beide Kinder eine Lutschstange aus der Jackentasche zauberte, war er der Held.

»Woher konntest du wissen, dass Ole auch da ist?«, raunte Freya ihm bewundernd zu.

»Ich habe immer Ersatz dabei«, lachte er, wurde aber gleich wieder ernst. »Meinst du, wir könnten uns mal eben an den Esstisch setzen?«

»Ja, macht nur, ich passe derweilen auf die Kinder auf«, sagte Lene.

»Nein, komm gern mit dazu. Wir haben keine Geheimnisse«, erwiderte Onkel Henning.

Freya spürte ein leichtes Unwohlsein in sich aufsteigen. Ihr Schwiegervater war sonst nicht so förmlich. Hoffentlich brachte er keine unangenehmen Nachrichten. Sie wollte Charlotte bitten, sich mit Ole zu beschäftigen, solange sich die Erwachsenen am Tisch unterhielten, aber das brauchte sie ihrer Tochter gar nicht zu sagen. Einträchtig an ihren Stangen lutschend, saßen die beiden Kinder bereits artig auf einer Spieldecke vor ihrer Puppenstube.

Freya stellte Gebäck auf den Tisch und bot den Gästen ein Glas Wein an, aber das lehnten sie ab. Zumindest die junge Frau, deren Namen sie vergessen hatte, schien etwas aufgeregt, während Rasmus eine angenehme Ruhe ausstrahlte und äußerst souverän wirkte.

»Ich will gleich mit der Tür ins Haus fallen«, leitete ihr Schwiegervater dieses Gespräch ein. »Ich mache mir ernsthaft Sorgen um dich und das Gut und habe in Abstimmung mit deinem Vater beschlossen, dass Carl einen Gutsverwalter einstellt, den dein Vater und ich bezahlen, und wir dir ein Kindermädchen spendieren, damit du wieder Zeit hast, Gedichte zu schreiben, oder dich um die Pferdezucht kümmern kannst …«

Freya war so überrascht, dass es ihr die Sprache verschlug. Dafür klatschte Lene vor Begeisterung in die Hände. »Du bist der Beste, Onkel Henning. Wenn wir dich nicht hätten. Natürlich nimmt Freya das Angebot an. Wann könnten Sie denn anfangen?« Sie hatte sich direkt an den Verwalter gewandt.

»Ich habe gerade eine Stellung aufgeben müssen, weil der Gutsherr ohne Erben verstorben ist. Also so schnell wie möglich.«

Diese Stimme, durchfuhr es Freya. Sie war tief und wohlklingend. Man hörte zwar den dänischen Zungenschlag heraus, aber nur ganz leicht.

Auch Lene schien von dem Mann sichtlich angetan, denn sie flötete nun: »Sobald meine Cousine ihre Sprache wiedergefunden hat, wird sie Ihnen sicher genauer sagen, wann es losgehen kann.«

Freya merkte, dass sie rot anlief. Lene konnte ihre Mitmenschen mit dieser herzlichen Offenheit wie eh und je in arge Verlegenheit bringen.

»Und Sie, wann könnten Sie anfangen?«, fragte sie nun die junge Frau.

»Sofort«, erwiderte sie mit diesem typischen spitzen dänischen

S-Laut. »Darf ich mal zu den Kindern?«, fügte sie hinzu, und ohne eine Antwort abzuwarten, war sie bereits auf der Kinderdecke bei Ole P. und Charlotte, die sie wie selbstverständlich sofort in Beschlag nahmen.

»Vilma kann gut mit Kindern. Sie ist die Schwester meiner Perle Smilla, und die waren zu Hause zehn.«

Freya rieb sich die Augen, so als würde sie aus einem Traum erwachen. »Ich weiß nicht, was ich sagen soll«, stieß sie überwältigt hervor. »Und Sie haben also schon als Verwalter gearbeitet?« Sie wandte sich an Rasmus, der ihr auf Anhieb über die Maßen gut gefiel.

»Ja, und meine Spezialität ist die Zucht von Slesvigsk Koldblod oder Slesviger, wie wir in Jütland sagen.«

Freya blickte ihn an wie ein Weltwunder. »Schleswiger Kaltblüter zu züchten, das ist mein Traum«, murmelte sie verzückt.

»Das ist mir bekannt. Mein Sohn hat dir versprochen, dass er sich darum kümmern wird. Und ich gucke mir das nicht länger an, dass der gute Paul seine Versprechen nicht einhält«, bemerkte ihr Schwiegervater energisch.

»Aber wenn er nun etwas dagegen hat, dass ein anderer die Pferde züchtet?«

»Das, liebe Freya, ist deinem Vater und mir herzlich gleichgültig. Mein Sohn hat zwar nach dem Gesetz ein Recht, dein Vermögen zu verprassen, aber nicht, das Gut deines Vaters in den Ruin zu treiben. Paul ist bislang nur Verwalter und kein Erbe dieses Hofs! Und dein Vater besteht darauf, einen zweiten Verwalter einzustellen, der für die Zucht der Pferde und die damit verbundenen finanziellen Dinge zuständig ist.«

»Ja!«, rief Freya aus vollem Herzen aus. »Ja, das wäre wunderbar!«

»Gut, dann fängt Rasmus am Montag an. Der Vertrag ist bereits unterschrieben …«

»Das heißt, ich hatte gar keine Wahl, du Schlawiner«, neckte Freya ihren Gönner übermütig.

»Nein, wenn du protestiert hättest, wären dein Vater und ich zwar traurig gewesen und hätten unseren Plan trotzdem umgesetzt. Aber dich strahlen zu sehen, ist die eigentliche Belohnung, die wir uns gewünscht haben. Dein Vater wird am Montag vor Ort sein, um die beiden zu empfangen. Es sei denn …« Er deutete lächelnd auf Vilma und die Kinder, die in völliger Harmonie mit dem Puppenhaus spielten, wobei Ole es eher komplett ausräumte. »… sie bleibt gleich bei euch. Da die beiden aus Dänemark kommen, werden sie bei euch wohnen. Vilma bei euch im Haus, Rasmus drüben mit Carl im Verwalterhaus.«

»Ach, es ist alles wie ein Traum, aber ich befürchte, Paul wird sich übergangen fühlen, wenn wir ihn am Montag vor vollendete Tatsachen stellen«, gab Freya zu bedenken.

Ihr Schwiegervater zuckte mit den Schultern. »Vielleicht besinnt er sich dann darauf, dass er eine Familie und eine Verantwortung hat. Doch solange er sich mit diesem völkischen Gesindel herumtreibt, zweifele ich an seinem Verstand. Du weißt, dass dein Vater und ich in diesem Leben keine Freunde mehr werden, aber in einem sind wir uns einig: Wir lassen nicht zu, wie er leichtsinnig deine und Charlottes Zukunft aufs Spiel setzt. So, und nun verabschieden wir uns. Den unangenehmen Teil übernimmt am Montag dein Vater, denn noch gehört ihm hier alles, und mein Herr Sohn muss sich mächtig anstrengen, um überhaupt die halbe Verwalterstelle zu behalten!«

Freya war überglücklich, dass sie endlich einen ihrer Träume würde verwirklichen können, aber sie verspürte auch eine diffuse Angst. Während sie die Gäste zur Tür brachte, wurde ihr bewusst, wovor. Was, wenn Paul wieder so ausrasten würde wie bei dem Buch?

Onkel Henning schien ihre innere Zerrissenheit zu spüren, denn er nahm sie zum Abschied herzlich in den Arm und raunte ihr zu, dass sie sich nicht den Kopf um Pauls Meinung zerbrechen solle. Als Freya sich von Rasmus verabschiedete, überkam sie ganz plötzlich das Gefühl, dass er nicht nur nach Runohr gekommen war, um Kaltblüter zu züchten, sondern auch, um sie zu beschützen, auch wenn er das vielleicht in diesem Moment selbst noch nicht wusste.

30. Berlin, Oktober 1924

Jette brannte regelrecht für ihre Schauspielschule. Hatte sie den Abschluss auf dem Lyzeum nach der zehnten Klasse mehr schlecht als recht geschafft, war sie nun in allen Fächern gleichermaßen engagiert. Ob Ensemblespiel, Stimmbildung, Sprechtechnik, Tanzen, Fechten, Gymnastik, Schminken, Theater- und Literaturgeschichte, Bühnenbild und Kunstgeschichte, nichts von alledem langweilte sie nicht annähernd so wie einst die meisten Fächer auf der Auguste-Viktoria-Schule, vor allem die hauswirtschaftlichen. Dass sie als Einzige eine zusätzliche Gesangsausbildung erhielt, schmeichelte ihr ungemein.

Besonders liebte sie das Rollenstudium bei der von ihr hochverehrten Gertrud Eysoldt, die sich einst einen Ruf als Kämpferin gegen die Zensur erworben hatte. Sie hatte im Jahr 1920 als Direktorin des Kleinen Schauspielhauses Berlin-Charlottenburg trotz Aufführungsverbots durch den preußischen Kultusminister das Stück *Reigen* von Arthur Schnitzler auf die Bühne bringen lassen und war für diesen Mut verklagt worden. Nachdem dieser Prozess schließlich zu ihrem Freispruch geführt hatte, eilte ihr ein Ruf wie Donnerhall voraus. Einmal abgesehen davon und dass sie eine gute Lehrerin war, beeindruckte Jette, wie intensiv sie in der Vergangenheit mit dem Regisseur Max Reinhardt zusammengearbeitet hatte. Sie bewunderte den Theatermacher. Und dieser Mann hatte sie neulich in einer Schulaufführung in ihrer neuen Lieblingsrolle der *Lulu* aus Wedekinds *Erdgeist* gesehen und anschließend gesagt, ihre Interpretation habe ihm gefallen. Das war zwar nur ein einziger Satz gewesen, den er ihr mehr im Vorbeigehen zugerufen hatte, aber das erfüllte sie mit Stolz, und sie ließ keine Gelegenheit aus, es den Mitschülerinnen zu berichten. Ihre Freundinnen gönnten der ehrgeizigen Jette dieses Lob, aber es gab da auch Mitschülerinnen, deren Jettes einnehmendes Wesen auf die Nerven ging. Ihre beste Freundin Ruth pflegte immer zu sagen: Wir sind alle exaltiert, aber du bist ein bisschen exaltierter. Jette vermutete insgeheim allerdings, dass diese Abneigung gegen sie eher etwas mit Georg zu tun hatte, mit dem sie nicht nur zusammenwohnte, sondern mit dem sie inzwischen auch eine Beziehung eingegangen war. Das erste intime Verhältnis in ihrem Leben, und wenn es nach ihr gegangen wäre, hätte es auch getrost das letzte und einzige bleiben können. Dass sie unter einem Dach lebten, war mehr ein Zufall. Eigentlich hatten Jette und Lizzie bei Fräulein Gröhn in der Pension zwei Zimmer beziehen wollen, aber nachdem Onkel Henning seiner Muse das Verhältnis gekündigt hatte, wollte die Dame keinen Danneberg mehr unter ihrem Dach beherbergen.

So hatten die beiden Schwestern sich zunächst in einer anderen Pension eingemietet, denn Jette hatte den Anfang des Schuljahrs nicht verpassen wollen und Lizzie nicht den Beginn des Semesters.

Nach ein paar Wochen, in denen sie mit dieser Übergangslösung vorliebgenommen hatten, waren die beiden aktiv auf Wohnungssuche gegangen. So hatte Jette auch im Kreis ihrer Mitschüler verlauten lassen, dass sie eine Wohnung suchte, zusammen mit Ruth, die noch bei einer entfernten Tante lebte, deren Bevormundung sie kaum ertrug. Daraufhin hatte Georg von Renz ihr von seiner wunderbaren Wohnung in der Friedrichstraße, von der aus man das Deutsche Theater fußläufig erreichen konnte und in der noch drei Zimmer frei waren, vorgeschwärmt. Jette hatte zunächst schnippisch geantwortet, dass sie ganz sicher nicht mit ihm unter einem Dach leben würde. Doch dank ihrer Freundin Ruth, die Jette gründlich die Meinung gesagt hatte, dass sie sich so eine Chance doch nicht entgehen lassen könnten, hatte sie ihre Sturheit in diesem Punkt aufgegeben. Bei der Besichtigung hatten Lizzie, Ruth und sie sich rettungslos in diese Wohnung verguckt. Sie waren dann sofort dort eingezogen, zumal die Kosten verhältnismäßig niedrig waren, weil das Haus der Familie von Georgs Mutter gehörte.

Schon bald nach ihrem Umzug hatte Jette dem Werben des gut aussehenden Charmeurs nachgegeben. Georg hatte es sichtlich gefallen, dass er mit allen Mitteln um die Mitschülerin kämpfen musste. Sie war keine leichte Beute, wie er es von anderen Frauen kannte, und das hatte ihn mächtig erfinderisch werden lassen. Mit einem abenteuerlichen Ausflug in das Berliner Nachtleben hatte er schließlich ihr Herz erobert. Anfangs dachte sie bisweilen noch wehmütig an ihre halb-schwedische Zugbekanntschaft, aber Georgs Zuwendung war schließlich wie eine Naturgewalt über sie hereingebrochen und hatte jegliche Gedanken an den anderen Mann mit sich fortgerissen.

Jette hatte sich selten so frei gefühlt wie in Berlin. Sie war stolz, dass sie diese Schule besuchte, wenngleich in der Ausstattung und bei der Anzahl der Lehrer einiges im Argen lag. Die Schauspielschüler hatten läuten hören, dass Max Reinhardt sich neuerdings wieder öfter in Berlin sehen ließ, um die Geschäfte seines Theaterimperiums, zu dem auch das Deutsche Theater gehörte, in Ordnung zu bringen. Nachdem er nach Wien gegangen war, waren seine insgesamt elf Berliner Bühnen wohl zunehmend in Schwierigkeiten geraten, was sich indirekt auch auf die Qualität der Schule auswirkte. Jedenfalls ließen das vor allem jene kritischen Lehrer verlauten, die für wenig Geld große Arbeit leisteten. Einige von ihnen hatten inzwischen zwei Stellungen, denn kürzlich hatte eine staatlich geförderte Schauspielschule unter der Leitung des großen Theatermanns und Intendanten des Staatlichen Schauspielhauses Berlin, Leopold Jeßner, ihre Pforten eröffnet. Die staatlich geförderte Schule konnte ihre Lehrer besser bezahlen und warb die unterbezahlten Lehrer des Privatunternehmens von Max Reinhardt ab, sodass einige nun teilweise für beide Schulen arbeiteten. Das wiederum führte zu internen Streitereien zwischen ihnen und dem Leiter der Schule, Berthold Held. Einige Lehrer kritisierten seinen Führungsstil und verließen die Schule wie Jettes Sprachlehrer. Aber Held war nicht der Grund, warum Ruth, Lilly, Fanni und Jette sich geschworen hatten, auf keinen Fall zu wechseln. Der eigentliche Grund war für sie immer noch der Name Max Reinhardt, der für ein junges Theater stand. Allerdings ärgerten sich die Freundinnen zunehmend darüber, dass die Schule, um das Geld zu kassieren, immer mehr neue – auch untalentierte – Schüler aufnahm und immer weniger Lehrer einstellte.

Jette sah dem Ende ihrer Schulausbildung im kommenden Jahr mit gemischten Gefühlen entgegen. Sie hatte das Versprechen, das sie dem Vater gegeben hatte, sich an norddeutschen Theatern zu bewerben, nicht vergessen, aber der Gedanke, in die Provinz zurückzukehren, missfiel ihr außerordentlich. Sie hatte sich an den Lebensstil der Großstadt gewöhnt und liebte die nächtlichen Vergnügungen, die ihr Georg so schmackhaft gemacht hatte. Sie waren nun seit über einem Jahr ein heimliches Paar, wenngleich er sich nach der ersten Phase der Verliebtheit, in der er sie beinahe wie sein Eigentum behandelt hatte, inzwischen offen dafür aussprach, keine Besitzansprüche aneinander zu stellen. Um nicht kleingeistig und rückständig zu erscheinen, spielte sie das Spiel mit. Wenn Georg nachts im Rausch von Absinth und Kokain nicht nur mit fremden Frauen tanzte, sondern mit ihnen in einem der Hinterzimmer verschwand, ohne sich von ihr zu verabschieden, suchte sie auch fremde Schultern, an denen sie Trost fand. Oft waren es Eintänzer, diese zumeist traurigen, gescheiterten Existenzen. Mehr als wilde Umarmungen und heiße Küsse ließ sie nicht zu. In ihr Bett fiel sie in solchen Nächten jedenfalls allein, und in eines der Separees hatte sie noch keinen Fuß gesetzt. Manches Mal weinte sie sich in den Schlaf, wenn sie das Bett in Georgs Zimmer bei ihrer Rückkehr aus dem Café mit den Hinterzimmern leer vorfand.

Allerdings war sie eine gute Schauspielerin, sodass ihrer Schwester weitgehend verborgen geblieben war, wie sie zunehmend unter Georgs ausschweifendem Lebenswandel litt. Das lag wohl vor allem daran, dass Lizzie nur für ihr Studium lebte. Ihre Schwester behauptete, dass die weiblichen Studentinnen ein Vielfaches von dem leisten mussten, womit die Männer ihre Prüfungen schafften. In letzter Zeit fühlte sie sich allerdings manchmal regelrecht beobachtet von Lizzie. Als würde sie nur auf einen Anlass warten, ihr eine Predigt zu halten.

Diese Gedanken zogen an diesem Abend durch ihren Kopf, während sie auf ihrem Bett lag und darauf wartete, dass Georg endlich zurückkehrte. So lange war er noch nie fort gewesen. Fast vierundzwanzig Stunden, wie ihr ein flüchtiger Blick auf die Uhr verriet. Er war gestern Nacht noch ziemlich spät aus dem Haus gegangen. Er hatte sich sogar noch vergewissert, ob sie auch wirklich schon schlief. Das war ungewöhnlich, dass er sich heimlich davonschlich. Ansonsten stand er selbstbewusst dazu, wenn er sich mit einer geheimnisvollen Fremden oder auch mit einer ganz gewöhnlichen Prostituierten im Hinterzimmer treffen wollte. Ein paarmal hatte er versucht, sie zu überreden, sie zu begleiten zum Zugucken oder Mitmachen. Das lehnte Jette vehement ab, auch wenn ihr schier das Herz brechen wollte, wenn sie ihn mit einer anderen Frau in Richtung der Separees davonstolzieren sah.

Am gestrigen Abend hatte er gar nicht, wie sonst so oft zu später Stunde, vorgeschlagen, noch ins Café Roth zu gehen, sondern vorgegeben, müde zu sein und noch seinen Text für die Schultheateraufführung von *Ein Sommernachtstraum* lernen zu müssen. Er würde den Oberon spielen, Jette die Titania. Sie aber hatte keine Muße gehabt, noch zu lernen, weil sie etwas auf dem Herzen hatte und die dringende Aussprache mit ihm keinen Aufschub mehr duldete. Deshalb hatte sie sich gestern ein Herz gefasst und ihn gebeten, vor dem Lernen noch einmal kurz in ihr Zimmer zu kommen. Das hatte er zwar versprochen, war aber dann nicht erschienen.

Schließlich war Jette mit ihrem Textbuch ins Bett gegangen, beim Lernen eingeschlafen und kurz bevor er sich in ihr Zimmer geschlichen hatte, um zu prüfen, ob sie auch wirklich schlief, wieder aufgewacht. Allerdings hatte sie sich schlafend gestellt, als er vor ihrem Bett gestanden hatte. Sie hatte die ganze Nacht kein Auge mehr zugetan und mit sich gekämpft, ob sie ihm in das Café folgen sollte, denn sie mutmaßte, dass ihn seine unstillbare Abenteuerlust dorthin getrieben hatte. Vielleicht sollte sie ihn zur Abwechslung einmal ins Hinterzimmer zerren, um ihm endlich zu sagen, dass sie nunmehr seit acht Wochen keine Periode mehr gehabt hatte.

Jette war schließlich völlig erschöpft im Bett liegen geblieben und hatte am Morgen, als sie ihre Schwester in der Küche hantieren hörte, ernsthaft überlegt, ob sie sich lieber Lizzie anvertrauen sollte als diesem Lebemann, der keinerlei Verantwortung übernehmen wollte.

Allein ihre felsenfeste Überzeugung, dass sie dieses Kind auf keinen Fall bekommen würde, wenn er nicht zu ihr stand, hielt sie davon ab. Lizzie war zwar als eine der wenigen Medizinstudentinnen eine Kämpferin für die Rechte der Frauen, aber ob sie einen Abort in der eigenen Familie befürworten würde, das wagte Jette zu bezweifeln. Und sie wollte nicht Gefahr laufen, dass die Schwester sie im Ernstfall womöglich davon abzubringen versuchte.

Jette wunderte sich selbst, dass sie so ruhig blieb angesichts ihrer misslichen Lage. Früher hätte sie schon wegen weniger gedroht, in die Förde oder in die Spree zu springen. Vielleicht lag es daran, dass es nur diese zwei Möglichkeiten gab: Sie wurden eine kleine Schauspielerfamilie, oder sie würde zu dieser Frau gehen, von der Fanni ihr berichtet hatte. Eine entfernte Bekannte hatte dort ihr Kind wegmachen lassen.

Auf keinen Fall wollte sie Mutter eines unehelichen Kindes werden. Da konnten die Frauen noch so viele Rechte haben, so etwas war immer noch eine Schande. Vor allem wüsste sie gar nicht, wie sie damit im Alltag umgehen sollte. Unvorstellbar, dass sie deshalb auf die Bühnen, die die Welt bedeuteten, verzichten sollte!

Deshalb hatte sie den Gedanken, Lizzie einzuweihen, beiseitegeschoben. Vor allem war sie nicht sicher, dass ihre Schwester das für sich behalten würde. Was, wenn sie es gar dem Vater schrieb? Das traute sie ihr zwar nicht wirklich zu, aber die Vorstellung, ihr Vater würde erfahren, dass sein Augenstern sich von einem jungen Mann hatte schwängern lassen, der sie regelmäßig mit zwielichtigen Frauenzimmern betrog, war ihr schier unerträglich. Weder ihr Vater wusste, dass sie mit von Renz liiert war, noch Lizzie, wenngleich ihre Schwester natürlich etwas ahnte. Gerade neulich hatte sie Jette gefragt, ob sie wisse, wie sie sich vor ungewollten Schwangerschaften schützen könne, und ihr aus medizinischer Sicht ein paar Ratschläge erteilt, aber da war es schon zu spät gewesen. Außerdem hätte sich Georg ohnehin nicht darum geschert und sich auf keinen Fall mit einem abgebrochenen Koitus um den Lustgewinn gebracht. Er setzte darauf, dass sie wusste, wann sie es tun konnten und wann nicht. Und genau das hatte Jette auch versucht. Sie führte akribisch einen Kalender, in dem die Tage in der Mitte zweier Perioden rot durchkreuzt waren. Und trotzdem war es geschehen.

Jette war den ganzen Tag im Bett geblieben und hatte versucht, Text zu lernen, immer mit einem Ohr an der Tür. Inzwischen war es wieder Abend geworden. Als sie endlich das ersehnte Klappen der Haustür vernahm, sprang sie hektisch vom Bett auf in der Hoffnung, dass es Georg war. Sie eilte auf den Flur und sah, wie er seinen Mantel aufhängte. Als sich ihre Blicke trafen, erschrak sie. Georg sah entsetzlich aus. Er hatte schwarze Ringe unter den verquollenen Augen, zerzaustes Haar, und die Nase war gerötet. Anfangs hatte sie geglaubt, er habe Schnupfen, aber inzwischen wusste sie, dass das eine Folge des Kokains war, das er ständig schnupfte. Geld spielte bei ihm keine Rolle, denn seine

Mutter, die Tochter eines Großindustriellen, die seinen Vater, den Gutsherrn Albert von Renz, bald nach seiner Geburt mit dem Sohn hatte sitzen lassen, hatte nach der Scheidung ein kleines Vermögen geerbt, über das sie jetzt allein verfügen durfte. Dass seine Mutter auch in Berlin lebte und dass das Haus, in dem sie wohnten, ihr gehörte, hatte Jette erst kürzlich erfahren. Georg hatte es nicht für nötig befunden, die beiden Frauen einander vorzustellen. Wenn es nach Jette gegangen wäre, hätte sie ihn schon letztes Weihnachten gern mit nach Flensburg genommen, aber Georg lehnte solche familiären Zusammenführungen strikt ab.

»Ich muss mit dir reden, Georg«, sagte sie und wusste in demselben Moment, dass dies kein guter Zeitpunkt war, ein klärendes Gespräch einzuleiten.

»Lulu, das ist gerade ganz schlecht. Ich glaube, ich muss mich dringend hinlegen«, murmelte er. Er nannte sie nur mit diesem Namen, weil sie ihm in der Rolle *des wahren Tiers, des wilden Tiers, des schönen Tiers,* wie der Tierbändiger ihre Figur im Bühnenstück *Erdgeist* ankündigte, am besten gefallen hatte.

Wie immer, wenn er sie so nannte, schmolz sie dahin. In gewisser Weise war sie ihm verfallen. Das Schlimmste, was sie sich vorstellen konnte, war, dass er sie verließ. Nur um das zu vermeiden, ertrug sie seine Zügellosigkeit. Sie wusste, dass er es nicht mochte, in einen Käfig gesperrt zu werden. Aber trotzdem war in ihr dieser winzige Hoffnungsschimmer, dass ein Kind ihn aus diesem Sumpf retten konnte.

Er kam auf sie zu und blickte sie aus seinen müden Augen an, doch dann umfasste er ihre Taille, und in seinen erschöpften Blick mischte sich eine gewisse Lust. Wenn er sie so ansah, endete das schneller, als sie denken konnte, in seinem oder ihrem Bett.

»Komm!«, raunte er heiser. »Ich will dich spüren. Muss wissen, ob ich noch am Leben bin oder schon tot.«

Solche Sätze waren typisch für ihn. Zu einem anderen Zeitpunkt hätte sie das vielleicht sogar erregt, aber nicht in diesem Moment.

»Ich möchte nicht«, stieß sie gequält hervor.

Georg verzog seinen schönen Mund. »Lulu, ich will das Tier. Bitte, jetzt!«

Jette schwankte, doch dann entschied sie sich, mit ihm in sein Zimmer zu gehen und es zu tun. Sie hoffte, dass er, wenn sie ihm seine Wünsche erfüllte, danach endlich zu einem Gespräch bereit war.

Im Bett war sie Wachs unter seinen Händen, denn es war ihm wichtig, auch ihre Lust zu spüren. An diesem Tag aber legte er keinen Wert auf ein Vorspiel, sondern wollte sofort in sie eindringen. Sie spürte einen Widerwillen dagegen, als sie die fremden Gerüche wahrnahm, die sein schwitzender Körper ausdünstete. Keine Frage, er hatte es kurz zuvor mit einer anderen Frau getrieben. Sie schloss die Augen und stöhnte mechanisch so, wie er es gernhatte, ohne etwas dabei zu empfinden. Nachdem er gekommen war, rollte er sich zur Seite und wollte ganz offensichtlich schlafen, doch das konnte und wollte sie nicht zulassen.

»Georg, bitte, lass uns ausgehen zum Essen.«

Er wandte sich ihr zu. »Ach, meine Lulu, ich bin nicht hungrig. Lass mich schlafen, und dann schauen wir, wie es später ist.«

Jette fuhr hoch. »Nein, ich möchte, dass wir jetzt miteinander reden!«

Georg stöhnte laut auf. »Vielleicht hast du recht, und wir gehen etwas essen ins Café Roth, denn ich muss dir auch etwas sagen. Es hat doch keinen Zweck, es hinauszuschieben. Komm, zieh dir was Schönes an.«

»Muss es das Roth sein? Können wir nicht woanders hingehen? Dorthin, wo es keinen Tanz und keine Hinterzimmer gibt.«

Er schüttelte unwirsch den Kopf. »Ich muss dir dort jemanden vorstellen, Lulu.«

Jettes Herz klopfte bis zum Hals. Er wollte also nicht nur mit ihr sprechen, sondern ihr jemanden vorstellen. Wer das wohl sein mochte, fragte sie sich bang und spürte eine ungute Ahnung in sich aufsteigen. Auf ihrem Magen lastete etwas, das sich wie ein schwerer Stein anfühlte. Mit zitternden Knien stand sie vom Bett auf und wankte in ihr Zimmer. Sie ging zu ihrem Kleiderschrank, holte ihr Lieblingskleid hervor und spürte tief im Inneren, dass dieser Abend kein gutes Ende nehmen würde.

Doch als sie Georg in der Diele traf, sah er aus wie aus dem Ei gepellt, und man konnte die Spuren der wilden Nacht und des verlorenen Tages nicht einmal erahnen.

»Ach, Lulu, du bist und bleibst die Schönste von allen«, seufzte er, während er ihr bewundernde Blicke zuwarf.

Jette rang sich zu einem Lächeln durch. Was bin ich nur für ein dummes Mädchen, dass ich immer wieder an ihm zweifle, dachte sie beglückt und nahm sich vor, die düsteren Gedanken ein für alle Mal aufs Abstellgleis zu schieben. So wie er sie in diesem Augenblick ansah, würde er sie niemals verlassen. Dessen war sie sich sicher. Und wenn er sie ganz für sich allein ohne ein Kind haben wollte, dann musste sie wohl dieses Opfer bringen. Sie war bereit, alles für ihn zu tun, nur damit er bei ihr blieb.

31. Berlin, Oktober 1924

Lizzie hatte sich fest vorgenommen, endlich ein ernstes Wort mit Jette zu reden. Ihre Schwester war seit Wochen für ihre Verhältnisse sehr blass. Sie hatte sich sonst ihren sommerlichen Teint auch noch über den Winter retten können, aber jetzt sah ihre Haut schon im Spätherbst fahl und ungesund aus. Im Übrigen hatte Lizzie den Eindruck, dass ihr das Verhältnis zu Georg nicht guttat. Sie hatte im Prinzip nichts gegen ihn, denn er verfügte über ein ausgezeichnetes Benehmen, war stets höflich und zuvorkommend, jedenfalls ihr gegenüber, aber Jette gegenüber verhielt er sich auffällig kühl. Jedenfalls in Gesellschaft Dritter. Offenbar stand er nicht hinter dieser Beziehung. Was ihre Schwester anging, hatte sie jedenfalls oft am Morgen rot verweinte Augen – und noch etwas anderes machte ihr Sorgen. Georg war es bereits äußerlich anzusehen, dass er Kokain schnupfte. Bei Georg war es ebenso augenfällig wie einst bei ihrem Cousin. Lizzie hatte große Sorge, dass Jette, und wenn auch nur, um Georg zu imponieren, auch damit anfing. Sie war auf der einen Seite eine willensstarke Persönlichkeit, die immer alles bekam, was sie wollte, die aber andererseits zu Georg in einer fast unterwürfigen Art und Weise aufblickte. Dass die beiden ein Paar waren, konnten sie trotz seines vor Zeugen zur Schau gestellten demonstrativen Desinteresses an Jette nicht verbergen, denn ihre Schwester konnte nicht so gut wie Georg vorgeben, dass sie außer der Schule und der gemeinsamen Wohnung nichts weiter verband.

Lizzie aber wollte sich nicht einmischen, denn Jette war nicht mehr die kleine Schwester, auf die sie aufpassen musste, sondern eine junge Frau, die ansonsten im Leben sehr gut wusste, was sie wollte. Und zur Liebe gehörten offensichtlich immer das Drama und die Enttäuschung. Wer wusste das besser als Lizzie?

Vielleicht war es deshalb gar nicht so verkehrt, Gottfried erst einmal auf Distanz und durch Briefe besser kennenzulernen. Dabei war sie mit dem festen Willen nach Berlin gegangen, Gottfried wiederzusehen. Sie würde nie vergessen, wie sie vor dem Bethanien vergeblich auf ihn gewartet hatte. Stunde um Stunde, bis sie sich ein Herz gefasst hatte, nach ihm zu fragen. Ein Kollege von ihm hatte ihr bedauernd mitgeteilt, dass der Gottfried nach dem Tod seiner Frau in die Heimat seiner Mutter, nach Pokrowsk, gegangen sei.

»Pokrowsk, noch nie gehört. Wo liegt das?«

Der Arzt, der sich ihr als Dr. Friedrich Haller vorgestellt und erklärt hatte, er sei Gottfrieds bester Freund, war ihr daraufhin eine Antwort schuldig geblieben und hatte stattdessen von ihr wissen wollen, ob sie Elisabeth, die Diakonisse, sei. Erst nachdem sie ihm das bestätigt hatte, allerdings mit der Korrektur, dass sie mittlerweile Medizin studiere, hatte er ihr berichtet, dass Gottfrieds Mutter aus Pokrowsk stamme, und ihr erklärt, dass dies die Hauptstadt der jungen Autonomen Sozialistischen Sowjetrepublik der Wolgadeutschen sei. Schließlich hatte er ihr seine Adresse gegeben und betont, dass sich Gottfried sicher über eine Nachricht freuen würde. Lizzie hatte die Adresse an sich genommen und war wie betäubt in die neue Wohnung gefahren, in der sie mit Georg von Renz, Ruth und Jette lebte. Ein paar Tage später hatte sie sich dann ein Herz gefasst und ihm geschrieben. Die Antwort war postwendend gekommen, und seitdem gingen Liebesbriefe zwischen der Wolga und der Spree hin und her, obwohl Lizzie und Gottfried sich doch nur dieses eine Mal bei Onkel Henning in Skagen Gul gesehen hatten. Jedes Mal versicherte er ihr aufs Neue, er werde zurückkommen, sie möge bitte auf ihn warten, aber er könne noch nicht fort, weil seine Hilfe vor Ort benötigt würde.

Und so ein Brief aus Pokrowsk lag auch an diesem Abend auf dem Flurschränkchen. Lizzie hatte bis eben Unterricht gehabt, allerdings einen ganz besonderen. Ihr Professor für Pathologie ließ einige Studenten auch an Wochenenden bei seinen Obduktionen in kleinen Gruppen zusehen. Er war einer der wenigen, die einen besonderen Respekt vor den weiblichen Studenten hatte und sie im Gegensatz zu vielen seiner Kollegen gern auch einmal bevorzugte, sodass sie an diesem Tag nur Frauen gewesen waren, die dem Meister bei seiner Arbeit zugesehen hatten.

Lizzie war erschöpft und hätte sich am liebsten sofort ins Bett gelegt, aber sie wollte die Aussprache mit ihrer Schwester nicht länger hinauszögern, doch die Stille in der Wohnung ließ vermuten, dass Jette nicht zu Hause war. Ruth war zurzeit in Wien, weil ihr Vater gestorben war, aber auch aus Jettes und Georgs Zimmer drang kein Laut. Vorsichtig öffnete sie die Tür zum Zimmer ihrer Schwester einen Spalt, aber sie schien ausgegangen zu sein.

Seufzend nahm sie Gottfrieds Brief zur Hand, setzte sich damit an den Küchentisch und las ihn sich laut vor.

Geliebte Lizzie,
letzte Nacht habe ich von deinem schönen Gesicht geträumt, das mir manchmal im wachen Zustand verschwimmt. Im Traum war es so rein und klar, und ich hätte deine vollen weichen Lippen so gern geküsst, aber ich habe es nicht gewagt. Im Traum jedenfalls, im wachen Zustand kann ich an nichts anderes denken als daran, dich in meine Arme zu schließen, zu küssen und zu liebkosen.
Ich habe dir damals bei Henning anlässlich unserer einzigen persönlichen Begegnung bisher (ich fühle allerdings, dass ich dich schon ein ganzes Leben lang kenne) gesagt, dass ich glücklich verheiratet wäre. Das war nur die halbe Wahrheit. Meine Frau war damals schon sehr krank, und ich wäre mir wie ein Schuft vorgekommen, hätte ich mit dir zu ihren Lebzeiten noch etwas angefangen. Verliebt habe ich mich in dem Augenblick in dich, als du dich neben mich gesetzt hast. Ach, Liz-

zie, vielleicht hätte ich ehrlicher zu dir sein sollen, aber ich wollte meine kranke Frau nicht ins Spiel bringen. Sie hatte es nicht verdient.
Ich habe nach ihrem Tod wochenlang dem Augenblick entgegengefiebert, in dem ich mich dir offenbaren kann, ohne dass es allzu pietätlos wäre.
Und als ich dann hörte, dass du tatsächlich Diakonisse geworden bist, war ich untröstlich und habe das Angebot meines Vaters angenommen. Schon lange hat er mir in den Ohren gelegen, ich solle doch an die dortige Klinik kommen. Sie bräuchten dringend einen Chirurgen. Mein Vater ist, nachdem er seine Praxis in Hamburg aufgegeben hat, mit meiner Mutter in ihre Heimat gegangen, weil sie in Deutschland so ein Heimweh bekommen hat, dass sie krank wurde. Sie kommt von der Wolga, mein Vater von der Elbe. Aber er will nun seinen Lebensabend mit ihr in ihrer Heimat verbringen und hatte mich gebeten, dort junge Chirurgen auf unseren Standard zu bringen. Ich habe ihm inzwischen reinen Wein eingeschenkt, dass es jetzt einen guten Grund für mich gibt, wieder nach Berlin zurückzukehren, und meine Eltern würden dich gern kennenlernen.
Prokowsk ist ein schönes Städtchen und schrecklich deutsch. Selbst mein kommunistisches Herz hegt Zweifel, ob diese Autonomie der Wolgadeutschen eine Zukunft hat. Viele haben Sorge, dass Stalin es sich noch einmal anders überlegen und wieder so etwas anordnen könnte wie nach dem Krieg, als er befohlen hat, den hiesigen Bauern die Ernte wegzunehmen. Damals hat es viele Tote gegeben. Ich versuche, solche Schreckensvisionen zu entkräften, aber so richtig überzeugt bin ich nicht.
Aber ich schweife ab. Mein Lieb, ich habe mit meinem Vater eine Verabredung getroffen. In sechs Monaten habe ich meine Aufgabe vor Ort erledigt, die angehenden Chirurgen auf unseren Stand zu bringen, und dann geht die Reise gen Westen.
Wirst du auf mich warten, denn ich befürchte, dass dich Männer umschwirren wie die Motten das Licht?
Dein dich liebender und begehrender Rübezahl, den du nicht mehr erkennen würdest, denn der Bart ist ab …

Lächelnd legte Lizzie den Brief beiseite. Sie würde ihm später antworten und ihn darüber aufklären, dass sie in Berlin keinen einzigen Verehrer besaß außer vielleicht ihrem Pathologieprofessor, der ihr Vater sein könnte und keine Anstalten machte, ihr als Mann zu nahe zu kommen. Die meisten Kommilitonen sahen in ihr eher eine unliebsame Konkurrenz als eine Frau. Einer hatte ihr das neulich sogar ganz direkt erklärt: *Viele von uns werden eine Krankenschwester heiraten, die nicht einmal annähernd so hübsch ist wie du, aber kaum einer kann sich vorstellen, mit der Frau Doktor eine Familie zu gründen …*

Allerdings beruhte dieses Desinteresse auf Gegenseitigkeit. Lizzie liebte den Rübezahl von ferne, und der Einzige, der sich noch manchmal in Gedanken dazwischendrängte, war Herrmann. Mit ihm verstand sie sich einfach blind, auch jetzt, nachdem sie ihm längst verziehen hatte, dass er der Ehemann ihrer Schwester geworden war. Es tat ihr allerdings leid, mit ansehen zu müssen, wie unglücklich es Lene machte, wenn Herrmann ihre Schwester so anschmachtete. Eigentlich müsste sie triumphieren, dass Lenes und Herrmanns perfide Eheschließung die beiden nicht glücklich machte, aber Schadenfreude lag ihr fern. Im Gegenteil, sie liebte Lene trotz alledem und wollte keine Mitschuld daran tragen, dass sie sich gedemütigt fühlte. Nein, Gleiches mit Gleichem zu vergelten, war nicht Lizzies Stil. Insofern hatte sie Herrmann letzte Weihnachten gebeten, sich ihr gegenüber ein wenig zurückzunehmen, weil es ihrer Meinung nach Lene verletzte, wenn er ihre Schwester derart hofierte, aber da hatte er nur gesagt: *Mach dir um Lene keine Gedanken, sie kann mich nicht leiden und hat längst einen Liebhaber. Wenn überhaupt, stört es ihre Eitelkeit, aber ihr Herz ist aus Stein, jedenfalls mir gegenüber …*

Es klingelte an der Tür. Lizzie warf einen Blick auf ihre Armbanduhr. Es war schon spät. Wer mochte noch um diese Zeit vorbeikommen?

Als sie die Tür öffnete, glaubte sie kurz, eine Halluzination zu haben. Gerade eben hatte sie noch an ihn gedacht, und jetzt stand er leibhaftig vor ihr.

»Komme ich ungelegen?«, fragte Herrmann.

»Ich, äh, nein, das nicht, aber wo, wo kommst du her? Ist etwas geschehen?«, stammelte sie.

»Nein, keine Sorge, ich war bis eben mit einem neuen Abnehmer von Danneberg-Rum unterwegs, und ich hätte auch vorher Bescheid gesagt, aber es war ganz in der Nähe, und da konnte ich es einfach nicht übers Herz bringen, einfach vorbeizugehen. Ich musste dich sehen.«

»Gut, dann komm rein.« Sie ließ Herrmann eintreten und spürte, wie sich ihr Herzschlag beschleunigte. Sie war lange nicht mehr mit ihm allein gewesen. Letzte Weihnachten vielleicht gerade einmal für fünf Minuten, um ihm zu sagen, dass er aufhören solle, sie anzuhimmeln.

Sie nahm ihm seinen Mantel ab, und als er sich zu ihr umdrehte, sahen sie einander eine Weile stumm an. Ehe sie sichs versah, zog er sie mit seinem gesunden Arm zu sich heran und küsste sie. Lizzie wollte sich aus der Umarmung lösen, aber sie konnte nicht. Sie erwiderte seinen Kuss. Er schmeckte nach Tabak und Alkohol. Offenbar hatte er sich etwas Mut angetrunken. Das erklärte auch, warum er sie ungefragt küsste.

»Ich liebe dich«, raunte er, nachdem sich ihre Lippen voneinander gelöst hatten. »Und ich begehre dich«, fügte er mit heiserer Stimme hinzu, bevor er sie erneut küsste, was ihr heiße Wogen der Begierde durch den Körper jagte. Noch einmal meldete sich die Stimme der Vernunft.

»Herrmann, wir sollten das nicht tun«, stieß sie wenig glaubwürdig zwischen zwei Küssen hervor, denn statt aufzuhören, machte sie ungehindert weiter.

»Sind wir hier ungestört?«, raunte er erregt.

Lizzie nickte, fasste ihn an der gesunden Hand und zog ihn sanft in ihr Zimmer. Und schon begann er, sie auszuziehen, was ihm trotz seiner Behinderung erstaunlich geschickt gelang, wie sie bewundernd feststellte.

Als sie wenig später nackt in ihrem Bett lagen, vergaß Lizzie alles andere. Es gab nur noch sie, Herrmann und ihre nackten verschwitzten Körper. Sie hatte das Gefühl, er habe statt nur einer gesunden Hand zehn Hände, denn sie waren überall auf ihrem Körper. Obwohl ihrer beider Erregung grenzenlos war, ließen sie sich Zeit. Er verschaffte ihr solche Lustgefühle, dass sie Sorge hatte, ihr Stöhnen würde durch das ganze Berliner Vorderhaus schallen.

Der Akt selbst dauerte nicht lange, weil Herrmann nicht mehr an sich halten konnte. Ihr tat es einen Moment lang weh, und als der Schmerz nachließ, war es bereits vorüber. Danach verharrten sie eine ganze Weile eng aneinandergepresst in inniger Umarmung.

Es dauerte eine halbe Ewigkeit, bis Lizzie wieder zu sich kam und ihr in demselben Moment bewusst wurde, was sie da eben getan hatten. Ihr nächster Gedanke galt Gottfried. Das ließ sie im Bett auffahren.

»Herrmann, wir müssen uns schwören, dass wir das nie wieder tun. Hörst du?«, stieß sie aufgebracht hervor.

»Ach, Lizzie, wenn ich geahnt hätte, dass ich dein erster Mann bin, ich wäre noch vorsichtiger gewesen«, seufzte er.

»Hast du nicht gehört, was ich gesagt habe? Das darf nie wieder passieren. Du bist der Mann meiner Schwester!«

»Du irrst dich, ich habe ein Rumhaus geheiratet genau wie deine Schwester. Sie hat ein Verhältnis zu meinem Bruder. Das ist ausgleichende Gerechtigkeit. Es würde sie nicht stören, wenn sie von uns erführe.«

»Ach ja, und euer Sohn wurde von einem Rumhaus gezeugt, oder wie? Ich will nichts mit eurer verflixten Ehe zu tun haben. Schwöre, dass du es Lene nicht verraten wirst!«

»Ich schwöre es, aber jetzt komm doch bitte noch einen Augenblick in meinen Arm. Ich habe mich so viele Jahre danach gesehnt, dir so nahe zu sein.« Er sah Lizzie verträumt an.

»Herrmann, ich meine das ganz ernst. Das war das erste und letzte Mal, dass wir im Bett miteinander waren. Du musst mir schwören, dass du in Zukunft einen Bogen um mich machst, mich auf Familienfesten nicht mehr so verräterisch ansiehst und dass wir diese Angelegenheit vergessen, und zwar für immer!«

»Niemals! Das werde ich nicht vergessen, solange ich lebe«, widersprach Herrmann ihr energisch.

»Ich doch auch nicht«, seufzte sie. »Aber sieh es als Notwendigkeit an, dass wir es ein einziges Mal wirklich tun mussten, um frei zu sein für andere!«

Herrmann setzte sich bei ihren Worten abrupt auf. »Bei mir gibt es keine andere. Seit ich dich getroffen habe, ist kein Platz mehr in meinem Herzen. Aber du …« Er stockte. »Gibt es bei dir jemanden?«

Lizzie kämpfte mit sich. Sie befürchtete, sie würde ihn verletzen, wenn sie in diesem Augenblick Gottfried erwähnte, aber was sollte sie tun? So schön es mit Herrmann auch gewesen sein mochte, ihr erster Gedanke danach hatte Gottfried gegolten. So klar hatte sie es bislang noch gar nicht gesehen, aber in diesem Moment spürte sie es tief im Herzen: Gottfried war ihre Zukunft und Herrmann eine romantische Erinnerung aus der Vergangenheit. Sie durfte ihm keine Illusionen machen.

Sie nickte, bevor sie ihm in sachlichem Ton mitteilte, dass es einen Mann in ihrem Leben gab.

»Aber du warst noch Jungfrau. Wie kann das sein?«, fragte er fassungslos.

»Ach, Herrmann, ich möchte dir Einzelheiten ersparen, aber wenn ich überhaupt einmal heiraten werde, dann Gottfried.« Bislang hatte Lizzie daran noch keinen Gedanken verschwendet, aber jetzt, wo sie es ausgesprochen hatte, fühlte es sich richtig an.

»Wer ist dieser Gottfried? Woher kennst du ihn?«

Lizzie missfiel sein fordernder Ton.

»Bitte, Herrmann, lass es gut sein. Du hast doch nicht etwa geglaubt, dass ich mein Leben lang auf dich warte!«

»Und was war das da eben gerade?«

»Ach, Herrmann, lass es uns nicht zerreden. Du hast nach ihm gefragt, und ich habe dir geantwortet.«

»Wer ist dieser Mann?«, insistierte Herrmann.

»Ich habe ihn bei Onkel Henning auf einem seiner Feste kennengelernt. Er ist Arzt und arbeitet zurzeit in der Sowjetunion. Wir sind uns nur ein einziges Mal in Skagen Gul begegnet, aber wir schreiben uns seit fast zwei Jahren Briefe, und ich habe ihm versprochen, dass ich auf ihn warte.«

»Aha, dann war ich also nur ein kleiner Zeitvertreib«, giftete Herrmann.

»Bitte hör auf damit! Du machst alles kaputt«, entgegnete Lizzie ihm erbost.

»Sieh mich an. Und wenn ich mich scheiden lasse selbst auf das Risiko hin, dass wir Danneberg an meinen Bruder verkaufen müssen. Dann kann Lene Broer heiraten und hat zwei Rumhäuser. Ich kann auch in einem der anderen großen Häuser der Stadt arbeiten. Mich nimmt jeder mit Kusshand.«

Lizzie senkte den Blick. »Es ist zu spät. Ihr habt ein Kind und eine Verantwortung. Seht doch endlich zu, dass ihr einander nicht länger quält. Versucht, euch zu verzeihen, dass ihr nicht aus Liebe geheiratet habt.«

»Du willst also nicht meine Frau werden, Elisabeth? Auch nicht nach dem, was eben zwischen uns geschehen ist? Oder wenigstens meine Geliebte. Ich würde nach Berlin kommen, sooft ich könnte. Zu dir, der Frau meines Herzens.«

Lizzie sah ihm nun in die Augen. »Nein, Herrmann, ich werde nicht Lenes Ehemann heiraten und ich werde auf keinen Fall die Geliebte meines Schwagers! Es hätte gar nicht geschehen dürfen, aber nun müssen wir mit dem, was wir getan haben, behutsam umgehen. Du gibst am besten Lene eine faire Chance, und ich werde mein Versprechen gegenüber Gottfried einlösen.«

Er lachte höhnisch. »Und wenn er erfährt, wie du dir die Wartezeit vertreibst?«

Lizzie erschrak. Nicht aus Sorge, er könne es eines Tages Gottfried verraten, sondern weil er sich in einer Art besitzergreifend gebärdete, die ihm nicht zustand. Es war ihr, als würde er ein bislang völlig fremdes Gesicht von sich preisgeben. Und zwar eines, das ihr nicht behagte. So verrückt es war, aber vielleicht hatte es dieser Nähe bedurft, um ihn realistischer zu sehen, ging ihr durch den Kopf.

»Gottfried ist ein toleranter und sehr moderner Mann. Er würde mir wohl kaum übel nehmen, wenn er erführe, was heute mit uns geschehen ist. Ich werde es ihm sicher nicht schreiben, aber ich denke, ich werde es ihm erzählen, bevor wir ein Paar werden. Er kennt unsere Geschichte sogar. Gerade neulich habe ich ihm von dir geschrieben und davon, wie du mir damals das Herz gebrochen hast. Ich habe dir das niemals vorgeworfen, also mische dich nicht in mein Leben ein!«

Mit versteinerter Miene erhob sich Herrmann aus dem Bett und begann, sich hektisch anzuziehen, ohne sie auch nur eines Blickes zu würdigen.

»Wollen wir jetzt wirklich so auseinandergehen?«, fragte Lizzie in versöhnlichem Ton.

»Du hast es so gewollt. Ich hätte dir mein Leben zu Füßen gelegt«, erwiderte er beleidigt.

Seufzend ließ sich Lizzie zurück in ihre Kissen gleiten. Sie war ratlos. Was auch immer sie jetzt noch sagen würde, es wäre verkehrt. Herrmann schien zutiefst gekränkt.

Als er in der Tür stand, drehte er sich noch einmal um. Die Augen, die sie vor noch nicht einmal einer Stunde voller Liebe angesehen hatten, funkelten vor Hass und Verachtung.

»Du hast nichts mehr von dem entzückenden jungen Mädchen, das du einmal gewesen bist. Du bist eine harte Frau geworden, die ihre Lust daraus bezieht, sich mit den Männern im Studium zu messen!«

Mit diesen Worten knallte er mit der Tür. Lizzie war von Natur aus eine besonnene Frau, aber in diesem Moment ließ der unbändige Zorn sie aus dem Bett springen. Splitternackt, wie sie war, rannte sie ihm auf den Flur hinterher und schrie: »Und du bist ein eifersüchtiger Provinzler!«

Herrmann aber drehte sich nicht einmal mehr um, sondern wollte die Wohnung ohne Abschied verlassen, doch in dem Augenblick flog die Haustür auf, und er stieß mit Jette zusammen. Statt sich zu entschuldigen, eilte er fluchend von dannen.

Lizzie war nicht in der Stimmung, ihrer Schwester zu erklären, warum sie nackt dem Mann ihrer Schwester in Hut und Mantel hinterherrief: »Blöder Hornochse, du!«, bevor sie in ihr Zimmer flüchtete und die Tür hinter sich zuknallte.

32. Berlin, Oktober 1924

Das unverhoffte Zusammentreffen mit ihrem Schwager und der bizarre Auftritt Lizzies ließen Jette für einen Augenblick ihren eigenen Schmerz vergessen, doch dann zogen die letzten Stunden mit quälender Intensität erneut an ihrem inneren Auge vorüber: Diese Frau, diese entsetzliche Person … Sie konnte es nicht fassen, dass der kluge Georg auf so eine billige Tänzerin reingefallen war. Diese infame Person versuchte, Anita Berber, die Jette einmal in der *Rakete* erlebt hatte, zu imitieren. Ihr Auftritt im Café Roth an diesem Abend war an Peinlichkeit nicht zu überbieten gewesen. Wo die Berber wie eine Naturgewalt über die Bühne fegte und die Männer im Saal aus Lust an der Provokation beleidigte, spielte diese Zora, wie sie sich nannte, nur die Rolle einer obszönen Nackttänzerin. Ihr fehlte es an Format, wie es das Original besaß. Und trotzdem tobten die Männer im Publikum vor Begeisterung. Georg hatte sie auf dem Weg zum Café Roth mit keinem Satz vorgewarnt, sondern ihr diesen Auftritt unvorbereitet zugemutet. Nicht nur den dort oben auf der Bühne, sondern auch seine unverhohlene Bewunderung für diese Person. Jette hatte ihm ein paarmal leichte Stöße in die Seite verpasst, aber er hatte keinen Zweifel daran gelassen, dass er dieser Frau verfallen war.

Er hatte ihr nicht einmal die Gelegenheit gegeben, mit ihm unter vier Augen zu reden, wie er es ihr versprochen hatte, weil sich das Weibsbild nach ihrer Show auf seinen Schoß gesetzt hatte.

»Das ist Zora«, hatte Georg gesagt. »Wir lieben uns. Ich werde zu ihr ziehen. Ihr könnt in der Wohnung bleiben, solange ihr wollt.«

Jette hatte in ihrer Verzweiflung gedroht, in die Spree zu springen, aber daraufhin war seine Geliebte in Hohngelächter ausgebrochen. »Wie du gesagt hast, mein Ritter. Sie ist hysterisch.«

Jette hatte der Tänzerin daraufhin eine schallende Ohrfeige versetzt und verkündet, sie werde das Feld nicht räumen, bevor sie endlich mit Georg unter vier Augen geredet hätte. Widerwillig ließ sich Georg darauf ein und schickte Zora für einen Augenblick fort.

»Was hat diese Person, was ich dir nicht geben kann?«, hatte sie geschluchzt.

»Lulu, nicht. Vergleich dich nicht mit ihr. Ich bin kein Mann, der sich an eine Frau binden kann. Du bist ein liebes Mädchen, ein Mädchen zum Heiraten sogar, aber das langweilt mich. Du findest schon einen Mann, der dir das geben kann, was du dir wünschst. Diese Frau ist geheimnisvoll …«

»Geheimnisvoll nennst du das? Sie ist berechnend und kalt. Sie spielt mit dir.«

»Genau, sie ist kein offenes Buch, sondern eine durch und durch verdorbene Person …«

»Ich bin schwanger von dir!« Das Geständnis war Jette einfach so rausgerutscht. Es passte nicht zu diesem Gespräch. Sie hätte es ihm verheimlichen sollen, aber nun war es raus.

Georgs Blick drückte grenzenloses Entsetzen, gepaart mit einer Spur Abscheu aus.

»Wenn du keine passende Adresse kennst, dann fragen wir Zora. Die kennt einen Doktor mit dem Namen Flügel. Engelsflügel nennen sie ihn.« Jette meinte, ein leichtes Grinsen um seinen Mund zu erkennen.

Was dann geschah, konnte Jette nur noch wie hinter einer Nebelwand erinnern. Sie hatte ihm wohl nicht nur ein Glas Absinth über den Kopf geschüttet, sondern auch den Rest aus der Flasche Champagner, die er für sie bestellt hatte. Auf jeden Fall hatte sie schreiend das Etablissement verlassen und war in die nächste Pferdedroschke gesprungen, die sie dann zur Wohnung gebracht hatte.

Bei der Erinnerung an diese Demütigungen liefen ihr stumme Tränen über das Gesicht. Stünde sie in diesem Augenblick auf einer Brücke, sie würde springen. In allen Einzelheiten malte sie sich aus, wie Georg sich an ihrem Sarg die Augen aus dem Kopf weinte, weil er ihr das angetan hatte. Er würde sich über ihre sterblichen Überreste werfen und bedauern, dass er sie, seine geliebte Lulu, in die Wüste geschickt hatte …

Jette wankte in ihr Zimmer und warf sich auf das Bett. Sie spielte in Gedanken durch, womit sie sich noch umbringen könnte. Mit Georgs Rasierklingen? Nein, das war kein schöner Anblick …

Sie war in ihrer Fantasie gerade bei einem Selbstmord mit Tabletten, die Lizzie ihr von einem ihrer Professoren besorgen sollte, angelangt, als es an ihrer Zimmertür klopfte. Das konnte nur Lizzie sein, aber Jette wollte partout keinen sehen. Also blieb sie stumm, doch Lizzie schien sich dadurch nicht abhalten zu lassen, ihr Zimmer zu betreten. Sie kam ganz nahe an das Bett ihrer Schwester und setzte sich auf die Kante.

»Jette, ich weiß, dass du nicht schläfst. Ich habe dich eben doch schluchzen hören. Was ist geschehen?«

Jette fuhr hoch, schlang beide Arme um Lizzie und weinte bitterlich. Sie tat sich so unendlich leid und hatte das Gefühl, dass kein Mensch auf der ganzen Welt je so viel Leid ertragen musste wie sie in diesem Augenblick.

Nachdem ihr Schluchzen verebbt war und Jette die Umklammerung der Schwester gelöst hatte, fragte sie Lizzie: »Und was war das da eben an der Tür? Geht das schon länger mit Herrmann und dir?«

»Wir reden später drüber, aber erst einmal sagst du, was los ist«, murmelte Lizzie, der das offensichtlich entsetzlich unangenehm war, was Jette gut verstehen konnte. Lizzie hatte in Jettes Augen die Aura einer moralisch integren Frau, wozu das, was sie da eben mit eigenen Augen gesehen hatte, in krassem Widerspruch stand. Jette hatte sich der großen Schwester gegenüber immer ein wenig unterlegen gefühlt, weil sie sich der Leidenschaft mit Georg bisweilen zügellos hingegeben hatte, während ihre Schwester immer noch das enthaltsame Leben einer Diakonisse führte. Aber offenbar hatte sie zwei Gesichter …

»Ich werde mit dir über Herrmann reden«, stöhnte Lizzie gequält. »Aber ich glaube, wir sollten erst darüber sprechen, was dir Schlimmes widerfahren ist, nicht wahr, Liebes?«

Jette zögerte, aber dann berichtete sie ihrer Schwester alles – bis auf ihre ungewollte Schwangerschaft.

»Ach, Jette, das tut mir leid, aber Georg ist einfach zu unreif. Nimm es dir nicht so zu Herzen. Die Tänzerin wird er auch schnell wieder fallen lassen.«

Jette kämpfte mit sich, ob sie ihre Schwester in die ganze Wahrheit einweihen sollte oder nicht. Wenn Ruth nicht in Wien wäre, hätte sie sich wahrscheinlich dagegen entschieden, weil sie dann eine Vertraute gehabt hätte, aber so befürchtete sie, dass sie allein nicht damit klarkommen würde. Immer wieder hatte sie zwischendurch das Bild vor

Augen, wie sie in einem Sarg lag. Aber sie wollte doch gar nicht sterben. Sie wollte leben, auf die Bühne gehen, den Applaus hören …

»Lizzie? Wenn du jetzt schwanger wärest vom Mann deiner Schwester, würdest du das Kind bekommen?«

Diese Frage schien ihrer Schwester sehr nahezugehen, denn sie wurde auf einmal leichenblass.

»Eine Abtreibung käme für mich nicht infrage, falls du das meinst«, entgegnete sie entschieden.

»Aber du weißt schon, was es für ein Makel ist, die Mutter eines unehelichen Kindes zu sein, oder?«

Lizzie nickte. »Was du da heute gesehen hast, verfälscht die Wahrheit. Ich war zuvor noch nie mit Herrmann intim. Heute ist es so passiert, als er plötzlich in der Tür stand, aber ich habe ihm gesagt, dass es nie wieder vorkommen wird. Jetzt hasst er mich. Aber ich glaube kaum, dass ich von dem einen Mal gleich schwanger geworden bin. Also, zerbrich dir nicht den Kopf darüber.«

»Ich spreche nicht von deinem Kind, Lizzie, sondern von dem, was …« Sie deutete auf ihren Bauch.

»Um Gottes willen. Du bist schwanger von Georg?«, stieß Lizzie entsetzt hervor.

Jette nickte.

»Und du willst das Kind nicht haben?«

»Doch, ich hätte Georg sogar geheiratet, und wir wären eine Familie geworden, aber ein uneheliches Kind. Das würde Vater ins Grab bringen.«

»Weiß Georg davon?«

»Ja, und er hat vorgeschlagen, das dumme Weibsstück, nach dem er ganz verrückt ist, nach einer Adresse zu fragen, weil sie sich mit Aborten auskennt«, erwiderte Jette in spöttischem Ton.

»Ach, Jette, sei froh, dass du mit ihm keine Familie gründen musst«, seufzte Lizzie. »Er ist ein verwöhnter Bursche, dem aber die Liebe der Eltern fehlt und der sich mit dem wilden Leben betäubt, um nicht zu spüren, woran es ihm wirklich mangelt. Und deshalb greift er auch zum Kokain!«

»Du weißt es?«

»Hast du es auch genommen?«

»Nein, verdammt. Nun sag schon: Was würdest du tun in meiner Lage?«, hakte Jette ungeduldig nach.

Lizzie zuckte die Schultern. »Ich bin dagegen, dass Frauen dafür bestraft werden, denn ich halte diese illegal vorgenommenen Aborte für gefährlich. Wir haben gerade neulich in einer Vorlesung gehört, wie groß die Dunkelziffer von Frauen ist, die an den Folgen sterben. Das würde mich, abgesehen von allen moralischen Bedenken, die ich noch aus meiner Zeit als Diakonisse habe, davon abhalten, ein Kind von einem Nichtmediziner abtreiben zu lassen.«

»Du meinst also, ich soll es bekommen? Aber dann sind alle meine Pläne hinfällig. Wie soll ich mit einem Kind jeden Abend auf der Bühne stehen?«

»Lene arbeitet doch auch im Rumhaus. Trotz des kleinen Ole.«

»Ich bin aber nicht Lene«, entgegnete Jette trotzig. In ihrem Kopf ging alles durcheinander. Sie konnte und wollte immer noch nicht begreifen, dass Georg sie einfach ausgetauscht hatte, und zwar gegen diese unmögliche Person. Wie sollte sie in diesem aufgewühlten Zustand darüber entscheiden, ob sie sein Kind bekommen wollte oder nicht?

»Lizzie, kannst du heute Nacht bei mir schlafen?«, fragte sie leise.

Lizzie nickte, und Jette hob die Bettdecke hoch zum Zeichen, dass sie sich zu ihr legen solle, und kuschelte sich ganz nah an ihre Schwester. Das fühlte sich an wie jene Geborgenheit, die sie empfunden hatte, wenn sie als Kind bei Gewitter zu Käthe ins Bett gekrabbelt war.

»Versuch zu schlafen, meine Kleine«, raunte Lizzie ihr zu. »Lass uns morgen weiterreden.«

Jette spürte, wie sie mit jedem Atemzug ruhiger wurde. In Lizzies Armen fühlte sie sich sicher und beschützt. Solange ihr die große Schwester beistand, konnte ihr nichts passieren, war der letzte Gedanke, bevor sie erschöpft einschlief.

33. Flensburg, Weihnachten 1925

Das diesjährige Weihnachtsfest stand unter einem guten Stern, jedenfalls für Lene, die es zum ersten Mal in ihrer neuen Villa ausrichtete. Sie hatte keine Kosten und Mühen gescheut, alles prachtvoll zu gestalten. Sogar neuen Baumschmuck hatte sie extra aus dem Erzgebirge bestellt. Und natürlich hatte sie sich für den größten Baum entschieden, der jemals ein Danneberg'sches Familienweihnachten geziert hatte.

Der Grund dafür, dass sie für dieses Fest nur das Beste wollte, war nicht, der Familie zu imponieren, sondern ein Ausdruck ihrer guten Laune.

Die Stimmung im Haus war seit geraumer Zeit komplett umgeschlagen. Sie konnte sich sogar genau daran erinnern, seit wann. Es war im Herbst letzten Jahres gewesen, als Herrmann von einer Geschäftsreise aus Berlin zurückgekommen war. Er war wie ausgewechselt gewesen, hatte ihr eine wertvolle Brosche als Geschenk mitgebracht, war noch in derselben Nacht in ihr Zimmer gekommen und hatte sie als Liebhaber auf der ganzen Linie überrascht. Dagegen verblassten selbst die Liebeskünste seines Bruders. Das Verhältnis zu Broer hatte Lene kurz daraufhin rigoros beendet, was ihr einen unbarmherzigen Feind und Konkurrenten beschert hatte. Broer kämpfte seitdem mit allen Mitteln, um Danneberg-Rum zu übertrumpfen. Nachdem der alte Jensen an einem Herzanfall gestorben war, ließ sein Ältester jegliche familiären Rücksichten vermissen. In diesem Punkt hatte er jedoch Lenes Kampfgeist unterschätzt. Sie hatte sich bislang noch jeden Kunden, den Broer ihnen abgejagt hatte, zurückgeholt. Das brachte ihr die unverhohlene Bewunderung Herrmanns ein, der immer häufiger an ihre Zimmertür klopfte und ihnen schöne gemeinsame Stunden bescherte. Insgeheim vermutete sie, er wäre in Berlin bei einer Hure gewesen, die ihm beigebracht hatte, womit er Frauen glücklich machen konnte.

Auch als Destillateur lief Herrmann zu ihrem Erstaunen ohne Klaas zu Hochformen auf. Im Moment waren sie die Nummer eins in der Stadt, auch wenn Jensen-Rum ihnen immer mal wieder hart auf den Fersen war.

Und nicht nur im Rumhaus und in ihrem Bett zeigte Herrmann, was in ihm steckte, auch im Haus vollbrachte er wahre Wunder. Dass in ihm ein verkappter Innenarchitekt schlummerte, hatte Lene schon vorher geahnt, aber da war ihr seine unermüdliche Lektüre von Architekturbüchern eher auf die Nerven gegangen. Seit er das Regiment in Sachen Innenausstattung der Villa übernommen hatte, war das in Hochachtung umgeschlagen. Sie konnte in diesem Haus hinschauen, wohin sie wollte, es war nahezu perfekt. Selbst Onkel Henning war aufrichtig angetan von Herrmanns Stilsicherheit und seinem außergewöhnlichen Geschmack. Die beiden Männer waren sogar einmal gemeinsam nach Dessau gefahren, um sich eine Ausstellung des dort aus Weimar übergesiedelten Bauhauses anzusehen. Dass Lene ab und an in den Bauhausbüchern blätterte, obwohl die Architektur nicht zu ihren Interessensgebieten gehörte, lag daran, dass sie Herrmann beweisen wollte, dass sie sich auch für seine Vorlieben interessierte. So wie er schließlich halbherzig mit ihr einen Segeltörn unternommen hatte. Er war jetzt zwar nicht zum begeisterten Segler geworden, aber er hatte sich trotz seiner Behinderung geschickt angestellt und offensichtlich kein Problem, dass Lene an Bord die Hosen anhatte, was nicht nur im übertragenen Sinn den Tatsachen entsprach. Broer hingegen hatte damit stets große Schwierigkeiten gehabt, Lenes Anordnungen auf der *Augusta* widerspruchslos zu folgen.

Lene fragte sich seit diesem Umschwung immer mal wieder, ob sie sich wohl in Herrmann verliebt hatte, aber sie musste ehrlich vor sich bekennen, dass er nicht jene Wallungen ihres Herzens auslöste, wie es Klaas einst getan hatte, als sie ihn hatte zurückerobern wollen. Es war tiefer Respekt, gepaart mit einem Gefühl, dass ihr gemeinsames Leben so schön sein konnte, wie sie es sich zuvor nicht einmal in ihren kühnsten Träumen hätte ausmalen können, und dass sie keinen Liebhaber mehr brauchte, weil Herrmann auf dem Gebiet der körperlichen Liebe ungeahnte Talente besaß. Bei aller Harmonie vereinnahmte er sie nicht in Gedanken. Wenn er bei ihr war, konnte sie das genießen, wenn er fort war, fehlte ihr nichts. Das war im Grunde genommen genau jenes autonome Gefühl, das sie damals im Kleeblatt propagiert hatte. Dass die Liebe zu einem Mann die Frauen nicht von ihren eigenen Wünschen entfernte, weil sich das ganze Leben dann nur noch um seine Bedürfnisse drehte. So hatten es ihnen ihre Mütter beigebracht: dass die vordringliche Aufgabe von Ehefrauen darin bestand, dem Ehemann und den Kindern ein angenehmes Leben zu bereiten. Die ureigenen Bedürfnisse von Frauen hatten für die Generation ihrer Mütter hingegen wenig Bedeutung besessen. Natürlich hatte es auch die anderen Frauen gegeben, die sich sehr wohl das genommen hatten, was sie brauchten. Ein abschreckendes Beispiel, wie eine Frau sich völlig für Mann und Tochter aufgeben konnte, war Freya. Wenn Onkel Henning ihr nicht jene guten Geister ins Haus geschickt hätte, sie wäre wohl früher oder später unter der Last, anderen zu dienen und sich zu verleugnen, zusammengebrochen. Offensichtlich tat ihr nicht nur das Kindermädchen gut, sondern auch der neue Verwalter. Seit er sich um die Zucht der Kaltblüter kümmerte, war ihre Cousine ein anderer Mensch geworden. Sie hatte an Gewicht zugelegt und gesunde ländliche Apfelbäckchen bekommen, weil sie fast nur noch draußen und im Stall bei den Pferden war. Auch schien Paul begriffen zu haben, dass er Freya gut behandeln musste. Jedenfalls waren Lene seit dem Zwischenfall mit der Ohrfeige wegen des Machwerks auf dem Mist keine Klagen mehr zu Ohren gekommen. Da sie wusste, dass Freya ihr wahrscheinlich auch nie mehr dergleichen berichten würde, selbst wenn es sich wiederholt hätte, behielt Lene die Cousine aufmerksam im Auge und hätte sie beim leisesten Verdacht sofort damit konfrontiert. So entsetzlich Lene auch den Umgang Pauls mit diesen Braunhemden fand, er schien bei seinen politischen Freunden jene Anerkennung zu bekommen, die ihm ansonsten im Leben versagt blieb. Wer am meisten unter seiner politischen Überzeugung litt, war allerdings Onkel Henning. Er hatte Lene zugesagt, Weihnachten zu ihr zu kommen, aber er hatte hinzugefügt, dass er sich nicht mit seinem Sohn unter den Tannenbaum setze, wenn dieser ein braunes Hemd trüge. Lene hatte das diskret an Freya weitergegeben mit der Bitte, ihn davon abzubringen. Im Nachhinein bedauerte sie, es auf Freya abgewälzt zu haben. Nicht dass sie sich deshalb wieder in Gefahr brachte.

Fröhliches Kindergeschrei unterbrach Lenes Gedanken. Kaja war mit Jettes Tochter Klara auf dem Arm ins Zimmer getreten, und Ole, der Wildfang, sauste auf seine Mutter zu, die ihn hochriss und abküsste. Sie liebte ihren kleinen Prinzen über alles. Er hatte entzückende blonde Locken, die sie ihm stets etwas mehr als nötig wachsen ließ, das ihn wie ein Mädchen aussehen ließ, was ihr gefiel, aber was ihr Vater ganz schrecklich fand. Er war immer noch ein properes Kerlchen.

Ganz anders als Klara. Sie war ein eher zartes Kind. Sie war inzwischen fast neun Monate alt, wirkte aber jünger, so klein und feingliedrig, wie sie war. Lene war bei ihrem Anblick zunächst erschrocken gewesen, weil bei der Kleinen die dunkle Haarfarbe und die braunen Augen durchgekommen waren. Sie würde nie vergessen, wie Jette, nachdem sie letztes Weihnachten abgesagt hatte, Ende Mai mit einem Baby im Arm vor ihrer Tür gestanden und gefragt hatte, ob Lene wohl mit in die Schiffbrücke käme zur Unterstützung, falls der Vater bei Klaras Anblick tot umfallen würde. Lene hatte gar nicht viele Fragen stellen müssen, weil es aus ihrer kleinen Schwester nur so herausgesprudelt war. Dass der Vater ihrer Tochter schon vor der Geburt verstorben wäre. Dabei hätten sie doch heiraten wollen, der Georg und sie. Und nun habe sie ein Vorsprechen am hiesigen Stadttheater und ob Lenes Kindermädchen nicht auch Klara betreuen könne, wenn sie das Engagement bekäme? Was hätte Lene für eine Wahl gehabt, als ihrer unglücklichen Schwester zu helfen? Dass der Vater der Kleinen auf so tragische Weise umgekommen war, ohne sein Kind je zu Gesicht zu bekommen, tat Lene aufrichtig leid. Bei allem Mitgefühl hätte sie gern noch mehr über Klaras Vater erfahren, aber Jette sprach erstaunlich wenig über ihn. Lene wusste nur, dass er Georg von Renz hieß und Lizzie und Jette mit ihm in Berlin zusammengewohnt hatten. Wie gern hätte sie letztes Weihnachten Lizzie ein wenig ausgefragt, aber die hatte ebenfalls abgesagt. Und keiner wusste, warum. Dafür hatte sie in diesem Jahr angekündigt, es werde eine Überraschung geben, und sie bitte um ein zusätzliches Gedeck bei Tisch. Seitdem zermarterte sich Lene den Kopf darüber, wer sich wohl hinter dieser Überraschung verbergen mochte. Wenn ihre Schwester jemanden an Weihnachten mitbrachte, konnte es doch nur ein Mann sein. Lene hatte mit ihren Spekulationen besonders Herrmann gegen sich aufgebracht, der schließlich wütend erklärt hatte, ihm sei es völlig gleichgültig, wer Lizzies Begleitung sei. Hauptsache, die Person würde sich gut benehmen. Lene vermutete, dass er ein wenig eifersüchtig war bei dem Gedanken, dass es auch in Lizzies Leben einen wichtigen Mann geben könnte. Sie war jedenfalls sehr gespannt und hoffte inständig, Lizzie würde ihnen an Weihnachten eine neue Liebe vorstellen. Und wer weiß, vielleicht gab es sogar eine Verlobung. Lene musste grinsen, als sie sich bei diesem Gedanken ertappte. Dass sie einmal diejenige sein würde, die ihren Schwestern Ehemänner wünschte, amüsierte sie. Sie hatte auch schon Jette mit der Frage gelöchert, ob es einen Mann in Lizzies Leben gebe. Aber in diesem Punkt äußerte sich Jette ebenso verhalten wie über den Vater ihres Kindes. Lene wusste nur, dass die beiden Schwestern nach dem Tod dieses Georgs zusammen in eine Pension gezogen waren, bis Jette ihre Schule abgeschlossen und das Kind zur Welt gebracht hatte. Und dass Lizzie sie in der harten Zeit unermüdlich unterstützt hatte. Irgendwann hatte Jette, genervt von Lenes bohrenden Fragen, etwas von einem Gottfried gemurmelt. Mehr hatte Lene nicht aus ihrer Schwester herausbekommen können. Sie war also entsprechend gespannt, mit wem Lizzie hier auftauchen würde. Und dieser Gottfried geisterte ja schon länger in Lizzies Leben herum. Onkel Henning hatte ihn schließlich auch schon erwähnt.

Lene stieß einen wohligen Seufzer aus, als sie ihren süßen Lockenkopf wieder auf dem Boden absetzte.

»Kaja, du kannst mir Klara jetzt überlassen, denn deine Mutter braucht dich in der Küche.« Lene hatte zum Fest Kaja gegen eine fürstliche Bezahlung zum Küchendienst und zum Tischdecken verdonnert, weil ihre Mutter Frida und Lotte es nicht allein schaffen würden, für so viele Personen zu kochen, den Tisch einzudecken und zu servieren. Dafür hatte Kaja dann bis zum ersten Januar frei, weil das Silvesterfest wie jedes Jahr auf Gut Runohr stattfand.

Lene setzte sich an den noch ungedeckten Esstisch, um die Tischkarten zu schreiben, denn sie wollte nichts dem Zufall überlassen. Das größte Problem war, wohin mit Paul. Neben ihm wollte keiner gern sitzen, und sie würde Freya so gern in ihrer Nähe platzieren, und zwar ohne den Gatten. Aber auch ihrem Vater oder Onkel Henning, der überdies zum ersten Mal eine Dame zum weihnachtlichen Essen mitbrachte, konnte sie das schlecht zumuten. Also entschied sie sich, ihn auf der einen Seite neben Broer, mit dem sie zwar mächtig über Kreuz lagen, aber, wie die Familientradition es verlangte, ihren Zwist zum Fest ruhen ließen, zu setzen. An seine andere Seite platzierte sie Onkel Carl, der sich dank seiner Abstinenz ganz passabel benehmen konnte, vor allem, wenn seine Lebensgefährtin, die Witwe Claasen aus Schleswig, dabei war. Lene gefiel der Gedanke, dass die Familie wieder Frauenzuwachs erhalten hatte. Die ersten Weihnachtsfeste ohne Mutter und Schwester waren doch teilweise ein Trauerspiel gewesen. Auch bei Annas Karte musste sie etwas länger überlegen. Früher hätte sie Anna stets neben Lizzie platziert, aber jetzt, wo Lene sich so viel besser mit Herrmann verstand, betrachtete sie Anna als ihre Schwägerin und setzte sie neben Herrmann.

»Wen haben wir denn da?«, ertönte nun die Stimme ihres Vaters, und schon sah sie, wie er sich auf Klara in ihrem Stubenwagen stürzte und die Kleine in die Arme riss. Merkwürdigerweise konnte er das machen, ohne dass sie in Geschrei ausbrach. Dadurch, dass er fast jeden Tag gemeinsam mit Kaja Ole und Klara in der Schiffbrücke betreute, war er seiner Enkelin sehr vertraut. Lene gab diese Szene einen kleinen Stich. Vor Klaras Auftauchen im Schoß der Familie war es allein Ole gewesen, der von seinem Großvater nach Strich und Faden verwöhnt worden war. Nun behandelte ihr Vater ihn wie einen großen Jungen, der auf derartige Liebesbeweise, wie er sie Klara zuteilwerden ließ, offenbar nicht angewiesen war. Doch da irrte sich ihr Vater gehörig. Der böse Blick ihres Sohnes, den allein sie registrierte, drückte das Gegenteil aus. Er war eifersüchtig auf die kleine Prinzessin, wie der Großvater seine Enkelin nannte. Das war wieder so ein Moment, in dem Lene die ganze verlogene Familienlüge bitter aufstieß. Warum zog ihr Vater nicht nur Jette Lizzie und ihr vor, warum gab er das jetzt auch noch an Jettes Kind weiter? Er wusste doch ganz genau, dass Jette nicht von ihm war, und dass er mit ihrem Kind ebenso wenig verwandt war wie mit ihr.

Lene beschloss, das überschwängliche Verhalten ihres Vaters zu ignorieren, und verteilte stattdessen die Namenskärtchen auf dem Tisch. Ihr Vater hatte Klara nun zurück in ihren Stubenwagen gelegt und begutachtete das Werk seiner Tochter.

Irritiert deutete er auf eine Karte, auf der kein Name stand. »Für wen ist das denn?«, fragte er ungehalten. Ihr Vater fand, dass Fremde an Weihnachten nichts im Haus Danneberg zu suchen hatten. »Bringt Lizzie etwa eine Freundin mit?«

Lene hob die Schultern. »Keine Ahnung. Sie hat um ein Gedeck mehr gebeten. Ich frage mich schon die ganze Zeit, ob sie wohl einen Mann mitbringt!«

»Unsinn! Doch nicht Lizzie. Bei Jette hätte mich das nicht gewundert, aber Elisabeth setzt uns nicht einfach einen fremden Herrn vor die Nase. Ich befürchte eher, dass das jemand ist, den sie aus Mitleid aufgelesen hat«, seufzte ihr Vater.

In diesem Augenblick kamen Frida und Kaja hinzu und wollten den Tisch decken. Eine günstige Gelegenheit, sich umzuziehen, dachte Lene.

»Vati, kannst du auf die Kinder aufpassen? Ich muss mich frisch machen. Und bitte achte darauf, dass keiner die Schiebetür zum Salon öffnet. Du weißt schon. Keiner darf den Baum vorher sehen.«

Ihr Vater nickte eifrig und wandte sich nun seinem Enkel zu, der mit einem großen Holzauto spielte.

Beschwingt stieg Lene die Treppe hinauf in ihr Schlafzimmer. Es war geräumig, und dessen Mittelpunkt war ein breites Bett mit einem schlichten Gestell aus Stahlrohr, das Herrmann erst kürzlich angeschafft hatte. Sie holte ihr neues Kleid aus dem Schrank, das der Schneidermeister Monin ihr aus einem Schnittmusterheft nach ihren Wünschen genäht hatte. Es war ärmellos und aus hellrotem Georgette mit aufgenähten Fransen. Lene wollte auf keinen Fall im Vergleich mit ihren Berliner Schwestern provinziell wirken. Und nicht nur die Begeisterungsrufe von Familie Monin bei der Anprobe im Atelier verrieten ihr, dass ihr dieses Kleid ausgesprochen gut stand, sondern auch der eigene Blick in den Spiegel. Sie war gespannt, ob man sie am Abend auf dieses edle Stück ansprechen würde. Im Rumhaus trug sie nämlich am liebsten schlichte herbe Kleider aus Seidenkrepp, und zwar so kurz, wie es die Etikette erlaubte. Extra für die Geschäftstermine hatte sie sich eine Kollektion an streng geschnittenen Kostümen zugelegt, die sehr an Männeranzüge erinnerten, aber sie hatte die Erfahrung gemacht, dass ihre Kunden sie darin ernster nahmen.

So verspielt und weiblich wie an diesem Abend war sie jedenfalls in der Regel nicht gekleidet, aber ein letzter Blick in den Spiegel bewies ihr, dass sie eine gute Wahl getroffen hatte und dieses Kleid zu ihrer momentanen Stimmung passte.

Es klopfte, und Herrmann steckte vorsichtig den Kopf in die Tür. »Ich wollte nur fragen, ob dir dieser Anzug genehm ist?«

»Zeig dich«, sagte sie und genoss seinen bewundernden Blick, als er sie in diesem Kleid musterte.

»Ist es neu?«, fragte er schüchtern.

Lene nickte. »Ich hoffe, es gefällt dir.«

»Gefallen ist gar kein Ausdruck. Du bist wunderschön. Und was sagst du?«

Er drehte sich in seinem gut sitzenden Anzug.

»Perfekt.«

Herrmann war schon im Gehen begriffen, als Lene etwas Wichtiges einfiel. Sie hatte sich die Samtschatulle bereits seit Tagen bereitgelegt und hielt sie nun ihrem Mann hin.

»Was ist das?«, fragte er.

»Mach auf.«

Herrmann öffnete die Schatulle und bestaunte das wertvolle Armband.

»Das ist wunderschön. Aber warum habe ich es bei dir noch nie gesehen?«

»Weil du mich die ersten Jahre nie angesehen hast. Ich habe es auf unserer Hochzeit getragen. Aber es gehört mir nicht, und ich möchte es gern zurückgeben. Besonders wenn Lizzie jetzt wirklich heiraten wird, dann …«

»Und was willst du von mir?« Seine Stimme klang schroff und abweisend.

»Meinst du, ich soll es ihr zu Weihnachten wiedergeben? Sie hat es mir am Tag meiner Hochzeit geliehen, und wir haben nie wieder darüber gesprochen. Ich möchte sie nicht damit überfallen, aber meinst du nicht, es wäre der richtige Zeitpunkt, es ihr zurückzugeben?«

Herrmann verdrehte die Augen. »Entschuldigung, mach, wie du willst. Da kann ich dir keinen Rat geben. Wirklich nicht.« Und schon war er aus der Tür.

Lene atmete einmal tief durch. Natürlich hatte sie keinen Rat von ihrem Mann in dieser Sache gewollt. Sie hatte auf diese Weise lediglich herausfinden wollen, wie tief der Stachel der ungelebten Liebe zu ihrer Schwester noch in ihm bohrte. Offenbar war er immer noch äußerst empfindlich, wenn es um Lizzie ging, aber was hatte sie nun davon, dass sie nun die Bestätigung bekommen hatte? Wenn sie ehrlich war, dann wünschte sie sich nichts so sehr wie ein Ende dieses Spuks. Und das wäre nahe, wenn Lizzie der Familie ihren zukünftigen Ehemann präsentieren würde. Damit musste auch Herrmann endgültig begreifen, dass diese Geschichte der Vergangenheit angehörte. Lene legte das Etui auf ihren Nachttisch. Wenn alles nach ihren Wünschen lief, dann würde sie Lizzie das Armband spätestens morgen wiedergeben.

Als Lene in das Esszimmer zurückkehrte, saß Ole P. schmollend in einer Ecke, während ihr Vater Klara auf dem Schoß hatte und ihr etwas vorlas. Lange würde sie sich das nicht mehr ansehen, wie ihr Vater Ole ständig vor den Kopf stieß, weil er sich mehr um Klara kümmerte als um ihn, dachte Lene erbost.

Sie nahm nun ihren Sohn auf den Schoß und fragte ihn, ob sie noch einmal das Lied »Morgen kommt der Weihnachtsmann« gemeinsam singen wollten. Ole stimmte begeistert zu und hatte schon vergessen, dass der Großvater sich mit Klara beschäftigte. Ihr Gesang wurde unterbrochen, als Jette aus dem Theater zurückkehrte. Seufzend ließ sie sich neben ihrem Vater auf einen Stuhl fallen. »An Heiligabend Probe. Wer sich so etwas einfallen lässt. Und dann dieser Hungerlohn, vom Spielplan gar nicht zu reden. Dagegen ist das Deutsche Theater …«

»… hohe Schauspielkunst. Und was könntest du in Berlin für Rollen spielen, statt in drittklassigen Komödien aufzutreten«, unterbrach Lene ihre kleine Schwester spöttisch. »Nimm lieber Vati mal deine kleine Prinzessin ab und macht euch für das Fest fertig.«

»Meine Güte, Lene, was ist bloß für eine nörgelnde Hausfrau aus dir geworden? Aber …« Sie stockte. »Das Kleid könnte mir auch gefallen. Das ist Berliner Schick.«

»Lene, sei nicht so streng mit deiner Schwester«, mischte sich der Vater ein. »Ich kann mich gern noch ein wenig mit Klara beschäftigen. Vielleicht möchtest du dich erst mal ausruhen, Jettelein.«

Lene funkelte ihren Vater wütend an. »Vati, hier ist kein Hotel für Jette wie an der Schiffbrücke. In zwei Stunden ist Bescherung. Da müssen alle bereit sein.«

»Du hörst, was die strenge Patriarchin befohlen hat, Vatilein. Komm, ich nehme dir Klara ab.« Jette gab ihrem Vater einen Kuss auf die Wange und hob ihre Tochter hoch, die über das ganze Gesicht strahlte.

Kaum waren Mutter und Kind aus dem Zimmer, da zischte Lene ihren Vater wütend an. »Vati, ich habe wirklich nichts dagegen, dass du Jette wie eine Königin und Klara wie eine Prinzessin behandelst, aber vergiss nicht, dass du auch noch zwei andere Töchter und einen Enkel hast!«

Der Vater zuckte erschrocken zusammen. »Aber ich bevorzuge doch keinen. Ich bin doch immer gerecht.«

Lene stieß einen tiefen Seufzer aus. »Du bist ein wunderbarer Großvater, aber du verwöhnst Jette zu sehr.«

Die Miene ihres Vaters verfinsterte sich. »Nun gut, das musst du verstehen. Wenn man so ein schreckliches Schicksal hat, dass der zukünftige Mann vor der Hochzeit unter eine Straßenbahn gerät. Das zeigt einmal mehr, wie gefährlich Berlin ist.«

»Straßenbahn?«, gab Lene irritiert zurück. »Ist er nicht von einem Omnibus überfahren worden?«

»Ach, Lenchen, nun sei doch nicht so hart. Sie ist doch selber noch ein halbes Kind und muss die Kleine ohne Vater durchbringen.«

»Ja, Vati, es ist heute einfach alles ein bisschen viel. Ich muss eine Menge bedenken, und da würde ich zur Abwechslung auch gern einmal in den Genuss deines Mitgefühls kommen.«

Der Vater musterte sie verwundert. »Aber du meisterst doch alles, was du anpackst, mit Leichtigkeit. Bist beliebt bei den Mitarbeitern, geachtet von den Kunden, respektiert von der Bank. Dir fällt doch alles zu. Du kommst ganz nach mir, aber Jette ist im Grunde ihres Herzens so verletzlich«, versuchte er, ihr zu erklären.

Sie strich ihm flüchtig über die Wange. »Du hast ja recht, Vati, Diven haben es einfach schwerer im Leben als Arbeitstiere.« Um ihm zu zeigen, dass sie das nicht bitterernst meinte, lächelte sie.

»Lenchen, du bist mein ganzer Stolz. Wenn ich geahnt hätte, wie du dich im Geschäft behauptest, ich hätte dir doch niemals … na, du weißt schon. Aber ich habe den Eindruck, ihr habt euch zusammengerauft.«

»Ja, Vati, das stimmt, und mir liegt Jettes Wohl genauso am Herzen wie dir. Ich bin doch auch froh, dass sie mit der Kleinen bei uns ist und nicht allein in Berlin.«

Ihr Gespräch wurde unterbrochen, als Frida mit einem Tablett voller Gläser hereinkam und aufgeregt berichtete, dass Fräulein Elisabeth eingetroffen sei.

Lene konnte sich gerade noch beherrschen, die Köchin neugierig auszufragen, wer die Begleitung ihrer Schwester war, als Lizzie das Esszimmer betrat und erst einmal auf den Vater zustürzte und ihn umarmte. Lene aber hatte den Blick starr auf die Tür gerichtet in der Hoffnung, das Geheimnis werde sich gleich lüften. Und tatsächlich, ihrer Schwester folgte ein großer breitschultriger, nicht ganz schlanker dunkelhaariger Mann mit einem kantigen ausdrucksstarken Gesicht. Lene schätzte ihn auf Mitte dreißig, denn seine dunkle volle Haarpracht war bereits mit grauen Strähnen durchzogen. Der Fremde näherte sich Lene und reichte ihr die Hand. »Gottfried Lüdtke. Und ich vermute, Sie sind die Gastgeberin, Elisabeths Schwester Helene.«

Lene nickte und schüttelte ihm die Hand. Dann wandte er sich ihrem Vater zu, der sich inzwischen vom Sofa erhob und ihn skeptisch musterte.

»Und Sie müssen Elisabeths Vaters sein, nicht wahr. Dann will ich schnell etwas nachholen, was uns zuvor nicht vergönnt war. Ich bitte Sie hiermit um die Hand Ihrer Tochter Elisabeth.«

Lizzie fing an zu lachen, weil ihr Vater diesen Gottfried fassungslos anstarrte. »Vati, ich hätte dir natürlich alles vorher schreiben sollen und dir ankündigen müssen, dass Gottfried und ich schon vor Monaten in Berlin geheiratet haben, aber wir haben entschieden, bis Weihnachten zu warten und es dir persönlich mitzuteilen, dass wir keine andere Wahl hatten, als schnellstens und ohne deine Zustimmung die Ehe einzugehen.«

Lene war sprachlos. Sie hatte im Vorwege wirklich eifrig spekuliert, wen Lizzie als Überraschungsgast mitbrachte, aber dass sie mit diesem Mann bereits verheiratet war, das war eine echte Sensation.

»Tja, dann willkommen in der Familie«, sagte sie.

»Junger Mann, wie kommen Sie dazu, meine Tochter hinter meinem Rücken zu heiraten?«

»Lieber Schwiegervater, ich hatte keine andere Wahl, aber bevor Sie sich aufregen, werde ich Ihnen den Grund präsentieren, und dann können Sie mich immer noch aus dem Haus werfen.« Er schenkte Lizzie einen zärtlichen Blick. »Gehst du, oder soll ich sie holen?«

»Besser ist es, wenn ich gehe. Wenn sie aufwacht, braucht sie mich.« Mit diesen Worten schwebte Lizzie aus dem Esszimmer.

Lene ging auf den Vater zu. »Alles gut? Sonst setz dich lieber«, schlug sie vor.

»Nein, nein, ich bin nur gespannt, wie mir …« Er musterte Gottfried durchdringend. »Ihr Name ist mir entfallen. … wie der Herr mir das erklären will!«

Gottfried streckte ihm die Hand entgegen. »Ich befürchte, ich habe das in meiner Aufregung versäumt, mich Ihnen vorzustellen. Dr. Gottfried Lüdtke.«

Ihr Vater zögerte kurz, doch dann nahm er die Hand seines frischgebackenen Schwiegersohns. »Ich bin wirklich sehr gespannt, wie Sie sich aus der Affäre ziehen«, zischte er.

In diesem Augenblick kehrte Lizzie zurück. Auf ihrem Arm ein in eine Decke gehülltes schlafendes Baby.

»Schau, Vater, das ist deine Enkelin Frederike. Sie hat sich in unser Leben gedrängt, aber immerhin haben wir zwischen zwei meiner Vorlesungen geheiratet, damit sie nicht ohne Vater zur Welt kommen musste. Verstehst du, dass wir dich nicht vorher einweihen konnten? Du hättest dich schrecklich aufgeregt und so …« Sie näherte sich ihrem Vater und nahm die Decke, in die das Kind eingewickelt war, ein wenig zur Seite, sodass er ihr Gesicht sehen konnte.

Der Vater wischte sich verschämt eine Träne aus dem Augenwinkel, während er mit einem Beben in der Stimme verkündete, dass Gottfried ihn nun auch duzen dürfe.

Lene betrachtete das alles, als wäre sie im Theater bei einer von Jettes Aufführungen und dies wäre ein Bühnenstück, aber es passierte alles wirklich. Lizzie sah ein wenig übernächtigt aus, aber glücklich, und ihr Ehemann strahlte aus, dass er seine kleine Familie jederzeit beschützen würde. Und doch gab es etwas an diesem perfekten Auftritt ihrer Schwester, das ihr ein dumpfes Störgefühl verursachte. War sie neidisch, dass Lizzie aus Liebe geheiratet hatte?

Lene fasste sich ein Herz und näherte sich ihrer Schwester und dem Kind, um es aus der Nähe zu betrachten. Lizzie streifte noch einmal bereitwillig die Decke zur Seite und gewährte ihrer Schwester einen Blick auf das Baby. Den Mund hatte Frederike ganz eindeutig von Lizzie, den dunklen Flaum auf dem Kopf vom Vater, und die winzig blau-rote Verfärbung am Hals … Lene versuchte, gegen den Schock anzuatmen. Genau an derselben Stelle hatte Ole P. bei seiner Geburt ein Blutschwämmchen gehabt, das inzwischen vollständig verschwunden war. Mach dir keine Sorgen, hatte Herrmann damals gesagt, das geht wieder weg. Das haben fast alle Jensen-Sprösslinge bei der Geburt.

»Sehr niedlich, aber ich muss mich jetzt dringend um den Weihnachtsbaum kümmern«, stieß Lene mit letzter Kraft hervor und eilte in den Salon, nicht ohne die Schiebetür hinter sich wieder fest zu verschließen. Sie ließ sich neben der Krippe unter dem Weihnachtsbaum zu Boden gleiten und betete, dass das alles nur ein dummer Zufall sein möge. Dann erhob sie sich energisch, zog ihr Kleid glatt und beschloss, keinen weiteren Gedanken an diesen verräterischen Blutschwamm zu verschwenden, denn spätestens in einem halben Jahr war er verschwunden und damit jegliche Zweifel an Frederikes wahrer Herkunft. Lene straffte die Schultern und kehrte in den Salon zurück, als wäre nichts gewesen.

34. Flensburg, Weihnachten 1925

Die gesamte Zugfahrt über hatte Lizzie sich am meisten vor der Begegnung mit Herrmann gefürchtet. Sie hatte sich alles Mögliche ausgemalt: dass er sie vor der ganzen Familie beleidigen, sie ignorieren oder gar auf Gottfried losgehen würde, aber nichts von alledem war geschehen. Im Gegenteil, er hatte sie so freundlich begrüßt, wie man eben seine Schwägerin begrüßte, und auch Gottfried gegenüber verhielt er sich relativ ungezwungen, ja, als bei Tisch sein Lieblingsthema, moderne Architektur, aufkam, waren Onkel Henning, Herrmann und Gottfried sofort in ein angeregtes Gespräch vertieft. Onkel Henning hatte sich sein berechtigtes Erstaunen darüber, dass Gottfried so plötzlich Vater geworden war, obwohl er doch erst vor drei Monaten nach Berlin zurückgekehrt war, nicht anmerken lassen.

Wäre nicht auch gerade Jette Mutter eines unehelichen Kindes geworden, hätte Lizzie wahrscheinlich keinen solchen Aufstand veranstaltet, um ihrem Vater einen Erzeuger zu präsentieren, aber zwei uneheliche Kinder im ehrenwerten Haus Danneberg, und das binnen eines Jahres, wollte sie ihrem Vater auf keinen Fall zumuten. Seit Jette mit Klara nach Flensburg gezogen war, hatte sie von ihrer Schwester nichts mehr gehört, woraus sie schloss, dass der Vater seine Jüngste nicht verstoßen hatte, wie Jette es zuvor befürchtet hatte. Und so rührend, wie sich ihr Vater um die kleine Klara kümmerte, schien er seiner Tochter verziehen zu haben, dass sie sich von einem Abenteurer hatte schwängern lassen.

Lizzie warf ihrem Mann einen zärtlichen Blick zu. Er saß ihr gegenüber und philosophierte immer noch mit Händen und Füßen über das Bauhaus. Sie hatte es noch keine Sekunde bereut, dass sie ihm ihr Dilemma in einem Brief ehrlich geschildert und betont hatte, sie würde verstehen, wenn er sie nun nicht mehr wiedersehen wolle. Statt sich von ihr abzuwenden, hatte er zurückgeschrieben, dass er früher zurückkäme und sie schon einmal das Aufgebot bestellen solle, damit das Kind auch seinen Namen trage. Nun hieß nicht nur ihre Tochter mit Nachnamen Lüdtke, sondern auch sie. Gottfried hatte man mit Kusshand seine Stellung im Bethanien zurückgegeben. Sie waren in eine kleine Wohnung in der Nähe gezogen, und im Juli war dann ihre Tochter zur Welt gekommen. Allerdings hatte sein Vater ihn nur ziehen lassen unter der Bedingung, dass er seine Mutter und ihn bald mit seiner Frau zusammen besuchen komme. Lizzie hatte zugesagt, dass sie das sehr gern machen würde, aber erst nach ihrer letzten Prüfung. Gottfried hatte für sie im Vorweg schon alles geklärt, dass sie ihr praktisches Jahr im Bethanien machen konnte. Für Frederike hatten sie ein Kindermädchen eingestellt, damit Lizzie keine Pause einlegen musste.

Das Leben mit Gottfried war nie langweilig. Sie konnte mit ihm nächtelang diskutieren, denn politisch lagen sie nicht ganz auf einer Wellenlänge. Lizzie eiferte Onkel Henning nach, der sich niemals parteipolitisch binden würde, aber dem die rechten Strömungen ein Gräuel waren, während Gottfried einst aus der SPD ausgetreten war, um Mitglied der KPD zu werden, womit er aber inzwischen auch seine Probleme hatte, weil er Stalin für einen gefährlichen Mann hielt, dem er nicht über den Weg traute. So agierte er auch nicht an vorderster Front in der Partei, sondern war in der Regel eher ein zahlendes Mitglied. Er nahm auch nicht an Blitzdemonstrationen des Rotfrontkämpferbunds statt. Allerdings war er fest entschlossen, auf die Straße zu gehen, sollten die Braunhemden zu frech werden. Und nur diese waren für ihn ein Grund, noch länger in der Partei zu bleiben, hinter deren Zielen er nicht mehr von Herzen stand.

Kaum hatte Lizzie diesen Gedanken zu Ende geführt, als sich Paul in die Diskussion über das Bauhaus einmischte. »Das sind doch alles Kommunisten. Dieser Gropius allen voran. Ist das nicht dieser vaterlandslose Geselle, der dieses Schandmal entworfen hat für die angeblichen Opfer des Kapp-Putsches?«

Herrmann, Onkel Henning und Gottfried verstummten.

»Wir sind einander heute noch gar nicht vorgestellt worden«, sagte Gottfried schließlich in scharfem Ton. »Aber ich weiß, wer Sie sind. Wir sind uns schon einmal begegnet. Im Haus Ihres Vaters. Da haben Lizzie und ich uns eine ganze Nacht um Sie gekümmert, weil Sie einen kleinen Zusammenbruch hatten. Schön, dass es Ihnen wieder besser geht. Ihre Meinung zu dem Denkmal teile ich allerdings nicht. Es ist ein

Mahnmal, dass sich solche Aufstände von rechts nicht wiederholen sollten!«

»Ich kann mich nicht erinnern, dass wir uns kennen«, entgegnete Paul verächtlich. »Aber wenn Sie behaupten, meinen Vater gut zu kennen, dann weiß ich ja, wessen Geistes Kind Sie sind.«

Freya legte beschwichtigend ihre Hand auf Pauls Unterarm, die er grob wegstieß. »Ich lasse mir meinen Mund nicht verbieten. Und ich lasse auch die Schande von Versailles nicht ungesühnt. Aber ich habe gleich gesagt, dass dieses Weihnachtsfest eine verkappte Parteiversammlung der KPD wird.«

Bei diesen Worten sprang Lizzies Vater auf und ließ seine Faust mit voller Wucht auf den Tisch donnern. »Pass gut auf, mein Junge, was du sagst. Du weißt genau, wo ich politisch stehe und dass ich mich nicht von so einem grünen, oder besser gesagt, braunen Bengel diffamieren lasse!«

»Dein Onkel hat recht«, pflichtete ihm Onkel Henning aufgebracht bei. »Du weißt genau, dass hier am Tisch kein einziges Mitglied der KPD sitzt!«

Lizzie beobachtete mit Schrecken, wie Gottfried gerade Anstalten machte, seine Parteizugehörigkeit preiszugeben, und stieß unter dem Tisch mit der Fußspitze gegen das Schienbein. Gottfried blickte erschrocken auf, aber er verstand ihren Wink und schwieg. Lizzie hatte das nicht getan, um Gottfried den Mund zu verbieten, sondern aus Angst vor Pauls Hinterhältigkeit. Sie hatte Sorge um ihre Tochter, die friedlich in ihrem Kinderwagen schlummerte. Solange sie in der Nähe war, wollte sie nicht riskieren, Paul in seinem Fanatismus unnötig zu provozieren.

»Das ist wirklich eine feine Gesellschaft, die du hier an deinem Tisch verköstigst, meine verehrte Cousine«, schnaufte Paul.

»Paul! Dr. Lüdtke hat dir das Leben gerettet! Jetzt benimm dich anständig!«, fauchte Onkel Henning.

»Sag du mir nichts über anständiges Benehmen!«, konterte Paul feindselig.

Nun mischte sich auch noch Broer lautstark ein. Er hatte offenbar die Rolle übernommen, die früher Onkel Carl vorbehalten gewesen war, der heute still und nüchtern neben seiner Frau saß. Herrmanns Bruder hatte reichlich getrunken, erhob sich wankend und prostete Paul zu. »Hört auf, auf Paul herumzuhacken, denn recht hat er. Dieser Hitler kümmert sich wenigstens um die Belange unseres Volkes. Er spricht endlich aus, wer schuld ist an der Schande von Versailles. Und traut sich zu benennen, was die Juden im Schilde führen. Die sind doch an allem schuld.«

»Setz dich, du Idiot!«, entfuhr es Lene.

Broer lief rot an und wollte weiter schwadronieren, aber da zischte Herrmann ihm zu: »Hinsetzen und Mund halten! Wenn das unser Vater hören müsste, er würde sich im Grabe umdrehen!«

Broer schnappte nach Luft wie ein Fisch auf dem Trocknen, aber dann fiel er auf seinen Stuhl zurück und leerte sein Weinglas, ohne es einmal abzusetzen. Er hielt Kaja, die gerade am Abräumen war, das leere Glas entgegen und brüllte: »Noch einen, Fräulein!«

Lizzie war das alles recht peinlich, denn sie fragte sich, was Gottfried jetzt bloß von ihr denken musste angesichts dieser ungehobelten Verwandtschaft. Gottfried wandte sich jedoch ganz ruhig Herrmann und Onkel Henning zu, um das angeregte Gespräch über Architektur fortzusetzen.

Lene erhob schließlich ihr Glas. »Liebe Familie, ich freue mich, dass ihr alle in unser Haus gekommen seid, um in der Tradition der Dannebergs Weihnachten mit uns zu feiern. Besonders freue ich mich, dass meine beiden Schwestern Jette und Lizzie heute Abend hier sind. Und ich möchte dir, liebe Lizzie, etwas zurückgeben, das du mir zu meiner Hochzeit geliehen hast. Da ich nun bei deiner Hochzeit nicht dabei war, bekommst du es nachträglich zurück.« Mit diesen Worten holte sie das blaue Samtetui hervor und reichte es ihr.

Alle Augen waren auf Lizzie gerichtet, der das sehr unangenehm war, plötzlich so im Mittelpunkt zu stehen. »Du kannst es nun eurer Tochter weitervererben«, fuhr Lene fort. »Und bitte heißt mit mir meinen frischgebackenen Schwager und den Vater meiner Nichte willkommen.«

Es erklang leiser Applaus, nur gestört durch Broers unartikulierten Fluch: »Alles Kommunisten!«

Lene überhörte das geflissentlich und bat nun darum, derjenigen zu gedenken, die heute fehlten, wie Albert, ihre Mutter, ihre Schwester, die Bedstemor, der Großvater und der leider vor der Geburt der kleinen Klara verstorbene Vater von Jettes Kind, Georg von Renz.

Lizzie, die gerade einen Schluck von dem Wein getrunken hatte, hätte ihn beinahe über den Tisch gespuckt. Der verstorbene Georg von Renz … was für ein infames kleines Biest ihre Schwester doch war. Da tischte sie der Familie solche Märchen auf. Als sich Jettes und ihr Blick trafen, da ahnte sie, dass es keine gute Idee wäre, das Schicksal des Kindsvaters richtigzustellen, denn Jette deutete unauffällig in Richtung des Kinderwagens, in dem Frederike friedlich schlummerte. Lizzie verstand.

Wie immer zogen sich die Männer nach dem Essen mit ihren Zigarren in die Kaminecke in das Herrenzimmer zurück, während die Frauen im Wohnzimmer bei einem Likör beieinandersaßen. Nachdem sich Onkel Hennings Flamme zu den Männern begeben hatte, weil sie als Dänin durchaus auch Zigarren mochte, war das Ursprungskleeblatt unter sich, denn Onkel Carl und seine Lebensgefährtin waren gleich nach dem Essen aufgebrochen. Jette war oben bei ihrer Tochter, die aufgewacht war und fürchterlich gebrüllt hatte.

»Ich kann euch gar nicht sagen, wie glücklich ich darüber bin, dass wir alle unseren Weg gefunden haben. Auch mit Männern«, stieß Lene beseelt hervor.

»Und das aus deinem Mund, Schwesterherz. Wer hätte das gedacht?«, bemerkte Lizzie spöttisch.

Freya, die den ganzen Abend lang still gewesen war, stand plötzlich auf, trank das Glas Likör in einem Zug aus und rezitierte das Gedicht, das sie einst für die Cousinen und sich verfasst hatte.

»Wir haben uns, sind nicht allein, eine für alle, alle für eine, ich die deine, du die meine. Drei Schwestern wollen wir auf ewig sein. Mit freiem Geist und forschem Streben mit Mut und Kraft zu neuen Wegen, bei Sonnenschein und auch bei Regen, morgen beginnt das wahre Leben!«

Lene und Lizzie klatschten Beifall.

»Und wie geht es dir wirklich?«, fragte Lizzie.

Freya blickte sie irritiert an. »Wie meinst du das?«

»Ich meine, wie macht sich Paul? Ist er ein guter Ehemann, wenn er politisch schon so ein Idiot ist?«, fügte sie hinzu, was ihr sofort leidtat.

»Ich hoffe, dass er selber merkt, wie dumm diese Braunhemden sind«, raunte Freya und blickte sich vorsichtig nach allen Seiten um. Offenbar hatte sie Sorge, Paul könnte das mitbekommen. »Aber um deine Frage zu beantworten, ich sehe ihn kaum. Ich bin meistens mit Charlotte allein.«

»Sie ist entzückend. Wie sie vorhin unter dem Tannenbaum das Gedicht aufgesagt hat. Mit heiligem Ernst«, bemerkte Lizzie beeindruckt. »Und dass du sie sofort nach dem Essen ins Bett bringen konntest. Alle Achtung. Das wünsche ich mir auch für meine Frederike, aber Gottfried behauptet, er war ein eher ruhiges Baby. Es besteht also noch Hoffnung.«

»Ach, Lizzie, dein Mann ist bezaubernd«, stieß Freya begeistert hervor.

»Ja, du hast wirklich Glück mit deinem Mann«, pflichtete ihr Lene bei, bevor sie Freya fragte, wo denn ihr Verwalter Rasmus heute Abend feiere …

»Bei seinen Eltern in Dänemark«, entgegnete Freya ungehalten und lief dabei derart rot an, dass Lizzie gar nicht umhinkonnte, sich zu fragen, welche Bedeutung der neue Verwalter für ihre Cousine hatte, außer dass er für die Zucht ihrer Pferde verantwortlich war. Sie ließ sich aber nichts anmerken, bis zu dem Moment, in dem Freyas Stola von den Schultern rutschte und zwei blaue Flecken an ihren Oberarmen sichtbar wurden. Eindeutig Hämatome, als habe sie dort jemand zu hart angefasst. Sie beugte sich zu Freya hinüber und betrachtete die Hämatome mit fachkundigem Blick. »Was ist denn da passiert?«, fragte sie, woraufhin sich Freya hektisch das Tuch wieder umlegte, sodass die Arme verdeckt waren. Erst an Lenes wütend zusammengekniffenen Augen konnte sie erkennen, dass sie eine sehr unschöne Entdeckung gemacht hatte. Bevor sie Fragen stellen konnte, hörte sie Lene bereits zischen: »Warum hat er das getan?«

»Ich weiß gar nicht, wovon du sprichst«, versuchte Freya, sich herauszureden. »Ich bin gegen einen Schrank gelaufen. Das kann doch jedem mal passieren«, fuhr sie trotzig fort.

»Hör auf mit dem Unsinn. Warum?«, insistierte Lene.

Freyas Augen füllten sich mit Tränen. »Ich habe ihn gebeten, er möge heute Abend ein weißes Hemd anziehen. Da, da hat er mich eben fest angepackt und geschüttelt und gedroht, das wäre das letzte Mal, dass er der Familie wegen nach meiner Pfeife tanze.«

»Ich habe dir gesagt, du sollst mir Bescheid sagen, wenn er dir noch einmal wehtut«, stieß Lene aufgebracht hervor.

Lizzie wurde abwechselnd heiß und kalt. So also gestaltete sich das wahre Leben für ihre Cousine. Paul tat ihr Gewalt an, dachte Lizzie zornig und spielte mit dem Gedanken, sich ihren Cousin gemeinsam mit Lene vorzuknöpfen, aber Freya bat inständig darum, das bitte nicht an die große Glocke zu hängen.

»Bitte lasst ihn in Ruhe. Das sage ich Rasmus auch immer. Wenn er mitbekommt, was …« Sie unterbrach sich hastig, und ihre Gesichtsfarbe wechselte von Tiefrot zu Kalkweiß.

Lizzie und Lene sahen sich erschrocken an. Beide ahnten, was das zu bedeuten hatte.

»Keine Sorge, ich halte meinen Mund, aber trotzdem. Wenn er das noch einmal macht, dann lass es dir nicht gefallen!«, bemerkte Lene mit Nachdruck.

»Und was, wenn du dich von ihm scheiden lässt?«, fragte Lizzie zaghaft.

»Das kann ich nicht wegen Charlotte. Sie vergöttert ihren Vater.«

Lizzie stieß einen tiefen Seufzer aus. »Lene hat recht. Du darfst so etwas nicht noch einmal ungestraft zulassen. Und wenn du ihm zumindest mit Scheidung drohst, sollte er dich noch einmal grob anfassen?«, schlug sie vor.

»Ja, das ist eine gute Idee«, sagte Lene. »Dann bekommt er es nämlich mit der Angst, dass Runohr ihm niemals gehören wird.«

»Gut, ich werde das beherzigen. Wenn er mir noch einmal wehtut, drohe ich ihm die Scheidung an, aber dann wird er mich damit erpressen, dass er mir Charlotte wegnimmt.«

»Die bekommt er aber nicht! Lass dich nicht von ihm ins Bockshorn jagen. Wenn du schon mit ihm zusammenbleiben musst, dann spiel wenigstens deine Trümpfe aus, und du hast mehr als einen auf der Hand. Du bist die Erbin von Runohr, und er betrügt dich …«

Lene schlug sich die Hand vor den Mund. »Das, das sagt man so in Flensburg. Ich will keine Gerüchte in die Welt setzen«, erklärte sie entschuldigend.

»Glaubst du, ich weiß das nicht längst? Was meint ihr, wie viel billiges Parfum ich schon riechen musste, wie viele Lippenstiftspuren seine Hemdkragen verschmutzt haben, und sogar eine Hotelrechnung habe ich in seiner Jacke gefunden«, stöhnte Jette.

Lizzie und Lene nahmen Freya in ihre Mitte und strichen ihr von beiden Seiten tröstend übers Haar. »Du musst diese Beweise sammeln. Vielleicht ist eine Scheidung wirklich die beste Lösung.«

»Aber Charlotte würde mir das im Leben nicht verzeihen, wenn ich ihr den Vater nehmen würde«, jammerte Freya. »Und außerdem liebe ich ihn doch.«

»Oje, Freya, aber bitte sammle diese Beweise und drohe ihm wenigstens damit, wenn er es noch einmal wagt, dir wehzutun, und …«

Lizzie unterbrach sich erschrocken, weil in diesem Augenblick Paul hereinkam. Mit wutverzerrter Miene.

»Hol bitte sofort Charlotte. Ich sitze nicht länger an einem Tisch mit meinem politisch irregeleiteten Erzeuger und diesem Salonkommunisten, den deine Schwester uns hier ins Nest gesetzt hat. Wir fahren!«

»Aber ich würde gern noch ein wenig mit meinen Cousinen plaudern!«, widersprach Freya ihm mutig.

»Was fällt dir ein? Du kommst jetzt mit!«, befahl Paul.

Lizzie wurde schon vom Zuschauen ganz mulmig, vor allem, als sie mit ansehen musste, wie Freya mit gesenktem Kopf aufstand und er sie am Arm mit sich fortzerrte.

»Es hilft nur die Scheidung. Sonst passiert ein Unglück«, flüsterte Lene betroffen, nachdem die beiden aus der Tür waren.

»Ich glaube, du hast recht«, murmelte Lizzie und stand auf. »Ich brauche frische Luft«, fügte sie hinzu und eilte, nachdem sie ihren Mantel geholt hatte, hinaus in den Garten. Sie stutzte, als sie etwas im

Dunklen glimmen sah, und ging direkt darauf zu. Sie traf auf Jette mit einer brennenden Zigarette in der Hand.

»Seit wann rauchst du? Seit dem tragischen Tod deines Verlobten?«, fragte Lizzie spöttisch.

»Sehr komisch. Was hättest du denn an meiner Stelle getan? Für Vati wäre es eine Katastrophe, wenn er erführe, was für ein Schuft der Erzeuger seiner Enkelin ist. Lass ihm doch das Glück.«

»Habe ich eine andere Wahl? Ich denke, du würdest ansonsten deine Begegnung mit Herrmann zur Sprache bringen, oder?«

»Schwesterchen, ich bin doch keine Erpresserin, aber glaubst du, ich hätte nicht bemerkt, wie dein Bäuchlein gewachsen ist? Aber ich habe geschwiegen. Ich muss sagen, alle Achtung, wie elegant du einen Kindsvater aus dem Hut gezaubert hast. Was für ein großartiger Mann, dass er dir so beisteht. Das ist wahre Liebe.« Letzteres klang ein wenig traurig.

»Ja, Gottfried ist wunderbar, aber ist es richtig, Vater so einen Zirkus vorzugaukeln?«, gab Lizzie zu bedenken.

»Elisabeth, die Aufrechte«, seufzte Jette theatralisch. »Siehst du nicht, wie glücklich er ist? Wen schert es da, dass wir unsere Geschichten etwas beschönigt haben? Komm, es ist alles gut. Sei froh, wenn Herrmann nicht noch auf dumme Gedanken kommt.«

»Wie soll er das? Gottfried wird beschwören, dass er im Oktober für zwei Wochen aus der Sowjetunion nach Berlin zurückgekehrt ist. Aber ich glaube, Herrmann würde es ohnehin nicht wissen wollen. Ich bin für ihn gestorben, und er hat sich Lene zugewandt.«

»Und das trifft dich kein bisschen mehr?«

Lizzie schüttelte den Kopf. »Nein, ich bin froh, dass ich ihn endlich realistisch sehe. Ich liebe Gottfried von ganzem Herzen. Nicht nur, weil er für Frederike ein guter Vater sein wird, sondern weil uns so vieles verbindet.«

»Ach, du Glückliche«, stöhnte Jette und legte ihren Kopf vertrauensvoll an Lizzies Schulter. Lizzie fuhr ihr durch das dicke schwarze Haar, während sie sich fragte, wie unterschiedlich Schwestern und dann wieder doch so ähnlich sein konnten. Schließlich hatten sie beide unabhängig voneinander für ihren Vater ein Lügenmärchen erfunden, um ihm Kummer zu ersparen. Da fiel ihr noch etwas ein.

»Übrigens hat mich Georg im Krankenhaus aufgesucht.«

»Wie bitte? Was wollte der von dir?«

»Er wollte wissen, wo du abgeblieben bist.«

Jette brach in ein höhnisches Gelächter aus. »Er wollte wissen, wo ich bin? Er ist doch bei Nacht und Nebel verschwunden und zu dieser Zora gezogen. Er hat doch die Schule abgebrochen. Er hat doch nicht mal den Mumm gehabt, seine Sachen selber aus der Wohnung zu holen, sondern seine Mutter geschickt. Woher der plötzliche Sinneswandel?«

»Er wollte wissen, ob du das Kind bekommen hast oder nicht.«

»Und was hast du gesagt?«

»Die Wahrheit!«

Jette verdrehte die Augen. »Warum musst du immer so verdammt ehrlich sein? Du hättest ihm doch sagen können, ich hätte das Kind abgetrieben.«

»Kleines, natürlich habe ich nichts ausgeplaudert. Ich habe ihm ziemlich deutlich zu verstehen gegeben, dass er dich da schon selbst fragen muss!«

»Hast du ihm etwa gesagt, wo ich mit Klara hingegangen bin?«

»Nein, natürlich nicht! Und ich glaube kaum, dass er sich nun ernsthaft auf die Suche nach dir machen wird«, seufzte Lizzie. »Er war nämlich auf dem Weg nach Hamburg, wo er ein Engagement am Theater hatte.«

»Auch das noch! Der fällt doch immer weich. Wie kommt der nach Hamburg?«

Lizzie zuckte die Schultern.

»Keine Ahnung. Er sah gut aus. Wesentlich gesünder als zuvor. Komm, gräm dich nicht«, sagte Lizzie und verschwieg ihrer Schwester vorsichtshalber, dass er nicht allein bei ihr im Krankenhaus gewesen war, sondern dass vor dem Eingang eine attraktive junge Dame auf ihn gewartet hatte.

35. Flensburg, Mai 1930

Die Proben zu der Operette »Gräfin Mariza« an diesem Frühjahrsnachmittag zeigten Jette wieder einmal in aller Deutlichkeit, dass sie mehr als *Schwesterlein, Schwesterlein* mit ihrem Bühnenbruder Tassilo trällern wollte. Sie träumte davon, in der Rolle der Lulu zu glänzen, statt in einer seichten Operette nett auszusehen und eine belanglose Soubrette zu geben, weil die Rolle partout nicht mehr an Tiefgang hergab. Aber Wedekind stand leider nicht ein einziges Mal auf dem Spielplan, seit sie am Stadttheater Flensburg engagiert war. Und wenn, dann hätte sie wahrscheinlich die Rolle nicht bekommen, sondern der heimliche Star, ihre ärgste Konkurrentin Else Kemper, die auch die Hauptrolle der Gräfin Mariza bekommen hatte, während sie sich mit der Schwester von Tassilo begnügen musste. Am meisten hatte sie das Argument des Regisseurs Huber getroffen, warum sie ihm ungeeignet für die Rolle schien. Sie wäre ein zu dunkler, südländischer Typ Frau. Auf ihren Einwand, Gräfin Mariza sei doch Ungarin, hatte sie zur Antwort bekommen: »Sie sagen es, Henriette, Mariza ist eine Gräfin, und schauen Sie sich unser Fräulein Kemper an. Das nenne ich eine noble Erscheinung, aber wenn wir mal die Carmen in den Spielplan nehmen, dann sind Sie sicher besser geeignet für die Rolle.« Lange würde sie das nicht mehr mitmachen! Entweder schaffte sie es, in naher Zukunft hier die erste Geige zu spielen, oder sie versuchte, ein Engagement in Kiel zu bekommen, wo ihr allein der Spielplan wesentlich mehr zusagte, weil die Theatermacher sich auch an moderne Dramatiker herantrauten. Außerdem beschäftigten sie in Kiel ihres Wissens nach keine Regisseure, die Hauptrollen nach Haarfarbe ihrer Schauspielerinnen besetzten.

Das große Problem war nur, wie sie ihren Alltag in einer anderen Stadt allein bewältigen sollte. Klara war kürzlich fünf Jahre alt geworden und hatte sich äußerlich prächtig entwickelt. Aus dem kränklichen dürren Kind war ein kräftiges Mädchen geworden, das aber jedes Mal entsetzlich darunter litt, wenn die Mutter zur Arbeit ins Theater ging. Sie hing abgöttisch an Jette und mochte Kaja zwar, aber glücklich war sie nur, wenn ihre Mutter oder ihr Großvater in der Nähe waren. Am besten alle beide. Zu Jettes Vater hatte sie eine innige Bindung, über die sich Ole P., der ein großer frecher Bengel geworden war, gern lustig machte. Jette befürchtete allerdings, dass er, wenn er seine Cousine als »Schoßkind« bezeichnete, überspielen wollte, dass er nicht mehr die Nummer eins bei seinem Großvater war. Klara ging es jedoch in der Schiffbrücke wesentlich besser, seit es Dörthe gab. Lene hatte vor knapp vier Jahren noch eine Tochter bekommen, die wiederum der Augenstern von Herrmann war, sodass ihr Ole manchmal ein wenig leidtat, dass er außer Kaja keinen hatte, der ihn anbetete. Bis auf die überarbeitete Lene, die stets darauf achtgab, dass ihr Kronprinz nicht benachteiligt wurde, und ihren Vater ständig dafür kritisierte, dass er ihrer Meinung nach Klara vorzog. Ole P. kam in einem Punkt ganz nach seiner Mutter. Er tobte für sein Leben gern durch das Rumhaus, was Lene stets geduldet hatte … bis vor ein paar Wochen. Da waren die Folgen des »Schwarzen Freitags«, der eigentlich ein Donnerstag gewesen war, wie Lene ihr erklärt hatte, auch nach Deutschland herübergeschwappt. Anfangs hatte man hierzulande noch eine gewisse Schadenfreude empfunden, weil die Amerikaner in ihrer unendlichen Gier das Goldene Kalb angebetet hatten und nun die Rechnung für diese Götzenanbetung erhielten.

Doch dann hatte die Katastrophe auch die deutsche Wirtschaft überrollt. Seitdem war Lene rund um die Uhr im Einsatz, und der Kleine durfte nicht mehr dort spielen, denn im Rumhaus drüben herrschte Krisenstimmung. Ihre Schwester bekam jedenfalls kaum noch Schlaf. Jette interessierte sich so gar nicht für Börse, Geld und Wertanlagen, dass sie dieser großen Wirtschaftskrise anfangs kaum Beachtung geschenkt hatte. Erst als es nun im Frühjahr danach auch auf den Flensburger Straßen spürbar war, dass viele Menschen keine Arbeit mehr hatten, war sie bereit gewesen, sich das Dilemma von Lene erklären zu lassen. Vor allem, seit ihr Lotte, die inzwischen wieder an der Schiffbrücke als Haushaltshilfe arbeitete, berichtet hatte, dass ihr Vater auf der Werft entlassen worden war und dass überhaupt nur noch zweihundert Arbeiter dort beschäftigt waren.

Offenbar hatte die Krise auch das Rumhaus schwer gebeutelt, aber dessen Existenz zu keinem Zeitpunkt gefährdet. Das Vermögen der

Firma sei zwar angegriffen, behauptete Lene, weil Aktien keinen Wert mehr besäßen und es jede Menge offener Rechnungen an Abnehmer gäbe, die diese wohl nie mehr begleichen würden, weil die Firmen in den Konkurs gegangen wären, aber auf der anderen Seite würden die Menschen wesentlich mehr Rum trinken als zuvor. Lene und Herrmann hatten erst im vergangenen Jahr eine eigene Abfüllanlage installieren lassen.

Jedenfalls hatte ihre Schwester zurzeit kaum noch Kapazitäten, um sich um ihre Kinder zu kümmern. Was wäre sie ohne Kaja und ihren Vater? Und auch Lotte half fleißig mit. Diese Kinderbetreuung rund um die Uhr war ein wahrer Luxus. Das galt aber auch für Jette, die manchmal bis in die Nacht hinein probte und fast jeden Abend auf der Bühne stand.

Aber wer sollte sich um ihre anspruchsvolle Tochter kümmern, wenn sie versuchte, es in Kiel zum Stern am Theaterhimmel zu bringen? Nein, da musste sie wohl noch warten, bis Klara etwas älter war oder sie endlich einen Mann fand, mit dem sie sich ein Haus und ein Kindermädchen leisten konnte, der die Vaterrolle für Klara übernehmen würde und der überdies akzeptierte, dass sie sich auf der Bühne verwirklichen wollte … Ein nahezu aussichtsloses Unterfangen. Seit der dramatischen Trennung von Georg hatte sie gewisse Vorbehalte, sich auf Männer einzulassen. Sie hatte mehrere Techtelmechtel mit Kollegen gehabt, aber es war nicht annähernd etwas Ernstes dabei gewesen, und vor allem war sie nicht bereit, mit diesen Männern ins Bett zu gehen. Sie traute dem von Lene als angeblich todsicheres Verhütungsmittel angepriesenen Pessar nicht. Es tat ihr allerdings nicht besonders gut, immer wieder von den Erinnerungen an Georg zu zehren. Im Nachhinein neigte sie bisweilen dazu, ihn zu verklären. Dann bildete sie sich ein, mit ein bisschen mehr Chuzpe und Raffinesse hätte sie diese dumme Person, in die er sich angeblich unsterblich verliebt hatte, doch ausstechen können und um ihn kämpfen sollen. Doch solche Gedanken konnten bei ihr auch schnell wieder ins Gegenteil umschlagen, und der Zorn auf diesen Feigling überwog. Dann hasste sie ihn dafür, dass er sie mit ihrer Schwangerschaft im Stich gelassen hatte.

Allein der Gedanke an Georg bereitete ihr schlechte Laune. Missmutig zog sie sich in ihrer Garderobe das Probenkostüm der Lisa an. Die echte Kleidung würden sie erst kurz vor der Premiere aus der Schneiderei bekommen. Dies war mehr ein bayrisches Dirndl als eine ungarische Tracht, die sie dann zu den Vorstellungen tragen sollte.

Als sie auf die Bühne kam, um mit Tassilo das Duett *Oh, schöne Kinderzeit* zu singen, stand auf der Bühne ein Flügel. Gerd Schrader, der Tassilo, mit dem Jette auch schon heftig poussiert hatte, deutete auf das Instrument.

»Werden wir nicht mehr vom Orchester begleitet?«, fragte er den Regisseur, der mit seiner Assistentin in der dritten Zuschauerreihe saß.

»Aber sicher, wir hatten nur die Idee, dass der Pianist, den wir zusätzlich engagiert haben für dieses Stück, auf der Bühne sitzen könnte statt im Orchestergraben. Ach, da kommt er ja schon …«

Jette und Gerd blickten in die Richtung, in die er zeigte, und Jette befürchtete, ihr Herzschlag würde für den Bruchteil einer Sekunde aussetzen, doch dann atmete sie ein paar Mal tief durch. Der Mann, der jetzt schwungvoll zum Klavier ging, war kein Geringerer als ihre Zugbekanntschaft. Auch wenn es schon sieben Jahre her war, Jette hätte den blonden Lockenkopf mit den braunen Augen unter Tausenden erkannt. Er warf ihnen einen freundlichen Blick zu, doch dann stutzte er.

»Fräulein Danneberg, was für eine schöne Überraschung. Auf der Herfahrt aus Lübeck, wo ich zuletzt engagiert war, musste ich an unsere Begegnung im Zug denken. Wir haben an dem Abend damals auf Sie gewartet.«

»Haben Sie das Fräulein Emily denn auch mitgebracht nach Flensburg?«, fragte sie spitz.

Er lachte. »Nein, ihre bessere Hälfte hätte wohl was dagegen gehabt, wenn ich sie ihr entführt hätte.«

Jette rang sich zu einem Lächeln durch, um zu überspielen, wie peinlich ihr das war, ihn gleich auf Emily angesprochen zu haben.

»Und offenbar haben Sie die Prüfung bestanden.« Henrik strahlte Jette derart intensiv an, dass Gerd den Pianisten mit eifersüchtigem Blick musterte.

»Ich würde gern anfangen mit der Probe«, brummte der. Henrik aber reagierte nicht auf diesen unfreundlichen Ton, sondern streckte dem Schauspieler seine Hand hin. »Ich bin Henrik Larsson und freue mich auf die Zusammenarbeit.« Danach setzte er sich an das Klavier und begann zu spielen.

Jette war völlig verwirrt. Er sah noch besser aus als damals im Zug, war etwas kantiger geworden und wirkte männlicher. In diesem Augenblick bedauerte sie es zutiefst, dass sie damals nicht in die Kakadu-Bar gekommen war. Dann wären sie vielleicht ein Paar geworden, und sie wäre niemals an Georg geraten. Aber dann, fügte sie in Gedanken hinzu, hätte sie keine Klara. Und so unfrei, wie sie sich auch manchmal als Mutter fühlte, missen wollte sie ihre Tochter auf keinen Fall.

Die Probe war ein einziger Rausch. Jette lief zu Hochformen auf, zwitscherte als Lisa genau so, wie der Regisseur es sich wünschte. Auch die anderen Lieder, die sie an diesem Tag probten, schmetterte sie mit solcher Begeisterung, dass der Huber sie überschwänglich lobte.

Als sie fertig war und Else die Bühne betrat, rief Henrik Jette zu: »Bitte nicht weggehen. Warten Sie auf mich. Wir müssen den *Kakadu*-Abend nachholen!«

»Das wird lustig. *Kakadu* in Flensburg«, erwiderte sie beschwingt. »Aber ich setze mich so lange nach unten und bewundere Ihre Tastenkunst.«

Else, die gewohnt war, dass die Männer in diesem Theater ihr mehr Aufmerksamkeit schenkten als Henriette Danneberg, räusperte sich übertrieben.

»Können wir anfangen, Herr …« Sie näherte sich dem Klavier. »Sie haben sich mir noch gar nicht vorgestellt«, flötete sie.

»Ich bin Henrik Larsson und soll Sie am Klavier begleiten«, entgegnete er freundlich und widmete sich seinem Instrument.

»Ich fange an mit *Höre ich Zigeunergeigen.*«

»Sie spielen den ersten Teil des Vorspiels am Klavier, dann setzt das Orchester ein und dann dein Einsatz, Else«, mischte sich der Regisseur ein.

Jette hatte sich in die zweite Reihe gesetzt, und zwar so, dass sie den Pianisten im Blick hatte. Bevor er loslegte, zwinkerte er ihr noch einmal verschwörerisch zu. Er zog sie mit der Art, zu spielen, in seinen Bann, und sie fand, dass die Gräfin gegen seine schmissige Musik, mit der er das gesamte Orchester mitriss, wie eine lahme Ente sang. Das schien auch der Regisseur zu bemerken, denn er unterbrach Else ein paarmal unwirsch, während er Henrik begeistert zurief, dass er den richtigen Ton treffe, den das Feuer von Kálmáns Musik verdiene.

Als Else am Ende der Probe beleidigt die Bühne verließ, eilte ihr der Regisseur sichtlich nervös hinterher. Nachdem auch die Orchestermusiker gegangen waren, winkte Henrik Jette auf die Bühne.

»Sag mal, warum hat der Huber nicht dich als Gräfin besetzt? Du hast doch viel mehr Ausdruck in der Stimme und auch mehr Bühnenpräsenz. Sie wirkt kalt und leblos. Nicht wie eine Ungarin, der die Männerherzen nur so zufliegen.«

Und schon hatte Henrik das Vorspiel zum Duett *Einmal möchte ich wieder tanzen* angestimmt und sang mit überraschend voller Stimme den Part des Tassilo. Jette, die das ganze Repertoire der Gräfin auswendig konnte, weil sie sich ja einst Hoffnungen auf die Rolle gemacht und den Regisseur von ihrem Können beim Vorsingen hatte überzeugen wollen, setzte ein und lieferte sich mit Henrik ein feuriges Duett.

Als sie fertig waren, erklang aus dem Zuschauerraum Applaus, und Huber trat aus dem Dunkeln. »Fräulein Danneberg, verzeihen Sie, was ich Ihnen wegen der Rolle an den Kopf geworfen habe. Sie sind die Idealbesetzung«, seufzte er.

»Das will ich wohl meinen«, pflichtete ihm Henrik bei. »Dann geben Sie die Rolle doch Fräulein Danneberg.«

Der Regisseur wand sich. »Das kann ich leider nicht. Mir sind die Hände gebunden. Fräulein Kemper wurde die Rolle von ganz oben versprochen«, seufzte er. »Aber Sie können sich darauf verlassen, sollte ich noch einmal eine Operette in diesem Haus inszenieren, werde ich mich dafür einsetzen, dass Sie die Hauptrolle bekommen!«

»Schiebung macht auch vor dem Kulturbetrieb nicht halt«, stellte Henrik bedauernd fest, nachdem der Regisseur wieder im Dunkel des Zuschauerraums verschwunden war. »Haben Sie eine Idee, wo wir unser Wiedersehen feiern können?«

Jette überlegte fieberhaft. Nach dem Theater gingen sie immer in den

Gnomenkeller, aber für einen Mann, der sich wie Henrik im Berliner Nachtleben auskannte, war das sicher nicht sonderlich spannend. Da fiel ihr Piet Henningsen ein. So eine urige Seemannskaschemme gab es in Berlin jedenfalls nicht.

»Ja, lassen Sie sich überraschen. Wir gehen zum Hafen.«

Henrik stand von seinem Klavierhocker auf und trat einen Schritt auf sie zu. »Darf ich Sie mal in den Arm nehmen, Fräulein Danneberg? Das wollte ich eigentlich vor sieben Jahren schon getan haben.«

»Und ich wollte nicht das dritte Rad am Wagen sein!«, entgegnete sie trotzig.

»Das wären Sie ganz sicher nicht gewesen, denn Emily stand auch auf Sie. Wir hätten also um Ihre Gunst konkurriert.«

Jette sah ihn fassungslos an. »Sie meinen, Emily steht auf Frauen?«

»Ja, sicher. Was haben Sie denn gedacht? Ich hätte doch nicht mit Ihnen im Zug angebändelt und mich mit Ihnen verabreden wollen, wenn Emily meine Geliebte gewesen wäre. Sie musste mich trösten, nachdem ich einen ganzen Abend vergeblich auf Sie gewartet habe.«

»Wir waren ganz in der Nähe. In der *Rakete.*«

Er schüttelte ungläubig den Kopf. »Ich wäre gern noch dorthin gegangen, weil ich wusste, dass Ringelnatz auftritt, aber ich wollte Sie doch auf keinen Fall verpassen. Seit sieben Jahren warte ich nun auf Sie.«

Jette versetzte ihm einen freundschaftlichen Stoß in die Seite. »Genau, und seitdem haben Sie keine andere Frau angesehen.«

»Doch, leider, sogar zu viele, aber ich hatte Pech. Ich fange nicht so schnell Feuer und musste immerzu an Sie denken. Und Sie, haben Sie auch mal an mich gedacht?«

Er hatte ihr jetzt seine Hände um die Taille gelegt und zog sie zu sich heran. Dann küsste er sie, aber er zog seinen Mund zurück, bevor sich Jette überhaupt fragen konnte, ob sie seinen Kuss erwidern wollte.

»Entschuldigen Sie, ich möchte Sie nicht überfallen. Wir haben ja alle Zeit der Welt. Die Premiere ist erst in drei Wochen, und wer weiß, vielleicht verlängert man mein Engagement.« Er ließ seine Hände sinken und musterte sie prüfend. »Und Sie? Haben Sie inzwischen Mann und Kinder?«

Jette schluckte. Nicht dass sie ihm Klara verheimlichen wollte, aber sollte sie jetzt gleich mit der Tür ins Haus fallen? Sie entschied sich, es ihm zu einem späteren Zeitpunkt zu erzählen.

»Nein, ich lebe wieder bei meinem Vater im Haus«, erwiderte sie. »Und ich freue mich genauso wie Sie über unser Wiedersehen.«

Beschwingt führte Jette Henrik wenig später durch ihre Heimatstadt: die Rathausstraße hinunter bis zum Norderhofenden und dann nach links am Hafen entlang.

»Eine schöne Stadt«, sagte er. »Meine Großeltern haben da drüben auf der anderen Seite der Förde gelebt. In der Bismarckstraße.«

Bei Piet Henningsen herrschte wie immer eine ausgelassene Stimmung. Henrik war fasziniert von der Seefahreratmosphäre und flüsterte ihr zu, wie urig er das Lokal fand. Sie setzten sich an einen Tisch etwas abseits vom Tresen, um sich ungestört zu unterhalten. Henrik wollte wissen, wie es ihr in den Jahren ergangen sei. Sie berichtete von der Schauspielschule und dass sie mit ihrer Schwester Lizzie zusammengelebt hatte.

Henrik berichtete vom Tingeln durch diverse Kabarett-Theater und schaffte es, sie mit Anekdoten über bekannte Berliner Bühnengrößen zum Lachen zu bringen.

Jette fand dieses Wiedersehen vertraut und aufregend zugleich, aber es schien ihr noch nicht der richtige Zeitpunkt, ihm von Klara zu erzählen, obwohl ihre Zunge durch den Alkohol schon ein wenig gelockert war. Zu ihrer Freude zeigte er sich sehr angetan von dem Grog, der mit Danneberg-Rum zubereitet wurde. Sie merkte allerdings, dass sie immer alberner wurde, während Henrik wie schon damals im Zug bewies, was für ein äußerst unterhaltsamer Gesprächspartner er doch war.

Doch dieser Spaß fand ein jähes Ende, als Jette mit einem Seitenblick wahrnahm, dass ihre Schwester das Lokal betreten hatte.

»Oh, nein«, murmelte Jette. »Lass den Kelch an uns vorübergehen.«

»Ich verstehe nicht ganz. Wovon sprechen Sie?«, fragte Henrik irritiert.

»Meine Schwester Lene ist eben gekommen, und ich hoffe, sie entdeckt uns ni…« Jette hatte den Satz noch nicht zu Ende gesprochen, als

Lene in ihre Richtung sah, stutzte und dann mit einem breiten Lächeln auf ihren Tisch zusteuerte.

»Schwesterherz, was machst du denn hier? Bei Piet trifft man die Herrschaften vom Theater normalerweise nicht.« Während Lene das sagte, musterte sie Henrik ganz unverfroren, wie Jette fand.

»Und was treibt dich nachts in eine Gastwirtschaft?«, fragte sie in nicht besonders freundlichem Ton zurück.

»Ich bringe Piet nur den neuen Kontrakt zum Unterschreiben. Aber willst du mir deinen Begleiter gar nicht vorstellen?«

Bevor Jette einen Ton herausbrachte, hatte sich Henrik erhoben und stellte sich ihr formvollendet vor. »Ich bin Henrik, arbeite als Pianist am Theater.«

»Aha, ein Kollege also?«

Jette wollte ihrer neugierigen Schwester gerade nahelegen, sie wieder allein zu lassen, da hatte Henrik ihr schon freundlich einen Platz an ihrem Tisch angeboten, was sich Lene nicht zweimal sagen ließ.

»Sind Sie neu im Ensemble? Ich habe Sie nämlich noch nie auf der Bühne gesehen, und ich gehe grundsätzlich in jedes Stück, in dem meine Schwester mitspielt.«

Er nickte. »Ich bin nur für die Gräfin Mariza engagiert, und das war heute meine erste Probe.«

»Dann haben Sie meine Schwester erst heute kennengelernt?«, hakte sie in einem Unterton nach, als würde sie das angesichts der Vertrautheit der beiden verwundern.

»Nein, wir sind uns schon einmal begegnet. Vor nunmehr sieben Jahren in einem Zugabteil nach Berlin. Leider hat das Schicksal uns damals wieder getrennt«, erklärte er lächelnd.

Jettes Miene verfinsterte sich. Warum erzählte er das Lene so offen? Und prompt grinste ihre Schwester sie wissend an. »Ist doch schön, dass das Schicksal Henrik in den hohen Norden geführt hat, oder?«

»Lenchen, ich glaube, du wirst drüben erwartet!«

Lene sah auf ihre Armbanduhr. »Die schlafen doch schon alle längst. Ich habe den Kindern sogar noch Gute Nacht gesagt und Klara ein Küschen von dir gegeben.«

»Meine Schwester hat schon zwei Kinder, müssen Sie wissen«, bemerkte Jette hastig, um Lene ein Zeichen zu geben, dass sie den Mund halten sollte.

Zu Jettes großer Erleichterung stand ihre Schwester nun auf. Offenbar hatte sie verstanden, dass Jette mit Henrik allein sein wollte.

»War schön, Sie kennenzulernen, Henrik. Haben Sie nicht Lust, morgen Abend zu einem Empfang ins Rumhaus zu kommen? Ist zwar auch geschäftlich, aber die Familie ist immer dabei.«

»Wir haben morgen Abend Probe«, sagte Jette entschieden.

»Die fällt morgen aus, hat man mir mitgeteilt«, widersprach Henrik ihr.

»Dann haben Sie doch keine Ausrede. Morgen um neunzehn Uhr. Nebenan im Rumhaus Danneberg.«

»Ich werde kommen«, versprach Henrik Lene, die ihm und ihrer Schwester zum Abschied verschwörerisch zuzwinkerte.

»Eine nette Schwester haben Sie da«, lachte Henrik.

»Es tut mir leid, wenn sie Ihnen zu nahe getreten ist. Sie müssen natürlich nicht zu dem Empfang kommen, wenn Sie nicht wollen.«

Henrik sah ihr in die Augen. »Ich würde gern kommen, aber nur, wenn es Ihnen recht ist.«

»Warum sollte mir das nicht recht sein?«, stellte sie die Gegenfrage.

»Sagen Sie es mir.«

Jette stöhnte laut auf. Entweder gab sie ihm für morgen einen Korb, den er nicht verstehen würde, oder sie gab endlich ihr kleines Geheimnis preis.

»Ich würde mich sehr freuen, aber ich muss Ihnen vorher etwas sagen. Dazu brauche ich aber einen Rum.«

»Sie meinen Grog?«

»Nein, ich trinke ihn auch pur.« Und schon hatte sie sich einen Rum bestellt, obwohl sie insgeheim befürchtete, schon genug intus zu haben, doch ohne die Miene zu verziehen, trank sie das Glas, das man ihr hingestellt hatte, in einem Zug aus.

»Alle Achtung. Sie können etwas vertragen«, bemerkte Henrik bewundernd.

»Also gut, Henrik«, begann Jette ihre Beichte. »Mich hat ein Mann schwanger sitzen lassen. Ich habe eine kleine Tochter …«

»Lassen Sie mich raten«, unterbrach er sie mit weicher Stimme. »Sie heißt Klara.«

Sie nickte.

»Wollen wir jetzt gehen?«, fragte Henrik, was Jette als Zeichen sah, dass er nach diesem Geständnis keine Lust mehr hatte, mit der alleinstehenden Mutter den Abend zu verbringen. Und schon ließ er sich die Rechnung kommen. Es konnte ihm offenbar gar nicht schnell genug gehen, sie loszuwerden.

Als sie das Lokal verließen und ihr eine frische Brise vom Hafen ins Gesicht wehte, wurde Jette leicht schummrig zumute. Sie kam ins Wanken, aber Henrik hielt sie fest. Er ließ sie auch nicht los, als sie wieder fest auf ihren Beinen stand. Stattdessen zog er sie dicht an sich heran und küsste sie. Dieses Mal zog er seinen Kopf nicht gleich wieder zurück, und Jette musste auch nicht lange darüber nachdenken, ob sie seinen Kuss erwidern sollte. Im Gegenteil, sie küsste ihn mit derselben Leidenschaft, wie er sie küsste.

Nachdem sich ihre Lippen wieder voneinander gelöst hatten und sie einen Schritt zurückgetreten war, strich er ihr zärtlich über die Wange.

»Hattest du Sorge, dass Klara für mich ein Grund wäre, mein Interesse an dir zu verlieren?«

Jette schwankte, ob sie ihm wirklich ehrlich sagen sollte, dass sie sich in der Tat vor seiner Reaktion gefürchtet hatte, aber er schien in diesem Punkt, was Ehrlichkeit anging, das komplette Gegenteil von Georg zu sein. Wo Georg Verschlagenheit angezogen hatte, verlangte Henrik offensichtlich absolute Aufrichtigkeit, und wo Georg vertrauensvolle Nähe stets schnell gelangweilt hatte, schien Henrik sich genau damit wohlzufühlen.

»Ja, ich hatte Sorge, du würdest dich dann vielleicht lieber mit Fräulein Kemper treffen«, entgegnete sie mit einem schiefen Lächeln.

Henrik legte die Stirn in Falten, als würde er ernsthaft darüber nachdenken, bis er in lautes Gelächter ausbrach. »Ich habe doch nicht sieben lange Jahre auf dich gewartet, um dann mit einem kalten Fisch fortzuschwimmen, weil du eine Tochter hast. Wird sie morgen dabei sein?«

»Ich denke, die Kinder sind bei Kaja, dem Kindermädchen.«

»Schade, ich hätte sie gern einmal gesehen.«

»Das wird sich vielleicht einrichten lassen, wenn du etwas früher kommst und beim Wohnhaus klingelst und nicht gleich durch die Hofeinfahrt zum Rumhaus gehst. Aber wir können auch zusammen vom Theater zum Empfang gehen, denn ich glaube, die Nachmittagsprobe fällt nicht aus.« Jette versuchte krampfhaft, vor ihm zu verbergen, wie tief sie sein Wunsch anrührte.

Erneut nahm er sie in den Arm und küsste sie noch einmal, bevor er den Rückweg antrat. Jette blieb noch eine ganze Zeit regungslos stehen und fragte sich, ob es ihr tatsächlich vergönnt war, dieses Mal in der Liebe Glück zu haben. Fantasiebegabt, wie sie war, malte sie sich bereits aus, mit Klara und ihm nach Kiel zu gehen, wo er als Musiker seinen Durchbruch hatte und sie endlich zum Stern am Theaterhimmel aufsteigen konnte.

36. Flensburg, Mai 1930

Lene hatte ihre spontane Einladung an Jettes Musiker für sich behalten, auch wenn es ihr unter den Nägeln brannte, davon wenigstens Herrmann zu erzählen, aber der hatte in der Wrangelstraße übernachtet, während sie erschöpft in ihr Gästebett in der Schiffbrücke gefallen war, allein um ihre Kinder wenigstens am Morgen kurz zu sehen. Jette musste sich allerdings auf Zehenspitzen an ihrem Zimmer vorbeigeschlichen haben, denn sie hatte extra noch gelauscht, um ihre Schwester mit Fragen nach ihrem nächtlichen Begleiter zu löchern. Vom ersten Eindruck her war Lene sichtlich angetan von dem blonden Lockenkopf. Er sah nicht nur gut aus, sondern hatte ein erstklassiges Benehmen und ein gewinnendes Lächeln. Lene musste selbst über ihren Eifer grinsen, die kleine Schwester endlich unter die Haube zu bringen, aber bei Jette bestand ihrer Ansicht nach tatsächlich auch kaum die Gefahr, dass sie sich wegen eines Mannes von ihrem Ziel, ein großer Star zu werden, abbringen lassen würde.

Lene war sehr gespannt, ob dieser Henrik sich wirklich in die Höhle des Löwen wagen würde. Wenn er tatsächlich zum Empfang kam, war ihm das mit Jette wirklich ernst, mutmaßte Lene, wenn nicht, dann war er wohl eher ein lockerer Bekannter ihrer Schwester. Sie wünschte Ersteres, und nur sie allein wusste, dass sie dafür insgeheim auch egoistische Gründe hatte. Es wurde einfach langsam Zeit, dass Jette und Klara ein eigenständiges Leben führten. Sie würde es gutheißen, wenn ihr Vater sich dann endlich wieder mehr mit Ole P. beschäftigen könnte. Natürlich erkannte sie als seine Mutter, dass ihr Sohn sich zurückgesetzt fühlte. Dabei war der Großvater ihm absolut wohlgesonnen, aber diese Fürsorge, die er Klara zuteilwerden ließ, blieb Ole P. verwehrt. Ihr Vater meinte, er wäre doch ein Junge und wolle bestimmt nicht beim Großvater auf dem Schoß sitzen. Mittlerweile hatte er sicherlich recht. Dazu war ihr Sohn zu groß geworden, aber es hatte nie viel Körperkontakt zwischen den beiden gegeben. Herrmann fand das gar nicht ungewöhnlich, dass der Großvater seinen Enkel nicht in den Arm nahm. Sein Vater hatte ihn sein ganzes Leben lang kein einziges Mal je berührt.

Diese Gedanken gingen Lene durch den Kopf, während sie zusammen mit Lotte und Frida unten im Rumhaus den Empfang vorbereitete. Aus Rücksicht auf die Krisenstimmung, die überall herrschte, hatte sie drauf geachtet, alles sehr bescheiden zu halten. Es gab Rum, Bier und Fischhäppchen aus Räucherfisch, die extra aus Kappeln angeliefert waren und die Frida ansprechend auf Brot mit sauren Gurken garniert hatte.

Diese Einladung an die Kunden sollte demonstrieren, dass das Leben weiterging und man nach vorn schauen solle. Privat hatte sie Onkel Henning, Jette und ihren Bekannten, Onkel Carl und Freya eingeladen. Onkel Henning und Onkel Carl hatten – allerdings aus unterschiedlichen Gründen – abgesagt. Onkel Henning hatte ein Treffen mit dem Berliner Korrespondenten einer konservativen dänischen Zeitung, der ihm Informationen für einen Artikel geben wollte, den er in der Flensborg Avis zum Thema NSDAP veröffentlichen würde. Onkel Carl hatte sich kürzlich entschieden, zu seiner Lebensgefährtin in deren Haus nach Schleswig zu ziehen. Ihre Cousine Freya hatte Lene nicht explizit gebeten, Paul zu Hause zu lassen, aber Freya wusste, dass er bei Lene zu den unerwünschten Personen gehörte. Sie hatte ihn schon als Kind nicht sonderlich gemocht, als SA-Mann im braunen Hemd, der seine Frau tyrannisierte und schlug, hasste sie ihn regelrecht. Sie hatte zwar keinerlei Klagen mehr gehört, aber auch nicht das Gegenteil. Dabei hatte sie so gehofft, dass Freya sich trauen würde, die Scheidung von diesem Kerl zu beantragen. Sie hatte doch alle Menschen, die ihr lieb und teuer waren, auf ihrer Seite. Selbst Onkel Henning würde mit Sicherheit nicht versuchen, seine Schwiegertochter von diesem Schritt abzubringen. Lene vermied es zwar, mit dem Onkel offen darüber zu reden, denn schließlich war Paul sein einziger Sohn, aber sie ahnte, dass die Kluft zwischen den beiden noch viel größer war, als es auf den ersten Blick schien. Wie abgrundtief ihr Onkel die politischen Ansichten seines Sohnes verabscheute, war kein Geheimnis. Dieser Konflikt hätte letzte Ostern beinahe zu einem Eklat geführt, als Paul seinen Vater vor allen als Kulturbolschewisten beschimpft hatte. Nur der besonnenen Reaktion ihres Onkels, der süffisant bemerkt hatte, allein das Vokabular, das sein Sohn benutze, sei der Ausdruck einer menschenverachtenden Haltung seiner Gesinnungsgenossen, war es zu verdanken gewesen, dass Paul auf die Schnelle keine Antwort eingefallen war. Er war seinem Vater geistig in einer Art und Weise unterlegen, die erschreckend war, musste Lene immer wieder feststellen. Jedenfalls hoffte sie sehr, dass Paul der Veranstaltung freiwillig fernbleiben würde.

Während die Frauen sich um die Getränke und das Essen kümmerten, bereitete Herrmann derweil in der ersten Etage alles vor, um mit den Gästen eine Führung durch das Haus zu machen. Erst im vergangenen Jahr hatten Lene und Herrmann eine eigene Abfüllanlage installieren lassen, und der Absatz dieses Danneberg-Rums in Flaschen war hoch. Die Anlage erregte großes Interesse und sollte bei dieser Gelegenheit allen Interessenten gezeigt werden.

In diesem Augenblick trat Lenes Vater hinzu. Mit Ole P. an der Hand. Das war eigentlich anders besprochen gewesen, nämlich, dass die Kinder im Haus bei Kaja bleiben sollten, aber ihr Sohn strahlte vor Stolz in seinem Anzug mit langen Hosen, sodass sie sich sehr über die Planänderung freute.

»Großvater hat gesagt, ich darf nicht fehlen. Schließlich bin ich der Danneberg-Erbe«, sagte der Knirps, als wäre er schon erwachsen.

Lene wuschelte ihm vor lauter Überschwang durch die blonde Mähne, was ihr Sohn mit einem empörten Kopfschütteln quittierte, bevor er lostobte, um seinen Vater zu suchen.

»Ich hoffe, es ist dir recht, dass ich ihn mitgebracht habe. Du sagst doch immer, ich soll ihm mehr Aufmerksamkeit schenken.«

Lene gab ihrem Vater einen Kuss auf die Wange. »Du bist der beste Großvater der Welt, und vielleicht bekommt auch unsere Klara noch einen neuen Vater«, bemerkte sie überschwänglich.

»Wie meinst du das?«, fragte er skeptisch.

»Lass dich überraschen«, lachte sie und ließ ihn stehen, um Lotte die Gläser abzunehmen und auf einem alten Holztisch zu drapieren. Er aber war ihr gefolgt.

»Hat das etwas damit zu tun, dass Jette darauf bestanden hat, dass wir ruhig schon vorgehen sollen? Sie hatte sich besonders hübsch gemacht und die ganze Zeit zur Haustür gestarrt. Verrate mir, warum!«

»Vati, du wirst das schon früh genug erfahren.«

»Du bist unmöglich«, brummte er. »Aber du siehst übrigens bezaubernd aus. Früher hast du dich immer wie ein Mann angezogen, aber das ist wirklich hübsch.«

Lene lachte. »Wahrscheinlich, weil es hochgeschlossen und nicht so kurz ist, kannst du es ausnahmsweise einmal leiden.«

Wie immer hatte sie sich das Nachmittagskleid beim Schneider Monin am Holm machen lassen. Aus buntem Chinakrepp und schwarzem Crêpe Satin mit hoher Taillierung.

Freya, die sich ihre Kleider auch stets von diesem Meister seines Handwerks hatte anfertigen lassen, durfte seit geraumer Zeit nicht mehr bei ihm schneidern lassen. Im Vertrauen hatte Freya ihr anvertraut, mit welch drastischen Worten Paul ihr das verboten hatte. *Ich will dich nicht in Sachen sehen, die dieser Saujude gemacht hat.*

Ein Grund mehr für Lene, Paul zu hassen. Aber wie immer hatte sie aus Rücksicht auf Freya kein Wort verlauten lassen. Wie lange sie das aushalten würde, das wusste sie nicht. Sie war kein politisch denkender Mensch wie ihre Schwester Lizzie, die mittlerweile offenbar eher dem linken Lager angehörte, aber diese braunen Schreihälse, die konnte Lene gar nicht leiden. Sie war froh, dass sie bei der Wahl im vergangenen Jahr nicht den übergreifenden Erfolg verzeichnen konnten, den sie sich erhofft hatten, sondern nur in einigen Landesregierungen Sitze dazugewonnen hatten. Lene nahm, was ihre Ansichten über diese Nationalsozialisten anging, kein Blatt vor den Mund. Besonders nicht, wenn Broer seine dummen Sprüche zum Besten gab. Herrmann hatte sie gebeten, etwas zurückhaltender seinem Bruder gegenüber zu sein, weil er gute Kontakte im Rumgeschäft hatte, aber das konnte sie ihm nicht versprechen. Sie wollte sich partout nicht vorstellen, dass diese Krakeeler noch mehr Zuspruch bei der Bevölkerung bekommen würden als bislang, sondern sie hoffte, dass sie früher oder später wieder in der Versenkung verschwanden. Bei ihrem unpolitischen Wesen, für das sie sich hielt, war ihr die Republik jedenfalls lieb und teuer. Die Kaiserzeit war in ihrer Erinnerung an die Kindheit eine düstere und schwere Zeit gewesen. Freiheit war Lene wichtig, und die würde sie sich ganz bestimmt nicht von solchen Dummköpfen wie Paul Danneberg und Broer Jensen wieder nehmen lassen!

Nun trudelten auch die ersten wichtigen Kunden ein und auch ein paar derjenigen, die sie erst noch als Abnehmer für Danneberg gewinnen wollten. Inzwischen war auch Herrmann nach unten gekommen, um mit ihr gemeinsam die Gäste zu begrüßen. Sie hatte ihn sogar gebeten, die Rede zu halten. Das lag nicht daran, dass sie prinzipiell ihrem Mann den Vortritt lassen wollte, sondern weil sie inzwischen nicht mehr um den Respekt der Kunden kämpfen musste, nur weil sie eine Frau war. Es gab kaum jemanden, der ihr im Geschäftsleben mit Misstrauen begegnete. Nein, sie wollte ihm einfach das Gefühl geben, dass sie sich die erste Reihe teilten und dass sie in der Führungsriege gleichberechtigt waren. Außerdem verspürte sie seit Dörthes Geburt manchmal sogar Anflüge von zärtlichen Gefühlen für ihren Ehemann. Jedenfalls hatte er sich über ihre Bitte sehr gefreut und sich mit Feuereifer darangemacht, die richtigen Worte zu Papier zu bringen.

Als Lene Jette mit ihrem Begleiter hereinkommen sah, hätte sie gern ein paar Worte mit dem gut aussehenden Mann gewechselt, aber sie war als Gastgeberin zu beschäftigt. So begrüßte sie die beiden nur kurz und äußerte den Wunsch, dass sie das Fest bitte nicht verlassen mögen, ohne dass sie später ein paar persönliche Worte miteinander hatten wechseln können.

Henrik versprach lächelnd, dass er nicht gehen würde, bevor er mit ihr weniger als drei Sätze gesprochen hatte. Es war nicht zu übersehen, wie vertraut Jette und Henrik miteinander waren. Und verliebt. Blicke, Berührungen … Aus dem Augenwinkel beobachtete sie, wie Jette ihrem Vater Henrik vorstellte. Auch an seiner Miene war abzulesen, dass er Henrik auf Anhieb mochte.

Herrmanns Rede kam bei den Gästen gut an, wie Lene am kräftigen Applaus ablesen konnte. Davon abgesehen, dass er in seinem modernen Anzug rein äußerlich eine gute Figur machte, lag ihm mittlerweile auch das freie Sprechen vor einem Publikum. Wenn Lene bedachte, wie unscheinbar und langweilig er ihr in den ersten Jahren ihrer Ehe vorgekommen war, konnte sie das kaum glauben, während sie ihm ein Zeichen gab, dass ihr seine Worte gefielen.

Der Abend war jedenfalls ein voller Erfolg, bis Freya auftauchte, die zu Lenes großem Bedauern nicht allein, sondern in Begleitung von Paul kam. Er trug zu ihrem großen Entsetzen seine SA-Kluft. Dass Paul mitgekommen war und dann auch noch in diesem provokanten Aufzug, hatte ihre Cousine mit Sicherheit nicht gewollt, denn sie hielt den Kopf gesenkt und wirkte wie ein geprügelter Hund. Lene musste sich sehr beherrschen, Paul nicht auf der Stelle an die Luft zu setzen. Doch als Freya den Blick hob und Lene den blauen Fleck an ihrem Auge sah, stürzte sie, ohne weiter zu überlegen, auf ihren Cousin zu.

»Verschwinde, du hast hier nichts zu suchen!«, raunte sie wütend.

Paul aber legte nur besitzergreifend den Arm um Freya und ließ Lene einfach stehen. Sie schnappte nach Luft und kämpfte mit sich, ob sie einen Skandal riskieren oder Paul schlichtweg ignorieren sollte. Ihre Frage beantwortete sich von selbst, als auch noch Broer auftauchte, den sie absichtlich nicht eingeladen hatte.

Sie warf Herrmann einen Hilfe suchenden Blick zu. Der zuckte nur mit den Schultern, was für Lene hieß, dass sie nichts gegen diese ungebetenen Gäste unternehmen konnte. Mit Entsetzen beobachtete Lene, wie Broer und Paul mit einem ihrer ehemals guten Abnehmer, einem Reeder, dessen Vergnügungsflotte wegen der Krise bis auf wenige Schiffe nun im Hafen dümpelte, darüber sprachen, dass Hitler der kommende Mann sei, der das deutsche Volk aus dieser Krise führen werde. Der Kunde schien ihnen zuzustimmen und fügte hinzu, dass es an der Zeit sei, auch die Dänen aus dem Rumgeschäft zu jagen. Das wiederum hörte Per Anderson, der die Danneberg-Niederlassung in Sonderburg leitete, und mischte sich lautstark in das Gespräch ein. Und zwar so vehement, dass in Kürze alle anwesenden Gäste in einen heftigen Disput über die deutsch-dänische Frage verwickelt waren. Die meisten Anwesenden standen auf Andersons Seite, während Broer den Reeder vor allen Leuten für Jensen-Rum abzuwerben versuchte. Nur Herrmanns Eingreifen war es zu verdanken, dass der Mann schließlich seine Loyalität gegenüber Danneberg-Rum versicherte, woraufhin Broer ihm drohte, er habe auf das falsche Pferd gesetzt und würde noch sein blaues Wunder erleben. Jedenfalls endete dieser Disput damit, dass sich die Gäste schneller als erwartet wieder verabschiedeten.

Nun hatte Lene unverhofft Zeit, sich um ihre privaten Gäste zu kümmern, wie Freya, die mit einem merkwürdig leeren Gesichtsausdruck in einer Ecke stand. Als Lene sie mit ihrem blauen Auge konfrontierte, behauptete sie, gegen einen Schrank gestoßen zu sein. Schon wieder musste der arme Schrank als Ausrede herhalten! Lene nahm sich fest vor, sich, sobald die Krise vorüber war, intensiver um ihre Cousine zu kümmern. Auf keinen Fall würde sie weiter tatenlos zusehen, wie Freya vor die Hunde ging. In diesem Moment aber trat Paul in zackigem Schritt, als würde er in seiner Uniform an einer Parade teilnehmen, auf sie zu.

»Freya, wir gehen!«, befahl er und grinste Lene bösartig an. »Du wirst dich noch umgucken, liebe Cousine, wenn wir erst mal an der Macht sind.«

Obwohl Lene angesichts dieser unverhohlenen Drohung mulmig zumute war, konterte sie kämpferisch: »Ihr kommt nicht an die Macht, mach dir bloß keine falschen Hoffnungen! Ich würde diesen Schreihals im Leben nicht wählen!«

»Ach ja? Und wer, meinst du, ist denn schuld an dem Elend, das zurzeit herrscht? Das ist dieses vaterlandslose Gesindel, das sich auf das Schanddiktat von Versailles eingelassen hat! Es wird Zeit, dass in unserem Deutschland wieder Ordnung herrscht und die Juden verschwinden!«

Lene holte tief Luft, um ihm eine gepfefferte Antwort zu geben, doch Freyas Hand, die sich nun sanft auf Lenes Unterarm legte, machte ihr die Gefahr bewusst, dass Paul ihre Widerworte womöglich später an ihrer Cousine auslassen könnte. Sosehr sie sich auch für Onkel Carl freute, dass der sein Leben doch noch in den Griff bekommen hatte, fürchtete sie, dass Freya mit seinem Umzug nach Schleswig nun einen wichtigen Beschützer verloren hatte. Sie konnte nur hoffen, dass Rasmus ihr ausreichend zur Seite stand.

»Willst du nicht einfach heute Nacht bei uns bleiben und morgen erst nach Runohr fahren?«, hörte sich Lene da bereits fragen, damit ihre Cousine nicht mit dem Kerl, der vor Zorn förmlich bebte, zurück auf das Gut musste. Bevor Freya antworten konnte, hatte er erneut fordernd den Arm um seine Frau gelegt. »Sie muss zu unserer Tochter, weil sie im Gegensatz zu dir eine gute Mutter ist, die Charlotte nicht unnötig dem Personal überlässt. Und vielleicht solltest du die wenige Zeit für deine Kinder erübrigen, statt dich in unsere Angelegenheiten zu mischen!«

Lene ballte die Fäuste. Dieser Mann wusste genau, wo er ansetzen musste, um sie zu treffen, denn ihr war sehr wohl bewusst, dass sie sich viel zu wenig um die beiden kümmerte. Wie sollte sie da noch Zeit erübrigen, ihre Cousine vor diesem Kerl zu beschützen? Wenn sie es sich recht überlegte, hatte sie Freya seit Monaten nicht mehr unter vier Augen gesprochen. Sie wusste ja nicht einmal, ob Gut Runohr die Krise einigermaßen unbeschadet überstanden hatte, denn wie sie gehört hatte, hatte der Börsencrash die Landwirte in Angeln besonders schwer getroffen, aber es wäre in diesem Augenblick sicherlich mehr als ungeschickt, solche Fragen zu stellen.

Schweren Herzens verabschiedete sie sich von Freya und raunte ihr ins Ohr, sie solle versuchen, unter der Woche einmal in Flensburg bei ihr vorbeizukommen. Schließlich hatte Freya inzwischen tatsächlich ihren Führerschein gemacht, um Charlotte jeden Morgen mit dem

Laubfrosch nach Flensburg zur Schule zu bringen. Lene erschrak über diesen leeren Gesichtsausdruck ihrer Cousine, als diese gemeinsam mit Paul und Broer das Rumhaus verließ.

Sie blickte sich mit gemischten Gefühlen im Raum um. Die Geschäftsfreunde waren sehr angetan von dieser Einladung gewesen, aber reichte das alles aus, um das Rumhaus in eine erfolgreiche Zukunft zu führen? Was, wenn diese ungehobelten Burschen tatsächlich auch im Norden an Stimmen gewannen wie im vergangenen Jahr in Sachsen? Was, wenn noch weitere Kunden Konkurs anmelden mussten?

Der Anblick ihres Vaters, Jettes und Henriks, die in ein angeregtes Gespräch vertieft waren, vertrieb ihre düsteren Gedanken. Sie hätte niemals gedacht, wie wichtig ihr noch einmal die Familie sein würde. Gerade als sie sich dazugesellen wollte, beobachtete sie, wie die Miene ihres Vaters versteinerte, bevor er die Runde überstürzt verließ und die Treppen nach oben hinaufstolperte. Jette und Henrik sahen ihm irritiert hinterher.

Ohne zu überlegen, folgte Lene dem Vater und fand ihn schnaufend am Kessel stehen. Seine Hand hielt er auf sein Herz gepresst. »Vati!«, schrie sie entsetzt und rannte auf ihn zu. »Soll ich einen Arzt holen?«

Er winkte ab. »Nein, keinen Arzt, bitte, das ist gleich vorbei.« Lene holte einen Holzschemel und schob ihn dem Vater hin. »Bitte setz dich. Ich hole Hilfe.« Er schüttelte energisch den Kopf. »Nein, nein, bitte nicht, es ist wegen des jungen Mannes …«

»Was ist mit ihm?«, fragte sie irritiert.

»Er darf Jette auf keinen Fall näherkommen. Hörst du? Das musst du verhindern. Geh hin und wirf ihn aus dem Haus. Sag ihm meinetwegen, dass ich mir auf keinen Fall einen Künstler für meine Tochter wünsche.«

»Vati, jetzt beruhige dich doch. Einmal abgesehen davon, dass Jette sich darum nicht scheren wird …«

»Gib ihm eine Menge Geld und verlange von ihm, dass er sofort aus der Stadt verschwindet!«

»Das wird er nicht annehmen. Er mag Jette sehr. Ich glaube nicht, dass er sich kaufen lässt!«

»Du musst es versuchen! Ich zahle ihm jeden Preis!«

Lene atmete ein paarmal tief durch, denn sie verstand partout nicht, was in ihren Vater gefahren war.

»Vati, weißt du etwas über ihn, das wir nicht wissen? Ist er ein gesuchter Verbrecher, oder warum bist du so aufgeregt?«

»Sie darf ihn auf keinen Fall heiraten. Ich kann dir den Grund nicht nennen! Bitte glaube mir doch. Ich würde das nicht von dir verlangen, wenn ich eine andere Wahl hätte. Und noch etwas, sie darf nichts davon mitbekommen. Schicke sie zu mir hoch. Sage ihr, sie muss sich um mich kümmern, während du einen Arzt holst! Aber sorg dafür, dass er verschwunden ist, wenn sie wieder nach unten kommt.«

»Aber das wird ihr das Herz brechen. Jetzt, wo sie endlich einen Vater für Klara gefunden hat …«

Er stöhnte laut auf. »Lene, nun glaub mir doch. Er kann nicht ihr Mann werden, weil ich den Verdacht habe, dass er …« Er stockte. »Ich kann es dir nicht sagen! Bitte schaff ihn diskret aus unserem Haus! Das ist die einzige Möglichkeit. Bitte ihn, nach Schweden zu gehen und niemals wiederzukommen.«

»Schweden? Was soll er in Schweden? Ich denke, er ist aus Berlin?«

»Nein, aus Stockholm, aber jetzt hör endlich auf, mich mit deinen Fragen zu löchern, und tu, was ich sage!«, keuchte er. Lene spürte in aller Klarheit, dass das, was immer auch der Grund für seine Panik war, nicht aus der Welt zu schaffen war, indem sie Henrik Geld für sein Verschwinden bot. Stattdessen beschloss sie, in ihr Büro zu gehen, um Herrmann, der dort noch etwas zu erledigen hatte, zu bitten, ihren Vater ins Krankenhaus zu bringen.

»Hast du Geld im Haus, das du mir auslegen kannst?«, stieß er röchelnd hervor.

»Ja, ich gehe nur nach oben in mein Kontor und hole es. Und du wartest hier bitte. Rühr dich nicht vom Fleck!«

Als Lene außer Atem zurückkehrte, saß ihr Vater zusammengesunken auf dem Hocker, das Gesicht in die Hände gestützt. Er war leichenblass.

»Bitte geh zu ihm, bevor es zu spät ist. Nicht dass sie mit ihm geht …«

»Vati, bitte, ich kann ihn doch nicht einfach aus dem Haus jagen, ohne zu wissen, was er verbrochen hat!«

Ihr Vater hob den Kopf und sah sie flehend an. »Lenchen, bitte, er kann sie nicht heiraten, weil ich den Verdacht habe, dass deine Mutter mit seinem Vater Simon Larsson …« Er schlug die Hände vor das Gesicht.

Lene erstarrte. In diesem Moment fiel es ihr wie Schuppen von den Augen. Natürlich, das Geständnis ihrer Mutter auf dem Sterbebett! Ihr Vater glaubte, Henrik könnte der Sohn jenes Pianisten sein, den ihre Mutter so geliebt und nach Jahren in Flensburg wiedergesehen hatte … Ihre Spekulationen wurden unterbrochen, als Herrmann herbeigeeilt kam.

»Vater, wir fahren ins Krankenhaus.«

»Aber, ich, nein …«

»Keine Widerrede!« Herrmann reichte ihm den gesunden Arm und half ihm beim Aufstehen. Widerstandslos ließ sich der Vater von ihm stützen. Als sie unten angekommen waren, kamen ihnen Jette und Henrik entgegen.

»Vati!«, schrie Jette ängstlich auf.

»Alles halb so schlimm«, stöhnte er.

Lene bat Jette und Henrik in strengem Ton, bitte im Haus auf sie zu warten. Jette zögerte, aber dann tat sie, was Lene verlangte. Als Lene beobachtete, wie liebevoll Henrik die Hand ihrer Schwester zum Trost nahm, wurde ihr schwer ums Herz, doch nun musste sie ihrem Vater in den Wagen helfen, den Herrmann inzwischen vorgefahren hatte.

»Schwör mir, dass er verschwunden ist, wenn ich zurück bin«, japste ihr Vater.

Lene nickte.

Sie blieb noch einen Moment regungslos stehen, nachdem der Wagen vom Hof gerollt war. Ihr erster Gedanke galt dem Vater, und sie betete, dass er wegen dieser Aufregung keinen gesundheitlichen Schaden erlitten hatte. Der zweite Gedanke galt der Verantwortung, die sie auf sich geladen hatte. Was, wenn sich der Verdacht ihres Vaters bestätigte? Noch hegte sie allerdings die Hoffnung, dass er umsonst derart in Panik geraten war. Allerdings würde sie sich auf keinen Fall seiner Anordnung beugen, Henrik mit Geld zum Fortgehen zu bewegen. Nicht einmal den Versuch würde sie unternehmen! Im Gegenteil, sie sah nur ein Mittel, der

Wahrheit auf den Grund zu gehen: die Wahrheit! Hatte sie es in manch stiller Stunde auch verflucht, dass sie damals zur zufälligen Zeugin der mütterlichen Beichte geworden war, weil sie es teils als schwere Bürde für ihre Seele empfunden hatte, in diesem Augenblick war sie froh darüber, weil sie allein es in der Hand hatte, das einzig Richtige zu tun!

37. Flensburg, Mai 1930

Jette fühlte sich in Henriks Arm geborgen. Er hatte sie nicht eine Sekunde losgelassen, seit sie ins Haus gegangen waren. Trotzdem machte sie sich große Sorgen um ihren Vater. Sie wollte sich auf keinen Fall ausmalen, dass es womöglich ein Herzanfall gewesen war. Stattdessen versuchte sie, ein anderes Thema anzusprechen, um ihre Ängste zu vertreiben. Sie fragte ihn, wie sie die Rolle noch angehen konnte, um die Aufmerksamkeit des Publikums auf die Nebenrolle zu lenken.

Henrik war der Meinung, sie müsse nur annähernd so gut sein wie bei der Probe an diesem Tag.

»Du ragst ohne Mühen ohnehin schon positiv heraus. Jeder wird sich fragen, warum jemand, der wesentlich mehr Stimmvolumen als die Kemper hat, besser aussieht und über diese enorme Bühnenpräsenz verfügt, die Nebenrolle bekommt.«

»Du Schmeichler. Das sagst du doch nur, um Eindruck bei mir zu schinden«, flötete sie und strich versonnen über seine Hand, während sie insgeheim ihr Glück kaum fassen konnte, dass ihr Henrik zum zweiten Mal in ihrem Leben so unverhofft über den Weg gelaufen war.

»Genau, ich dachte, du gibst mir dann zur Belohnung einen Kuss«, erwiderte er grinsend und küsste sie.

Erst als ein energisches Räuspern erklang, fuhren sie auseinander. Es war Lene, die sich mit wachsweißer Miene zu ihnen setzte.

»Wie geht es Vati?«, fragte Jette.

»Ich denke, es war nur die Aufregung«, erwiderte Lene ausweichend, während sie erst Henrik und dann Jette mit durchdringenden Blicken musterte.

»Aber warum guckst du mich denn so merkwürdig an?«, wollte Jette wissen.

Lene stieß einen tiefen Seufzer aus. »Henrik, ich muss Ihnen ein paar Fragen stellen.«

Jette sah ihre Schwester erschrocken an. »Warum?«

»Bitte fragen Sie«, entgegnete Henrik gelassen.

»Ihr Nachname ist Larsson, und Ihr Vater lebt in Stockholm? Ihre Großeltern haben früher einmal in Flensburg gelebt?«

Er nickte. »Das hatte ich gerade Ihrem Vater schon erzählt, bevor er den Zusammenbruch hatte.«

»Ja, ich weiß, aber ich muss Sie noch etwas fragen. Ist Ihr Vater Musiker wie Sie und heißt mit Vornamen Simon?«

»Ja, das ist richtig, aber ich verstehe nicht ganz, was Sie an meinem Stammbaum so brennend interessiert«, sagte er irritiert.

»Hat Ihr Vater als junger Mann auch in Flensburg gelebt?«

Er nickte.

Als Jette dabei zusehen konnte, wie ihre Schwester noch blasser wurde, spürte sie ein unangenehmes Kribbeln im ganzen Körper. Sie hatte keine Ahnung, was hier vor sich ging, aber sie fühlte in jeder Pore, dass etwas Bedrohliches im Raum stand.

»Lene, was ist passiert?«, fragte sie mit bebender Stimme.

»Ich, ich, weiß nicht, wie ich es euch schonend beibringen soll, denn es ist so schwer …«

»Lene, sprich es aus!«

»Gut, Ihr Vater, Henrik, und unsere Mutter, Jette, die kannten sich, und zwar sehr gut. Ihr Vater war der Klavierlehrer und die erste große Liebe meiner Mutter, aber der Druck ihres Vaters auf sie, unseren Vater zu heiraten, war zu groß. Unser Vater rettete schließlich das Gut Runohr vor dem finanziellen Ruin. Der Preis war, dass meine Mutter dafür auf Simon verzichtete. Er ging noch an demselben Tag, an dem er von der Hochzeit meiner Eltern erfuhr, nach Schweden und fand dort Arbeit.«

»Ich weiß, am Königlichen Orchester«, bemerkte Henrik fassungslos.

»Aber worauf willst du hinaus? Was hat das mit Henrik und mir zu tun, dass unsere Eltern sich lange vor unserer Geburt geliebt haben?«, fragte Jette verzweifelt.

»Sie haben ihre Liebe damals nie gelebt, aber sie begegneten einander noch einmal. Viele Jahre später, als Simon längst eine Familie in Stockholm hatte und Mutter ihre Familie. Simon gab ein Konzert in Flensburg. Sie besuchte es, und die beiden taten an jenem Abend das, was sie damals nicht gewagt hatten. Nur dieses eine Mal, aber …«

Jette sprang auf und hielt sich die Ohren zu. »Nein!«, schrie sie. »Bitte nicht! Nein! Nein! Nein!«

Henrik sank in sich zusammen, schlug die Hände vors Gesicht und schluchzte laut auf.

In diesem Augenblick hörten sie ein Motorengeräusch, und wenig später ging die Haustür. Jette nahm das alles nur wie durch eine Nebelwand wahr. Erst als ihr Vater und Herrmann im Zimmer standen, begriff sie, dass sie zurückgekommen waren.

»Was macht er noch hier?«, hörte sie ihren Vater krächzen.

»Was machst du hier, Vater?«, fragte Lene.

»Er wollte partout nicht ins Krankenhaus. Er legt sich jetzt ins Bett, und ich hole Dr. Boysen. Das ist unsere Verabredung«, erwiderte Herrmann.

»Bitte, Lene, tu, was ich dir gesagt habe«, flehte der Vater.

Lene schüttelte den Kopf. »Nein, Vater, komm, setz dich her.«

Ihr Vater zögerte, aber sie stand auf, nahm seinen Arm und führte ihn zum Tisch. Herrmann beobachtete das Ganze befremdet.

»Herrmann, tust du mir einen Gefallen? Kannst du uns einen Augenblick allein lassen? Es geht um eine Familienangelegenheit«, bat Lene ihn, bevor sie sich an Jette wandte. »Wir müssen jetzt vernünftig sein.«

Jette ballte die Fäuste, aber erst nachdem Herrmann das Zimmer verlassen hatte, brach die Verzweiflung mit aller Macht aus ihr heraus. »Vernünftig?«, schrie Jette. »Sie haben mein Leben zerstört!« Henrik sprang auf und ging auf Jette zu. Er nahm sie in die Arme, und sie vergossen gemeinsam bittere Tränen, doch auf die erneute Bitte von Lene, sich zu ihnen zu setzen, taten sie, was sie verlangte.

»Ich verstehe das nicht«, murmelte der Vater. »Warum ist er noch in meinem Haus? Wollte er mehr Geld?«

»Geld?«, wiederholte Jette verständnislos. »Was für Geld?«

»Vater, du musst jetzt ganz tapfer sein. Es wäre wirklich nicht fair, Jette die Wahrheit über ihre Herkunft noch länger vorzuenthalten. Irgendwann muss sie es erfahren.«

»Was redest du denn da?«, fragte der Vater.

»Ich weiß es. Ich habe Mutters Beichte an ihrem Sterbebett belauscht. Ich wollte gerade zu ihr, als ich mitbekam, was …«

»Ich hasse euch!«, schrie Jette.

»Kann uns jetzt bitte mal endlich einer die ganze Wahrheit erzählen«, bat Henrik mit fester Stimme.

Jette war sich nicht sicher, ob sie überhaupt noch etwas hören wollte. Das, was sie soeben erfahren hatte, genügte, um ihr Leben zu zerstören. Sie verspürte den Impuls, aufzustehen und zu gehen. Ja, mehr noch, sie würde am liebsten weit fortgehen und niemals mehr zurückkehren in dieses verlogene Haus. Doch Henrik hatte recht. Sie mussten wissen, was geschehen war.

»Die ganze Wahrheit, bitte!«, sagte sie leise.

Ihr Vater schüttelte den Kopf. »Ich kann es nicht!«, stieß er verzweifelt aus.

Schließlich schilderte Lene in bemüht sachlichem Ton, was sie am Todestag ihrer Mutter erfahren hatte.

Jette spürte einen unbändigen Zorn auf ihren Vater oder den Mann, den sie ein Leben lang für ihren Vater hatte halten müssen. »Sag doch auch mal einen Ton, verdammt! Wie konntest du das vor mir verheimlichen?«

»Jette, du zielst gerade auf den Falschen«, wies Lene sie in scharfem Ton zurecht. »Unser Vater hat dir alles gegeben, was ein Vater einer Tochter nur geben kann!«

»Das ist wahr, Jette, dein Vater wollte dich schützen. Wenn wir jemandem böse sein wollen, dann deiner Mutter und meinem Vater. Und du kannst sicher sein, dass ich ihn fragen werde, warum er uns das angetan hat!«

Jette blickte nun in das Gesicht ihres Vaters, das um Jahre gealtert schien. »Ich brauche Zeit, um zu begreifen, dass mein ganzes Leben eine Lüge war.«

»Du bist vom ersten Tag an meine Tochter gewesen. Schon in dem

Augenblick, als ich dich im Arm deiner Mutter habe liegen sehen und geahnt habe, was geschehen ist.«

»Du hast also von Anfang an gewusst, dass ich nicht dein Kind bin?«, fragte Jette ungläubig. »Warum hast du meine Mutter nicht zur Hölle geschickt?«

»Weil ich sie über alles geliebt habe. Genau wie dich.«

Jette starrte ihn fassungslos an. Der gebrochene Mann, der sie in diesem Augenblick mit Tränen in den Augen ansah, konnte doch nichts dafür, dass ihre Mutter ihn so schändlich betrogen hatte. Sie erhob sich, ging auf ihn zu und nahm ihn in den Arm. Vor ihrem inneren Auge zogen all diese Bilder vorüber, wie er ihr stets jeden Wunsch von den Augen abgelesen, wie er sie manchmal sogar bevorzugt hatte und was für ein großartiger Großvater er für Klara war. Nein, er war der Letzte, den sie dafür verantwortlich machen konnte. Stattdessen fühlte sie einen brennenden Hass auf die Frau, die ihr das angetan hatte.

»Ich hasse Mutter!«, schrie Jette, nachdem sie sich aus der Umarmung mit ihrem Vater gelöst hatte. »Ich hasse sie so sehr!«

»Jette, ich flehe dich an, versündige dich nicht. Lass deine Mutter in Frieden ruhen«, hörte sie ihren Vater betteln, aber es kam nicht in ihrem Herzen an. Sie hasste diese Frau, die sie ein Leben lang belogen hatte, abgrundtief. Da fiel ihr Blick auf das Foto ihrer Mutter, das auf der Anrichte stand. Es zeigte sie in jungen Jahren. Sie war wunderschön, und doch lag etwas Trauriges in ihrem Blick. Wie in Trance stürzte Jette darauf zu, nahm den Rahmen in die Hand und warf ihn mit voller Wucht gegen die Wand. Das Glas splitterte in tausend Scherben. Da lag ihre Mutter nun auf dem Boden und schaute sie an. Mit traurigem Blick. Es kostete Jette viel Überwindung, nicht noch mit dem Fuß auf das Bild zu treten. Allein die Rücksicht auf den Mann, der ihr alle Liebe der Welt gegeben hatte, hielt sie davor zurück. Stattdessen flüchtete sie aus dem Zimmer und wäre auf dem Flur beinahe mit Herrmann zusammengestoßen, in dessen Blick sie das nackte Entsetzen lesen konnte.

»Hast du etwa gelauscht?«, fuhr sie ihren Schwager an.

Herrmann machte eine abwehrende Handbewegung. »Nein, das habe ich nicht. Ich habe nur das eine oder andere … nein, ich habe nichts gehört, was nicht für meine Ohren bestimmt war«, stammelte er verräterisch.

»Ich glaube dir kein Wort!«, fuhr Jette ihn an, bevor sie nach oben in ihr Zimmer stürmte. Dann sollte es doch die ganze Welt erfahren, dass sie keine Danneberg war, dachte sie trotzig, obwohl ihr der Gedanke, dass ihr Vater nicht ihr Vater war, schier das Herz brechen wollte. Es tat beinahe noch mehr weh als der Gedanke, dass Henrik und sie niemals ein Paar werden konnten, weil er ihr Halbbruder war.

38. Gut Runohr, April 1932

Das Warten auf die Rückkehr ihrer Familie verging quälend langsam. Freya zermarterte sich das Hirn mit der Frage, ob es nicht doch besser gewesen wäre, sie hätte ihren Mann und Charlotte ins Stadion begleitet, nachdem ihre Tochter vehement darauf bestanden hatte, das Idol ihres Vaters, diesen Hitler, bei seiner letzten Wahlkampfrede vor der preußischen Landtagswahl zu erleben. Eine große Ehre für uns, dass er hier spricht, hatte Paul verkündet, und Charlotte hing an seinen Lippen, dass es Freya allein vom Zuschauen körperlich übel wurde. Er setzte alles daran, das gerade erst zehnjährige Mädchen auf seine politische Linie einzuschwören. Charlotte bewunderte ihren Vater vorbehaltlos und tat alles, nur um ihm zu gefallen. Dabei ließ er keine Gelegenheit aus, seiner Tochter scheinbar scherzhaft vorzuführen, wie dumm ihre Mutter doch war. Freya befürchtete, dass es reine Taktik von ihm war, mit der er verhindern wollte, dass sie sich doch noch von ihm scheiden ließ. Er schien zu wissen, dass er dann niemals Herr über das Gut Runohr wurde, weil es noch ihrem Vater gehörte. Mehr als unter seinen Demütigungen litt Freya unter der Ablehnung, die ihr Charlotte unter dem schlechten Einfluss ihres Vaters entgegenbrachte.

Als Freya versucht hatte, sie davon abzuhalten, den Vater ins Stadion zu begleiten, hatte die Zehnjährige ihr ins Gesicht gesagt, dass sie sich noch wundern würde, wenn erst die Partei ihres Vaters das Sagen hätte. Paul hatte grinsend danebengestanden und das Kind damit ermutigt.

Ja, sie hätte mitgehen müssen, um dieser diabolischen Einflussnahme seitens des Vaters entgegenzuwirken, aber sie hatte es nicht über sich gebracht. Es war ihr schon zuwider, wenn sich die Braunhemden auf Gut Runohr trafen, soffen, palaverten und dieses schreckliche Lied sangen. Und nun ein ganzes Stadion voll mit diesen »grölenden Proleten«, wie ihr Vater die Gesinnungsgenossen ihres Mannes bezeichnete. Ihr Vater hatte ein paarmal heftig mit Paul gestritten. Er war erst kürzlich aus Protest gegen die hitlerfreundliche Hugenberg-Presse, wie man jene Berichterstattung nannte, die der Vorsitzende der Deutschnationalen Volkspartei in seinen diversen Zeitungen verbreitete, aus der DNVP ausgetreten.

»Freya?«

Sie zuckte zusammen, denn sie hatte Rasmus gar nicht kommen hören. Es war eigentlich Pauls Art, sich von hinten anzuschleichen und sie zu erschrecken.

»Bin ich froh, dass du es bist«, seufzte sie.

»Ich wollte nur sagen, dass ich jetzt gern nach Schleswig fahren würde, um nach deinem Vater zu sehen. Könnte ich deinen Wagen haben?«

»Aber natürlich.« Der Laubfrosch gehörte Freya, seit sich Paul einen Mercedes Benz gekauft hatte. Sie vermutete, das hatte er getan, weil sein großes Idol auch Benz fuhr. Paul war in vielem so einfach durchschaubar. Hatte Freya ihn am Anfang ihrer Ehe noch für einen weltgewandten klugen Mann gehalten, schien er ihr inzwischen einfältig zu sein und leicht zu beeindrucken.

Rasmus gab Freya einen flüchtigen Abschiedskuss, bevor er ging.

Freyas Gedanken schweiften nun zu Paul zurück. Seit dem letzten Vorfall, als sie ihn hatte davon abhalten wollen, sie zu Lenes Empfang in der braunen Kluft zu begleiten, hatte er sie zumindest nie wieder körperlich angegriffen. Sie mutmaßte, dass er das nicht mehr brauchte, weil er mit Charlotte inzwischen eine viel schärfere Waffe gegen sie in der Hand hatte. Getrennte Schlafzimmer hatten sie nun seit über drei Jahren, nachdem Freya sich einmal über den Geruch des fremden Parfums in ihrem Bett beklagt hatte. Noch an demselben Abend war er aus dem gemeinsamen Schlafzimmer ausgezogen. Dass er Freya damit einen Gefallen getan hatte, ahnte er hoffentlich nicht, denn Rasmus und sie gaben acht, dass er nichts bemerkte. Deshalb nutzten sie auch für Freyas Empfinden nur viel zu selten die Gelegenheit für ein heimliches Stelldichein. Sie trafen sich wirklich nur, wenn sie sicher waren, dass Paul nicht unverhofft nach Runohr zurückkehren würde und Charlotte bei Lene in Flensburg war. Ole P. und Charlotte waren immer noch ein Herz und eine Seele, obwohl ihre Tochter in letzter Zeit öfter einmal äußerte, dass sie keine Lust mehr habe, mit den Kleinen zu spielen. Freya vermutete allerdings, dass dies von Paul ganz bewusst gesteuert wurde, weil er Lene spätestens seit dem Firmenfest vor zwei Jahren als erklärte Feindin betrachtete. Deshalb waren sie auch zu ihrem großen Kummer dem letzten Weihnachtsfest der Familie Danneberg ferngeblieben. Das wiederum führte dazu, dass sie Lene, die immer noch so viel arbeitete, immer seltener sah. Leider auch dazu, dass sie Lizzie wohl in naher Zukunft gar nicht mehr zu Gesicht bekommen würde. Am zweiten Weihnachtstag waren Gottfried und Lizzie mit Frederike nach Runohr gekommen, um sie – und nur sie allein und Charlotte – zu treffen, aber sie hatte Paul schlecht ausladen können. Bei Tisch hatte es dann einen fürchterlichen Streit zwischen Paul und Gottfried gegeben. Natürlich war es um Politik gegangen. Wenn es nur die beiden Männer gewesen wären, die gestritten hätten, wäre die ganze Sache vielleicht noch glimpflich verlaufen, aber Lizzie hatte sich nach Freyas Ansicht mit einer nahezu fanatischen Verbissenheit eingemischt. Nicht einmal ihr zuliebe hatte sich die streitbare Cousine zurückgenommen. Freya kannte Lizzie gar nicht wieder. Sie hatte früher in jeder noch so kniffligen Lage die Ruhe bewahrt. Bei dem Thema Hitler schien sie allerdings jegliche Contenance zu verlieren. Sogar Gottfried hatte ein paarmal beschwichtigend die Hand auf ihre Schulter gelegt, aber Lizzie hatte nicht aufgehört, Paul unter anderem als Totengräber der Demokratie zu bezeichnen. Freya teilte ja durchaus in weiten Teilen die Meinung ihrer Cousine, aber hätte sie sich nicht ein bisschen mehr zusammenreißen und ihre Meinung über Paul für sich behalten können?

Immerhin schrieben Lizzie und sie sich seitdem Briefe, die Freya regelrecht verschlang, wie den, der sie vor ein paar Tagen erst erreicht hatte und der Freya nicht mehr aus dem Kopf ging. Sie holte ihn noch einmal aus der Schublade, in der sie diese Briefe versteckte, damit Paul sie nicht fand, denn er hatte ihr jeglichen Kontakt mit dem »kommunistischen Gesindel« untersagt.

Liebe Cousine,
auch wenn es mir schwerfällt, ich verstehe, dass du deine Tochter nicht verlieren möchtest, aber überleg es dir doch einmal. Würdest du dich jetzt scheiden lassen, wäre Gut Runohr eines Tages deins. Wenn nicht, wird Paul dich noch mehr beiseitedrängen, wenn er der Herr über dein Elternhaus wird.
Frederike macht uns große Freude. Sie ist ein fröhliches Mädchen, und mit dem Kindermädchen haben wir wirklich einen goldenen Griff getan. Bajka kommt aus Warschau, spricht allerdings Deutsch wie ihre Muttersprache, denn ihre Mutter ist aus Berlin. Manchmal bin ich fast ein wenig eifersüchtig, wenn ich sehe, wie vertraut die beiden sind.
Gottfried und ich arbeiten neuerdings in demselben Krankenhaus. Im Bethanien, wo ich intensiv an meine Zeit als Diakonisse erinnert werde, weil die Schwestern in diesem Haus Diakonissen sind. Ich bin inzwischen auf der Kinderstation, und das gefällt mir sehr gut. Doch sollten die braunen Horden tatsächlich noch mehr Anhänger gewinnen, dann ziehen wir in Erwägung, Berlin zu verlassen.
Gottfried hat eine Verletzung an der Schulter, seit er im September letzten Jahres an einer Straßenschlacht mit den braunen Horden an vorderster Front dabei war. Anlässlich des jüdischen Neujahrsfests Rosch ha-Schana attackierten rund tausend Berliner SA-Leute den vermeintlich »verjudeten« Bezirk Charlottenburg. Der SA-Führer der Reichshauptstadt, Wolf Graf Helldorff, ließ sich im offenen Wagen den Kurfürstendamm auf und ab fahren und stachelte seine Männer an. Aus den ersten Sprechchören »Wir haben Hunger! Wir wollen Arbeit!« wurden rasch Parolen wie: »Juda verrecke!« und: »Schlagt die Juden tot!«
Das wollten die Genossen nicht ungesühnt lassen, und es kam zu blutigen Auseinandersetzungen. Dabei war Gottfried zu dem Zeitpunkt bereits aus der Partei ausgetreten, aber nun ist er bei den Gegnern bekannt und verschrien.
Aber es gibt auch Hoffnung. Stell dir vor: Ein Freund von ihm ist kürz-

lich nach Flensburg gegangen und versucht nun, ihn in meine alte Heimat zu locken. Ach, Freya, natürlich wäre ich in diesen Zeiten gern in Vaters, Jettes und auch deiner Nähe. Ob ich allerdings Lene so oft sehen möchte, weiß ich nicht. Wir haben uns zwar wieder versöhnt, aber wäre es nicht besser, wir sehen uns nur zu den Festen? Ich weiß es nicht. Ich weiß nur eines: Gottfried möchte fort aus dieser Stadt, in der die politischen Kämpfe an jeder Straßenecke lauern. Er war in seiner Verzweiflung neulich sogar bei einer Versammlung der Sozialdemokraten, für ihn Jahre zuvor ein böser Verrat. Aber er sagt, man muss sie gegen Brüning und das Zentrum stärken. Sonst helfen die dem Hitler noch durch die Hintertür an die Macht.

Ich hoffe, du lässt dich trotz deiner Verlustängste baldigst von deinem SA-Mann scheiden. Bedenke, Charlotte hängt an Runohr. Sie wird ihre Heimat nicht verlassen, um mit Paul zu gehen. Vertrau doch bitte endlich darauf, dass du in der besseren Position bist. Sollte dieser Hitler wirklich an die Macht kommen, und Paul wird Herr von Runohr, dann, liebste Cousine, kann dir keiner mehr helfen …

Freya ließ den Brief sinken. Dieser letzte Absatz ließ sie seit Tagen nicht in den Schlaf kommen. Das klang so, als müsse sie sich schnell entscheiden. Wenn sie daran dachte, wie stark Paul Charlotte schon auf seine Seite gebracht hatte. Aber würde ihre Tochter wirklich mit ihm gehen? Ihr Zuhause verlassen? Nein, das war eher unwahrscheinlich. Lizzie hatte doch recht. Wie lange wollte sie noch warten?

Als sie wenig später die Stimme ihrer Tochter schon draußen lauthals singen hörte: »Die Fahnen hoch, die Reihen fest geschlossen, SA marschiert …«, da wusste sie, dass sie keine Wahl mehr hatte. Sie straffte die Schultern. Noch heute würde sie Paul auffordern, das Haus zu verlassen, das noch ihrem Vater gehörte. Und wenn er sie dafür grün und blau schlug. Was konnte ihr Besseres passieren, als dass Charlotte Zeugin wurde, wie ihr Vater die Mutter misshandelte? Nein, so verblendet die Kleine auch war, das würde sie nicht kritiklos hinnehmen. Natürlich wünschte sich Freya nicht, zum Abschied von ihrem Mann verprügelt zu werden, aber die Angst, dass er es tun könnte, lähmte sie nicht länger.

Sie nahm sich fest vor, Charlotte und Paul freundlich zu empfangen und sich zunächst nichts anmerken zu lassen. So hörte sie sich stoisch die begeisterten Schilderungen ihrer Tochter von dem großen Ereignis an. Der Hitler habe gesagt, er sei ein Prophet, schwärmte Charlotte, und die vielen Fahnen mit den Hakenkreuzen hätten wie ein rotes Meer ausgesehen. Und zum Schluss hätten alle zusammen so schön gesungen …

Freya musste sehr viel Selbstbeherrschung aufbringen, um ihre Abwehr gegen all das zu verbergen. Sie nahm ihre aufgedrehte Tochter in den Arm und ließ sie plappern. Als sich Pauls und ihr Blick trafen, erschrak sie zutiefst. Da war nicht einmal mehr die geringste Spur von Respekt in seinen Augen. Im Gegenteil, ihr schlug die bloße Verachtung entgegen.

Lizzie, du hast recht, ging Freya durch den Kopf, ich muss handeln, und zwar sofort.

»Charlotte, du musst trotzdem noch deine Schularbeiten machen. Schließlich möchtest du in einem Jahr auf das Lyzeum. Ich glaube nicht, dass deine Lehrerin als Ausrede gelten lässt, dass du im Stadion dem Herrn Hitler zugehört hast.«

»Noch nicht, liebe Freya, aber der Tag wird kommen. Geh nur, Charlotte. Vielleicht reiten wir morgen zusammen aus. Was meinst du?«

»Gern, Vati«, erwiderte sie strahlend, gab ihm überschwänglich ein Küsschen auf die Wange, bevor sie auch Freya einen flüchtigen Kuss gab. Zusammen ausreiten mit Paul. Reiten mit ihrer Tochter, das war bislang ihr Privileg gewesen. Wie oft waren sie beide mit den Pferden am Strand gewesen, während Paul sich kein bisschen fürs Reiten interessiert hatte.

Freya atmete ein paarmal tief durch. Sie wollte es nicht mehr auf die lange Bank schieben aus lauter Angst, dass sie dann wieder schwach würde.

»Paul, ich muss mit dir sprechen. Bitte, lass uns dazu hinsetzen.«

Er folgte ihr an den Esstisch und blickte sie mit spöttischer Miene an.

»Dieser Ton passt nicht zu dir!«, bemerkte er herablassend. »Du bist eher die Heulsuse. Das mag aus Lenes Mund, die sowieso keine richtige Frau ist, überzeugend klingen, aber nicht aus deinem. Das ist einfach nur lächerlich!«

Freya hatte Mühe, sich durch diese Beleidigungen nicht verunsichern oder gar von ihrem Entschluss abbringen zu lassen.

»Paul, ich will die Scheidung!«, presste sie gequält hervor.

Für den Bruchteil einer Sekunde entgleisten ihm die Gesichtszüge.

»Du weißt, was dann geschieht, oder?«, fragte er, kaum dass er seine Fassung wiedergewonnen hatte.

»Du willst mir Charlotte wegnehmen. Ich weiß, aber ich glaube kaum, dass sie mit dir gehen wird, wenn du Gut Runohr verlassen musst.«

»Du willst mich rauswerfen?«, fragte er, sprang dabei auf und näherte sich ihr drohend.

»Schlag ruhig zu. Dann sieht unsere Tochter, wozu ihr Vater fähig ist!« Sie schaffte es nur unter großen Mühen, dass ihre Stimme nicht brach.

Paul schien überrascht zu sein angesichts ihres kämpferischen Auftretens. Er zog sich wortlos auf seinen Platz zurück.

»Freya, was soll das werden? Du brauchst mich doch«, sagte er nun in einschmeichelndem Ton.

Freya schluckte. Wenn sie ihn nicht so gut kennen und wissen würde, dass er das nur einsetzte, wenn er mit Einschüchterung, Spott und Drohungen nicht weiterkam, sie wäre schwach geworden, denn er sah immer noch blendend aus. Sie konnte sich lebhaft vorstellen, wie ihm die Anhängerinnen der Braunen schöne Augen machten. Die Damen mit dem billigen Parfum …

Das Klingeln des Telefons schreckte sie aus ihren Gedanken. Sie sprang auf, weil sie eine Ahnung hatte, dass sie das Gespräch annehmen sollte, aber Paul war schneller.

Seine finstere Miene erhellte sich, während er mit seinem Gegenüber sprach.

»Wer war das?«, fragte sie, nachdem er aufgelegt hatte, während ihr Herz bis zum Hals klopfte.

»Unser ehemaliger Verwalter«, erwiderte er mit einem teuflischen Grinsen.

»Wie meinst du das? Ehemaliger Verwalter?«, hakte sie mit bebender Stimme nach, obwohl sie tief im Inneren längst ahnte, was das zu bedeuten hatte.

»Das wird meine erste Handlung als neuer Herr auf Runohr sein. Und dann sorgen wir dafür, dass der alte Herr ein würdiges Begräbnis bekommt.«

Freya hörte einen unmenschlichen Schrei und begriff erst, als Paul ihr eine Ohrfeige versetzte, dass er aus ihrem Mund gedrungen war.

39. Flensburg, Dezember 1932

Jette hatte es geschafft! Offenbar war Fräulein Kemper bei ihrem Gönner in Ungnade gefallen, und nun war sie die Nummer eins. Sie hatte große Erfolge als Wirtin Josepha Vogelhuber *Im weißen Rössl* gefeiert, allerdings mit blonder Perücke. Die Kritiken waren durchweg positiv, auch wenn der Intendant Bornstedt in das Kreuzfeuer der Flensburger Nachrichten geraten war, und man bezweifelte, ob er *der hohen Aufgabe eines deutschen Grenztheaters überhaupt gewachsen war.* Man unterstellte ihm, dass er zu wenig Stücke auf dem Spielplan hatte, die der Ideologie der mittlerweile mit 45,7 Prozent stärksten Partei in der Stadt, der NSDAP, entsprachen. Jette sah das ganz anders, denn es gab ein neues Stück auf dem Spielplan, das den neuen Machthabern sehr gefiel, was sie allein daraus schließen konnte, dass Paul Danneberg die Premiere an diesem Abend besuchte. Und zwar in Begleitung einer fremden Frau, hatte ihr vorhin gerade eine Freundin gesteckt, die an der Kasse arbeitete. Nach dem Tod seines Schwiegervaters ließ er jeglichen Anstand missen. Jette war sehr gespannt, was Lene dazu sagen würde, die auf Herrmanns ausdrücklichen Wunsch ebenfalls zu dieser Premiere gegangen war, und auf Jettes Betteln hin auch zur Premierenfeier kommen würde, zu der Paul Danneberg natürlich auch eingeladen worden war.

Jette hatte vergeblich versucht, sich vor dieser gesellschaftlichen Verpflichtung zu drücken, aber seitens der Stadt hatte man sie quasi zur Anwesenheit genötigt. Als der neue Stern am Theaterhimmel erwarte man von ihr, dass sie auch zu einem Abend erscheine, an dem parteipolitische Prominenz anwesend sei, hatte es in einem Schreiben geheißen.

Das kam einer Anordnung gleich, der sie sich nicht widersetzen wollte, denn noch hatte sie erst einen großen Erfolg zu verzeichnen. Diese Verpflichtung ging ihr zwar mächtig gegen den Strich, aber sie wollte sich nicht unbeliebt machen. Allerdings hatte sie keinen Erfolg mit ihrem Versuch gehabt, Henrik ebenfalls zur Premierenfeier zu locken. Er hatte sich strikt verweigert und hielt das Stück mit dem Namen »Die endlosen Straßen« für ein übles Machwerk, das die deutschen Frontsoldaten verherrliche und den Krieg verharmlose. Sie hatte gestern die Generalprobe gesehen, und auch das war nicht ganz freiwillig geschehen, sondern man hatte die Kollegen explizit gebeten, sich im Zuschauerraum zu platzieren. Das Stück hatte sie jedenfalls schrecklich gelangweilt. Es waren nur Männerrollen in Uniform, die über ihre Heldentaten im Krieg palaverten.

Henrik war inzwischen ihr bester Freund geworden. Sie waren unzertrennlich, und Jettes Halbbruder war ein gern gesehener Gast im Haus an der Schiffbrücke. Jette vermutete, dass ihr Vater dem jungen Schweden nie vergessen würde, wie er am Tag, an dem das Geheimnis ans Tageslicht gekommen war, ein gutes Wort für ihn eingelegt und klargemacht hatte, dass er ebenso wie Henriks Mutter nur Opfer dieses Ehebruchs war. Trotzdem ließ ihr Vater kein böses Wort über Jettes Mutter verlauten. Henrik hingegen hatte seinem Vater einen Brief nach Schweden geschickt mit nur zwei Sätzen: *Ich habe meine Halbschwester Henriette Danneberg kennengelernt. Wie konntest du uns das nur antun?*, und sich dann nicht mehr bei ihm gemeldet. Der Vater hatte ihm mehrere Briefe geschrieben, die Henrik alle ungeöffnet zurückgeschickt hatte. Henrik schrieb nur noch seiner Mutter, doch seit sie ihn gebeten hatte, den Vater für seinen Fehltritt nicht derart zu bestrafen, hatte er ihr auch nicht mehr geantwortet. Er fand zwar die Haltung seiner Mutter und auch die von Jettes Vater im Prinzip bewundernswert, aber er war noch nicht so weit, seinem Vater zu verzeihen. Jette und Henrik waren sehr glücklich, dass sie ihre gefühlsmäßige Bindung in eine Freundschaft umgewandelt hatten. Sie waren inzwischen beide zu Lene ins Haus gezogen, denn das kluge Vorgehen ihrer Schwester an jenem Abend, das hatte Jette wirklich imponiert. Und auch Lene hatte Jette gegenüber zugeben müssen, dass sie nun, nachdem die Wahrheit auf dem Tisch war, wieder viel freier ihr gegenüber sein konnte. Sie hatte ihre Schwester nur gebeten, sich für Klara ein eigenes Kindermädchen zu suchen, weil sie wollte, dass ihre Kinder Kaja nicht länger mit der Cousine teilen mussten. Jette fand das zwar ein wenig egoistisch von ihrer Schwester, aber aus einem Grund verstand sie es sogar. Es musste hart gewesen sein, die ganze Zeit mit anzusehen, wie ihr Vater das Enkelkind bevorzugte, das in Wirklichkeit gar nicht seines war. Dem engen Verhältnis zwischen Klara und Jettes Vater tat es allerdings keinen Abbruch, dass Klara nicht mehr in seinem Haus wohnte. Dafür kam er, sooft er konnte, in die Wrangelstraße, um seine Enkelin zu sehen. Auch Henrik kümmerte sich rührend um Klara. Er hatte trotz des heftigen Schocks nichts von seinem Humor eingebüßt und fand, dass die Betreuung seiner Nichte den Verlust eines eigenen Kindes mit Jette einigermaßen ausglich.

Jette und Henrik gaben sich gegenseitig sogar Ratschläge, mit welchem Kollegen oder welcher Kollegin der andere sich privat verabreden solle oder nicht. Jette fehlte es jedenfalls nicht an Verehrern, aber sie blieb eher distanziert. Henrik hingegen hatte sich den Ruf eines Flensburger Don Juans erworben. Er poussierte manchmal mit drei Frauen gleichzeitig, was ihn bisweilen in arge Bedrängnis brachte.

Während Jette all diese Gedanken durch den Kopf gingen, hockte sie schlecht gelaunt in ihrer Garderobe hinter der Bühne und schminkte sich für die Premierenfeier dieses Kriegsepos. Plötzlich ertönten frenetischer Applaus, Bravo- und einzelne Heil-Rufe. Neugierig begab sie sich zum Inspizienten, der von seinem Platz aus bis ins Publikum sehen konnte. Beim Anblick der stadtbekannten Parteigrößen wurde ihr klar, warum die Reaktion auf diese Vorstellung so euphorisch war. Darüber, welcher braunen Gesinnung sie nachhingen, täuschten auch ihre feinen Abendanzüge nicht hinweg. Einige trugen aber auch ganz provokativ die sogenannten »weißen Verbotshemden« mit einer schwarzen Krawatte, schwarze Hosen, eine dunkelblaue Schiffermütze und Motorradstiefel, jene Kluft, die für SA-Männer als Ersatz galt, seit es allen paramilitärischen Organisationen verboten war, Uniformen zu tragen.

Ihr grauste vor diesem Abend. Der einzige Lichtblick war Lene, mit der sie sicherlich gut über dieses Stück ablästern konnte. Zögernd machte sie sich auf zum Foyer, wo die Feier stattfand. Dort herrschte bereits reger Betrieb.

Jette reckte ihren Hals, um Lene zu entdecken, und da sah sie, wie Paul auf Herrmann und Lene zuging und ihnen jovial die Hand entgegenstreckte. Zu ihrem großen Entsetzen nahm Lene sie zögernd entgegen, während sie die Hand seiner blonden Begleiterin ignorierte. Herrmann gab allerdings beiden freundlich die Hand. Jette fröstelte bei dem Anblick. Sie würde weder Paul noch seiner Geliebten die Hand geben. So viel stand fest! In diesem Augenblick schien ihr Cousin sie zu bemerken und stürzte auf sie zu, gefolgt von der fremden Frau, Lene und Herrmann.

»Henriette, wie schön, dich zu sehen«, heuchelte er und stellte ihr seine blonde Begleitung vor. »Das ist Fräulein Sager, Charlottes neue Erzieherin.«

»Ach, Paul, was soll das Theater? Du hast jahrelang kein Wort mit mir gesprochen. Und früher hast du mich gern, wenn keiner geguckt hat, als ›kleines Zigeunerkind‹ bezeichnet. Schade, dass du deine Frau nicht mitgebracht hast. Aber seit dem Tod deines Schwiegervaters zeigst du nun endlich dein wahres Gesicht!«

Jette hatte unabsichtlich so laut gesprochen, dass die Umstehenden ihre Gespräche unterbrachen und sie sensationslüstern anstarrten. Sie aber drehte sich auf dem Absatz um, machte Lene ein Zeichen, ihr zu folgen, und ließ den eitlen Paul samt der sogenannten Erzieherin einfach stehen. Sie flüchtete an das andere Ende des Foyers, wo sie mit pochendem Herzen hinter einer Säule stehen blieb. Wenn das, was sie sich da eben Paul gegenüber erlaubt hatte, bei den einschlägigen Entscheidungsträgern ruchbar wurde, war ihr ein Donnerwetter sicher, denn um Paul Danneberg bloßzustellen, hatte man gewiss nicht auf ihrer Anwesenheit bestanden. Zumal er, wie sie kürzlich erfahren hatte, in seinem braunen Verein mächtig aufgestiegen war.

Lene, die ihr gefolgt war, blickte sie mit einer Mischung aus Stolz und Sorge an.

»Du hast ihm die Hand gegeben!«, fuhr Jette sie an.

»Herrmann hat mich vorher gebeten, meine persönlichen Abneigungen gegen die neuen Herren im Rathaus nicht offen zu zeigen«, seufzte sie.

»Das ist dir wirklich gelungen, aber immerhin hast du der sogenannten Erzieherin die Begrüßung verweigert.«

»Ich hätte ihm am liebsten eine Ohrfeige versetzt. So wie damals auf der Glücksburger Seebrücke. Wie kann er es wagen, mit dieser Frau in der Öffentlichkeit aufzutreten? Erzieherin? Dass ich nicht lache! Er hat sie als neues Kindermädchen eingestellt, nachdem er Vilma rausgeworfen hat. Und nun rate mal, woher die kommt!«

Jette zuckte die Schultern.

»Sie ist eine Nichte der schrecklichen Gerda, die mal eine Zeit lang mit Onkel Carl ein Techtelmechtel hatte und die mit ihm um die Wette gesoffen hat …«

»Ich mag gar nicht daran denken, was die arme Freya noch alles durchmachen muss. Allein, dass er sich jetzt als Herr von Runohr aufspielt und ihr sogar seine Geliebte vor die Nase setzt.«

»Das Schlimmste ist doch, dass er ihr Rasmus genommen hat. Der war ihre einzige Stütz…« Lene unterbrach sich, weil in diesem Moment Herrmann mit finsterer Miene auf sie zukam. Bevor Jette ihn fragen konnte, welche Laus ihm denn über die Leber gelaufen war, fuhr er sie aufgebracht an. »Bist du nicht ganz bei Trost? Du weißt schon, dass die gesamte Parteiriege Zeuge deines Auftritts geworden ist. Und auch dem Kritiker der Flensburger Nachrichten ist das nicht verborgen geblieben. Wenn die ein Wort verlauten lassen und den Namen Danneberg ins Spiel bringen, kann uns das gehörig schaden.«

Jette musterte ihren Schwager zweifelnd. »Herrmann, bist du neuerdings ein Anhänger der Braunen?«

»Nicht so laut!«, ermahnte er sie.

»Herrmann hat recht. Wir müssen im Moment ein bisschen aufpassen. Wenn uns bei der Stadt einer auf dem Kieker hat, dann ist es schlecht für das Geschäft«, raunte Lene.

In diesem Moment trat Broer feixend auf sie zu. »Na, da haben Sie aber einen hübschen Skandal entfacht, Fräulein Henriette. Wenn das morgen in der Zeitung steht, wie Sie dem frischgebackenen Sturmbannführer die Meinung gesagt haben, ist der Name Danneberg in aller Munde, aber bestimmt nicht so, wie mein lieber Bruder sich das wünscht.« Er warf Herrmann einen triumphierenden Blick zu, bevor er grinsend weiterging.

»Da siehst du, was du angerichtet hast. Das kann uns einige Kunden kosten«, schimpfte ihr Schwager. »Am besten, du entschuldigst dich bei ihm, Jette.«

»Ich bei Paul, der meine Cousine vor all diesen Leuten demütigt, weil er mit seiner Geliebten hier auftaucht?«, entgegnete sie kämpferisch, bevor sie sich an Lene wandte. »Schwesterherz, was ist denn bloß mit deinem Mann passiert?«

»Ach, Jette, wir haben ein Geschäft. Wir müssen uns dem neuen Geist in der Stadt irgendwie anpassen«, stöhnte Lene.

»Du verlangst also auch von mir, dass ich mich bei diesem Widerling entschuldige?«, fragte sie angriffslustig.

»Nein, das kann ich nicht von dir verlangen. Du hast ja in der Sache in allem recht. Er ist …«

»Aber die Geschäftsfrau in dir, die würde sich freuen, oder?«, hakte Jette in scharfem Ton nach.

»Ja, nein, ich weiß auch nicht. Das ist alles so entsetzlich«, stieß Lene verzweifelt hervor. »Aber Broer wird nichts unversucht lassen, uns zu überflügeln, und er hat nun einmal die besseren Verbindungen als wir nach oben.«

»Dann bleibt mir wohl nichts anderes übrig. Aber ich mache es dir nur zuliebe, weil du noch etwas gut bei mir hast.« Mit diesen Worten stürzte Jette davon. Sie entdeckte Paul inmitten seiner Parteigenossen. Und auch der Pressevertreter der Flensburger Nachrichten stand in diesem Pulk. Ohne weiter zu überlegen, trat sie beherzt auf ihren Cousin zu und rappelte ihren Vers, den sie sich auf dem Weg durch das Foyer zurechtgelegt hatte, herunter. »Ich bitte um Entschuldigung, dass ich dich eben so unfreundlich angefahren habe. Das waren alte Reminiszenzen aus Kindertagen.« Mit einem falschen Lächeln blickte sie in die Runde. »Er ist mein Cousin, müssen Sie wissen. Und als die ›Kleine‹ habe ich immer unter den großen Jungen gelitten. Und entschuldigen Sie, Fräulein Sager, ich weiß doch, dass Sie nur die Kinderfrau meiner Nichte sind.«

Die Frau schien geradezu entzückt von Jettes Entschuldigung. »Ach, das ist schon vergeben. Sie sind einfach wunderbar als Josepha. Ich freue mich, dass wir uns nun persönlich kennenlernen.« Die Hand, die sie ihr hinstreckte, ignorierte Jette allerdings und lächelte noch einmal in die Runde. Jette sah nur in freundliche Gesichter. Auch der Kritiker lächelte zurück. Die Gefahr, dass dies in der Presse auch nur mit einem Wort Erwähnung fand, war gebannt, auch wenn aus Pauls Augen die blanke Mordlust flackerte. Er hatte Jettes falsches Spiel durchschaut, aber das war ihr egal. Sie hatte nur noch einen Gedanken: fort von hier!

Aber da hörte sie den Kritiker sagen: »Fräulein Danneberg, Sie schulden unserer Zeitung noch ein persönliches Gespräch. Darf ich diesbezüglich demnächst einmal auf Sie zukommen?«

»Aber selbstverständlich stehe ich Ihnen Rede und Antwort«, flötete Jette und flüchtete in die Garderobe, um ihren Mantel und ihre Handtasche zu holen.

Wenig später verließ Jette das Theater, eilte den Nordergraben hinauf und war froh, als sie in der Villa ankam. Im Flur stutzte sie. Dort stand ein Koffer.

»Henrik?« In banger Vorahnung machte sie sich auf die Suche nach ihm. Sie fand ihn oben in seinem Zimmer, wo er dabei war, einen zweiten Koffer zu packen.

»Wohin willst du?«, fragte sie ihn. Erschrocken fuhr er herum. »Klara schläft. Wir haben noch miteinander gespielt«, erwiderte er ausweichend.

»Wohin willst du?«, wiederholte sie.

Er trat auf sie zu und wollte sie in den Arm nehmen, aber sie schob ihn weg. »Henrik, was ist los?«

»Ich wollte dir das Herz nicht unnötig schwer machen und fort sein, bevor du zurück bist.«

»Du wolltest fortgehen, ohne dich von mir zu verabschieden?«

Er deutete auf einen Briefumschlag. »Ich hätte dir eine Nachricht hinterlassen, aber ich wusste mir keinen Rat mehr. Die Zusage, dass ich ein Engagement in Kopenhagen habe, kam erst heute mit der Post.«

»Du hast dich also schon längst woanders beworben?«

Er nickte. »Am Königlichen Theater. Sie suchen dringend einen Pianisten.«

»Und was ist mit mir? Warum hast du mich nicht gefragt?«

»Jette, du sprichst im Gegensatz zu mir nur ein rudimentäres Dänisch. Damit könntest du nicht auf der Bühne bestehen.«

»Aber warum willst du mich bloß verlassen? Und Klara? Sie hängt an dir!«

»Es fällt mir schwer, ohne euch zu gehen. Das musst du mir glauben«, versicherte Henrik beschwörend. »Aber du gehörst hierher! Gerade erst wird dir der Erfolg zuteil, der dir zusteht. Du hast eine Zukunft an diesem Theater!«

Jette stieß einen tiefen Seufzer aus. »Aber du bist doch auch sehr beliebt, besonders bei den Damen! Du könntest deinen Vertrag auf unbestimmte Zeit verlängern.«

»Ich weiß, aber es ist nicht mehr mein Theater, und es ist nicht mehr meine Stadt. Ich möchte nicht erleben, wie die Braunen die Macht im Land ganz an sich reißen.«

»Aber das ist doch noch gar nicht gesagt, dass sie im Januar siegen werden.«

»Wenn ich mich irre, komme ich schnell zurück, sobald der Spuk vorüber ist, aber ich kann in diesem Land nicht mehr atmen.«

Jette brach in Tränen aus. »Es war furchtbar auf der Feier. Ich möchte auch ganz weit weg.«

Er strich ihr zärtlich übers Haar.

»Nicht verzagen. Feiere deine Erfolge, und vielleicht lernst du Dänisch. Und wenn es noch schlimmer wird mit den Braunen, dann kommt ihr nach. Ich warte auf euch.«

Am nächsten Morgen war Henrik fort. Jette konnte nicht darüber reden, ohne in Tränen auszubrechen, auch nicht mit Lene und Herrmann, und schon gar nicht mit Klara. »Er hat ein Engagement in Kopenhagen.« Mehr brachte sie nicht heraus.

40. Flensburg, April 1933

Jette hatte bis zuletzt gebetet, dass Henriks Schwarzseherei übertrieben sein möge. Doch dann war der 30. Januar gekommen, der alle Hoffnungen zunichtegemacht hatte. Hindenburg hatte Adolf Hitler zum Reichskanzler ernannt. Im Theater war die Stimmung gespalten, als das Ergebnis veröffentlicht wurde. Es gab die Kollegen, die jubilierten und unbedingt am Abend den angekündigten Fackelzug der Sieger durch Flensburg miterleben wollten, und es gab diejenigen, die an diesem Tag auffällig still waren. Jette gehörte zu Letzteren, aber um nicht in völlige Lethargie zu verfallen, war sie dem Vorschlag eines mutigen Kollegen gefolgt, an diesem Abend mit ihm in den Holm-Palast zu gehen und sich den Antikriegsfilm »Im Westen nichts Neues« anzusehen.

Als der Film zu Ende gewesen war und sie das Kino hatten verlassen wollen, war ein Trupp NS-Anhänger, die noch ihre Fackeln in den Händen hielten, bedrohlich auf sie zugekommen. »Das ist das letzte Mal, dass ihr so ein widerliches Machwerk gesehen habt«, hatte einer von ihnen gebrüllt und vor ihnen ausgespuckt.

Am liebsten hätte Jette sich mit Klara in den nächsten Zug nach Kopenhagen gesetzt, vor allem, als Lene ihr an diesem Abend auch noch gestand, dass Herrmann sich den Fackelzug draußen auf den Straßen angesehen hatte, aber sie immerhin noch verhindern konnte, dass er Ole P. zu diesem Spektakel mitnahm.

Im Moment waren ihre düsteren Gedanken allerdings überstrahlt von der einmaligen Chance, die man ihr am Theater geboten hatte: die Rolle der Geisha Cio-Cio-San in Madame Butterfly. Und das, obwohl sie keine ausgebildete Sängerin war, sondern lediglich ein stimmliches Naturtalent. Man wollte ihr sogar eine Opernsängerin zur Seite stellen, die zusätzlich mit ihr die Arien probte. Diese Gelegenheit durfte sie sich nicht entgehen lassen. Das hatte eine andere Qualität als die Josepha Vogelhuber. Mit dieser Rolle kam sie ihrem Traum, eine anspruchsvolle Rolle zu spielen, so nahe wie nie zuvor. Sie musste es irgendwie schaffen, sich mit der neuen politischen Lage zu arrangieren.

In erster Linie war sie Künstlerin, und was für eine gute, das wollte sie endlich allen beweisen.

An diesem Nachmittag des 1. April 1933 begleitete Jette ihren Vater auf dem Weg zum Theater, wo die Proben zu Madame Butterfly auf Hochtouren liefen, zum Schneider Monin, wo er sich einen neuen Anzug machen ließ. Als sie dort ankamen, war die Werkstatt zu ihrer großen Verwunderung geschlossen.

Ihr Vater wurde blass, als sie vor der verschlossenen Tür der Werkstatt standen, und berichtete seiner Tochter aufgebracht, dass in der heutigen Zeitung unter der Überschrift »Auge um Auge, Zahn um Zahn – Tag der Vergeltung« ein Boykottaufruf gegen jüdische Geschäfte veröffentlicht worden war. Diese waren sogar namentlich aufgeführt worden, aber der Schneider Monin war nicht erwähnt. Ihr Vater war, seit die NSDAP auf ganzer Linie gesiegt hatte, sehr still geworden, wenn es um Politik ging, war er doch bis zuletzt ein Anhänger des alten Hindenburgs gewesen. Aber seit der »diesen österreichischen Gefreiten«, wie ihr Vater ganz im Duktus von Hindenburg Hitler nannte, zum Reichskanzler gemacht hatte, wollte ihr Vater mit Politik nichts mehr zu tun haben. Er war maßlos enttäuscht, dass sein großes Idol dem ungehobelten Hitler und seinem braunen Gefolge die Eintrittskarte zur Macht verschafft hatte. Allerdings schenkte er der Einschätzung Glauben, es seien Hindenburgs Berater gewesen, die dem hochbetagten und senilen Mann keine Wahl mehr gelassen hatten.

Um ihren Vater auf andere Gedanken zu bringen, lud sie ihn in ein Café ein. Sie wollte ihn dort etwas beruhigen und ihm versichern, dass er diese Schmierfinken nicht ernst nehmen solle, dass es leere Drohungen wären und dass keiner diesen Menschen je ein Haar krümmen würde.

Seit Jette sich entschieden hatte, die Herausforderung der neuen Rolle anzunehmen, war sie nach Kräften bemüht, die unangenehmen Dinge, die seit dem 30. Januar in der Stadt vor sich gingen, schlichtweg zu ignorieren. Wenn sie das näher an sich heranließ, dann konnte sie ihrer Meinung nach der anspruchsvollen Rolle nicht gerecht werden. In diesem Sinn versuchte sie auch, in ihren Briefen an Henrik alles ein wenig zu verharmlosen: die zunehmende Hetze gegen Juden, die schrecklichen neuen Theaterstücke auf dem Spielplan, diese dumpfen braunen Kerle auf den Straßen, die glaubten, die Stadt gehöre ihnen. Sie konzentrierte sich ganz darauf, ihm zu versichern, wie wunderbar die Probenarbeit im Moment liefe. Dass auch im Theater ein anderer Wind wehte und es sogar einen anderen Namen erhalten sollte, verschwieg sie ihm.

Sie waren gerade auf der Höhe des Textilgeschäfts Katz, als sich schräg gegenüber eine Horde Uniformierter mit Transparenten vor dem Kaufhaus Wohlwert formierte und »Juden raus!« grölte. In demselben Moment kam aus der Nikolaistraße eine andere Gruppe in Richtung Kaufhaus gerannt. An der Kleidung war unschwer zu erkennen, dass es vorwiegend Arbeiter waren. Sie drängten sich an den Braunhemden vorbei und betraten das Geschäft, offensichtlich, um die Belegschaft zu schützen. Es kam zu einem Tumult vor dem Kaufhaus.

Entsetzt entdeckte Jette in diesem Augenblick, dass die Scheiben des Bekleidungsgeschäfts Katz mit Hakenkreuzen und Parolen vollgeschmiert waren, und begriff, dass die SA- und SS-Männer bei Wohlwert Ähnliches vorhatten. Ihr Vater blickte fassungslos auf das Geschehen und machte Anstalten, sich dem Kaufhaus zu nähern, aber Jette hakte sich bei ihrem Vater unter und versuchte, ihn in Richtung Südermarkt zu dirigieren. Er aber zog seinen Arm weg und überquerte die Straße. Erschrocken folgte Jette ihm. Sie hatte panische Angst vor diesen Horden, vor allem, als sie inmitten der Braunhemden den blonden Schopf ihres Cousins Paul entdeckte.

Sie zog entschieden am Ärmel seines Mantels. »Komm, Vater, das ist zu gefährlich.« In diesem Augenblick schloss sich das Gitter des Kaufhauses. Das schien die Angreifer anzustacheln, noch lauter zu brüllen, aber dann ebbte das Geschrei ab, und es sah so aus, als würden sie den Rückzug antreten, denn immer mehr Passanten waren stehen geblieben und äußerten ihren Unmut über diese Übergriffe.

Ihr Vater aber steuerte direkt auf Paul zu. Die teils blutjungen Burschen, die in diesen Uniformen steckten, wichen vor dem alten Mann zurück. Jette folgte ihrem Vater und hatte Sorge, sie würden ihn womöglich körperlich angreifen. Vor Paul baute sich ihr Vater kämpferisch auf. »Du bist ab heute kein Danneberg mehr! Die Dannebergs wussten stets, was Ehre und Würde bedeuten. Das, was ihr hier treibt, ist unehrenhaft und des deutschen Vaterlands unwürdig!«

»Was sagst du da, alter Mann?«, schrie ihn ein Gesinnungsgenosse Pauls an, während ihn ein anderer schubste. Jette konnte ihren Vater noch im letzten Moment auffangen und vor einem Sturz bewahren.

»Macht euch die Finger nicht schmutzig an diesem Ewiggestrigen«, zischte Paul und wandte sich ab, gefolgt von den beiden jungen Braunhemden.

Jette schaffte es nur unter äußerster Kraftanstrengung, ihren Vater aus dem Kreis der aufgeheizten Burschen fort und auf die andere Straßenseite zu bugsieren. Er hing ihr wie ein nasser Sack im Arm und stöhnte leise vor sich hin, aber er weigerte sich, stehen zu bleiben. Als sie in die Nikolaistraße eingebogen und auf Höhe der Flensburger Nachrichten waren, blieb Jette abrupt vor den Glaskästen stehen, in denen die heutige Ausgabe der Zeitung ausgestellt war. Dort hing auch die Anzeige. Obwohl sich in Jette alles sträubte, noch einen Gedanken daran zu verschwenden, konnte sie ihren Blick nicht abwenden. Hastig überflog sie das Pamphlet.

Wir warnen alle nationalen Kreise Flensburgs, in den aufgeführten Geschäften zu kaufen bzw. mit diesen Geschäften in Verbindung zu treten. Wer es trotzdem tut, ist geächtet und ein Lump und Verräter am deutschen Volk. Zu meiden sind: Fa. Wohlwert Holm 41, Fa. Rath & Co. Holm 30–34, Fa. Lindor Holm 39, Fa. Tack & Co. Holm 23, Fa. Nord-Radio Holm 9, Schuhhaus Bata Holm 22–26, Fa. Katz Holm 66, »Flensburger Hof« Gebr. Grabbe, Central Schuhhaus Große Str. 32, Fa. Löwenthal Norderstr. 27–29, Fa. Fertig Norderstr. 145 und die Versicherungskonzerne Agrippina, Allianz, Gerling-Konzern, Germania, Nordstern, Viktoria, Dresdener, Frankfurter und Gothaer …

Angewidert wandte sie sich ab. »Vater, es war mutig von dir, Paul vor all diesen Dummköpfen die Meinung …« Weiter kam sie nicht, weil der Vater ihr plötzlich aus dem Arm glitt und in sich zusammensackte. Nun lag er da hilflos auf den kalten Steinen und blickte sie mit großen Augen an. Über ihm der Glaskasten mit dem Boykottaufruf.

»Ich wollte nicht im Angesicht dieser Lumpen sterben«, röchelte er und fasste sich ans Herz. Jette hockte sich neben ihn und rief verzweifelt: »Vati! Vati! Gleich kommt Hilfe!«, bis sie begriff, dass ihr Vater, der große Ole Danneberg, gerade im Straßendreck starb. Dann huschte ein Lächeln über sein Gesicht, bevor er seinen letzten Atemzug tat. Was sie nicht wusste, war, dass er zuvor Licht am Ende eines Tunnels gesehen hatte und dort drei Gestalten, die ihm zuwinkten: Ida, auf dem Arm den kleinen Max, an der Hand Albert, der noch ein Kind war, und an ihrer Seite die gute Käthe.

Zu derselben Stunde, als ihr Vater starb, musste Elisabeth mit ansehen, wie zwei Beamte der politischen Polizei den besten Freund und ehemaligen Genossen ihres Mannes wie einen Schwerverbrecher über die langen Flure des Bethanien-Krankenhauses führten. Das war das Zeichen. Gottfried hatte ihr eingeschärft, mit Frederike nach Flensburg zu gehen, sobald die neuen Machthaber ihre Jagd auf die Kommunisten eingeläutet hatten. Er selbst war untergetaucht und hatte ihr hoch und heilig geschworen, er werde sich nicht einsperren, foltern oder auf der Flucht erschießen lassen, sondern sie so bald als möglich unversehrt in Flensburg treffen.

Herrmann verhandelte derweil telefonisch mit seinem besten Kunden, einem Berliner Großgastronomen, über einen Folgevertrag. Der legte ihm in seinem unverkennbaren Berlinerisch nahe, dringend in die Partei einzutreten. Herrmann versicherte ihm, dass er sich das überlegen werde, während Lene zur selben Zeit ihrem Sohn Ole P. vehement auszureden versuchte, Pimpf beim Deutschen Jungvolk zu werden, sobald er im nächsten Jahr zehn Jahre alt wurde.

Freya musste in dieser Stunde in ihrem eigenen Salon, in dem Generationen von Runohrs gelebt hatten, mit ansehen, wie Charlotte und das Fräulein Sager, das sich wie die Dame des Hauses gekleidet hatte, einträchtig nebeneinander auf dem Sofa saßen und die Zeitschrift »Das Deutsche Mädel« durchblätterten. Es traf sie allerdings nicht mehr mitten ins Herz. In den vergangenen Wochen hatte sie zu viel dergleichen erlebt und wünschte sich manches Mal einfach nur noch den Tod.

3. Teil

Lene und Lizzie

Wir hoffen immer, und in allen Dingen
ist besser hoffen als verzweifeln.

Johann Wolfgang von Goethe

41. Flensburg, April 1935

Ole F. Danneberg hatte ein würdiges Begräbnis bekommen. Lizzie war damals gleich nach dem Erhalt der traurigen Nachricht mit Frederike nach Flensburg gereist. Sie hatte vorsichtshalber nicht gleich am Bethanien gekündigt, weil sie nicht noch mehr Wind hatte aufwirbeln wollen. Das Krankenhaus stand unter schwerem Beschuss durch die neuen Machthaber, weil sich die alte Führungsriege nicht so einfach von den braunen Parteigenossen beiseiteschieben lassen wollte. Es war schon schlimm genug, dass Gottfried so überstürzt untergetaucht war. Bei aller Trauer um ihren Vater war sie außer sich vor Glück gewesen, als sie in der Kapelle überraschend ihren Mann wiedergetroffen hatte. Die Freude hatte nur kurz gewährt, weil sie auf den zweiten Blick den Höcker auf seiner Nase entdeckte. Gottfried berichtete ihr dann später, dass man ihn im Verhörraum geschlagen, misshandelt und ihm die Nase gebrochen hatte, ihn aber dann hatte gehen lassen. Ganz im Gegensatz zu seinem Freund, über dessen Schicksal Unklarheit herrschte. Im Krankenhaus hatte er erfahren, dass sie zur Beerdigung ihres Vaters nach Flensburg gefahren war, und sich sofort auf den Weg gemacht.

Das alles war nun schon über zwei Jahre her, aber Lizzie hatte immer noch große Schwierigkeiten, sich ihr neues Leben im Haus an der Schiffbrücke einzurichten. Der Vater hatte das Elternhaus ihr vererbt, während er die Villa an der Wrangelstraße zur Hälfte Lene und zur anderen Hälfte Jette hinterlassen hatte. Eine merkwürdige Regelung, wie die Schwestern fanden. Jette hatte Lizzie allerdings gebeten, in Zukunft bei ihr wohnen zu dürfen. Wegen Herrmann, wie sie ihrer Schwester anvertraute, mit dem sie überhaupt nicht mehr auskam, weil sie ihn für zunehmend opportunistisch hielt und er ständig auf Klara herumhackte. Dazu musste Jette ihre Schwester nicht groß überreden. Lizzie fand es ideal, dass die beiden Cousinen Klara und Frederike, die nur ein Altersunterschied von knapp vier Monaten trennte, unter einem Dach wohnten und sie sich ein Kindermädchen teilten. Es war Vilma, die Onkel Henning und Onkel Carl einst für Freya hatten einstellen lassen, die Paul dann aber entlassen hatte, um für »die Person«

Platz zu machen. So wurde Pauls Geliebte von den Dannebergschwestern aus Solidarität mit Freya genannt. Eine Frau ohne Namen!

Die Einzige, der Jettes Umzug in die Schiffbrücke missfiel, war Lene. Sosehr sie sich einst gewünscht hatte, Jette würde ein eigenes Leben führen, nun fühlte sie sich ausgeschlossen aus der schwesterlichen Gemeinschaft, zumal Dörthe sehr an ihren älteren Cousinen hing. Lizzie hingegen war ganz froh, dass Dörthe und Frederike dadurch mehr Abstand voneinander gewannen. Es war schon schlimm genug, dass die beiden eine gewisse Ähnlichkeit miteinander hatten, aber das ließ sich leicht damit erklären, dass sich Lizzie und Lene als Kinder auch sehr ähnlich gesehen hatten. Ihr schlimmster Albtraum war, dass Herrmann irgendwann einmal auf den Gedanken kam, ihre Nacht in Berlin könnte Folgen gehabt haben. Doch er hielt von sich aus den größtmöglichen Abstand zu seiner Schwägerin und ihrer Familie. Er ließ es nie an Höflichkeit fehlen, aber er würdigte Rike keines Blickes, wenn sie einander doch einmal begegneten.

Was Lizzie seit dem Tod des Vaters große Sorgen bereitete, war der befremdliche Umgang ihrer Schwester Jette mit diesem Schicksalsschlag. Schließlich war er vor Jettes Augen gestorben. Lizzie glaubte anfangs, ihrer kleinen Schwester würde es guttun, ausführlich über die Umstände seines Todes zu sprechen, aber Jette wollte davon partout nichts mehr hören. Ihr schien der Tod des Vaters erstaunlich wenig anzuhaben. Oder er bereitete ihr solche seelischen Qualen, dass sie die Umstände lieber verdrängte? Dafür sprach Lizzies Meinung nach, mit welchem verbissenen Ehrgeiz Jette sich in ihre Arbeit warf. So als müsse sie sich damit ablenken von dem Erlebten. Keine drei Wochen nach dem Tod ihres Vaters hatte Jette bereits als Geisha auf der Bühne geglänzt und das Publikum begeistert. Nicht dass Lizzie von ihr verlangt hätte, die Rolle abzugeben, aber es hatte etwas Getriebenes an sich. Zudem sah Lizzie es äußerst kritisch, dass ihre Schwester ausgerechnet von den Flensburger Nachrichten bejubelt wurde, jener Zeitung, die den Aufruf zum Boykott der jüdischen Geschäfte abgedruckt hatte, über den ihr Vater sich kurz vor seinem Tod so schrecklich aufgeregt hatte. In der Bevölkerung hatten die Tumulte vom April 33 jedenfalls zu erheblichen Protesten geführt, zumal den Verantwortlichen zu allem Überfluss auch noch Fehler unterlaufen waren. So hatte man unter anderem diverse Versicherungsgesellschaften auf die Liste gesetzt, die gar nicht in jüdischem Besitz gewesen waren. Dafür hatten sich die Verantwortlichen explizit entschuldigen müssen. In Lizzies Augen war diese Zeitung, von der sich ihre Schwester hofieren ließ, mitverantwortlich für den Tod ihres Vaters.

Lizzie hatte auf der Beerdigung ihres Vaters verkündet, dass Paul Danneberg es im Leben nicht mehr wagen sollte, ihr Haus zu betreten. Er war dann auch weder auf dem Friedhof noch bei dem anschließenden Leichenschmaus im Flensburger Hof erschienen. Onkel Henning hatte schließlich vor der gesamten Trauergesellschaft verkündet, dass er keinen Sohn mehr habe. Immerhin hatte Onkel Henning erreicht, dass Charlotte Freya damals zur Beerdigung hatte begleiten dürfen. Allerdings hatte sie im Gegensatz zu ihrer Mutter keine Träne um ihren Großonkel Ole vergossen. Lizzie ahnte auch, warum. Das Mädchen stand komplett unter der Fuchtel ihres Vaters und seiner Geliebten, die ebenfalls eine glühende Anhängerin Hitlers war.

Das Wiedersehen mit Freya auf der Beerdigung ihres Vaters hatte Lizzie einen kleinen Schock versetzt. Ihre Cousine sah um Jahre gealtert aus und wirkte apathisch. Onkel Henning hatte sie nach der Trauerfeier angefleht, mit nach Skagen Gul zu kommen, aber Freya wollte ihre Tochter auf keinen Fall im Stich lassen, wie sie ihm verzweifelt anvertraut hatte.

Lizzie war völlig ratlos bei der Frage, wie sie der Cousine bloß helfen sollte. Sie hatte das Gefühl, es müsse dringend etwas geschehen, weil Freya ansonsten vor die Hunde ging. Aber was?

Lizzie war sehr froh darüber, dass Gottfried inzwischen eine Oberarztstelle an der Diakonissenanstalt bekommen hatte. Sie hatte sich ebenfalls am Krankenhaus beworben, weil eine Stelle auf der Kinderstation frei war, die ideal für sie gewesen wäre. Die neue Oberin war sehr angetan von Lizzies Bewerbung gewesen und hatte ihr berichtet, wie Oberin Albertine noch oft von dem Mut der jungen Danneberg geschwärmt hatte. Die neue Oberin hatte ihr auch ein Vorstellungsgespräch besorgt und war guten Mutes, dass Lizzie die Stelle bekam. Doch dann war leider Professor Keller in der Kommission gewesen, und der hatte keinen Zweifel daran gelassen, dass er sie nicht in »seinem Krankenhaus« sehen wolle, zumal er zu allem Überfluss ihren Artikel in *Langenbecks Archiv für klinische Chirurgie vereinigt mit Deutsche Zeitschrift für Chirurgie* gelesen hatte, in dem sie anonymisiert den Fall mit der vergrößerten Aorta beschrieben hatte.

Gottfried hatte sie gebeten, nicht so kämpferisch aufzutreten, sollte man sie ablehnen, damit nicht auch er die neue Stelle gleich wieder verlor. Solche Ermahnungen kannte Lizzie in dieser Form nicht von ihrem Mann. Sonst war er vor nichts und niemandem zurückgewichen, und nun wurde er in ihren Augen zu einem ängstlichen Bedenkenträger, was Lizzie gründlich missfiel. Sie kam nicht umhin, festzustellen, dass er sich verändert hatte, seit er in die Hände der Polizei geraten war. So als ob sie ihm mit der Nase auch seinen Widerstandswillen gebrochen hätten. Lizzie hatte sich also über die Entscheidung, sie abzulehnen, weder beschwert, noch hatte sie sich mit Professor Keller angelegt, der fast ein wenig enttäuscht gewesen zu sein schien, dass sich Lizzie kein Scharmützel mit ihm geliefert hatte. Trotzdem hatte sie die Absage betrübt, weil sie doch solchen Spaß an ihrer Arbeit hatte. Auch die Möglichkeit, eine eigene Praxis zu eröffnen, war ihr durch Verordnungen der neuen Regierung verwehrt. Seit 1934 durften Frauen keine Praxen mehr eröffnen. Die Vorstellung, in Zukunft in der Schiffbrücke gemeinsam mit Vilma die Kinder zu hüten, missfiel Lizzie außerordentlich. Das war nicht das Leben, für das sie so hart gearbeitet hatte!

In ihrer Not hatte sie sich an diesem Tag nun endlich dazu durchgerungen, Dr. Boysen in seinem Haus aufzusuchen. Vielleicht wusste er von einer bestehenden Praxis, in der man Unterstützung benötigte. Der alte Doktor hatte sich riesig gefreut, »die kluge Elisabeth«, wie er sie nannte, wiederzusehen. Zu ihrem und auch seinem großen Bedauern praktizierte er nicht mehr selbst und hatte seine Praxis längst aufgegeben. Auf Anhieb fielen ihm auch keine Kollegen ein, die nach einer Verstärkung suchten. Lizzie war sehr enttäuscht, dass Dr. Boysen ihr nicht helfen konnte. Ihm hatte es auch sehr leidgetan, doch dann war ihm schließlich doch noch etwas eingefallen. Eine heikle Angelegenheit, wie er im Vorhinein zu bedenken gab. Aber wenn, so meinte er, dann habe Lizzie nicht nur die fachliche Kompetenz, um diese Aufgabe zu meistern, sondern auch die menschliche Wärme, die das erfordern würde. Lizzie platzte förmlich vor Neugier. »Bitte, lieber Doktor, machen Sie es nicht so spannend.« Er vertraute ihr daraufhin an, dass eine Kinderärztin in der Nordstadt nach einem Todesfall dringend eine Verstärkung in ihrer Praxis bräuchte. Boysen wollte Lizzie allerdings keine weitere Auskunft darüber geben, warum bei Frau Dr. Steiner Notstand herrschte, und war auch sonst sehr wortkarg, was diese Praxis betraf. Er hatte nur betont, dass es wirklich dringend sei und dass Frau Dr. Steiner sich in einer persönlichen Ausnahmesituation befände, weshalb sie schon einige Patienten verloren habe. Dann hatte er ihr die Adresse in die Hand gedrückt. Er riet ihr eindringlich, sich zu beeilen, weil jetzt Mittagspause in der Praxis wäre, sodass sie sich direkt von seinem Haus an der Marienhölzung auf den Weg in die Nordstadt gemacht hatte.

Während Lizzie all diese Gedanken durch den Kopf gingen, hatte sie bereits das Nordertor passiert und erreichte gerade die Apenraderstraße, wo die Praxis sein sollte. Sie hatte ihr Augenmerk auf die Mietshäuser gelegt und war erstaunt, als sie die gesuchte Hausnummer an einer Villa fand.

Dr. Gertrud Steiner und Dr. Moritz Steiner, Kinderärzte war auf einem Schild zu lesen. Lizzie war etwas beklommen zumute, denn Dr. Boysen hatte nur Frau Dr. Steiner erwähnt … und einen Todesfall. Ob ihr Ehemann gestorben war?, ging es Lizzie durch den Kopf, während sie den Klingelknopf drückte.

Die Tür wurde ihr von einem Hausmädchen geöffnet, das sie in die Diele führte und sie bat, dort Platz zu nehmen, bevor sie nach ihrem Namen fragte. »Danneberg«, erwiderte Lizzie aus Versehen und sah sich interessiert um. Das Ambiente zeugte von großbürgerlichem Geschmack.

Da hörte sie ein leises Räuspern hinter sich. Lizzie fuhr herum und erblickte eine hochgewachsene elegante Dame, die sie nicht viel älter schätzte als sich selbst. Die Frau kam auf sie zu und streckte ihr die Hand entgegen. »Gertrud Steiner, und Sie sind Fräulein Danneberg?«

»Nein, ich war so aufgeregt, dass ich Ihnen aus Versehen meinen Mädchennamen genannt habe. Ich bin Dr. Elisabeth Lüdtke«, entgegnete Lizzie mit einem verlegenen Lächeln.

Frau Dr. Steiner musterte sie interessiert. »Ach, und ich dachte schon, Sie wären die legendäre Elisabeth Danneberg, die vor Jahren auf dem Alten Gymnasium ihre externe Reife abgelegt hat.«

»Das wissen Sie?«, fragte Lizzie erstaunt. »Bin ich so bekannt?«

»Bei Frauen wie mir schon. Ich habe ein paar Jahre zuvor die Reifeprüfung abgelegt, aber ich habe meine Schulzeit bei einer Tante in Berlin verbracht, um dort eine Studienanstalt zu besuchen, weil hier bei uns keine Möglichkeit bestand, für uns Mädchen einen ordentlichen Abschluss zu machen. Und meine Eltern berichteten dann von Ihnen. Sie sind Ihren Eltern wohl einmal auf dem gesellschaftlichen Parkett begegnet.« Die Ärztin sagte das alles ohne jegliche Emotion. So als habe sie eine riesige Mauer um sich errichtet. Jetzt verstand Lizzie auch, warum sie schon Patienten verloren hatte. Für den Umgang mit kranken Kindern eignete sich eine derartige Distanz sicher nicht.

»Das ehrt mich, dass mein Ruf mir vorauseilt«, erwiderte Lizzie bescheiden. »Und ich will Sie auch nicht länger auf die Folter spannen. Dr. Boysen schickt mich. Er meint, Sie könnten Verstärkung in der Praxis gebrauchen.«

»Ach, der gute Boysen. Er war unser Arzt seit Kindesbeinen«, seufzte sie. »Hat Ihnen der alte Doktor alles gesagt?«

Lizzie zuckte die Schultern. »Nein, eigentlich gar nichts Genaues. Er hat nur gesagt, dass, dass …« Sie stockte, weil Frau Dr. Steiner sich hastig eine Träne aus dem Augenwinkel wischte.

»… dass es einen Todesfall gegeben hat und Sie dringend Hilfe in der Praxis benötigen. Aber ich will natürlich nicht indiskret sein. Ich kann auch ein anderes Mal wiederkommen. Das muss Ihnen wie ein Überfall vorkommen.«

»Nein, bitte kommen Sie mit. Lassen Sie uns die Unterhaltung im Salon fortsetzen.«

Lizzie folgte Frau Dr. Steiner durch die Diele über einen holzvertäfelten Flur in einen geräumigen Salon. Die Einrichtung erinnerte sie ein wenig an die Möbel ihrer Eltern, die zum Teil immer noch in der Schiffbrücke standen und die Lizzie liebend gern durch leichteres Mobiliar ersetzen würde.

»Möchten Sie etwas trinken?«, fragte die Hausherrin.

»Nein, ich bin ohne viel Aufheben direkt vom Doktor hierhergekommen, weil er die Sache in gewisser Weise dringlich geschildert hat.«

»Gut, dann will ich Ihnen reinen Wein einschenken: Mein Mann Moritz ist vor zwei Jahren überraschend verstorben.«

»Mein Beileid. Ich habe dergleichen schon befürchtet«, erklärte Lizzie. »War er krank, oder war es ein Unfall?«, hörte sich Lizzie da bereits nachfragen und wollte sich gerade für ihre Neugier entschuldigen, als ihr Gegenüber leise sagte: »Moritz hat sich mit Tabletten das Leben genommen.«

Lizzie war so geschockt, dass ihr partout nichts Tröstendes einfallen wollte.

»Er war Jude, und als am 1. April 33 gegen Geschäfte und jüdische Ärzte gehetzt wurde, ist eine versprengte Meute auch hierhergekommen und hat gebrüllt, dass man dem Juden die Kinder nicht überlassen dürfe. Mein Mann hat erstaunlich ruhig reagiert und mich getröstet. Doch dann fand ich am nächsten Morgen einen Abschiedsbrief …« In diesem Augenblick brach die kühle Fassade der Ärztin in sich zusammen und offenbarte unendliches Leid. Frau Dr. Steiner kämpfte noch mit sich, aber dann brach sie in Tränen aus.

Lizzie fiel nichts anderes ein, als sich neben diese fremde und eben noch so abweisend wirkende Kollegin zu setzen und ihr den Arm um die Schulter zu legen. Wie ein kleines Kind wiegte sie die schluchzende Ärztin hin und her. Nachdem ihr Schluchzen verebbt war, redete sie hastig weiter, als wolle sie es endlich hinter sich bringen. »Er hat geschrieben, dass er uns nicht mit in den Abgrund reißen will und dass wir ohne ihn nichts zu befürchten hätten. Und dass wir das Leben doch noch vor uns hätten …«

Lizzie traute sich nicht nachzufragen, wen die Ärztin mit »wir« meinte, aber als könnte sie Gedanken lesen, klärte sie Lizzie auf. »Ich habe eine knapp dreijährige Tochter. Unser Wunschkind, denn mein Mann war wesentlich älter als ich, und ich wollte doch so gern ein eigenes Kind. Das ist unsere Ingrid.« Sie blickte Lizzie jetzt direkt an. »Wäre ich doch bloß mit ihm gegangen. Schon seit 1931 hat er mir in den Ohren gelegen, nach Amerika zu gehen, weil er Angst vor diesen Braunen hatte. Und ich habe immer gesagt, das vergeht. Die sind schneller von der Bildfläche verschwunden, als dass unser Dampfer in New York eingelaufen ist. Aber da habe ich mich geirrt. Hätte ich bloß auf ihn gehört, aber ich war doch so froh, wieder in Flensburg zu sein, nachdem ich die gesamte Schulzeit und das Studium in der Fremde verbracht habe …«

»Machen Sie sich keine Vorwürfe, Frau Dr. Steiner. Es ist nicht Ihre Schuld.«

»Nennen Sie mich doch bitte Gertrud. Ich habe das Gefühl, das ist heute der Anfang von etwas Neuem. Und dass wir beide noch viel gemeinsam erleben werden. Und ich hoffe als Allerererstes darauf, dass wir erleben, wie diese Kerle wieder verschwin…!« Gertrud stockte. »Entschuldigen Sie, ich weiß ja gar nicht, ob Sie sich das so sehnlichst wünschen wie ich …«

»Doch, Gertrud, das wünsche ich mir von Herzen. Ich bin Lizzie …«

»Dann nennen Sie mich bitte Trudi«, erwiderte sie lächelnd. »Wann können Sie denn anfangen?«

»Morgen früh?«

»Sie sind ein Engel.«

Lizzie überlegte kurz, ob sie Trudi die Umstände vom Tod ihres Vaters erzählen sollte, aber sie beschloss, es zu einem späteren Zeitpunkt nachzuholen. Sie hatte das Gefühl, es könnte der Eindruck entstehen, sie wolle damit den Schmerz der jungen Witwe schmälern. Und das war das Letzte, was sie beabsichtigte.

»Kommen Sie, ich zeige Ihnen schnell noch die Praxis«, schlug Trudi vor und führte sie durch die Diele zu dem anderen Flügel der Villa. Sie präsentierte ihrer neuen Kollegin den Warteraum, zwei Sprechzimmer und einen Raum mit einem Infrarot-Lichtkasten, auf den Trudi besonders stolz war.

»Für unsere kleinen Patienten nur das Beste«, sagte sie. »Wir haben hier in dieser Gegend nämlich viele arme Kinder, die oft krank sind, weil es in den Wohnungen feucht und kalt ist.«

»Wir hatten im Bethanien auch nicht gerade die reichen Sprösslinge, denn das Krankenhaus war umgeben von Mietskasernen.«

Trudi lächelte. »Ich kenne das Krankenhaus. Habe dort im Praktischen Jahr in der Chirurgie gearbeitet.«

»Kennen Sie zufällig Dr. Gottfried Lüdtke?«

»Natürlich, er machte dort damals seine fachärztliche Ausbildung. Warum fragen Sie? Warten Sie, haben Sie nicht gesagt, Sie heißen Lüdtke? Ist er Ihr Mann?«

Lizzie nickte.

»Und wo arbeitet er jetzt?«

»An der hiesigen Diakonissenanstalt.«

»Ach, Lizzie, Sie glauben gar nicht, wie froh ich bin, dass Dr. Boysen Sie mir geschickt hat«, erklärte Trudi.

»Das beruht ganz auf Gegenseitigkeit. In Ihrer Praxis kann ich wirklich etwas bewirken.«

Beschwingt eilte Lizzie wenig später zur Schiffbrücke zurück. Sie konnte es kaum erwarten, Gottfried die Neuigkeit zu berichten. Als sie nach Hause kam, saß er mit Lene und Jette am Esstisch im Salon, und es schien, als hätten sie nur auf sie gewartet. Die Mienen der drei verhießen nichts Gutes.

»Was ist passiert?«, fragte sie.

»Freya hat versucht, sich die Pulsadern aufzuschneiden«, stöhnte Lene. »Wenn Onkel Henning keinen Schlüssel gehabt und das Haus nicht hätte betreten können, wäre sie jetzt tot.«

Lizzie durchfuhr ein eiskalter Schrecken. Nicht nur, weil Freya das getan hatte, sondern weil ihr einfiel, was ihr Großvater Johann auf dem Sterbebett anvertraut hatte. Dass sich seine Frau, Freyas und ihre gemeinsame Großmutter, auf dem Dachboden erhängt hatte. Sie wusste nicht viel über Krankheiten der Psyche außer dem, was sie im Studium gelernt hatte. Doch was, wenn Freya nicht nur das Opfer ihres widerlichen Ehemanns war, sondern darüber hinaus von Natur aus schwermütig? Dazu passten die Andeutungen, die die Erwachsenen früher untereinander über den Badeunfall von Freyas Mutter gemacht hatten. Wenn das auch ein Selbstmord gewesen war? Was, wenn Paul davon erfuhr und seine Frau, um sie loszuwerden, nach Schleswig abschieben würde? Aus der Landesheilanstalt Schleswig kam keiner so leicht wieder raus, nachdem man ihn weggeschlossen hatte.

»War noch jemand im Haus?«, fragte sie aufgeregt.

»Nein, Paul war mit Charlotte und der Person in Hamburg«, entgegnete Lene.

»Er weiß es also noch nicht?«

»Nein, Onkel Henning hat Freya mit nach Sonderburg genommen, nachdem er mit ihr bei Dr. Boysen war, der ihm bestätigt hat, dass sie reisefähig sei.«

»Gut, dann müsst ihr mir versprechen, dass ihr den Mund haltet! Das darf keiner erfahren. Ich fahre jetzt nach Sonderburg und sehe nach ihr. Und bitte, zu niemandem ein Wort!«

»Aber du kannst das doch nicht vor ihrem Mann geheim halten«, mischte sich Gottfried ein.

»Doch, das kann ich! Wenn er es erfährt, wird er sie für immer wegsperren lassen. Und das müssen wir verhindern.«

»Wenn Paul davon Wind bekommt, der ist zu allem fähig«, widersprach Jette. »Wir können doch nicht …«

»Das können wir nicht nur, das müssen wir sogar! Wir haben lange genug mit angesehen, was Paul aus unserer Cousine gemacht hat. Und wenn wir schweigen, wird er nichts davon erfahren! Schwört es!«

»Ich schwöre es!«, versicherte Lene prompt.

»Ich auch«, sagte Gottfried.

»Jette?«, hakte Lizzie in strengem Ton nach.

»Ich schwöre es auch«, murmelte sie.

»Gut, dann sind wir uns ja einig, und ich fahre jetzt sofort nach Skagen Gul.«

Lizzie sprang auf. Lene tat es ihr gleich. »Ich komme mit!«

Das war Lizzie gar nicht lieb, doch Lene wirkte so entschlossen, dass Lizzie ihr nicht widersprach.

42. Sonderburg, April 1935

Im Wagen herrschte angespanntes Schweigen, bis Lizzie, die am Steuer saß, die Grenze nach Dänemark passiert hatte. In Lenes Kopf arbeitete es die ganze Zeit fieberhaft. Eine deutliche innere Stimme signalisierte ihr, dass dies der richtige Zeitpunkt war, um Lizzie die Wahrheit zu sagen. Als sie auf der Küstenstraße eben gerade Gravenstein passiert hatten, konnte sie ihren Impuls nicht länger zurückhalten.

»Lizzie, ich muss dir was sagen! Oder möchtest du mir vielleicht lieber etwas verraten?« Sie spürte förmlich, wie ihre Schwester zusammenzuckte. So konnte es nicht weitergehen, dass Lizzie den Kontakt zu ihr mied aus lauter Angst, Lene könne hinter ihr Geheimnis kommen. »Ich weiß, wessen Tochter Frederike ist«, fuhr Lene mutig fort.

Vor Schreck trat Lizzie auf die Bremse, und sie blieben mitten auf der Straße stehen.

»Ich weiß nicht, was du meinst, sie ist Gottfrieds Tochter, also, ich weiß nicht, wie …«, stammelte sie.

»Du kannst getrost weiterfahren. Ich reiß dir nicht den Kopf ab. Mich interessiert eigentlich nur, was du mit ihm in Berlin angestellt hast. Ich meine, sexuell!«, fuhr Lene fort. Als sie in Lizzies entsetzte Miene sah, fügte sie hastig hinzu, dass Letzteres ein Scherz gewesen wäre.

Lizzie aber wirkte wie versteinert und machte keine Anstalten, weiterzufahren.

Da verließ Lene kurz entschlossen den Beifahrersitz, kam zur Fahrertür und forderte ihre Schwester auf, den Platz zu wechseln, was Lizzie wie betäubt tat.

»Woher weißt du das?«, fragte Lizzie nach einer gefühlten Ewigkeit mit belegter Stimme.

»Der Blutschwamm an ihrem Hals hat mir die Wahrheit geflüstert.«

»Aber der, der war doch nur ein paar Wochen dort und dann …«

»Genau, erinnerst du dich, dass ich dein Baby gesehen habe, als du uns Weihnachten mit deinem Ehemann überrascht hast? Wunderbarer Mann übrigens und der perfekte Vater. Dass er das für dich getan hat.«

»Du weißt es also seit Anfang an?«, fragte Lizzie fassungslos. »Und warum hast du nie einen Ton gesagt?«

»Was hast du denn erwartet? Sollte ich an Weihnachten unterm Tannenbaum allen verkünden, dass meine Schwester ein Kindlein von meinem Ehemann bekommen hat und ich an unbefleckte Empfängnis glaube?«

»Deine spitze Zunge hast du nie verloren, oder?«, murmelte Lizzie.

»Nein, sie hat mich schon so oft davor bewahrt, in Verzweiflung zu versinken.

Lizzie, ich wollte es einfach nicht wissen. Ich habe es verdrängt. Als Herrmann aus Berlin zurückkehrte, war er ein anderer Mensch. Er hat mich plötzlich mit den Augen eines Mannes gesehen. Ich dachte schon, eine Hure hätte ihm Nachhilfe gegeben. Und das neue Leben wollte ich mir durch nichts und niemanden zerstören lassen. Verstehst du?«

»Und Herrmann?«, hakte Lizzie nach.

»Der ahnt nichts!«

»Bitte, bitte, verrate ihm nichts!«, flehte Lizzie.

»Kein Sterbenswort«, versprach ihr Lene. »Aber sage mir nur eines: Wie lange ging das mit euch beiden?«

Lizzie holte tief Luft. »Nicht einmal fünfzehn Minuten.«

Lene musste wider Willen lachen. »Es war also nur ein einziges Mal?«

Lizzie nickte.

»Und warum habt ihr das nicht wiederholt?«, wollte Lene wissen.

»Herrmann war fest entschlossen, es mit dir zu versuchen. Das mit uns war ein Ausrutscher«, versicherte sie eifrig.

Lene hörte an ihrem Ton, dass dies eine verdammte Lüge war, aber sie rechnete es ihrer Schwester hoch an, dass sie vorgab, Herrmann habe die Sache beendet. Dabei konnte sie sich lebhaft vorstellen, dass Lizzie es gewesen war, die ihn danach für immer vor die Tür gesetzt hatte. Eine Welle zärtlicher Liebe für ihre Schwester durchflutete sie. Sie wunderte sich selbst, dass sie nicht mehr den Hauch von Eifersucht auf Lizzie verspürte.

»Er wird es niemals erfahren«, schwor Lene.

Auch Lizzie schien sichtlich erleichtert. »Frederike wird es auch niemals erfahren.«

Den Rest des Weges nach Skagen Gul schwiegen sie, aber es lag nicht länger diese bleierne Schwere in der Luft. Als sie vor dem Haus aus dem Wagen gestiegen waren, umarmten sie einander stumm.

»Schwestern fürs Leben«, raunte Lene Lizzie zu, als sie gemeinsam auf das Haus zugingen.

»Schwestern fürs Leben«, wiederholte Lizzie verschwörerisch.

In diesem Augenblick kam Onkel Henning aus der Tür gestürzt. »Ich habe den Wagen kommen hören. Großartig, dass ihr euch gleich auf den Weg gemacht habt. Freya schämt sich so sehr, dass sie kein Wort spricht«, verkündete er aufgeregt. Und das war bei Onkel Henning eine Seltenheit. Er behielt sonst eigentlich in jeder Lage die Ruhe.

»Kommt rein!«

Er führte sie in sein Wohnzimmer. Obwohl Lenes Gedanken immer um das kreisten, was sie soeben im Wagen erlebt hatten, nahm sie sich für einen Augenblick Zeit, den weiten Blick über das Meer zu genießen, der eine entspannende Wirkung hatte. In der intensiven Sonne eines Herbsttages waren die Farben fast noch malerischer als im Sommer. Sie bemerkte, dass auch Lizzie ihren Blick schweifen ließ. Onkel Henning schien das ebenfalls zu bemerken, denn erst als die beiden die Augen wieder von dem Panoramafenster abgewandt hatten, fragte er sie, ob sie etwas trinken wollten.

»Nein«, sagte Lene. »Ich würde gern sofort zu Freya, um mit ihr zu reden, und dann auf schnellstem Weg zurück nach Hause. Herrmann hat keine Ahnung, wo ich stecke.«

»Und das soll er auch nicht erfahren!«, bemerkte Lizzie in strengem Ton.

Lene sah ihre Schwester ungläubig an. »Ich soll es nicht einmal Herrmann verraten?«

Lizzie stieß einen tiefen Seufzer aus. »Ich kann es dir nicht verwehren, aber ist es nicht besser, dass außer Freya selbst nur Onkel Henning, Gottfried, Jette, Dr. Boysen und wir davon wissen?«

»Aber was denkst du denn? Glaubst du, Herrmann würde es Paul verraten? Herrmann hat doch weder etwas mit Paul noch mit seinen Parteigenossen zu tun!«

»Was geht hier vor?«, mischte sich Onkel Henning ein. »Was sollen nur wir erfahren?«

»Ach, dass Freya versucht hat, sich umzubringen«, erwiderte Lene. »Lizzie hat Sorge, dass dein Sohn Freya, wenn er von ihrem Selbstmordversuch erfährt, nach Schleswig einweisen lässt. Und dass sie dort nie mehr rauskommen wird.«

Lene bemühte sich, locker zu klingen, während sie in ihrem Inneren Kämpfe ausfocht. Was, wenn Lizzie oder Onkel Henning wüssten, dass Herrmann kürzlich in die Partei eingetreten war? Von dieser Sache hatte sie noch keinem Menschen erzählt. Sie wollte unbedingt vermeiden, dass die Familie ihn auf dieselbe Stufe stellte wie Paul, denn Herrmann war mit Sicherheit nicht überzeugt von dem, was er tat, sondern er nahm das nur für das Geschäft auf sich. So hatte er ihr das wenigstens erklärt. Trotzdem hatte Lizzie gar nicht so unrecht mit ihrem Misstrauen, denn Herrmann hatte erst vergangene Woche Paul zufällig in der Stadt getroffen, und der hatte ihm stolz berichtet, dass er zur SS übergetreten war, weil er nicht länger einem Homosexuellen wie Röhm die Treue schwören wolle. Lene hatte sich entsetzlich darüber aufgeregt, dass Herrmann überhaupt mit diesem Kerl geredet hatte. Ihr Mann hatte ihr dann einen Vortrag gehalten, dass man sich in diesen Zeiten den Gegebenheiten eben anpassen müsse. Sie hatte ihn einen Opportunisten genannt, er sie eine Idealistin, die man bis auf Weiteres vom Geschäftsleben fernhalten sollte. Das war ihr erster Streit seit damals gewesen. Zwar hatten sie sich schließlich wieder vertragen, weil keiner von ihnen auf die gemeinsamen Nächte verzichten wollte, aber ein bisschen Groll gegen ihn hegte Lene trotzdem noch.

»Das ist sehr vernünftig, Lizzie. Ich traue es Paul durchaus zu, und deshalb kann ich nur deinen Vorschlag unterstützen, Schweigen darüber zu bewahren. Aber Herrmann gehört ja nun zur Familie, und er ist doch immer loyal gewesen«, bemerkte Onkel Henning nachdenklich.

»Trotzdem, Onkel Henning, ich muss es ihm doch nicht erzählen. Je weniger davon wissen, desto sicherer für Freya. Da hat Lizzie wohl recht. Weißt du denn, wann dein Sohn überhaupt nach Gut Runohr zurückkehrt?«

Lene bemerkte den bewundernden Blick, den Lizzie ihr daraufhin zuwarf, weil sie nun bereitwillig darauf verzichtete, Herrmann einzuweihen. Wenn sie wüsste, dass ich meine eigenen Gründe habe, lieber zu schweigen, dachte Lene.

»Nein, keine Ahnung, aber es dürften noch ein paar Tage sein. Freya sprach von einer kurzen Reise über ein verlängertes Wochenende, aber fragt sie selbst. Ich glaube, sie freut sich, euch zu sehen. Sie bleibt auf jeden Fall hier, bis alles wieder verheilt ist. Und am liebsten würde ich sie ganz in Skagen Gul behalten.«

In diesem Punkt konnten die beiden ihrem Onkel nur beipflichten. In Onkel Hennings Haus wäre sie jedenfalls sicher und gut aufgehoben.

Als Lene und Lizzie wenig später an Freyas Bett in einem der Gästezimmer traten, erwartete sie ihre Cousinen bereits ungeduldig. »Ich habe eure Stimmen gehört. Danke, dass ihr gekommen seid.« Sie setzte sich im Bett auf.

»Was machst du denn bloß für Sachen? Der Kerl ist es doch nicht wert, dass du seinetwegen dein Leben fortwirfst«, sagte Lene energisch.

»Zeig mal, bitte!«, verlangte Lizzie und begutachtete die Wunde am linken Handgelenk. »Das wird keine großen Narben geben. Da hast du wirklich Glück gehabt, oder wolltest du dich gar nicht umbringen?«

Freya senkte den Kopf. »Doch, ich wollte nicht mehr leben. Aber Onkel Henning kam ins Haus, als ich gerade kurz in der Badewanne lag und mich erst ein bisschen geschnitten hatte.«

»Gut, wir haben beschlossen, dass Paul davon nichts erfährt!«, eröffnete ihr Lizzie.

»Aber dann weiß er doch gar nicht, wie ernst es mir ist«, protestierte Freya.

»Das soll er auch gar nicht wissen, weil er dich sonst nach Schleswig bringt und für den Rest deines Lebens in eine Zwangsjacke stecken lässt. Sauberer kann er dich gar nicht loswerden!«

Freya sah ihre Cousine fassungslos an. »Ihr meint wirklich, er würde …« Sie brach in Tränen aus. Offenbar konnte sie sich die Antwort nun selbst geben und war erschüttert.

»Was ist vorgefallen? Warum wolltest du sterben?«

»Ich, ich, ach, ich kam dazu, als die drei gepackt haben für ihre Vergnügungsfahrt nach Hamburg, und ich habe gesagt, dass Charlotte nicht mitkommen wird, weil sie am Montag wieder Schule hat. Da hat meine Tochter gesagt, dass ich eine Spielverderberin bin und sie wünschte, ich wäre tot …«

Lene strich Freya sanft über die Hand, während schluchzend aus ihr herausbrach, was ihr dann widerfahren war. »Paul hat gesagt, ich hätte gar nichts zu melden und ob meine Tochter nicht lieber Fräulein Sager zur Mutter hätte. ›Ja!‹, hat Charlotte gerufen. ›Viel lieber!‹ Und da wollte ich einfach nur noch sterben, denn ohne mein Kind ist das Leben nichts mehr wert.«

Lene und Lizzie warfen sich einen verzweifelten Blick zu.

»Du musst uns schwören, dass du nicht noch einmal so einen Unsinn machst und dass du das Paul gegenüber mit keinem Sterbenswort erwähnst!«, bemerkte Lene beschwörend.

»Genau, und wenn eine Narbe bleibt, bist du am Strand in eine Scherbe gefallen. Hast du gehört?«, fügte Lizzie streng hinzu.

»Ja, ich tue alles, was ihr sagt. Danke, aber bitte besucht mich bald wieder.«

»Natürlich kommen wir wieder vorbei, aber lass uns erst einmal in Ruhe überlegen, was weiter geschieht. Ich wäre dafür, dass du mit Charlotte zu Onkel Henning ziehst«, schlug Lene eifrig vor.

»Niemals wird meine Tochter mit mir nach Dänemark ziehen. Sie hasst ihren Großvater, nachdem er auf der Beerdigung eures Vaters gesagt hat, dass er keinen Sohn mehr hat. Sie wird bald dreizehn. Sie plappert alles nach, was Paul ihr vorkaut. Ich bringe es nicht übers Herz, den beiden das Feld kampflos zu überlassen!«

»Freya! Aber genau das wäre passiert, wenn du dir das Leben genommen hättest. An so was darfst du nie wieder auch nur annähernd denken!«, verkündete Lizzie streng. »Ganz gleich, was Charlotte dir an den Kopf wirft. Wir müssen es schaffen, sie dem Einfluss von Paul und dieser Person zu entziehen!«

»Aber wie denn?« Das klang verzweifelt.

»Hast du nicht mal erwähnt, dass sie so gern segeln lernen würde, aber Paul dagegen ist, weil er es selbst nie gelernt hat und überdies wasserscheu ist?«, fragte Lene listig.

»Ja, das soll mal einer verstehen, wo sie als Kind doch beinahe ertrunken wäre«, entgegnete Freya. »Ich habe seitdem kein Boot mehr bestiegen.«

»Es ist jetzt ein idealer Zeitpunkt, um ihr das Segeln beizubringen. Die *Augusta* kommt demnächst ins Wasser. Aber wir sollten mit der Theorie beginnen. Navigation, Manöver, Winde. Dann kann sie noch in diesem Jahr ihren Segelschein machen.«

»Wenn das von mir kommt, wird sie das ablehnen«, stöhnte Freya.

»Wer sagt denn, dass du es ihr vorschlagen sollst? Ich denke, das werde ich selbst übernehmen und vorher Ole davon überzeugen, dass die beiden es gemeinsam machen. Dann können sie nämlich nächsten Sommer schon mal allein raus.«

»Um Gottes willen, mal den Teufel nicht an die Wand. Wenn ihr was passiert!«

Lene hob beschwichtigend die Arme. »Also gut, ich lasse sie vorerst nicht allein segeln. Aber mit mir an Bord, da darf sie schon segeln, oder?«

»Natürlich, du bist der beste Skipper der Welt. Wenn ich da an unseren Ritt über die Ostsee denke. Damals nach der Reifeprüfung. Mit dir darf sie meinetwegen ans Ende der Welt segeln«, verkündete Freya überschwänglich.

»Das würdest du wirklich tun? Ich meine, ihnen Unterricht geben? Du hast doch ohnehin schon so wenig Freizeit«, gab Lizzie vorsichtig zu bedenken.

»Die Zeit nehme ich mir. Ich muss mich eh mehr um Ole kümmern. Und wenn du, liebes Schwesterherz, während ich mit den beiden lerne, Dörthe mit ihren Cousinen spielen lässt, dann ist die Welt in Ordnung.«

Lizzie musste grinsen. »Du bist gerissen wie eh und je, Schwesterherz. Du hast es nicht verlernt, wie du deine Interessen am besten durchsetzen kannst. Daran hat sich nichts geändert.« Lene zwinkerte Lizzie verschwörerisch zu. Sie war erleichtert, dass das Geheimnis zwischen ihnen beiden gelüftet und sicher verwahrt war. In gewisser Weise waren sie jetzt quitt. Lene hatte Lizzies große Liebe aus purer Berechnung geheiratet, und Lizzie hatte sie dafür mit Herrmann betrogen, wenn auch nur ein einziges Mal.

»Aber was, wenn Paul es ihr nicht erlaubt?«, warf Freya besorgt ein.

»Ach, Freya, nun habe ein bisschen Vertrauen in meine Überzeugungskraft. Ich habe schon ganz andere Sachen durchgesetzt«, erwiderte Lene.

»Das kann ich bezeugen«, bemerkte Lizzie mit einem Augenzwinkern.

»Stimmt, ich habe mich damals von unserem Verwalter nicht einmal küssen lassen, weil ich mich an unseren Schwur gebunden gefühlt habe, uns von den Männern fernzuhalten«, seufzte Freya.

»Tja, wenn man bedenkt, dass das alles erst fünfzehn Jahre her ist«, bemerkte Lizzie.

»Wir haben unsere Ziele doch auch erreicht. Lizzie ist Ärztin, ich bin die Herrin von Danneberg-Rum, und die Männer sind zweitrangig«, versuchte Lene zu scherzen, aber diese Bemerkung konnte Freya offenbar nicht aufheitern.

»Ja, das stimmt, ihr beiden habt euch eure Träume erfüllt, aber ich bin kläglich gescheitert, weil ich vor Liebe blind war.«

»Einmal davon abgesehen, dass du ohne Pauls Hilfe eine beachtliche Kaltblüterzucht aufgezogen und dir damit sehr wohl einen Traum erfüllt hast, was würdest du dir in diesem Moment am meisten wünschen?«, fragte Lizzie.

»Dass ich … ach, es geht nicht. Ich kann ihn nicht wiedersehen.«

»Lass mich raten, du möchtest diesen Rasmus wiedersehen, oder?«, mutmaßte Lene.

»Ja, schon, aber das geht doch nicht.«

»Wünschst du dir das nun oder nicht?«, hakte Lizzie ungeduldig nach.

»Ja«, erwiderte Freya mit verträumtem Blick.

»Nichts leichter als das. Wir fragen Onkel Henning, wo er jetzt lebt, und dann kommt er dich mal besuchen, solange du bei ihm wohnst«, lachte Lene.

»Ihr seid verrückt!«, entgegnete Freya, aber immerhin schien ihr allein die Vorstellung ein Lächeln auf die Lippen zu zaubern.

»Dann wollen wir das mal in die Wege leiten, bevor wir zurückfahren.« Lizzie gab ihrer Cousine einen Kuss auf die Wange. Lene tat es ihr gleich. Sie versprachen Freya, sie in den nächsten Tagen noch einmal zu besuchen, bevor sie kichernd das Gästezimmer verließen.

Onkel Henning war etwas irritiert, dass die beiden so vergnügt waren angesichts der dramatischen Ereignisse.

»Onkel Henning, weißt du, wo sich dieser Rasmus zurzeit aufhält?« Lene kicherte immer noch.

»Ja, er arbeitet als Verwalter auf einem Gut ganz in der Nähe.«

»Und ist er liiert?«, fragte Lizzie lauernd.

»Nicht dass ich wüsste.« Onkel Henning hatte offenbar keine Ahnung, was seine Nichten im Schilde führten.

»Ob du ihn wohl mal hierher einladen könntest? Unsere Cousine hat da ein paar Fragen wegen ihrer Kaltblüter.« Lizzie brach erneut in albernes Gelächter aus, doch immerhin begriff nun auch der Onkel, was die beiden bezweckten.

»Ich werde alles in meiner Macht Stehende tun, um Freya wieder ins Leben zu verhelfen«, erklärte er, ohne die Miene zu verziehen.

Lene und Lizzie bedankten sich herzlich bei ihm. Auf dem Weg zum Auto spürte Lene, was ihr in den vergangenen Jahren gefehlt und wonach sie sich unbewusst gesehnt hatte: die Nähe zu Lizzie und auch zu Freya. Sie waren längst kein unzertrennliches Kleeblatt mehr, aber sie konnten sich immer noch aufeinander verlassen, wenn sie Unterstützung brauchten. Und das war in diesen schlimmen Zeiten Balsam für die Seele.

Auf der Rückfahrt hingen beide ihren Gedanken nach.

»Was denkst du?«, fragte Lene, nachdem sie bereits die Grenze passiert hatten.

»Dass ich erst wieder frei durchatmen kann, sobald der braune Spuk vorüber ist. Bis dahin muss ich wohl das Beste aus meinem Leben machen, denn ich habe auch allen Grund, dankbar zu sein. Ich habe nicht nur eine neue Aufgabe in Trudis Praxis gefunden, sondern meine Schwester zurück.«

Lene wischte sich hastig eine Träne aus dem Augenwinkel. Die Worte ihrer Schwester berührten sie zutiefst, und sie war glücklich, sich endlich wieder in alter Vertrautheit mit Lizzie austauschen zu können.

43. Flensburg, Juni 1936

Das Grenzlandtheater, wie das Stadttheater seit Ende 1933 nun hieß, erfreute sich auch unter dem neuen Intendanten Nissen großer Beliebtheit. Die Flensburger Nachrichten hatten in ihrem Bestreben, Bornstedt zu vertreiben, ganze Arbeit geleistet. Schließlich hatte ein Parteigenosse seinen Platz eingenommen. Das war vom Großteil des Ensembles begrüßt worden. Hatten die Hitler-Anhänger 1933 am Theater noch weit weniger als die Hälfte betragen, waren sie nun im Juni 36 in der eindeutigen Mehrheit. Es gab ganz wenige, bei denen Jette sich mittlerweile noch unter vier Augen traute, ihre ehrliche Meinung durchblicken zu lassen. Diese Kollegen, die wie sie zu allem schwiegen, argumentierten ähnlich wie sie selbst, dass sie unpolitische Künstler waren und nur für die Bühne lebten. Aber auch diese Vieraugengespräche wurden zunehmend gefährlicher, seit ruchbar wurde, dass es auch Kollegen gab, die regimefeindliche Äußerungen weitergaben. So war neulich sogar ein erfolgreicher Regisseur zur Gestapo zitiert worden, weil er einen harmlosen Hitlerwitz gerissen hatte. Dank guter Beziehungen hatte man ihn nur verwarnt, aber das mahnte die Kritiker des Regimes zu noch mehr Vorsicht.

Nach dieser Geschichte traute sich Jette jedenfalls nicht einmal mehr, im Vieraugengespräch ihre wahre Meinung kundzutun. Wenn sie ehrlich war, hatte sie Angst vor dem, was noch kommen würde. Seit dem Tod ihres Vaters und der ein paar Wochen später stattfindenden Bücherverbrennung auf der Exe ging ihr ein Vers aus der Tragödie *Almansor* von Heinrich Heine nicht mehr aus dem Kopf. *Das war das Vorspiel nur. Wo man Bücher verbrennt, verbrennt man am Ende auch Menschen.* Man hatte im Mai 1933 das gesamte Ensemble aufgefordert, zu dieser Veranstaltung geschlossen zu erscheinen und einem übereifrigen Schauspielkollegen zu applaudieren, der dieses Spektakel, bei dem unliebsame Bücher auf einen Scheiterhaufen geworfen wurden, mit pathetischem Gebaren wie ein Theaterstück aufführte. Besonders einen geifernden Ruf erinnerte Jette noch ganz genau. *Gegen Frechheit und Anmaßung, für Achtung und Ehrfurcht vor dem unsterb-*

lichen deutschen Volksgeist! Verschlinge, Flamme, auch die Schriften der Tucholsky und Ossietzky!

Ihr widerstrebte es aus tiefster Seele, Autoren auf diese martialische Weise für immer mundtot zu machen. Und ausgerechnet ihre Lieblingsschriftsteller Heine und Tucholsky! Onkel Henning hatte ihr gerade zum letzten Geburtstag den bezaubernden Roman *Schloss Gripsholm* von Tucholsky geschenkt. Den hatte sie selbstverständlich genauso wenig wie die anderen verbotenen Werke aus ihrem Bücherschrank verbannt. Der Graben zwischen ihrer Überzeugung und dem, was sie im Theateralltag immer wieder zu verdrängen versuchte, machte ihr zunehmend seelisch zu schaffen. Sie merkte es besonders daran, dass sie neuerdings mehr trank, als ihr guttat. Das wiederum barg die Gefahr in sich, dass sie sich im Kreis der Kollegen verplapperte, wenn sie betrunken war.

Nein, wirklich glücklich war sie nicht, obwohl sie nach wie vor einen guten Stand am Theater hatte. Sie war bei den Kollegen und beim Publikum gleichsam beliebt und auch immer noch der Liebling der Presse, einer Presse, die Jette aus tiefstem Herzen verachtete, seit sie zum Boykott der jüdischen Geschäfte aufgerufen hatte, was ihr eigener Vater schließlich mit seinem Leben bezahlt hatte. So etwas vergaß man nicht!

Ob in Bauernschwänken wie *Krach um Jolanthe* oder *Geld ist im Strumpf* oder als Hannchen im *Vetter aus Dingsda,* Jette wurde weiterhin mit guten Rollen bedacht. Allerdings spürte sie bei den meisten Figuren, die sie spielen sollte, kein besonderes Herzblut mehr. Insgeheim träumte sie immer noch davon, an ein besseres Haus zu wechseln und anspruchsvollere Rollen zu bewältigen. Kiel kam allerdings in diesen Zeiten genauso wenig für sie infrage wie Hamburg oder Berlin, denn sie befürchtete, je größer die Stadt war, desto mächtiger auch der Einfluss der Partei. So hatte sie innerlich längst ein anderes Ziel im Auge: das Königliche Theater in Kopenhagen! Um diesen Plan in die Tat umsetzen zu können, lernte sie fleißig Dänisch und hatte den besten Lehrer, den sie sich vorstellen konnte: Onkel Henning. Und das Schöne daran war, dass er auch Klara unterrichtete, der sie die dänische Sprache schmackhaft gemacht hatte. Denn wenn sie Deutschland verließ, dann nur mit ihrer Tochter. Wobei sie von dem Klang der Sprache nicht sonderlich angetan war, aber es half alles nichts. Was nützten ihr die schönsten deutschen Wörter, wenn ihr in Deutschland die Luft zum Atmen genommen wurde? Sie hatte seit jeher Regeln und Einschränkungen verabscheut. Und in der Welt dort draußen war inzwischen alles reglementiert: was die Menschen sagen, denken und lesen sollten. Einfach alles, und dann diese ständige Hetze gegen die Juden. Darüber aber redete Jette nie offen, auch nicht mit ihren Schwestern, obwohl sie deren Ansichten kannte, zumindest die von Lizzie war leider nicht nur ihr bekannt. Besonders seit ihre Schwester in der Praxis mit dieser Frau Dr. Steiner zusammenarbeitete, nahm sie kein Blatt vor den Mund, was ihre Abneigung gegen Hitler betraf. Selbst Gottfried, den Jette immer für einen Kommunisten gehalten hatte, bat seine Frau vergeblich um Zurückhaltung. Jette hatte Sorge um Lizzie, ihre früher so sanftmütige und diplomatische Schwester. Wenn sie in der Praxis so offenherzig ihre Meinung von sich gab, musste nur ein einziger Denunziant unter den Eltern ihrer kleinen Patienten sein, und sie war geliefert. Selbst Onkel Henning, der immer noch für die Flensborg Avis schrieb und sich hin und wieder herausnahm, auch kritisch über die neue deutsche Politik zu berichten, schien sich Sorgen zu machen, weil seine Nichte ihr Herz auf der Zunge trug. Jedenfalls hatte er Lizzie neulich einmal eindrücklich ermahnt, ihre Verachtung gegenüber den braunen Volksgenossen an der Macht nicht allzu sehr nach außen zu kehren. Und das aus seinem Mund. Das bedeutete schon etwas! Jette hoffte, dass Lizzie sich das zu Herzen genommen hatte.

Für sich selbst sah Jette nur diese eine Chance: Sie musste ein Vorsprechen in Kopenhagen bekommen! Insofern war für sie das heutige Gastspiel des Königlichen Theaters am Grenzlandtheater eine durchaus wichtige Veranstaltung. Sie würde sich nicht nur die dänische Inszenierung des *Figaros* anschauen, sondern auch zur anschließenden Premierenfeier erscheinen, um mit ein paar dänischen Kollegen zu plaudern. Sie hatte gehofft, dass Henrik mit nach Flensburg kommen würde, aber er war gerade in Kopenhagen mitten in den Proben für einen musikalischen Abend, was er sehr bedauerte, aber er hatte ihr die Namen der Kollegen gegeben, die für ihre Pläne, ein Engagement am Königlichen Theater zu bekommen, wichtig sein könnten.

Während Jette all das durch den Kopf ging, saß sie vor dem Spiegel ihrer Garderobe, um sich die helle Schminke abzuwaschen und die blonde Zopfperücke abzunehmen, denn sie hatte gerade die heutige Probe für eines dieser derben Bauernstücke abgeschlossen. Als sie in ihren Augen wieder einigermaßen natürlich aussah, fiel ihr der Brief ein, den sie heute Morgen von ihrer Freundin Ruth aus Wien bekommen hatte. Sie beneidete die Freundin ein wenig um ihr Glück. Ruth hatte ein Engagement im Theater in der Josefstadt, dessen Direktor der berühmte Otto Preminger war und in dessen erstem Film sie sogar eine kleine Rolle ergattert hatte. Da der Film es zu Jettes großem Bedauern nicht bis in die Flensburger Kinos geschafft hatte, war sie sogar bis nach Hamburg gereist, um wenigstens eine Vorstellung zu sehen. So eine anspruchsvolle Arbeit, wie Ruth hatte, das wünschte sich Jette auch. Nur lag ihr als »norddeutscher Deern«, wie sie sich manchmal scherzhaft selbst bezeichnete, Kopenhagen viel näher als Wien.

Gespannt holte Jette den Brief hervor und vertiefte sich in die Zeilen der Freundin. Zu ihrer großen Enttäuschung berichtete sie weniger von ihrer Arbeit als vielmehr von einem Schauspielerkollegen, mit dem sich eine ernsthafte Beziehung anzubahnen schien. Diese Neuigkeit versetzte Jette einen kleinen Stich, denn sie hatte seit über zwei Jahren keinen Mann mehr geküsst. Viel zu groß war ihre Sorge, dass sie an den Falschen geriet, einen, der womöglich ein Parteibuch besaß und mit dem sie kein offenes Wort sprechen konnte. Nein, auch die Liebe musste warten! Bis sie endlich in Kopenhagen war. Doch dann stutzte sie, als die letzten Zeilen überflog, und las sie noch einmal. Ihr Herz pochte bis zum Hals.

Stell dir vor, Georg hat Kontakt zu mir aufgenommen. Wir hatten damals, als ich anlässlich des Todes meines Vaters so überstürzt abgereist bin, Adressen ausgetauscht wegen der Miete für die Wohnung. Ich habe dann gekündigt, nachdem ich wusste, dass ich in Wien bleibe. Er wollte aber kein Geld von mir. Und den Rest eurer Geschichte kenne ich aus deinen Briefen. Er hat kein Wort dazu geschrieben. Ich habe mich artig bedankt, den Kontakt aber nicht mehr aufrechterhalten. Und nun bekomme ich nach all den Jahren einen Brief von ihm, in dem er mich inständig bittet, ihm deine Adresse zu geben. Was soll ich tun? Nicht antworten, oder willst du dir vielleicht anhören, was er dir so Dringliches zu sagen hat? Ich erwarte deine Anweisung. Und nun lerne fleißig diese Sprache, die sich für mein Wiener Ohr anhört, als hätte jemand eine heiße Kartoffel im Mund. Aber ich glaube, die Menschen sind wunderbar dort, und das Theater hat einen sehr guten Ruf. Ich wünsche dir jedenfalls, dass du diesem dumpfen Deutschland so schnell wie möglich entfliehen kannst. Aber keine Sorge, die werden sich nicht lange an der Regierung halten.

Jette musste diesen Absatz noch ein paarmal lesen, um zu begreifen, dass Georg von Renz sie offenbar kontaktieren wollte. Ihr erster Impuls war, Ruth zu raten, den Brief zu zerreißen, aber dann dachte sie an Klara. Ihre Tochter hatte mittlerweile ein paar Eigenarten herausgebildet, die sie verdammt an Georg erinnerten. Aus dem zarten Kind war ein selbstbewusstes Mädchen geworden, das ganz genau wusste, was es wollte, und stets seinen Willen bekam. Gut, das wurde Jette von ihren Schwestern auch nachgesagt, dass sie das Kind gewesen war, dem keiner zu widersprechen wagte. Aber Klaras vehemente Abneigung gegen Kartoffelbrei? Die Art, ihre Augen zusammenzukneifen, wenn sie nachdachte? Ihr unstillbarer Hunger nach Vergnügen und der Hang zur Übertreibung? Für Klara gab es kein Halten, wenn der Jahrmarkt nach Flensburg kam. Ihr genügte es nicht, einmal mit der Berg-und-Tal-Bahn zu fahren, sondern zehnmal, sie aß nicht eine Tüte gebrannter Mandeln, sondern so lange davon, bis sie sich übergeben musste. Die meisten Menschen dachten allerdings, das hätte sie von ihr geerbt. In der Tat war Jette kein Mensch, der unbedingt Maß hielt, aber diese Menschen kannten Georg nicht. Wie lange hatte sie schon nicht mehr an ihn gedacht! Und unter welchen Schmerzen hatte sie sich ihn einst aus dem Herzen gerissen? Nun war alles wieder da: seine raue, erotische Stimme, sein männlicher Duft, seine Hände überall auf ihrem Körper.

Jette kämpfte mit sich. Sie wollte an all das nicht mehr erinnert werden, und trotzdem brannte sie vor Neugier darauf, zu erfahren, was er von ihr wollte. Wütend darüber, dass er sich damit derart intensiv in ihre Gedanken geschlichen hatte, zerknüllte sie Ruths Brief und warf ihn auf den Boden, doch hastig hob sie ihn wieder auf.

Sie konnte und wollte sich in diesem Augenblick nicht entscheiden. Außerdem zeigte ihr ein Blick auf die Uhr, dass sie die Garderobe verlassen musste, weil die dänischen Kollegen gleich eintreffen würden und jeden Platz hinter der Bühne benötigten. Sie wollte gerade aufstehen, als eine wohlbekannte Stimme hinter ihr raunte: »Haben Sie noch Zeit, vor meiner Vorstellung mit mir etwas essen zu gehen?«

Sie fuhr herum und blickte in Henriks grinsendes Gesicht, bevor sie aufsprang und ihm um den Hals fiel.

»Das nenne ich mal eine anständige Begrüßung«, lachte er, nachdem Jette von ihm abgelassen hatte.

»Dich schickt der Himmel. Ich brauche dringend deinen Rat!«

»Dann ist die erste Geige wohl im rechten Moment erkrankt«, gab er zurück. »Wir haben noch gute zwei Stunden Zeit bis zur technischen Probe«, fügte er hinzu. »Und ich habe einen Mordshunger.«

»Lass uns in den Gnomenkeller gehen. Der ist am nächsten«, schlug Jette vor und hakte sich bei ihm unter.

Auf dem Weg tauschten sie die letzten Neuigkeiten aus. Henrik wollte wissen, wie es allen ergangen war, denn Jette und er hatten sich das letzte Mal bei der Beerdigung von Jettes Vater gesehen.

»Gut siehst du aus«, bemerkte er, nachdem sie einen freien Tisch gefunden hatten und er sie prüfend musterte.

»Du auch«, gab Jette das Kompliment zurück und bedauerte in diesem Augenblick wieder einmal, dass sie seine Halbschwester war. Einen derart attraktiven Bruder konnte sie weniger gebrauchen als einen Geliebten von dessen Format. »Wahrscheinlich nennen sie dich in Kopenhagen schon skørtejæger.«

»Du hast also fleißig gelernt, wie ich höre. Schürzenjäger ist eine Vokabel für Fortgeschrittene«, lachte er. »Dann sag doch mal auf Dänisch: Meine Ruh ist hin, mein Herz ist schwer, ich finde sie nimmer und nimmermehr. Wo ich ihn nicht hab, ist mir das Grab, die ganze Welt ist mir vergällt. Mein armer Kopf ist mir verrückt, mein armer Sinn ist mir zerstückt.«

Ein triumphierendes Grinsen huschte über Jettes Gesicht, bevor sie ihm diese Zeilen aus dem Faust nicht nur fließend übersetzte, sondern mit der entsprechenden Mimik von Gretchen am Spinnrad rezitierte.

Henrik war so überwältigt, dass er laut klatschte. Alle drehten sich zu ihnen um, doch die meisten erkannten »die Danneberg« und nahmen diese Störung wohlwollend auf.

»Das ist perfekt. Du sprichst besser als ich. Und ich habe das in der Schule gelernt.«

Wieder konnte sich Jette ein Grinsen nicht verkneifen. »Ich habe mir alle vorsprechbaren Monologe von Onkel Henning übersetzen lassen, und wir beginnen unsere Stunde immer mit dem Vorsprechen eines Textes. Sogar Klara hat das Gretchen schon gelernt, und ich befürchte, sie wird in die Fußstapfen ihrer Eltern treten. So leidenschaftlich gern, wie sie vor Publikum vorträgt.« Jette überlegte kurz, ob sie Henrik nicht gleich jetzt um Rat fragen sollte in Sachen Georg, aber da hörte sie ihn bereits fragen: »Und was treibt Onkel Hennings brauner Sohn?«

Jettes Miene verdüsterte sich. »Lass uns bitte nicht über Paul Danneberg reden, vor allem, weil wir ihm unter Umständen heute Abend noch begegnen, falls er sich herablässt, sich auch bei einem dänischen Gastspiel auf Kosten des Theaters volllaufen zu lassen. Er ist ein Freund des Hauses, was das auch immer heißt, und ich muss dann mit ihm ein paar Höflichkeitsfloskeln austauschen, ob ich es will oder nicht«, murmelte sie.

»Wer zwingt dich dazu?«, fragte er streng.

»Er hat eben seine Verbindungen«, erwiderte sie unwirsch.

»Es ist allerhöchste Zeit, dass du dieses Land verlässt«, bemerkte er entschieden.

Eigentlich hatte Jette ihn nicht gleich mit der Frage überfallen wollen, was sie wohl Ruth antworten solle, aber das war in ihren Augen immer noch besser, als sich von ihm anhören zu müssen, dass er sie für eine Opportunistin hielt. Das jedenfalls meinte sie, in seinem Blick zu lesen. Nein, sie wollte sich auf keinen Fall dafür rechtfertigen müssen, dass sie sich diplomatisch verhielt. Auch nicht vor Henrik.

»Ich habe eine Frage«, raunte sie ihm übergangslos zu und berichtete von Ruths Brief und Georgs Wunsch, ihre Adresse zu bekommen.

Sie merkte Henrik an, dass ihn dieser Themenwechsel störte, aber schließlich ließ er sich auf ihr Anliegen ein.

»Ich würde sagen, du gibst ihr die Erlaubnis, dem Renz deine Adresse zu nennen. Das heißt doch noch lange nicht, dass er sich wirklich bei dir meldet.«

Das war typisch für Henrik. Er wusste immer den richtigen Rat.

»Gut, dann erwarte ich also nicht gleich das Schlimmste«, seufzte sie.

»Und was wäre das?«

»Dass er bei mir vor der Tür steht und Klara sehen will!«

»Nun ja. Er ist ihr Vater.«

»Trotzdem. Ich will ihn nie mehr sehen!« Das klang trotzig, und sie wusste, kaum dass sie das ausgesprochen hatte, dass das nur die halbe Wahrheit war. Viel mehr als ein bloßes Wiedersehen fürchtete sie, dass dieser Mensch sie wieder in seinen Bann ziehen könnte, denn ihrem beschleunigten Herzschlag nach zu urteilen, ließ diese Anfrage sie alles andere als kalt.

»Was machen deine Schwestern?«, wollte er nun wissen.

»Lene versucht, das Geschäft am Laufen zu halten, ohne sich bei den Machthabern anzubiedern, während Herrmann ganz offen mit ihnen sympathisiert.«

»Lene macht es im Rumgeschäft also so wie du im Theater!«, stellte er ungerührt fest, was Jette nicht auf sich sitzen lassen wollte. »Ich mache doch keine Geschäfte mit den Volksgenossen!«, widersprach sie empört.

»Nicht im eigentlichen Sinn, aber du machst Karriere und schweigst zu allem!«

Jette beugte erschrocken den Kopf über den Tisch. »Henrik, bitte, nicht so laut. Wenn das jemand hört. Hier kennt mich jeder. Und jeder kann ein Spitzel sein«, flüsterte sie.

»Und ich habe mich schon gefragt, wann du mir endlich die Wahrheit über euer schönes neues Deutschland schreiben wirst. Denkst du, ich weiß nicht, welcher Wind hier weht? Wir werden heute Abend mit vereinten Kräften dafür sorgen, dass man dir einen Termin zum Vorsprechen gibt, und jetzt lass uns gehen. Ich habe tatsächlich das Gefühl, der Mann dahinten in der Ecke beobachtet uns.«

Henrik zahlte, und sie verließen hastig das Lokal. Kurz vor dem Theater blieb er stehen und fasste sie an den Schultern. »Jette? Wer außer uns und deiner Schwester Lene weiß über deinen leiblichen Vater Bescheid?«

Jette zuckte zusammen. In welchem Ton er sie das fragte. Das machte ihr Angst.

»Lizzie weiß es inzwischen. Ich habe es ihr selbst erzählt.«

»Weiß es Gottfried?«

Jette zuckte die Schultern. »Ich habe es ihm nicht verraten.«

»Hör zu. Es darf auch kein Mensch mehr erfahren, dass du nicht Ole Dannebergs Kind bist, denn nach diesen Nürnberger Gesetzen, die kürzlich verabschiedet worden sind und denen noch viele folgen werden, bist du in deren kranken Hirnen ein sogenannter Mischling.«

»Wie meinst du das?« Jette versuchte, ihre Panik zu verbergen.

»Die Eltern meines Vaters sind beide Juden, demnach bin ich ein Halbjude. Und da mein Vater auch dein Vater ist, gilt das auch für dich. Zwei Großeltern ein halber Jude, drei Großeltern ein ganzer Jude. So habe ich diese menschenverachtenden neuen Gesetze jedenfalls verstanden.«

Jette musterte ihn fassungslos. »Aber das kann doch nicht sein.«

»Jette, ich will dir nicht unnötig Angst machen, aber es ist verdammt wichtig, dass dieses Geheimnis nicht nach außen gelangt. Verstehst du?«

Jette nickte. »Ich möchte weg. Hörst du. Lieber heute als morgen«, stieß sie verzweifelt hervor.

»Es wird alles gut«, versuchte Henrik, sie zu beruhigen, doch es half alles nichts. Als er den Arm um sie legte, zitterte sie am ganzen Körper.

Sie kamen gerade noch rechtzeitig zur Tonprobe des Orchesters im Theater an. Jette war gründlich die Lust vergangen, sich die Vorstellung anzusehen, denn das Gespräch mit Henrik hatte ihr deutlich vor Augen geführt, dass sie diesen Spagat zwischen Abscheu und Anpassung nicht mehr lange durchhalten würde. In der Kantine trank sie in schneller Folge zwei Bier, um sich in eine bessere Stimmung zu bringen, aber das gelang ihr nicht. Als sie wenig später ziellos durch das Foyer irrte, fühlte sie sich zwar berauscht, aber nicht befreit. Im Gegenteil, es fiel ihr äußerst schwer, den politischen Größen der Stadt überhaupt ein Lächeln zu schenken. Zum Glück waren an solchen Gastspielabenden auch die Honoratioren der dänischen Minderheit in großer Zahl anwesend, wie der Rektor der Duborgskolen, der Generalkonsul und von der Flensborg Avis Herr Christensen und an diesem Abend zu ihrer großen Überraschung auch Onkel Henning. Sie hatte sich selten so gefreut, ihn zu sehen, und umarmte ihn stürmisch. Er hatte eine gute Nachricht für sie. Sein Sohn Paul würde dieser Aufführung fernbleiben, wie ihm Freya verraten hatte, die zurzeit wieder einmal ein paar Tage in Skagen Gul verbrachte. Auch Jette wusste inzwischen Bescheid über Freyas neu aufgeflammte Affäre mit Rasmus, und sie gönnte es ihrer Cousine von Herzen, denn seitdem war sie in alter Schönheit erblüht und strahlte wieder neue Lebensfreude aus. Dass sie wieder lachen konnte, hatte aber noch einen anderen Grund, ging es Jette durch den Kopf. Charlotte war dank Lenes beherztem Eingreifen den Dannebergs wieder nähergekommen. Lene hatte Ole P. und ihr im vergangenen Sommer das Segeln beigebracht und jede freie Minute mit den beiden Jugendlichen auf der Ostsee verbracht. Dadurch hatte sich auch das Verhältnis Charlottes zu Freya wieder verbessert, und dementsprechend hatte die »Person« an Bedeutung für Charlotte verloren. Aber das konnte nicht darüber hinwegtäuschen, dass sowohl Ole P. als auch Charlotte leidenschaftlich für die Hitlerjugend brannten.

Jette straffte die Schultern, grüßte nach rechts und lächelte nach links, als sie Lene erblickte. Sie war in Begleitung von Charlotte und Ole P. Charlotte schien sichtlich angetan, ihre berühmte Tante zu treffen. Sie strahlte jedenfalls über das ganze Gesicht. Sie war mit ihren fast fünfzehn Jahren schon eine junge Dame geworden, und eine sehr hübsche dazu.

Bei Jette löste diese Begegnung mit ihrer Familie gemischte Gefühle aus. Freude und Schmerz bei der Vorstellung, bald allein ohne sie mit Klara in einer fremden Stadt zu leben. Sie spürte, dass der Alkohol sie sentimental werden ließ. Dabei brauchte sie gerade heute Abend einen klaren Kopf, um ihre Chancen für Kopenhagen auszuloten und einen guten Eindruck bei den dänischen Kollegen zu machen.

»Wir freuen uns jedenfalls auf den Abend«, erklärte Lene. »Leider war Herrmann verhindert. Er hatte noch etwas Geschäftliches …«

Doch Jette hörte ihr gar nicht mehr zu. Verdammt, Herrmann!, dachte sie, Herrmann kannte ihr Geheimnis auch! Er hatte an der Tür gelauscht, als Lene es ihr verraten hatte. Jettes Herz klopfte bis zum Hals. Nicht dass sie ihrem Schwager so etwas zutrauen würde, aber sie hätte auch nie von ihm geglaubt, dass er in die Partei eintreten würde. Lene war das so unangenehm gewesen, dass sie es der Familie hatte verheimlichen wollen, aber der dumme Paul hatte es Jette auf einer Premierenfeier triumphierend berichtet. Dass Herrmann jetzt Parteigenosse war, und dass er bloß aufpassen solle, dass ihm seine Frau im Geschäft nicht länger in die Quere kam …

44. Flensburg, August 1936

Lizzie brannte darauf, Gottfried eine gute Neuigkeit zu überbringen: Ihr Name stand jetzt mit auf dem Praxisschild! Als sie am Morgen in die Praxis gekommen war, hatte sie es sofort entdeckt: *Dr. Gertrud Steiner und Dr. Elisabeth Lüdtke, Kinderärztinnen.* Sie ahnte, wie viel Überwindung es ihre Kollegin und mittlerweile beste Freundin Trudi gekostet haben musste, den Namen ihres Mannes verschwinden zu lassen. Dass sie diesen Schritt nicht ganz ohne Druck vorgenommen hatte, das wusste Lizzie auch. Der Vater einer ihrer kleinen Patientinnen, ein hochrangiger Parteigenosse, hatte Trudi nahegelegt, das alte Schild zu entfernen, weil sie damit zur Schau stellte, dass sie nach den neuen Gesetzen »jüdisch versippt« war. Obwohl Trudi am liebsten der ganzen Welt bewiesen hätte, wie sie auch in diesen Zeiten zu ihrem jüdischen Mann stand, wusste sie, dass dieser Mensch es nur gut mit ihr meinte. Überdies hatte er sie schon vor diversen bürokratischen Schikanen gegen sie und ihre Praxis beschützt. Der junge Witwer machte keinen Hehl daraus, dass er ihr noch viel mehr helfen könnte, wenn sie ihn heiratete. Das lehnte Trudi rigoros ab. Zum Glück würde er ihr die Unterstützung wohl niemals entziehen, weil sie ihn als Mann zurückwies, denn Trudi hatte seiner Tochter als Baby das Leben gerettet, als es beinahe erstickt wäre. Das würde ihr der Parteigenosse Rathge niemals vergessen. Aber er warnte Trudi immer wieder vor der Gefahr, die eines Tages auf ihre Tochter zukommen könnte, wenn man die Gesetze noch verschärfte, denn schon nach den geltenden Rassegesetzen war Ingrid ein Mischling. Wenn sie ihn aber heiraten würde, dann wäre das Mädchen für alle Zeiten sicher in arischer Hand, hatte er ihr immer wieder zu bedenken gegeben. Trudi aber hatte ihm jedes Mal versichert, dass sie keine Angst habe, aber über die Sache mit dem Schild zumindest nachdenke. Nun hatte sie es also wirklich getan!

Dass sie sich von dem alten Schild getrennt hatte, sah Trudi zwar einerseits als Verrat an ihrem verstorbenen Mann an, wie sie Lizzie anvertraute, aber auch als Wertschätzung für Lizzie, die inzwischen zur zweiten Seele der Praxis geworden war. Außerdem waren sie mittlerweile erfolgreicher mit der Praxis, als Trudi es je mit ihrem Mann gewesen war. Immer mehr Eltern auch aus dem westlichen Teil der Stadt kamen zu ihnen, weil ihnen der Ruf vorauseilte, dass sie fachlich kompetent waren und zugleich einen besonderen Zugang zu Kindern hatten.

Abgesehen davon, was dieses Schild für Trudi bedeutete, für Lizzie war es ein befriedigendes Gefühl, nun auch nach außen einen Namen als Medizinerin zu tragen.

Deshalb wollte sie Frida bitten, zur Feier des Tages etwas Besonderes zu kochen, doch sie fand sie nicht in der Küche. Auch Vilma schien nicht im Haus zu sein. Merkwürdig, dachte Lizzie, als sie ein aufgeregtes Flüstern vernahm. Es drang aus dem Hauswirtschaftsraum. Die Tür war angelehnt. Lizzie blieb irritiert stehen und horchte. Sie meinte, zwei Stimmen herauszuhören. Die von Frida und die von Gottfried. Es war nicht Lizzies Art, zu lauschen, aber als sie Gottfried in diesem Moment erregt sagen hörte: »Ich kann doch meine Familie nicht allein lassen!«, und Frida nicht minder aufgebracht antwortete: »Besser Sie lassen sie hier allein, als dass Sie sie unnötig in Gefahr bringen!«, konnte sie gar nicht anders.

Ohne zu überlegen, stieß Lizzie die Tür auf und platzte in diese konspirative Versammlung. »Womit kann mein Mann uns in Gefahr bringen?« Lizzie hätte nicht sagen können, wer von den beiden bei ihrem Erscheinen blasser geworden war. Sie starrten sie wie einen Geist an. Gottfried fand als Erster seine Sprache wieder. »Lizzie, bitte, frag nicht! Ich werde es dir später einmal erklären …«

»Nein, jetzt!«, widersprach sie streng. »Wenn es etwas gibt, das mit unserer Familie zu tun hat, dann sag es mir auf der Stelle!« Sie hatte sich kämpferisch vor ihrem Mann aufgebaut.

»Aber gnädige Frau, es ist doch nur zu Ihrem Besten«, mischte sich Frida flehend ein.

Wieso nennt sie mich eigentlich immer noch gnädige Frau?, ging es Lizzie durch den Kopf, während sie in jeder Pore spürte, dass etwas Bedrohliches vorging, etwas, das ihr Leben von einem Tag zum anderen aus den Angeln heben und ihr neues Glück zunichtemachen könnte.

Sie warf ihnen durchdringende Blicke zu. »Was kann es so Wichtiges geben, dass man es vor mir verheimlichen muss?«

Gottfried trat einen Schritt auf Lizzie zu und wollte sie in den Arm nehmen, aber sie wehrte diese Annäherung ab. »Nein, ich habe ein Recht zu erfahren, was hier gespielt wird. Du hast gesagt, du kannst deine Familie nicht allein lassen. Was soll das bedeuten?«

Frida und Gottfried sahen einander ratlos an. Die Köchin war nun ganz kalkig im Gesicht geworden. Auf ihrer Stirn hatten sich Schweißperlen gebildet. Lizzie hatte Sorge, dass sie vor Aufregung kollabieren würde, und schob ihr hastig einen Stuhl hin. »Bitte setz dich.« Frida tat, was sie verlangte. »Und lass mich deinen Puls fühlen. Ich möchte nicht daran schuld sein, dass du hier zusammenklappst.« Lizzie sah auf ihre Uhr, während sie ihren Finger auf den Puls der Köchin legte. Er war nicht so hoch, wie sie befürchtet hatte.

Sie wandte sich nun direkt an Gottfried. »Was verheimlicht ihr vor mir?«

Gottfried räusperte sich ein paarmal, bevor er endlich zu reden begann. »Ich bin hier in Flensburg in einer Gruppe, in der sich Sozialdemokraten und Kommunisten heimlich treffen, um verfolgten Genossen bei ihrer Flucht über die Grenze nach Dänemark zu helfen.« Er stockte.

Lizzie spürte, wie ihre Knie weich wurden, und sie ließ sich stöhnend auf einen Hocker fallen. »Und ich dachte, dir hätten sie in Berlin den Mumm aus den Knochen geprügelt«, seufzte sie, bevor sie aufsprang und sich an Gottfrieds Brust warf. Er strich ihr über das Haar. »Ach, meine Lizzie, mehr musst du nun auch gar nicht wissen.«

»Doch, Gottfried, nun sag ihr, worum es geht«, mischte sich Frida ein. Sie nannte ihn beim Vornamen? Lizzie blickte die Köchin mit völlig anderen Augen an. Schon in ihrer Kindheit hätte im Haus Dannebergs ohne Frida nie ein Essen auf dem Tisch gestanden, sie war nicht mehr wegzudenken, der gute Geist des Hauses, aber nun schien sie ein Geheimnis mit ihrem Mann zu teilen, in das sie endlich eingeweiht werden wollte.

Gottfried schwieg hartnäckig.

»Ein paar von meinem dänischen Kulturverein gehören auch zu dieser Gruppe. So wie ich«, gab Frida zögernd zu, »aber wir haben offenbar einen Spitzel in unseren Reihen, denn wir wissen aus sicherer Quelle, dass die Gestapo Ihren Mann, gnädige Frau …«

»Verdammt, Frida, wie lange kennen wir uns schon? Ich bin Lizzie und nicht die gnädige Frau! Also, was führt die Gestapo im Schilde?«

»Sie wollen Ihren Mann in sogenannte Schutzhaft nehmen. Und wir wissen von anderen Betroffenen, was das heißt!«, entgegnete Frida.

Lizzie wurde übel, wie immer, wenn sie aufgeregt war. »Aber Gottfried, dann, dann musst du fort. Du kannst doch nicht warten, bis diese Kerle vor unserer Tür stehen …«

»Das versuche ich Ihrem Mann doch gerade zu erklären! Er muss sich in Sicherheit bringen. Nicht nur zu seiner eigenen Sicherheit, sondern auch, um unsere Arbeit nicht zu gefährden.«

»Frida hat recht. Wir müssen weg. Frederike und ich kommen natürlich mit, wohin du auch immer gehst …«

»Nein!« Das klang so endgültig aus Gottfrieds Mund, dass es Lizzie die Sprache verschlug.

»Ich werde über die Grenze nach Dänemark abhauen und mich ganz in der Nähe aufhalten, dann könnt ihr mich weiter treffen. Henning hat schon alles vorbereitet …«

»Onkel Henning weiß Bescheid? Und mir sagst du nichts? Für wen hältst du mich? Für ein dummes Ding, das ihrem Mann in dieser Lage nicht zur Seite stehen kann? Die ihn nicht gehen lässt, wenn er sich in Gefahr befindet?« Lizzies Stimme war so laut geworden, dass Frida ihr signalisierte, dass man sie so im ganzen Haus hören konnte.

»Verdammt! Wer soll uns denn hören? Hier ist keiner außer uns. Und deswegen gehen wir jetzt auch wie erwachsene Menschen an den Tisch im Salon und finden eine Lösung!«

Sie sprang von ihrem Hocker auf, ging zur Tür und hielt sie auf. »Ihr müsst euch nicht verkriechen! Die Dame des Hauses weiß Bescheid!« Das klang spitzer als beabsichtigt, aber sie war zornig, weil Gottfried sie nicht eingeweiht hatte.

Als Frida und Gottfried ihr am Esstisch gegenübersaßen, wirkten sie wie gescholtene Kinder.

»Warum hast du mir nichts von eurer Organisation gesagt? Warum habt ihr mich nicht helfen lassen? Warum behandelst du mich wie ein unmündiges Kind?«

»Weil du schon ohne solche gefährlichen Unterfangen in ständiger Gefahr schwebst, dass sie dich zur Gestapo bestellen! Und du weißt nicht, wozu die fähig sind, um dich zum Reden zu bringen!«, gab Gottfried aufgebracht zurück.

»Du hattest also Sorge, ich könnte euch verraten«, murmelte Lizzie fassungslos.

»Nein, Elisabeth, wir wissen doch, dass Sie das niemals tun würden, aber denken Sie an Ihre Tochter und die vielen kranken Kinder. Dort werden Sie viel dringender gebraucht!«, sagte Frida mit sanfter Stimme.

Diese Worte erreichten Lizzies Herz, und sie begriff, dass Gottfried es ihr nicht verschwiegen hatte, weil er sie nicht als vollwertige Partnerin ansah, sondern weil sie ihren Platz, an dem sie helfen konnte, bereits gefunden hatte. Und der war in Trudis Praxis! Sie verstand überdies, dass sie sich mit ihrem Hang zur offenen Kritik am Regime in ständige Gefahr begab. Und noch etwas wurde ihr klar, und sie schämte sich ein wenig für das, was sie in den vergangenen Jahren irrtümlich über ihren Mann gedacht hatte.

»Es tut mir leid, Gottfried, ich dachte, sie hätten dir den Schneid abgekauft. Dabei bist du dir treu geblieben. Passt auf! Ich will nichts weiter wissen von eurer Organisation und halte mich in Zukunft etwas zurück mit regimefeindlichen Äußerungen, aber einen letzten Hitlerwitz noch, nur unter uns.«

Gottfried schien erleichtert, dass Lizzie ihm verziehen hatte: »Ich weiß zwar nicht, was es über den Lumpen zu lachen gibt, aber ich höre.«

»Also: Beim Einzug des Führers in die Stadt stehen in üblicher Weise kleine Mädchen mit Blumen Spalier. Eines davon streckt dem Führer ein Grasbüschel entgegen. ›Was soll ich denn damit tun?‹, fragt Hitler. ›Essen‹, antwortet die Kleine. ›Meine Eltern sagen jeden Tag, erst wenn der Führer ins Gras beißt, kommen bessere Zeiten.‹«

Gottfried und Frida lachten beide, aber in ihrem Lachen lag auch etwas zutiefst Verzweifeltes.

»Das heißt nicht, dass ich den Ernst der Lage nicht begreife. Also, was hat Onkel Henning für dich geplant?«

»Es gibt für mich eine Stelle am Apenrader Krankenhaus, und Henning gehört dort in der Nähe ein Haus, in dem ich eine eigene Etage bekommen kann. Aber ich wäre dann nicht mehr bei euch, und ich kann dich nicht beschützen.«

»Gottfried! Ich brauche keinen Schutz, wenn ich mich in Zukunft etwas zurückhalte. Aber wir lassen dich doch nicht im Stich. Wir kommen mit!« Kaum hatte Lizzie das ausgesprochen, als ihr Zweifel kamen. Was sollte sie in Apenrade? Ihr Dänisch würde nicht einmal genügen, um mit Eltern junger Patienten das Nötigste zu besprechen, wenn sie überhaupt je eine Stelle als Kinderärztin in Dänemark bekommen würde. Bevor sie Gottfried fragen konnte, wie er das mit der Sprache anstellen wollte, lehnte er ihr Angebot, ihn mit Frederike nach Dänemark zu begleiten, vehement ab.

»Auf keinen Fall! Du wirst in Flensburg gebraucht, und ich kann mich auf diese Weise von Dänemark auch weiter für die Verfolgten nützlich machen.«

»Und wie machst du das mit der Sprache?«

Ein Grinsen huschte über Gottfrieds Gesicht. »Henning sagt immer, er habe noch nie so ein entsetzliches Dänisch gehört wie meins, aber ich kann mich schon ganz gut verständlich machen. Henning ist ein guter Lehrer.«

»Dann sollten wir den Abschied nicht mehr länger hinauszögern. Am besten packst du deine Sachen, und ich fahr dich.«

»Kindchen, das ist zu gefährlich«, mischte sich Frida ängstlich ein.

»Nicht, wenn wir uns als Sommerfrischler tarnen, die den Onkel in Sonderburg besuchen wollen. Denn das wird tatsächlich unser Ziel sein. Bei Henning bist du erst einmal in Sicherheit.«

Gottfried schien zu überlegen, denn er hatte seine Stirn in grüblerische Falten gelegt.

»Elisabeth hat recht. Sie sollten nicht riskieren, dass sie bei uns vor der Tür stehen …« Weiter kam Frida nicht, denn in diesem Augenblick klingelte es Sturm. Lizzie befürchtete das Schlimmste. Mit zitternden Knien wankte sie zur Tür und atmete auf, als sie Vilma und die Kinder erblickte.

»Ich habe meinen Schlüssel vergessen, weil Frida uns so überstürzt aus dem Haus geschickt hat. Entschuldigen Sie bitte«, sagte Vilma, doch Lizzie hörte gar nicht mehr zu, sondern schloss Frederike in ihre Arme und wollte sie gar nicht mehr loslassen, bis sie die Stimme ihrer Tochter sagen hörte: »Mutti, du musst kein schlechtes Gewissen haben, dass du arbeiten gehst.«

Lizzie löste sich von Frederike und musterte ihr großes Mädchen voller Stolz. Sie war mit ihren knapp elf Jahren schon sehr klug, manchmal sogar an der Grenze, altklug zu wirken.

Dann begrüßte sie auch Klara und Dörthe. Es war schon merkwürdig, dachte sie, in jeder von ihnen konnte man deutlich die Mutter erkennen. Klara war die Diva, Dörthe die Wortführerin, obwohl sie über ein Jahr jünger war, und Rike mit Abstand die beste Schülerin, hochmusikalisch und so kritisch wie Lizzie früher. Wie hatte sie neulich gerade bei Tisch gefragt: »Wozu ist das bloß gut, dass wir morgens in der Schule den Arm hochreißen und ›Heil Hitler!‹ brüllen? Das klingt schrecklich, und wenn der Führer das hören müsste, der würde weglaufen.«

Lizzie hatte prompt geantwortet: »Im Gegenteil, der mag so ein schreckliches Gegröle, weil er selbst der größte Brüllaffe ist.« So etwas würde ihr allerdings in Zukunft nicht wieder passieren, dass sie vor den Kindern solche Äußerungen von sich gab, zumal zu befürchten stand, dass sowohl Klara als auch Frederike demnächst zwangsweise zur Mitgliedschaft beim Jungmädelbund verpflichtet würden. Klara hatte sich bereits bei Jette beschwert, dass sie in der Klasse eine Außenseiterin war, weil sie noch nicht in der Hitlerjugend war, während Frederike auf keinen Fall dort mitmachen wollte. Aber so wie unter diesem Regime die Entmündigung der Menschen fortschritt, machte sich Lizzie keine großen Hoffnungen, dass man ihren Kindern diesen Drill ersparen würde.

Lizzie versprach den Kindern nun, dass Frida jetzt mit ihnen Pfannkuchen backen würde. Die Köchin war heilfroh, als die Meute in ihre Küche stürmte und ihr jubelnd von Lizzies Versprechen berichtete. Lizzie schenkte Frida noch einen dankbaren Blick, bevor sie nach oben zu Gottfried eilte, um ihm beim Packen zu helfen.

»Nimm nicht zu viel mit«, mahnte sie ihn. »Falls sie das Gepäck durchsuchen.«

»Wenn ich meine kluge Frau nicht hätte«, sagte Gottfried und packte die Hälfte wieder aus, doch dann hielt er grinsend inne. »Wäre das nicht verdächtig, du hättest gar kein Gepäck dabei?«

»Wir sind ein unschlagbares Gespann«, seufzte Lizzie und packte ein paar sommerliche Kleider und das Badezeug ein. Zum Schluss reichte sie ihm einen zerknüllten Strohhut und setzte sich ein ähnlich lädiertes Exemplar auf den Kopf. Wenn sie sich recht entsann, hatten sie diese Hüte das letzte Mal am Wannsee getragen, weil sie hier an der Ostsee noch kein einziges Mal die Muße gefunden hatten, im Strandbad zu faulenzen. Plötzlich fiel ihr das Armband ihrer Großmutter ein, das Lene ihr zurückgegeben hatte. Sie würde es mit Sicherheit niemals tragen. Das einzige Schmuckstück, das sie außer ihrer alten Bernsteinkette trug, war ein schlichter Weißgoldring mit einem Rubin. Den hatte ihr Gottfried statt eines Eherings geschenkt. Hastig holte sie das blaue Samtetui hervor und reichte es ihrem Mann mit den Worten: »Wenn ich schon sonst nicht helfen kann, solltest du das hier nehmen und für eure Arbeit versilbern.«

Nachdem Gottfried, der mehr von Schmuck verstand als sie, das Armband gebührend bewundert hatte, schüttelte er den Kopf. »Lass es uns nicht mit über die Grenze nehmen. Stell dir vor, sie verhaften uns.

Dann durchsuchen sie alles, und wenn sie das in meinen Sachen finden, werden sie es womöglich einziehen. Gib es lieber Frida, sobald du zurück bist, wobei das auch keine gute Idee ist. Stell dir vor, Frida möchte das verkaufen. Das macht sie doch verdächtig. Lass uns in Ruhe überlegen, wie wir es einem guten Zweck zukommen lassen können.«

Seufzend legte sie das Schmuckstück in die blaue Schatulle und diese in die Schublade zurück.

Gottfried drückte Lizzie noch einmal fest an sich und küsste ihr das Gesicht. »Ich werde dich vermissen, mein Lieb«, raunte er.

»Ich dich auch«, flüsterte sie zärtlich.

Als sie schließlich mit ihrem Gepäck unten ankamen, erklang aus der Küche fröhliches Geschnatter.

»Soll ich mich nicht noch von Rike verabschieden?«, fragte Gottfried zweifelnd.

»Lieber nicht. So, wie ich unsere Tochter kenne, stellt sie dann womöglich Fragen, die wir nicht beantworten können. Ich erkläre ihr das bei meiner Rückkehr.«

Lizzie versuchte, so unbeschwert zu klingen, wie es ihr nur möglich war, während sich in ihrem Inneren eine quälende Angst breitmachte. Um dieser Herr zu werden, konzentrierte sie sich ganz bewusst nur noch auf das eine Ziel: die Grenze nach Dänemark unbeschadet zu passieren!

45. Flensburg, Ochseninseln, Mai 1937

Lene hatte ihre sämtlichen Überredungskünste aufbringen müssen, um ihre Schwestern und Freya zu einem Törn auf der *Augusta* zu bewegen. Eigentlich hatten sie ein Picknick im Strandbad Solitüde veranstalten wollen, aber als Jette den anderen verraten hatte, dass dort am Nachmittag anlässlich der Festlichkeiten zum 1. Mai, der nun »Nationaler Feiertag des deutschen Volkes« hieß, die Operette Ännchen von Tharau auf der dortigen Freilichtbühne aufgeführt werden sollte, hatte

Lene das Boot vorgeschlagen, um vor dem ganzen Zirkus auf die Ostsee zu flüchten.

Da dieser Tag in jedem kleinen Dorf gefeiert wurde, kam auch ein Ausflug nach Kappeln oder Gelting nicht infrage, wie Freya ihn vorgeschlagen hatte, um dem Segeln zu entgehen. Schließlich schien das Meer allen Beteiligten tatsächlich die einzige Fluchtmöglichkeit zu sein. Und in dem einen Punkt waren sich die vier Frauen einig: Sie wollten nichts von dem sehen, was sie im letzten Jahr am 1. Mai erlebt hatten. Einmal abgesehen von dem Aufmarsch der Soldaten mit Stahlhelm und Gewehren, den vielen Fahnen, den jubelnden Menschen, wollte keine von ihnen miterleben, wie in allererster Front ihre Kinder mitmarschierten. Und in diesem Jahr waren alle fünf dabei. Charlotte beim BDM, Ole P. bei der HJ und die Kleineren bei den Jungmädeln.

Während Lene das Boot am Steg mit Lizzies Hilfe auftakelte, verstauten Jette und Freya die Köstlichkeiten, die Frida ihnen mitgegeben hatte, in der Kombüse der *Augusta*.

Lene ließ sich nicht anmerken, was für ein Drama es an der Wrangelstraße gegeben hatte, als sie der Familie mitgeteilt hatte, dass sie nicht mit zu den Feierlichkeiten käme. Ole P. und Herrmann hatten sie daraufhin mit Vorwürfen überhäuft. Ihr Sohn war wütend, weil sie nicht dabei sein wollte, wenn er auf der Exe ein Gedicht vortragen würde, und Herrmann dachte wieder einmal ausschließlich daran, was die Geschäftspartner denken könnten, wenn die Frau an seiner Seite fehlte. »Du musst mitkommen, ob du willst oder nicht«, hatte er verlangt und hinzugefügt: »Das ist doch ein Triumph für Broer, wenn seine Frau, die demnächst das Mutterkreuz bekommt und schon wieder schwanger ist, dem Führer huldigt, während du dich drückst!«

Auf diesen Vorwurf hatte Lene voller Zorn reagiert und ihm an den Kopf geworfen, dass sie Tag für Tag an vorderster Front für das Geschäft kämpfte und die Geschäftspartner sogar zackig mit »Heil Hitler!« begrüßte, aber nun wenigstens einen Tag im Jahr für sich haben wollte. Herrmann hatte daraufhin beleidigt geschwiegen, aber da hatte Ole P. seiner Mutter einen Vortrag darüber gehalten, was ihre Pflicht als deutsche Frau wäre. Am liebsten hätte sie ihm eine runtergehauen, aber einmal davon abgesehen, dass der Bursche sie bereits einen halben Kopf überragte, war es nicht ihr Erziehungsstil, ihre Kinder zu schlagen. Außerdem versuchte sie, möglichst nichts kundzutun, was er als Kritik an seinem Führer verstehen konnte. Nicht dass sie Sorge hatte, er würde sie verraten, aber der Junge war völlig verblendet, worin ihn sein Vater nach Kräften unterstützte. Hatte sie am Anfang noch mit Herrmann über seine politische Kehrtwende reden können, lehnte er es inzwischen ab, mit ihr überhaupt über das Regime zu reden. Sie hatte den Eindruck, dass aus seinem anfänglichen Opportunismus eine stramme Überzeugung geworden war.

Jedenfalls war Dörthe mitten in den Streit hineingeplatzt und hatte sich weinend an ihre Mutter geklammert, weil sie partout nicht mit den anderen Mädchen marschieren wollte, wie es ihr Vater befohlen hatte. Überhaupt hasste sie die Uniform und die Handarbeiten, die sie im Jungmädelbund fertigen musste. Das völlige Desinteresse an Hausarbeit und Küche hatte Dörthe wohl von ihr geerbt.

Herrmann hatte seine Tochter angeranzt, gefälligst ihre Pflichten zu erfüllen.

»Schwesterherz, was hat dir das arme Segel bloß getan?«, fragte Lizzie in diesem Augenblick.

Lene merkte erst an der scherzhaften Bemerkung ihrer Schwester, wie grob sie am Segel zerrte, weil es ein wenig klemmte.

»Ach, ich hatte zu Hause Ärger, aber den werde ich mit dem Fahrtwind hinter mir lassen.«

»Was ist passiert?«

»Weder Herrmann noch Ole verstehen, dass ich nicht mitmarschiere!«

»Was erwartest du? Herrmann ist doch inzwischen ein strammer Volksgenosse geworden und dein Ole ein Hitlerjunge. Für die ist das ein großer Tag.«

»Tja, du hast es gut. Du musst dir von keinem Menschen Vorschriften machen lassen. Aber wieso bist du am freien Tag nicht nach Apenrade gefahren?«

»Weil Frederike nicht die Einzige aus der Klasse sein will, die nicht dabei ist. Zwar begleitet Vilma sie, aber ich möchte nachher für sie da sein«, erwiderte Lizzie in einem Ton, der Lene signalisierte, dass dies nicht der einzige Grund war.

»Lizzie, nun komm schon. Ich habe dir auch gesagt, was los ist!« Lene blickte ihre Schwester fordernd an.

»Nun gut, ich hatte Besuch …« Sie stockte.

»Von wem?«

»Von zwei Gestapo-Männern, die von mir wissen wollten, wo mein Mann sich aufhält.«

»Und was hast du gesagt?«

»Dass ich seinen momentanen Aufenthaltsort nicht kenne, weil wir uns getrennt haben!«

»Und dann haben sie dich in Ruhe gelassen?«

Lizzie zuckte die Schultern. »Sie haben so getan, als würden sie mir glauben, aber ich traue den Kerlen nicht, zumal ich neuerdings öfter einmal einen fremden Menschen auf der Straßenseite zu unserem Haus hinüberschielen sehe. Also muss ich vorsichtig sein.«

»Was für eine Welt ist das nur!«, seufzte Lene. »Komm, lass uns diesen Tag in vollen Zügen genießen. Ich bin mit den Vorbereitungen der Segel fertig. Fragst du mal die beiden, ob wir ablegen können? Und dann geh bitte an die Vorleine und hör auf mein Kommando. Aber vorher müssen wir noch die Fahne da hissen.«

Lene reichte Lizzie die zusammengerollte Flagge, die pflichtgemäß auf jedes Schiff gehörte.

»Jawohl, Herr Kapitän«, erwiderte Lizzie und tat, was Lene ihr aufgetragen hatte. Nun flatterte die Hakenkreuzfahne spielerisch im Wind am Heck der *Augusta*.

»Leinen los!«, befahl Lene, nachdem sie die Segel hochgezogen hatte. Das Ablegemanöver klappte wie am Schnürchen. So wie früher.

Es war ein herrlicher Tag mit blauem Himmel und Sonnenschein und gerade so viel Wind, und zwar aus der richtigen Richtung, dass sie, ohne zu kreuzen, zu den Ochseninseln hinübersegeln konnten. Letzteres freute besonders Freya, die das alles nur auf sich nahm, um möglichst schnell wieder festen Boden unter den Füßen zu haben. Sie saß blass auf der Bank und klammerte sich so an der Reling fest, als würde sie jeden Augenblick damit rechnen, dass die *Augusta* kenterte. Gegen ihre Ängste halfen auch Lenes physikalische Erläuterungen nichts, warum ihr Boot quasi unsinkbar war, weil es nämlich einen Kiel hatte, der für mehr Stabilität sorgte als ein Schwert.

Schließlich fiel Lene nur eines ein: die Flasche mit *Danneberg* kreisen zu lassen. Freya aber nippte nur kurz daran. Dieser winzige Schluck würde sie wohl nicht lockerer machen, befürchtete Lene.

Mit Sorge beobachtete Lene, wie gierig hingegen Jette die Flasche ansetzte und was für einen kräftigen Zug sie am Leib hatte. Dass ihre Schwester nicht zimperlich war, wenn es Alkohol gab, war ihr schon länger aufgefallen, aber sie wollte auf keinen Fall die große maßregelnde Ältere sein. Nur lange würde sie das nicht mehr tatenlos mit anschauen. Bevor sie den Gedanken zu Ende geführt hatte, hörte sie Lizzie in strengem Ton mahnen: »Jette, das ist kein Wasser!«

Also war Lizzie Jettes unmäßiges Trinkverhalten auch schon aufgefallen. Aber das war nicht alles. Nun zündete sie sich auch noch eine Zigarette an. Das war neu. Ihre Schwester hatte im Gegensatz zu ihr nie geraucht. Lene versuchte gerade, sich das abzugewöhnen. Nicht wegen der gängigen Propaganda nach dem Motto: *Eine deutsche Frau raucht nicht,* sondern weil sie von den vielen filterlosen Eckstein No 5 einen chronischen Husten bekommen hatte.

»Kannst du bitte die Zigarette ausmachen!«, herrschte sie ihre jüngere Schwester an. »An Bord wird nicht geraucht!«

Jette warf ihr einen irritierten Blick zu und schnippte die Zigarette ins Wasser, bevor sie noch einmal nach der Flasche griff und einen weiteren kräftigen Schluck nahm.

Lene nahm sich fest vor, ihr Picknick auf der großen Ochseninsel zu einem ernsten Gespräch zu nutzen, doch dann gab sie sich ganz dem Segelvergnügen hin. Was gab es Herrlicheres, als an Bord der *Augusta* übers Meer zu gleiten, den unvergleichlichen Duft nach Seewasser, Tauen und Segeln einzuatmen und sich die warme Sonne ins Gesicht scheinen zu lassen? Voller Stolz dachte sie daran, dass sie dieses Gefühl für das Segeln auch an Charlotte und Ole weitergegeben hatte, die beide ihre Scheine mit Bravour bestanden hatten und jede freie Minute allein auf die Ostsee gingen. Mit Freyas Segen! In letzter Zeit schloss sich ihnen häufig auch Frederike an, die nun ebenfalls das Segeln lernen wollte. Sie wirkte mit ihren fast zwölf Jahren schon erschreckend erwachsen und erinnerte sie frappierend an Lizzie in dem Alter. Rike bewunderte die beiden Großen über die Maßen, aber noch etwas anderes meinte Lene, in ihrem Blick zu erkennen, wenn sie Ole ansah. Die kleine Cousine schwärmte ihren Sohn regelrecht an. Das allein hätte Lene noch nicht beunruhigt, aber die Art, wie Ole diese Blicke erwiderte, bereitete ihr ein gewisses Unwohlsein. Auch wie ruhig er der kleinen Cousine alles erklärte, entsprach nicht unbedingt dem Temperament ihres Sohnes. Geduld war sonst nicht seine Stärke. In dem Punkt kam er ganz nach Lene. Noch hielt sie das Ganze für eine jugendliche Schwärmerei, aber sie würde weiterhin ein Auge darauf haben, wie es sich in Zukunft entwickelte.

Beim Anlegemanöver auf der Store Okseø herrschte wie immer ein reges Treiben am Steg. Die Burschen von der Werft standen bereit, um Jette die Vorderleine abzunehmen. Lene steuerte steil auf den Steg zu, drehte das Ruder in letzter Sekunde nach Backbord, während sie Lizzie das Kommando gab, die Segel runterrauschen zu lassen, was reibungslos funktionierte und die *Augusta* lautlos mit der Steuerbordseite an den Steg gleiten ließ. Ein Zeichen, dass sich die Bordwand und das Holz des Stegs nicht aneinander rieben. Die jungen Werftarbeiter bekundeten lautstark ihre Anerkennung für dieses Manöver.

Freya verließ gleich nach Jette, die die Leinen befestigte, das Boot. Sie schien erleichtert darüber, dass sie wieder festen Boden unter den Füßen hatte. Lizzie und Lene machten das Schiff noch fertig, bevor sie Freya die beiden Körbe reichten, die Frida ihnen mitgegeben hatte, und die Decken.

Als sie am Strand ankamen, zogen sie sich die Schuhe aus, stellten den Korb unter den Baum in den Schatten und rannten zum Meer. Dort gingen sie mit den Füßen ins Wasser, aber keine von ihnen hatte Lust, schwimmen zu gehen. Die Luft war zwar an diesem Tag frühsommerlich warm, aber das Meer hatte sich noch nicht erwärmt.

Frida hatte sich wieder einmal selbst übertroffen mit dänischem Kartoffelsalat, Fleischbällchen und einem Schweinebraten mit Pflaumenfüllung. Dazu hatte Lizzie sich am Weinkeller ihres Vaters bedient, der kurz vor seinem Tod noch eine Lieferung Champagner aus Frankreich bekommen hatte, die eigentlich für seinen siebzigsten Geburtstag gedacht gewesen war, den er nun nicht mehr hatte erleben dürfen. Daran dachte Lene, als sie die erste Flasche öffnete. »Lasst uns auf Vater trinken«, schlug sie vor, während sie den Champagner auf die Gläser verteilte, die sich Lizzie von Frida zur Feier des Tages so hatte in Geschirrtücher einwickeln lassen, dass sie beim Segeln nicht zu Bruch gingen.

Sie stießen andächtig auf Vater und Onkel an, bevor sie sich über die Köstlichkeiten hermachten.

Lene hatte allerdings große Schwierigkeiten, sich noch länger zu beherrschen, als sie sah, wie sich Jette, kaum dass sie ihren Champagner hinuntergestürzt hatte, die zweite Flasche griff, sie öffnete, und zwar so ungeschickt, dass es mächtig spritzte, und sich dann das Glas bis zum Rand vollschüttete.

Auch Lizzie schien das zu bemerken, denn sie sagte nur: »Jette, bitte!«

Jette aber rollte genervt mit den Augen. »Ich denke, wir sind zum Feiern hier. Du kannst einem aber auch jeden Spaß verderben«, zischte sie und trank ihren Champagner in einem Zug aus.

»Jette! Der soll für uns alle reichen!«, stieß Lene verärgert hervor, doch Freya winkte ab. »Ich möchte nicht mehr. Jette kann gern meinen Anteil trinken.«

»Darum geht es doch gar nicht«, widersprach Lene energisch. »Es geht darum, dass du zu viel trinkst. Das hast du doch sonst nicht getan. Was ist los?«

»Was los ist? Das wisst ihr doch. Wir leben in einem Land, in dem nur noch blauäugige Arier was zählen.« Lene erschrak bei den Worten ihrer Schwester. Nicht wegen des Inhalts, sondern weil man es ihr bereits an der Stimme anhörte, dass sie nicht mehr ganz nüchtern war.

»Aber das ist noch kein Grund, sich zu betrinken, Jette«, mischte sich Freya erregt ein. »Was soll ich denn sagen? Ich habe einen Herrenmenschen zu Hause, der keine Gelegenheit auslässt, meiner Tochter vorzuführen, wie einfältig ich bin. Und dann diese Person. Du hast es doch gut!«

»Ach, meinst du?«, gab Jette zornig zurück. »Ich habe gar keinen Mann, und im Theater werde ich aufs Abstellgleis geschoben!«

Lene erschrak über die Heftigkeit, mit der sich Jette äußerte.

»Du hast doch immer die besten Rollen bekommen«, entgegnete sie ihrer Schwester entschieden.

»Richtig, ich habe ein paar wenige gute Rollen gespielt, aber meistens waren sie fade und anspruchslos wie in *Wenn der junge Wein blüht*. Aber es waren wenigstens Hauptrollen. Jetzt bekomme ich nur noch Nebenrollen, wenn überhaupt, denn der neue Intendant wird mich nicht mehr besetzen. Er hat eine arische Favoritin! Die ist neu, und alle wollen mit ihr arbeiten.« Mit diesen Worten griff Jette nach der Flasche und schenkte sich erneut nach. Lene ließ sie gewähren.

»Aber es hilft doch nichts, wenn du trinkst«, bemerkte sie ganz ruhig. »Vielleicht solltest du nach Schleswig gehen oder Kiel.«

»Das ist doch genauso schlimm. Die Stücke werden immer schrecklicher. Und stellt euch vor, dieser Goebbels hat die Theaterkritiken untersagt. Jetzt gibt es Kunstschriftleiter, die Berichte verfassen. Dabei geht es nicht mehr um Kunst, sondern deren Ideologie.« Jette rümpfte die Nase. »Ich muss dringend weg. Weit weg!«

»Und wohin?«

Jette holte tief Luft. »Demnächst wird anlässlich einer Matinee des Königlichen Theaters Kopenhagen ein wichtiger Regisseur mitkommen, nur um mich abends auf der Bühne zu sehen, aber ich weiß nicht, ob ich ihn in meiner Rolle in *Petermann fährt nach Madeira* hinreichend überzeugen kann, dass ich eine ernst zu nehmende Schauspielerin bin!«

»Du bist spritzig und lustig in der Rolle. Und das Stück ist doch auch ganz passabel«, widersprach ihr Lene energisch.

»Ich will nicht lustig sein. Ich will zeigen können, was in mir steckt. Ich möchte die Klassiker spielen. Ich will …«

»Verdammt, Jette, du bist und bleibst eine egozentrische Diva!«, fuhr Lizzie ihre Schwester in einem Ton an, der selbst Lene zusammenzucken ließ. »Ich will, ich will, ich will!!! Hast du dir einmal darüber Gedanken gemacht, in was für Nöten andere Menschen in diesen Zeiten leben? Mein Mann musste ins Ausland gehen, weil sie ihm nächstes Mal mehr brechen als das Nasenbein. Die Juden müssen um ihr Leben fürchten, wenn das so weitergeht …«

»Meine Großeltern waren Juden«, entgegnete Jette mit Grabesstimme.

»Das ist nicht komisch, Jette! Damit treibt man keine Späße. Weder bei den von Runohrs gibt es jüdisches Blut noch bei den Dannebergs. Wir sind allesamt Arier«, erwiderte Freya entschieden.

»Ich bin aber …«

»Bitte, Jette, du bist betrunken. Halt jetzt einfach deinen Mund!«, befahl Lene.

»Nein, nicht, bevor Lizzie sich bei mir entschuldigt!«

Lizzie hob beschwichtigend die Hände. »Ich nehme alles zurück, aber lass uns über etwas anderes reden.«

»Was habt ihr denn für ein Geheimnis, das ich nicht wissen soll?«, fragte Freya und blickte fordernd in die Runde.

»Deine Tante Ida hat während der Ehe mit deinem Onkel Ole mit ihrem Klavierlehrer Simon Larsson geschlafen. Und dieser Fehltritt blieb nicht ohne Folgen …«

»Jette, bitte, beruhige dich. Lass es gut sein«, flehte Lene sie an, aber Jette hörte nicht auf sie, sondern fuhr ungerührt fort: »Simon Larssons Eltern sind Juden, also bin ich so ein Mischling.«

»Jette, mach dich nicht unglücklich«, bat Lizzie sie inständig.

Freya war totenbleich geworden. »Jette, ich will das nicht gehört haben, was du da behauptest. Oh Gott, wenn das Paul erfährt. Dann wird er mich noch mehr verachten, weil meine Tante mit einem Juden …, aber eigentlich ist das jetzt auch egal.« Letzteres sagte sie mehr zu sich selber.

Da sprang Lene auf. »Schluss damit!«, schrie sie. »Wir werden das, was wir da soeben gehört haben, alle vergessen.« Sie wandte sich an Freya. »Du wirst das auch vergessen! Hörst du?«

»Ich habe es schon vergessen, ich wollte doch auch gar nicht, ich meine, was kann Jette dafür, dass meine Tante, dass …«, stammelte ihre Cousine.

Jette blickte wütend in die Runde. »Behauptet nie wieder, dass es mir ja so prächtig geht. Betet lieber, dass er mich engagiert und ich mit Klara nach Kopenhagen gehen kann. Ich will endlich wieder frei atmen und mein Talent leben!«

»Ist gut, Jette, wenn du mir versprichst, nicht mehr zu trinken, dann wird alles gut«, stieß Lizzie nun gequält hervor. »Und nun lass uns den Tag genießen. Wer weiß, wann wir wieder so schön zusammenkommen!«, fügte sie aufmunternd hinzu.

Nach diesem Disput wollte allerdings keine gute Stimmung mehr aufkommen. Jede schien mit ihren eigenen Gedanken beschäftigt zu sein. Man kann nicht vor der Wahrheit flüchten, dachte Lene traurig. Sie hatte so gehofft, dass sie einen unbeschwerten Tag miteinander verbringen könnten, fernab von dem finsteren Geist der neuen Zeit. Aber sie waren jede auf ihre Art verwoben mit diesem System. Allein durch ihre Kinder, die zu dieser Stunde wahrscheinlich im Gleichschritt der Abschlusskundgebung entgegenmarschierten.

»Ich bin schwanger«, hörte Lene Freya wie von ferne verkünden. Da wurde es noch stiller am Strand der großen Ochseninsel. Lena hatte das Gefühl, sogar die Wellen hatten ihr leises Plätschern eingestellt, und die kreischenden Möwen waren verstummt.

Diese Nachricht hatte allen gleichermaßen die Sprache verschlagen, bis Jette entsetzt hervorstieß: »In deinem Alter?«

»Jette!«, ermahnte Lene ihre kleine Schwester, obwohl genau das auch ihr erster Gedanke gewesen war.

»Und ist es von Paul?«, fragte Lizzie.

»Nein, das ist schwerlich möglich, denn er hat mich seit mindestens vier Jahren nicht angerührt«, entgegnete Freya, die für Lenes Gefühl erstaunlich ruhig war.

»Das heißt, es ist von Rasmus?« Selbst Jette schien diese Neuigkeit von ihrem eigenen Kummer abzulenken.

Freya nickte eifrig.

»Und nun? Was willst du tun?«, fragte Lizzie.

»Ich werde Paul verlassen und zu Rasmus nach Dänemark flüchten.« Freya sagte das mit fester Stimme.

Lene musterte ihre Cousine fassungslos. Es war nicht nur die Nachricht selbst, die sie schockierte, sondern Freyas Entschlossenheit.

»Und was ist mit Charlotte?«

»Ich werde sie mitnehmen, ob sie das will oder nicht!«, erklärte Freya kämpferisch.

Obwohl Lene sich nichts mehr für ihre Cousine gewünscht hatte, als dass sie endlich den Mumm hatte, Paul zu verlassen, war ihr nicht wohl bei Freyas Worten. Sie wirkte auf eine Art euphorisch, die überhaupt nicht zu ihr passte. Und vor allem befürchtete Lene, Freya stellte sich das zu leicht vor.

»Wie willst du das denn bewerkstelligen?«, fragte sie in einem möglichst unverfänglichen Ton, der ihre Skepsis verbergen sollte.

»Ich werde einen von euch bitten, uns auf Runohr abzuholen, sobald Paul mal wieder für ein paar Tage mit der Person unterwegs ist. Wir werden das als Besuch bei meinem Schwiegervater tarnen. Ich habe kein Gepäck dabei außer den Wertsachen, die ich vor dem Teufel versteckt habe.«

»Gut, dann solltest du besser mir Bescheid sagen als Lizzie, weil sie wegen Gottfried sicher bewacht und verfolgt wird, auch über die Grenze hinaus«, erwiderte Lene und versuchte, zuversichtlich zu klingen. Freyas Plan hört sich doch durchaus vernünftig an, redete sie sich ein, wenngleich ihr mulmig zumute war.

Freya schien davon allerdings nichts zu bemerken. Im Gegenteil, sie lächelte.

»Das hättet ihr nicht von mir gedacht, oder? Dass ich so klug bin, etwas von meinem Vermögen in Sicherheit zu bringen? Ich bin nicht das Lamm, das nur darauf wartet, zur Schlachtbank geführt zu werden. Auf diesen Tag aber warte ich schon lange.«

»Und du bist wirklich bereit, ihm dein Elternhaus und deine Pferde zu überlassen?«, fragte nun Jette ungläubig nach.

»Das ist das Opfer, das ich bringen muss! Ich lasse ihm alles, bis auf Charlotte. Die bekommt er nicht!«

»Gut, dann hoffe ich, dass er demnächst einmal länger abwesend ist.«

Freya grinste triumphierend. »Ich habe Fahrkarten gefunden für eine Italienreise auf einem ›Kraft durch Freude‹-Dampfer im Juni. Für zwei Personen. Und ich glaube kaum, dass er mich mitnehmen möchte. Ich gebe dir Bescheid, sobald sie aus dem Haus sind, Lene.«

»Das ist die richtige Entscheidung«, bemerkte nun Lizzie zögernd. Die Art, wie sie das kundtat, signalisierte Lene, dass auch ihre Schwester offenbar Bedenken wegen dieses Plans hatte.

Lene hätte diese negativen Gefühle gern abgeschüttelt, aber sie klebten förmlich an ihr, und sie spürte, wie eine diffuse Angst um ihre Cousine hochkam.

Sie verbrachten zwar noch ein paar Stunden gemeinsam an ihrem schönen Platz, unterhielten sich und lachten sogar, aber eine Unbeschwertheit, wie sie bei ihrem Aufbruch zu diesem Segeltörn noch geherrscht hatte, wollte sich nicht mehr einstellen.

Wie auch?, dachte Lene. Wenn sie auch nur ein Fünkchen Vertrauen hätte, dass Freya ihren Plan so durchführen konnte, dann wäre ihr wohler. Aber vor ihrem inneren Auge sah sie das Vorhaben donnernd scheitern, aber das konnte sie doch unmöglich kundtun: dass ihr Bauchgefühl gegen diesen Plan sprach, zumal das ohnehin untypisch war, dass sie sich von Emotionen leiten ließ. Sie wünschte sich von Herzen, dass Freya nicht länger Pauls Demütigungen ausgesetzt war, und würde alles zum Gelingen des Plans beitragen.

Aber auch das, was Lizzie erzählt hatte, beunruhigte sie zutiefst. Das hieß doch, dass die Gestapo ihre Schwester bespitzelte. Die Aussicht, dass Jette womöglich demnächst nach Dänemark ging, war auch nicht gerade dazu angetan, ihre Ängste vor der Zukunft zu mindern. Im Gegenteil, sie sah sich bereits allein in Flensburg zurückbleiben, sich für das Geschäft außen den Verhältnissen anpassen und brav »Heil Hitler!« brüllen.

So wurde sie auch auf dem Rückweg das Gefühl nicht los, dass das Unheil mit an Bord war. Trotz des strahlend blauen Himmels über ihnen und der blaugrauen Förde unter ihnen. Es hätte so ein schöner Tag werden sollen, aber nun hatte er Lene nur mit der Nase darauf gestoßen, dass von allen Seiten Gefahr lauerte. Vor allem brauchten sie für den Schlag in den Heimathafen zurück viel länger als für den Hinweg, weil sie nicht gegen den Wind segeln konnten, sondern kreuzen mussten.

Je näher sie sich dem Ufer an der deutschen Seite näherten, desto lauter wurden die Geräusche von fröhlich feiernden Menschen. Gelächter und Gesang drangen übers Meer zu ihnen hinüber. Es klang zynisch in Lenes Ohren, zynisch wie die grün geschmückte Innenstadt, das Meer von Hakenkreuzfahnen und Frauen wie Broers Gattin, die nur darauf brannten, endlich ihr Mutterkreuz zu bekommen. Lene verstand selbst nicht, warum sie nicht aufhören konnte, in düsteren Farben zu denken. Das war doch gar nicht ihre Art. Das passte zu Lizzie, die allem bis auf den Grund zu gehen versuchte.

»Lizzie, hol diese blöde Fahne ein!«, befahl sie ihrer Schwester unwirsch.

»Lene, du weißt doch, dass die erst eingeholt wird, nachdem wir festgemacht haben«, gab Lizzie zu bedenken.

»Das ist mir egal! Ich möchte ohne diese Flagge in den Hafen segeln.«

»Nicht dass du dir unnötig Ärger einhandelst!«, sagte Jette.

»Los, weg damit!«, befahl Lene.

46. Flensburg, Mai 1937

Das Lampenfieber war an diesem Abend nicht wie sonst verschwunden, sobald Jette auf die Bühne ging. Nein, an diesem Abend litt sie auch noch in den ersten zehn Minuten ihres Auftritts unter entsetzlicher Anspannung. Ihre Hände waren feuchtkalt und ihre Stimme belegt, aber dann spielte sie sich frei und machte aus der harmlosen Rolle der Urlauberin auf einem »Kraft durch Freude«-Dampfer eine komische Rolle, die das Publikum zum Lachen brachte.

Trotzdem war sie aufgeregt, als sie den Regisseur nach der Vorstellung in der Kantine traf. Kein Wunder, dachte sie, nachdem sie ihre Chance, Kontakt zum Königlichen Theater aufzunehmen, im vergangenen Jahr gründlich verpatzt hatte, was Henrik ihr bis heute nicht wirklich verziehen hatte. Sie hatte sich anlässlich des letzten Gastspiels der Dänen im Vorwege derart betrunken, dass sie nicht mehr in der Lage gewesen war, mit den Gästen vom Königlichen Theater Kopenhagen ein vernünftiges Wort zu wechseln, und schon gar nicht in dänischer Sprache. Sie hatte albern gekichert und dummes Zeug geredet, wie ihr Henrik, der sie dann schnell aus dem Verkehr gezogen und zur Schiffbrücke gebracht hatte, am nächsten Morgen beim Frühstück vorgeworfen hatte. Dass sie nun eine zweite Chance bekam, hatte sie nur seiner Fürsprache zu verdanken. Dieses Mal durfte sie das nicht verderben. Dabei fiel es ihr unter dieser Anspannung sehr schwer, sich keinen Wein zu gönnen. Henrik hatte ihr eingeschärft, dass sie ganz nüchtern bleiben musste, denn es war nicht so, dass am Königlichen Theater Mangel an guten Schauspielerinnen herrschte. Dieser Regisseur war bekannt dafür, dass er besonders strenge Maßstäbe bei der Auswahl anlegte. Dementsprechend aufgeregt war Jette, als sie nun auf seinen Tisch zusteuerte.

Doch er nahm ihr mit einem gewinnenden Lächeln schon in den ersten Minuten die Angst. Er wirkte sympathisch und schien sie zu mögen.

»Wenn Sie mich nun noch mit Ihrer dänischen Aussprache überzeugen, werde ich in Kopenhagen die Empfehlung geben, Sie zu engagieren«, begrüßte er sie auf Deutsch. »Sie haben aus der Urlauberin wirklich etwas herausgeholt. Alle Achtung.«

»Ich werde Ihnen auch gern einen Monolog auf Dänisch vortragen, wenn Sie es wünschen. Das Gretchen am Spinnrad, die Lulu aus dem Erdgeist«, erwiderte sie fließend auf Dänisch.

»Ich bin übrigens Holger«, lachte er. »Könnten Sie vielleicht schon nächsten Monat in Kopenhagen einsteigen? Ich gehe mal ausnahmsweise das Risiko ein und engagiere Sie ohne Dänischprüfung. Uns ist eine Kollegin schwanger geworden. Es ist eine Operette, mit der Sie bei uns beginnen, aber das, hat mir Ihr größter Fürsprecher versichert, sei Ihre Spezialität.«

»Ja, singen kann ich wohl«, erwiderte Jette bescheiden. Sie hatte große Schwierigkeiten, nicht in lautes Triumphgeheul auszubrechen, weil sie es endlich geschafft hatte. Ob Henrik sich wohl freuen wird, nachdem ich ihn im vergangenen Jahr so blamiert habe, fragte sie sich.

»Und lässt man Sie in der laufenden Spielzeit aus Ihren Verpflichtungen?«

»Wenn ich höflich frage, werden sie mir diese Chance kaum verbauen«, versicherte Jette ihm.

Am liebsten würde sie jetzt mit Holger anstoßen, aber sie blieb bei

Kaffee. Sie hatte zwar keine Ahnung, ob man sie mitten in der Spielzeit aus dem Engagement lassen würde, und sie dachte nicht im Traum daran, um Erlaubnis zu fragen. Nachher würde man ihr das womöglich noch verbieten! Nicht, um ein paar Nebenrollen zu spielen. Das sollte nur der Däne denken, weil er sie ansonsten womöglich für unzuverlässig halten könnte.

Sie würde am liebsten in den nächsten Zug nach Kopenhagen steigen. Sorge bereitete ihr nur Klara. Wie sollte sie ihrer Tochter plausibel machen, dass sie von heute auf morgen alles hinter sich lassen sollte? Klara hing an ihren Cousinen und ihren Tanten. Was das für ihr Kind bedeutete, hatte Jette sich bislang noch gar nicht im Einzelnen ausgemalt. Klara wurde immerhin spontan aus der Familie gerissen und musste ihre Schule verlassen.

Trotz dieser Bedenken sagte Jette zu, spätestens übernächste Woche nach Kopenhagen zu kommen, um im Theater den Vertrag zu unterzeichnen. Was ihr nicht sonderlich zusagte, war die Begrenzung auf nur eine Spielzeit, aber sie war überzeugt davon, dass sie, wenn sie erst zeigen konnte, was in ihr steckte, verlängert würde.

Als sie zur Schiffbrücke zurückkehrte, brannte noch Licht im Salon. Die Tür war nur angelehnt, und sie hörte leise Stimmen. Die eine gehörte Lizzie, keine Frage, und die andere einem Mann. Sie war bereits dabei, an der Tür vorbeizuschleichen, als der unverkennbare Klang der männlichen Stimme sie anhalten ließ. Wenn sie nicht wüsste, dass es unmöglich war, würde sie glauben, dass es Georg von Renz war, der im Salon saß. Jette vermutete, sie sei wegen der guten Nachrichten ein wenig überkandidelt und dass sie sich das bloß einbildete, aber dann erklang sein Lachen. Und das würde sie unter Tausenden erkennen. Und das war echt!

Vorsichtig trat sie noch einen Schritt auf die Tür zu und lugte durch den Spalt in das Innere des Salons. Vor Schreck trat sie gleich wieder einen Schritt zurück, denn es war partout keine Einbildung: Lizzies Gast war kein Geringerer als Georg von Renz.

Jettes Herz klopfte bis zum Hals, und ihre Knie wurden weich. Sie war so aufgeregt, dass sie gar nicht wusste, was sie tun sollte. Flüchten oder sich der Lage stellen?

Sie versuchte, ein paarmal ruhig zu atmen, wie sie es einst an der Schauspielschule gelernt hatte. Dann siegte ihre Neugier. Sie stieß die Tür mit den Worten: »Guten Abend allerseits!«, auf.

Lizzie und Georg fuhren herum.

»Jette, schön, dass du schon da bist. Ich wollte deinen Gast gerade zum Theater schicken.«

»Das ist ja nun nicht mehr nötig«, entgegnete Jette und setzte sich Georg gegenüber. »Was führt Sie zu uns, Herr von Renz?«, fügte sie in förmlichem Ton hinzu. Dabei hoffte sie, dass ihr Herzklopfen nicht bis zu ihm hinüberdrang. Sie blickte ihn fordernd an, kam aber nicht umhin festzustellen, dass der Mann mit den Jahren nicht an Attraktivität verloren hatte. Hatte er damals die Ausstrahlung eines eher schönen Jünglings besessen, so war er jetzt ein gestandener Mann. Selbst die vereinzelten grauen Strähnen in seinem schwarzen Lockenkopf wirkten interessant. Wahrscheinlich umschwärmten ihn immer noch Frauen wie die Motten das Licht, dachte sie in Umkehrung des Liedes aus dem Film »Der blaue Engel«.

»Du bist noch hübscher geworden, Lulu«, sagte er jetzt mit seiner sonoren Zauberstimme.

Jette setzte alles daran, zu verbergen, wie sie dieses Wiedersehen innerlich aufwühlte.

»Lulu? Haben Sie sogar meinen Namen vergessen?«, gab sie mit einem überheblichen Unterton zurück, wobei ihr der alte Kosename und die Art, wie er das sagte, heiße Schauer durch den Körper jagten.

»Jette, ich glaube, ich lasse euch mal allein«, bemerkte Lizzie und erhob sich, ohne eine Antwort abzuwarten. »Georg, Jette wird dir dann das Gästezimmer zeigen.«

Zunächst herrschte eisiges Schweigen zwischen ihnen, während in Jettes Kopf die Gedanken wild durcheinanderwirbelten. Was wollte er? Wusste er inzwischen von der Existenz ihrer Tochter? Wieso war er persönlich gekommen und hatte ihr nicht geschrieben?

Am liebsten hätte sie ihn das alles gleichzeitig gefragt, aber dann würde er sicher erkennen, wie intensiv sie sein Erscheinen berührte, während er keinerlei Anzeichen von Nervosität zeigte. Das war typisch für ihn, dachte Jette erbost. Er war es gewohnt, dass seine bloße Anwesenheit die Frauenwelt beglückte. Aber das ist lange vorbei, sagte sie sich trotzig, seine Magie wirkt nicht mehr!

»Jette, es tut mir leid, dass ich dich derart überfallen habe, aber mein Anliegen duldet keinen Aufschub.«

Das irritierte sie nur noch mehr, denn Georg hatte sich ihrer Erinnerung nach noch niemals zuvor bei ihr für sein Verhalten entschuldigt.

»Genau, mir wäre es lieber gewesen, du hättest dich vorher angekündigt«, entgegnete sie schroff. »Ich habe Ruth zwar erlaubt, dir meine Adresse zu geben, aber von einem Überraschungsbesuch war nicht die Rede!«

»Ich weiß, aber ich hatte keine andere Wahl, nachdem ich von Ruth erfahren habe, dass wir eine Tochter haben.«

»Das hat sie dir einfach so mitgeteilt?«

»Nein, nicht einfach so. Ich habe sie mit meinem Besuch in Wien genauso überrascht wie dich hier und sie direkt danach gefragt, ob du das Kind bekommen hast oder nicht. Ich habe ihr dann den Grund genannt, warum ich es wissen muss. Das hat sie verstanden …«

»Du sprichst in Rätseln! Was für einen Grund?«

»Ich möchte euch bitten, mich nach Amerika zu begleiten«, stieß er entschieden hervor.

Jette war fassungslos. »Wir sollen mit dir nach Amerika kommen? Warum? Und wieso jetzt?«

»Ich habe einen Vertrag mit der 20th Century Fox abgeschlossen und werde die Gelegenheit beim Schopf packen, nach Amerika zu emigrieren, weil ich befürchte, dass sich die Repressionen gegen Juden noch verschärfen!«

»Das vermute ich zwar auch, aber was hat das mit dir zu tun?«

»Du erinnerst dich noch an meine kapriziöse und wohlhabende Mutter?«

»Sie hat nur deine Sachen aus der Wohnung geholt, nachdem du zu dieser Nackttänzerin gezogen bist. Vorgestellt hast du uns einander nie«, entgegnete sie in spitzem Ton.

Er stöhnte auf. »Jette, ich weiß, dass ich mich damals in Berlin wie ein unreifer Bursche benommen habe, dem sein altes Spielzeug zu langweilig geworden ist.«

»So habe ich das noch gar nicht gesehen. Dass ich ein Spielzeug gewesen bin«, erwiderte sie spöttisch.

»Gut, es hat keinen Zweck, lange um den heißen Brei herumzureden. Ich verlange auch nicht, dass du mir verzeihst, sondern zum Wohl unserer Tochter einfach nur zuhörst. Also, meine Mutter ist Jüdin, die mit ihren Eltern bereits gleich 1933 nach Amerika ausgewandert ist …«

Jette hörte ihm gar nicht mehr zu, sondern spürte, wie es plötzlich in ihrem ganzen Körper unangenehm zu kribbeln begann. So musste es sein, wenn man sich in einen Ameisenhaufen setzte, dachte sie. In ihrem Kopf hämmerten Henriks Worte: *»Zwei Großeltern ein halber Jude, drei Großeltern ein ganzer Jude. So habe ich diese menschenverachtenden neuen Gesetze jedenfalls verstanden.«*

Drei Großeltern ein ganzer Jude, wiederholte sie in Gedanken. Danach war Klara … Es fröstelte sie.

»Gut, dann ist unsere Tochter wohl ein Mischling nach den Nürnberger Gesetzen«, bemerkte sie betont sachlich.

Georg nickte. »Ja, das ist der Grund, warum ich sie in Sicherheit bringen möchte, bevor sich diese Fanatiker noch Schlimmeres ausdenken, als die Menschen unter dem Rassegedanken zu katalogisieren.«

»Dann ist es umso besser, dass ich in den nächsten Tagen mit Klara nach Dänemark abreise, weil ich einen Vertrag mit dem Königlichen Theater habe.« Es fiel Jette äußerst schwer, nicht laut zu schreien bei der Erkenntnis, dass es nun keine bloße Karriereentscheidung mehr war, sondern eine notwendige Maßnahme, um Klara nicht in Gefahr zu bringen. Es war zwar äußerst unwahrscheinlich, dass jemals ein Mensch und auch kein noch so fanatischer Judenhasser herausfinden würde, dass Klara über Jettes leiblichen Vater jüdische Wurzeln hatte und dass überdies Klaras Vater ebenfalls eine jüdische Mutter besaß, zumal sie damals auf dem Standesamt *»Vater unbekannt«* angegeben hatte.

»Jette, es tut mir so leid, dass ich dich nun nach allem, was ich dir angetan habe, wegen meiner Abstammung in solche Schwierigkeiten bringe, aber ich werde alles tun, damit Klara nichts geschieht.«

»Was soll ihr geschehen, außer dass sie keinen Deutschblütigen heiraten darf?«, fragte sie scheinbar unbedarft.

»Jette! Wach auf. Die da oben in ihrem Wahn sind noch nicht fertig!«

Wo man Bücher verbrennt, verbrennt man am Ende auch Menschen, fiel Jette in diesem Augenblick ein, aber sie wollte jetzt nicht an das denken, was noch geschehen konnte, sondern einen kühlen Kopf bewahren.

»In Dänemark ist unsere Tochter sicher.«

»Und du willst wirklich nicht mit uns als Familie in Los Angeles leben?« Das klang flehentlich.

Jette blickte ihn nun zum ersten Mal an diesem Abend offen an. Keine Frage, er könnte ihr immer noch gefährlich werden, aber nicht so, dass sie ihre ehrgeizigen Pläne über Bord kippte, um ihm blind auf einen fremden Kontinent zu folgen.

»Als Familie? Wolltest du mich etwa heiraten?«, fragte sie mit einem bissigen Unterton.

»Ja, das würde ich tun. Ich weiß, du wirst mir kein Wort glauben, aber ich habe oft daran gedacht, was für ein Hornochse ich damals gewesen bin.«

»Wieso? Du warst vollkommen entzückt von deiner Tänzerin … wie hieß sie gleich noch? Ach ja, Zora.«

»Warst du immer schon so nachtragend?«, gab er zurück.

»Nachtragend?« Jette sprang wütend auf. »Du hast mir das Herz gebrochen, wolltest, dass ich mir eine Adresse zum Abtreiben bei deiner Geliebten hole, und hast dich in all den Jahren nicht dafür interessiert, ob du ein Kind hast oder nicht!«

»Du warst spurlos verschwunden!«

»Aber du hattest doch Ruths Adresse. Die hast du jetzt doch auch bemüht, um herauszubekommen, wo ich mich befinde!«

»Ich habe mich nicht getraut.«

Jette lachte hämisch. »Du und dich nicht getraut? Das ist ein schlechter Scherz, aber lass uns nicht streiten. Ich werde nach Dänemark gehen und du nach Hollywood. Diese Nacht kannst du hier schlafen, aber morgen früh bist du verschwunden, bevor Klara aufwacht!«

»Du empfindest also gar nichts mehr für mich, Lulu?«, fragte er leise.

»Nein!«, gab sie entschieden zurück, während seine einschmeichelnden Worte ihr verdammt nahegingen. »Sobald ich Klara in unsere Umzugspläne eingeweiht habe …«

»Sie weiß also noch gar nichts?«

»Die Entscheidung ist erst eben gerade gefallen, aber ich werde so schnell wie möglich nach Kopenhagen abfahren, weil ich eine Wohnung brauche und Klara in einer neuen Schule anmelden muss.«

»Jette? Ich habe einen Wunsch.«

Sie musterte ihn erstaunt. Diesen bescheidenen Ton kannte sie nicht von ihm.

»Ja, ich, ich möchte meine Tochter kennenlernen …«

»Bitte nicht, es ist schon schwer genug, ihr zu erklären, dass sie alles Vertraute hinter sich lassen muss, aber plötzlich ein Vater, das ist zu viel«, unterbrach sie ihn hektisch. Was dachte er sich eigentlich, fragte sie sich erbost, da kommt er nach dreizehn Jahren hier vorbei und möchte plötzlich sein Kind kennenlernen. Nein, sie waren wunderbar allein klargekommen. Sie brauchten ihn nicht.

»Wenn es dir lieber ist, dann stell mich als guten Freund vor.«

»Aber hast du nicht gehört, was ich gesagt habe? Ich gehe nach Kopenhagen!«

»Und ich muss erst in drei Monaten in L. A. sein und habe zwei Wochen vor Vertragsbeginn eine Passage ab Hamburg nach New York gebucht. Ich würde dich so lange gern nach Dänemark begleiten. Dann könnte ich mich um Klara kümmern, wenn du eine Wohnung suchst.«

Jette fehlten die Worte. Er schien es wirklich ernst zu meinen. Sollte er sich tatsächlich derart geändert haben? Eine Stimme in ihr redete ihr bereits gut zu, dieses Angebot nicht auszuschlagen.

»Ich weiß nicht so recht. Am besten warten wir ab, bis du Klara kennengelernt hast und ich genau weiß, wann ich Flensburg verlassen werde. Vielleicht brauche ich auch keine eigene Wohnung, denn mein Bru…« Jette unterbrach sich noch rechtzeitig. »Ein guter Freund hat eine größere Wohnung in der Nähe des Theaters, aber ich muss ihm erst mal schreiben, dass ich das Engagement habe. Du kannst auf jeden Fall bis zu unserer Abreise bleiben.«

Georg legte seine Hand auf Jettes Hand und drückte sie zärtlich. »Es ist bestimmt nicht leicht, derart überfallen zu werden, aber auch wenn ich in der Vergangenheit viele Fehler gemacht habe, ich bereue es nicht, dich wiederzusehen, Lulu.«

Jette sperrte sich innerlich dagegen, dass er sie mit seinen Worten einfing so wie früher. Sie wollte nicht weich werden und auf ihr Herz hören, denn vom ersten Augenblick ihres unverhofften Wiedersehens schlug es so heftig für ihn, als wäre keine Zeit ins Land gegangen. Auch ihr Körper schien immer noch auf die erotischen Signale zu reagieren, die Georg aussandte.

Als er aufstand und den Tisch umrundete, ohne sie aus den Augen zu lassen, wollte sie ihn in seine Schranken verweisen, aber da lagen sie sich bereits in den Armen. Und der erste Kuss dauerte eine halbe Ewigkeit, als müssten sie die verlorenen Jahre in diesem Augenblick nachholen.

Als sich ihre Münder voneinander gelöst hatten, nahm sie seine Hand und sagte heiser: »Komm!« Ohne noch einen Gedanken an die Stimme der Vernunft zu verschwenden, zog sie ihn in die Diele, die Treppen nach oben bis in ihr Schlafzimmer.

Was sie nun erlebte, war anders als alles, was sie jemals mit ihm geteilt hatte, als sie wild und ungestüm übereinander hergefallen waren. In dieser Nacht liebten sie sich ruhig und intensiv, zärtlich und behutsam, aber nicht nur ein einziges Mal. Jedes Mal, wenn sie am Einschlafen war, begann er aufs Neue, sie zu verführen.

Erst im Morgengrauen schlief Jette ein. Als sie aufwachte, durchfuhr sie ein eisiger Schreck. In der Tür stand Klara und stierte auf das Bett. So hatte sie ihren Vater ganz bestimmt nicht kennenlernen sollen, ging Jette peinlich berührt durch den Kopf, als hinter Klara im Türrahmen der vollständig bekleidete Georg mit einem Tablett in der Hand auftauchte.

»Wir haben dir Frühstück gemacht. Onkel Georg hat gemeint, du sollst heute ausschlafen.«

Jette fuhr hoch. »Um Gottes willen, wie spät ist es denn?«

»Mittags, aber keine Sorge, Mutti, es ist Sonntag, und du musst heute nicht ins Theater. Du hast mir versprochen, dass wir mit der Straßenbahn ins Ostseebad fahren und dort schwimmen gehen.«

Jette rekelte sich wohlig, als sie begriff, dass Klara Georg und sie nicht im Bett erwischt hatte. »Und woher kennst du den Onkel Georg? Der ist doch erst gestern Abend angekommen?«, lachte sie.

»Er hat heute Morgen schon mit Rike, Tante Lizzie und mir Halma gespielt«, erklärte Klara ihrer Mutter.

»Gut, dann pack schon mal deine Badesachen.«

»Darf Onkel Georg mit?«

»Wenn er eine Badehose dabeihat«, entgegnete Jette gut gelaunt.

»Nein, seine Koffer sind in Hamburg, denn Onkel Georg fährt bald von dort nach Amerika. Stell dir vor, er ist Schauspieler wie du, Mutti, und er wird bald in einem Film mitspielen.« Keine Frage, dachte Jette amüsiert, Georg imponierte ihrer Tochter mächtig. »Aber er kann eine von Onkel Gottfried ausleihen, hat Tante Lizzie gesagt.«

»Soso, und woher weiß sie denn, dass wir Onkel Georg zum Schwimmen mitnehmen?«

»Weil wir alle gemeinsam fahren, hat Tante Lizzie gesagt. Aber ohne Vilma, die auch mal einen freien Tag ohne uns verbringen darf, hat Tante Lizzie beschlossen.«

Klara nahm Georg nun entschieden an die Hand. »Komm, wir müssen Mutti allein lassen. Sie mag am liebsten beim Frühstücken lesen.«

Über Georgs Gesicht huschte ein Grinsen. »Aha, das mag sie also immer noch«, murmelte er und zwinkerte Jette verschwörerisch zu.

Kaum hatten die beiden die Tür hinter sich geschlossen, machte sich Jette mit großem Appetit über das üppige Frühstück her. Sie war lange nicht mehr so glücklich gewesen wie an diesem Morgen, und sie wandte ihre ganze Kraft auf, die düsteren Wolken, die ihr Gemüt beschweren wollten, für diesen Tag endgültig zu vertreiben. Nach dieser Nacht hatte sie nichts mehr dagegen, noch ein paar Wochen mit Georg in Kopenhagen zu verbringen. Im Gegenteil, sie brannte darauf, dass er sie begleitete.

Da fiel ihr Henrik ein, und sie schrieb ihm einen kurzen Brief, dass sie das Engagement bekommen hatte und so schnell wie möglich nach Kopenhagen reisen würde. Sie bat ihn, eine Wohnung für Klara, sie und für die nächsten drei Monate auch für Klaras Vater zu finden. Jette steckte den Brief in einen Umschlag, frankierte ihn und wollte diese Nachricht auf dem Weg zur Straßenbahn in einen Briefkasten stecken.

Sie zog sich dreimal um, bis sie sich für ein knielanges Sommerkleid in einem Blümchenmuster entschied, das ihr eine jugendliche Ausstrahlung verlieh und ihre augenblickliche Stimmung wiedergab. So frisch und beschwingt hatte Jette sich seit Jahren nicht gefühlt.

47. Gut Runohr, Juni 1937

Freya hatte die Stunden gezählt, bis ihr Mann unter fadenscheinigen Ausreden mit der Person in See stechen würde. Doch nichts dergleichen geschah. Freya war am Boden zerstört, als Paul am Abend des Stichtags wie jeden Freitag zum Treffen mit seinen Parteifreunden fuhr. Als er das Haus verließ, war er bereits ziemlich betrunken. So betrunken, dass er versuchte, sie zum Abschied zu küssen, aber sie schaffte es, sich abzuwenden. Ihr war übel vor Ekel, und sie war schier verzweifelt, weil er diese Reise nun ganz offensichtlich doch nicht angetreten hatte.

Dabei hätte alles so gut gepasst, denn es war der Freitag vor dem langen Pfingstwochenende. Sowohl Lene als auch ihr Schwiegervater wussten, dass es an dem Tag losgehen würde. Sie warteten nur noch auf ein Zeichen. Charlotte, die gerade Ferien hatte, war bereits seit ein paar Tagen bei Lene in Flensburg, weil es am Boot noch ein paar Dinge für ihren Segeltörn zu erledigen gab. In gewisser Weise entsprach das sogar der Wahrheit, denn Lene hatte beschlossen, dass sie die Flucht ihrer Cousine nach Dänemark als kleinen Segeltörn tarnten. Freya wäre zwar lieber mit dem Wagen gefahren, aber wenn Lene sich etwas in den Kopf gesetzt hatte, duldete sie keinen Widerspruch. An diesem Abend wäre Freya allerdings freiwillig auf der *Augusta* bis ans Ende der Welt gesegelt, wenn sie diese Reise nur endlich fort von hier und sicher nach Sonderburg bringen würde.

Nachdem Paul aus dem Haus gegangen war und Freya damit endgültig die Hoffnung begraben konnte, dass er mit der Person Urlaub auf dem »Kraft durch Freude«-Dampfer machte, rief Freya Onkel Henning an und berichtete es ihm. »Was soll ich jetzt bloß machen?«, fragte sie verzweifelt. Ihr Schwiegervater versprach, sich Gedanken zu machen, wie der Plan anders und zeitnah umgesetzt werden konnte.

Bei dem anschließenden Telefongespräch mit Lene brach Freya in Tränen aus und wies immer wieder darauf hin, dass das Baby in ihr wuchs, ihnen also nicht ewig Zeit blieb, bevor sie ein sichtbares Bäuchlein bekam, sodass Paul Verdacht schöpfen musste.

»Kannst du nicht jetzt kommen?«, flehte Freya ihre Cousine schließlich an. »Wir könnten doch vielleicht heute Abend noch fliehen. Mit dem Wagen.«

»Freya, das ist zu gefährlich. Was, wenn Paul zurückkommt?«

»Von diesen Treffen kehrt er jedes Mal erst am nächsten Morgen zurück und dann so betrunken, dass er nicht mehr weiß, wie er heißt. Bitte, ich halte das nicht mehr aus! Außerdem hat die Person sich freigenommen und ist nicht im Haus. Ich dachte ja, das macht sie, um heimlich mit ihm aufs Schiff gehen zu können. Wir haben also freie Bahn!« Freyas Stimme überschlug sich vor lauter Aufregung.

»Sei vernünftig, wir finden schon einen anderen Termin, und wenn wir Charlotte nächste Woche einfach von der Schule abholen und mitnehmen.«

»Aber ich möchte keinen Tag mehr hierbleiben! Bitte, komm. Sonst nehme ich den alten Frosch und fahre jetzt zu dir.«

»Nein, lieber nicht. Ich weiß, wie du fährst, wenn du aufgeregt bist. Du kannst dich in diesem Zustand nicht hinters Steuer setzen. Gut, ich komme! Dann aber sofort! Pack deine Tasche und warte vor dem Portal. Ich nehme Charlotte schon mit nach Runohr, damit wir gleich von dort nach Dänemark fahren können. Dann eben doch mit dem Wagen.«

»Ach, du bist die Beste«, seufzte Freya und beendete das Gespräch. Hektisch warf sie wahllos Kleider und Wäsche in einen kleinen Koffer, bevor sie in Charlottes Zimmer ging und deren Lieblingssachen heraussuchte. Nun war der Koffer gut gefüllt, dass sie nun noch eine Reisetasche für die Wertsachen hervorholte. Den gepackten Koffer stellte sie unten in der Diele ab. Mit der leeren Tasche ging sie hinüber in den Stall zu ihren geliebten Pferden. Es waren überhaupt nur noch acht Pferde aus ihrer Zucht übrig, denn es wurden immer weniger Kaltblüter gebraucht. Selbst die Flensburger Brauerei hatte schon vor zwei Jahren den einstigen Pferdestall abreißen lassen und eine Garage gebaut. Es wollte ihr schier das Herz brechen, als sie sich von Amanda, ihrer persönlichen Stute, auf der sie täglich ausgeritten war, verabschieden musste. Sie hoffte, dass ihr Schwiegervater es schaffte, Paul zur Herausgabe dieses Pferdes zu bewegen, sobald Freya und Charlotte erst in Sicherheit waren. Freya war diesbezüglich ganz zuversichtlich, weil Paul die Summe, die sie bereit war, ihm für Amanda zu geben, wohl kaum ablehnen würde.

Ihre Schätze hatte sie in dem geräumigen Geheimfach eines alten, vom Holzwurm angefressenen Schreibtischs versteckt, der am Ende des Stalls in einem kleinen abgetrennten Büro stand, in dem Freya die Verträge über ihre Pferde zu unterschreiben pflegte. Als sie gerade mit dem Schlüssel, den sie immer bei sich trug, das Fach öffnete, hörte sie ein Motorengeräusch. Offensichtlich hatte Lene sich beeilt. Erleichtert verstaute Freya ihre Kostbarkeiten in der Reisetasche, deren Reißverschluss klemmte, aber damit wollte sie sich nicht aufhalten. Jetzt galt es, den Stall so schnell wie möglich zu verlassen. Im Vorbeieilen warf sie Amanda einen vorerst letzten Blick zu.

Es war ein lauer Sommerabend mit einem weiten Himmel, wie Freya es nur aus Angeln kannte. Der typische Geruch von Raps lag über dem Gut. Es gab auf Runohr eine Sorte, die später als die anderen in voller Blüte stand. Wehmut überkam Freya, aber sie versuchte, sich damit zu trösten, dass die Landschaft Südjütlands der ihrer Heimat sehr ähnlich war und dass es auch dort Rapsfelder im Überfluss gab. Trotzdem tat es ihr weh, das Land zu verlassen, auf dem die von Runohrs seit Generationen lebten.

Freya schüttelte die schweren Gedanken ab, während sie auf das Gutshaus zusteuerte, um ihren Koffer aus der Diele zu holen, als sie stutzte. Wieso wartete Lene nicht mit ihrem Wagen vor dem Eingang, wie sie es abgesprochen hatten? In diesem Augenblick schwante ihr Furchtbares, und sie wandte sich zur Garage um. Davor stand der Mercedes ihres Mannes. Der Schreck fuhr Freya durch alle Glieder und versetzte sie in eine Art Schockstarre. Ein weiteres herannahendes Motorengeräusch riss sie aus diesem Zustand, in dem sie nichts mehr denken oder fühlen konnte. Voller Panik sah sie sich nach allen Seiten um, aber von Paul war nichts zu sehen. Trotzdem musste sie fort, und zwar ohne die geringste Verzögerung. Das Risiko, ihren Koffer zu holen, war zu groß. Stattdessen rannte sie mit der offenen Reisetasche auf Lenes Wagen zu. Sie winkte ihrer Tochter auf dem Beifahrersitz kurz zu und machte Lene ein Zeichen, den Wagen nicht zu verlassen. Sie riss die hintere Tür auf und hievte ihre Tasche auf den Rücksitz. »Fahr sofort los, sobald ich im Wagen bin. Er ist da!«, befahl sie aufgeregt, doch gerade als sie auf den Rücksitz klettern wollte, fiel ihr siedend heiß ein, dass die Handtasche mit den Papieren in der Diele ebenfalls bei dem Koffer stand. Ohne Pässe kamen sie aber nicht über die Grenze. »Meine Handtasche!«, schrie sie. »Sie ist im Haus.«

Mit diesen Worten lief sie zurück. In diesem Moment hatte sie keinerlei Angst, sondern war von dem eisernen Willen getrieben, ihren Plan umzusetzen. In der Diele war alles ruhig. Keuchend schnappte sie sich ihre Tasche und verließ das Gutshaus. Draußen wähnte sie sich in Sicherheit und atmete auf, doch dann spürte sie einen heftigen Stoß im Rücken, der sie ins Stolpern brachte. Sie versuchte noch, sich aufrecht zu halten, aber da lag sie bereits der Länge nach auf dem Kies der Einfahrt. Nur von dem einen Gedanken getrieben, noch nicht aufzugeben, rappelte sie sich auf, griff ihre Handtasche und versuchte, zu Lenes Wagen zu gelangen, aber sie kam keine zwei Schritte weit, weil Paul sie zunächst kurz festhielt, dann abrupt losließ und erneut so grob schubste, dass sie hinfiel. Sie schaffte es nur unter Schmerzen, sich aufzurappeln und hinzusetzen. Als sie sich umsah, war Paul scheinbar verschwunden. Sie konnte kaum glauben, dass der Albtraum damit ein Ende hatte. Freya sah, wie ihr das Blut von den verletzten Knien rann, aber das war ihr völlig gleichgültig. Und wenn sie zum Wagen kriechen musste. Nichts würde sie davon abbringen, sich in Sicherheit zu bringen. Also versuchte sie, unter großen Schmerzen aufzustehen. Gerade als sie wieder auf ihren Beinen stehen konnte, wenn auch sehr wackelig, tauchte Paul plötzlich wie aus dem Nichts auf und baute sich hämisch grinsend vor ihr auf. Noch nie zuvor hatte sie in solche hasserfüllten Augen geblickt, aber das durfte sie jetzt nicht von ihrem Plan abbringen. »Paul, bitte, lass mich gehen«, flehte sie, doch da hatte er sie bereits mit einem einzigen Schlag in die Knie gezwungen. Sie fiel zu Boden und krümmte sich vor Schmerz, aber als hätte er sie nicht genug gequält, trat er ihr mit blinder Wut so heftig in den Bauch, dass sie sich übergeben musste.

In dem Moment stürzte sich Lene auf Paul und trommelte mit den Fäusten auf seiner Brust herum, bis er sie von sich stieß. Lene taumelte kurz, aber sie verlor nicht das Gleichgewicht, sondern hockte sich neben Freya und hielt ihre Hand. Der Schock stand Lene ins Gesicht geschrieben. Freya wollte Lene beruhigen, ihr versichern, dass sie ihm entkommen würden, doch kein einziges Wort drang über ihre Lippen. Stattdessen versprach ihr Lene, Hilfe zu holen. »Es wird alles wieder gut«, versprach ihr Lene. »Es wird alles wieder gut.«

Mit letzter Kraft versuchte Freya, Lene zu sagen, dass sie sich in Sicherheit bringen und Charlotte mitnehmen solle, aber Lene war bereits aufgesprungen. Freya dachte nur noch an ihre Tochter und wandte sich zum Wagen. Es bot sich ihr ein Bild des Grauens: Ihr Mann war gerade dabei, grob ihre Reisetasche aus dem Wagen zu zerren, sodass ihre Schätze herausfielen und sich auf dem Boden verteilten. »Die dumme Sau!«, brüllte er, während er ihre Wertsachen zusammenraffte und in die Tasche zurückstopfte. »Du steigst sofort aus. Sonst setzt es was!«, schrie er Charlotte an, die wie ein geprügelter Hund aus dem Wagen stieg.

»Hilf meiner Tochter!«, stieß Freya panisch hervor, als sie hilflos mit ansehen musste, wie Paul ihre leichenblasse Tochter in Richtung Haus wie ein Stück Vieh vor sich hertrieb. Freya wollte nach ihr rufen, aber da fiel ihr Blick auf das viele Blut, das ihr die Schenkel hinunterlief, und sie stieß einen nicht enden wollenden Schrei aus.

Lene wusste nicht, was sie zuerst machen sollte: ihre Cousine ins rettende Auto bugsieren oder Charlotte aus Pauls Klauen retten. Als sich ihr Blick mit dem ihrer Nichte traf, wusste sie, was sie zu tun hatte. Das Mädchen war ein einziger Hilferuf! Mit einem Satz war sie bei Paul. »Lass Charlotte gehen!«, schrie sie, aber da packte er seine Tochter am Arm und schubste sie ins Haus. Lene wollte ihr folgen, aber Paul hielt sie fest. »Ich muss Hilfe holen. Verdammt!«, schrie sie, doch sein Griff wurde nur noch fester. Da trat sie ihm mit voller Wucht gegen das Schienbein. Er schrie auf vor Schmerz und ließ sie kurz los. Diesen Augenblick nutzte sie, um ins Haus zu gelangen. Sie rief verzweifelt nach Charlotte, aber sie antwortete nicht. Lene befürchtete, sie hatte sich irgendwo im Haus verkrochen. Zeit, sie zu suchen, blieb Lene nicht, denn nun musste sie erst einmal vom Telefon in der Diele einen Krankenwagen rufen und dann zu Freya zurückkehren.

Als Lene aus dem Haus trat, wurde sie Zeugin eines grausamen Schauspiels. Ihre Cousine versuchte, ihrem Peiniger auf allen vieren zu entkommen. Er stieß ein teuflisches Lachen aus, während er ihr wiederholt in den Hintern trat. Auf ihrem hellen Sommerkleid hatte sich ein roter Fleck ausgebreitet, und ihre Schenkel waren blutverschmiert. Um Gottes willen, dachte Lene, sie hat ihr Kind verloren!

Dann überlegte sie, wie sie diese menschliche Bestie, in die sich Paul nun endgültig verwandelt hatte, daran hindern sollte, ihre Cousine weiter zu misshandeln. Da sah sie eine Harke an der Hauswand stehen. Ohne zu überlegen, holte sie sich das Gartenwerkzeug und schlug Paul mit dem Stiel kräftig über den Hinterkopf. Er stöhnte laut auf und ließ von seiner Frau ab, aber er ging nicht zu Boden. Bevor sie ihm den Stiel noch einmal über den Schädel ziehen konnte, hatte er sich umgedreht und sie gepackt. Sie versuchte, sich zu wehren, aber er war stärker und drehte ihr den rechten Arm auf den Rücken, bis sie vor Schmerz laut schrie.

»Hast du sie angestiftet, mich zu verlassen und zu bestehlen? Na warte, ich bringe euch beide vor Gericht!« Er zerrte Lene in dieser Position zu ihrem Auto, riss die Tür auf und stieß sie hinein. »Hau ab! Und lass dich hier nie wieder blicken«, brüllte er.

Da roch sie seine Fahne. Er war völlig betrunken, aber leider noch Herr über die Koordination seines Körpers.

Lene atmete ein paarmal tief durch. »Paul, sei vernünftig, bitte lass Freya gehen«, sagte sie betont versöhnlich.

Er lachte hämisch. »Du kannst sie gern mitnehmen. Aber ohne meine Tochter und das, was sie mir gestohlen hat.«

Sosehr sich Lene auch gewünscht hätte, die Contenance zu wahren, aber diese Unverschämtheit trieb ihr die Zornesröte ins Gesicht. »Der

Schmuck hat dir nie gehört, du Lump! Er ist seit Generationen das Eigentum von Freyas Familie. Und überhaupt, dir gehört nichts, gar nichts, auch das Gut nicht. Nichts von alledem. Der Dieb bist du! Ich verachte dich …«

Lene hatte den Satz noch nicht zu Ende geführt, als sie einen glühenden Schmerz auf ihrer Wange und am Auge spürte. Paul hatte ihr mit der Faust ins Gesicht geschlagen, aber Lene verzog keine Miene. Nur keine Schwäche zeigen, sagte sie sich.

»Ich warte hier, bis der Krankenwagen da ist, und dann werde ich Freya ins Krankenhaus begleiten. Du glaubst doch nicht, dass ich sie allein mit dir zurücklasse!«, schleuderte sie ihm mit Todesverachtung entgegen.

»Du verlässt meinen Grund und Boden. Hast du verstanden?«

»Ich sagte, ich bleibe!«

Lene wusste nicht, woher er so schnell eine Waffe hergenommen hatte. Er musste sie bei sich getragen haben. Er hielt jedenfalls eine Pistole auf sie gerichtet. »Hau ab!«, befahl er drohend. »Oder ich knall dich ab. Sag, du wolltest Freya entführen. Sie hat sich gewehrt und dich leider erschossen.«

Lene war froh, dass sie diese Waffe nicht in der Hand hielt, denn sie war sich so gut wie sicher, dass sie keine Sekunde gezögert hätte, ihn zu erschießen. Noch nie zuvor hatte sie einem Menschen den Tod gewünscht. In ihrem Kopf arbeitete es fieberhaft. Was, wenn sie ihm die Waffe überraschend aus der Hand schlug, sich blitzschnell bückte und eiskalt abdrückte, doch in dem Augenblick fiel ihr Blick zu einem Fenster in der oberen Etage des Herrenhauses. Am Fenster stand Charlotte. Nein, Lene würde ihn nicht vor den Augen seiner Tochter töten. Es war schon schlimm genug, dass Charlotte mit ansehen musste, wie ihre Mutter in ihrem eigenen Blut lag und leise wimmerte. Lene ermahnte sich, vernünftig zu sein. Um Freyas willen.

Also ließ Lene den Wagen an und fuhr langsam los. Sie bog in die Allee ein, die zur Straße führte, doch kaum war sie außer Sichtweites des Gutes, fuhr sie rechts heran und blieb stehen. Sie würde hier warten, bis der Krankenwagen von Gut Runohr zurückkam, und ihn auf der Straße anhalten. Auf keinen Fall wollte sie Freya jetzt allein lassen, sondern ihr sagen, dass sie dem Krankenwagen folgen würde. In diesem Augenblick bog er schon in die Allee ein und raste zum Gut. Lene holte eine Zigarette aus ihrer Handtasche, zündete sie gierig an und nahm ein paar kräftige Züge. Obwohl sie sich das Rauchen dringend abgewöhnen wollte, trug sie stets eine Packung für den Notfall bei sich. Und dies war ein Notfall! Sie wollte sich gar nicht ausmalen, was das alles für Freya bedeutete, jetzt, nachdem nicht nur ihr Plan gescheitert war, sondern sie ihr Kind verloren und Paul ihre Notreserve an sich genommen hatte. Und was war mit Charlotte, die Augenzeugin der Misshandlungen durch ihren Vater geworden war? Sie für ihren Teil würde nichts unversucht lassen, dass Freya nicht mehr nach Runohr zurückging, und dann die nächste Gelegenheit nutzen, Charlotte vor der Auguste-Viktoria-Schule abzufangen und nach Dänemark zu bringen, aber wie konnte Lene ihr mitteilen, dass sie den Reisepass benötigte? Zur Not würde sie Charlotte auf der *Augusta* nach Sonderburg bringen. Vor lauter Aufregung steckte sich Lene mit ihrer Zigarette gleich die nächste an. Danach die dritte und auch noch eine vierte … Sie hatte sie noch nicht ganz zu Ende geraucht, als der Krankenwagen zurückkehrte. Lene stellte sich mitten auf den Weg und machte ein Zeichen, dass er anhalten möge.

Der Arzt, der auf dem Beifahrersitz mitfuhr, stieg aus. »Können wir Ihnen helfen?«

»Ich möchte meiner Cousine nur schnell Bescheid sagen, dass ich Ihnen bis zum Krankenhaus folge«, erklärte sie ihm.

»Tut mir leid, aber wir haben Frau Danneberg in der Obhut ihres Ehemannes gelassen. Er hat uns versichert, dass er bereits einen Arzt geholt hat, der jeden Moment eintreffen wird.«

Lene musterte ihn entgeistert. »Aber das ist eine Lüge! Er wird sie verbluten lassen!«, schrie sie.

»Nun beruhigen Sie sich doch. Wir haben die Frau in ihr Bett gebracht. Die Blutungen haben aufgehört. Die arme Frau hatte eine Fehlgeburt, aber ihr Mann hat uns versichert, dass er sich um sie kümmert.«

»Das mit der Fehlgeburt? Haben Sie ihm das etwa gesagt?«

»Aber natürlich. Der Mann hat ein Recht darauf, zu erfahren, was mit seiner Frau geschehen ist.«

»Aber das ist nicht wahr. Er hat sie misshandelt. Sie müssen sofort umkehren. Der Mann ist betrunken.«

»Gut, er hat sicher einen über den Durst getrunken, aber nicht so, dass man ihm seine Frau wegnehmen muss. Er hat uns angefleht, sie in ihrem desolaten Zustand nicht mit in ein Krankenhaus zu nehmen. Und Sie sollten ganz vorsichtig sein mit dem, was Sie behaupten.«

Die Uniform, ging es Lene durch den Kopf, Pauls Uniform hatte den Arzt beeindruckt.

»Und meine Cousine, was hat sie gesagt?«

»Gar nichts. Sie hat gar nicht gesprochen. Sie scheint unter Schock zu stehen, und da ist sie bei ihrer Familie am besten aufgehoben. Ihre Tochter ist ja auch bei ihr. Die spricht zwar auch nicht, aber machen Sie sich keine Gedanken. In ein paar Tagen ist Ihre Cousine wieder auf den Beinen.«

»Danke.« Mehr brachte Lene nicht heraus und sah wie betäubt dem davonbrausenden Krankenwagen hinterher.

48. Glücksburg, Juni 1937

Lene wusste nicht, wie lange sie, an der Kühlerhaube ihres Wagens lehnend und eine Zigarette nach der anderen rauchend, darüber nachgegrübelt hatte, wie sie verhindern sollte, dass Freya in ihrem Zustand hilflos diesem Satan ausgeliefert war. Am liebsten hätte sie Lizzie gebeten, nach Freya zu sehen, aber ihre Schwester war über Pfingsten mit Rike zu Gottfried nach Apenrade gefahren. In ihrer Not fiel ihr schließlich der Hausarzt der von Runohrs ein, der seine Praxis in Glücksburg hatte und den sie auf der Stelle aufsuchen würde, um ihn um Hilfe zu bitten.

Da sie Freya schon einmal dorthin begleitet hatte, kannte sie den Weg noch und fand sein Haus auf Anhieb. In der Praxis war der Doktor um diese Zeit mit Sicherheit nicht mehr, denn mittlerweile war es weit nach einundzwanzig Uhr, mutmaßte Lene. Also musste sie bei ihm privat klingeln. *Dr. Köhler* stand auf dem Schild. Es kostete Lene Überwindung, ihn so spät zu stören, aber sie hatte keine Wahl. Sie würde sich ein Leben lang Vorwürfe machen, wenn Freya noch mehr Schäden davontrug, als es jetzt schon der Fall war.

Also drückte Lene den Klingelknopf und wartete. Als eine Frau mittleren Alters in einem festlichen Kleid öffnete, hatte sie die Gewissheit, dass sie ungelegen kam.

»Was wünschen Sie?«, fragte die Frau.

»Ich müsste dringend den Doktor sprechen«, sagte Lene.

»Mein Mann hat heute keinen Dienst«, entgegnete die Dame des Hauses unwirsch.

»Nur einen kurzen Moment. Vielleicht kann er mir zumindest sagen, an wen ich mich sonst wenden könnte.«

»Sind Sie Patientin bei ihm?«

»Nein, aber meine Cousine, Freya Danneberg.«

Ihre Miene verfinsterte sich, als Lene den Namen ihrer Cousine nannte.

»Und Ihr Name ist?«

»Helene Jensen.«

»Warten Sie bitte. Ich werde ihn holen«, sagte die Frau des Arztes und schloss die Tür hinter sich.

Lene wurde immer unbehaglicher zumute. Es dauerte eine gefühlte Ewigkeit, bis der Arzt im Abendanzug die Haustür öffnete.

»Meine Frau hat Ihnen gesagt, dass ich nicht im Dienst bin, oder?«, fragte er.

Lene nickte. »Es ist ein Notfall. Sonst hätte ich Sie niemals um diese Zeit aufgesucht.«

»Worum geht es? Fassen Sie sich bitte kurz. Wir feiern den Geburtstag meiner Frau.«

»Meine Cousine Freya Danneberg hatte eine Fehlgeburt. Sie hat viel Blut verloren …«

»Dann gehört sie ins Krankenhaus.«

»Ich weiß, aber …« Lene wusste nicht wirklich, was sie diesem Mann verraten durfte und was nicht. In diesen Zeiten gab es nur zwei Kategorien von Menschen: die, denen man vertrauen konnte, und die, denen man misstrauen musste! Schließlich war Paul in NS-Kreisen bekannt.

Wenn Dr. Köhler ein Parteigenosse Pauls war, dann hatte sie verloren, wenn sie ihm die Wahrheit sagte, doch sie hatte keine andere Wahl, als dieses Risiko einzugehen.

»Paul Danneberg, ihr Mann, hat den Krankenwagen weggeschickt, und er hat diese Fehlgeburt verursacht, weil er ihr in den Bauch getreten hat«, sagte Lene mit fester Stimme.

»Frau Jensen, seien Sie bloß vorsichtig, was Sie da behaupten. Paul Danneberg kann sehr ungemütlich werden!«, raunte der Arzt, während er sich hektisch nach allen Seiten umsah.

»Ich weiß. Er ist mein Cousin. Ich bin eine geborene Danneberg. Und leider habe ich mit ansehen müssen, wie er es getan hat. Genauso wie Charlotte.«

»Hoffentlich begreift er nicht, dass es sich um eine Fehlgeburt handelt. Dann kann er sich nämlich ausrechnen, dass …« Er unterbrach sich hastig.

»Sie wissen davon?«

»Ich kenne Freya schon als Mädchen. Sie hat viel durchmachen müssen. Den dubiosen Tod ihrer Mutter, die Trinkerei ihres Vaters und nun diesen …«

»Sie müssen kein Blatt vor den Mund nehmen. Ich weiß, was für ein Schuft mein Cousin ist, aber Sie müssen nach ihr sehen, denn er weiß es. Der Arzt hat es ihm gesagt!«

»Um Himmels willen! Das Problem ist nur, dass ich mich nicht mehr hinters Steuer setzen möchte, nachdem ich schon ein paar Stunden lustig gefeiert habe«, gab der Arzt zu bedenken.

»Ich fahre Sie, halte allerdings außer Sichtweite von Runohr. Der Kerl muss nicht sehen, dass ich Sie gebracht habe. Sie können ihm sagen, Sie hätten einen Anruf bekommen.«

»Gut, dann hole ich nur noch meine Tasche.« Er wollte sich gerade umdrehen, aber da blieb sein Blick an ihrem Auge hängen. »Um Gottes willen, wer hat Ihnen denn das Veilchen verpasst?«

»Nicht so wichtig. Kollateralschaden«, wiegelte Lene ab.

»Ein Mann, der Frauen schlägt. Heil Hitler!«, murmelte der Doktor grimmig.

Auf der Fahrt nach Runohr erfuhr Lene, dass Dr. Köhler ihren

Cousin schon seit geraumer Zeit nicht mehr behandelte, weil der sich beschwert hatte, dass der Arzt seine Patienten nicht mit »Heil Hitler!« begrüßte.

»Ich hoffe, er wird Ihnen keine Schwierigkeiten machen, wenn Sie nun unangemeldet bei ihm vor der Tür stehen«, seufzte Lene.

»Er weiß, dass er mir nicht an den Karren fahren kann. Ich habe einflussreiche Patienten bis in die örtliche Parteispitze hinein, denen es lieber ist, wenn ich ihr Leben rette, als dass ich zackig den linken Arm zur Begrüßung hebe«, erwiderte er ungerührt.

Als sie in die Allee einbogen, wurde es langsam dunkel. Lene fuhr, so nahe sie konnte, an das Gut heran. Nun waren es nur noch wenige Schritte, die der Doktor auf dem dunklen Weg bis zum Gutshaus gehen musste.

Lene verließ ihr Auto und lehnte sich an die Kühlerhaube. Wieder konnte sie die Anspannung nur mittels einer Zigarette ertragen. Als der Arzt zurückkehrte, hatte sie die letzte aus ihrer Packung aufgeraucht.

»Und? Wie geht es ihr?«, fragte sie ungeduldig.

»Lassen Sie uns ein Stück Richtung Straße fahren«, schlug Dr. Köhler vor. »Ich bin mir nicht sicher, ob er mir traut.«

Lene fuhr bis kurz vor der Abbiegung auf die Landstraße nach Flensburg rückwärts, denn auf der Allee konnte man nicht wenden.

Im Schein des fahlen Mondes sah Lene, wie bleich der Arzt war.

»Wie geht es ihr?«

»Ich habe Ihre Cousine medizinisch versorgt. Ich glaube, das übersteht sie unbeschadet. Mir bereitet ihr Gemütszustand größere Sorgen. Sie litt schon vorher unter …« Er unterbrach sich hastig. »Ich unterliege der Schweigepflicht«, sagte er entschuldigend.

»Herr Dr. Köhler, das ist keine normale Situation. Ich komme nicht in Ihre Praxis und frage Sie nach meiner Cousine aus, sondern wir wollen sie doch retten, oder?«

»Sie leidet schon länger unter Schlafstörungen und ich, also mein Vorgänger, hat schon ihre Großmutter behandelt, die wohl an Depressionen erkrankt war, womit sich ihre Verzweiflungstat …« Erneut unterbrach er sich, weil Lene ihn fragend ansah. »Entschuldigen Sie, ich wusste ja nicht, dass Sie das nicht, also es ist nicht richtig, dass ich …«

»Hat sich unsere Großmutter umgebracht? Sagen Sie es mir bitte, denn sie war auch meine Großmutter!«

»Wenn Ihre Cousine doch etwas von Ihrem Durchsetzungsvermögen hätte«, murmelte er. Da er nicht ausdrücklich widersprach, wertete Lene das als ein »Ja« auf ihre Frage.

»Täuschen Sie sich nicht. Früher war ich eine Kämpferin, aber mittlerweile fühle ich mich wie ein zahnloser Tiger«, murmelte sie.

»Sie stellen Ihr Licht unter den Scheffel. Was Sie heute Abend geleistet haben, verdient meine Hochachtung. Allein, wie Sie mich von meiner Frau losgeeist haben. Das grenzt an ein Wunder. Sie haben einen starken Willen. Ihnen können die Stürme des Lebens nichts anhaben.«

Lene ließ ihn in dem Glauben, dass sie rein gar nichts umwerfen konnte, obwohl sie gerade in letzter Zeit manchmal Zweifel hatte, wie sie das alles überstehen sollte, ohne wie Jette zur Flasche zu greifen. Und vor allem, wie sie sich unter diesen Umständen das Rauchen wieder abgewöhnen sollte.

»Danke, aber Hand aufs Herz. Befürchten Sie, Freya könnte sich wirklich etwas antun?« Während sie dem Doktor diese Frage stellte, kämpfte sie mit sich, ob sie ihm nicht lieber die ganze Wahrheit sagen sollte. Er machte nicht den Eindruck, als würde er dann gemeinsame Sache mit Paul machen und Freya unverzüglich in die Landesheilanstalt Schleswig Stadtfeld einweisen lassen.

»Nein, das glaube ich nicht«, entgegnete er entschieden.

Lene zögerte nicht länger, dem Arzt von Freyas Selbstmordversuch zu berichten.

»Wie gesagt, ich bin kein Fachmann«, bemerkte er, nachdem sie fertig war. »Aber ich werde ihr kein Veronal mehr verschreiben. Die beste Therapie wäre – und dazu muss ich kein Psychiater sein –, wenn Ihre Cousine nicht länger unter einem Dach mit ihrem Mann leben würde, und zwar auf legalem Weg.«

»Sie sprechen von einer Scheidung, oder?«

Er nickte.

»Aber dann würde sie alles verlieren, ihr Zuhause, ihre Tochter und ihr restliches Vermögen!«, widersprach ihm Lene heftig.

»Aber sie behält ihr Leben!«, entgegnete er nachdenklich, bevor er sie bat, ihn schnellstens nach Glücksburg zurückzubringen. »Sonst muss ich mich selbst auf eine drohende Scheidung einstellen«, ergänzte er mit einem Lächeln.

»Ich werde versuchen, mit Freya über alles vernünftig zu reden, wenn sie wieder ansprechbar ist und wir die Gelegenheit finden, uns zu treffen, denn nach Runohr kann ich wohl vorerst nicht, wenn mir mein Leben lieb ist. Paul hat mich mit einer Waffe bedroht.« Das hatte sie dem Doktor bislang verschwiegen.

»Früher wäre man mit so etwas zur Polizei gegangen und hätte ihn angezeigt, heute muss man aufpassen, dass sie einen nicht wegen ›falscher Verdächtigung‹ verurteilen und danach an die Gestapo überstellen, weil die Wahrheit nicht in das Bild passt, das von den SS-Männern gezeichnet wird. Hauptsache, reinrassig!«, stieß der Arzt bekümmert hervor.

Lene ließ seufzend den Motor an und bog auf die Straße ab. Auf der Rückfahrt herrschte Schweigen. Lene dachte über das nach, was der Doktor zuletzt gesagt hatte. Zuversicht klang anders!

Lene, die gewohnt war, die meisten Entscheidungen allein zu treffen, fühlte sich, was Freyas Problem anging, überfordert. Sie wollte wissen, was Lizzie und Onkel Henning dazu sagten. So fasste sie den Entschluss, wenigstens Ole nicht zu enttäuschen und mit ihm am nächsten Morgen auch ohne Charlotte und Freya nach Sonderburg zu segeln, um sich dort mit ihrer Schwester und ihrem Onkel zu beraten. Sie wusste, dass Lizzie und ihre Familie am morgigen Abend bei Onkel Henning zu Besuch war, denn er hatte auch Herrmann und sie zu diesem kleinen Fest eingeladen. Ihr Mann hatte diese Einladung unter fadenscheinigen Gründen ausgeschlagen. Lene vermutete, dass er aus rein opportunistischen Erwägungen nicht mehr mit Onkel Henning in Verbindung gebracht werden wollte, seit dieser ein paar kritische Artikel zu reichsdeutschen Themen verfasst hatte. So jedenfalls hatte es in den Flensburger Nachrichten in einem Hetzartikel über die Flensborg Avis geheißen. Mit dem Ergebnis, dass sowohl Onkel Henning als auch dem Berliner Korrespondenten der Avis seitens des Propagandaministeriums nahegelegt worden war, ihre Tätigkeit in Zukunft auf Fragen der dänischen Minderheit zu beschränken.

Lene war schon länger über den Punkt hinaus, sich über Herrmanns Feigheit zu wundern, was nicht bedeutete, dass es ihr nicht übel aufstieß, was für ein Duckmäuser aus ihm geworden war.

Nachdem sie den Doktor, der ihr zum Abschied versprach, einmal täglich nach Freya zu sehen, bis sie wieder ganz hergestellt war, vor seiner Haustür abgesetzt hatte, merkte sie, wie erschöpft sie war und dass das Gesicht um das Auge herum schmerzte. Offenbar hatte Pauls Schlag sie doch härter getroffen als vermutet. Auf dem weiteren Rückweg überlegte sie, was für eine Erklärung sie wohl Herrmann für ihr blaues Auge liefern sollte, denn dass sie ihm die Wahrheit sagen würde, zog sie nicht einmal entfernt in Erwägung. Ihr Mann würde sich doch aus lauter Angst, dass sie Paul Danneberg verärgert hatte, noch ins Hemd machen, dachte Lene verächtlich und erschrak sich in demselben Augenblick darüber, wie wenig Respekt sie noch vor Herrmann hatte.

49. Kopenhagen, Mai 1938

Klara hatte sich besser in Kopenhagen eingelebt, als Jette das zu hoffen gewagt hatte. Dazu trug mit Sicherheit die Tatsache bei, dass ihre Tochter Dänisch inzwischen wie eine Muttersprache beherrschte. Außerdem war sie wie ausgewechselt, seit sie nicht mehr zum Jungmädelbund musste. Sie war stattdessen in einer schulischen Theatergruppe engagiert und hatte sich bereits einen Namen als kleine deutsche Diva gemacht. Es gab Mädchen, die sie deshalb nicht leiden konnten, aber auch diejenigen, die sie bewunderten. Letztere waren offenbar in der Mehrzahl, wenn Jette sah, wie glücklich und gelöst ihre Tochter in Kopenhagen war.

Sie wohnten zusammen mit Henrik in einer geräumigen Wohnung mit Blick aufs Wasser in der Havnegade. Er spielte allerdings weniger die Vaterrolle für Klara, sondern vielmehr die des großen Bruders. Jedenfalls liebte Klara ihn, und es tat ihr gut, dass ihr eine männliche Bezugsperson geblieben war, nachdem Georg nach L. A. abgereist war.

Jette selbst war nicht ganz so zufrieden mit ihrem neuen Leben. Das lag vor allem daran, dass sie Georg schrecklich vermisste und sie ihrer Meinung nach keine wirklich spannenden Rollen bekam. Henrik fand diese Einstellung hochnäsig und meinte, es gäbe wohl kaum eine Rolle, die Jettes hohen Ansprüchen überhaupt gerecht würde. Im Übrigen missfiel es ihm außerordentlich, dass Jette ihre Unzufriedenheit im Alkohol zu ertränken versuchte.

In dieser Wohnung hatte im vergangenen Jahr für drei Monate auch Georg mit ihnen zusammengelebt. Für Jette war das die schönste Zeit ihres Lebens gewesen, wie sie stets betonte. In den drei Monaten hatte sie kaum Alkohol getrunken. Sie hatten sich blendend verstanden, und das nicht nur im Bett, sondern auch im Alltag. Außerdem hatten sie Klara eines Tages die Wahrheit gesagt, nachdem ihre Tochter Georg gestanden hatte, so einen Vater wie ihn, den hätte sie gern. Klara hatte diese Nachricht nicht im Geringsten schockiert, sondern sie hing seitdem nur noch mehr an Georg. Deshalb war es für sie auch ein unvergessener Tag gewesen, als sich Jette und Georg im vergangenen August kurz vor seiner Abreise nach L. A. in St. Petri, der Kirche der deutschsprachigen Gemeinde Kopenhagens, das Jawort gegeben hatten. Die Hochzeit war Georgs Idee gewesen. Zu diesem Ereignis waren Lene mit beiden Kindern, aber ohne Herrmann, Lizzie, Gottfried, Frederike und Onkel Henning nach Kopenhagen gereist. Jette hatte sehr bedauert, dass Freya nicht mitgekommen war, aber Paul hatte am Telefon behauptet, Freya sei seit einem schweren Sturz vor einem Jahr immer noch bettlägerig. Die Wahrheit über »diesen Sturz« hatte sie erst anlässlich der Hochzeit erfahren. Und auch, dass sowohl Lene als auch Lizzie Hausverbot auf Gut Runohr hatten und ihre Schwestern in großer Sorge um Freya waren. Jette hatte seitdem mehrere Briefe an ihre Cousine geschrieben, aber niemals eine Antwort erhalten außer einer lapidaren Glückwunschkarte zur Hochzeit. Paul hatte Freya seit der verunglückten Flucht regelrecht von der Außenwelt abgeschottet. Der einzige Kontakt zwischen den Danneberg-Schwestern und ihrer Cousine war Dr. Köhler, dem Freya bisweilen kleine Lebenszeichen für die Cousinen zusteckte, aber mehr als: *Mir geht es gut* und *Macht euch keine Sorgen* schrieb sie nicht.

Paul hatte offenbar gründliche Arbeit geleistet, um der Familie auch den Kontakt zu Freya über Charlotte unmöglich zu machen. Er hatte, wie ihre Schwestern ihr berichtet hatten, sogar Charlotte von der Schule genommen, damit ihre Tanten sie dort nicht abfangen konnten. Doch Lene hatte ihren Kampfgeist immer noch nicht verloren und arbeitete zusammen mit Onkel Henning an einem geheimen Plan, wie sie Mutter und Tochter doch noch sicher nach Dänemark bringen konnte.

Jette und Georg hatten einander beim Abschied geschworen, alles daranzusetzen, so schnell wie möglich an einem gemeinsamen Ort sesshaft zu werden, nur in welchem Land, darüber waren sich die beiden uneins. Jette wollte auf keinen Fall nach Amerika, weil sie mit ihrem schlechten Englisch keinerlei Chance sah, im fernen L. A. eine Anstellung zu finden, Georg aber hatte dort inzwischen beruflich Fuß gefasst. Einig waren sie sich darin, dass sie am liebsten in ihrem Heimatland leben würden, aber nicht unter diesen Bedingungen. Seit Georgs Abreise aus Kopenhagen im August letzten Jahres gingen jedenfalls Briefe voller Sehnsuchtsbezeugungen über den großen Teich hin und her. Auch Klara hielt ihren Vater mit einer Art Tagebuch in Briefform auf dem Laufenden.

Jette hatte sich fest vorgenommen, diese Trennung nicht länger als ein Jahr hinzunehmen. Doch einmal abgesehen von Jettes Widerstand, nach Amerika zu gehen, wäre Klara wohl bereit, ihre neue Schule, ihre neuen Freundinnen und – was sie niemals zugeben würde – ihren ersten großen Schwarm hinter sich zu lassen? Sie liebte ihren Vater wirklich, aber Jette brachte es nicht übers Herz, sie überhaupt mit dieser Frage nach einem potenziellen weiteren Umzug zu belasten. Klara wirkte mit ihren dreizehn Jahren schon sehr reif, aber anders als Frederike, die oftmals die Vernunft der Erwachsenen besaß, bezog sich das bei Klara in erster Linie auf ihre weiblichen Reize. Tief in ihrer Seele aber war sie noch Jettes kleines Mädchen, das sich bei der Mutter ausweinte, wenn mal etwas nicht so funktionierte, wie sie sich das vorgestellt hatte. Einerseits fand es Jette amüsant, wie frappierend ähnlich Klara ihr war, andererseits schockierte es sie auch, wie ihre Tochter ihr den Spiegel vorhielt. So wie neulich erst, als Klara ihr verkündet hatte, sie würde sich von der nächsten Brücke stürzen, wenn die Lehrerin ihr nicht die Hauptrolle im neuen Theaterstück gab. Ihren Hang zu Melodramatik hatte sie eindeutig von ihr geerbt. Überhaupt schien sie Jette doch wesentlich ähnlicher zu sein als dem reifen Georg. Obwohl er nicht mehr viel von diesem über die Maßen lebenshungrigen Abenteurer hatte, der getrieben weiterziehen musste, war es Jette alles andere als langweilig mit ihm gewesen. Auch die beiden Männer hatten sich während der drei Monate ernsthaft angefreundet. Jette war ein paarmal regelrecht eifersüchtig gewesen darauf, wie gut sich Henrik und Georg verstanden, besonders, wenn sie ohne sie durch das nächtliche Kopenhagen gezogen waren.

Jette war an diesem Abend spät von den Proben zurück. Wie gern hätte sie die Hauptrolle in *Hedda Gabler* gespielt, aber man hatte sie als Frau Elvsted besetzt. Klara schien bereits zu schlafen. Sie war recht selbstständig und machte ihrer Mutter keine Vorwürfe, wenn sie bis spät in die Nacht im Theater blieb. Ganz anders als früher, als die kleine Klara es kaum hatte ertragen können, wenn die Mutter nicht in ihrer Nähe war. Doch eines war ihrer Tochter aus jener Zeit geblieben: die Verklärung ihres Großvaters. Sie hatte in ihrem Zimmer sogar eine Fotografie von Jettes Vater stehen, nicht ahnend, dass ihr wirklicher Großvater Henriks Vater war, der munter in Stockholm lebte. Henrik hatte längst wieder Kontakt zu seinem Vater aufgenommen und ihm auch berichtet, dass er mit seiner Halbschwester Henriette und deren Tochter Klara in Kopenhagen zusammenlebte. Simon Larsson hatte Jette über Henrik seitdem schon etliche Einladungen nach Stockholm ausgesprochen, aber in ihr sträubte sich alles, diesen Mann kennenzulernen. Der einzige Vater, den sie je gehabt hatte, war Ole Danneberg. Henrik verstand ihre Skepsis gegen seinen Vater sehr gut und drängte sie nicht. Auch nicht, als er letzte Weihnachten nach Stockholm gefahren war und sogar seine Mutter Jette einen Brief geschrieben hatte, dass sie bei den Larssons willkommen wäre. Jette hatte die Einladung schweren Herzens abgelehnt und sich auf ein trauriges Weihnachtsfest eingestellt. Dann hatte sich Onkel Henning der Sache angenommen und das Fest in Skagen Gul ausgerichtet. Es war eines der schönsten Weihnachtsfeste gewesen, die Jette in den letzten Jahren erlebt hatte. Das einzig Störende an dem Fest war die Anwesenheit Herrmanns gewesen, der ihnen mehr als deutlich gezeigt hatte, dass ihm das freie Leben in Onkel Hennings Haus gar nicht passte. Er hatte sich schließlich diesen Defätismus, wie er ihre Kritik am Regime nannte, in Oles Anwesenheit verbeten, was keinen in der Runde davon abgehalten hatte, seine Meinung über Hitler, Goebbels, Himmler und Göring offen zu äußern. »In meinem Haus gibt es keinen Maulkorb!«, hatte Onkel Henning verkündet und sich mit ernster Miene an Ole gewandt. »Junge, wir wissen alle, dass du ein begeisterter Hitlerjunge bist, aber bei uns in Dänemark gibt es diesen Hitler nicht. Ich glaube, du kannst selbst entscheiden, ob du die Meinung anderer hören möchtest und was du damit anfängst! Nur merke dir eins: Das schlimmste Verbrechen ist die Denunziation, auch wenn sie dir beibringen, aus Treue zum Führer deine eigene Großmutter zu verraten.«

Ole hatte Onkel Henning daraufhin eindringlich gemustert. »Wenn du darauf anspielst, ich könnte die Tischgespräche melden, dann hast du recht. Es ist meine Entscheidung, ob ich das weitergebe oder nicht. Aber ich bin nicht so erzogen worden, andere zu verpetzen. Ich teile eure Auffassung zwar nicht, aber ich denke, ihr werdet euch wundern, was der Führer für die Zukunft unseres Vaterlands noch an Großem bewirkt. Er wird die Geschichte umschreiben und aus den Besiegten von damals die Sieger der Zukunft machen!«

Obwohl Jette seine Ansicht nicht teilte, fand sie es bewundernswert, wie der Junge sich ausdrücken konnte. Sie hatte ihren Neffen bislang für einen eher grob gestrickten Burschen gehalten.

Ihre Schwester aber hatte ihr ein wenig leidgetan. Lene hatte sich zwar nach außen ihre gute Stimmung nicht zerstören lassen, aber Jette hatte an ihren müden Augen gesehen, dass sie unter großer Anspannung litt. Rike und Klara waren über die Weihnachtstage jedenfalls unzertrennlich gewesen, dass Jette sie zwischendurch immer wieder hatte ermahnen müssen, Dörthe nicht auszuschließen. Ole hingegen hatte sich, wenn überhaupt, nur hin und wieder mit Frederike unterhalten. Ansonsten hatte er die meiste Zeit mit seinem Vater über das Rumgeschäft gefachsimpelt.

Auf jeden Fall war das Fest so gelungen, dass sie beschlossen hatten, Weihnachten dieses Jahr wieder in Skagen Gul zu verbringen. Aber ohne Herrmann, der bereits angekündigt hatte, dass er das nicht noch einmal mitmachen würde. Dafür mit Georg! Als er ihr vor ein paar Tagen schrieb, dass er schon jetzt eine Passage von New York nach Göteborg für Dezember gebucht hatte, war nicht nur sie außer sich vor Glück. Klara hatte Luftsprünge gemacht. Allerdings befürchtete Jette, er würde dann eine Entscheidung verlangen, ob Klara und sie seinetwegen alles hinter sich lassen wollten. Sie hoffte insgeheim, dass er es sich noch einmal überlegen und dann bei ihnen in Kopenhagen bleiben würde.

In diesem Augenblick entdeckte Jette einen Brief auf dem Tisch. Er war an sie adressiert und stammte, wie ihr diese kunstvoll geschwungenen Buchstaben verrieten, aus der Feder ihrer Freundin Ruth. Sofort meldete sich Jettes schlechtes Gewissen, denn sie hatte ihr gleich im März, nachdem Hitler »Österreich heim ins Reich geholt hatte«, wie es in den deutschen Zeitungen hieß, oder es besetzt hatte, wie es die kritische dänische Presse berichtete, schreiben wollen. Und nun meldete sich die Freundin. Jette hatte bereits in der Zeitung gelesen, dass es Übergriffe auf Juden in Wien gegeben hatte, aber sie hoffte, dass Ruth an ihrem Theater davon nicht betroffen war. Trotzdem war ihr unwohl, als sie den Umschlag öffnete und den Brief hervorholte, besonders als sie erkannte, dass er in der Schweiz abgestempelt worden war.

Zürich, April 1938

Meine liebe Freundin,
wie oft hast du mir geschrieben, wie du mich um mein wunderbares Theater beneidest. Seit Preminger und Reinhardt Deutschland verlassen hatten, wurde schon gemunkelt, dass unsere hiesigen Nationalsozialisten Hitler »um Hilfe« bitten werden. Und nun sind sie wie die Vandalen in Wien eingefallen, von jubelnden Wienern an den Straßen empfangen. Ach, Jette, mir ist das Herz so schwer gewesen bei dem Anblick, wie sich meine geliebten Wiener ihren Henker ins Land holten.
Aber dass es so schlimm kommen könnte, das hätte selbst ich mir am Tag des Einmarsches nicht ausmalen können. Stell dir vor, sie haben angesehene Bürger mit Zahnbürsten die Steigen schrubben lassen, um

Parolen gegen die Besatzer zu entfernen. Darunter waren Greise, Kinder, schwangere Frauen. Diese Verbrecher haben Geschäfte zerstört, sind in Wohnungen eingedrungen, die Straßen waren übersät mit Dokumenten, die diese Diebe aus den Fenstern geworden hatten. Ich kann nicht darüber schreiben, ohne dass mir Tränen auf das Papier fließen. Tiere sind das, keine Menschen!

Mich hat man gezwungen, weiterzuspielen, damit der Betrieb nicht zum Erliegen kommt, aber unseren Intendanten haben sie rausgeworfen, und die zwei Kerle, die vorübergehend das Theater leiteten, haben uns Juden auf Listen gesetzt, damit man uns hinauswerfen kann, sobald man uns nicht mehr braucht. »Judensau« hat mich einer von ihnen genannt!

Aber diese Demütigungen und Beschimpfungen wollte ich keinen Tag länger ertragen. Ich konnte meine Mutter überreden, unsere schöne Wohnung bei Nacht und Nebel zu verlassen und zum Bahnhof zu gehen, nachdem sie unsere Wertsachen in Röcke und Mantelsäume eingenäht hatte. Wir hatten aber kein verräterisches Gepäck dabei, denn es sind schon Juden mit Koffern auf der Straße überfallen worden, und man hat ihnen das Hab und Gut abgenommen. Wir sind dann in einen Zug nach Bregenz gestiegen, und von dort über die Grenze nach St. Gallen. Zum Glück, kann ich nur sagen, denn dieser Fluchtweg ist inzwischen nicht mehr möglich.

Inzwischen sind wir in Zürich angekommen, wo eine Schwester meiner Mutter lebt, und wenn ich Glück habe, bekomme ich ein Engagement am Pfauen. Drücke mir die Daumen für das Vorsprechen. Am Theater sind einige Schauspieler und Regisseure aus Deutschland, unter anderem die große Therese Giehse.

Sei du jedenfalls froh und glücklich, dass du in Kopenhagen weit weg von Deutschland bist, obwohl du als Arierin ja nichts zu befürchten hast. Und meinen allerherzlichsten Glückwunsch zu deiner Hochzeit. Dass der wilde Georg zahm geworden ist, kaum zu glauben. Ich wünsche dir, dass er zu euch nach Kopenhagen kommt.

Wir werden uns wohl erst wiedersehen, wenn ich mich traue, Deutschland wieder zu betreten. Dazu muss der braune Spuk aber vorüber sein, doch dass es allzu schnell vorübergeht, wie wir noch 1933 geglaubt

haben, ist leider ein frommer Wunsch. Auch wenn es vielleicht nicht tausend Jahre, also bis in alle Ewigkeit, dauert, ich befürchte, das Ende ist noch nicht in Sicht. So lange setze ich keinen Fuß in dieses Land. Selbst eine Durchreise wäre mir zu unheimlich. Hoffen wir, dass wir uns in diesem Leben noch einmal in die Arme nehmen können.
Deine Freundin Ruth

Jette war beim Lesen abwechselnd heiß und kalt geworden. Da hatte sie geglaubt, die schlimmsten Dinge mit angesehen zu haben, wie die Tumulte am Holm nach dem Boykottaufruf jüdischer Geschäfte und die gespenstische Veranstaltung auf der Exe, wo Wahnsinnige die Bücher unliebsamer Autoren verbrannt hatten. Aber dass Greise und Schwangere gezwungen wurden, Bürgersteige zu schrubben, das war an Menschenverachtung nicht zu überbieten. Was Ruth wohl sagen würde, wenn sie erführe, dass sie gar keine Arierin war, sondern nach diesen widerlichen Gesetzen als Halbjüdin und Klara sogar als Jüdin galt. Letzteres ahnte allerdings niemand. Außer Henrik! Selbst Georg hielt Jette immer noch für Ole Dannebergs Tochter. Mit Klara würde sie allerdings keinen Fuß mehr nach Deutschland setzen, solange die Nationalsozialisten dort ihr Unwesen trieben. Zu groß war Jettes Sorge, dass doch noch ans Licht kam, dass Klara drei jüdische Großeltern besaß.

50. Flensburg, November 1938

Die letzten Tage waren für Danneberg-Rum äußerst erfolgreich gewesen. Herrmann hatte einige lukrative Verträge mit den Berliner Großabnehmern abgeschlossen. Er hatte Lene vorgeschlagen, diese Abschlüsse am Abend gemeinsam zu feiern, und Kaja gebeten, eine Martinsgans zuzubereiten. Die gab es jedes Jahr am Abend des 11. November, und in diesem Jahr eben zwei Tage früher. Lene hatte eingewilligt, obwohl sie ahnte, dass Herrmann dieses Festessen nicht ganz ohne Hintergedanken in die Wege geleitet hatte. An diesem Mittwochabend nämlich übernachteten beide Kinder auswärts. Ole war mit seiner

Klasse für ein paar Tage an der Nordsee, und Dörthe übernachtete bei ihrer Cousine Rike an der Schiffbrücke. Lene hatte Herrmann seit Monaten unter fadenscheinigen Vorwänden nicht mehr in ihr Schlafzimmer gelassen, obwohl Herrmann der Meinung war, sie müssten unbedingt noch ein Kind bekommen. Ein Vorhaben, das Lene rigoros ablehnte. Einmal abgesehen davon, dass sie sich mit ihren sechsunddreißig Jahren zu alt zum Kinderkriegen fühlte, fand sie den Wettbewerb mit Broer ziemlich lächerlich. Den würden sie mit seinen sechs Kindern ohnehin nicht mehr übertreffen. Offenbar war es aber Herrmann wichtig, dass sie wenigstens noch ein drittes Kind bekamen. Er hatte schon die letzten Jahre jeden Monat vergeblich darauf gewartet, dass Lene noch einmal schwanger wurde. Von dem Pessar ahnte er allerdings nichts. Immerhin hatte es all die Jahre einwandfrei funktioniert. In letzter Zeit aber war ihr die Lust, das Bett mit ihrem Mann zu teilen, gänzlich vergangen. Die Zeiten, dass sie ohne große Gefühlsduselei Spaß im Bett mit ihm hatte, waren vorüber. Für sie gehörte inzwischen mehr Nähe dazu. Eine Nähe, die sie zu Herrmann vor Jahren tatsächlich gespürt hatte, aber die nicht mehr vorhanden war. Sie wusste auch genau, worunter die Zuwendung arg gelitten hatte. Es war seine Anpassung an das Hitler'sche Gedankengut, die sie einander völlig entfremdet hatte.

Herrmann war kein aufdringlicher Mann, sondern respektierte ihre ständigen Ausreden, aber an diesem Abend schien er fest entschlossen, seinen ehelichen Pflichten nachzukommen in der Hoffnung, dass sie noch einen zweiten Sohn bekäme.

Kaja hatte auf seine Anordnung hin im Salon festlich für zwei Personen gedeckt und aus dem Weinkeller die besten Tropfen geholt. Im Übrigen hatte er Lene gebeten, das Kleid anzuziehen, in dem er sie am liebsten sah. Es war schlicht, aus weinrotem Samt mit einem eng anliegenden Oberteil, und Lene tat ihm den Gefallen. Als sie sich damit vor dem Spiegel in ihrem Schlafzimmer betrachtete, musste sie plötzlich an Klaas denken und fragte sich, wie es wohl wäre, wenn sie es für ihn angezogen hätte. Das verursachte ihr endlich einmal wieder jenes erotische Prickeln, das sie früher so geliebt hatte. Es war kein Zufall, dass sie gerade heute an ihn dachte, denn er schickte in regelmäßigen

Abständen Postkarten, die er zwar artig an Herrmann adressierte, auf denen er aber immer auch Grüße an sie richtete. Es schien ihm in New York blendend zu gehen, denn er besaß einen gut gehenden Spirituosenhandel in der Stadt. Er hatte es wohl mit einer illegalen Flüsterkneipe zu Zeiten der Prohibition zu einigem Wohlstand gebracht. Und gerade an diesem Tag war wieder einmal eine Karte von ihm gekommen.

Als Lene den Salon betrat, wartete Herrmann bereits auf sie. Er trug einen eleganten Anzug und war rein optisch immer noch ein durchaus attraktiver Mann. Sein Haar leuchtete immer noch so rot wie eh und je. Er hatte keine einzige graue Strähne und ihr einmal verraten, dass rotes Haar niemals grau werde, sondern dass er im Alter ein weißhaariger weiser Mann würde.

Er begrüßte sie mit Küssen auf beide Wangen und hielt ihr mit dem gesunden Arm ein Glas Champagner hin. Lene war fest entschlossen, sich an diesem Abend von ihrem Ehemann verführen zu lassen, um dann wieder für eine Zeit lang Ruhe vor ihm zu haben. Selbstverständlich würde sie sich rechtzeitig vor dem Akt ihr Pessar einsetzen.

Sie schenkte ihm ein Lächeln, während sie mit ihm anstieß.

»Auf die Verträge«, sagte er.

»Auf die Verträge.«

»Stell dir vor, eben kam noch eine Bestellung aus Berlin. Wir kommen mit den Filmstudios Babelsberg ins Geschäft«, berichtete er ihr voller Stolz.

Lene lächelte tapfer weiter, obwohl es sie zunehmend störte, wie er sie aus diesen Verhandlungen mit Großkunden ausschloss und die Geschäfte im Alleingang abwickelte. Das widersprach ihrer einstigen Arbeitsteilung, dass sie für das Geschäftliche und er für die Qualität des Rums zuständig war. Am Kessel hatte sie ihn allerdings schon länger nicht mehr erlebt. Dafür hatte er neue Destillateure eingestellt. Sie betreute inzwischen nur noch die Altkunden, die schon immer bei Danneberg gekauft hatten, aber auch das lief nicht immer so reibungslos wie all die Jahre zuvor. Sie musste sich neuerdings häufiger einmal die Frage gefallen lassen, ob man nicht mit Herrn Jensen verhandeln könne. Wenn Lene nur daran dachte, dass das heutige Frauenbild zum Teil schlimmer war als jenes, das ihre Mutter noch aus der Kaiserzeit übernommen hatte, sank ihre Laune sofort.

»Schatz, warum ziehst du so ein Gesicht? Ist das nicht großartig, dass wir in Berlin so gut im Geschäft sind?«

»Doch, doch, das ist wirklich ein Erfolg«, sagte sie ohne die Spur von Enthusiasmus. »Und das, obwohl dein Führer doch angeblich ein strikter Abstinenzler sein soll«, fügte sie in spitzem Ton hinzu.

Herrmanns Miene verdüsterte sich. »Lene, musst du immer alles zerstören? Ich dachte, wir verbringen endlich mal wieder einen gemeinsamen schönen Abend, aber du kannst dein vorlautes Mundwerk offenbar nicht mal für fünf Minuten halten.«

»Ich wollte dich nicht kränken«, versuchte Lene, sich zu entschuldigen, aber Herrmann war ernsthaft verärgert.

»Es ist verlogen, wenn du mir ständig durch die Blume vorwirfst, dass ich in diesen Zeiten unser Unternehmen voranbringe, die Vorteile dessen aber durchaus genießt. Denk nur an die teuren Segel für die *Augusta* oder an die neuen Möbel.«

Lene verdrehte die Augen. Diese Litanei kannte sie zur Genüge, und das Schlimme daran war, dass Herrmann bis zu einem gewissen Punkt recht hatte. Sie verurteilte ihn für sein Buckeln, stellte sich sogar moralisch über ihn, aber lebte gut davon, dass Herrmann allzeit bereit war, sein Fähnchen in den Wind des neuen Zeitgeists zu hängen.

»Verzeih mir, Babelsberg ist wirklich ein guter Kunde«, entgegnete sie versöhnlich. »Ich finde, dass du gute Arbeit geleistet hast, aber ich habe Probleme damit, wie du langsam ihre Gesinnung annimmst.«

»Lene, was heißt *ihre* Gesinnung? Wir leben im Geist einer neuen Zeit, den ich nicht so wie du in Bausch und Bogen verurteile. Du hast mir nichts vorzuwerfen! Im Gegenteil, es ist mir absolut unverständlich, wie vehement du dagegen bist, dass Deutschland wieder zu alter Stärke aufläuft. Du bist doch keine Kommunistin!«

Lene funkelte ihn wütend an. »Da hast du es. Ist gleich ein Kommunist, wer Kritik äußert? Ich bin ein unpolitischer Mensch, aber mir missfällt es außerordentlich, dass solche menschenverachtenden Kreaturen wie ein Paul Danneberg mir vorschreiben wollen, was ich zu denken, zu tun und zu lassen habe! So bin ich nicht erzogen worden!«

»Dein Vater war ein aufrechter Deutscher und würde sich im Grab umdrehen, wenn er hören würde, wie du über unseren Führer sprichst.«

Lene tippte sich gegen die Stirn. »Hast du vergessen, wer an Vaters Herzanfall schuld war und was er seinem Neffen kurz vor seinem Tod gesagt hat? Mein Vater hatte keinerlei Sympathien für deinen Hitler und …!« Sie unterbrach sich, als Kaja mit einem Tablett ins Zimmer trat.

»Darf ich jetzt die Vorsuppe servieren?«, fragte sie zögernd. Offenbar hatte sie Lenes letzte Worte gehört und wollte nicht in einen Ehestreit platzen.

»Selbstverständlich«, sagte Herrmann, ging zum Tisch und rückte Lene höflich den Stuhl zurecht.

»Wollen wir uns wieder vertragen?«, fragte Lene, kaum dass sie wieder allein waren.

»Ganz in meinem Sinne«, entgegnete Herrmann steif.

Trotz des guten Willens auf beiden Seiten wollte partout keine gute Stimmung mehr zwischen ihnen aufkommen. Auch nicht, als die vorzüglich zubereitete Gans auf den Tisch kam. Zu ihrem großen Bedauern war Lene der Appetit vergangen, und sie konnte das Festmahl nicht genießen.

Daran änderte auch nichts, dass Herrmann Lenes momentanes Lieblingslied auflegte. *Budapest,* die Rückseite von *Bei mir bist du schön* von Zarah Leander auf Schwedisch gesungen. Lene hörte diese schwermütige Stimme gern, obwohl ihr dieses Pathos persönlich völlig fremd war.

Doch auch diese Versöhnungsgeste erreichte sie nicht. Jeglicher Rest von Romantik war verflogen, und sie hoffte nur noch, dass die vertraute Zweisamkeit ein schnelles Ende fand. Und zwar ohne Versöhnung im Bett!

Dass das jähe Ende dieses Abends unmittelbar bevorstand – und zwar anders als erwartet –, ahnte Lene nicht, als erregte Stimmen von der Diele bis in den Salon drangen, während sie auf das Dessert warteten.

Lene versuchte zunächst, den Lärm zu ignorieren, aber das gelang ihr nicht. Es war inzwischen weit nach neun, die Kinder waren aus dem Haus, sodass Lene sich fragte, wer das da draußen wohl sein konnte.

»Ich schaue mal nach«, sagte sie und eilte in die Diele. Als sie einen Mann mit einem blutüberströmten Gesicht vor dem Garderobenspiegel entdeckte, stieß sie einen kleinen spitzen Schrei aus. Da kam auch schon Kaja mit Verbandszeug in der Hand angerannt. »Es ist nur eine Platzwunde. Ich mache das schon. Er ist gleich wieder weg«, verkündete Kaja aufgeregt, aber da sackte der Mann mit einem lauten Stöhnen zu Boden.

»Wer ist das? Was ist geschehen?«, fragte Lene entsetzt.

Kaja hatte einen hochroten Kopf bekommen. »Das ist, das, Lene, … ich mache das schon. Bitte lenk deinen Mann ab. Levin ist gleich wieder weg, versprochen«, stammelte sie, während sie ihn schüttelte. »Du musst aufstehen, du musst fort!«, redete sie auf den verletzten Mann ein.

»Kaja, wer ist Levin?«, hakte Lene entschieden nach.

»Er ist mein Verlobter …«

Levin blickte ängstlich zwischen Kaja und Lene hin und her.

»Kannst du ihr trauen?«, stieß er heiser hervor.

»Ihr ja, aber trotzdem musst du schnellstens fort von hier.«

»Aber ich habe nicht mal Papiere bei mir. Ich bin nur noch auf mein Motorrad und geflüchtet. Die anderen sind alle im Gestapo-Gefängnis gelandet. Und Wolff haben sie halb totgeschlagen. Wenn sie mich kriegen, dann werden sie mich in ein Konzentrationslager stecken.«

Lene wusste immer noch nicht viel mehr über den jungen Mann, außer dass er Levin hieß, mit Kaja verlobt und am Kopf verletzt war. Sie spürte allerdings, dass er in großer Gefahr schwebte und Angst hatte, aber vor wem genau?

»Können Sie aufstehen?«

Levin nickte. Lene packte ihn unter der linken Schulter, Kaja unter seiner rechten. So schafften sie es, ihn hochzuhieven. Als er auf seinen Füßen stand, behauptete er, wieder allein gehen zu können.

»Aber wohin mit ihm?« Kaja schien außer sich vor Sorge.

»Ich muss über die Grenze«, murmelte er. »Ich muss nach Dänemark, aber ich habe keine Papiere. Die halten mich fest und dann … ich habe solche Angst.«

»Gut, ich werde mich darum kümmern«, redete ihm Lene gut zu.

»Am besten, Sie schlafen sich in einem unserer Gästezimmer aus. Und morgen sehen wir weiter, aber erst einmal gehen wir in die Küche …« Lene deutete auf die Tür zum Salon. Kaja verstand. Es wäre besser, das Gespräch im anderen Trakt der Villa fortzusetzen, um Herrmann nicht anzulocken.

Kaja schob Levin auf dem Weg zur Küche in das Badezimmer. »Ich werde mal kurz das Blut abwaschen und ihn verarzten«, sagte sie.

Lene ging vor in die Küche und wartete.

Als Levin mit sauberem Gesicht und einem Verband um den Kopf in der Tür erschien, betrachtete Lene ihn prüfend. Er hatte dunkles Haar und braune Augen, aus denen immer noch die Panik sprach.

»Und jetzt erzählen Sie doch, was geschehen ist. Sie sind doch nicht etwa vor der Polizei geflüchtet, oder?«, erkundigte sich Lene in strengem Ton.

»Oh Gott, ich, … doch, die Polizei war beteiligt an dem Überfall«, seufzte er.

»Was für ein Überfall?«

»Kennen Sie das Gut Jägerlust draußen beim Flughafen Schäferhaus?«, begann er zögernd.

»Ich habe mal davon gehört, dass dort jüdische junge Männer eine Ausbildung zum Landwirt machen, um dann später nach Palästina auszuwandern«, erwiderte Lene.

»Genau, das ist ein landwirtschaftlicher Ausbildungsbetrieb mit einer privaten Schule. Ich unterrichte dort …« Er stockte und blickte mit schreckensweiten Augen zur Tür.

Lene fuhr herum. Dort stand Herrmann mit finsterer Miene.

»Reden Sie nur weiter!«, forderte er Levin in unfreundlichem Ton auf.

»Am frühen Abend wurden wir von einer Horde von Männern in Uniformen und Zivil überfallen. Sie kamen ins Haus und haben alles zerstört. Möbel, Bilder, das Unterrichtsmaterial, sie haben wild um sich geprügelt, die Schüler zusammengepfercht und auf die Ladefläche eines Lastwagens getrieben. Ich bin dazugekommen, als sie gerade auf den Gutsherrn eingeprügelt haben. Einer hat dann mich entdeckt und mir eine Eisenstange über den Schädel gezogen, sodass es mich umgehauen hat. Nur weil ein anderer mir zu Hilfe kommen wollte, hat mein Peiniger von mir abgelassen. Sie haben mich dann liegen gelassen und sind, nachdem alles zerstört war, zurück in ihre Wagen. Ich habe noch gehört, wie einer hämisch prahlte: ›Dat Judennest hebbt wi utrökert.‹«

»Und sind Sie Jude?«, fragte Herrmann im Ton eines Großinquisitors.

Levin nickte und senkte den Kopf.

Herrmann warf Kaja einen strafenden Blick zu. »Und wie kommt dieser Jude in unser Haus?«

»Das Gut Jägerlust ist überfallen worden. Das hast du doch gerade gehört! Sie haben die anderen in Schutzhaft genommen. Levin hat es geschafft, sich mit einem Motorrad bis hierher durchzuschlagen«, entgegnete Lene, ohne auf den abwertenden Ton Herrmanns einzugehen.

»Er soll verschwinden, und zwar sofort!«, zischte Herrmann drohend.

»Wir können ihn nicht auf die Straße werfen. Er ist verletzt und hat keine Papiere bei sich!«, widersprach Lene ihm heftig.

»Das ist nicht unser Problem, aber wir bekommen eins, wenn wir einen geflüchteten Juden bei uns verstecken!«

Lene atmete tief durch, um ihm nicht an den Kopf zu werfen, was ihr auf der Zunge brannte. Dass er nämlich zu einem hartherzigen Feigling geworden war! Sie wandte sich stattdessen an Kaja. »Dein Freund muss sofort aus dem Haus!« Kaja schien zunächst nicht zu verstehen, was Lene damit meinte. »Du bringst ihn auf schnellstem Weg von hier weg! Und geht bitte durch den Keller, damit euch keiner sieht!«, fügte sie mit Nachdruck hinzu. »Und wir essen endlich den Nachtisch.« Sie wandte sich an Herrmann und deutete auf die zwei fertigen Schalen mit Kirschgrütze und Sahne. »Wir nehmen das selbst, und Kaja kümmert sich darum, dass der Jude aus unserer Küche verschwindet!«

Mit diesen Worten schnappte sie sich die zwei Dessertschalen und ging schnellen Schrittes voran. Herrmann folgte ihr. Sie hoffte, dass Kaja kapiert hatte, dass sie Levin auf keinen Fall im Gästezimmer unterbringen sollte, sondern in Oles Kellerraum, wo er seine Märklin-Eisenbahn aufgebaut hatte und manchmal auch übernachtete.

Als sie wieder am Tisch saßen, musterte Herrmann Lene missbilligend. »Du hast doch hoffentlich keine Sekunde daran gedacht, dass wir den Juden bei uns verstecken, oder?«

Lene lag auf der Zunge, dass sie seinen Ton anmaßend und widerlich fand und dass er mit seinem Auftreten den letzten Rest an Zuneigung, den sie noch für ihn hatte, zerstörte, aber sie biss sich auf die Lippen. »Die Grütze ist selbst gemacht. Nach einem Rezept von Frida. Probier mal!«

Er aber rührte den Nachtisch nicht an. »So geht es nicht weiter!«, polterte er los. »Du bringst uns alle noch in Teufels Küche. Warum hast du ihn nicht selbst achtkantig rausgeworfen? Warum musste ich erst kommen und ein Machtwort sprechen?«

Lene hatte den festen Vorsatz gefasst, sich nicht von ihm provozieren zu lassen, damit er nicht noch auf den Gedanken kam, dass sie Levin gerade hinter seinem Rücken im Keller verstecken ließ.

»Aber Herrmann, ich kann doch keinen verletzten Menschen einfach auf die Straße setzen!«

»Der Mann ist Jude!«

Diese Bemerkung genügte, dass Lene alle guten Vorsätze über Bord warf. »Verdammt, Herrmann, du glaubst doch wohl nicht diesen Unsinn, dass die Juden an allem schuld sind. Du hast doch früher auch bei Monin schneidern lassen und im Wohlwert eingekauft! Und war nicht der Arzt der Familie Jensen auch Jude? Was hast du gegen all diese Menschen?«

Er zuckte mit den Schultern.

»Ist das alles, was du dazu zu sagen hast? Es kann doch nicht sein, dass du wirklich glaubst, was du da von dir gibst? Und ich habe gedacht, du hängst nur dein Fähnchen nach dem Wind, bist bloß in die Partei eingetreten, um weiter Geschäfte mit den braunen Machthabern zu tätigen. Aber mittlerweile bist du ja einer von ihnen geworden.« Sie sprang auf und riss wütend den linken Arm zum Gruß hoch. »Heil Hitler!«, zischte sie.

»Es reicht, Lene!«, gab er mit eisiger Stimme zurück. »Dafür kannst du ins Gefängnis kommen. Du verhöhnst den Führer.«

»Heil Hitler!«, wiederholte sie spöttisch.

»Lene, hör sofort auf damit!«

»Heil Hitler!«, sagte sie, bevor sie sich zurück auf ihren Stuhl setzte. »Können wir jetzt endlich den Nachtisch essen? Ich muss dringend ins Bett. Morgen ist ein langer Tag!« Ohne Herrmanns Antwort abzuwarten, machte sie sich über die Grütze her. Zu ihrem großen Bedauern konnte sie ihren Lieblingsnachtisch im Zorn nicht so recht genießen.

Herrmann rührte keinen Bissen davon an.

»Du willst also in dein eigenes Bett, weil ich anderer Meinung bin als du?«, fragte er lauernd.

»Nein, weil mir die Lust auf die Nähe mit dir vergangen ist. Ich lasse mir nicht drohen. Von niemandem! Ich bin nicht dein Weibchen, das dir nach dem Mund redet und ansonsten schweigt! Verdammt, wir waren einmal eine unschlagbare Mannschaft, aber wir entfernen uns immer weiter voneinander. Du machst auch im Unternehmen immer mehr Alleingänge …«

»Schluss!«, brüllte Herrmann. »Du bist gar keine richtige Frau, meine Liebe. Schenkst mir nicht mehr Kinder, hast keine Ahnung von Haushalt und bist dabei, in der Firma alles zu zerstören, was ich aufgebaut habe!«

»Was zerstöre ich denn?«, stieß sie fassungslos hervor.

»Alles, unseren guten Ruf, unsere Geschäftsbeziehungen, aber das lasse ich nicht länger zu! Glaubst du, unsere Kunden merken nicht, was für eine Volksfeindin du bist? Ich bin schon mehrfach angesprochen worden, dass du nicht mehr tragbar bist …«

»Moment, wovon sprichst du? Danneberg gehört mir! Mein Vater hat zutiefst bedauert, dass er mich in diese Ehe gezwungen hat. Er hat sich noch zu Lebzeiten davon überzeugen können, dass ich es allein und auch als Frau hätte schaffen können. Die Kunden hatten nie ein Problem mit mir!«

»Vielleicht nicht, als unser Vaterland noch von Juden und Kommunisten regiert wurde, aber das ist vorbei. Frauen haben nichts an der Spitze eines Unternehmens zu suchen! Die Frauenemanzipation ist ein nur vom jüdischen Intellekt erfundenes Wort. Es ist unnatürlich, wenn das Weib in die Welt des Mannes eindringt, sondern es ist natürlich, wenn diese beiden Welten geschieden bleiben. Frauen sollen zum Wohle der Volksgemeinschaft vor allem als Mutter ihre Pflicht erfüllen. Was bist du für eine Frau, dass du deine Kinder einem Kindermädchen überlässt! Aber das ist jetzt vorbei. Ich will dich in der Firma nicht mehr sehen!«

Lene war so geschockt, dass es ihr die Sprache verschlug. Das konnte doch nicht aus dem Mund des Mannes gekommen sein, der mit Onkel Henning einst nach Dessau gereist war, um sich eine Bauhaus-Ausstellung anzusehen. Was war aus dem klugen Mann geworden, der Bücher verschlungen hatte?

»Herrmann, ist dir der Champagner nicht bekommen?«, fragte sie fassungslos.

»Was willst du damit sagen?«, gab er wütend zurück.

»Dass du nicht bei klarem Verstand sein kannst, so einen Unsinn von dir zu geben.«

»Es ist mein voller Ernst. Ich verbiete dir, noch einen Fuß in das Rumhaus zu setzen. Das kennst du doch von früher, wie du es mir einst so herzzerreißend geschildert hast. Wie du hinter dem Rücken deines Vaters zum Meister Bahnsen an den Kessel geschlichen bist. Nur wirst du nun keinen Verbündeten mehr finden, weil die Destillateure auf den Direktor hören und nicht auf sein Weib!«

Ganz langsam begriff Lene, dass er nicht im Delirium sprach, sondern dass er es verdammt ernst meinte. Ihr wurde schwindlig bei der Erkenntnis, dass er sie eiskalt aus dem Unternehmen entfernen wollte. Es wäre vernünftig, ihn zu bitten, davon Abstand zu nehmen, und ihm die Bereitschaft zu signalisieren, mit ihm ins Bett zu gehen und ihm noch einen Sohn zu schenken, aber Lene schaffte es nicht, sich ihm zu unterwerfen, auch nicht, um ihn zu beschwichtigen. Stattdessen sprang sie von ihrem Platz auf und baute sich kämpferisch vor ihm auf. »Du kannst mich, die Tochter von Ole Danneberg, nicht aus dem Unternehmen werfen! Wir haben einen Vertrag, nach dem uns das Unternehmen zu gleichen Teilen gehört, und mit dem gehe ich notfalls vor ein Gericht!«, verkündete sie mit schneidender Stimme.

Sie erwartete, dass Herrmann sich entschuldigte für die ungeheure Drohung, die er ihr gegenüber ausgesprochen hatte, doch er erhob sich nun ebenfalls und fixierte sie mit einem vernichtenden Blick, der ihr Angst machte.

»Einmal abgesehen davon, dass du einen Prozess verlieren würdest, weil so eine Vereinbarung nach heutigem Recht sicherlich nichtig wäre, würde ich dir dringend raten, einfach zu tun, was ich sage. Du hast bei Danneberg-Rum nichts mehr zu melden! Bleib dem Kontor ab sofort fern!«

»Ich denke nicht daran. Und wenn es das Letzte ist, was ich tue. Ich werde auf meinem Recht bestehen, und so lange sitze ich an meinem Schreibtisch und mache meine Arbeit.«

»Gut, wie du willst, dann wird mir nichts anderes übrig bleiben, als morgen ein paar Anrufe zu tätigen.«

Obwohl das harmlos klang, durchfuhr Lene ein kalter Schauer. Was hatte er vor?

»Und wen willst du anrufen, wenn ich fragen darf?«, fragte sie bemüht sachlich.

»Die gewissen Stellen, die Interesse daran haben, zu erfahren, dass Henriette nicht die Tochter deines Vaters ist!«

Lene musterte ihn irritiert. Wen wollte er mit dieser Erpressung treffen? Außer dass es eine peinliche Enthüllung wäre, wen sollte Jettes leiblicher Vater interessieren?

»Ich denke nicht, dass die Kunden in Zukunft einen Bogen um mich machen, wenn sie von dem Skandal erfahren, dass meine Mutter einst fremdgegangen ist!«, erwiderte sie spöttisch.

Herrmanns Antwort war ein triumphierendes Grinsen.

»Aber was wird Paul Danneberg tun, wenn er erfährt, dass Jette die Tochter von Simon Larsson ist?«

»Du bist widerlich. Es ist mir gleichgültig, was Paul Danneberg dazu sagt!«, stieß sie verächtlich aus.

»Wirklich? Wäre Jette damit nicht ein Mischling, wenn ihre Großeltern väterlicherseits beide jüdisch sind? Hilf mir auf die Sprünge, wenn dem nicht so ist. Ich habe die Rassengesetze nicht im Kopf, denn in meiner Familie gibt es kein jüdisches Blut, jedenfalls nicht nach 1769. Und bis dahin reicht unser Stammbaum! Aber vielleicht kennst du dich da besser aus.«

Lenes Herz begann, wie wild zu klopfen. »Wie kommst du darauf, dass die Larssons Juden sind?« Ihr fiel siedend heiß ein, wie Jette die Wahrheit über ihre Großeltern bei dem Maiausflug auf der *Augusta* betrunken herausposaunt hatte. Das hatte Lene völlig verdrängt. Aber die Tatsache, dass Herrmann davon wusste, würde ja bedeuten, dass Freya das damals Paul verraten hatte.

»Ach, meine Liebe, der Name Simon hat mich auf die Spur gebracht, und ich habe ein bisschen geforscht und bin fündig geworden. Ich brauchte ja schließlich ein überzeugendes Argument, damit du endlich sang- und klanglos die dir zugedachte Rolle einnimmst«, bemerkte er hämisch.

Lene griff sich, ohne zu überlegen, sein halb volles Rotweinglas vom Tisch und schüttete ihm den Inhalt mitten ins Gesicht, was sie sogleich bereute. Was, wenn er Jette nun denunzieren würde? Sie konnte doch nie mehr zurück nach Deutschland.

Herrmann verzog keine Miene. Stattdessen griff er sich eine Serviette, um sein Gesicht zu säubern. »Nun, meine Liebe, wie lautet deine Entscheidung?«

»Lass dich überraschen. Du wirst es morgen sehen«, entgegnete sie und schaffte es nur unter Mühen, ihre Angst vor ihm zu verbergen. Angst vor den Abgründen dieses Mannes! Sie wusste in diesem Augenblick nicht, wen sie verabscheuungswürdiger finden sollte: den offen gewalttätigen Säufer Paul Danneberg oder den kühlen Kopf Herrmann, der nicht davor zurückschreckte, Menschen zu denunzieren, um seine Ziele zu erreichen.

Sie schaffte es, mit hocherhobenem Kopf den Salon zu verlassen, doch kaum hatte sie die Diele erreicht, wurde ihr derart schwindlig, dass sie sich gegen die Wand lehnen musste. Sie ballte die Fäuste so fest, dass ihre Knöchel weiß hervortraten. »Nein«, murmelte sie und wieder »Nein!«. Sie konnte innerlich dabei zusehen, wie ihr bisheriges Leben mit einem Schlag zusammenbrach und einen riesigen Scherbenhaufen hinterließ. Seit sie ein Kind war, hatte sie nur den einen Traum gehabt: auf dem Sessel ihres Vaters bei Danneberg-Rum zu sitzen. Um dieses Ziel zu erreichen, hatte sie nicht nur das Glück ihrer Schwester geopfert, sondern auch ihr eigenes. Mit schmerzendem Herzen dachte sie an Klaas und daran, wie sie sich all die Jahre mit Herrmann arrangiert hatte im festen Glauben, dass er ein anständiger Mensch war. Auch diese Illusion zerbarst in tausend Stücke.

Ein verhaltenes Schluchzen riss sie aus ihren Gedanken. Es kam aus dem Hauswirtschaftsraum. Leise stieß sie die angelehnte Tür auf. »Nicht erschrecken, Kaja, ich bin es«, raunte sie. Kaja fuhr herum und blickte sie aus verheulten Augen verzweifelt an. »Und dein Mann kommt wirklich nicht in den Keller?«, fragte sie besorgt.

»Nein, aber wir sollten Levin keinem Risiko aussetzen. Bring ihn lieber ins Gartenhaus. Dort geht im November keiner hin. Wir brauchen nur genügend warme Decken.«

»Danke«, hauchte Kaja, bevor sie erneut in Tränen ausbrach. »Aber wohin soll er bloß morgen?«

Lene dachte nach, als ihr ein verwegener Gedanke kam. »Ich werde ihn auf der *Augusta* über die Grenze bringen.«

Kaja hörte auf zu weinen und warf Lene einen entgeisterten Blick zu. »Lene, wir haben November.«

Lene lächelte. »Weißt du, dass wir den mildesten November seit Jahrzehnten haben? Mit Temperaturen wie in einem miesen Sommer. Und die *Augusta* liegt noch im Wasser. Ich bin noch bis Ende Oktober gesegelt, und am Wochenende soll sie endlich in die Halle. Also können wir morgen in aller Frühe aufbrechen …« Sie stockte. »Ich bräuchte noch eine helfende Hand.«

»Dann könnte ich mitkommen«, schlug Kaja eifrig vor.

Lene schüttelte den Kopf. »Nein, das würde auffallen, wenn du morgen nicht am Arbeitsplatz bist.«

»Aber es fällt doch genauso auf, wenn du nicht vor allen anderen drüben im Kontor sitzt«, entgegnete Kaja.

»Das lass mal meine Sorge sein. Bring ihn ins Gartenhaus. Aber gib acht! Herrmann kriegt es fertig und liefert ihn der Gestapo aus. Bitte sag ihm, dass ich ihn dort gegen fünf Uhr morgens abhole.«

Ehe sichs Lene versah, hatte ihr Kaja ein Küsschen auf die Wange gegeben und war davongeeilt.

Lene atmete ein paarmal tief durch, bevor sie mit einer Kiste nach drüben in das nächtliche verwaiste Firmengebäude ging, um ihre persönlichen Dinge aus dem Büro zu holen. Ohne sentimentale Anwandlungen packte sie alles ein, was ihr gehörte. Nachdem sie damit fertig war, rief sie ihre Schwester Lizzie an und schilderte ihr in knappen Worten, warum sie morgen in aller Frühe eine Mitseglerin brauchte. Lizzie stellte keine unnötigen Fragen, sondern versprach, pünktlich im Hafen zu sein.

Lene erledigte zum Abschluss noch die Korrespondenz, die auf ihrem Schreibtisch wartete, und legte sie der Sekretärin in die Mappe mit der ausgehenden Post. Dann blieb sie noch einen Augenblick auf dem Sessel sitzen, der einst ihrem Vater gehört hatte, jenem Sessel, der nach altem Leder roch und dem sie ihr bisheriges Leben untergeordnet hatte.

Statt Trauer zu empfinden, spürte Lene ein ungeahntes Gefühl von Freiheit in sich aufsteigen, und gleichzeitig war sie voller Zuversicht, dass sie eines Tages wieder fest im Sattel sitzen würde, und zwar auf diesem Sessel!

51. Flensburg/Gut Runohr, April 1940

Der Krieg hatte in Lizzies Alltag nicht allzu viel verändert. In den ersten sechs Monaten war noch keine einzige Bombe gefallen. Noch nicht, behauptete Gottfried. Er war sicher, dass die Fördestadt wegen ihres Marinestützpunkts früher oder später auch Ziel der britischen Bomber sein würde. Lizzie wurde sofort traurig, wenn sie an ihren Mann dachte. Der verrückte Kerl hatte im März seine Stelle in Apenrade gekündigt und war dem Bitten seines Vaters gefolgt, nach Prokowsk zu kommen. Er benötigte dringend Unterstützung in der Klinik. Das war aber nicht der einzige Grund, warum Gottfried diese weite Reise an die Wolga auf sich genommen hatte. Er traute dem Nichtangriffspakt zwischen Hitler und Stalin nicht. Er hatte sich geschworen, nicht ohne seine Eltern zurück nach Dänemark zu reisen, denn wenn die in seinen Augen unheilige Allianz auseinanderbrach, fürchtete er um das Schicksal der deutschstämmigen Bevölkerung dort. Er selbst war über Schweden und Finnland in die Sowjetunion gereist, was nach der Beendigung des Winterkriegs zwischen der Sowjetunion und Finnland weniger gefährlich schien, als über Deutschland an die Wolga zu reisen. Seinen ersten Brief hatte sie schon erhalten. Immerhin war er gut angekommen, aber seine Eltern fühlten sich in Prokowsk sicher. Seine Bemühungen, sie zur Auswanderung nach Dänemark zu bewegen, schienen vergebliche Liebesmüh, doch als Mediziner wurde Gottfried vor Ort dringend benötigt. Deshalb hatte er angefragt, ob Lizzie ihm erlaubte, dass er noch ein paar Monate dort blieb. Sie hätte ihm am liebsten geschrieben, dass er schnellstens zurückkommen möge, weil kein Mensch wisse, wohin dieser verdammte Krieg noch führe, für den niemand, den sie kannte, in Begeisterung entflammt war. Im Gegenteil, zu nahe war für die meisten Menschen noch das Elend des letzten Krieges. Lizzie erinnerte dunkel, wie sie als Kind mit Fähnchen an der Straße am Bahnhof gestanden hatten, als die ersten Soldaten aus Flensburg in den Zug gestiegen waren. Und auch, wie sie Albert und seine Freunde mit Blumen am Bahnhof verabschiedet hatten, als sich dessen halbe Klasse zur Front gemeldet hatte. Die Verwüstung, die dieser Krieg angerichtet hatte, saß den Flensburgern noch tief in den Knochen. Vor allem den Müttern, die ihre Kinder in die Sprechstunde brachten und deren Männer nun wieder in den Krieg zogen, wie einst ihre Väter, von denen viele niemals zurückgekehrt waren. Lizzie hatte jede Menge damit zu tun, neben der Behandlung der Kleinen auch noch deren Mütter zu trösten. Seit der Kriegserklärung seitens Englands und Frankreichs im vergangenen Jahr war es allerdings noch nicht zu weiteren Kampfhandlungen gekommen, sah man von denen ab, die vorher in Polen stattgefunden hatten. Man sprach unter der vorgehaltenen Hand von »dem seltsamen Krieg«, ein Begriff, den die Franzosen geprägt hatten. Die Stimmung in der Zivilbevölkerung war trotzdem angespannt, weil man jeden Tag damit rechnete, dass es zwischen Deutschland auf der einen und England und Frankreich auf der anderen Seite zu militärischen Auseinandersetzungen kommen würde.

Wenn der Krieg überhaupt etwas Gutes hatte, dann die Tatsache, dass auch Paul Danneberg eingezogen worden war. Das hatte Dr. Köhler Lizzie berichtet. Er behandelte Freya zwar nicht mehr offiziell, weil

Paul das verboten hatte, doch er ließ es sich nicht nehmen, ihr hin und wieder einen privaten Besuch abzustatten, wenn er auf den benachbarten Höfen zu tun hatte. Er hatte Lene bei ihrem letzten Gespräch ans Herz gelegt, dass sie Pauls Abwesenheit nutzen solle, um Freya endgültig von Gut Runohr wegzubringen. Er hatte ihr überdies den Hinweis gegeben, dass Charlotte keine Schule mehr besuchte, sondern auf dem Hof hart arbeiten musste.

Die Schwestern hatten daraufhin beschlossen, zur Tat zu schreiten und die beiden auf ihrer »kleinen Ostseeroute« in Sicherheit zu bringen. Seit sie Levin im November 1938 gemeinsam das Leben gerettet hatten, indem sie ihn zu den Ochseninseln gebracht hatten, war viel geschehen. Lizzie hatte Kontakt zu Fridas Fluchthelfergruppe aufgenommen und ihnen mit Lenes Einverständnis ihre Unterstützung per Segelboot angeboten. So waren sie im vergangenen Sommer etliche Male mit »Gästen«, die sie während des Törns unter Deck versteckten, über die Grenze gesegelt und zurück. Da die Verfolgten immer schon nachts zuvor aufs Schiff gegangen waren, hatte bisher niemand Verdacht geschöpft. Lizzie empfand Hochachtung vor dem unermüdlichen Einsatz ihrer Schwester, die sie stets für völlig unpolitisch und sogar ein wenig opportunistisch gehalten hatte. Dass sie Herrmann bei Danneberg-Rum widerstandslos das Feld überlassen hatte, war komplett untypisch für die kämpferische Lene. Ihre Schwester war jedoch fest davon überzeugt, dass sich das eines Tages rächen würde, was Herrmann ihr angetan hatte. Für diese gemeine Erpressung ihrer ehemals großen Liebe hatte Lizzie nur Verachtung übrig. Sie war unendlich froh, dass Rike keine Ahnung hatte, dass dieser Feigling ihr Vater war – und das auch niemals erfahren sollte.

Jedenfalls hatten Lene und sie sich an diesem Sonntagnachmittag verabredet, um ihre ahnungslose Cousine Freya zu retten. Lene wollte dieses Mal alles richtig machen und im Vorweg keine Hoffnungen schüren, die dann enttäuscht wurden. Die drei Kinder waren an diesem Tag gemeinsam im Kino. Es lief der Film »Ein Mann auf Abwegen« mit Hans Albers in der Hauptrolle. Dörthe und Rike waren, seit Klara in Kopenhagen lebte, unzertrennlich. Lene hatte Lizzie angeboten, sich abwechselnd mit Vilma um Lizzies Tochter zu kümmern, weil ihre Schwester oft erst spät aus der Praxis kam. Rike übernachtete dann auch häufig in der Wrangelstraße. Was Lizzie zunehmend Unbehagen bereitete, war das vertraute Verhältnis zwischen Ole und Frederike. Sie waren keine kleinen Kinder mehr. Was, wenn die beiden sich ernsthaft ineinander verliebten? Lene versicherte ihr jedes Mal, sie müsse sich keine Sorgen machen, denn sie lasse die Jugend keine Sekunde aus den Augen. Wörtlich pflegte sie scherzhaft zu sagen: *Jetzt, wo ich die Rolle als deutsches Muttertier angenommen habe, bin ich zur Glucke geworden!*

Das Klingeln an der Haustür riss Lizzie aus ihren Gedanken, und sie öffnete ihrer Schwester die Tür. Lene sah blendend aus. Offenbar tat es ihr gut, nicht ständig bis zum Umfallen zu arbeiten.

»Hallo, Schwesterherz, bist du bereit für unseren gefährlichsten Auftrag?«, fragte Lene gut gelaunt. Es war bewundernswert, wie gelöst ihre Schwester wirkte, obwohl sie alles, wofür sie im Leben gekämpft hatte, hatte aufgeben müssen, aber sie stürzte sich mit derselben Begeisterung, mit der sie sich einst das Rum-Imperium erkämpft hatte, in ihre Rolle als kühne Retterin.

»Ja, wir können aufbrechen.« Lizzie begrüßte ihre Schwester mit einer herzlichen Umarmung, bevor sie zu Lenes altem Wagen gingen. »Und wundert Herrmann sich nicht, dass du den Sonntag nicht zu Hause verbringst?«, fragte Lizzie, als sie in die Nordstraße abbogen.

»Nein, wir gehen getrennte Wege. Wahrscheinlich tue ich ihm sogar einen Gefallen, damit er sich dann leichter mit seiner Sekretärin treffen kann«, erwiderte Lene ungerührt.

»Wie bitte? Betrügt er dich etwa?«

Lene winkte ab. »Ich nehme es an, aber es ist mir völlig gleichgültig.«

Das klang überzeugend. Lizzie konnte sehr gut verstehen, dass Lene kein Interesse hatte, mit einem Erpresser verheiratet zu sein. Lizzies Gedanken wanderten zum letzten Weihnachtsfest auf Skagen Gul. Lene und sie hatten beschlossen, Jette nichts von der Erpressung zu verraten. Und es war auch keine allzu große Überraschung für die anderen gewesen, dass Herrmann über die Feiertage lieber allein in Flensburg geblieben war, als noch einmal bei Onkel Henning zu feiern. Ole, der sehr an seinem Vater hing, hatte sich wohl nur schweren Herzens entschieden, ihn seinem selbst gewählten Schicksal zu überlassen und mit der Familie zu feiern. Lizzie vermutete allerdings, dass der ausschlaggebende Grund für seine Entscheidung die Nähe zu Frederike war. Auf jeden Fall war es wieder einmal ein schönes Fest gewesen, das Lizzie für ein paar Tage den Krieg hatte vergessen lassen. Auch Georgs Anwesenheit war eine Bereicherung gewesen. Nur die kleinen Streitereien zwischen Jette und ihm hatten die Harmonie ein wenig gestört. Sie waren beide so entsetzlich stur, und keiner von ihnen schien bereit, sein berufliches Fortkommen der Beziehung zu opfern. Jette hatte zum ersten Mal am Königlichen Theater eine Hauptrolle bekommen und wollte unbedingt in Kopenhagen bleiben, während Georg bereits in einigen Filmen mitgespielt hatte, zwar in Nebenrollen, aber er hoffte noch auf den großen Durchbruch in L. A. Lizzie hatte wenig Verständnis, dass die beiden sich schließlich ohne Not, wie sie fand, entschieden hatten, vorerst weiterhin getrennt zu leben. Lizzie hingegen hatte keine Wahl, weil Gottfried immer noch in Prokowsk war. Er fehlte ihr entsetzlich. Das war ihr besonders auf der trostlosen Hochzeit zwischen Trudi und dem strammen Parteigenossen Ernst Rathge bewusst geworden. Bei dem Trauerspiel hätte sie dringend eine Schulter zum Anlehnen gebraucht. Sie war Trauzeugin gewesen und hätte bei der Rede des Standesbeamten heulen mögen, und bestimmt nicht vor Rührung, sondern aus Mitleid mit der unglücklichen Braut. Trudi hatte sich lange erfolgreich gegen die Avancen des Parteigenossen gewehrt, denn sie schätzte ihn als Menschen, aber gegen ihn als Mann verspürte sie eher eine Abneigung. Dass sie sich nun doch zu diesem Schritt durchgerungen hatte, lag allein in ihrer Sorge um Ingrid begründet. Nachdem ihr neulich zwei Gestapomänner einen Besuch abgestattet und sie über Ingrids Vater ausgefragt hatten, hatte Trudi in ständiger Angst um ihre Tochter gelebt. Rathge hatte ihr immer wieder versichert, wenn er ihr neuer Vater zumindest auf dem Papier werde, sei das ihr bester Schutz. Trudi hätte sich für ihre Tochter geopfert. Den todtraurigen Blick ihrer Freundin bei der Trauung würde Lizzie niemals vergessen.

»Ich habe Sorge, dass es wieder schiefgeht«, hörte sie da Lene stöhnen. »Vielleicht sollten wir doch lieber mit dem Wagen über die Grenze fahren.«

Lizzie horchte auf. Derartige Schwarzseherei aus Lenes Mund war untypisch für sie.

»Wohl ist mir auch nicht, zumal ich Freya so lange weder gesehen noch am Telefon gesprochen habe. Ich meine, ich habe dort mehrfach angerufen, aber da war immer ›die Person‹ dran, die behauptet hat, die gnädige Frau würde gerade schlafen«, erwiderte Lizzie.

»Ich weiß, er hält sie wie eine Gefangene, aber dieses Mal kann er uns wenigstens nicht dazwischenfunken. Er ist wirklich in eine Kaserne beordert worden. Dr. Köhler hat es geschworen!«

»Dann hoffen wir mal, dass Charlotte auch mitkommt, denn ohne sie wird Freya Runohr kaum verlassen.«

Lizzie spürte ein Unwohlsein im Magen, als sie sich auf der Allee dem Gutshaus näherten. Was sie dort wohl erwartete? Es war der erste sonnige Tag seit dem Frühlingsanfang. Lizzie spürte förmlich, wie die Natur an allen Ecken zur Blüte drängte. Eigentlich ein gutes Vorzeichen, dachte sie, während ihr Bauchgefühl etwas völlig anderes signalisierte. Als sie aus dem Wagen stiegen, sah sie Charlotte, wie sie ein edles Pferd, das, auch wenn sie nicht viel von Pferden verstand, ganz gewiss kein Kaltblüter war, am Halfter aus dem Stall ins Freie führen. Lizzie winkte ihr zu, aber Charlotte schien nicht erfreut über den Besuch ihrer Flensburger Tanten zu sein. Sie blieb wie versteinert stehen und zeigte keinerlei Reaktion. Erst als Lene und Lizzie zu ihr gingen und sie begrüßten, erwiderte sie ihre Begrüßung knapp.

»Charlotte, wir wollen nicht lange darum herumreden«, sagte Lene. »Wir sind gekommen, um deine Mutter und dich über die Grenze nach Dänemark zu bringen. Und es tut mir wahnsinnig leid, dass es letztes Mal in einem Fiasko geendet hat. Ich wäre längst bei euch vorbeigekommen, aber dein Vater hat es mir verboten. Auch habe ich vergeblich vor der Schule auf dich gewartet.«

»Ich gehe nicht mehr zur Schule«, entgegnete sie völlig emotionslos und mit leerem Gesichtsausdruck.

»Was für ein schönes Pferd«, bemerkte Lizzie.

»Meine Pferde. Vati hat mir meinen größten Wunsch erfüllt, Trakehner zu züchten. Ihr könnt sie euch gern ansehen, während ich ausreite.«

»Und wo sind die Kaltblüter?«

»Vati hat sie verkauft. Die wollte ja keiner mehr.«

»Aber deine Mutter hatte doch ihr eigenes Pferd. Ich glaube, es hieß Amanda«, bemerkte Lene.

»Die hat er auch zum Abdecker gegeben«, entgegnete Charlotte ungerührt.

Lizzie und Lene warfen sich einen entsetzten Blick zu.

»Hast du gehört, was wir gesagt haben? Wir wollen euch mitnehmen!«, wiederholte Lene nun mit Nachdruck.

»Ich verlasse das Gut nicht. Das ist mein Zuhause.« Mit diesen Worten stieg Charlotte auf ihr Pferd und galoppierte einfach davon.

»Ich kann nur hoffen, dass Freya auch ohne ihre Tochter mit uns kommt«, stöhnte Lizzie.

»Was tun Sie da?«, erklang eine harsche weibliche Stimme hinter ihnen. Die Schwestern fuhren herum. Im Türrahmen des Herrenhauses stand »die Person«, ihre Hände angriffslustig in die Hüften gestemmt. Lizzie erstarrte. »Die Person« trug Freyas Lieblingskleid.

»Wir wollen unsere Cousine besuchen!«, entgegnete Lene in einem Ton, der keinen Widerspruch duldete, während sie zielstrebig auf den Eingang zusteuerten. Sie hatten sich vorher geschworen, dass, was auch immer geschehen würde, nichts und niemand sie davon abhalten konnte, ins Haus zu gelangen.

»Die Person« breitete die Arme aus, als Lene und Lizzie sich an ihr vorbeidrücken wollten.

»Sie haben Hausverbot, meine Damen. Und außerdem ruht die gnädige Frau, und keiner darf sie stören.«

»Aus dem Weg!«, zischte Lene und schob die Frau grob zur Seite.

»Das wird ein Nachspiel haben«, fauchte die empört, machte aber keinerlei Anstalten mehr, ihnen den Zutritt zum Gutshaus zu verwehren.

Kaum waren sie in der Diele, riefen sie nach ihrer Cousine. Es blieb alles still.

»Ich glaube, wir fangen mit dem Suchen im Schlafzimmer an«, schlug Lene vor, und schon eilten die beiden die Treppe hoch ins Obergeschoss.

Lene wollte, ohne zu klopfen, in Freyas Zimmer stürmen, doch Lizzie hielt sie zurück und pochte gegen die Tür. Erst als auf ein wiederholtes Klopfen hin keine Reaktion erfolgte, drückte sie vorsichtig die Klinke hinunter und öffnete die Tür einen Spaltbreit.

Was sie nun erblickten, ließ sie erschaudern. Freya saß im Morgenmantel auf einem Sessel, das Haar ungekämmt, und starrte mit offenen Augen leer vor sich hin.

Vorsichtig näherten sich Lizzie und Lene dem Stuhl, aber Freya zeigte keinerlei Reaktion. Es schlug ihnen ein unangenehmer Geruch entgegen nach altem Schweiß und ungewaschenem Haar. Der Morgenmantel war völlig verdreckt, und auf dem Tisch neben dem Sessel standen alte Essensreste, auf denen sich zwei Schmeißfliegen tummelten.

Lizzie hockte sich vor ihre Cousine und versuchte, Kontakt mit ihr aufzunehmen. »Freya, wir sind es, Lene und Lizzie.«

Freya verzog ihren Mund zu einem schiefen Lächeln. »Schön, dass ihr mich besuchen kommt«, murmelte sie.

»Sollen wir mal gemeinsam ins Bad gehen, und willst du dir etwas Schönes anziehen?«, fragte Lene einschmeichelnd.

Freya reagierte nicht auf diese Frage.

»Sie haben ihr was gegeben.« Lizzie sprang auf und durchsuchte hektisch Freyas Nachttisch. Und tatsächlich, sie fand eine Packung Phenobarbital und hielt sie hoch.

»Das ist ein Betäubungsmittel, das überdosiert zu Stupor und Somnolenz führt«, rief sie entsetzt aus. »Komm, wir waschen sie und nehmen sie mit. Sonst befürchte ich das Schlimmste.«

Lizzie und Lene hievten Freya aus ihrem Sessel und schleppten sie ins Bad. Und dort in die Badewanne. Das Waschen übernahm Lizzie, die sofort merkte, wie unangenehm Lene das war. Ihr fiel das gar nicht schwer. Schließlich hatte sie das in ihrer Pflegeausbildung bei den Diakonissen gelernt. Auch das Haar wusch und kämmte sie der Cousine, die das alles willenlos mit sich geschehen ließ. Offenbar war sie völlig weggetreten, denn bislang hatte sie nur den einen halbwegs vernünftigen Satz zur Begrüßung gesprochen.

»Pack du doch schon mal eine Tasche mit ihren Sachen und vor allem, such ihren Pass. Ich befürchte, wir können sie in diesem Zustand nicht auf die *Augusta* bringen, sondern müssen den offiziellen Weg über die Grenze nehmen.«

»Mache ich«, seufzte Lene und verließ das Badezimmer. »Ruf mich, wenn ihr fertig seid.«

Doch diese Hilfe war gar nicht nötig, weil Freya nach der Wäsche und in frischer Kleidung wieder in der Lage war, auf ihren eigenen Beinen zu stehen, wenn auch sehr wacklig, sodass Lizzie sie zwar unterhaken musste, aber keine zweite Stütze benötigte.

Als sie ins Zimmer zurückkehrten, wollte Freya offenbar etwas sagen, aber es kostete sie große Mühe. »Nehmt mich mit. Und Charlotte!«, stieß sie schließlich stockend hervor.

Lene nahm ihre Hand und streichelte sie. »Wir bringen dich in Sicherheit. Rasmus wartet auf dich.«

Ein Lächeln huschte über ihr Gesicht. »Rasmus!«, flüsterte sie, und wieder: »Rasmus!«

Lene nahm ihre Handtasche, in der sie ihren Pass gefunden hatte, und ihren Koffer, während Lizzie Freya half, ganz vorsichtig einen Fuß vor den anderen zu setzen. So schafften sie es auch die Treppe hinunter, doch als sie unten in der Diele ankamen, erschraken sie, denn dort stand »die Person« mit zwei Polizisten.

»Gut, dass Sie gekommen sind«, sagte Lene mit fester Stimme. »Dann sollten Sie unbedingt dafür sorgen, dass wir unsere Cousine ungehindert in ein Krankenhaus bringen können.«

»Sie werden mit Frau Danneberg nirgendwo hingehen!«, brüllte daraufhin der ältere der beiden Polizisten. »Sie sind unbefugt in das Haus eingedrungen und wollen Frau Danneberg ganz offensichtlich entführen. Das werden wir verhindern. Lassen Sie die Frau los!« Er machte einen Schritt auf Lizzie zu, woraufhin Freya in lautes Geschrei ausbrach.

»Sie sehen doch, dass unsere Cousine Hilfe braucht«, fauchte Lizzie. »Ich bin Ärztin und kann es nicht verantworten, sie unter diesem Dach zu lassen, unter dem man sie augenscheinlich mit einem Barbiturat vergiftet!«

Der Polizist blieb stehen und warf »der Person« einen fragenden Blick zu. »Was ist das mit dem Barbi… äh … mit dem Gift?«

»Das Medikament wurde ihr von Hauptsturmführer Dr. Müller aus Schleswig verschrieben«, erwiderte »die Person«.

Daraufhin knallte der Polizist die Hacken zusammen und riss Freya ohne Vorwarnung aus Lizzies Arm. Freya schrie nun nicht mehr, sondern wimmerte nur noch leise vor sich hin.

Der andere Polizist packte Lizzie am Arm und bugsierte sie nach draußen. Ihm folgte der andere Polizist, der Lene grob vor sich herschob.

»Lassen Sie sich nie wieder hier blicken!«, brüllte der ältere Polizist.

In diesem Augenblick kam Charlotte zurück von ihrem Ausritt. »Lottchen, bitte sag ihnen, dass wir nur das Beste für deine Mutter wollen!«, rief Lene ihr verzweifelt zu, aber Charlotte stieg vom Pferd und verschwand mit dem Tier eilig im Stall.

»Sie setzen sich jetzt in Ihren Wagen und verschwinden!«, befahl nun der jüngere der beiden Polizisten, doch da war Lizzie bereits losgerannt. Keuchend holte sie Charlotte im Stall ein und baute sich vor ihr auf. »Lottchen! Wach auf. Komm mit und …«

»Ich kann nicht!« Mehr brachte Charlotte nicht über die Lippen.

»Gut, dann verschwinden wir, aber hör gut zu. Was auch immer passiert, wenn du uns brauchst, und wenn du deine Meinung änderst, gib uns ein Zeichen. Wir sind immer …« Weiter kam sie nicht, weil der ältere Polizist nun fluchend angerannt kam. Als er Lizzie wieder so grob anfassen wollte, schrie sie zurück: »Nehmen Sie Ihre dreckigen Finger weg!«

Der Polizist ließ die Hände sinken. Lizzie verließ nun, ohne sich noch einmal umzudrehen, eilig den Stall und stieg zu Lene in den Wagen. Stumm vor Entsetzen ließen die Danneberg-Schwestern das Gut Runohr hinter sich.

52. Flensburg, September 1941

Lene wohnte offiziell noch immer mit Herrmann und den Kindern in der Wrangelstraße, aber sie übernachtete immer häufiger mit Dörthe bei Lizzie. Auch Ole wollte sie neuerdings gern an die Schiffbrücke begleiten. Sehr zu Lenes Missfallen allerdings. Es war bei allem guten Willen nicht mehr zu übersehen, dass er sich in Frederike verliebt hatte. Sie hatten den Kindern immer noch nicht die Wahrheit gesagt, obwohl sie sich einig geworden waren, dass sie es den Kindern sagen mussten, bevor die beiden womöglich ein Paar wurden. Es war wie verhext. Mal war Lizzie fest entschlossen, es hinter sich zu bringen, dann war sie wieder strikt dagegen, gerade, wenn Lene den Mut gefasst hatte, es endlich zu tun.

Allerdings hatte Lizzie mit ihrer Tochter inzwischen ein ernstes Wort gesprochen und sie direkt gefragt, ob Ole und sie sich schon einmal geküsst hatten. Das hatte Rike mit solcher aufrichtiger Empörung zurückgewiesen, dass Lizzie der Meinung war, noch bestehe keine akute Gefahr, dass die beiden miteinander ins Bett gingen. Dass das nicht geschehen durfte, darin waren sich die Schwestern einig. Lizzie hatte Rike in ihrem Vieraugengespräch eingeimpft, dass eine Beziehung zwischen Cousin und Cousine auch gar nicht erlaubt sei. Sie hoffte sehr, dass ihre Tochter nicht selbst recherchieren und herausfinden würde, dass dies eine Lüge war. Nach dem Gesetz war es lediglich Blutsverwandten verboten, zu heiraten, aber eine Ehe zwischen Cousin und Cousine war dagegen erlaubt.

Lizzie kehrte an diesem Tag erst gegen frühen Abend aus der Praxis zurück und fand einen Brief von Gottfried vor. Nachdem Hitler den Pakt mit Stalin gebrochen hatte, lebte sie in ständiger Angst um ihren Mann. Jetzt waren die Deutschen an der Wolga Feinde. Und Gottfried konnte auch nicht einmal mehr zurück nach Dänemark, weil die Deutschen das Land im vergangenen Jahr besetzt hatten. Gottfried hatte einfach zu lange gewartet. Schuld waren nur seine Eltern, die er partout nicht hatte überzeugen können, ihn nach Dänemark zu begleiten. Und nun war es zu spät. Sie saßen in der Falle. Da beruhigte es Lizzies angeschlagene Nerven auch nicht, dass er ihr neulich in einem langen Brief versichert hatte, dass in Pokrowsk alles friedlich und er dort im Moment am sichersten wäre.

Mit einem unguten Gefühl öffnete Lizzie den neuen Brief und musste schwarz auf weiß lesen, dass ihre Sorge berechtigt war.

Liebste,
mach dir bitte keine Sorgen, wenn du vorerst nichts mehr von mir hörst, denn ich muss aus Pokrowsk flüchten. Gemäß einem Dekret von Stalin soll die Volksgruppe der Wolgadeutschen der Kollaboration mit den Deutschen schuldig sein mit der Folge, dass alle nach Sibirien oder Kasachstan deportiert werden. Diesen Brief kann ich noch einem vertrauenswürdigen Freund mitgeben, der ihn mit zu einer Poststelle nimmt. Vor Ort ist die ganze Versorgung zusammengebrochen. Menschen wurden auf offener Straße erschossen, weil bei ihnen Hakenkreuzfahnen gefunden wurden. Die sind ihnen aber im vergangenen Jahr von der Regierung zugeteilt worden, weil man damals dachte, Hitler werde Pokrowsk einen Freundschaftsbesuch abstatten. Ich schäme mich dafür, dass ich je ein Parteibuch besessen habe. Ich gebe dir Nachricht, wenn ich an einem sicheren Ort bin. Kopf hoch, meine Tapfere, und gib der Rike einen Kuss von mir. Und dir gebe ich höchstpersönlich einen Kuss, wenn wir uns wiedersehen.
Dein dich liebender Rübezahl

Lizzie ließ den Brief sinken und brach in Tränen aus. Sie wusste nicht, wann sie das letzte Mal geweint hatte. Als Gottfried nach Pokrowsk aufgebrochen war? Als sie von Dr. Köhler erfahren hatte, dass Paul Freya in die Landesheilanstalt Schleswig hatte einweisen lassen? Oder als ein kleiner Patient nach einem Unfall in ihren Armen gestorben war?

Sie wusste es nicht. Dass es ein ungewöhnlicher Anblick war, spiegelte sich in Lenes Reaktion wider, die in diesem Augenblick in den Salon kam und sie weinend über den Brief gebeugt am Tisch sitzen sah.

»Um Gottes willen, ist was mit Gottfried?«

Statt einer Antwort reichte Lizzie Lene den Brief.

»Das muss doch nicht gleich das Schlimmste bedeuten«, versuchte Lene, ihre Schwester zu trösten, nachdem sie Gottfrieds Zeilen gelesen hatte. Das sollte aufmunternd klingen. Nur war ein zweifelnder Unterton in Lenes Ermutigung keineswegs zu leugnen.

»Lass uns von etwas Erfreulicherem reden«, schlug Lizzie halbherzig vor.

Lene zuckte die Schultern. »Leider habe ich auch keine guten Nachrichten«, gab sie bekümmert zu und reichte Lizzie ihrerseits einen geöffneten Briefumschlag. Es war ein Einberufungsbefehl für Ole. Er sollte sich umgehend in der Grenzlandkaserne melden.

Lizzie legte das Schreiben auf den Esstisch und holte aus der Anrichte eine Flasche Danneberg-Rum. Wortlos schenkte sie zwei Gläser voll, und wortlos protesteten sich die beiden zu und tranken den Rum in einem Zug aus. Wortlos füllte Lizzie die Gläser noch einmal nach. Wahrscheinlich hätten sie dieses Prozedere so lange wiederholt, bis die Flasche leer gewesen wäre, wenn sie nicht gestört worden wären.

Zu Lizzies Schrecken betraten in diesem Augenblick Rike und Ole Hand in Hand das Esszimmer. Sie wirkten zu allem entschlossen, und Lizzie schwante Übles.

Ole deutete auf den Einberufungsbefehl auf dem Tisch. »Dann weißt du ja schon Bescheid, Tante Lizzie. Gut, dann machen wir es kurz.«

Lizzie wollte ihn unterbrechen, aber Lene machte ihr ein Zeichen, ihn ausreden zu lassen.

»Als ich Rike davon berichtet habe, dass ich an die Front muss, war uns beiden klar, dass wir nicht auseinandergehen wollen, ohne zu unserer Liebe zu stehen …«

»Aber hast du mir nicht neulich erst gesagt, ihr habt euch noch nicht einmal geküsst, Rike?«, unterbrach Lizzie ihn aufgebracht.

»Mutti, darum geht es doch gar nicht, ob wir uns schon einmal geküsst haben … wir wollen uns heute verloben. Ole kommt vielleicht nie wieder zurück.« Rike kämpfte mit den Tränen. Ole nahm sie in den Arm, und sie lehnte den Kopf an seine Brust. »Wir lieben uns.«

»Aber das geht nicht. Cousins und Cousinen dürfen nicht heiraten!«, erwiderte Lizzie verzweifelt. Sie warf Lene einen flehenden Blick zu. Warum sagte sie nichts?

»Mutti, das ist nicht wahr! Wir haben uns erkundigt. Ich weiß, dass du das nicht gutheißt, aber wir lieben uns nun einmal«, verkündete Rike entschieden.

»Sag doch auch mal was!« Mit diesen Worten wandte sich Ole P. in unwirschem Ton an seine Mutter. Während Lizzie noch nach den richtigen Worten rang, meldete sich Lene zu Wort. In ihrer unnachahmlichen Sachlichkeit sprach sie die ungeheure Wahrheit aus.

»Ihr beiden könnt nicht heiraten, keine Kinder bekommen und keine Familie gründen, weil ihr in Wahrheit Halbgeschwister seid!«

Lizzie stockte der Atem, und sie konnte in den Augen der Kinder das pure Entsetzen sehen.

»Deine Scherze waren auch schon mal besser, Mutter!«, stieß Ole verächtlich hervor. Wir wissen, dass ihr unsere Verbindung nicht gutheißt, aber bitte komm uns nicht mit solchem Unsinn! Ihr könnt uns nicht davon abbringen, und wenn ihr uns vorschwindelt, wir seien bei der Geburt getrennte Zwillinge!«

Lizzie schluckte, bevor sie einen neuen Versuch machte, den Kindern die Wahrheit beizubringen, und zwar so glaubwürdig, dass sie es für bare Münze nahmen.

»Lene sagt die Wahrheit, Ole. Ich habe einst mit deinem Vater geschlafen, als er in Berlin auf einer Geschäftsreise war. Er hat mich besucht, und da ist es eben passiert. Zwar nur ein einziges Mal, aber ich bin sofort schwanger geworden!«

Rike musterte ihre Mutter voller Abscheu, als wäre sie ein ekeliges Insekt. »Sag, dass das nicht wahr ist! Du kannst doch nicht mit dem Ehemann deiner Schwester geschlafen haben! Das ist so widerlich!«

»Doch, es ist wahr!«, seufzte Lene. »Und deine Mutter hat das auch nicht einfach so gemacht. Es gab eine Vorgeschichte. Ich habe …«

»Und du hast davon gewusst?«, unterbrach Ole seine Mutter fassungslos.

Lene nickte. »Dein Vater war Lizzies erste große Liebe, und ich habe ihn ihr weggenommen, weil euer Großvater diese Ehe mit Herrmann Jensen von mir verlangt hat. Nur mit deinem Vater an meiner Seite hatte ich eine Chance, ins Rumgeschäft einzusteigen, Ole …«

»Und deshalb bist du mit ihm einfach ins Bett gegangen und hast Vati wahrscheinlich vorgelogen, dass du von ihm schwanger bist!«, spuckte Rike verächtlich aus.

»Nein, Gottfried weiß Bescheid!«

»Und weiß mein Vater auch, dass Rike von ihm ist?« Ole war so blass, dass Lizzie befürchtete, er stehe kurz vor einem Kreislaufzusammenbruch.

»Wollt ihr euch nicht lieber hinsetzen?«

Ole aber ignorierte Lizzies Fürsorge, und Rike warf ihr einen vernichtenden Blick zu. Es schmerzte Lizzie, zu sehen, wie abgrundtief ihre Tochter, die ihre Mutter stets bewundert und geliebt hatte, sie nun mit Verachtung strafte.

Lene schüttelte den Kopf. »Nein, dein Vater ahnt nicht, dass diese Nacht Folgen hatte. Und er soll es auch nicht erfahren!«

»Folgen? Danke, Tante Lene, ich bin also eine Folge. Wie verdorben muss man nur sein, dass man so schändlich gemeinsame Sache macht!«, zischte Rike.

»Und das bestimmt ihr beiden, ja? Ihr entscheidet, was mein Vater wissen soll und was nicht! Ihr habt uns alle hintergangen!«

»Ich wollte nicht, dass er es erfährt«, bemerkte Lizzie entschuldigend. »Ich wollte nicht, dass jemand unnötig verletzt wird.«

»Wie rücksichtsvoll von dir. Dafür erwartest du wahrscheinlich noch ein artiges Dankeschön!«

»Komm, wir haben hier nichts mehr zu suchen!« Ole nahm Rikes Hand und ging mit ihr zur Tür, doch dort drehte sich Rike noch einmal um.

»Ich hasse dich, Mutter! Ich hasse dich so sehr!«

Mit diesen Worten ließen die Kinder ihre Mütter ratlos zurück.

»Und was, wenn Ole im Krieg etwas zustößt? Dann haben wir ihm mit der verdammten Wahrheit jegliche Hoffnung genommen«, stöhnte Lene.

»Wir hatten keine andere Wahl, oder hättest du es verantworten können, dass sie womöglich diese Nacht miteinander verbringen? Denn das war ihr Ziel, als sie uns ihre Verlobung bekannt gegeben haben. Wir mussten es verhindern!«

»Du hast recht. Sobald der Schock vorüber ist, werden sie es uns sicher verzeihen.«

Dass Lenes Wunsch auf ein Verzeihen sich nicht so bald erfüllen sollte, konnten die Schwestern an diesem Tag noch nicht ahnen.

53. Kopenhagen, Mai 1942

Rød Aalborg, wie der klare Aquavit mit dem roten Etikett in Dänemark genannt wurde, war seit einiger Zeit Jettes ständiger Begleiter. Kurz nachdem die Deutschen Kopenhagen und das restliche Dänemark besetzt hatten, war ihr Vertrag am Königlichen Theater ausgelaufen, und man hatte ihn nicht verlängert. Jette war untröstlich gewesen und hatte sofort Georg in L. A. geschrieben, dass sie sich nun um eine Passage auf einem Schiff von Göteborg nach New York besorgen würde. Seine prompte Antwort hatte sie zutiefst erschüttert. Er riet ihr dringend davon ab, weil er gerade selbst keine neuen Engagements mehr hatte und mit dem Gedanken spielte, nach Europa zurückzukehren. Er empfahl ihr nachdrücklich, mit Henrik nach Schweden zu gehen, und versprach, nach Stockholm zu kommen, sobald er alle laufenden Verpflichtungen erfüllt hatte. Jette glaubte ihm nicht. Mit einem Mal kehrte ihr ganzes Misstrauen gegen ihn zurück, und sie vermutete, dass es eine dumme Ausrede war und er sie nur loswerden wollte. In ihrer Fantasie gab es in L. A. eine neue Zora, die ihn in ihren Bann gezogen hatte. Aus lauter Trotz und falschem Stolz antwortete sie ihm nicht, sondern stürzte sich in diverse Affären. Dabei bedeutete ihr keiner dieser Männer auch nur das Geringste. Henrik hatte sich das eine Zeit lang hilflos mit angesehen, aber seine Geduld war nun am Ende, wie er in den vergangenen Tagen mehrfach betonte. Er hatte nur noch ein Ziel: so schnell wie möglich nach Stockholm zurückzugehen! Es gab zwar für Juden und die sogenannten Mischlinge zurzeit keine konkrete Bedrohung, denn sie mussten weder, wie es jetzt im Reich Pflicht war, einen gelben Judenstern sichtbar an die Kleidung genäht tragen, noch wurden sie auf Transporte geschickt, von denen keiner je zurückgekehrt war, aber Henrik befürchtete, dass das nur noch eine Frage der Zeit war. Im Orchester gab es einen jüdischen Cellisten, der sogar behauptet hatte, man würde die Juden systematisch umbringen. Henrik redete Jette fast täglich ins Gewissen, Klara und sie sollten mitkommen, aber das lehnte Jette vehement ab. Einmal davon abgesehen, dass sie ihre Tochter nicht mit der Wahrheit über ihre wahre Herkunft belasten wollte, hoffte sie immer noch, dass sie in Kopenhagen doch noch Karriere machen würde. Sie spielte zwar nur in kleinen Privattheatern kleine Rollen, aber auch in so ein Haus konnte sich mal ein Kritiker verirren, der ihr Talent erkannte. Das hoffte sie jedenfalls unter dem Einfluss immer größerer Alkoholmengen. Sie trank inzwischen täglich. Das Leben erschien ihr dann leichter und die Gefahr ungleich geringer, dass Klara und ihr in diesem Land etwas zustoßen könnte …

An diesem Abend kam sie früh nach Hause, weil sie gerade die Affäre mit einem Regisseur beendet hatte und ihn nicht beim üblichen Umtrunk unter Kollegen nach der Vorstellung treffen wollte.

Sie hatte es sich gerade mit ihrem Aquavit am Küchentisch gemütlich gemacht und schon reichlich von dem klaren Schnaps durch ihre Kehle rinnen lassen, als Henrik, der immer noch im Orchester des Königlichen Theaters spielte, sich zu ihr setzte. Er warf einen missbilligenden Blick auf die Schnapsflasche und musterte sie mit ernster Miene.

»Jette, wie du weißt, werde ich Dänemark verlassen, solange es noch geht. Ich bin sicher, eines Tages werden auch wir hier zusammengetrieben wie Vieh und auf Züge ins Nirgendwo verladen. Nein, ich bin kein Lamm, das wartet, bis es auf die Schlachtbank geführt wird. Mein Vertrag endet in vier Wochen, und ich habe keinen neuen unterschrieben, allerdings eine Zusage der Königlichen Hofkapelle an der Königlichen Oper Stockholm. Ich biete es dir zum letzten Mal an. Komm mit! Meine Familie wird dich dort mit offenen Armen empfangen.«

»Henrik, unser Vater vielleicht, aber deine Mutter? Für die ist es sicherlich nicht erstrebenswert, die uneheliche Tochter ihres Ehemannes bei sich aufzunehmen. Du hast dort Arbeit, aber, bitte, was soll ich in Stockholm? Mein Schwedisch ist überdies saumiserabel. Ich bekomme keine Arbeit, jedenfalls nicht am Theater!«

Henrik stieß einen tiefen Seufzer aus. »Ich habe es wirklich versucht, dir die Sprache unseres Vaters beizubringen, aber du schlägst dir ja lieber mit irgendwelchen Liebhabern die Nächte um die Ohren.«

Jette machte eine wegwerfende Bewegung. »Selbst wenn ich das wollte, Klara wird nicht mitgehen.«

»Da täuschst du dich gewaltig«, entgegnete er ungerührt. »Sie spricht schon fast perfekt Schwedisch und brennt darauf, ihren Großvater kennenzulernen.«

Jette sprang wutentbrannt von ihrem Stuhl auf und kippte dabei die Flasche Aquavit um. Sie fiel auf den Steinboden und zerbarst in tausend Scherben. Statt sie zusammenzukehren, holte sie aus dem Schrank eine neue Flasche, öffnete sie und nahm erst einmal einen kräftigen Schluck.

»Ihr Großvater? Woher weiß sie das? Warum hast du ihr das gesagt?«, brüllte sie ihn nicht mehr ganz nüchtern an.

»Ich war es nicht. Ich habe es ihr nicht verraten. Mein Vater hat ihr einen langen Brief geschrieben und sie nach Stockholm eingeladen!«

»Und wieso weiß ich das nicht?«

»Warum solltest du? Klara ist im April siebzehn geworden. Sie ist eine junge Dame, und sie bekniet mich seitdem förmlich, endlich ihren Großvater kennenzulernen.«

»Und warum erzählt mir das keiner?«

»Weil du selten ansprechbar bist. Am Tag bist du bei den Proben, und nach den Vorstellungen bist du besoffen und treibst dich mit irgendwelchen Kerlen rum. Wahrscheinlich hatte sie keine Gelegenheit, dir zu sagen, dass sie ihren Großvater besuchen möchte!« Jette hatte ihn selten so zornig erlebt, aber das hielt sie nicht davon ab, ihn anzugreifen.

»Besuch? Wer erzählt ihr denn solche Märchen? Das wird eine Reise ohne Wiederkehr. Noch habe ich zu bestimmen, wo sie lebt, verdammt!«

»Das will dir auch keiner absprechen«, erwiderte Henrik beschwichtigend. »Es ist übrigens gestern wieder ein Brief von Georg gekommen. Und einer für Klara, die ihm im Gegensatz zu dir wenigstens antwortet! Ich habe deinen aus Versehen eingesteckt. Hier!« Henrik reichte ihr Georgs Brief.

»Soll ich lieber rausgehen?«, fragte er rücksichtsvoll.

»Nein, bleib nur. Wir müssen noch über Schweden sprechen!« Sie riss den Umschlag auf, holte den Brief hervor und las ihn mit verwaschener Stimme vor.

Lulu, du dummes Mädchen,

warum schreibst du mir nicht mehr? Ich meine es ernst. Geh mit Henrik nach Stockholm! Kopenhagen ist zu gefährlich. Ich flehe dich an. Bring unsere Tochter aus diesem Land, in dem die Deutschen das Sagen haben. In dem Moment, in dem die dänische Pseudoregierung nicht mehr so will wie die Besatzer, wird es den Juden dort nicht anders ergehen als im Reich.

Klara schrieb mir, du behauptest, ich hätte eine andere Frau. Lulu, du weißt, dass das vorbei ist. Ich liebe dich und möchte endlich eine Zukunft mit dir.

Wenn du nun noch ein wenig auf mich warten musst, liegt das nicht an den Verlockungen eines fremden Weibs, sondern daran, dass ich ein Ritchie Boy werde. So nennen sie uns, die jüdischen Immigranten aus Deutschland, die gegen Hitler kämpfen wollen. Unsere Aufgabe ist weniger das Schießen, aber mehr möchte ich an dieser Stelle nicht über unsere Ausbildung verraten. Für den unwahrscheinlichen Fall, dass der Brief womöglich in falsche Hände gerät … Ich war noch nie im Leben so überzeugt davon, etwas wirklich Sinnvolles zu tun. Wenn wir es geschafft haben, Hitler zu besiegen, dann komme ich euch holen. Versprochen! Ich weiß, es muss dir seltsam vorkommen, dass ich als deutscher Junkersohn für die Amerikaner kämpfe, während meine väterliche Verwandtschaft inzwischen sicher auf der Gegenseite in den Krieg gezogen ist. Und noch etwas. Du erfährst es ja doch. Ich bin inzwischen amerikanischer Staatsbürger geworden. Sonst könnte ich nicht mit zum ersten Einsatz nach Europa kommen. So werde ich nächste Woche schon ins Camp Ritchie nach Maryland gehen, wo wir dafür ausgebildet werden, mit den Alliierten zusammen Deutschland zu befreien. Ich werde wohl zu den alten Herren gehören, denn die meisten sind knapp über zwanzig, aber mit der Jugend nehme ich es locker auf. Ich hoffe, du bist stolz auf mich. Mir ist der Kampf gegen die

Menschenverachtung wichtiger als jede Rolle, die ich je in meinem Leben gespielt habe. Und bitte schreibe mir ins Camp. Ich liebe dich. Dein Georg, oder George, wie sie mich hier nennen.

Jette waren während des Vorlesens stumme Tränen über das Gesicht geflossen, sodass sie ein paarmal innehalten musste, weil sie nichts mehr sehen konnte. Nun ließ sie den Brief sinken und stierte einen Augenblick lang die volle Flasche an. Ihr erster Impuls war es, auf den Schrecken einen Schluck zu nehmen, doch die Scham war stärker. Während Georg bereit war, sein Leben für die Freiheit in Deutschland zu opfern, hatte sie ihre Zeit mit üblen Verdächtigungen und unbefriedigenden Eskapaden verplempert. Sie schämte sich ganz fürchterlich. Sie traute sich kaum, Henrik anzusehen.

»Du verachtest mich, oder?«

»Genau, deshalb bin ich auch so erpicht darauf, dich mit zu meiner Familie nach Stockholm zu nehmen«, erklärte er mit einem Grinsen.

Jette kamen schon wieder die Tränen. »Ich habe euch gar nicht verdient. Meinen Bruder und meinen wunderbaren Mann. Wir kommen mit nach Stockholm!«

Ihr Blick blieb an der Flasche hängen. »Meinst du, wir sollten darauf anstoßen?«

»Solange du den Aquavit hinter dir lässt, sobald wir nach Schweden aufbrechen!«, lachte er.

»Versprochen!« Sie holte ein zweites Glas aus dem Schrank und goss ihnen beiden die Gläser randvoll. Nachdem sie sich zugeprostet hatten, holte Henrik einen weiteren Umschlag aus der Jackentasche und drückte ihn ihr in die Hand.

Jette öffnete ihn und holte drei Fahrkarten hervor: Kopenhagen über Helsingør nach Helsingborg in Schweden.

»Woher hast du gewusst, dass ich mitkomme?«, fragte sie ihn verwundert.

»Ich hätte dich notfalls entführt!«

»Du bist der beste Bruder der Welt«, rief sie aus und fiel ihm um den Hals. »Wahrscheinlich hast du genauso recht wie damals in Flensburg, als du prophezeit hast, dass die Braunen nicht mehr aufzuhalten sind!«

Später musste sie oft an diesen Tag zurückdenken, denn was Klara und ihr alles erspart geblieben war, sollte sie erst im Oktober 1943 von jüdischen Flüchtlingen erfahren, die knapp der deutschen Deportation entgangen waren. Sie hatten frierend und durchnässt im Gebüsch am Ufer des Öresunds ausgeharrt, bis dänische Fischer sie in einer beispiellosen Hilfsaktion unter Planen versteckt ins rettende Schweden gebracht hatten.

Aber das wusste Jette noch nicht, als sie im Juni 1942 zusammen mit Klara und Henrik in einem bequemen Zugabteil von Kopenhagen in eine ungewisse Zukunft aufbrach.

54. Flensburg, August 1943

Im nunmehr fünften Jahr erreichten die schlimmsten Auswirkungen des Kriegs auch Flensburg. Es hatte zwar zuvor schon etliche Angriffe auf die Stadt gegeben, aber wie durch ein Wunder hatten diese Bomben meist ihre Ziele verfehlt, waren in der Förde gelandet und hatten nur vereinzelte Opfer gefordert.

Im Mai fand die Glückssträhne für die Stadt allerdings ein dramatisches Ende. Mitten am Tag nahmen unzählige Flieger die Fördestadt unter Beschuss, besonders die Neustadt und die Nordstadt.

Lene und Lizzie waren an jenem schicksalhaften Tag in den Lagerraum des Rumhauses geflüchtet. Die Häuser an der Schiffbrücke besaßen wegen der ständigen Überschwemmungsgefahr keine Keller, und in der ganzen Stadt gab es kaum Bunker, weil man erst vor ein paar Monaten mit deren Bau begonnen hatte. Und das, obwohl Flensburg wegen des Marinestützpunkts als gefährdet galt. Der Lagerraum schien ihnen jdenfalls sicherer als das Wohnhaus. Zwischen den Fässern am Boden kauernd, hatten sie das Heulen der herannahenden Maschinen, die hohen Pfeiftöne und die mächtigen Detonationen so intensiv gehört, als fielen die Bomben auf die Häuser neben ihnen. Erst nachdem alles wieder ruhig war, hatten sie sich wieder herausgewagt. Über der Nordstadt lag eine Wolke aus Staub. Sie waren aber nicht zum Gaffen dorthin gepilgert, wie es andere taten, die nun an ihrem Haus vorbeieilten. Am Abend hatte Frida ihnen berichtet, wie es in ihrem Viertel nach dem Angriff aussah. Das Wahrzeichen der Stadt, das Nordertor, war beschädigt worden sowie die Rüstungsbetriebe, drei U-Boote auf der Werft und ganze Teile der Werft selbst. Darüber hinaus war das Wasserwerk Ostseebad getroffen, weshalb sie kein Wasser mehr hatten. Das Schlimmste aber war: Über dreißig Menschen waren in einem Keller unter der Fischkonservenfabrik ertrunken, als das Wasser aus einer aufgerissenen Leitung in den verschütteten Bunker geflossen war. Unter den Opfern waren allein fünfzehn Kinder aus dem dänischen Kindergarten; auch eine Enkelin von Frida.

Lene wartete wie jeden Abend sehnsüchtig auf die Rückkehr ihrer Schwester. Die neue Arbeit forderte Lizzie alles ab. Manchmal kehrte sie erst mitten in der Nacht zurück. Lizzies Kollegin und Freundin Trudi hatte ihre Praxis vorübergehend geschlossen, um sich ganz ihrer eigenen Tochter zu widmen, die schwer an den Folgen einer Hirnhautentzündung litt. Lizzie arbeitete deshalb in dem neu eingerichteten Lazarett in den Räumen des Alten Gymnasiums. Auf vielen Dächern waren weiße Fahnen mit dem roten Kreuz angebracht worden, um den feindlichen Piloten zu signalisieren, dass Flensburg Lazarettstadt geworden war. Da ein großer Mangel an Ärzten herrschte, weil die meisten Mediziner an der Front waren, wurden auch Frauen dort gern gesehen. Für Lizzie war das, wie sie sagte, ein merkwürdiges Gefühl, an der Schule, in der sie einst ihre externe Reifeprüfung abgelegt hatte, Verletzte zu behandeln. Nach den schweren Bombenangriffen auf Hamburg wurden immer mehr Verwundete nach Flensburg evakuiert, sodass das Personal kaum ausreichte, um all diese Patienten ausreichend zu behandeln.

Lene hatte es sich zur Gewohnheit gemacht, auf Lizzie zu warten, um vor dem Schlafengehen noch ein wenig mit ihr zu plaudern. Ihre Schwester hatte zwar manchmal gar keine Lust mehr zu reden, doch an anderen Tagen sprudelte es nur so aus ihr heraus, weil sie loswerden musste, was für ein Grauen sie im Lazarett erlebt hatte. Für diesen Fall war Lene für sie da. Sie bewunderte ihre Schwester für die Fähigkeit, den armen Menschen wirklich helfen zu können.

Die Schwestern lebten schon seit Längerem mit ihren beiden Töchtern an der Schiffbrücke zusammen. Lene hatte sich zwar nie offiziell von Herrmann getrennt, aber die beiden hatten keinen Kontakt mehr zueinander. Da das Rumhaus inzwischen geschlossen war, bestand auch keine Gefahr, dass sie sich zufällig an der Schiffbrücke begegneten. Man munkelte, dass seine Sekretärin inzwischen in der Wrangelstraße ein und aus ging, aber das störte Lene nicht. Es war so, als hätte es dieses Leben mit ihm niemals gegeben. Sie ging völlig darin auf, so vielen politisch Verfolgten wie möglich über die Grenze zu helfen. Die Gruppe arbeitete zunehmend mit der dänischen Widerstandsbewegung zusammen, aber es war Vorsicht geboten. Onkel Henning stand inzwischen unter scharfer Beobachtung der Gestapo, sodass man bei ihm im Haus keine Flüchtlinge mehr verstecken konnte. Er war sehr stolz auf seine Nichten, die ihm manchmal im Scherz vorhielten, ohne seinen Freigeist, der sie von Kindheit an nachhaltig geprägt hatte, wären sie jetzt vielleicht brave Mutterkreuzträgerinnen.

Obwohl sich die Schwestern gut verstanden, herrschte im Haus an der Schiffbrücke bisweilen eine gedrückte Stimmung, die aber weniger von den großen Katastrophen herrührte, sondern aus dem angespannten Verhältnis zwischen Rike und Lizzie.

Rike lebte zwar weiterhin mit ihr unter einem Dach, aber sie sprach im Alltag mit ihrer Mutter nur das Nötigste. Lizzie war für sie gestorben, seit Rike erfahren hatte, dass Herrmann ihr leiblicher Vater war. Allerdings hatte sie ihre Drohung, ihm die Wahrheit zu sagen, auf Lizzies Betteln hin nicht wahr gemacht. Doch nicht ihr zu Gefallen, wie sie betonte, sondern aus Rücksicht auf ihre Cousine Dörthe, die schon ohne dieses Wissen ein denkbar schlechtes Verhältnis zu ihrem Vater hatte. Dörthe nahm ihm übel, dass er ihre Mutter aus dem Unternehmen gedrängt hatte. Lenes Tochter hatte zwar keine Ahnung, dass und vor allem womit der Vater ihre Mutter erpresste, aber sie verabscheute seine Ansichten über die Rolle der Frau, obwohl man den Mädchen bei der Hitlerjugend doch genau dieses Frauenbild predigte. Dörthe hasste alles, was mit der Hitlerjugend zusammenhing: die Uniformen, den Drill, das Gebrüll und die sadistischen Anwandlungen ihrer BDM-Führerin. Auch die Töchter der Danneberg-Schwestern hatten in ihrem

Großonkel Henning ein prägendes Vorbild, das partout nicht dem Wertesystem der Nationalsozialisten entsprach.

Jedenfalls fieberte Dörthe dem Ende ihrer BDM-Verpflichtung entgegen, wobei zu befürchten stand, dass sie dann mit achtzehn nahtlos in das BDM-Werk *Glaube und Schönheit* eingegliedert wurde. Diese Mitgliedschaft der Achtzehn- bis Einundzwanzigjährigen war dann zwar freiwillig, aber jede, die nicht freiwillig dorthin wechselte, machte sich verdächtig.

Mit Lene wechselte Frederike immerhin ab und zu ein Wort, aber dann ging es meistens um Ole P., der sich bei seiner Mutter seit dem Streit kein einziges Mal gemeldet hatte, sondern nur Rike ab und zu Briefe von der Front schrieb.

Als die Tür zum Salon aufging, hoffte Lene, dass es Lizzie war, die so früh zurückkehrte, dass sie endlich einmal mehr als fünf Stunden Schlaf bekam. Den brauchte sie dringend. Ihre Schwester sah entsetzlich abgekämpft aus.

»Frida wird dir jetzt eine heiße Suppe machen. Und dann ab ins Bett!«

Lizzie ließ sich ächzend auf einen Stuhl fallen. »Die Suppe nehme ich gern, aber das mit dem Schlafen muss noch warten. Es ist heute wieder ein Zug mit verletzten Hamburger Kindern gekommen. Ich werde nur kurz essen, eine Stunde schlafen und dann eine Nachtschicht einlegen«, seufzte sie.

»Aber bist du denn die einzige Ärztin weit und breit? Es nützt doch nichts, wenn du zusammenklappst«, bemerkte Lene energisch.

»Keine Sorge. Morgen werden ein paar neue Ärzte erwartet. Dann mache ich zwei Tage Pause. Ich verspreche es dir.«

»Gut, dann kümmere ich mich um die Suppe.«

»Ist Post für mich gekommen?«

Lene schüttelte traurig den Kopf. Es tat ihr unendlich leid, ihre Schwester jeden Tag aufs Neue enttäuschen zu müssen. Aber warum fragte sie auch jeden Tag wieder nach Post von Gottfried? Er war doch nun schon seit zwei Jahren verschollen. Seit seinem damaligen Brief hatte Lizzie kein Lebenszeichen mehr von ihm erhalten. Entweder man hatte ihn gleich umgebracht, oder er musste in Sibirien schuften, was die meisten auch nicht überlebten, mutmaßte Lene an schwarzen Tagen, an denen die Hoffnung sie verließ.

»Aber warte. Jette hat geschrieben. Den Brief wollte ich mit dir gemeinsam lesen. Ich bring ihn dir mit der Suppe.«

Und schon war Lene aufgesprungen. In der Küche traf sie auf Frida, die ihr einen Zettel mit zwei Namen und einer Zeitangabe zusteckte. Lene verstand. Morgen früh um neun warteten auf der *Augusta* zwei Flüchtlinge, die sie über die Grenze bringen sollte. Inzwischen hatte sie ihre Route geändert. Sie segelte nicht mehr zu den Ochseninseln, sondern nach Kollund, wo sie in der Bucht ankerte und ihre »Gäste« von einem Schlauchboot abgeholt wurden. Damit sie auch bei schwerer See und gegen den Wind fahren konnte, hatte sie sich einen stärkeren Motor einbauen lassen. Das war kein leichtes Unterfangen gewesen, in Kriegszeiten einen passenden Motor für den Privatgebrauch zu ergattern, aber einer aus der Gruppe hatte ihn für sie organisiert. Außerdem hatte sie in Eigenarbeit vor die Vorderkajüte einen Schrank eingebaut, sodass man glauben musste, dass das Vorschiff nicht benutzt wurde. Dort aber verbarg sie ihre Mitsegler. Meist wurde nicht viel geredet, aber manchmal entpuppte sich ein Flüchtling auch als begeisterter Segler und kam, wenn die Luft rein und kein Patrouillenboot unterwegs war, zu ihr an Deck. In solchen Gesprächen erfuhr sie dann von Schicksalen, die sie bis in ihre Träume verfolgten, wie das eines polnischen Geistlichen, der den Schikanen im Dachauer Pfarrerblock, wie er ihn genannt hatte, entkommen war. Das Schneeschippen in Holzpantinen war da noch das Harmloseste gewesen. Oder das einer jungen Frau aus dem Lager Ravensbrück, die man unter falschen Versprechungen in eine der »Sonderbauten« nach Mauthausen gebracht hatte, wie man die Lagerbordelle nannte. Und einer hatte einmal behauptet, dass Hitler früher oder später endlich einem Attentat zum Opfer fallen werde.

Da Lizzie Lene nicht mehr auf diesen Törns begleiten konnte, hatte sie Kaja das Segeln beigebracht.

Als Lene mit dem Suppenteller in der einen und dem Brief in der anderen Hand zurückkehrte, fand sie Lizzie schnarchend auf dem Kanapee vor. Lene dachte nicht daran, ihre Schwester zu wecken, sondern deckte sie liebevoll zu. Das Essen konnte warten. Der Brief nicht. Lene war zu neugierig, um die Post ungeöffnet liegen zu lassen. Sie holte den Brief hervor und las, was Jette aus Schweden zu berichten hatte.

August 1943

Liebe Schwestern,
obwohl alle so nett zu mir sind, habe ich entsetzliches Heimweh. Wie schön wäre es, wenn ich wieder bei euch sein könnte. Ich vermisse es, mit euch zu feiern. Dabei befürchte ich, dass es in diesem Jahr wieder ein Weihnachten ohne euch geben wird. Es wäre nun schon das zweite Fest, das ich mit einer fremden Familie in einem fremden Land feiere. Wobei mein Vater, den ich beim Vornamen nenne, stets betont, dass wir eine Familie sind. Eines muss man unserer Mutter wirklich lassen. Simon ist in seinem Alter immer noch ein attraktiver Mann. Neulich Nacht haben wir beide im Sommerhaus der Familie bei einer Flasche Schnaps die ganze Nacht geredet. Je betrunkener er wurde, desto sentimentaler wurde er und hat schließlich nur noch von unserer Mutter geschwärmt. Ich habe mich gewundert, woher er den Schnaps hatte. Da lachte er und meinte, es würde hier überall blubbern. Das habe ich natürlich nicht gleich begriffen, bis er mir die kleine Destille gezeigt hat. Gut versteckt hinten im Garten. Lene hätte ihre helle Freude an dieser Anlage.
Seine Frau Tuva findet das übrigens gar nicht lustig. Besonders viele Frauen vertreten noch die Ansichten der Abstinenzbewegung, die mal sehr stark in Schweden war.
Jedenfalls habe ich in seiner Schwärmerei unsere Mutter kaum wiedererkannt. Kein Wunder. Für uns war Mutter wohl kaum je »das hübscheste Mädchen, das er jemals gesehen hatte«.
Klara ist schon eine richtige Schwedin geworden, spricht die Sprache perfekt und geht auf eine Schule in Stockholm, auf der sie eine Reifeprüfung ablegen kann.
Leider bin ich nicht so gelehrig, und deshalb bekomme ich auch keine Arbeit. Henrik und ich haben jetzt ein Gesangsprogramm einstudiert mit deutschen Kabarettliedern, aber ich befürchte, das wollen die Schweden nicht sehen. Die Einstellung zu Deutschland ist sehr gespal-

ten. Einerseits will man nichts Deutsches hören und sehen, und andererseits macht man gute Geschäfte mit Deutschland. Aber ich will euch nicht langweilen. Wie geht es euch? Und den Kindern? Schreibt schnell zurück. Eure Jette

Lene schob den Brief vorsichtig in dem Umschlag zurück und wollte das Zimmer auf Zehenspitzen verlassen, doch da hörte sie, wie Lizzie im Traum nach Gottfried rief. Lene setzte sich leise neben das Sofa und streichelte ihrer Schwester übers Haar, bis sie wieder gleichmäßig atmete. Wenn sie sich doch nur noch ein wenig ausschlafen könnte, bevor sie wieder verletzte Menschen notdürftig zusammenflickte, hoffte Lene und nahm die heutigen Flensburger Nachrichten zur Hand. Die Berichterstattung erschöpfte sich in euphorischen Nachrichten über deutsche Siege und die Empörung, wie hinterhältig man in Italien den Duce gestürzt hatte, wobei nicht einmal ein Hauch von Sorge mitschwang, dass dem Führer einmal ein ähnliches Schicksal blühen könnte. Lene faltete die Zeitung so schnell wieder zusammen, wie sie diese zuvor aufgeblättert hatte. Lügen, alles nur Lügen! Dann schweiften ihre Gedanken zu Ole P., und sie betete, dass ihr Sohn lebend aus dem Inferno zurückkehren möge.

55. Sonderburg, Weihnachten 1944

Onkel Henning hatte alles getan, um dem Fest den gewohnten Glanz zu verleihen. Rein äußerlich war es ihm auch gelungen. Es gab einen geschmückten Baum, und aus der Küche duftete der Gänsebraten, den außer Frida keiner so gut zubereiten konnte wie Smilla. Es hatte sogar angefangen, heftig zu schneien. So heftig, dass man nicht einmal das Meer dort draußen sehen konnte, weil dicke weiße Flocken vor dem Panoramafenster herumwirbelten.

Und doch lag über der festlich gekleideten Gesellschaft, die sich zu einem Kaffee unter dem Tannenbaum zusammengefunden hatte, ein düsterer Schatten, der Lizzie frösteln ließ. Kein Wunder, dachte sie, der verdammte Krieg schaffte jeden Tag Grauen und Verwüstung. Die jungen Frauen, die mit ihren verletzten Kindern nach Flensburg evakuiert worden waren und von ihr behandelt wurden, schilderten ihr das unfassbare Elend, das in der Hansestadt herrschte. Eine von ihnen hatte im vergangenen Jahr den großen Feuersturm überlebt und konnte nur weinend davon berichten. In solchen Augenblicken war Lizzie dankbar, dass Flensburg noch immer nicht dem Erdboden gleichgemacht worden war wie die anderen Marinestandorte. Es hielt sich hartnäckig das Gerücht, Churchill habe in der Stadt eine Nichte, weshalb er den Befehl gegeben habe, die Ziele stets zu verfehlen. Dass dies, wie alle Legenden, die sich um die Frage bildeten, warum Flensburg nicht unterging, der blanke Unsinn war, bewies der gelungene Angriff auf die Nordstadt im vergangenen Jahr.

Ein weiterer Grund, dass an diesem Nachmittag nicht wirklich Freude aufkommen wollte, war die Tatsache, dass zu viele geliebte Menschen fehlten: Gottfried, Jette und Klara, Charlotte und Freya. Lizzie hatte vor ein paar Wochen versucht, die Cousine zu besuchen, doch die Patienten waren nicht mehr dort. Ein Hausmeister erzählte ihr unter dem Siegel der Verschwiegenheit, man habe sie in eine andere Klinik verlegt, da man die Plätze für die Patienten der ausgebombten Kieler Universitätsklinik benötigte. Wohin man sie gebracht hatte, konnte ihr keiner sagen, oder man wollte nicht darüber reden. Aber dass man sie in Holzpantinen zum Güterbahnhof getrieben hatte, das konnte sie dem Hausmeister entlocken, nachdem sie ihm noch einen Schein zugesteckt hatte. Bislang hatte sie nicht herausbekommen, wohin man die über siebenhundert Patienten gebracht hatte, aber sie war fest entschlossen, weiter zu forschen.

Lene versuchte, die Stimmung mit Hitlerwitzen aufzuheitern, nachdem Rike und Dörthe an den Strand gegangen waren, um ihn ihrem Gastkind zu zeigen. Zu diesem Fest hatten sie Ingrid mitgenommen, weil Trudi Lizzie für eine Woche im Lazarett vertrat. Eine Initiative Lenes. Lizzie hatte das anfangs vehement abgelehnt, ihre Freundin für sich arbeiten zu lassen. Ihre Schwester aber war hart geblieben, nachdem Lizzie neulich vor Erschöpfung einen Kreislaufkollaps erlitten hatte. Nun war Lizzie ganz froh darüber, eine Woche nichts von dem Elend sehen zu müssen. Im Gegenzug hatten sie Ingrid mitgenommen, denn deren Stiefvater, der sich ansonsten rührend um das Kind kümmerte, war an der Front.

Lene gab es schließlich auf, Witzchen zu erzählen, denn nicht einmal Onkel Henning, der ansonsten dankbar für jeden Scherz auf Kosten des Führers war, rang sich zu einem Lächeln durch. Ob er krank war, fragte sich Lizzie besorgt. Onkel Henning war auch nicht mehr der Jüngste, aber er sah immer noch blendend aus in seinem feinen Zwirn. So als wäre er auf einer großen Gesellschaft. Eine Welle von zärtlicher Dankbarkeit für ihren Onkel durchflutete Lizzie, und sie fragte sich, was wohl aus ihr geworden wäre, wenn es diesen Einfluss in ihrem Leben nicht gegeben hätte. Schnell kam ihr Paul in den Sinn, der mit diesem klugen Kopf aufgewachsen war und der dumpf in das andere Extrem gefallen war. Lizzie hatte den Gedanken noch gar nicht ganz zu Ende geführt, als Onkel Henning verkündete, dass er eine schlechte Nachricht für sie alle habe. Lizzie erschrak, als sie sah, wie seine Augen feucht wurden. Das hatte sie bei Onkel Henning noch nie erlebt.

»Ich war gestern auf Gut Runohr und bin trotz des Gezeters dieser schrecklichen Person, die mir verbieten wollte, das Haus zu betreten, dort eingedrungen und habe Charlotte in ihrem Zimmer aufgespürt. Sie war zu Tode erschrocken und hatte verweinte Augen …« Er stockte und wischte sich eine Träne weg. »Freya ist tot. Sie starb an einer Lungenentzündung. Charlotte hat die Benachrichtigung von einer Klinik aus Obrawalde in der Provinz Posen auf Pauls Schreibtisch gefunden. Sie hat ihn sofort zur Rede gestellt. Er wollte es ihr angeblich zusammen mit der Nachricht sagen, dass er wieder heiraten wolle …«

»Paul ist wieder auf Gut Runohr und will die Person heiraten?«, fragte Lene fassungslos. Offenbar war noch nicht zu ihr gedrungen, was geschehen war.

Lizzie brach in Tränen aus. »Wir sind schuld. Wir haben sie nicht gerettet. Und wieso hat man sie so weit weggebracht?« Sie musste sofort an die Worte des Hausmeisters denken. Im Holzpantinen hatte man die Patienten zum Güterbahnhof getrieben. Kein Wunder, dass Freya krank geworden war …

»Aber was hätten wir denn gegen die Polizei ausrichten sollen?«, fragte Lene verzweifelt.

»Wir hätten sie aus der Heilanstalt holen müssen!«

Onkel Henning nahm Lizzies Hand. »Kind, sie haben uns doch nicht zu ihr gelassen. Ich habe das mehrfach versucht, aber ich bin jedes Mal schroff abgewiesen worden.«

»Ich auch«, murmelte Lene. »Ich war auch allein dort. Mehrmals sogar! Ich wollte dich nicht unnötig belasten, Lizzie.«

»Selbst mich als Ärztin haben sie nicht zu ihr gelassen, und als ich es das letzte Mal versucht habe, im Oktober, da …« Schluchzend berichtete sie Lene und Onkel Henning, was sie vom Hausmeister erfahren hatte.

»Wer sagt es Rasmus?« Lene kämpfte gegen die Tränen an.

»Wenn ihr wollt, mache ich das. Ich kenne den jungen Mann schon, seit er ein Junge war«, sagte Onkel Henning leise.

»Das ist gut, denn ich wüsste nicht, wie …« Weiter kam Lene nicht, denn nun wurde auch sie von einem Weinkrampf geschüttelt.

Alle drei umarmten einander und ließen ihrem Kummer freien Lauf. In dieses Bild der Trauer platzten Rike, Dörthe und Ingrid.

»Schon zurück?« Lizzie versuchte, damit zu überspielen, dass sie gerade um Freya weinten. Sie wollte es ihrer Tochter lieber später in Ruhe sagen.

»Ja, Rike hat …« Weiter kam sie nicht, weil Frederike Dörthe mit einem Stoß in die Seite zum Schweigen brachte. »Wir gehen nach oben!« Und schon war Rike aus dem Zimmer gestürmt. Dörthe folgte ihr, nur Ingrid blieb stehen. »Tante Lizzie, Rike hat ganz schlimme Bauchschmerzen. Wir haben uns von Smillas Brunager ein großes Stück stibitzt. Und nun geht es Rike ganz schlecht. Kannst du ihr nicht helfen?«

»Warum fragt sie denn nicht selbst?« Lizzie war leicht verärgert. Die Sturheit ihrer Tochter ging ihr langsam auf die Nerven. Wie lange wollte sie ihr noch nachtragen, dass sie sich mit Herrmann eingelassen hatte?

»Sie hat mir ausdrücklich verboten, dass ich dich um Hilfe frage. Bitte nicht verraten, aber es war so schlimm, dass wir nicht weitergehen konnten. Auf dem Rückweg mussten wir sie stützen.«

»Gut, geh vor, und ich komme dann gleich zu euch ins Gästezimmer. Ganz unauffällig, versprochen!«

Kaum war Ingrid im Flur verschwunden, sprang Lizzie hektisch auf.

»Sehr unauffällig«, bemerkte Lene spöttisch. »Vielleicht solltest du lieber noch fünf Minuten warten, bis du in das Zimmer der Kinder platzt.«

Lizzie machte eine abwehrende Handbewegung. »Ich muss wissen, was sie hat.« Und schon war Lizzie aus der Tür.

Vor dem Gästezimmer, in dem alle drei gemeinsam übernachteten, blieb Lizzie kurz stehen und holte tief Luft, bevor sie klopfte, aber es reagierte keiner, obwohl sie von drinnen Stimmen hörte. Als sie die Tür leise öffnete, hockte Rike zusammengekrümmt auf dem Boden und jammerte: »Aua, aua!«

Lizzie fackelte nicht lange, sondern bat Dörthe, ihr dabei zu helfen, Rike aufs Bett zu hieven.

Rike zischte noch so etwas wie: »Lass das!«, aber dann wimmerte sie nur noch leise vor sich hin, während Lizzie ihren Bauch abtastete. Mit fachmännischem Griff prüfte sie die Schmerzempfindlichkeit des Lanz-Punktes und erblasste, als Rike aufschrie vor Schmerz.

»Wir müssen sofort ins Krankenhaus. Dörthe, pack ihr bitte ein paar Sachen zusammen. Ich helfe ihr in den Wagen.« Mit diesen Worten schaffte sie es, ihrer Tochter beim Aufrichten zu helfen. Rike stützte sich auf ihre Mutter, während sie sich die Treppe hinunterführen ließ. Unten in der Diele rief Lizzie laut nach Onkel Henning, der zusammen mit Lene angerannt kam.

»Um Gottes willen, was ist geschehen?«

»Eine Entzündung des Appendix«, erwiderte sie. »Blinddarmentzündung!«, fügte sie hinzu, als ihre Schwester sie irritiert ansah.

»Warte, ich komm mit«, bot Lene an, aber Lizzie winkte ab. »Nein, ihr feiert schön. Ich fahre sie in die Diakonissenanstalt. Da kennen die Ärzte mich. Dauert auch nicht länger, als wenn ich erst nach Sonderburg reinfahren muss! Ich brauche nur die Autoschlüssel.«

»Entschuldigung, Rike«, sagte Ingrid mit kläglicher Stimme. »Dass ich deine Mutter geholt habe.«

»Schon gut«, stöhnte Rike. »Ich fühlte mich gerade nirgendwo so aufgehoben wie unter der Fuchtel meiner Mutter.« Sie warf Lizzie einen dankbaren Blick zu.

Es war jetzt allerdings nicht der richtige Zeitpunkt, um Versöhnung zu feiern, denn Lizzie hatte große Sorge, dass der Blinddarm durchbrechen und der Eiter in den Bauchraum ihrer Tochter fließen könnte. Es zählte jede Minute.

Lene begleitete die beiden durch den Schnee zum Wagen und half ihrer Schwester, Rike auf den Rücksitz zu legen.

Lizzie fuhr zügig, aber vorsichtig, denn die Straßen waren glatt, und sie geriet ein paarmal ins Rutschen. An einem anderen Tag hätte sie sich bei diesem Wetter nicht hinters Steuer gesetzt, aber auf einen Krankenwagen zu warten, war bei diesem Wetter keine gute Alternative. Außerdem hatte es gerade aufgehört zu schneien, sodass wenigstens ihre Sicht nicht behindert war. Zu ihrer großen Erleichterung schien sich Rikes Zustand auch nicht akut zu verschlimmern.

Als sie vor dem Haupteingang der Diakonissenanstalt hielt, atmete sie erst einmal auf, dass sie den Weg hierher geschafft hatte, ohne im Graben zu landen. Zwei Pfleger hievten Rike vorsichtig auf eine Trage und brachten sie in die Chirurgie. Überall auf den Fluren standen Betten mit verletzten Menschen. Es herrschte das reine Chaos. Lizzie konnte nur beten, dass ein fähiger Kollege Dienst tat, der nicht an der Front war. Der Schreck fuhr ihr durch alle Glieder, als eine gebeugte Gestalt im weißen Kittel auf sie zuschlurfte. Jetzt ließen sie die Zivilbevölkerung schon von Greisen behandeln.

Oh, mein Gott, das halte ich nicht aus, dachte sie, als der Arzt sie über den Rand seiner Brille durchdringend musterte. Die Erkenntnis, dass es sich um Professor Keller handelte, machte die Sache nicht besser.

»Herr Professor, es ist eine Appendizitis, die kurz vorm Perforieren ist«, stieß sie keuchend zur Begrüßung vor.

»Ach, das Fräulein Elisabeth stellt mal wieder die Diagnosen für mich«, bemerkte er spöttisch.

»Bitte, bitte, Herr Professor, lassen Sie uns nicht streiten. Es geht um das Leben meiner Tochter.«

Keller rief den beiden jungen Diakonissen, die schüchtern im Hintergrund standen, zu, dass sie alles für die OP fertig machen und noch einen Kittel bringen sollten.

»Haben Sie nach unseren gemeinsamen OPs noch mal einen Blinddarm entfernt?«, fragte er lauernd.

»Herr Professor, ich bin Ärztin und habe im Bethanien auch auf der Chirurgie gearbeitet. Natürlich, das war dort Routine«, entgegnete sie aufgebracht. Es war ganz und gar nicht der Zeitpunkt, alte Rechnungen zu begleichen!

»Herr Professor, es tut mir leid, was damals geschehen ist …«

»Wieso? Sie hatten doch recht. So! Und jetzt genug geredet. Sie nehmen die Appendektomie vor, ich assistiere Ihnen. Mit meinem Tremor ist nämlich heute nicht zu spaßen.«

Jetzt erst nahm Lizzie wahr, dass seine Hand leicht zitterte. Ein gellender Schmerzensschrei aus dem Mund ihrer Tochter zeigte ihr, dass nun keine Zeit blieb, sich lange zu zieren.

Sie zog den Kittel an, desinfizierte sich die Hände, legte den Mundschutz an und trieb die Diakonissen an, die Patientin noch schneller für die Operation vorzubereiten, bevor sie sich an die Arbeit machte. Der Mensch, der da vor mir auf dem Tisch liegt, ist ein Patient wie jeder andere, dessen Leben ich retten werde, sprach sie sich gut zu. In solchen Augenblicken, wenn es wirklich darauf ankam, wurde sie ganz ruhig.

Es verlief alles reibungslos. Der Professor war ein über die Maßen professioneller Helfer, der ihr präzise zuarbeitete. Es war wirklich nur eine Routineoperation. Nachdem Lizzie sich davon hatte überzeugen können, dass noch nichts geplatzt war, fiel auch noch der Rest Anspannung von ihr ab. Die beiden Diakonissen brachten Rike nach der erfolgreichen Operation auf die Station, und Lizzie blieb allein mit dem Professor zurück.

»Danke«, sagte sie.

»Das war das Mindeste, was ich für Sie tun konnte«, erwiderte der alte Professor und schlurfte davon.

Lizzie eilte zu Rike, die mit ihrem Bett neben einigen frisch Operierten auf dem Flur stand, denn freie Zimmer gab es keine mehr. Um sie herum ertönte von allen Seiten Stöhnen und Gejammer. Schmerzmittel waren knapp. Sie blieb am Bett sitzen, bis ihre Tochter wieder zu sich kam. Als sie ihre Mutter erblickte, lächelte sie. »Ich wollte immer schon mal von meiner Mutter operiert werden.«

Lizzie wischte sich verstohlen eine Träne aus dem Auge.

»Soll ich noch bleiben?«

»Nein, ich bin so schrecklich müde und möchte nur noch schlafen.«

Lizzie gab ihr einen Kuss auf die Stirn.

»Dann komme ich morgen wieder.«

Während sie wenig später das dunkle Haus an der Schiffbrücke aufschloss, wurde ihr schwer ums Herz, denn in diesem Augenblick kam ihr schmerzlich zu Bewusstsein, dass das Schicksal dem dreiblättrigen Kleeblatt von einst eines der Blätter brutal entrissen hatte. Wie gern würde sie ihren Schmerz mit Lene teilen … Ein Geräusch ließ sie aus ihren Gedanken schrecken. Nach dem ersten Schreck fielen ihr die Flüchtlinge aus Ostpreußen ein, die man in die gesamte obere Etage einquartiert hatte. Doch die Geräusche drangen aus dem Salon. Lizzie konnte sich schwerlich vorstellen, dass sich es die Flüchtlinge ungefragt in den der Familie verbleibenden Privaträumen gemütlich gemacht hatten. Leise öffnete sie die Tür und traute ihren Augen nicht. Ein winziges Weihnachtsbäumchen ohne Schmuck, aber mit brennenden Kerzen begrüßte sie. Am gedeckten Tisch saßen Lene, Dörthe, Ingrid und Onkel Henning und redeten alle zugleich auf sie ein und erkundigten sich aufgeregt nach Rike.

Nach dem Essen, das ihre Familie aus Dänemark mitgebracht hatte, fragte Onkel Henning: »Begleitest du uns wie immer, Lizzie?«

Lizzie ließ sich nicht lange bitten, sondern setzte sich an den Flügel.

Dieses »Stille Nacht, Heilige Nacht« hört sich an, als werde es von Engelschören gesungen, dachte Lizzie und stimmte aus voller Kehle ein. Mitten im schönsten Gesang hielt sie inne.

»Was meint ihr, sollen wir zum Singen unseren Obermietern Bescheid sagen?«

Lene verdrehte die Augen. »So merkwürdig, wie die reden, verstehen die doch unsere Weihnachtslieder gar nicht! Schade, dass Jette nicht da ist. Die könnte das wunderbar nachmachen. Marjellchen …« Sie lachte.

»Mutti, du bist unmöglich!«, tadelte Dörthe ihre Mutter, aber da war Lene schon auf dem Weg in die obere Etage.

56. Gut Runohr, Mai 1945

Charlottes Hilferuf erreichte Lene an einem späten Nachmittag Mitte Mai, an einem jener Tage, an dem der verdammte Krieg eigentlich zu Ende sein sollte. Am 9. Mai hatte der letzte verbliebene Reichssender gemeldet, dass die Waffen schwiegen. Lene und Dörthe waren an dem Tag in der Wrangelstraße gewesen, um sich ein paar Sachen zu holen. Sie waren daraufhin jubelnd um den Volksempfänger herumgetanzt, als es hieß, es wäre Frieden, bis Herrmann aufgetaucht war und sie angebrüllt hatte, sie sollten damit sofort aufhören. Dörthe hatte zurückgefaucht, dass sie gar nicht daran denke, Lene aber hatte das Tanzen eingestellt und ihrem Mann kämpferisch verkündet, sobald unter einer neuen Regierung der Handel mit Rum wieder erlaubt sei, wäre sie am Ruder!

Daraufhin hatte Herrmann die Augen gefährlich zusammengekniffen und Tochter und Frau darüber belehrt, dass die neue Regierung unter Großadmiral Dönitz den Geist des Nationalsozialismus nicht so schmählich verraten würde, wie es Göring getan hatte. Und unter dieser Regierung würde sich für Frauen nichts ändern!

Lene hatte erst gar nicht recht glauben wollen, dass sich diese Leute ausgerechnet in ihrer Stadt niedergelassen hatten. Frida berichtete ihr voller Abscheu, dass im Namen dieser sogenannten Regierung, die vom Sonderbereich Mürwik aus agierte, noch Todesurteile an sogenannten Deserteuren vollstreckt wurden, als wären die Briten nicht längst im Vormarsch auf die Stadt. Und im Schatten des Großadmirals war wohl auch Himmler mit seinem Gefolge nach Flensburg gelangt. Offenbar hatte eine gigantische Fluchtwelle von Nazigrößen Flensburg und Umgebung überrollt. Wenn Fridas Informationen richtig waren, dann wurde schon fleißig an neuen Lebensläufen für die Verbrecher gearbeitet. Aus SS-Schergen wurden einfache Soldaten. Der Trick, sich als einfacher Soldat unter die Wehrmacht zu mischen, hatte System.

In der Stadt herrschte das Inferno. Schiffe lagen dicht gedrängt im Hafenbecken, Zerstörer neben Transportschiffen voller Häftlinge aus Hamburger Lagern. Auf dem Holm bot sich ein bizarres Straßenbild:

Es wimmelte vor Menschen. Gut gekleidete Einheimische zwischen heruntergekommenen Flüchtlingen, die nichts mehr hatten als das, was sie am Leib trugen, und Menschen in Häftlingskleidung sowie Soldaten, denen man ansehen konnte, dass sie die Verlierer waren. Sie hatten nichts mehr von dem Gebaren der Herrenmenschen, die ausgezogen waren, um Lebensraum für die überlegene Rasse zu schaffen. Wohltuend war allerdings, wie Lene fand, dass die braunen Uniformen fehlten. Und das, obwohl die Dönitz-Regierung doch verbreiten ließ, der verlorene Krieg bedeute nicht, dass das Reich untergegangen wäre.

Im Bahnhof sollten, wie Lene gehört hatte, angeblich ebenfalls höllische Zustände herrschen. Die Gleise standen voller Häftlings- und Flüchtlingszüge. Man warf die Toten offenbar einfach aus den gestrandeten Waggons, weil sie wie die Fliegen an Hunger und Krankheiten starben. Lizzie bestätigte, dass die Arbeit im Lazarett einen täglichen Wettlauf gegen den Tod bedeutete.

An diesem Maitag kam Dr. Köhler bei ihnen vorbei und überbrachte ihnen besorgt eine Nachricht von Charlotte. Er hatte wohl in der Nähe von Runohr einen Patienten besucht und war ihr auf einem Feldweg begegnet. Sie war barfuß, abgemagert und völlig verwirrt gewesen. Sie hatte ihn angefleht, ihren Tanten Bescheid zu sagen, dass sie bitte nach Runohr kommen und sie retten mögen. Dr. Köhler hatte gar nicht glauben wollen, was für menschlicher Abschaum sich auf Gut Runohr versammelt hatte, aber Charlotte schwor ihm, dass bei ihrem Vater SS-Männer Unterschlupf gefunden hatten, die dort Tag und Nacht Orgien feierten. Mit Alkohol und Frauen. Aber seit die Huren nicht mehr kamen, stellten die Kerle ihr nach, und der Vater und seine Frau waren zu betrunken, um ihr zu helfen. Dr. Köhler hatte ihr angeboten, sie sofort mitzunehmen, aber sie wollte unbedingt noch ein paar Dokumente und persönliche Sachen retten.

Jedenfalls hatte Lene sofort Lizzie Bescheid gesagt, weil sie sich nicht allein dorthin traute. Wenn nur die Hälfte dessen wahr war, was Charlotte Dr. Köhler berichtet hatte, konnte das sehr gefährlich werden. Diese Verbrecher hatten doch nichts mehr zu verlieren. So dumm, zu glauben, dass die Alliierten mit einem Dönitz Frieden schließen und die Nationalsozialisten ungehindert weitermorden ließen, konnten doch nicht einmal diese verbohrten Unmenschen sein.

Als Lizzie schließlich abgearbeitet an der Schiffbrücke eintraf, machten sie sich sofort nach Gut Runohr auf. Lene bedauerte zutiefst, dass sie unbewaffnet waren, denn sie wollte es nicht noch einmal erleben, dass man ihr eine Pistole an die Schläfe setzte und gewaltsam zwang, Charlotte zurückzulassen.

Sie parkten ihren Wagen vorsichtshalber an der Allee und liefen den Rest zu Fuß. Kaum auf dem Gut angekommen, drang der Lärm aus den geöffneten Fenstern: Lachen, Gegröle, schauriger Gesang, Gläserklirren und dazwischen »Heil-Hitler-Rufe«. Offenbar hatten es doch noch nicht alle begriffen, dass der Führer »gefallen war«, wie es im Radio geheißen hatte. Wahrscheinlich hatte er sich das Leben genommen, um sich aus der Verantwortung für seine Taten zu schleichen, mutmaßte Lene. Dr. Köhler hatte jedenfalls nicht übertrieben. Das klang nach Weltuntergangsstimmung.

In diesem Augenblick sahen sie, wie eine Frau schreiend in den Stall lief, gefolgt von einem Kerl, der die schwarzen Hosen und die Stiefel trug, die zu den SS-Uniformen gehörten, aber obenrum nur ein Unterhemd. Offenbar hielt er seinen Gürtel in der Hand. Keine Frage, was der Kerl vorhatte!

»Das war Charlotte«, stieß Lene nach dem ersten Schrecken heiser hervor.

Lizzie und Lene rannten hinterher. Der Kerl war verschwunden. Da hörten sie einen verzweifelten Schrei. Keine Frage, das war Charlotte, und dann herrschte Stille.

Lene lief los und blickte suchend in jede der leeren Pferdeboxen, aber erst in der letzten bot sich ihr ein ekelhaftes Bild: Der Mann versuchte, sich seine schwarze Hose über den Hintern zu ziehen, während Charlotte wie betäubt dalag, die Augen weit aufgerissen, ins Leere starrend, bis zu dem Moment, in dem sie ihre Tante erblickte. Lene überlegte fieberhaft, ob sie sich von hinten auf den Mann stürzen oder ihn auffordern sollte, von Charlotte abzulassen. Da entdeckte sie seinen Gürtel. Er lag neben dem Mann im Stroh. Daran befestigt war ein Dolch. Ohne zu überlegen, packte sie den Gürtel und zog den Dolch aus der Scheide.

»Lassen Sie die Frau los!«, brüllte Lene.

Der Mann wandte sich um. Sein Gesicht war verquollen. »Hau ab, du bist mir zu alt!«, lallte er.

»Ich habe gesagt, Sie sollen meine Nichte loslassen und aufstehen!«, schrie Lene, aber der Mann fuhr fort, seine Hose aufzuknöpfen. Charlotte warf Lene einen verzweifelten Blick zu.

»Aufhören, habe ich gesagt!«

Als der Mann sich nun mit einem Ruck die Hose runterzog und Lene seinen nackten Hintern zeigte, stach sie besinnungslos von hinten in seinen Hals. Einmal, zweimal, dreimal, bis der Kerl mit seinem ganzen Gewicht auf Charlotte fiel, die einen spitzen Schrei ausstieß.

Lene warf den blutigen Dolch ins Stroh und schob mit Lizzies Hilfe den massigen Körper zur Seite. Der Mann war tot. Charlotte erhob sich wie in Trance.

Die Schwestern nahmen sie in ihre Mitte und wollten gerade den Stall verlassen, als wie aus dem Nichts Paul auftauchte. Sein Blick fiel auf Lenes Kleid. Sie sah an sich hinunter und entdeckte das viele Blut.

»Das werdet ihr mir büßen!«, lallte Paul, entriss ihnen Charlotte und drückte ihr eine Pistole in die Hand. »Halt sie in Schach! Ich suche meinen Freund. Der ist verschwunden. Ich glaube, ich weiß, wo er ist. Ihr kommt mit!«

Paul trieb die Schwestern vor sich her bis ans Ende des Stalls. Als er den toten Körper in der Box liegen sah, huschte nach einem kurzen Aufstöhnen ein teuflisches Grinsen über sein Gesicht. »Wir haben hohen Besuch. Zufällig sind die Herren eines fliegenden Standgerichts im Haus. Es ist mir ein Vergnügen, euch wegen Mordes zum Tode verurteilen zu lassen.«

Er wollte die beiden zurück in Richtung Ausgang treiben, doch da gab es einen Knall. Paul Danneberg verstummte und sah seine Tochter ungläubig an, bevor er lautlos in sich zusammensackte. Charlotte hielt die Pistole immer noch in ihrer Hand und starrte auf ihren Vater.

Lene näherte sich ihr vorsichtig und nahm ihr behutsam die Waffe aus der Hand. Lizzie hatte sich derweil über ihren Cousin gebeugt und konnte nur noch seinen Tod feststellen.

»Ich muss jetzt meine Sachen … ich brauche meine Kleider … und mein Pferd … Futter. Und wir müssen Mutter mitnehmen …«, stammelte Charlotte zusammenhanglos.

Lene legte den Arm um ihre Schulter. »Nein, wir fahren sofort und sind niemals auf Gut Runohr gewesen. Hörst du?«

Charlotte reagierte nicht und wehrte sich auch nicht, als ihre Tanten sie zum Wagen brachten.

Lene betete, dass es Charlotte nicht um den Verstand bringen würde, was sie in den vergangenen Jahren alles hatte ertragen müssen. Sie würde alles tun, damit diese junge Frau noch eine Zukunft hatte, denn Charlotte hatte Lizzie und ihr das Leben gerettet!

57. Flensburg, Heiligabend 1945

Das Hühnchen war so mager, dass das Essen hauptsächlich daraus bestand, die Knochen abzunagen. Aber der Baum erstrahlte in einem Glanz, als würden sie im Überfluss leben. Onkel Henning hatte ihn in seinem Garten in Sonderburg eigenhändig geschlagen und nach Flensburg geschafft. Lene und Lizzie hätte es genügt, ein wenig Engelshaar über die Zweige zu hängen. Jette hingegen wollte einen pompös geschmückten Tannenbaum, wie sie ihn aus der Kindheit kannte. Zusammen mit Charlotte, um die sich Jette seit ihrer Rückkehr aus Schweden ganz besonders kümmerte, hatte sie den alten Schmuck ihrer Mutter auf dem Dachboden ausgegraben und daraus ein Exemplar gezaubert, das selbst in guten Zeiten an Pracht nicht zu übertreffen gewesen wäre.

Voller Stolz betrachtete sie ihr Werk. Ein bisschen Wehmut überkam sie allerdings bei dem Gedanken, dass sie in diesem Jahr nicht mit der Familie Larsson schwedische Weihnachten feiern konnte. Am meisten fehlte ihr Klara, die sich strikt geweigert hatte, mit ihr nach Deutschland zurückzukehren. Sie hatte eine Schauspielausbildung an der Dramatens elevskola, einer Schule des Königlichen Dramatischen Theaters, begonnen und war nicht bereit, alles aufzugeben, was sie sich in Stockholm aufgebaut hatte. Außer der Schule und der Familie Larsson gab es da noch einen anderen triftigen Grund für ihre Tochter, in Schweden zu bleiben: Erik, einen gut aussehenden und talentierten Mitschüler, der Jette fatal an den jungen Georg erinnerte. Und schon war Jette mit den Gedanken bei der bangen Frage, warum sie seit dem Juni 1944 kein Lebenszeichen mehr von Georg bekommen hatte. Sein letzter Brief aus der Normandie hatte so optimistisch geklungen. Er war mit seinen Ritchie Boys bei der Landung der Alliierten dabei gewesen und hatte mit dem ihm eigenen Humor beschrieben, dass zurzeit weniger die Deutschen die Gefahr für seine Leute darstellten, sondern eher die amerikanischen Patrouillen, in die sie geraten konnten. Die hielten sie nämlich mit ihrem grottenschlechten Englisch für feindliche Deutsche in amerikanischen Uniformen, mit denen kurzer Prozess gemacht wurde. Er schrieb, er habe immer schon einmal nach Frankreich fahren wollen, sich die Reise dorthin allerdings anders vorgestellt. Besonders den Empfang. Jette wollte sich nicht vorstellen, dass er nach dem Motto: *Frankreich sehen und sterben,* irgendwo in der Normandie als unbekannter Toter verscharrt worden war.

Lene war mit ihren Gedanken ganz bei Ole P. Nach Monaten, in denen sie die Hoffnung, ihren Sohn jemals lebend wiederzusehen, aufgegeben und nur dank Frederikes unerschütterlichem Optimismus nicht vor Schmerz verrückt geworden war, gab es nun einen Hoffnungsschimmer, ihn eines Tages wieder in ihre Arme zu schließen. Vor ein paar Tagen hatte sie ein Lebenszeichen von ihm erhalten. Die Karte war aus einem Ort mit dem Namen Berendejewo, den Lene auf keinem Vorkriegsatlas gefunden hatte. Dort befand er sich in einem der unzähligen Kriegsgefangenenlager, die man in der ganzen Sowjetunion errichtet hatte. Sie hatte die gute Nachricht aus Anstand auch Herrmann mitgeteilt, der zurzeit drüben im Kontor einquartiert war, seit die Villa an der Wrangelstraße den Briten als Unterkunft diente. Er hatte ihre freundliche Geste genutzt, um ihr zu versichern, dass sie nach dem ganzen braunen Spuk endlich wieder friedlich als Familie zusammenleben und das Rumhaus gemeinsam führen konnten, sobald der Handel wieder erlaubt wäre. Lene hatte daraufhin keine großen Worte gemacht. Nur vier Wörter: »Scher dich zum Teufel!«

Gerade als sich die kleine Gesellschaft mit knurrenden Mägen um den Flügel versammeln wollte, klingelte es an der Haustür.

Die Schwestern und Onkel Henning sahen einander fragend an. Wer wohl am Heiligen Abend störte?

»Ich geh schon.« Lene eilte zur Tür, die sie am liebsten gleich wieder zugeschlagen hätte, als vor ihr ein weißhaariger alter Mann mit einem zotteligen Rauschebart und in zerschlissener Kleidung stand. Jetzt betteln die armen Menschen schon an der Tür, dachte sie und überlegte, ob sie Frida nicht wenigstens um ein paar Kartoffeln oder eine Scheibe Brot bitten sollte.

»Warten Sie. Ich schau mal, was ich in der Küche für Sie finden kann.« Vorsichtshalber wollte sie die Tür schließen, aber da hatte er bereits frech seinen Fuß dazwischen gestellt.

»Mich interessiert weniger die Küche als die Dame des Hauses«, entgegnete er schief grinsend.

Die Stimme, diese Stimme. Lene schlug sich entsetzt die Hand vor den Mund.

»So schlimm?«, fragte Gottfried.

»Lizzie!!!«

»Um Gottes willen, was ist geschehen?«, rief Lizzie, während sie in die Diele gestürzt kam, um Lene zu Hilfe zu eilen, doch dann stutzte sie …

»Rübezahl?«

In diesem Moment fielen ihr die Worte ein, die Käthe an ihrem letzten Weihnachtsfest verkündet hatte: »Nun wird alles wieder gut!«

Nein, dachte Lizzie, es wird nicht alles wieder gut, aber es geht weiter. Und das ist mehr, als wir je zu hoffen gewagt haben. Käthe. Lizzie wollte auch gar nicht wissen, was die Zukunft brachte. In diesem Moment genügte ihr die Gewissheit, dass es überhaupt eine Zukunft gab!

Nachwort

Eine spannende Reise geht hiermit vorerst zu Ende. Obwohl ich in dieser Stadt meine Kindheit und Jugend verbracht habe, wusste ich von vielen geschichtlichen Hintergründen, von denen ich in diesem Roman erzähle, vorher herzlich wenig.

Dabei hatte ich gerade in Geschichte auf der Auguste-Viktoria-Schule fortschrittliche Lehrer, wie wir das damals nannten, doch dass Flensburg Zufluchtsort für so viele Nazis gewesen ist, war mir genauso wenig geläufig wie die Auswirkungen der sogenannten Dönitz-Regierung auf meine Heimatstadt.

Ich danke den Wissenschaftlern, die zu dem Thema *Flensburg in der Nazizeit* intensiv geforscht haben. Besonders die Flensburger Beiträge zur Zeitgeschichte waren für mich wichtige Quellen. Auch das persönliche Gespräch mit Professor Gerhard Paul war aufschlussreich und spannend.

Wegen Corona kam es leider nicht mehr zu persönlichen Treffen mit Professor Uwe Danker, von dem ich auch einige interessante Beiträge studiert habe, sowie mit Susanne Grigull, der Direktorin des Schifffahrtsmuseums. Frau Grigull gab mir aber am Telefon wertvolle Hinweise. Im Übrigen konnte ich meine Informationen nutzen, die ich einst im Gespräch mit Astrid Schlesinger und Martin Johannsen über Rumverschnitt bekommen habe. Damals habe ich für meinen ersten Flensburgroman, in dem die Historie des Rumhandels Thema war, in Flensburg recherchiert und auch das Schifffahrtsmuseum besucht.

Mein Dank gilt auch dem Droemer Verlag dafür, dass ich mein Herzensprojekt dort verwirklichen durfte, insbesondere danke ich Michaela Kenklies. Und auch meinem persönlichen Erstleser ein herzliches Dankeschön für die vielen guten Anregungen …

Ich freue mich schon jetzt darauf, den zweiten Band zu schreiben. Mit den »Schwestern fürs Leben« geht es weiter, denn das wahre Leben beginnt nach Kriegsende noch einmal neu …